DER FAULE HENKER

JEFFERY
DEAVER

DER FAULE HENKER

Roman

Aus dem Amerikanischen
von Thomas Haufschild

Weltbild

Die amerikanische Originalausgabe erschien 2003 unter dem Titel
The Vanished Man bei Simon & Schuster, Inc., New York.

Besuchen Sie uns im Internet:
www.weltbild.de

Genehmigte Lizenzausgabe für Verlagsgruppe Weltbild GmbH,
Steinerne Furt, 86167 Augsburg

Übersetzung: Thomas Haufschild
Umschlaggestaltung: ZERO Werbeagentur GmbH, München
Umschlagmotiv: FinePic, München
Gesamtherstellung: CPI Moravia Books s.r.o., Pohorelice
Printed in the EU
ISBN 978-3-8289-9530-7

2012 2011 2010 2009
Die letzte Jahreszahl gibt die aktuelle Lizenzausgabe an.

Für Madelyn Warcholik

»Zauberkünstler unterscheiden bei ihrer Arbeit für gewöhnlich zwischen Effekt und Methode.
Der Effekt ist, was der Zuschauer zu sehen bekommt.
Die Methode ist das geheime Verfahren, durch das der Effekt entsteht.«

Peter Lamont und Richard Wiseman,
Magic in Theory

ERSTER TEIL

Effekt

Samstag, 20. April

»Ein erfahrener Zauberkünstler bemüht sich, den Verstand zu täuschen, nicht etwa das Auge.«

Marvin Kaye,
The Creative Magician's Handbook

…Eins

Seien Sie gegrüßt, verehrtes Publikum. Herzlich willkommen.

Willkommen zu unserer Show.

Es erwartet Sie ein ganz besonderer Nervenkitzel, denn unsere Illusionisten, Zauberer und Taschenspieler werden sich zwei Tage lang nach Kräften bemühen, Ihnen Vergnügen zu bereiten und Sie in ihren Bann zu schlagen.

Unsere erste Nummer stammt aus dem Repertoire eines Mannes, von dem jeder schon gehört hat: Harry Houdini, der größte Entfesselungskünstler der Vereinigten Staaten, wenn nicht sogar der ganzen Welt, der vor gekrönten Staatsoberhäuptern und amerikanischen Präsidenten aufgetreten ist. Manche seiner Bravourstücke sind dermaßen schwierig, dass sich in all den Jahren seit seinem viel zu frühen Tod niemand mehr an ihre Aufführung gewagt hat.

Wir wollen uns heute an einer Nummer versuchen, bei der akute Erstickungsgefahr besteht und die als Der Faule Henker *bekannt geworden ist.*

Der Künstler legt sich dazu auf den Bauch und lässt sich die Arme mit klassischen Darby-Handschellen auf den Rücken fesseln. Dann werden die Füße mit einem Strick verschnürt, und schließlich legt man dem Probanden eine Seilschlinge um den Hals, deren anderes Ende ebenfalls an den Knöcheln befestigt wird. Da jeder Mensch unwillkürlich versucht, die Beine auszustrecken, zieht die Schlinge sich zu und leitet den furchtbaren Vorgang der Strangulation ein.

Weshalb nennt man dieses Verfahren den »Faulen« Henker*? – Weil der Verurteilte sich selbst erdrosselt.*

Bei vielen von Mr. Houdinis riskanteren Auftritten waren Assistenten zugegen, um ihn im Notfall mit Messern und Schlüsseln befreien zu können. Oft hielt sich auch ein Arzt bereit.

Heute wird es keine dieser Vorsichtsmaßnahmen geben. Falls dem Probanden nicht innerhalb von vier Minuten die Entfesselung gelingt, stirbt er. Wir fangen gleich an... aber zuvor noch ein Hinweis:

Vergessen Sie nie, dass Sie mit dem Besuch unserer Show die Realität hinter sich zurücklassen.

Sie mögen felsenfest überzeugt sein, etwas Bestimmtes zu sehen, und doch existiert es gar nicht. Etwas anderes halten Sie eventuell für eine Illusion, obwohl es sich um nichts als die erbarmungslose Wirklichkeit handelt.

Ihr Begleiter könnte sich in unserer Show als vollkommen Fremder erweisen, und ein Unbekannter im Publikum weiß vielleicht mehr über Sie, als Sie ahnen.

Was sicher scheint, kann tödlich sein. Und die Bedrohungen, gegen die Sie sich wappnen, sind unter Umständen nur ein Ablenkungsmanöver, um Sie in noch größere Gefahr zu locken.

Was können Sie hier noch glauben? Wem dürfen Sie vertrauen?

Nun, verehrtes Publikum, die Antwort lautet, dass Sie am besten gar nichts glauben.

Und Sie sollten niemandem trauen. Absolut niemandem.

Jetzt hebt sich der Vorhang, das Licht wird gedämpft, und die Musik verklingt, so dass nur noch der Herzschlag all jener zu erahnen ist, die in gespannter Erwartung verharren.

Und unsere Show beginnt...

Das Gebäude sah aus, als habe es schon so manches Gespenst beherbergt.

Errichtet im gotischen Stil, schmutzig, finster. Eingezwängt zwischen zwei Hochhäusern an der Upper West Side, das Dach mit einer Balustrade und die zahlreichen Scheiben mit Fensterläden versehen. Es stammte aus viktorianischer Zeit, hatte einst als Internat gedient und später als Sanatorium, in dem die für unzurechnungsfähig befundenen Insassen den Rest ihres umnachteten Daseins zubringen mussten.

Die Manhattan School of Music and Performing Arts hätte durchaus auch Dutzenden Geistern Unterschlupf gewähren können.

Ein solcher Geist schwebte im Augenblick womöglich über dem warmen Körper der jungen Frau, die bäuchlings in dem dunklen Vorraum eines kleinen Auditoriums lag. Ihre reglosen Augen waren weit aufgerissen, aber noch nicht glasig, und das Blut auf ihrer Wange hatte sich noch nicht bräunlich verfärbt.

Ihr Gesicht war dunkelblau angelaufen, denn ein straffes Seil verband Hals und Fußgelenke.

Um sie herum lagen Notenblätter verstreut, dazu ein Flötenkoffer und ein großer Pappbecher von Starbucks. Der Kaffee hatte sich über ihre Jeans und das grüne Shirt Marke Izod ergossen. Der Rest der dunklen Flüssigkeit bildete auf dem Marmorboden eine schmale Pfütze in gekrümmter Form.

Ebenfalls anwesend war der Mann, der die Frau getötet hatte, sich nun bückte und sie genau in Augenschein nahm. Er ließ sich Zeit und sah keinen Anlass zur Eile. Es war Samstag, noch ziemlich früh, und wie er in Erfahrung gebracht hatte, fand in dieser Schule am Wochenende kein Unterricht statt. Einige der Studenten nutzten die Übungsräume, aber die lagen in einem anderen Gebäudeflügel. Der Mann beugte sich weiter vor, kniff die Augen zusammen und fragte sich, ob er wohl irgendeine Wesenheit erspähen würde, eine

Art Seele, die sich von dem Körper der Toten löste. Fehlanzeige.

Er richtete sich auf und überlegte, was er mit der leblosen Gestalt vor ihm sonst noch anfangen könnte.

»Und Sie sind sicher, dass da jemand geschrien hat?«

»Ja… nein«, sagte der Wachmann. »Es war nicht unbedingt ein Schrei, wissen Sie. Jemand hat aufgeregt etwas gerufen. Nur ein oder zwei Sekunden lang. Dann war es auch schon vorbei.«

Officer Diane Franciscovich, eine Streifenbeamtin vom Zwanzigsten Revier, fragte weiter. »Hat sonst noch jemand etwas gehört?«

Der schwergewichtige Wachmann atmete tief durch, sah die hochgewachsene brünette Polizistin an, schüttelte den Kopf, ballte die riesigen Pranken zu Fäusten und öffnete sie wieder. Dann wischte er sich die dunklen Handflächen an den blauen Hosenbeinen ab.

»Sollen wir Verstärkung rufen?«, fragte Nancy Ausonio, ebenfalls eine junge Beamtin, aber kleiner als ihre Partnerin und blond.

Eher nicht, dachte Franciscovich, blieb jedoch unschlüssig. Die Streifen in diesem Teil der Upper West Side hatten meistens mit Verkehrsunfällen, Ladendiebstählen und entwendeten Fahrzeugen zu tun (oder mussten die fassungslosen Eigentümer beruhigen). Das hier war neu für sie beide. Der Wachmann hatte die zwei Beamtinnen auf ihrer morgendlichen Runde erblickt und sie aufgeregt vom Bürgersteig nach drinnen gewinkt, damit sie ihm helfen würden, dem Schrei auf den Grund zu gehen. Nun ja, dem aufgeregten Rufen.

»Lass uns damit noch warten«, sagte die ruhige Franciscovich. »Sehen wir erst mal nach.«

»Es klang, als würde es irgendwo aus der Nähe kommen«, sagte der Wachmann. »Keine Ahnung.«

»Gruseliger Schuppen«, warf Ausonio seltsam verunsichert ein. Eigentlich war sie diejenige im Team, die am ehesten in eine tätliche Auseinandersetzung eingreifen würde, selbst wenn die Streithähne doppelt so groß waren wie sie selbst.

»Die Geräusche, Sie wissen schon. Schwer zu sagen, wo die herkommen. Verstehen Sie, was ich meine?«

Franciscovich dachte immer noch über die Worte ihrer Partnerin nach. *Verdammt* gruselig, fügte sie im Stillen hinzu.

Die dunklen Flure schienen endlos, doch es war nichts Außergewöhnliches zu entdecken. Dann blieb der Wachmann stehen.

Franciscovich deutete auf einen Durchgang vor ihnen. »Wohin geht's dort entlang?«

»Da treibt sich bestimmt keiner der Studenten herum. Es ist bloß…«

Franciscovich stieß die Tür auf.

Dahinter erstreckte sich ein kleines Foyer, an dessen anderem Ende eine Tür in den Vortragssaal A führte, wie die Aufschrift besagte. Und in der Nähe jener Tür lag eine gefesselte junge Frau mit einem Seil um den Hals, die Hände mit Handschellen auf dem Rücken gefesselt. Ihre Augen waren im Tode weit aufgerissen. Ein braunhaariger, bärtiger Mann Anfang fünfzig hockte über ihr. Überrascht blickte er auf.

»Nein!«, rief Ausonio.

»O mein Gott«, keuchte der Wachmann.

Die Beamtinnen zogen ihre Waffen, und Franciscovich war erstaunt, wie ruhig ihre Hand blieb, als sie den Fremden anvisierte. »Sie da, keine hastige Bewegung! Stehen Sie langsam auf, gehen Sie von der Frau weg, und nehmen Sie die Hände hoch.« Ihre Stimme war bei weitem nicht so fest wie der Griff, mit dem sie die Glock Automatik umklammerte.

Der Mann kam der Aufforderung nach.

»Legen Sie sich auf den Bauch. Und ich will immer Ihre Hände sehen!«

Ausonio lief auf das Mädchen zu.

In dieser Sekunde bemerkte Franciscovich, dass der Mann die rechte Hand über dem Kopf zur Faust geballt hatte.

»Öffnen Sie…«

Puff…

Ein gleißender Lichtblitz nahm ihr die Sicht. Er schien direkt aus der Hand des Verdächtigen zu entspringen und hing einen Moment in der Luft, bevor er erlosch. Ausonio erstarrte. Franciscovich duckte sich, wich zurück, kniff die Augen zusammen und schwenkte die Glock hin und her. Sie geriet in Panik, denn sie wusste, dass der Mörder rechtzeitig die Lider geschlossen hatte und nun ebenfalls eine Schusswaffe ziehen oder mit einem Messer auf sie losgehen würde.

»Wo, wo, wo?«, rief sie.

Dann sah sie – nur verschwommen, weil sie immer noch halb geblendet war und der Rauch sich ausbreitete –, dass der Täter in den Vortragssaal lief. Er schlug die Tür hinter sich zu, und man hörte, wie er mit einem Stuhl oder Tisch den Zugang blockierte.

Ausonio kniete sich neben die junge Frau, schnitt mit einem Schweizer Armeemesser das Seil durch, rollte sie auf den Rücken, zog ein Einwegmundstück aus der Tasche und versuchte eine Wiederbelebung.

»Gibt's noch andere Ausgänge?«, fragte Franciscovich den Wachmann.

»Nur einen… da hinten um die Ecke. Auf der rechten Seite.«

»Fenster?«

»Nein.«

»He!«, rief sie Ausonio zu und rannte los. »Pass auf diese Tür auf!«

»Alles klar«, erwiderte die blonde Beamtin und blies einen weiteren Atemzug zwischen die bleichen Lippen des Opfers.

Von drinnen ertönte dumpfes Poltern, als der Mörder sich offenbar gründlicher verbarrikadierte. Franciscovich bog um die Ecke, hielt auf die Tür zu, die der Wachmann ihr genannt hatte, und forderte unterdessen über Funk Verstärkung an. Als sie den Kopf hob, entdeckte sie jemanden am Ende des Korridors. Sie blieb abrupt stehen, visierte die Brust des Mannes an und richtete den hellen Strahl ihrer Halogenlampe auf ihn.

»Um Gottes willen«, krächzte der ältliche Hauswart und ließ seinen Besen fallen.

Franciscovich war froh, dass sie den Finger nicht um den Abzugsbügel der Glock gelegt hatte. »Ist jemand aus dieser Tür gekommen?«

»Was ist denn los?«

»Haben Sie jemanden *gesehen*?«, rief Franciscovich.

»Nein, Ma'am.«

»Wie lange sind Sie schon hier?«

»Ich weiß nicht. Zehn Minuten oder so.«

Aus dem Innern des Raums war erneut Lärm zu vernehmen, weil der Täter immer mehr Mobiliar auftürmte. Franciscovich schickte den Hauswart zu dem Wachmann ins Foyer und näherte sich vorsichtig der Seitentür. Mit schussbereit ausgestreckter Waffe drehte sie langsam den Knauf. Es war nicht abgeschlossen. Sie trat beiseite, um nicht in der Schusslinie zu stehen, falls der Mann durch das Holz feuerte. Diesen Trick hatte sie bei *NYPD Blue* gesehen. Vielleicht hatte auch einer der Ausbilder auf der Akademie davon gesprochen.

Wiederum Poltern von drinnen.

»Nancy, hörst du mich?«, flüsterte Franciscovich in ihr Funkgerät.

Ausonio meldete sich mit zitternder Stimme. »Sie ist tot, Diane. Ich hab's versucht, aber sie ist tot.«

»Hier entlang ist er nicht geflohen. Er ist immer noch da drinnen. Ich kann ihn hören.« Stille.

»Ich hab's versucht, Diane. Ich hab's versucht.«

»Vergiss es. Komm schon. Ist bei dir alles klar? Ist alles *klar?*«

»Ja, alles okay. Ehrlich.« Die Stimme der Beamtin wurde eisig. »Holen wir ihn uns.«

»Nein, wir bewachen diese Ausgänge, bis die ESU eintrifft«, sagte Franciscovich. Die Emergency Services Unit war das Sondereinsatzkommando der New Yorker Polizei.

»Das ist alles. Halt die Stellung, und bleib von der Tür weg. Rühr dich nicht vom Fleck.«

In diesem Moment hörte sie den Mann von drinnen rufen: »Ich habe eine Geisel. Ich habe ein Mädchen bei mir. Falls ihr versucht, hier einzudringen, bringe ich sie um.«

O Gott…

»He, Sie da drinnen!«, rief Franciscovich. »Niemand versucht hier irgendwas. Keine Angst. Tun Sie bloß niemandem mehr weh.« Entsprach das der vorgeschriebenen Verfahrensweise?, grübelte sie. Weder irgendeine Fernsehserie noch ihre Ausbildung waren ihr in diesem Punkt von Nutzen. Sie hörte, wie Ausonio Kontakt zur Zentrale herstellte und meldete, dass sie es mittlerweile mit einem verschanzten Geiselnehmer zu tun hatten.

»Bleiben Sie ruhig!«, rief Franciscovich dem Mörder zu. »Sie können…«

Drinnen ertönte ein ohrenbetäubend lauter Schuss. Franciscovich zuckte zusammen. »Was ist los? Warst du das?«, rief sie ins Funkgerät.

»Nein«, entgegnete ihre Partnerin. »Ich dachte, du seist das gewesen.«

»Nein, es war dieser Kerl. Bei dir alles in Ordnung?«

»Ja. Er hat von einer Geisel gesprochen. Glaubst du, er hat sie erschossen?«

»Keine Ahnung. Woher soll ich das wissen?«

Und wo, zum Teufel, bleibt die Verstärkung?, fügte Franciscovich in Gedanken hinzu.

»Diane«, flüsterte kurz darauf Ausonio. »Wir müssen da rein. Vielleicht ist sie verletzt.« Dann rief sie: »He, Sie da drinnen!« Keine Antwort. »He!«

Nichts.

»Womöglich hat er sich umgebracht«, sagte Franciscovich.

Oder er will, dass wir genau das glauben, und wartet nur darauf, dass jemand sich ihm als Zielscheibe präsentiert.

Dann sah sie wieder dieses schreckliche Bild vor sich: Die altersschwache Tür zum Foyer schwang auf, und fahles Licht fiel auf das Opfer, dessen Gesicht so blau und kalt wie ein Wintertag schien. Franciscovich war in erster Linie deswegen Polizistin geworden, weil sie solche Taten verhindern wollte.

»Wir müssen da rein, Diane«, flüsterte Ausonio.

»Das sehe ich auch so. Okay. Wir gehen rein.« Sie klang ein wenig hektisch, denn sie dachte im selben Moment an ihre Familie und daran, wie sie mit der Linken die rechte Schusshand abstützen musste, um die Automatikpistole sicher in Anschlag zu bringen. »Sag dem Wachmann, dass wir im Saal Licht brauchen.«

Es dauerte einen Augenblick, dann meldete Ausonio sich zurück. »Die Beleuchtungstafel ist hier draußen. Auf mein

Signal schaltet er ein.« Franciscovich hörte über Funk einen tiefen Atemzug. »Ich bin so weit«, sagte Ausonio dann. »Auf drei. Du zählst.«

»Okay. Eins... Halt! Von dir aus gesehen befinde ich mich auf zwei Uhr. Erschieß mich nicht.«

»Okay. Zwei Uhr. Und ich bin...«

»Du bist links von mir.«

»Mach weiter.«

»Eins.« Franciscovich packte mit der linken Hand den Knauf. »Zwei.«

Diesmal legte sie den Finger um den Abzug der Waffe und strich behutsam über den dort integrierten Sicherungshebel – eine Besonderheit des Herstellers Glock.

»Drei!«, rief Franciscovich so laut, dass ihre Partnerin es auch ohne das Funkgerät gehört haben durfte. Sie riss die Tür auf und sprang in den großen rechteckigen Raum vor. Im selben Moment wurde die grelle Beleuchtung eingeschaltet.

»Keine Bewegung!«, schrie sie – doch es war niemand da.

Sie ging in die Hocke, schwenkte die Waffe hin und her und suchte jeden Zentimeter des Saals ab. Ihre Haut kribbelte vor Anspannung.

Keine Spur von dem Mörder, keine Spur von einer Geisel.

Sie schaute nach links zu dem anderen Eingang, wo Nancy Ausonio stand und ebenfalls fieberhaft den Raum absuchte. »Wo?«, flüsterte die Frau.

Franciscovich schüttelte den Kopf. Sie registrierte ungefähr fünfzig hölzerne Klappstühle in ordentlichen Reihen. Vier oder fünf lagen auf dem Rücken oder der Seite, nicht etwa zu einer Barrikade aufgetürmt, sondern als habe man sie achtlos umgeworfen. Zur Rechten befand sich eine niedrige Bühne, auf der ein Verstärker, zwei Lautsprecher und ein ramponierter Konzertflügel standen.

Die jungen Beamtinnen konnten nahezu alles im Raum sehen.

Nur nicht den Täter.

»Was ist passiert, Nancy? Was hat das zu bedeuten?«

Ausonio antwortete nicht. Genau wie ihre Partnerin blickte sie sich hektisch nach allen Seiten um, suchte jeden Schatten und jedes Möbelstück ab, obwohl der Mann eindeutig nicht hier war.

Gruselig…

Bei dem Saal handelte es sich im Wesentlichen um einen geschlossenen Kubus ohne Fenster. Die Schächte der Klimaanlage und Heizung waren lediglich fünfzehn Zentimeter breit. Eine Holzdecke, keine Akustikvertäfelung. Keine erkennbaren Falltüren. Nur zwei Zugänge führten hinein: der Haupteingang, den Ausonio benutzt hatte, und die Brandschutztür, durch die Franciscovich eingetreten war.

Wo?, formte Franciscovich unhörbar mit den Lippen.

Ihre Partnerin antwortete auf gleiche Weise. Die Polizistin konnte die Worte nicht ablesen, aber Ausonios Miene sprach Bände: Ich habe nicht die geringste Ahnung.

»He«, rief eine laute Stimme an der Tür. Sie wirbelten herum und richteten die Waffen auf den leeren Vorraum. »Soeben sind ein Krankenwagen und ein paar Ihrer Kollegen eingetroffen.« Es war der Wachmann, und er blieb außer Sicht.

Franciscovich rief ihn herein. Das Herz schlug ihr nach dem Schreck noch immer bis zum Hals.

»Ist denn, äh… ich meine, haben Sie ihn erwischt?«, fragte der Mann.

»Er ist nicht hier«, erwiderte Ausonio mit zittriger Stimme.

»Was?« Er schaute vorsichtig um die Ecke.

Franciscovich hörte die Stimmen der sich nähernden Polizisten und Rettungssanitäter. Das Klirren von Ausrüstungsgegenständen. Trotzdem brachten die beiden beunruhigten und verwirrten Frauen es noch nicht fertig, sich zu ihren Kollegen zu gesellen. Sie standen wie gelähmt mitten in dem Vortragssaal und versuchten vergeblich zu ergründen, wie der Mörder aus einem Raum ohne Ausgang entkommen konnte.

...Zwei

»Er hört Musik.«

»Ich *höre* keine Musik. Es läuft gerade eine CD. Das ist alles.«

»Musik, ja?«, murmelte Lon Sellitto, als er Lincoln Rhymes Schlafzimmer betrat. »Na, das nenne ich aber einen Zufall.«

»Er interessiert sich neuerdings für Jazz«, erläuterte Thom dem stämmigen Detective. »Ich war ganz schön überrascht, das dürfen Sie mir glauben.«

»Wie ich schon sagte«, fuhr Lincoln Rhyme gereizt fort, »befinde ich mich bei der Arbeit und habe im Hintergrund ein wenig Musik laufen. Was meinst du mit Zufall?«

Der schlanke junge Betreuer, bekleidet mit einem weißen Hemd, gelbbrauner Stoffhose und leuchtend violetter Krawatte, deutete auf den Flachbildschirm vor Rhymes Flexicair-Bett. »Nein, er arbeitet nicht. Es sei denn, man wollte es als Arbeit bezeichnen, dass er seit einer Stunde ein und dieselbe Seite anstarrt. *Mir* würde er so etwas nicht als Arbeit durchgehen lassen.«

»Kommando, umblättern.« Der Computer erkannte Rhymes Stimme und befolgte den Befehl, so dass die nächste Seite der *Forensic Science Review* auf dem Monitor erschien. »Möchtest du mir vielleicht ein paar Fragen zu dem Thema stellen, das ich da *angestarrt* habe?«, fragte er Thom bissig. »Die Zusammensetzung der fünf wichtigsten exotischen Toxine, die in letzter Zeit in den Labors europäischer Terroristen sichergestellt wurden?«

»Nein, wir müssen uns um andere Dinge kümmern«, entgegnete der Betreuer und spielte damit auf die diversen Körperfunktionen an, die bei querschnittsgelähmten Patienten wie Lincoln Rhyme mehrmals am Tag spezieller Aufmerksamkeit bedurften.

»Das hat noch ein paar Minuten Zeit«, sagte der Kriminalist und lauschte dabei einem besonders kraftvollen Trompetenriff.

»Nein, hat es *nicht*. Bitte entschuldigen Sie uns kurz, Lon.«

»Na klar.« Der massige, etwas derangiert wirkende Sellitto trat hinaus auf den Flur im ersten Stock von Rhymes Haus am Central Park West und schloss die Tür hinter sich.

Während Thom fachkundig seine Pflicht tat, konzentrierte Rhyme sich weiterhin auf die Musik. Zufall?, grübelte er.

Fünf Minuten später bat Thom den Detective wieder herein. »Kaffee?«

»Gern, den kann ich gut gebrauchen. Es ist noch viel zu früh am Samstagmorgen, um schon mit der Arbeit anzufangen.«

Der Betreuer verließ den Raum.

»Also, wie sehe ich aus, Linc?«, fragte der nicht mehr ganz junge Sellitto und vollführte eine Pirouette. Er trug einen seiner typischen grauen Anzüge, die allesamt aus permanent zerknittertem Stoff gefertigt zu sein schienen.

»Ist das hier etwa eine Modenschau?«, fragte Rhyme.

Zufall?

Dann lenkte ihn abermals die CD ab. Wie, zum Teufel, konnte jemand dermaßen weich auf einer Trompete spielen? Wie war es möglich, einem Metallinstrument solche Töne zu entlocken?

»Ich habe rund sieben Kilo abgenommen«, erklärte der Detective. »Rachel hat mich auf Diät gesetzt. Das Hauptproblem ist das Fett. Man lässt einfach das Fett weg, und es ist erstaunlich, wie viel Gewicht man dann verliert.«

»Fett, aha. Ich schätze, das ist keine ganz neue Erkenntnis, Lon. Also...?« Red nicht länger um den heißen Brei herum, sollte das heißen.

»Wir haben einen bizarren Fall. Vor einer halben Stunde wurde hier ganz in der Nähe in einer Musikschule eine Leiche gefunden. Ich bin der leitende Beamte, und ein wenig Hilfe käme uns gerade recht.«

Eine *Musikschule*. Und bei mir läuft soeben *Musik*. Ein ziemlich armseliger Zufall.

Sellitto zählte ein paar Fakten auf: Studentin ermordet, der Täter beinahe verhaftet, aber dann doch noch auf irgendeinem Fluchtweg entwischt, den bislang niemand gefunden hatte.

Musik war mathematisch. Das zumindest konnte Rhyme, der Wissenschaftler, nachvollziehen. Sie war logisch, sie war perfekt strukturiert. Und außerdem war sie allumfassend. Es musste eine unendliche Anzahl von Melodien geben, und das Komponieren wurde bestimmt nie langweilig. Rhyme fragte sich, wie man eine solche Aufgabe wohl am besten anpackte. Er selbst hielt sich in künstlerischer Hinsicht für vollständig unbegabt. Im Alter von elf oder zwölf Jahren hatte er Klavierstunden genommen und sich prompt in seine Lehrerin Miss Osborne verliebt, aber der eigentliche Unterricht war ein Fehlschlag gewesen. Mit dem Instrument verband sich für ihn nur eine angenehme Erinnerung, und zwar an die Stroboskopbilder der schwingenden Saiten, die er für ein Schülerforschungsprojekt aufgenommen hatte.

»Hörst du mir überhaupt zu, Linc?«

»Ein Fall, hast du gesagt. Ein bizarrer Fall.«

Sellitto schilderte den Sachverhalt etwas ausführlicher und weckte allmählich Rhymes Interesse. »Es muss einen Weg aus diesem Saal geben, aber weder die Leute von der Schule noch unsere Jungs können ihn entdecken.«

»Und der Tatort?«

»Ist noch ziemlich unberührt. Kann Amelia sich ihn mal vornehmen?«

Rhyme sah zur Wanduhr. »Sie ist noch ungefähr zwanzig Minuten beschäftigt.«

»Kein Problem«, sagte Sellitto und tätschelte sich den Bauch, als suchte er nach den verlorenen Pfunden. »Ich piepse sie an.«

»Lass sie uns jetzt noch nicht ablenken.«

»Warum? Was macht sie denn gerade?«

»Ach, irgendwas Riskantes«, sagte Rhyme und widmete sich wieder dem seidigen Klang der Trompete. »Was sonst?«

Sie drückte die Wange an die Hauswand und roch die nassen Ziegel.

Ihre Hände schwitzten, und die Kopfhaut unter der verstaubten Dienstmütze und dem hochgesteckten feuerroten Haar juckte wie verrückt. Dennoch verharrte sie völlig reglos, als ein uniformierter Beamter sich dicht neben sie schob und das Gesicht ebenfalls an die Mauer presste.

»Okay, folgende Lage«, sagte der Mann, wies mit dem Kopf nach rechts und erklärte, dass sich unmittelbar hinter der Hausecke ein leerer Parkplatz befinde, auf dem ein Fluchtwagen stehe, der nach einer Verfolgungsjagd vor einigen Minuten einen Unfall erlitten habe.

»Noch fahrtüchtig?«, fragte Amelia Sachs.

»Nein. Ist gegen einen Müllcontainer geknallt und hinüber. Drei Täter. Sie wollten abhauen, aber wir haben einen erwischt. Der zweite sitzt noch im Wagen, hat irgendein ellenlanges Jagdgewehr und bereits einen Streifenbeamten angeschossen.«

»Ist der Kollege schwer verletzt?«

»Nein, zum Glück nicht.«

»Hat der Kerl ihn immer noch im Visier?«

»Nein, unser Mann befindet sich ein Haus weiter westlich und ist außer Sichtweite.«

»Was ist mit dem dritten Täter?«

Der Officer seufzte. »Tja, der hat's leider ins Erdgeschoss dieses Gebäudes hier geschafft.« Er deutete auf die Mauer, an der sie standen. »Und er hat sich mit einer Geisel verbarrikadiert. Einer schwangeren Frau.«

Sachs sog die vielen Informationen in sich auf und verlagerte dabei ihr Gewicht von einem Bein auf das andere, damit der Arthritisschmerz in ihren Gelenken nachließ. Verdammt, tat das weh. Sie las das Namensschild an der Brust ihres Begleiters. »Womit ist der Geiselnehmer bewaffnet, Wilkins?«

»Mit einer Faustfeuerwaffe. Mehr wissen wir nicht.«

»Wo stecken unsere Leute?«

Der junge Mann zeigte auf zwei Beamte hinter einer Mauer am Ende des Parkplatzes. »Zwei weitere sind auf der Vorderseite und halten den Geiselnehmer in Schach.«

»Hat schon jemand die ESU verständigt?«

»Keine Ahnung. Als wir unter Feuer geraten sind, hab ich mein Funkgerät verloren.«

»Tragen Sie eine kugelsichere Weste?«

»Nein. Ich war dabei, den Verkehr zu regeln... Was, zum Teufel, sollen wir jetzt machen?«

Amelia stellte ihr Motorola auf eine andere Frequenz um. »Spurensicherung, Einheit Fünf Acht Acht Fünf an Zentrale.«

»Hier Captain Sieben Vier. Was gibt's?«

»Wir haben einen Zehn-dreizehn auf einem Parkplatz östlich der Sechs Null Fünf Delancey. Officer verwundet. Brauchen sofort Verstärkung, Krankenwagen und ESU. Zwei

Verdächtige, beide bewaffnet, einer mit Geisel. Ein Verhandlungsführer wäre nicht schlecht.«

»Roger, Fünf Acht Acht Fünf. Benötigen Sie einen Beobachtungshubschrauber?«

»Negativ, Sieben Vier. Einer der Täter hat ein Jagdgewehr und keine Hemmungen, auf unsere Uniformierten zu schießen.«

»Wir schicken so schnell wie möglich Verstärkung, aber der Secret Service hat die halbe Innenstadt abgesperrt, weil der Vizepräsident vom JFK hierher unterwegs ist. Es wird also länger dauern. Gehen Sie nach eigenem Ermessen vor. Ende.«

»Roger. Ende.«

Mr. Vice President, *meine* Stimme kriegen Sie nicht mehr, dachte Amelia.

Wilkins schüttelte den Kopf. »Wir können unmöglich einen Verhandlungsführer in die Nähe des Apartments lassen. Nicht solange der Schütze noch in dem Wagen hockt.«

»Ich arbeite daran«, erwiderte Sachs.

Sie schob sich zur Hausecke vor und warf einen Blick auf den Wagen, eine tiefer gelegte Schrottkarre, deren Front an einem Müllcontainer klebte. Die Türen standen offen, und man konnte einen schmächtigen Mann mit Gewehr erkennen.

Ich arbeite daran…

»Sie da im Wagen, Sie sind umstellt«, rief sie. »Lassen Sie die Waffe fallen, oder wir eröffnen das Feuer. Sofort!«

Er duckte sich und zielte in ihre Richtung. Amelia ging in Deckung und rief über Funk die beiden Beamten im hinteren Bereich des Parkplatzes. »Befinden sich Geiseln im Auto?«

»Nein.«

»Sind Sie sicher?«

»Positiv«, sagte der Officer. »Bevor er angefangen hat zu ballern, hatten wir einen Moment lang freie Sicht.«

»Okay. Können Sie ihn erwischen?«
»Wahrscheinlich durch die Tür.«
»Nein, feuern Sie nicht auf Verdacht. Suchen Sie sich ein freies Schussfeld, aber nur, wenn Sie dabei ständig in Deckung bleiben können.«
»Roger.«
Sie sah, wie die Männer ihren Standort zur Seite hin veränderten. Kurz darauf meldete sich einer der beiden. »Ich hab ihn jetzt deutlich im Visier. Soll ich ihn umlegen?«
»Halten Sie sich bereit.« Dann wandte Amelia sich erneut an den Verdächtigen. »Sie da im Wagen. Mit dem Gewehr. Sie haben zehn Sekunden, oder wir eröffnen das Feuer. Lassen Sie die Waffe fallen. Haben Sie mich verstanden?« Sie wiederholte alles auf Spanisch.
»Leck mich!«
Sie nahm das als Bejahung.
»Zehn Sekunden«, rief sie. »Ab jetzt.«
Die nächste Anweisung galt über Funk den beiden Beamten. »Geben Sie ihm zwanzig. Danach haben Sie grünes Licht.«
Unmittelbar vor Ablauf der zehn Sekunden ließ der Mann das Gewehr fallen, stieg aus und hob die Hände. »Nicht schießen, nicht schießen!«
»Lassen Sie die Arme da, wo sie sind, und kommen Sie langsam hierher zur Hausecke. Falls Sie die Hände herunternehmen, wird man Sie erschießen.«
Als der Mann die Ecke erreichte, legte Wilkins ihm Handschellen an und durchsuchte ihn. Sachs verharrte geduckt.
»Der Kerl da drinnen«, wandte sie sich an den Verdächtigen. »Ihr Kumpel. Wer ist er?«
»Ihnen muss ich hier gar nichts erzählen…«
»Irrtum, denn wenn wir gezwungen sind, ihn zu erschießen, womit wir notfalls keine Sekunde zögern werden, sind

Sie dran. Laut Gesetz kann man Sie als Beteiligten eines Verbrechens für jeden Toten zur Rechenschaft ziehen. Also, ist dieser Kerl fünfundvierzig Jahre in Ossining wert?«

Der Mann seufzte.

»Na los«, herrschte sie ihn an. »Name, Anschrift, Familie, sein Lieblingsessen, den Vornamen seiner Mutter, Verwandte im Knast – Ihnen fallen doch bestimmt jede Menge hilfreicher Einzelheiten über ihn ein.«

Er seufzte noch einmal und fing an zu reden. Sachs machte sich eifrig Notizen.

Jemand meldete sich über Funk. Der Verhandlungsführer und das ESU-Team waren soeben vor dem Gebäude eingetroffen. Amelia gab die Aufzeichnungen an Wilkins weiter. »Bringen Sie das dem Unterhändler.«

Dann belehrte sie den Verhafteten über seine Rechte. Hatte sie die Situation bestmöglich bewältigt? Hatte sie unnötig Leben in Gefahr gebracht? Hätte sie sich persönlich um den verwundeten Beamten kümmern sollen?

Fünf Minuten später kam der befehlshabende Captain um die Gebäudeecke. Er lächelte. »Der Geiselnehmer hat die Frau freigelassen. Es gab keine weiteren Verletzten, und wir haben drei Festnahmen. Dem angeschossenen Beamten geht's bald wieder gut. Er hat bloß einen Kratzer abbekommen.«

Eine uniformierte Polizistin mit kurzem blonden Haar gesellte sich zu ihnen. »He, sehen Sie sich das mal an. Nette Zugabe, oder?« Sie hielt zwei Plastiktüten hoch. Eine enthielt weißes Pulver, die andere Haschpfeifen und weitere Drogenutensilien.

Der Captain nahm die Sachen genauer in Augenschein und nickte beifällig.

»Lag das im Wagen der Täter?«, fragte Amelia.

»Nein. Ich hab's in einem Ford auf der anderen Straßenseite gefunden. Eigentlich wollte ich den Besitzer als Zeugen vernehmen, aber dann fing er an zu schwitzen und wurde immer nervöser, also habe ich mir seinen Wagen vorgenommen.«

»Wo war der abgestellt?«, fragte Sachs.

»In der Garage.«

»Haben Sie sich einen Durchsuchungsbefehl besorgt?«

»Nein. Wie ich schon sagte, der Kerl war nervös, und ich konnte vom Gehweg aus einen Zipfel der Tüte erkennen. Das war ein hinreichender Tatverdacht.«

»Nein.« Sachs schüttelte den Kopf. »Das war eine widerrechtliche Durchsuchung.«

»Widerrechtlich? Letzte Woche haben wir einen Typen wegen Geschwindigkeitsübertretung angehalten und bei dieser Gelegenheit ein Kilo Pot auf dem Rücksitz gesehen. Bei *dessen* Verhaftung gab's keine Probleme.«

»Das war auch etwas anderes. Wenn ein Wagen auf einer öffentlichen Straße unterwegs ist, besteht nur ein eingeschränktes Recht auf Privatsphäre, und für eine Festnahme genügt ein hinreichender Verdacht. Befindet ein Fahrzeug sich hingegen auf privatem Grund und Boden, benötigt man einen Durchsuchungsbefehl, auch wenn man die Drogen mit bloßem Auge erkennen kann.«

»Das ist doch verrückt«, wandte die Beamtin ein. »In dieser Tüte sind dreihundert Gramm reines Kokain. Der Kerl ist eindeutig ein Dealer. Unsere Drogenfahnder mühen sich monatelang ab, um einen wie ihn dingfest zu machen.«

»Sind Sie sich sicher, Officer Sachs?«, fragte der Captain.

»Absolut.«

»Was würden Sie empfehlen?«

»Beschlagnahmen Sie das Zeug, jagen Sie dem Verdächtigen eine Höllenangst ein, und reichen Sie Autokennzeichen und Personalien ans Rauschgiftdezernat weiter«, sagte Amelia und sah die Polizistin an. »Und Sie sollten lieber Ihre

Kenntnisse auffrischen, damit die nächste Durchsuchung korrekt verläuft.«

Die Frau wollte sich rechtfertigen, aber Sachs achtete nicht mehr auf sie, sondern ließ den Blick über den leeren Parkplatz schweifen, wo der Wagen bei dem Müllcontainer stand. Sie kniff die Augen zusammen.

»Officer…«, setzte der Captain an.

Amelia ignorierte ihn. »Es waren insgesamt *drei* Täter?«, fragte sie Wilkins.

»Genau.«

»Woher wissen Sie das?«

»Das hat der Juwelier gemeldet, den sie überfallen haben.«

Amelia trat vor und zog ihre Glock. »Dann sehen Sie sich mal genau den Fluchtwagen an«, rief sie.

»Mein Gott«, sagte Wilkins.

Alle Türen standen offen. Also waren *vier* Personen ausgestiegen.

Sachs ging in die Hocke, musterte das Gelände und richtete ihre Waffe auf das einzig mögliche Versteck im näheren Umkreis: eine kurze Sackgasse hinter dem Müllcontainer.

»Achtung!«, schrie sie, fast noch bevor sie die Bewegung sah.

Alle wirbelten herum, während ein hoch gewachsener Mann mit einer Schrotflinte aus der Nische stürmte und zur Straße laufen wollte.

Amelia visierte sofort sein T-Shirt an. »Waffe fallen lassen!«, befahl sie.

Er zögerte kurz, grinste dann und wollte das Gewehr auf die Beamten richten.

Sachs reagierte sofort. »Peng, peng«, rief sie fröhlich. »Sie sind tot.«

Der Mann hielt lachend inne und schüttelte bewundernd

den Kopf. »Verdammt gut. Ich dachte, ich hätte es geschafft.« Er legte sich den abgesägten Lauf der Waffe über die Schulter und schlenderte zu den Beamtenkollegen neben dem Haus. Der andere »Täter«, der im Wagen gesessen hatte, drehte sich um, damit man ihm die Handschellen abnehmen konnte. Wilkins befreite ihn.

Die »Geisel«, verkörpert von einer vollkommen unschwangeren Beamtin mexikanischer Abstammung, die Sachs schon seit Jahren kannte, gesellte sich ebenfalls hinzu und klopfte Amelia auf die Schulter. »Gute Arbeit. Danke, dass du meinen Hintern gerettet hast.«

Sachs blieb ernst und verbarg ihre Zufriedenheit. Sie fühlte sich wie eine Studentin, die soeben eine wichtige Prüfung bestanden hatte.

Was genau genommen auch den Tatsachen entsprach.

Amelia Sachs verfolgte ein neues Ziel. Herman, ihr Vater, war zeit seines Lebens ein Streifenbeamter der Patrol Services Division gewesen. Sachs besaß mittlerweile den gleichen Rang, war eigentlich zufrieden damit und hätte normalerweise erst in einigen Jahren eine Beförderung angestrebt. Dann ereigneten sich die Anschläge des 11. September 2001, und in Amelia erwachte der Wunsch, mehr für ihre Heimatstadt zu tun. Also reichte sie die notwendigen Anträge ein und bewarb sich für eine Laufbahn als Detective Sergeant.

Die Detectives des New York Police Department konnten auf eine einzigartige Geschichte verweisen und standen in der Tradition des zähen, brillanten Inspector Thomas Byrnes, der in den achtziger Jahren des neunzehnten Jahrhunderts zum Leiter des neu eingerichteten Detective Bureaus ernannt wurde. Zu seinen Methoden gehörten Drohungen und Schläge genauso wie scharfsinnige Schlussfolgerungen – so ließ er beispielsweise einen großen Einbrecherring auffliegen, indem er eine winzige Faser zurückverfolgte, die man an einem der Tatorte gefunden hatte. Unter Byrnes' eindrucksvoller Führung wurden die Detectives bald als die »Unsterblichen« bekannt und sorgten für einen dramatischen Rückgang der Verbrechensrate, obwohl es in der Stadt damals ebenso turbulent zuging wie im Wilden Westen.

Officer Herman Sachs hatte Andenken aus dem Polizeialltag gesammelt und Amelia kurz vor seinem Tod einen seiner größten Schätze vermacht: ein zerfleddertes Notizbuch aus dem Besitz von Byrnes, versehen mit zahlreichen Einträgen zu diversen Ermittlungen. Als Sachs noch klein war – und ohne dass ihre Mutter davon erfuhr –, las ihr Vater häufig Passagen aus dem Buch vor, und dann dachten die beiden sich Geschichten dazu aus.

12. Oktober 1883. Das andere Bein wurde gefunden! Slaggardys Kohlenbunker, Five Points. Rechnen nun mit Cotton Williams' Geständnis.

In Anbetracht seiner Reputation (und der für Polizeiverhältnisse guten Bezahlung) war es erstaunlich, dass Frauen im Detective Bureau *größere* Aufstiegsmöglichkeiten vorfanden als in jeder anderen Abteilung des NYPD. Wenn man Thomas Byrnes als männlichen Inbegriff eines Detectives annahm, durfte Mary Shanley gewiss als sein weibliches Gegenstück gelten – und als eines von Amelias persönlichen Vorbildern. Shanley war in den dreißiger Jahren des zwanzigsten Jahrhunderts aktiv, eine raue, kompromisslose Beamtin, die einmal sagte: »Wenn man schon eine Waffe mit sich herumschleppt, kann man sie genauso gut auch benutzen.« Was sie relativ häufig tat. Nach Jahren der Verbrechensbekämpfung in Midtown setzte sie sich als Detective First Grade zur Ruhe.

Sachs hingegen wollte mehr als nur ein Detective sein, denn das war lediglich eine Tätigkeitsbezeichnung; sie wollte außerdem einen Dienstgrad. Beim NYPD, genau wie bei den meisten anderen Polizeibehörden, wurde man zum Detective ernannt, sobald man sich berufliche Verdienste erworben hatte und eine gewisse Erfahrung vorweisen konnte. Um Sergeant zu werden, musste man jedoch einen mühsamen Prüfungstriathlon durchlaufen, bestehend aus schriftlichem und mündlichem Examen sowie einer praktischen Übung – und die hatte Sachs soeben absolviert. Bei dieser Simulation kam es auf geschickte Personalführung, Teamfähigkeit und das Urteilsvermögen in einer Krisensituation an.

Der Captain, ein freundlicher Polizeiveteran, der fast wie der Schauspieler Laurence Fishburne aussah, fungierte als Sachverständiger und hatte sich während der Übung Notizen gemacht.

»Okay, Officer«, sagte er. »Wir werden einen Bericht verfassen und Ihrer Beurteilung beifügen. Aber gestatten Sie mir eine inoffizielle Bemerkung.« Er zog seine Aufzeichnungen zu Rate. »Ihre Einschätzung der Bedrohungslage für Zivilisten und Beamte war perfekt. Die Verstärkung wurde rechtzeitig und im richtigen Umfang angefordert. Unsere Leute wurden von Ihnen so postiert, dass für die Täter zu keinem Zeitpunkt eine Fluchtchance bestand, und zwar bei minimiertem Eigenrisiko. Die widerrechtliche Durchsuchung haben Sie korrekt erkannt. Und dass Sie dem ersten Täter persönliche Informationen für unseren Verhandlungsführer entlockt haben, war eine hervorragende Idee. Wir hatten gar nicht daran gedacht, das als Bestandteil der Übung zu sehen, aber das wird sich ab jetzt ändern. Und was den letzten Punkt angeht… Tja, ehrlich gesagt hätten wir nie damit gerechnet, dass Sie Rückschlüsse auf einen vierten Verdächtigen ziehen würden. Geplant war, dass der Kerl unseren Officer Wilkins hier niederschießt und wir dann sehen, wie Sie mit der Situation umgehen und die Verhaftung des Flüchtigen organisieren.«

Er hob den Kopf und lächelte. »Aber Sie haben den Schweinehund erwischt.«

Peng, peng.

»Die mündlichen und schriftlichen Prüfungen liegen bereits hinter Ihnen, nicht wahr?«, fragte er.

»Jawohl, Sir. Die Ergebnisse müssten demnächst eintreffen.«

»Wir werden den Bericht schnellstmöglich abschließen, mit unserer Empfehlung versehen und an den Ausschuss schicken. Sie sind für heute hier fertig.«

»Jawohl, Sir.«

Der Beamte, der den letzten der Täter gespielt hatte – den Mann mit der Schrotflinte – kam auf Amelia zu. Er war ein stattlicher Italiener, nach ihrer Einschätzung seit einer halben Generation den Brooklyner Docks entwachsen, und hatte die Muskeln eines Boxers. Ein ungepflegter Stoppelbart bedeckte Wangen und Kinn. Hoch an der schmalen Hüfte steckte eine großkalibrige verchromte Automatikpistole, und sein angeberisches Lächeln verleitete Sachs beinahe zu der Aufforderung, er könne die Waffe ja als Rasierspiegel benutzen.

»Eines kann ich dir sagen… ich hab schon ein Dutzend dieser Simulationen mitgemacht, und das hier war von allen die beste, Babe.«

Sie musste unwillkürlich lachen. Es gab bei der Polizei bestimmt noch so manchen Chauvinisten – sowohl bei den Streifenbeamten als auch in den Chefbüros am Police Plaza –, aber normalerweise waren diese Leute eher herablassend als offen sexistisch. Sachs hatte von ihren männlichen Kollegen seit mindestens einem Jahr kein »Babe« oder »Honey« mehr zu hören bekommen.

»Bleiben wir doch lieber bei ›Officer‹, falls Sie nichts dagegen haben.«

»Nein, nein, nein«, sagte er und lachte. »Entspann dich. Die Prüfung ist vorbei.«

»Und?«

»Als ich ›Babe‹ gesagt habe, war das nicht abschätzig gemeint. Du brauchst dich nicht, du weißt schon, angegriffen zu fühlen oder so. Ich hab das bloß gesagt, weil ich beeindruckt war. Und weil du... du weißt schon.« Er lächelte sie strahlend an, und seine Zähne funkelten genauso hell wie seine Pistole. »Ich verteile nur selten Komplimente. Aus meinem Mund ist das was ganz Besonderes.«

Weil du... du weißt schon.

»He, du bist doch jetzt hoffentlich nicht sauer oder so«, sagte er.

»Nein, ganz und gar nicht. Aber es heißt trotzdem ›Officer‹. So nennen Sie mich, und so nenne ich Sie.«

Zumindest wenn ich dich direkt anspreche.

»He, ich wollte dich wirklich nicht beleidigen oder so. Du bist ein hübsches Mädchen. Und ich bin ein Kerl. Du weißt doch, wie das läuft... Also.«

»Also«, erwiderte sie und ging los.

Er stellte sich ihr in den Weg und runzelte die Stirn. »He, warte mal. Das hier läuft völlig daneben. Hör mal, lass mich dich zu einem Kaffee einladen. Wenn du mich erst mal kennen lernst, wirst du mich mögen.«

»Darauf würde ich nicht wetten«, rief einer seiner Kumpel und lachte.

Der Angesprochene zeigte ihm grinsend den Mittelfinger und wandte sich wieder zu Sachs um.

In diesem Moment piepste ihr Pager, und im Anzeigefeld erschien Lincoln Rhymes Nummer, gefolgt von dem Wort »DRINGEND«.

»Ich muss los«, sagte sie.

»Keine Zeit mehr für einen Kaffee?«, fragte er und verzog mit gespieltem Schmollen das gut aussehende Gesicht.

»Leider nein.«

»Tja, wie wär's dann mit einer Telefonnummer?«

Mit Zeigefinger und Daumen deutete sie eine Pistole an und zielte auf ihn. »Peng, peng«, sagte sie. Und lief zu ihrem gelben Camaro.

... Drei

Das soll eine Schule sein?

Amelia Sachs zog einen großen schwarzen Gerätekoffer auf Rollen hinter sich her und ging durch den halbdunklen Korridor. Sie roch Schimmel und altes Holz. An der hohen Decke hingen Staubflocken, und von den Wänden blätterte die grüne Farbe ab. Wie konnte man hier etwas über Musik lernen? Es sah aus wie in einem der Romane von Anne Rice, die Amelias Mutter so gern las.

»Gruselig«, hatte einer der Beamten über Funk gemurmelt und dabei nur halb scherzhaft geklungen.

Eine adäquate Beschreibung.

Ein halbes Dutzend Cops – vier in Uniform, zwei in Zivil – standen in der Nähe einer Doppeltür am Ende des Flurs. Der zerzauste Lon Sellitto, den Kopf gesenkt und in der Hand einen Notizblock, sprach mit einem Wachmann, dessen Dienstkleidung verstaubt und fleckig war und damit bestens zu den Wänden und Böden passte.

Hinter der offenen Tür sah Amelia einen weiteren dunklen Raum, in dem eine helle Gestalt lag. Das Opfer.

»Wir brauchen Lampen«, sagte sie zu dem Techniker, der neben ihr ging. »Mehrere Sets.« Der junge Mann nickte und lief zurück zum Einsatzwagen der Spurensicherung – einem Kombi voller kriminaltechnischer Werkzeuge, der draußen halb auf dem Bürgersteig stand und wahrscheinlich nicht ganz so schnell hergerast war wie Sachs in ihrem 1969er Camaro SS. Sie hatte die Strecke vom Übungsgelände zur Schule mit durchschnittlich hundertzehn Stundenkilometern zurückgelegt.

Sachs musterte die junge blonde Frau, die drei Meter vor ihr auf dem Rücken lag und deren Leib sich emporwölbte, weil die gefesselten Hände sich unter ihr befanden. Sogar im trüben Licht der Halle nahm Amelias geschulter Blick die tiefen Erdrosselungsmale am Hals und das Blut auf Lippen und Kinn wahr – weil das Opfer sich vermutlich auf die Zunge gebissen hatte, was bei Strangulationen häufig vorkam.

Automatisch registrierte sie weitere Details: smaragdgrüne Ohrstecker, abgetragene Laufschuhe. Offenbar weder Raubüberfall noch Vergewaltigung oder Verstümmelung. Kein Ehering.

»Wer war als Erster am Tatort?«

»Wir beide«, sagte eine hoch gewachsene Frau mit kurzem braunen Haar, auf deren Namensschild D. FRANCISCOVICH stand, und deutete auf ihre blonde Partnerin, N. AUSONIO. Sie wirkten beunruhigt, und Franciscovich trommelte mit den Fingern der rechten Hand auf ihrem Holster herum. Ausonio konnte den Blick nicht von der Leiche abwenden. Sachs vermutete, dass dies für die zwei Beamtinnen der erste Mordfall war.

Die beiden schilderten den Ablauf der Ereignisse. Das Auffinden des Täters, den Lichtblitz, die Flucht in den Vortragssaal, die Verbarrikadierung. Und dann war der Kerl auf einmal weg.

»Sie sagen, er hat behauptet, eine Geisel bei sich zu haben?«

»Das waren seine Worte«, bestätigte Ausonio. »Aber ansonsten wird hier in der Schule niemand vermisst. Wir sind überzeugt, dass er geblufft hat.«

»Das Opfer?«

»Swetlana Rasnikow«, sagte Ausonio. »Vierundzwanzig. Studentin.«

Sellitto beendete die Vernehmung des Wachmanns. »Bedding und Saul befragen soeben alle anderen, die heute Morgen im Gebäude gewesen sind«, sagte er zu Sachs.

Sie wies in Richtung des Tatorts. »Wer war da drin?«

»Die beiden Officers«, antwortete Sellitto mit Blick auf die Frauen. »Dann zwei Sanitäter und zwei ESU-Leute, doch die haben sich gleich wieder zurückgezogen, als keine Gefahr mehr drohte. Es ist alles noch ziemlich unberührt.«

»Der Wachmann war auch drinnen«, sagte Ausonio. »Aber nur für eine Minute. Wir haben ihn so schnell wie möglich wieder rausgeschickt.«

»Gut«, sagte Sachs. »Gibt's Zeugen?«

»Als wir hergekommen sind, war da hinten ein Hauswart«, sagte Ausonio.

»Er hat nichts gesehen«, fügte Franciscovich hinzu.

»Dennoch brauche ich zu Vergleichszwecken die Abdrücke seiner Schuhsohlen«, sagte Sachs. »Würde eine von Ihnen den Mann bitte suchen?«

»Na klar.« Ausonio machte sich auf den Weg.

Sachs entnahm dem schwarzen Koffer einen Reißverschlussbeutel aus durchsichtigem Kunststoff, stieg in den darin verstauten weißen Tyvek-Overall, setzte die Kapuze auf und zog sich Handschuhe an. Der Anzug gehörte zur Standardausrüstung der Spurensicherung des NYPD und sollte verhindern, dass der Träger den Tatort versehentlich durch eigene Spurenpartikel verunreinigte – beispielsweise durch Haare, Hautschuppen oder Fremdsubstanzen. Zwar verfügte der Overall über Füßlinge, doch Sachs kam trotzdem Rhymes strikter Anweisung nach und streifte sich Gummiringe über die Schuhe, damit man ihre Abdrücke zweifelsfrei von denen des Opfers und des Täters unterscheiden konnte.

Nachdem Amelia das Headset angelegt und das Funkgerät eingeschaltet hatte, ließ sie sich mit einem Festnetzanschluss verbinden, und kurz darauf drang dank der komplex zusammengeschalteten Kommunikationssysteme Lincoln Rhymes tiefe Stimme an ihr Ohr.

»Sachs, hörst du mich?«

»Ja. Es war genau, wie du gesagt hast – man hat ihn in die Enge getrieben, und dann ist er verschwunden.«

Rhyme lachte leise auf. »Und nun sollen *wir* ihn finden. Müssen wir eigentlich immer die Fehler anderer Leute ausbügeln? Warte mal kurz. Kommando, Lautstärke leiser… leiser.« Die Musik im Hintergrund verklang.

Der Techniker, den Sachs zum Wagen geschickt hatte, kehrte mit mehreren Stativlampen zurück. Amelia stellte sie in der Halle auf und schaltete sie ein.

Es war in Fachkreisen durchaus umstritten, mit welcher Methode ein Tatort auf Spuren untersucht werden sollte, und während viele Kriminalisten nach dem Prinzip »weniger ist mehr« verfuhren, setzten manche von vornherein ganze Teams ein. Lincoln Rhyme hingegen hatte vor seinem Unfall die meisten Tatorte allein inspiziert, und er bestand darauf, dass Amelia Sachs auf die gleiche Weise vorging. Je mehr andere Techniker zugegen waren, desto stärker wurde man abgelenkt und desto nachlässiger arbeitete man, weil sich automatisch die unterschwellige Erwartung einstellte, dass die Kollegen etwaige eigene Versäumnisse kompensieren würden.

Und es gab noch einen Grund für Rhymes Anordnung. Der Kriminalist hatte erkannt, dass ein Gewaltverbrechen eine makabre Art von intimer Atmosphäre ausstrahlte. Wenn man bei der Untersuchung eines Tatorts allein blieb, konnte man viel eher eine innere Verbindung zu Opfer und Täter herstellen und besser erkennen, welches die relevanten Spuren waren und wo man sie vermutlich finden würde.

Genau diese mentale Beziehung versuchte Amelia Sachs nun herzustellen, während sie die Leiche der jungen Frau betrachtete, die neben einem Holzfasertisch am Boden lag.

In der Nähe der Toten sah sie einen verschütteten Becher Kaffee, Notenblätter, einen Instrumentenkoffer und ein Stück einer silbernen Flöte. Als der Mörder ihr das Seil um den Hals geschlungen hatte, war die Frau offenbar soeben damit beschäftigt gewesen, das Instrument zusammenzustecken. Sie hielt sogar immer noch eines der Flötenteile umklammert. Hatte sie versucht, es als Waffe zu benutzen?

Oder wollte die verzweifelte junge Frau im Tode einfach nur etwas Vertrautes und Tröstliches zwischen den Fingern spüren?

»Ich bin bei der Leiche, Rhyme«, sagte Amelia und schoss unterdessen einige Digitalfotos von der Toten.

»Fang an.«

»Sie liegt auf dem Rücken – aber aufgefunden wurde sie bäuchlings. Die Beamten haben sie umgedreht, um eine Wiederbelebung zu versuchen. Typische Strangulationsmale.« Sachs rollte die Frau nun vorsichtig zurück auf den Bauch. »Die Hände sind mit irgendwelchen altmodischen Handschellen gefesselt. Das Fabrikat sagt mir nichts. Ihre Armbanduhr ist kaputt und zeigt exakt acht Uhr an. Das sieht nicht nach einem Zufall aus.« Amelia tastete das schmale Handgelenk der Toten ab. Es war gebrochen. »Ja, Rhyme, er hat mit Wucht draufgetreten. Ein hübsches Modell, eine Seiko. Warum hat er die Uhr zertrümmert und nicht etwa gestohlen?«

»Gute Frage, Sachs… Vielleicht hat es etwas zu bedeuten, vielleicht auch nicht.«

Ein prima Wahlspruch für einen forensischen Wissenschaftler, dachte sie.

»Eine der Polizistinnen hat das Seil um den Hals durchgeschnitten, aber der Knoten ist unversehrt.« Die Beamtin war korrekt vorgegangen, denn ein solcher Knoten konnte viel über die Person verraten, die ihn geknüpft hatte.

Dann sammelte Sachs mit einem Kleberoller kleinere Spurenpartikel ein. Man war in Fachkreisen allgemein zu der Ansicht gelangt, dass ein tragbarer Staubsauger zu viele unerwünschte Teilchen mit aufsog, und so griffen die meisten kriminaltechnischen Abteilungen mittlerweile auf diese Roller zurück, die in privaten Haushalten oft zur Entfernung von Hunde- und Katzenhaaren genutzt wurden.

Amelia verpackte die gewonnenen Spuren in kleine Plastiktüten, kämmte mit einem Spezialkamm die Haare der Toten durch und nahm Proben unter den Fingernägeln der Leiche.

»Ich mache mich jetzt an das Gitternetz«, sagte sie dann.

Dieser Ausdruck stammte von Lincoln Rhyme und bezeichnete seine bevorzugte, weil gründlichste Methode zur Untersuchung eines Tatorts. Man durchmaß dabei das betreffende Areal in mehreren Bahnen erst senkrecht und dann waagerecht, wobei die Decken und Wände ebenso viel Beachtung finden mussten wie der Boden.

Sachs fing an, hielt nach weggeworfenen oder fallen gelassenen Gegenständen Ausschau, sammelte Partikel ein, nahm elektrostatische Abdrücke der Fußspuren und schoss Digitalfotos. Das Aufnahmeteam der Spurensicherung würde später noch eine umfassende Bild- und Videodokumentation des Schauplatzes anfertigen, aber da dieser Vorgang einige Zeit beanspruchte, ließ Rhyme sich stets mit einer Reihe von Vorabfotos versorgen.

»Officer?«, rief Sellitto.

Amelia wandte sich um.

»Nur eine kurze Frage... Da wir nicht wissen, wo dieses Arschloch abgeblieben ist, soll ich Ihnen nicht lieber jemanden zur Verstärkung reinschicken?«

»Nein«, sagte sie und dankte ihm insgeheim dafür, dass er sie an den verschwundenen Mörder erinnert hatte. Ein weiterer von Lincoln Rhymes Wahlsprüchen lautete: Lass dir keine Einzelheit entgehen, aber pass auf dich auf. Sie tastete nach dem Griff der Glock, um die Waffe bei Bedarf schnell ziehen zu können – unter dem Tyvek-Overall rutschte das Holster immer ein Stück nach oben –, und setzte die Suche fort.

»Okay, ich hab was«, teilte sie wenig später Rhyme mit. »In der Vorhalle, ungefähr drei Meter vom Opfer entfernt. Ein Stück schwarzer Stoff. Seide. Ich meine natürlich, es *sieht* wie Seide *aus*. Es liegt über einem Teil der Flöte des Opfers, also muss es von ihm oder ihr stammen.«

»Interessant«, murmelte Rhyme. »Was *das* wohl wieder zu bedeuten hat?«

Darüber hinaus fand sich in der Vorhalle nichts. Amelia betrat das Auditorium und hielt die Hand in der Nähe der Waffe. Im ersten Moment ließ ihre Anspannung nach, weil sofort ersichtlich war, dass es hier tatsächlich kein Versteck für einen Täter geben konnte, keine Geheimtüren oder verborgenen Ausgänge. Doch als sie das Gitternetz abschritt, wurde ihr immer unbehaglicher zumute.

Gruselig…

»Rhyme, das ist irgendwie merkwürdig…«

»Ich kann dich nicht hören, Sachs.«

Ihr wurde klar, dass sie vor lauter Verunsicherung geflüstert hatte.

»Die umgeworfenen Stühle sind mit einer verbrannten Kordel umwickelt, außerdem mit Zündschnüren, so wie's aussieht. Ich rieche Nitrat- und Schwefelrückstände. Die Beamtinnen sagten, er habe einen Schuss abgefeuert. Aber es riecht nicht nach rauchlosem Schießpulver, sondern anders. Ah, okay… Da liegt ein kleiner grauer Knallkörper. Vielleicht war das der vermeintliche Schuss… Halt, da ist noch etwas – unter einem der Stühle. Eine kleine grüne Platine, an der ein Lautsprecher hängt.«

»›Klein‹?«, fragte Rhyme sarkastisch. »Ein Schuh ist klein,

verglichen mit einem Quadratmeter. Und ein Quadratmeter ist klein, verglichen mit einem Hektar, Sachs.«

»Tut mir Leid. Die Platine misst ungefähr fünf mal zwölf Zentimeter.«

»Was ziemlich groß ist, verglichen mit einer Münze, nicht wahr?«

Ich hab's begriffen, vielen herzlichen Dank, entgegnete sie in Gedanken.

Sie verpackte alles in Tüten, ging dann zur zweiten Tür – der Brandschutztür – hinaus und sicherte sämtliche Fußabdrücke, die sie dort fand. Schließlich nahm sie Kontrollproben, um sie später mit den Opfer- und Täterspuren vergleichen zu können. »Das wär's, Rhyme. Ich bin in einer halben Stunde zurück.«

»Und die Falltüren und Geheimgänge, von denen alle reden?«

»Ich kann keine finden.«

»Also gut, komm nach Hause, Sachs.«

Sie kehrte ins Foyer zurück und ließ die Foto- und Fingerabdruckspezialisten an die Arbeit gehen. Franciscovich und Ausonio standen an der Tür. »Haben Sie den Hauswart gefunden?«, fragte Amelia. »Ich muss mir seine Schuhe ansehen.«

Ausonio schüttelte den Kopf. »Er hat dem Wachmann gesagt, er müsse seine Frau zur Arbeit fahren. Ich habe im Verwaltungsbüro die Nachricht hinterlassen, er möge sich bei uns melden.«

»He, Officer, Nancy und ich haben uns unterhalten«, sagte ihre Partnerin ernst. »Wir wollen beide nicht, dass dieser Mistkerl davonkommt. Falls wir Ihnen noch irgendwie behilflich sein können, lassen Sie es uns bitte wissen.«

Sachs verstand genau, wie die beiden sich fühlten. »Ich werde sehen, was ich tun kann«, versprach sie.

Sellitto wurde angefunkt und hörte kurz zu. »Das sind die

Hardy Boys«, sagte er dann. »Sie haben alle Zeugen vernommen und warten am Eingang.«

Sachs, Sellitto und die beiden Streifenbeamtinnen kehrten zur Vorderseite der Schule zurück. Dort trafen sie auf Bedding und Saul, einer groß, der andere klein, einer mit Sommersprossen, der andere ohne. Die zwei waren Detectives aus dem Big Building und auf die Befragung von Zeugen spezialisiert.

»Wir haben mit den sieben Leuten gesprochen, die heute Morgen hier gewesen sind.«

»Außer dem Wachmann.«

»Keine Lehrer…«

»…nur Studenten.«

Man nannte die beiden auch die »Zwillinge«, obwohl sie völlig unterschiedlich aussahen, denn sie waren ein eingespieltes Verhörteam – ganz gleich, ob es um Täter oder Zeugen ging. Mit einem von ihnen allein zu reden, war nahezu unmöglich und viel zu verwirrend. Am besten, man betrachtete sie als zwei Teile ein und derselben Person.

»Die Informationen sind nicht gerade erhellend.«

»Die Leute waren alle ganz außer sich.«

»Und der Ort ist auch nicht unbedingt hilfreich.« Ein Nicken in Richtung der Spinnweben, die unter der dunklen, von Wasserflecken verunzierten Decke hingen.

»Niemand kannte das Opfer besonders gut. Als sie heute Morgen herkam, hat eine Freundin sie zum Vortragssaal begleitet. Sie…«

»Die Freundin.«

»…hat dort niemanden gesehen. Die beiden standen fünf oder zehn Minuten im Vorraum und haben sich unterhalten. Gegen acht Uhr ist die Freundin gegangen.«

»Demnach lag der Täter dort bereits auf der Lauer«, sagte Rhyme, der über Funk mithörte.

»Das Opfer«, fuhr der kleinere der beiden rotblonden Detectives fort, »stammt aus Georgien und ist vor etwa zwei Monaten eingereist. Sie war eher eine Einzelgängerin.«

»Das Konsulat benachrichtigt ihre Familie.«

»Die anderen Studenten haben sich heute alle in verschiedenen Übungsräumen aufgehalten, und keiner von ihnen hat etwas gehört oder eine unbekannte Person bemerkt.«

»Warum war Swetlana nicht in einem der Übungsräume?«, fragte Sachs.

»Ihre Freundin sagt, Swetlana habe die Akustik in dem Vortragssaal besser gefallen.«

»Ehemann, fester Freund oder Freundin?«, fragte Sachs und dachte dabei an die Regel Nummer eins bei Mordermittlungen: Täter und Opfer kannten sich meistens.

»Nicht, dass die anderen Studenten wüssten.«

»Wie ist er ins Gebäude gelangt?«, wollte Rhyme wissen. Sachs gab die Frage weiter.

»Nur der Haupteingang ist offen«, sagte der Wachmann. »Es gibt natürlich Notausgänge, aber die kann man von außen nicht öffnen.«

»Also hätte er an Ihnen vorbeigemusst, richtig?«

»Und er hätte sich eintragen müssen. *Und* die Kamera hätte ihn aufgenommen.«

Sachs hob den Kopf. »Da hängt eine Überwachungskamera, Rhyme, aber die Linse ist bestimmt schon einige Monate nicht mehr gereinigt worden.«

Sie versammelten sich hinter dem Schaltpult. Der Wachmann betätigte ein paar Knöpfe und spielte das Band ab. Sieben der Leute waren von Bedding und Saul überprüft worden. Eine Person jedoch – ein braunhaariger, bärtiger älterer Mann in Jeans und ausgebeulter Jacke – hatte nicht zu den Zeugen gezählt, da waren die beiden sich einig.

»Das ist er«, sagte Franciscovich. »Das ist der Mörder.« Nancy Ausonio nickte.

Auf dem verschwommenen Band konnte man sehen, wie er sich in die Besucherliste eintrug und dann hineinging. Der Wachmann achtete während der gesamten Zeit nur auf die Liste, nicht auf das Gesicht des Fremden.

»Haben Sie ihn sich denn nicht genauer angesehen?«, fragte Sachs.

»Ich hab nicht darauf geachtet«, erwiderte er ungerührt. »Wer sich einträgt, wird reingelassen. Das ist alles. Das ist mein Job. Ich bin in erster Linie hier, damit niemand mit unserem Kram zur Tür *hinaus*spaziert.«

»Immerhin haben wir seine Unterschrift, Rhyme. Und einen Namen. Natürlich dürfte beides gefälscht sein, aber wenigstens ist es eine Handschriftenprobe. Wo hat er unterzeichnet?«, fragte Sachs, streifte sich Latexhandschuhe über und nahm das Besucherbuch.

Sie spulten das Band zurück und ließen es vom Anfang ablaufen. Der Mörder war die vierte Person, die sich eintrug, aber an vierter Stelle der Liste stand der Name einer Frau.

»Zählt alle Leute, die sich heute da verewigt haben«, rief Rhyme.

Sachs gab die Anweisung weiter, und so verfolgten sie, wie neun Personen ihre Namen eintrugen – acht Studenten, darunter das Opfer, und der Mörder.

»Insgesamt neun, Rhyme, aber auf der Liste stehen nur acht Namen.«

»Wie ist das möglich?«, fragte Sellitto.

»Ist der Wachmann sicher, dass der Täter sich auch wirklich eingetragen hat?«, warf Rhyme ein. »Vielleicht hat er bloß so getan.«

Amelia reichte die Frage an den seelenruhig wirkenden Mann weiter.

»Doch, das hat er. Ich hab's gesehen. Ich achte nicht immer auf die Gesichter, aber ohne Unterschrift kommt mir hier keiner ins Haus.«

Das ist alles. Das ist mein Job.

Sachs schüttelte den Kopf und grub einen Fingernagel tief in die Nagelhaut ihres Daumens.

»Na gut, dann bring mir das Besucherbuch zusammen mit dem anderen Zeug her, und wir sehen es uns genauer an«, sagte Rhyme.

In einer Ecke des Raums stand eine junge Asiatin mit vor der Brust verschränkten Armen und schaute durch die ungleichmäßige Bleiverglasung nach draußen. Dann drehte sie sich um und sah Sachs an. »Ich hab gehört, was Sie gesagt haben. Es klang so, als ob Sie nicht wüssten, ob der Kerl das Gebäude verlassen hat, nachdem… Hinterher, meine ich. Glauben Sie, er ist immer noch hier?«

»Nein, das glaube ich nicht«, sagte Sachs. »Wir sind uns lediglich nicht sicher, *wie* er entkommen konnte.«

»Aber wenn Sie das nicht wissen, dann könnte er sich doch *tatsächlich* noch irgendwo im Haus versteckt halten, um dem nächsten Opfer aufzulauern. Und Sie haben nicht die geringste Ahnung, wo das sein wird.«

Sachs lächelte ihr beruhigend zu. »Solange diese Frage ungeklärt ist, werden jede Menge Polizisten hier sein. Sie brauchen keine Angst zu haben.«

Doch sie dachte etwas anderes: Das Mädchen hat absolut Recht. Ja, womöglich ist er noch hier und will erneut zuschlagen.

Und nein, wir haben keinerlei Anhaltspunkte für seine Identität oder seinen Aufenthaltsort.

… Vier

Und nun, verehrtes Publikum, legen wir eine kurze Pause ein.

Bitte erinnern Sie sich mit Wohlgefallen an den Faulen Henker… *und genießen Sie die Vorfreude auf die kommenden Ereignisse.*

Machen Sie es sich bequem.

Unsere nächste Nummer folgt in Kürze…

Der Mann ging an der Upper West Side von Manhattan den Broadway entlang. An einer Ecke hielt er plötzlich inne, als sei ihm gerade etwas eingefallen, und trat in den Schatten eines Gebäudes. Dort nahm er sein Mobiltelefon vom Gürtel und hob es ans Ohr. Dann sprach er, lächelte gelegentlich, so wie die meisten Leute es beim Telefonieren taten, und ließ beiläufig den Blick in die Runde schweifen, was in dieser Situation ebenfalls nicht unüblich war.

In Wahrheit führte er allerdings gar kein Telefonat, sondern vergewisserte sich, dass niemand ihm von der Musikschule gefolgt war.

Inzwischen sah Malerick völlig anders aus. Er war nun blond und bartlos, trug einen Jogginganzug und ein hochgeschlossenes Trikot. Hätten die Passanten genauer auf ihn geachtet, wären ihnen vielleicht ein paar Besonderheiten aufgefallen: Oberhalb des Kragens erstreckte sich ledriges Narbengewebe den Hals hinauf, und zwei Finger seiner linken Hand – der kleine und der Ringfinger – waren miteinander verschmolzen.

Aber es achtete niemand auf ihn. Seine Gesten und seine Mimik waren nämlich vollkommen natürlich, was – wie jeder Illusionist wusste – dafür sorgte, dass er unsichtbar wurde.

Da er keinen Verfolger entdecken konnte, schlenderte er schließlich weiter, bog in eine Seitenstraße ab und folgte dem von Bäumen gesäumten Bürgersteig bis zu seiner Wohnung. Zu dieser Zeit waren hier nur ein paar Jogger und zwei oder drei Anwohner unterwegs, die mit der *Times* und einer Tüte Brötchen nach Hause zurückkehrten und sich schon darauf freuten, ihren Kaffee zu trinken, in Ruhe die Zeitung zu lesen und eventuell eine gemütliche Samstagmorgennummer zu schieben.

Malerick stieg die Stufen zu dem Apartment hinauf, das er vor einigen Monaten gemietet hatte, gelegen im hinteren Teil eines dunklen, ruhigen Gebäudes, das so ganz anders war als sein Haus und die Werkstatt in der Wüste bei Las Vegas.

Wie ich schon sagte, unsere nächste Nummer folgt in Kürze.

Vorerst, verehrtes Publikum, sollten Sie sich vielleicht über die soeben gesehene Illusion austauschen, mit den Leuten um Sie herum ein wenig plaudern und zu erraten versuchen, was als Nächstes auf dem Programm steht.

Unser zweiter Auftritt wird dem Probanden grundlegend andere Fähigkeiten als Der Faule Henker *abfordern, dabei jedoch, das versichere ich Ihnen, nicht minder beeindruckend ausfallen.*

Diese und noch Dutzende anderer Sätze kamen Malerick immer wieder ganz von selbst in den Sinn. *Verehrtes Publikum...* Er sprach andauernd zu seinen imaginären Zuschauern. (Manchmal vernahm er sogar ihren Beifall, hörte jemanden lachen oder mitunter vor Entsetzen aufkeuchen.) Ein Hintergrundrauschen voller Worte, in genau dem theatralischen Tonfall, den ein geschminkter Zirkusdirektor oder ein Illusionist aus viktorianischer Zeit benutzt haben würde. Geplapper hieß das in Fachkreisen – ein Monolog, der eine Beziehung zum Publikum herstellen und die zum Gelingen des

Tricks notwendigen Informationen übermitteln sollte. Und der zum Ziel hatte, die Leute einzulullen und abzulenken.

Nach dem Feuer hatte Malerick den Kontakt zu seinen Mitmenschen weitgehend abgebrochen. An ihre Stelle war mehr und mehr das imaginäre verehrte Publikum getreten, das letztlich zu seinem ständigen Begleiter wurde. Bald schon erfüllte das Geplapper Malericks Gedanken und Träume, und bisweilen fürchtete er, es könnte ihn vollends in den Wahnsinn treiben. Gleichzeitig aber empfand er es als einen verlässlichen Halt, denn es vermittelte ihm den Eindruck, nach dem tragischen Unglück vor drei Jahren nicht ganz allein dazustehen. Sein verehrtes Publikum war immer bei ihm.

Das Apartment roch nach billigem Firnis und einem seltsam durchdringenden Aroma, das die Tapeten und Böden verströmten. Die ursprüngliche Möblierung schien eher karg und bestand aus ein paar schlichten Sofas und Sesseln sowie einem zweckmäßigen Esstisch, an dem gegenwärtig nur ein einziger Platz eingedeckt war. Die Schlafzimmer hingegen waren voll gestopft mit den Utensilien der Illusionistenzunft: Requisiten, Vorrichtungen, Seile, Kostüme, Gussformen zur Latexverarbeitung, Perücken, Stoffballen, eine Nähmaschine, Farben, Feuerwerkskörper, Schminke, Platinen, Drähte, Batterien, Kollodiumpapier und Schießbaumwolle, Zündschnüre, Werkzeuge zur Holzbearbeitung… und unzählige andere Dinge.

Malerick bereitete sich einen Kräutertee zu, nahm am Esstisch Platz, trank Schluck um Schluck des dünnen Gebräus, aß dazu etwas Obst und schließlich einen fettarmen Müsliriegel. Als Illusionist wurde man physisch stark gefordert, und das Gelingen einer Nummer hing von der körperlichen Verfassung des Künstlers ab. Eine gesunde Ernährung und regelmäßiger Sport waren für den Erfolg unerlässlich.

Mit dem Verlauf des heutigen Morgens war Malerick

durchaus zufrieden. Er hatte die erste Probandin ganz mühelos getötet – und ihn überkam ein Schauder der Erregung, wenn er daran dachte, wie sie vor Schreck erstarrt war, als er ihr von hinten die Schlinge über den Kopf gestreift hatte. Sie war völlig ahnungslos gewesen, obwohl er schon seit einer halben Stunde in der Ecke gelauert hatte, verborgen unter schwarzer Seide. Das überraschende Auftauchen der Polizei – nun ja, das hatte ihn einen Moment lang aus dem Konzept gebracht. Aber wie alle guten Illusionisten war Malerick auf einen solchen Fall vorbereitet gewesen, und die Flucht war ihm perfekt gelungen.

Er beendete sein Frühstück, brachte die Tasse in die Küche, wusch sie sorgfältig ab und legte sie zum Trocknen auf ein Gestell. Diese Akribie war ihm bei allem, was er tat, zur zweiten Natur geworden; sein Mentor, ein leidenschaftlicher, reizbarer und fast schon fanatischer Illusionist, hatte ihm die Disziplin gründlich eingebläut.

Dann ging der Mann in das größere der beiden Schlafzimmer und sah sich die Videoaufnahme an, die er vom Schauplatz der nächsten Vorstellung angefertigt hatte. Er kannte dieses Band bereits in- und auswendig, doch er wollte sich ein weiteres Mal vergewissern. (Sein Mentor hatte ihm nachdrücklich – und mitunter handgreiflich – eingeschärft, wie wichtig die 100:1-Regel war: Für jede Minute auf der Bühne musste man hundert Minuten proben.)

Während er die Aufzeichnung verfolgte, zog er einen mit Samt bespannten Tisch zu sich heran und übte einige simple Kartentricks, ohne auf seine Hände zu achten: das präzise Mischen gezinkter Werte und das Abheben mit drei Stapeln. Danach ein paar schwierigere Aufgaben: das wiederholte Umdrehen einer Karte, das Auffächern des Stapels und das passgenaue Geben. Schließlich versuchte er sich an einigen komplizierten Nummern, darunter Stanley Palms *Geisterkar-*

ten, Maldos berühmtes *Sechs-Karten-Rätsel*, mehrere Tricks des bekannten Kartenzauberers und Schauspielers Ricky Jay und manche seines Kollegen Cardini.

Dann nahm Malerick sich ein paar Kartentricks aus dem Repertoire des frühen Harry Houdini vor. Die meisten Leute kannten Houdini nur als Entfesselungskünstler, doch in Wirklichkeit war der Mann ein vielseitiger Zauberer gewesen, der sowohl das Illusionistenhandwerk – aufwendige Bühnennummern, bei denen Assistentinnen oder Elefanten verschwanden – als auch die üblichen Taschenspielertricks beherrscht hatte. Malerick betrachtete Houdini als eines seiner großen Vorbilder. Zu Beginn seiner Karriere, noch als Teenager, war er als »der junge Houdini« aufgetreten, und der hintere Teil seines jetzigen Namens, »erick«, stellte nicht nur eine Anspielung auf sein früheres Leben – das Leben vor dem Feuer – dar, sondern war zudem als Hommage an Houdini gedacht, der als Erich Weisz das Licht der Welt erblickt hatte. Bei der Vorsilbe »Mal« würden viele Kenner der Zunft womöglich auf einen anderen weltberühmten Künstler getippt haben, nämlich Max Breit, besser bekannt als Malini. In Wahrheit jedoch hatte Malerick diese drei Buchstaben gewählt, weil sie dem lateinischen Wortstamm für »böse« entsprachen und somit widerspiegelten, welch dunklen Zweig der Kunst er bevorzugte.

Er konzentrierte sich auf das Video, zog die Abmessungen des Schauplatzes in Betracht, bedachte die Anordnung der Fenster und die Aufenthaltsorte eventueller Zeugen und konzipierte daraus seine jeweiligen Handlungen, so wie es jeder geübte Künstler tun würde. Während er zusah, mischten die Karten zwischen seinen Fingern sich scheinbar wie von selbst und blitzschnell, begleitet von einem leisen, schlangenartigen Zischeln. Die Könige, Buben, Königinnen, Joker und all die anderen Karten glitten über den schwarzen Samt, schienen dann der Schwerkraft zu trotzen und sprangen in seine starken Hände zurück, in denen sie wieder verschwanden. Wäre bei dieser Stegreifdarbietung ein Publikum zugegen gewesen, hätten die Leute nun die Köpfe geschüttelt und unwillkürlich geglaubt, einem Trugbild aufzusitzen, da das Gesehene sich anscheinend unmöglich erklären ließ.

Doch das Gegenteil war der Fall. Die Kartentricks, die Malerick beiläufig auf dem edlen schwarzen Stoff vollführte, hatten nichts Übernatürliches an sich, sondern waren das Ergebnis sorgfältig einstudierter Geschicklichkeitsübungen. Sie basierten auf einer Sinnestäuschung des Betrachters und den natürlichen Gesetzen der Physik.

O ja, verehrtes Publikum, was Sie soeben gesehen haben und noch sehen werden, ist durchaus real.

So real wie Fleisch, das im Feuer verbrennt.

So real wie eine Schlinge, die sich um den weißen Hals eines Mädchens legt.

So real wie die Zeiger der Uhr, die sich langsam und unaufhörlich dem Zeitpunkt nähern, an dem unser nächster Proband Entsetzliches erleben wird.

»Hallo.«

Die junge Frau setzte sich neben das Bett ihrer Mutter. Durch das Fenster konnte sie draußen im gepflegten Garten eine hohe Eiche erkennen, auf deren Stamm eine Efeuranke wuchs, die im Verlauf der letzten Monate immer wieder anders ausgesehen hatte. Heute kam sie ihr weder wie ein Drache noch wie ein Vogelschwarm oder ein Soldat vor, sondern einfach wie eine farblose Pflanze, die mitten in der Stadt ums Überleben kämpfte.

»Also, wie fühlst du dich, Mum?«, fragte Kara.

Die Anrede ging auf einen der vielen Familienurlaube zurück – in diesem Fall in England. Kara hatte jeden mit einem

Spitznamen bedacht: »Seine Königliche Hoheit« und »Queen Mum« für ihre Eltern und »Prinzessin« für sich selbst.

»Gut, Liebes. Und wie geht's dir?«

»Mal besser, mal schlechter. He, wie gefallen dir die?« Kara hob die Hände und zeigte ihre kurzen, gleichmäßig gefeilten Fingernägel vor, die allesamt schwarz lackiert waren.

»Prima, mein Schatz. Von dem Rosa hatte ich langsam genug. Das trägt heutzutage jeder. Furchtbar spießig.«

Kara stand auf und rückte ihrer Mutter das Daunenkissen zurecht. Dann setzte sie sich wieder und trank einen Schluck aus dem großen Starbucks-Becher. Kaffee war ihr einziges Laster, aber dafür ein sehr innig gepflegtes. Dies war bereits ihr dritter Becher an jenem Morgen.

Nachdem Kara während der Jahre in New York City alle möglichen Haarfarben ausprobiert hatte, war ihre Wahl kürzlich auf eine Mischung aus Kastanienbraun und Lila gefallen, verbunden mit einer eher knabenhaften Frisur. Manche Leute behaupteten, sie sehe damit wie ein Kobold aus, was Kara überhaupt nicht gern hörte; sie selbst fand den Haarschnitt eher »praktisch«, denn er gestattete ihr, schon wenige Minuten nach dem Duschen das Haus zu verlassen – was für jemanden wie sie, der selten vor drei Uhr nachts zu Bett ging und ein erklärter Morgenmuffel war, echte Vorteile besaß.

Heute trug sie eine schwarze Stretchhose und flache Schuhe, obwohl sie weniger als einen Meter sechzig maß. Ihr ärmelloses dunkelviolettes Oberteil ließ feste Muskeln mit klaren Konturen erkennen. Kara hatte ein College besucht, auf dem Kunst und Politik mehr galten als körperliche Ertüchtigung, doch nach ihrem Abschluss war sie Mitglied in einem Fitnessstudio geworden, stemmte inzwischen regelmäßig Gewichte und hetzte sich auf dem Laufband ab. Bei einer Frau Ende zwanzig, die seit acht Jahren im Szeneviertel Greenwich Village wohnte, hätten die meisten wohl irgendeine Art von dauerhaftem Körperschmuck vermutet, und sei es nur ein versteckter Ring, aber Karas auffallend weiße Haut trug keine einzige Tätowierung und war ungepierct.

»Hör mal, Mum, ich hab morgen eine Show. Eine von Mr. Balzacs kleinen Veranstaltungen. Du weißt schon.«

»Ich erinnere mich.«

»Aber diesmal ist es anders. Diesmal lässt er mich solo auftreten. Nicht nur zum Aufwärmen, sondern mit dem vollen Programm.«

»Wirklich, Liebling?«

»So wahr ich hier sitze.«

Auf dem Flur schlurfte Mr. Geldter vorbei. »Guten Morgen.«

Kara nickte ihm zu. Sie musste unwillkürlich daran denken, was geschehen war, als ihre Mutter damals in das Stuyvesant Manor einzog, eines der besten Seniorenheime der Stadt. Die Frau und der Witwer hatten einen ganz schönen Aufruhr verursacht.

»Die glauben, wir wollen zusammenziehen«, hatte sie ihrer Tochter zugeflüstert.

»Und – wollt ihr?«, hatte Kara gefragt und dabei gedacht, dass es nach fünf Jahren Witwendasein höchste Zeit für eine neue Beziehung sei.

»Natürlich nicht!«, hatte ihre Mutter wütend erwidert. »Was für ein Gedanke!« (Der Zwischenfall war typisch für sie: Es gefiel ihr, ein wenig anrüchig zu erscheinen, aber es gab eine klare Grenze – deren Verlauf sich je nach Laune ändern konnte –, hinter der man für sie zum Feind wurde, auch als ihr eigen Fleisch und Blut.)

Jetzt beugte Kara sich aufgeregt vor, schilderte ihrer Mutter voller Begeisterung den geplanten Ablauf der Aufführung und nahm sie derweil genau in Augenschein. Für eine Frau Mitte siebzig hatte sie außergewöhnlich glatte Haut, die zudem rosig gesund wie die eines Babys wirkte. Ihr Haar war weitgehend ergraut, aber es gab noch jede Menge widerspenstiger schwarzer Strähnen. Die Kosmetikerin des Hauses hatte es zu einer modischen Frisur aufgesteckt. »Wie dem auch sei, Mum, ein paar Freunde von mir werden dort sein, und es wäre toll, wenn du auch kommen könntest.«

»Ich werd's versuchen.«

Kara, die mittlerweile auf der Sesselkante saß, bemerkte plötzlich, dass sie die Hände zu Fäusten geballt und sich am ganzen Körper verkrampft hatte. Ihr Atem glich einem abgehackten Keuchen.

Ich werd's versuchen.

Kara schloss die Augen und kämpfte gegen die Tränen an. Verdammt!

Ich werd's versuchen...

Nein, nein, nein, das ist völlig falsch, dachte sie. Ihre Mutter würde nicht sagen: »Ich werd's versuchen.« Das passte überhaupt nicht zu ihr. Viel besser wäre: »Ich werde da sein, mein Schatz. In der ersten Reihe.« Oder sie würde kühl entgegnen: »Tja, morgen *kann* ich leider nicht. Du hättest mir früher Bescheid geben sollen.«

Was auch immer man ihrer Mutter nachsagen konnte, sie machte keine halben Sachen. Sie war für oder gegen dich, und das stets aus vollem Herzen.

Nur jetzt nicht mehr – denn die alte Dame war kaum noch ein menschliches Wesen. Bestenfalls ein kleines Kind, das mit offenen Augen schlief.

Das Gespräch zwischen den beiden Frauen hatte nur in Karas Fantasie stattgefunden. Nun ja, Karas Anteil war echt gewesen. Aber die Äußerungen ihrer Mutter, von *Gut, Liebes. Und wie geht's dir?* bis zu dem missglückten *Ich werd's versuchen*, hatte sie sich hinzugedacht.

Nein, ihre Mutter hatte heute kein einziges Wort gesprochen. Auch nicht während des gestrigen Besuchs. Oder am Tag davor. Sie hatte in einer Art Wachkoma neben dem efeuumrankten Fenster gelegen. An manchen Tagen war es so. An anderen war sie zwar wach, stammelte aber nur erschreckenden Unsinn vor sich hin, der deutlich erkennen ließ, wie gnadenlos die unsichtbare Armee durch ihr Hirn marschierte und dabei Gedächtnis und Verstand auslöschte.

Doch die Tragödie hatte noch weitaus perfidere Seiten. Hin und wieder trat ein fragiler Moment der Klarheit ein, der Kara – so kurz er auch sein mochte – neue Hoffnung einflößte. Immer wenn sie fast bereit war, sich damit abzufinden, dass die Mutter, die sie einst gekannt hatte, nicht mehr zurückkehren würde, kam die Frau zu sich, als hätte es nie eine Gehirnblutung gegeben. Und jedes Mal fiel Kara aufs Neue darauf herein, so wie eine misshandelte Frau ihrem prügelnden Ehemann beim kleinsten Zeichen der Reue immer wieder verzieh. In solchen Momenten redete sie sich ein, dass ihre Mutter sich wieder erhole.

Die Ärzte behaupteten natürlich, es gäbe so gut wie keine Hoffnung mehr. Allerdings hatte keiner von ihnen vor einigen Monaten am Bett der Mutter gesessen, als diese plötzlich aufgewacht war. »Hallo, mein Schatz«, hatte sie zu Kara gesagt. »Ich hab die Kekse gegessen, die du mir gestern mitgebracht hast. Mit extra viel Pekannüssen, genau wie ich es mag. Zum Teufel mit den Kalorien.« Ein verschmitztes Lächeln. »Ach, ich freu mich, dass du hier bist. Ich wollte dir doch noch erzählen, was Mrs. Brandon gestern Abend gemacht hat. Mit der Fernbedienung.«

Kara hatte vor lauter Verblüffung kein Wort über die Lippen bekommen. Denn, verflucht noch mal, sie *hatte* ihrer Mutter am Vortag Kekse mit extra viel Pekannüssen mitgebracht. Und ja, die verrückte Mrs. Brandon aus dem vierten Stock *hatte* eine Fernbedienung geklaut, sich aus dem Fenster gelehnt und nebenan im Aufenthaltsraum des Pflegeheims eine halbe Stunde lang für Tumult gesorgt, weil sie wie ein Poltergeist immer wieder den Sender des Fernsehgeräts umschaltete und die Lautstärke veränderte.

Na also! Welchen besseren Beweis gab es, dass ihre lebensfrohe Mutter, ihre *wirkliche* Mutter, noch immer in diesem beschädigten Körper hauste und irgendwann wieder dauerhaft zum Vorschein kommen würde?

Doch am nächsten Tag hatte Kara eine Frau angetroffen, die ihre Tochter misstrauisch beäugte und fragte, wer sie sei und was sie wolle. Falls es um die Stromrechnung in Höhe von zweiundzwanzig Dollar und fünfzehn Cents gehe, so habe sie diese bereits bezahlt und könne den Bankbeleg über die Scheckeinlösung als Beweis vorlegen. Ein Vorfall wie der mit den Nusskeksen und der Fernbedienung hatte sich seitdem nicht wiederholt.

Kara berührte ihre Mutter am Arm, warm, faltenlos, babyrosa. Und sie spürte, was sie bei jedem ihrer täglichen Besuche empfand – einen lähmenden Dreiklang aus Wünschen: dass ihre Mutter ein gnädiger Tod ereilen würde, dass sie wieder zu alter Lebensfreude erwachen möge – und dass Kara sich von der schrecklichen Last befreien könnte, diese beiden unvereinbaren Hoffnungen gleichzeitig zu hegen.

Ein Blick auf die Uhr. Sie war spät dran, so wie immer. Mr. Balzac würde *nicht* erfreut sein. Samstags war stets am meisten zu tun. Sie trank den Kaffee aus, warf den Becher in den Abfalleimer und ging hinaus auf den Flur.

Eine korpulente Schwarze in weißer Schwesterntracht hob grüßend die Hand. »Kara! Wie lange sind Sie schon hier?« Ihr rundes Gesicht verzog sich zu einem breiten Lächeln.

»Seit zwanzig Minuten.«

»Hätte ich das gewusst, wäre ich kurz vorbeigekommen«, sagte Jaynene. »Ist sie immer noch wach?«

»Nein. Als ich herkam, war sie völlig weggetreten.«

»Oh, das tut mir aber Leid.«

»Hat sie denn etwas gesagt?«, fragte Kara.

»Ja, aber nur Kleinigkeiten. Ich weiß nicht, ob sie wirklich etwas mitbekommen hat, aber es kam mir so vor… Ein herrlicher Tag, nicht wahr? Sephie und ich machen nachher einen Spaziergang im Garten mit ihr, falls sie wach ist. Das gefällt ihr. Hinterher geht's ihr immer ein wenig besser.«

»Ich muss jetzt zur Arbeit«, sagte Kara. »He, ich hab morgen eine Show. Im Laden. Wissen Sie noch, wo der ist?«

»Na klar. Wann denn?«

»Um vier. Kommen Sie doch auch.«

»Ich hab morgen ziemlich früh Schluss. Ich komme gern. Danach können wir ja wieder ein paar Pfirsich-Margaritas trinken. So wie letztes Mal.«

»Ja, genau«, erwiderte Kara. »Ach, und bringen Sie Pete mit.«

Die Schwester verzog das Gesicht. »Kleines, bitte verstehen Sie mich nicht falsch, aber es gibt nur eine einzige Möglichkeit, dass dieser Kerl Sie an einem Sonntag zu Gesicht bekommt: Sie müssen bei den Knicks oder Lakers die Halbzeitshow bestreiten, und es muss im Fernsehen übertragen werden.«

»Ihr Wort in Gottes Ohr«, sagte Kara.

...Fünf

Vor hundert Jahren hatte in diesem Haus womöglich ein halbwegs erfolgreicher Investor gewohnt.

Oder der Eigentümer eines kleinen Herrenmodengeschäfts im luxuriösen Einkaufsviertel der Vierzehnten Straße.

Vielleicht auch ein Politiker aus dem Umfeld der Tammany Hall, der Zentrale der Demokratischen Partei New Yorks, der die zeitlose Kunst beherrschte, sich durch ein öffentliches Amt persönlichen Wohlstand zu verschaffen.

Dem gegenwärtigen Besitzer des Stadthauses am Central Park West war die Geschichte des Gebäudes jedoch herzlich egal. Auch das viktorianische Mobiliar und die edlen Kunstgegenstände aus dem Fin de Siècle, die einst diese Räume geziert hatten, wären nicht nach Lincoln Rhymes Geschmack gewesen. Ihm gefiel, was ihn derzeit umgab: ein Durcheinander aus robusten Tischen, Drehstühlen, Computern und wissenschaftlichen Geräten, darunter ein Dichtegradient, ein Gaschromatograph, kombiniert mit einem Massenspektrometer, mehrere Mikroskope, Plastikboxen in unzähligen verschiedenen Farben, Becher- und Reagenzgläser, Thermometer, Propangasflaschen, Schutzbrillen sowie seltsam geformte schwarze und graue Koffer, die aussahen, als würden sie irgendwelche exotischen Musikinstrumente beherbergen.

Und Leitungen.

Überall verliefen Leitungen und Kabel und bedeckten einen Großteil des ohnehin begrenzten Freiraums im Zimmer. Einige waren ordentlich aufgerollt und verbanden benachbarte Apparate miteinander, andere verschwanden in gezackten

Löchern, die man einfach so in den Putz oder die in Würde gealterte Wandvertäfelung geschlagen hatte.

Im Hinblick auf seine eigene Person kam Lincoln Rhyme inzwischen weitgehend ohne Kabel aus, denn dank fortschrittlicher Infrarot- und Funksender war er in der Lage, die Haustechnik und seine Computer vom Rollstuhl oder Bett aus per Mikrofon zu steuern. Den Storm-Arrow-Rollstuhl lenkte er mit dem linken Ringfinger über ein MKIV-Touchpad, aber alle anderen Befehle gab Rhyme mit seiner Stimme – ob er nun einen Anruf erledigen, eine E-Mail verfassen oder das Abbild des Stereomikroskops auf einen der Monitore legen wollte.

Auch der neue Receiver seiner Hi-Fi-Anlage, ein Harman Kardon 8000, wurde auf diese Weise kontrolliert. Im Augenblick hallte ein melodisches Jazz-Solo durch das Arbeitszimmer.

»Kommando, Stereoanlage aus«, befahl Rhyme widerwillig, als er die Haustür ins Schloss fallen hörte.

Die Musik verklang und wich dem ungleichmäßigen Geräusch von Schritten, die sich durch den Flur und den Vorraum näherten. In einem der Besucher erkannte Rhyme sofort Amelia Sachs; für eine so hoch gewachsene Frau hatte sie einen überaus leichten Tritt. Dann vernahm er das charakteristische Trampeln von Lon Sellittos großen, beständig nach außen weisenden Füßen.

»Sachs, war es ein großer Tatort?«, fragte er, als sie das Zimmer betrat. »Ein riesiges Areal?«

»Nein, nicht so groß.« Sie runzelte die Stirn. »Wieso?«

Sein Blick war auf die grauen Plastikkisten voller Beweismaterial gerichtet, die Amelia und einige Beamte hineintrugen. »Ich hatte nur irgendwie den Eindruck, weil es so lange gedauert hat, alles abzusuchen und wieder herzukommen. Du darfst übrigens ruhig das Blinklicht auf deinem Wagendach einschalten. Genau zu diesem Zweck ist es nämlich da, weißt du? Und die Sirene ist ebenfalls erlaubt.« Wenn Rhyme zu lange warten musste, wurde er gereizt. Er hasste nichts so sehr wie Langeweile.

Sachs hingegen wirkte ausgesprochen gut gelaunt und ließ sich von seinem Unmut nicht im Mindesten beirren. »Hier ist einiges recht merkwürdig, Rhyme«, sagte sie lediglich.

Er erinnerte sich, dass Sellitto den Mord als »bizarr« bezeichnet hatte.

»Leg los. Was ist passiert?«

Sachs fasste den vermutlichen Ablauf der Ereignisse zusammen, an deren Ende die Flucht des Täters aus dem Vortragssaal stand.

»Die Kolleginnen hörten von drinnen einen Schuss und beschlossen, den Zugriff zu versuchen. Sie sind gleichzeitig durch die beiden einzigen Türen des Raums vorgedrungen, aber der Täter war verschwunden.«

Sellitto zog seine Notizen zu Rate. »Die Beamtinnen beschreiben ihn als Anfang fünfzig, mittelgroß, braunhaarig, von durchschnittlicher Statur und ohne besondere Kennzeichen, abgesehen von einem Vollbart. Es war ein Hauswart vor Ort, aber der hat angeblich niemanden durch die Tür kommen gesehen. Na ja, du weißt, wie Zeugen manchmal sind. Die Schule wird uns seinen Namen und die Telefonnummer durchgeben. Mal sehen, ob ich sein Gedächtnis nicht ein wenig auffrischen kann.«

»Was habt ihr über das Opfer? Und wie lautet das Tatmotiv?«

»Es war weder Vergewaltigung noch Raub«, sagte Sachs.

»Ich hab eben noch mit den Zwillingen gesprochen«, fügte Sellitto hinzu. »Sie ist in letzter Zeit offenbar Single gewesen, und auch davor gab es keinen Freund, der Probleme bereitet hätte.«

»War sie nur Studentin, oder hatte sie außerdem einen Job?«, fragte Rhyme.

»Nur Studentin, aber nebenbei ist sie anscheinend irgendwo aufgetreten. Bedding und Saul sind an der Sache dran.«

Rhyme bat Thom, ihnen wie so oft als Protokollant zu dienen und die einzelnen Punkte in seiner eleganten Handschrift auf einer der großen weißen Wandtafeln festzuhalten. Der Betreuer nahm einen Filzstift und machte sich an die Arbeit.

Es klingelte an der Haustür, und Thom verschwand kurz nach draußen.

»Besuch im Anmarsch!«, rief er aus dem Korridor.

»*Besuch?*«, fragte Rhyme, dem kaum der Sinn nach Gesellschaft stand, doch Thom hatte sich einen Scherz erlaubt. Mel Cooper betrat den Raum, der schlanke Kriminaltechniker mit schütterem Haar, den Rhyme schon seit einigen Jahren kannte. Damals war Rhyme noch Leiter der forensischen Abteilung des NYPD gewesen und hatte in einem Fall von Einbruchdiebstahl und Entführung mit einer Polizeibehörde des Staates New York zusammengearbeitet. Cooper hatte Rhymes Analyse einer bestimmten Bodenprobe widersprochen und damit letztendlich Recht behalten. Rhyme war beeindruckt gewesen und hatte ein paar Erkundigungen über den Techniker eingezogen. Wie sich herausstellte, gehörte Cooper genau wie Rhyme als aktives und weithin geachtetes Mitglied der International Association for Identification an – einer Expertengemeinschaft, die Personen anhand von Fingerabdrücken, DNS-Spuren, Zahnschemata und forensischen Rekonstruktionen zu identifizieren vermochte. Mit Abschlüssen in Mathematik, Physik und organischer Chemie war Cooper zudem ein erstklassiger Spurenauswerter.

Daraufhin hatte Rhyme sich bemüht, den Mann zur Rückkehr in seine Geburtsstadt zu bewegen, was ihm schließlich auch gelungen war. Der zurückhaltende Kriminaltechniker und preisgekrönte Gesellschaftstänzer arbeitete nun beim NYPD-Labor in Queens, stand Rhyme jedoch häufig zur Seite, wenn dieser zu einem Fall als Berater hinzugezogen wurde.

Nachdem Cooper alle Anwesenden begrüßt hatte, schob er sich die dicke Harry-Potter-Brille ein Stück höher auf die Nase und musterte prüfend die Kisten mit Beweismaterial, als wäre er ein Schachspieler, der seinen Kontrahenten einzuschätzen versuchte. »Womit haben wir es hier zu tun?«

»Mit einigen Rätseln, wenn ich unsere liebe Sachs richtig verstanden habe«, sagte Rhyme.

»Tja, dann lasst uns mal versuchen, ein wenig Licht ins Dunkel zu bringen.«

Sellitto schilderte noch einmal den Ablauf des Verbrechens, während Cooper sich Latexhandschuhe anzog und die einzelnen Tüten und Gläser durchsah. Rhyme fuhr mit seinem Rollstuhl näher heran. »Da – was ist *das*?« Er meinte die grüne Platine, an der ein Lautsprecher befestigt war.

»Die habe ich im Vortragssaal gefunden«, sagte Sachs. »Keine Ahnung, wozu die gut ist. Ich weiß bloß, dass der Verdächtige sie dort platziert hat – das haben die Fußabdrücke ergeben.«

Die Platine sah aus wie ein Computerbauteil, und Rhyme war keineswegs überrascht, denn Kriminelle hatten sich schon immer der neuesten Technik bedient. Als 1911 die berühmte halbautomatische 45er-Pistole der Firma Colt herauskam, wurden innerhalb weniger Tage die ersten Banküberfälle damit begangen, obwohl nur das Militär diese Waffe besitzen durfte. Funkgeräte, abhörsichere Leitungen, Maschinenpistolen, Laserzielvorrichtungen, Satellitennavigationssysteme, Mobiltelefone, Überwachungstechnik und Datenverschlüsselung gehörten oft schon längst zum Arsenal der Kriminellen, bevor die Strafverfolgungsbehörden damit ausgestattet wurden.

Rhyme machte nie einen Hehl daraus, dass er nicht auf allen Fachgebieten bewandert war, darunter auch »NASDAQ-Beweise«, wie er sie zu nennen pflegte. Funde wie Computer, Mobiltelefone und diese seltsame Platine gehörten in Expertenhände.

»Bringt das Ding in die Stadt. Zu Tobe Geller«, ordnete er an.

In der New Yorker Zweigstelle des FBI arbeitete ein begabter junger Elektronikspezialist, der ihnen bei früheren Fällen bereits hilfreiche Dienste geleistet hatte. Falls überhaupt jemand ihnen verraten konnte, was diese Platine bewirkte und woher sie eventuell stammte, dann Geller, so wusste Rhyme.

Cooper reichte die Tüte an Sellitto weiter, der sie einem uniformierten Beamten übergab, doch der angehende Sergeant Amelia Sachs hielt den Kollegen zurück und ließ ihn sich in die vorgeschriebene Registrierkarte eintragen, auf der genau festgehalten wurde, wer zu welchem Zeitpunkt ein Beweisstück übernahm, angefangen bei der Sicherstellung bis hin zur späteren Gerichtsverhandlung. Erst danach durfte der Mann sich auf den Weg machen.

»Und wie war deine Prüfung heute, Sachs?«, fragte Rhyme.

»Nun ja«, sagte sie und zögerte kurz. »Ich schätze, ich hab's gepackt.«

Die Antwort überraschte Rhyme. Normalerweise tat Amelia Sachs sich ziemlich schwer damit, ein Lob entgegenzunehmen, und so stellte sie ihr Licht meistens unter den Scheffel.

»Ich habe nicht daran gezweifelt«, sagte er.

»*Sergeant* Sachs«, murmelte Lon Sellitto. »Klingt gut.«

Dann wandten sie ihre Aufmerksamkeit den pyrotechnischen Utensilien zu, die in der Musikschule gefunden worden waren: den Zündschnüren und dem Feuerwerkskörper.

Zumindest eines der Geheimnisse hatte Sachs lüften können. Der Mörder, so erläuterte sie, hatte mehrere Stühle halb nach hinten gekippt und in dieser Position mit dünnen Baumwollkordeln fixiert. Danach hatte er in der Mitte jedes Strangs eine Lunte befestigt und sie angezündet. Nach einer Weile hatte die Flamme das Baumwollband erreicht und durchtrennt, woraufhin der jeweilige Stuhl zu Boden gefallen war und den akustischen Eindruck erweckt hatte, der Täter befinde sich noch im Raum. Eine weitere Zündschnur hatte mit einiger Verzögerung den Knallkörper explodieren lassen, was von den Beamtinnen irrtümlich für einen Schuss gehalten worden war.

»Lässt das Material sich irgendwie zurückverfolgen?«, fragte Sellitto.

»Diese Allerweltszündschnur hilft uns nicht weiter, und der Feuerwerkskörper wurde zerstört. Kein Hersteller, gar nichts.« Cooper schüttelte den Kopf. Rhyme konnte sehen, dass bis auf ein paar winzige Papierfetzen und den verbrannten Drahtkern der Lunte nichts übrig geblieben war. Die Kordel erwies sich als ordinärer Baumwollfaden, wie es ihn an jeder Ecke zu kaufen gab.

»Dann war da noch dieser Blitz«, sagte Sachs mit Blick auf ihre Notizen. »Als die Beamtinnen den Kerl bei dem Opfer sahen, hob er die Hand, und es flammte ein gleißendes Licht auf, fast wie eine Leuchtkugel. Sie wurden beide geblendet.«

»Irgendwelche Überreste?«

»Ich konnte keine finden. Sie sagten, er habe sich einfach in Luft aufgelöst.«

Okay, Lon, du hattest Recht: bizarr.

»Machen wir weiter. Was ist mit den Fußspuren?«

Cooper rief die entsprechende Datenbank des NYPD auf, eine digitalisierte Version der Unterlagen, die Rhyme während seiner Zeit als Leiter der kriminaltechnischen Abteilung zusammengetragen hatte. »Die Schuhe sind schwarze Slipper Marke Ecco«, teilte er nach einigen Minuten mit. »Offenbar Größe zehn.«

»Partikel?«

Sachs holte aus einer der Kisten mehrere Plastiktüten, in denen sich jeweils ein Streifen Klebeband befand. »Das hier habe ich mit dem Roller rund um das Opfer und bei den Fußabdrücken des Täters aufgelesen.«

Cooper nahm die Tüten und legte jeden der rechteckigen Streifen in eine eigene kleine Schale, um eine gegenseitige Verunreinigung zu vermeiden. Die meisten der Partikel entsprachen Amelias Kontrollproben, was bedeutete, dass sie nicht vom Täter oder Opfer stammten, sondern auf natürlichem Weg an den Tatort gelangt waren. Auf manchen der Streifen klebten jedoch Fasern, die Sachs ausschließlich dort gefunden hatte, wo der Täter entlanggegangen war oder etwas berührt hatte.

»Unters Mikroskop damit.«

Der Techniker nahm die Streifen mit einer Pinzette, montierte sie auf Objektträger, legte den ersten unter das Stereomikroskop – das bevorzugte Instrument zur Faseranalyse – und drückte einen Knopf. Der Anblick, der sich ihm durch das Okular bot, wurde nun zu dem großen Flachbildschirm des Computers übertragen, so dass alle es sehen konnten.

Die Fasern erschienen als dicke gräuliche Stränge.

Bei einer forensischen Untersuchung waren Spuren dieser Art von großer Bedeutung, denn Fasern kamen überall vor, wechselten schnell von einem Träger zum nächsten und ließen sich leicht klassifizieren. Man unterschied zwischen zwei Kategorien: natürlich und künstlich. Rhyme erkannte sofort, dass es sich in diesem Fall weder um glänzende Viskose noch um ein Polymerprodukt handelte; demnach mussten es Naturfasern sein.

»Aber welche genau?«, grübelte Mel Cooper.

»Sieh dir die Zellstruktur an. Ich wette, sie ist exkremental.«

»Was?«, fragte Sellitto. »Exkrement? Wie Scheiße?«

»Exkrement wie *Seide*. Die kommt nämlich aus dem Verdauungstrakt von Raupen. Grau gefärbt, mit matter Oberfläche. Was ist auf den übrigen Objektträgern, Mel?«

Er überprüfte die anderen Proben ebenfalls unter dem Mikroskop und fand dort identische Fasern vor.

»Hat der Täter graue Kleidung getragen?«

»Nein«, berichtete Sellitto.

»Das Opfer auch nicht«, sagte Sachs.

Noch mehr Rätsel.

»Ah«, sagte Cooper beim Blick durch das Okular. »Das hier dürften Haare sein.«

Auf dem Monitor wurde eine lange braune Strähne sichtbar.

»Und zwar menschliche Haare«, rief Rhyme, der die vielen hundert Schuppen bemerkte. Ein Tierhaar hätte höchstens ein paar Dutzend davon aufgewiesen. »Aber sie sind falsch.«

»Falsch?«, fragte Sellitto.

»Nun, es ist zwar Echthaar«, erklärte Rhyme ungeduldig, »aber es stammt von einer Perücke. Ganz *eindeutig*. Sieh dir mal das Ende da an. Das ist keine Wurzel, sondern *Klebstoff*. Natürlich könnte es von einer anderen Person hinterlassen worden sein, aber wir sollten es in der Tabelle vermerken.«

»Dass er kein braunes Haar hat?«, fragte Thom.

»Wir halten uns strikt an die Fakten«, wies Rhyme ihn zurecht. »Schreib, dass der Verdächtige vermutlich eine braune Perücke trägt.«

»Okay, Bwana.«

Cooper setzte die Untersuchung fort und stellte fest, dass

auf zweien der Klebebänder ein winziger Erdkrümel beziehungsweise ein wenig pflanzliches Material hing.

»Zuerst die Pflanze, Mel.«

Bei seiner Tatortarbeit in New York hatte Lincoln Rhyme stets besonderen Wert auf die Erd-, Pflanzen- und Tierspuren gelegt, weil genau genommen nur ein Achtel der Stadt auf dem nordamerikanischen Festland, der Rest hingegen über mehrere Inseln verteilt lag. Aus diesem Grund kamen manche Mineralien, Pflanzen und Tiere je nach Bezirk und teils sogar je nach Viertel mehr oder weniger häufig vor, so dass man gewisse Spuren mit einiger Verlässlichkeit spezifischen Orten zuordnen konnte.

Kurz darauf erschien das irgendwie künstlerisch anmutende Abbild eines rötlichen Zweigs und eines Blattstückchens auf dem Monitor.

»Gut«, verkündete Rhyme.

»Was soll daran denn gut sein?«, fragte Thom.

»Es ist gut, weil es selten vorkommt. Das ist roter Hickory. Soweit ich weiß, wachsen diese Bäume hier bei uns nur im Central und im Riverside Park. Und... oh, schaut euch das an. Dieses blaugrüne Zeug.«

»Wo?«, fragte Sachs.

»Na, da! Siehst du es denn nicht?« Es ärgerte ihn, dass er nicht aufspringen und mit dem Finger auf den Bildschirm zeigen konnte. »Unten links. Wenn du dir den Zweig als Italien vorstellst, ist dieser Fleck Sizilien.«

»Ich seh ihn.«

»Was meinst du, Mel? Eine Flechte, nicht wahr? Und ich würde auf *Parmelia conspersa* tippen.«

»Schon möglich«, sagte der Techniker zögernd. »Aber es gibt jede Menge Flechten.«

»Doch nur wenige sind *blaugrün und grau*«, stellte Rhyme lakonisch fest. »Kaum eine, um genau zu sein. Und diese

Sorte kommt überall im Central Park vor... Damit haben wir zwei Verweise auf den Park. Gut. Jetzt nehmen wir uns die Erdprobe vor.«

Cooper wechselte den Objektträger. Das Bild des Mikroskops – felsengroße Krümel – war wenig aufschlussreich. »Schick einen Teil davon durch den Chromatographen«, sagte Rhyme.

Die Kombination aus Gaschromatograph und Massenspektrometer vereinte zwei chemische Analyseinstrumente in einem Gehäuse. Der Chromatograph spaltete eine unbekannte Substanz in ihre Bestandteile auf, deren genauere Bestimmung dann das Spektrometer übernahm. Ein weißes, einheitlich wirkendes Pulver zum Beispiel konnte ein Dutzend verschiedene Chemikalien enthalten: Natron, Arsen, Babypuder, Phenol oder Kokain. Irgendjemand hatte den Vorgang der Chromatographie mal mit einem Pferderennen verglichen: Die Bestandteile begannen ihren Weg durch das Instrument zum selben Zeitpunkt, kamen jedoch mit unterschiedlichen Geschwindigkeiten voran, so dass sie sich voneinander absetzten. An der »Ziellinie« verglich das Massenspektrometer jeden der eintreffenden Stoffe mit einer riesigen Datenbank bekannter Substanzen und identifizierte ihn.

Coopers Analyse ergab, dass die von Sachs sichergestellte Erdprobe mit einem Öl durchtränkt war. Leider existierte kein entsprechender Referenzeintrag in der Datenbank, und so erfuhren sie lediglich, dass es sich um einen anorganischen Stoff handelte.

»Setzt euch mit dem FBI-Labor in Verbindung«, befahl Rhyme. »Womöglich haben die das Zeug schon mal gesehen.« Er betrachtete eine der Plastiktüten. »Ist das der schwarze Stoff, den du gefunden hast?«

Vielleicht hat es etwas zu bedeuten, vielleicht auch nicht...

Sie nickte. »Das Tuch lag in der Ecke des Vorraums, in der das Opfer erdrosselt wurde.«

»Hat es der Frau gehört?«, fragte Cooper.

»Kann sein«, sagte Rhyme, »aber lass uns vorerst davon ausgehen, dass es vom Täter stammt.«

Vorsichtig zog Cooper den Stoff aus der Tüte und nahm ihn in Augenschein. »Seide. Von Hand umgenäht.«

Das Tuch war erstaunlich groß, ungefähr zwei mal anderthalb Meter, doch es ließ sich zu einem kleinen Viereck zusammenfalten.

»Aufgrund der Zeitangaben wissen wir, dass er sie dort bereits erwartet hat«, sagte Rhyme. »Ich wette, er hat sich in die Ecke gekauert und dieses Tuch über sich ausgebreitet. Damit war er nahezu unsichtbar. Vermutlich wollte er den Stoff wieder mitnehmen, aber dann sind die Beamtinnen aufgetaucht und haben ihn zur Flucht gezwungen.«

Was wohl in diesem armen Mädchen vorgegangen sein musste, als wie durch Zauberei der Mörder über sie herfiel, sie mit Handschellen fesselte und ihr das Seil um den Hals legte?

Cooper fand auf dem schwarzen Stoff mehrere Partikel und übertrug sie auf einen Objektträger. Wenig später erschien das Abbild auf dem Monitor. In der Vergrößerung sahen die Teilchen wie gezackte fleischfarbene Salatblätter aus. Mel berührte eines mit einer feinen Sonde. Das Material war elastisch.

»Was, zum Teufel, ist *das*?«, fragte Sellitto.

»Irgendein Gummi«, vermutete Rhyme. »Von einem Luftballon – nein, dafür sind sie zu dick. Und sieh mal genau hin, Mel. Da hat es eine Schmierspur gegeben, ebenfalls fleischfarben. Steck es in den Chromatographen.«

Während sie auf das Ergebnis warteten, klingelte es an der Tür.

Thom ging nach vorn und kehrte mit einem Umschlag zurück.

»Die Fingerabdrücke«, verkündete er.

»Ah, gut«, sagte Rhyme. »Schick sie an AFIS, Mel.«

Die leistungsstarken FBI-Server des Automatischen Fingerabdruck-Identifizierungs-Systems in West Virginia würden eine Vielzahl digitalisierter Bundes- und Staatskarteien abfragen und innerhalb weniger Stunden ein Resultat liefern. Wenn gutes und deutlich erkennbares Ausgangsmaterial vorlag, dauerte die Abgleichung manchmal nur Minuten.

»Wie ist die Qualität?«, fragte Rhyme.

»Ziemlich sauber.« Sachs legte ihm die Fotos vor. Viele zeigten nur Teilabdrücke, aber auf einem konnte man die komplette linke Hand erkennen. Rhyme fiel sofort auf, dass zwei Finger des Mörders – der kleine und der Ringfinger – verformt waren. Sie schienen zusammengewachsen zu sein, und zwar mit vollkommen glatter Haut, ohne jede Papillarleiste. Rhyme kannte sich recht gut in forensischer Pathologie aus, doch er vermochte nicht zu erkennen, ob hier ein Geburtsfehler oder eine Unfallfolge vorlag.

Irgendwie komisch, dachte Rhyme. Der linke Ringfinger des Täters ist geschädigt, und meiner ist das einzige Körperteil unterhalb des Halses, das ich überhaupt noch bewegen kann.

Dann runzelte er die Stirn. »Warte noch eine Minute mit dem Scannen, Mel… Komm näher, Sachs. Ich will das genauer sehen.«

Sie kam zu ihm, und er schaute sich die Fotos ein weiteres Mal an. »Fällt dir irgendetwas Ungewöhnliches daran auf?«

»Nicht wirklich«, sagte sie. »Moment mal…« Sie lachte. »Die sind alle gleich.« Sie blätterte die Bilder durch. »Seine Finger sehen alle *gleich* aus. Auf jedem ist diese kleine Narbe.«

»Er muss eine Art Handschuh mit falschen Papillarleisten tragen«, sagte Cooper. »*So* etwas habe ich noch nie gesehen.«

Wer, zum Teufel, *war* dieser Kerl?

Auf einem der Bildschirme erschienen die Ergebnisse der spektrometrischen Analyse. »Okay, wir haben hier reinen Latex und... was ist das?«, fragte er. »Der Computer hat es als ein Alginat identifiziert. Das höre ich zum ersten...«

»Zähne«, sagte Rhyme.

»Was?«, fragte Cooper.

»Es ist ein Pulver, das man mit Wasser anrührt, um daraus Abdruckmassen zu erstellen. Zahnärzte benutzen es, um Kronen und andere Prothesen anzufertigen. Vielleicht war unser Mann einfach nur in medizinischer Behandlung.«

Cooper las die weiteren Stoffe vor. »Außerdem gibt es minimale Spuren von Rizinusöl, Propylenglykol, Cetylalkohol, Glimmer, Eisenoxid, Titandioxid, Steinkohlenteer und ein paar neutrale Pigmente.«

»Manches davon kommt in Make-up vor«, sagte Rhyme und musste an einen früheren Fall denken, bei dem ein Mörder auf dem Spiegel des Opfers obszöne Botschaften hinterlassen hatte, geschrieben mit einem Abdeckstift. Da sich auf seinem Ärmel entsprechende Schmierspuren fanden, war es letztlich gelungen, den Täter mit dem Tatort in Verbindung zu bringen. Bei den damaligen Ermittlungen hatte Rhyme viel über Kosmetika gelernt.

»Könnte es von der Frau stammen?«, fragte Cooper.

»Nein«, antwortete Sachs. »Ich habe bei ihr Proben genommen. Sie war nicht geschminkt.«

»Nun ja, schreibt es mit auf die Tafel. Wir werden noch sehen, ob es etwas zu bedeuten hat.«

Mel Cooper wandte sich der Mordwaffe zu, dem Seil, und legte es auf ein Porzellantablett. Nach einer Weile blickte er auf. »Es handelt sich um ein Seil mit weißer Hülle und schwarzem Kern, beides aus geflochtener Seide und daher so leicht und dünn, dass es nicht dicker als ein normales Seil wirkt, obwohl es in Wahrheit zwei Komponenten sind.«

»Was soll das? Ist es dank des Kerns stabiler?«, fragte Rhyme. »Lässt es sich einfacher aufknoten? Oder *schwieriger*? Was?«

»Keine Ahnung.«

»Das wird immer rätselhafter«, sagte Sachs mit einem theatralischen Unterton, der Rhyme geärgert hätte, wäre er nicht zufällig der gleichen Meinung gewesen.

»Ja«, stimmte er ihr beunruhigt zu. »So etwas hatten wir noch nicht. Lasst uns weitermachen. Ich möchte etwas *Vertrautes*, etwas, das wir *benutzen* können.«

»Und der Knoten?«

»Wurde von einem Experten geknüpft, aber ich erkenne die Technik nicht wieder«, sagte Cooper.

»Schick ein Bild davon ans FBI. Und... kennen wir nicht jemanden im Schifffahrtsmuseum?«

»Die haben uns schon ein paarmal bei Knoten geholfen«, sagte Sachs. »Ich werde auch ihnen eine E-Mail mit dem Bild schicken.«

Tobe Geller von der Abteilung für Computerkriminalität rief aus seinem New Yorker FBI-Büro an. »Das ist ja ein tolles Ding, Lincoln.«

»Wie schön, dass wir Ihnen eine kleine Freude machen durften«, murmelte Rhyme. »Können Sie uns über unser *Spielzeug* denn auch etwas *Nützliches* mitteilen?«

Geller, ein junger Lockenkopf, war für Rhymes Sarkasmus vollkommen unempfänglich, vor allem, da es um ein Computerprodukt ging. »Es ist ein digitaler Audiorekorder. Ein faszinierendes kleines Gerät. Ihr Täter hat etwas damit aufgenommen, den Ton auf einer Festplatte gespeichert und es dann so programmiert, dass alles mit Verzögerung wieder abgespielt wurde. Wir wissen nicht, um was für eine Aufzeichnung es sich gehandelt hat – er hat ein Löschprogramm eingebaut und alle Daten vernichten lassen.«

»Es war seine Stimme«, murmelte Rhyme. »Als er behauptete, er habe eine Geisel bei sich, war das bloß eine Sounddatei. Genau wie bei dem Trick mit den Stühlen. Wir sollten glauben, dass er sich noch in dem Raum aufhielt.«

»Das passt. Der Lautsprecher ist ein besonderes Modell – klein, aber mit exzellentem Bass und Mitteltöner. Eine menschliche Stimme dürfte daraus ziemlich echt klingen.«

»Auf der Platte ist nichts mehr drauf?«

»Nein, alles weg.«

»Verflucht. Ich wollte eine Stimmprobe haben.«

»Tut mir Leid. Keine Chance.«

Rhyme seufzte enttäuscht und fuhr zurück zu Coopers Tisch; es blieb Sachs überlassen, sich bei Geller herzlich für die Hilfe zu bedanken.

Das Team wandte sich nun der Armbanduhr des Opfers zu, die aus unbekannten Gründen zertrümmert worden war, aber außer dem genauen Zeitpunkt der Zerstörung barg sie keinerlei Hinweise. Bisweilen legten Täter falsche Spuren, indem sie vor der absichtlichen Beschädigung einer Uhr die falsche Zeit einstellten, doch hier lag offenbar kein solcher Täuschungsversuch vor. Was sollten sie davon halten?

Das wird immer rätselhafter…

Während Thom die Erkenntnisse auf der Tafel festhielt, fiel Rhymes Blick auf die Tüte mit dem Besucherbuch. »Der fehlende Name.« Er überlegte. »Neun Leute haben sich eingetragen, aber es stehen nur acht Namen da… Ich glaube, wir benötigen einen Experten.« Er wandte den Kopf zum Mikrofon. »Kommando, Telefon. Anrufen, Kincaid Komma Parker.«

...Sechs

Auf dem Bildschirm erschien die Vorwahl von Virginia, 703, gefolgt von der Nummer des gewünschten Teilnehmers.

Es klingelte. »Hier bei Kincaid«, meldete sich die Stimme eines jungen Mädchens.

»Äh, ja. Ist Parker da? Dein Vater, meine ich.«

»Wer spricht denn dort?«

»Lincoln Rhyme. Aus New York.«

»Einen Moment, bitte.«

Kurz darauf ertönte am anderen Ende die gelassene Stimme eines der hervorragendsten Dokumentengutachter des Landes. »He, Lincoln. Ist eine ganze Weile her, was?«

»Hatte viel zu tun«, sagte Rhyme. »Und wie sieht's bei dir aus, Parker?«

»Ach, es war ziemlich hektisch. Ich habe beinahe einen internationalen Zwischenfall verursacht. Die British Cultural Society aus Washington wollte, dass ich die Echtheit eines Tagebuchs beglaubige, angeblich aus dem Besitz von König Edward VIII. Sie hatten es von einem Privatsammler gekauft. Man beachte den letzten Satz, Lincoln.«

»Sie hatten bereits dafür bezahlt.«

»Sechshunderttausend.«

»Ganz schön teuer. Waren die Leute denn dermaßen versessen darauf?«

»Na ja, es stand richtig saftiger Klatsch über Churchill und Chamberlain darin. Natürlich nicht *diese* Art von Klatsch.«

»Natürlich nicht.« Wie üblich, wenn Rhyme jemanden um unentgeltliche Unterstützung bitten wollte, bemühte er sich um Geduld.

»Ich hab's mir angesehen, und was blieb mir übrig? Ich musste die Echtheit anzweifeln.«

Bei einem so geachteten Fachmann wie Kincaid war dieser harmlose Einwand gleichbedeutend mit einem vernichtenden Urteil: Es handelte sich um eine schamlose Fälschung.

»Ach, die werden schon darüber hinwegkommen«, fuhr er fort. »Obwohl, dabei fällt mir ein, die haben meine Rechnung noch nicht bezahlt… Nein, mein Schatz, der Zuckerguss kommt erst, wenn der Kuchen abgekühlt ist… Weil ich das sage.«

Kincaid war allein erziehender Vater und zudem der frühere Leiter der zentralen FBI-Dokumentenstelle. Er hatte die Behörde verlassen und sich selbstständig gemacht, um mehr Zeit mit seinen Kindern verbringen zu können, Robby und Stephanie.

»Was macht Margaret?«, rief Sachs in den Lautsprecher.

»Amelia, sind Sie das?«

»Ja.«

»Ihr geht's gut. Ich hab sie jetzt ein paar Tage nicht gesehen. Am Mittwoch waren wir mit den Kindern bei Planet Play, und ich hatte Margaret fast schon beim Laser-Duell geschlagen, als ihr Pager losging. Sie musste irgendwo eine Tür eintreten und Leute verhaften. In Panama oder Ecuador oder so. Sie verrät mir nie die Einzelheiten. Also, was gibt's?«

»Wir brauchen deine Hilfe bei einem Fall. Folgendes ist passiert: Der Täter hat sich am Eingang eines Gebäudes in ein Besucherbuch eingetragen. So weit alles klar?«

»Ja. Und nun soll die Handschrift analysiert werden?«

»Das Problem ist: Es *gibt* keine Handschrift.«

»Sie ist verschwunden?«

»Ja.«

»Und du bist sicher, dass der Täter nicht bloß so getan hat?«

»Hundertprozentig. Der Wachmann dort hat Tinte auf Papier gesehen, kein Zweifel.«

»Kann man noch irgendwas erkennen?«

»Nein, nichts.«

Kincaid lachte auf. »Ziemlich schlau. Zuerst löste der Eintrag sich in Luft auf. Und dann hat jemand anders seinen Namen *über* die freie Stelle geschrieben und dafür gesorgt, dass nicht mal mehr ein Abdruck der ursprünglichen Worte geblieben ist.«

»Genau.«

»Habt ihr es schon mit dem Blatt unter der Liste probiert?«

Rhyme sah Cooper an. Der Techniker versuchte es nicht mit einer Bleistiftschraffur, sondern ließ in spitzem Winkel helles Licht auf die nächste Seite des Buchs scheinen, was dem üblichen Verfahren entsprach. Er schüttelte den Kopf.

»Nichts«, teilte Rhyme dem Gutachter mit. »Wie hat er das angestellt?«

»Er hat den Namen ex-laxt.«

»Wie bitte?«, fragte Sellitto.

»Er hat eine Tinte benutzt, die wieder unsichtbar wird. Bei uns in der Branche heißt das ›ex-laxen‹, nach dem gleichnamigen Produkt. Das alte Ex-Lax enthielt Phenolphthalein, bevor es von der Gesundheitsbehörde verboten wurde. Man löst eine Pille in Alkohol auf und erhält blaue Tinte mit einem alkalischen pH-Wert. Dann schreibt man damit. Nach einer Weile an der Luft verschwindet das Blau.«

»Ja«, sagte Rhyme und dachte an sein Grundwissen über chemische Vorgänge. »Das Kohlendioxid der Luft erhöht den Säuregehalt der Tinte, und das neutralisiert die Farbe.«

»Korrekt. Phenolphthalein kommt heutzutage kaum noch vor. Aber man erreicht das gleiche Ergebnis, wenn man als Indikator Thymolphthalein und Natriumhydroxid verwendet.«

»Wird dieses Zeug in bestimmten Läden verkauft?«

»Hm«, überlegte Kincaid. »Nun ja... Hab etwas Geduld, mein Schatz. Daddy telefoniert... Nein, das ist schon in Ordnung. Im Ofen sieht jeder Kuchen schief aus. Ich komme gleich... Lincoln? Was ich sagen wollte, ist: Diese Sache mit der verschwindenden Tinte hört sich theoretisch nach einer großartigen Idee an, aber während meiner Zeit beim FBI ist uns kein einziger Verbrecher oder Spion untergekommen, der so etwas tatsächlich *benutzt* hätte. Es ist ein eher modischer Effekt, wenn du verstehst, was ich meine. Etwas für einen Entertainer.«

Ein Entertainer, dachte Rhyme säuerlich und schaute zur Tafel, an der die Fotos der armen Swetlana Rasnikow hingen. »Wo könnte unser Täter solche Tinte bekommen?«

»Höchstwahrscheinlich in einem Spielwarenladen oder in einem Fachhandel für Zauberkünstler.«

Interessant...

»Okay, danke, das hilft uns schon weiter, Parker.«

»Kommen Sie uns doch mal besuchen«, rief Sachs. »Und bringen Sie die Kinder mit.«

Rhyme verzog das Gesicht. »Warum lädst du nicht auch gleich all ihre Freunde ein?«, flüsterte er Sachs zu. »Am besten die ganze Schule...«

Sie bat ihn lachend, den Mund zu halten.

Rhyme beendete das Telefonat und unterbrach die Verbindung. »Je mehr wir erfahren, desto weniger wissen wir«, stellte er mürrisch fest.

Bedding und Saul riefen an und berichteten, dass Swetlana in der Musikschule offenbar allseits beliebt gewesen sei und dort keine Feinde gehabt habe. Ihre Nebenbeschäftigung schien in dieser Hinsicht ebenfalls unverdächtig: Sie hatte auf Kindergeburtstagen Singspiele veranstaltet.

Aus der Gerichtsmedizin traf ein Päckchen ein. Es enthielt

eine Plastiktüte mit den alten Handschellen, die dem Opfer mittlerweile abgenommen worden waren. Gemäß Rhymes Anweisung hatte man die Fesseln nicht geöffnet, sondern stattdessen die Hände der Leiche zusammengepresst, da durch das Aufbohren der Schlösser womöglich wertvolle Spuren vernichtet worden wären.

»Solche Dinger hab ich noch nie gesehen, allenfalls im Kino«, sagte Cooper und hielt die Tüte hoch.

Rhyme ging es genauso. Die Handschellen waren uralt, schwer und aus ungleichmäßig geschmiedetem Eisen gefertigt.

Cooper bürstete den Bereich rund um die Schlüsselöffnungen ab und klopfte die Fesseln sorgfältig aus, fand aber keine verwertbaren Partikel. Zumindest das Alter der Handschellen war ein ermutigender Umstand, denn es limitierte die Anzahl der möglichen Herkunftsorte. Rhyme wies Cooper an, die Fesseln zu fotografieren und einige Bilder auszudrucken, die man dann diversen Händlern vorlegen konnte.

Sellitto erhielt einen weiteren Anruf. Er hörte kurz zu und wirkte auf einmal ziemlich verwirrt. »Unmöglich… Sind Sie sicher?… Ja, okay. Danke.« Er legte auf und sah Rhyme an. »Das kapiere ich nicht.«

»Was denn?«, fragte Rhyme, der keine Lust auf noch mehr Rätsel verspürte.

»Das war der Verwalter der Musikschule. Es *gibt* da keinen Hauswart.«

»Aber die Streifenbeamtinnen haben ihn gesehen«, wandte Sachs ein.

»Das Reinigungspersonal arbeitet samstags nicht, sondern nur unter der Woche, und zwar abends. Außerdem sieht keiner von denen so aus wie der Kerl, dessen Beschreibung wir haben.«

Kein Hauswart?

Sellitto blätterte seine Notizen durch. »Er war ganz in der Nähe der zweiten Tür und hat den Boden gefegt. Er…«

»Oh, verdammt!«, fluchte Rhyme. »Das war *er*!« Ein Blick zu dem Detective. »Der Hauswart hat ganz anders ausgesehen als der Täter, nicht wahr?«

Sellitto las vor. »Anfang sechzig, kahlköpfig, ohne Bart, grauer Overall.«

»*Grauer* Overall!«, rief Rhyme.

»Ja.«

»Daher die Seidenfasern. Es war ein Kostüm.«

»Wovon redest du da?«, fragte Cooper.

»Unser Täter hat die Studentin ermordet. Dann wurde er von den Beamtinnen überrascht, blendete sie mit dem Lichtblitz, rannte in den Vortragssaal, zündete die Lunten an und schaltete den Digitalrekorder ein, damit man glauben würde, er befinde sich weiterhin im Raum. Stattdessen hat er jedoch die Hauswartverkleidung angezogen und ist zur zweiten Tür hinausgelaufen.«

»Aber er hat sich die alte Kluft nicht einfach vom Leib gerupft wie ein Rennfahrer das Abreißvisier vom Helm, Linc«, erwiderte der rundliche Polizist. »Wie, zum Teufel, soll er das alles geschafft haben? Er war doch höchstens für sechzig Sekunden außer Sicht.«

»Von mir aus. Falls du eine Erklärung hast, die ein göttliches Eingreifen ausschließt, höre ich sie mir gern an.«

»Komm schon. Das ist völlig unmöglich.«

»Ach ja?«, fragte Rhyme zynisch und fuhr zur Tafel, an der Thom die Ausdrucke von Amelias Digitalfotos aufgehängt hatte. »Wie wär's dann mit ein paar *Beweisen*?« Er musterte zuerst die Fußabdrücke des Täters und danach die Spuren, die Sachs auf dem hinteren Flur gesichert hatte.

»Die Schuhe«, rief er.

»Sind es dieselben?«, fragte der Detective.

»Ja«, sagte Sachs und kam zur Tafel. »Ecco, Größe zehn.«

»Mein Gott«, murmelte Sellitto.

»Okay, was haben wir?«, fragte Rhyme. »Ein Täter Anfang fünfzig, durchschnittliche Statur und bartlos, zwei verformte Finger, vermutlich mit Strafakte, weil er seine Papillarleisten verbirgt – und das ist auch schon *alles*, was wir wissen.« Doch dann runzelte Rhyme die Stirn. »Nein«, murmelte er finster, »das ist *nicht* alles. Da ist noch etwas. Er hatte Kleidung zum Wechseln und seine Mordinstrumente dabei... Der Täter geht methodisch vor.« Er sah Sellitto an. »Er wird es wieder tun.«

Sachs nickte mit bitterer Miene.

Rhyme verfolgte, wie Thom eifrig die Einzelheiten niederschrieb, und suchte nach einem verbindenden Element.

Die schwarze Seide, das Make-up, der Kostümwechsel, die Verkleidungen, der Lichtblitz und die Pyrotechnik.

Die verschwindende Tinte.

»Ich vermute«, sagte Rhyme langsam, »dass unser Mann sich recht gut aufs Zaubern versteht.«

Sachs nickte. »Das ergibt einen Sinn.«

Auch Sellitto nickte. »Okay. Kann schon sein. Aber was machen wir jetzt?«

»Das liegt doch auf der Hand«, sagte Rhyme. »Wir besorgen uns auch einen.«

»Einen was?«, fragte Sellitto.

»Einen Zauberkünstler natürlich.«

»Mach das noch mal.«

Sie hatte es bereits achtmal vorgeführt.

»*Noch* mal?«

Der Mann nickte.

Also machte Kara es noch mal.

Der *Drei-Taschentuch-Trick* – entwickelt von dem berühmten Zauberkünstler und Lehrmeister Harlan Tarbell – kam beim Publikum immer gut an. Es ging darum, drei verschiedenfarbige Seidentücher, die hoffnungslos verknotet schienen, voneinander zu trennen, was nur mit einiger Übung reibungslos zu bewerkstelligen war. Nach Karas Ansicht hatte sie sich ziemlich gut geschlagen.

David Balzac war leider anderer Meinung. »Deine Münzen haben geklimpert«, sagte er seufzend – was einer harten Kritik gleichkam und bedeutete, dass die Illusion oder der Trick unbeholfen und durchschaubar wirkte. Der massige alte Mann mit dem weißen Schopf und dem von Nikotin verfärbten Spitzbart schüttelte verärgert den Kopf, nahm die dicke Brille ab, rieb sich die Augen und setzte die Brille wieder auf.

»Ich fand es ziemlich flüssig«, protestierte Kara. »Ehrlich, ich fand's gut.«

»Aber nicht du warst das Publikum, sondern ich. Noch mal von vorn.«

Sie standen auf einer kleinen Bühne im hinteren Teil des Smoke & Mirrors, eines Ladens, den Balzac vor zehn Jahren gekauft hatte, kurz nach seinem Rückzug aus den internationalen Zauberkünstler- und Illusionistenkreisen. In dem etwas heruntergekommenen Geschäft wurden Zauberutensilien verkauft, Kostüme und Requisiten verliehen sowie kostenlose Amateurshows für die Kunden und Nachbarn veranstaltet. Vor anderthalb Jahren hatte Kara, damals freiberufliche Redakteurin der Zeitschrift *Self*, endlich allen Mut zusammengenommen und war zum ersten Mal auf die Bühne gestiegen – bis dahin hatte der Ruf des Großen Balzac sie monatelang eingeschüchtert. Der alte Mann verfolgte den Auftritt und rief sie im Anschluss in sein Büro, um ihr auf seine schroffe und doch warmherzige Art mitzuteilen, sie habe Potential und könne mit der richtigen Ausbildung eine großartige Illusionistin werden. Dann bot er ihr eine Stelle in seinem Laden an, um in Zukunft ihr Mentor und Lehrer zu sein.

Kara lebte schon seit geraumer Zeit in New York und wusste, wie es in dieser Stadt zuging. Ihr war sofort klar, was der Mann womöglich unter dem Begriff »Mentor« verstehen würde, vor allem angesichts der Tatsache, dass er vierfach geschieden und sie eine attraktive, vierzig Jahre jüngere Frau war. Andererseits galt Balzac als namhafter Künstler, mit einst regelmäßigen Auftritten bei Johnny Carson und einem mehrjährigen Engagement in Las Vegas. Der Mann hatte Dutzende von Welttourneen hinter sich und kannte nahezu jeden noch lebenden Berufskollegen. Das Illusionistenhandwerk war Karas große Leidenschaft, und nun bot sich ihr eine einmalige Chance. Sie nahm sein Angebot ohne zu zögern an.

Bei der ersten Sitzung war sie argwöhnisch und jederzeit darauf gefasst gewesen, sich eines Annäherungsversuchs zu erwehren. Die Lektion verlief dann tatsächlich sehr aufregend für sie – allerdings aus einem vollkommen anderen Grund.

Er zerriss sie in der Luft.

Nachdem Balzac eine Stunde lang so gut wie jedes Detail ihrer Technik kritisiert hatte, richtete sein Blick sich auf ihr blasses, tränenüberströmtes Gesicht. »Ich sagte, du hast *Potential*«, herrschte er sie an. »Ich habe nicht behauptet, du seist gut. Falls du jemanden willst, der dein Ego streichelt, bist du hier falsch. Also, läufst du jetzt nach Hause, um dich bei deiner Mami auszuheulen, oder machen wir mit der Arbeit weiter?«

Sie machten mit der Arbeit weiter.

Und so begann eine achtzehn Monate währende Hassliebe zwischen Mentor und Schülerin, die Kara sechs oder sieben Tage pro Woche bis in die frühen Morgenstunden auf Trab hielt, denn sie musste üben, üben und nochmals üben. Während seiner aktiven Zeit hatte Balzac zwar mit zahlreichen Assistenten zusammengearbeitet, insgesamt aber nur zweimal Lehrlinge bei sich aufgenommen. Wie es schien, waren die beiden jungen Männer große Enttäuschungen für ihn gewesen, und er wollte mit Kara nicht noch einmal die gleiche Erfahrung machen.

Freunde fragten sie manchmal, woher ihre an Besessenheit grenzende Begeisterung für die Zauberkunst rührte, und hofften vermutlich auf die fernsehreife Kitschgeschichte einer qualvollen Kindheit mit zerrüttetem Elternhaus und gemeinen Lehrern oder wenigstens auf die Variante des kleinen unscheinbaren Mädchens, das vor den grausamen Schulcliquen in eine Fantasiewelt flüchtete. Stattdessen bekamen sie ein ganz normales Mädchen präsentiert – eine fröhliche Schülerin mit guten Noten, die zum Turnverein ging, Kekse für den Wohltätigkeitsbasar backte und im Schulchor sang. Ihr Interesse für die Unterhaltungsbranche wurde ganz undramatisch geweckt, nämlich in Cleveland und in Begleitung ihrer Großeltern: beim Besuch einer Vorstellung des erfolgreichen Illusionistenduos Penn & Teller. Einen Monat später machte die ganze Familie einen Ausflug nach Las Vegas, weil der Vater einen Kongress besuchen wollte. Dort lernte Kara die aufregendste Seite der Magie kennen, sah fliegende Tiger und spektakuläre Feuerzauber.

Mehr war nicht nötig. Im Alter von dreizehn Jahren gründete sie an der JFK Junior Highschool einen Zauberklub und gab bald jeden Penny ihres Babysitterlohns für entsprechende Fachzeitschriften, Lehrvideos und Utensilien aus. Später nahm sie auch Gartenarbeit und Schneeschaufeln in ihren Leistungskatalog auf und ließ sich dafür zum Big Apple Circus oder dem Cirque du Soleil fahren, wann immer diese im Umkreis von achtzig Kilometern gastierten.

Darüber hinaus gab es natürlich einen wichtigen Beweggrund für Karas ursprünglichen und nie erlahmenden Eifer, und der manifestierte sich in den ungläubigen, entzückten und überraschten Mienen ihres Publikums – ob dies nun zwei Dutzend Verwandte bei einer Thanksgiving-Feier waren (eine komplette Vorstellung mit Taschenspielertricks und einer schwebenden Katze, wenngleich ohne die Falltür, die Kara nicht in den Wohnzimmerfußboden sägen durfte) oder die Mitschüler und Eltern bei einer Aufführung in der Highschool, wo Kara stürmischen Beifall erntete und zu zwei Zugaben auf die Bühne gerufen wurde.

Das Leben mit David Balzac hingegen unterschied sich deutlich von jenem triumphalen Auftritt. Im Verlauf der letzten anderthalb Jahre hatte Kara bisweilen den Eindruck gehabt, ihr sei jegliches Talent abhanden gekommen, doch immer wenn sie kurz vor dem Aufgeben stand, nickte Balzac oder deutete ein Lächeln an. Einige Male hatte er sie sogar ausdrücklich gelobt.

In solchen Momenten war ihre Welt in Ordnung.

Für ein Privatleben blieb allerdings so gut wie keine Zeit mehr, denn Kara hielt sich immer häufiger im Laden auf, führte die Bücher und das Inventar, sorgte für die Begleichung der Rechnungen und betreute die Internetseite des Geschäfts. Da Balzac ihr nur wenig zahlte, benötigte sie zusätzliche Einkünfte und suchte sich Jobs, die zumindest am Rande mit ihrem Anglistik-Abschluss zu tun hatten: Sie verfasste Artikel für andere Zauber- und Theaterseiten im Internet. Vor rund einem Jahr hatte sich dann der Zustand ihrer Mutter verschlechtert. Seitdem brachte Kara, das Einzelkind, ihr letztes bisschen Freizeit im Pflegeheim zu.

Ein anstrengendes Leben.

Aber sie kam vorläufig damit zurecht. In ein paar Jahren würde Balzac sie für bühnenreif befinden und hinaus in die weite Welt entlassen, mitsamt seinem Segen *und* seinen erstklassigen Kontakten.

Lass nicht locker, Kleines, und lass dich bloß nicht unterkriegen, wie Jaynene es vielleicht ausdrücken würde.

Nun führte Kara also ein weiteres Mal Tarbells *Drei-Tuch-Trick* vor. Balzac klopfte achtlos die Asche seiner Zigarette ab und runzelte die Stirn. »Linker Zeigefinger ein kleines Stück höher.«

»Konnten Sie die Schleife sehen?«

»Falls ich sie nicht gesehen hätte, weshalb sollte ich dich dann wohl bitten, den Finger höher zu halten?«, fragte er verärgert. »Versuch's noch mal.«

Wieder von vorn.

Den verdammten Zeigefinger ein verdammtes Stückchen höher.

Ssssst… die ineinander verschlungenen Tücher lösten sich und flatterten wie Siegesflaggen empor.

»Ah«, sagte Balzac, begleitet von einem kaum wahrnehmbaren Nicken.

Es war keine allzu überschwängliche Gefühlsäußerung, aber Kara hatte gelernt, sich mit wenig zufrieden zu geben.

Sie legte die Utensilien beiseite und trat hinter den Tresen des voll gestopften Verkaufsraums, um die Waren der Freitagnachmittagslieferung einzubuchen.

Balzac kehrte an seinen Computer zurück und widmete sich wieder einem Artikel für die Internetseite des Ladens. Es ging um Jasper Maskelyne, den britischen Zauberkünstler und Gründer einer Spezialeinheit im Zweiten Weltkrieg, die in Nordafrika mit Illusionistentechniken gegen die deutschen Truppen gearbeitet hatte. Balzac schrieb vollständig aus dem Gedächtnis, ohne vorherige Aufzeichnungen oder Recherchen, was durchaus typisch für ihn war: profunde Kenntnisse, gepaart mit einem aufbrausenden und leidenschaftlichen Temperament.

»Haben Sie schon gehört, dass der Cirque Fantastique bei uns gastiert?«, rief Kara. »Heute Abend ist Premiere.«

Der alte Illusionist antwortete lediglich mit einem Brummen, denn er war soeben damit beschäftigt, statt der Brille Kontaktlinsen einzusetzen. Balzac wusste, wie überaus wichtig das äußere Erscheinungsbild eines Künstlers war, und bemühte sich stets, für sein Publikum und sogar für seine Kunden so gut wie möglich auszusehen.

»Gehen Sie hin?«, hakte Kara nach. »Ich denke, wir sollten uns das anschauen.«

Der Cirque Fantastique – ein Konkurrenzbetrieb zum älteren und größeren Cirque du Soleil – gehörte zu einer neuen Generation von Veranstaltungsunternehmen, die altvertraute Zirkusnummern, Theater in der Tradition der Commedia dell'Arte, zeitgenössische Musik- und Tanzdarbietungen, avantgardistische Performancekunst und Taschenspielertricks unter einem Dach vereinten.

David Balzac war ein Künstler der alten Schule: Las Vegas, Atlantic City, *The Late Show*. »Wieso etwas ändern, das funktioniert?«, murrte er häufig.

Kara hingegen liebte den Cirque Fantastique und war entschlossen, ihren Lehrer in eine der Vorstellungen mitzunehmen. Noch bevor sie versuchen konnte, ihn zu überreden, öffnete sich die Tür des Ladens. Eine attraktive rothaarige Polizistin kam herein und erkundigte sich nach dem Eigentümer.

»Das bin ich, David Balzac. Was kann ich für Sie tun?«

»Wir ermitteln in einem Fall«, erklärte die Beamtin. »Einer der Beteiligten scheint ein halbwegs geübter Zauberkünstler zu sein. Wir wenden uns nun an die einschlägigen Geschäfte in der Stadt und hoffen, dass Sie uns vielleicht helfen können.«

»Sie meinen, jemand zieht irgendeinen Schwindel ab?«, fragte Balzac. Er klang misstrauisch, und auch Kara schaute argwöhnisch. Ihrer beider Profession war in der Vergangenheit schon häufig mit Gaunern in Verbindung gebracht worden – Trickbetrügern und Taschendieben zum Beispiel oder auch vermeintlichen Hellsehern, die Illusionistentechniken benutzten, um trauernden Hinterbliebenen vorzugaukeln, die Geister ihrer verstorbenen Verwandten würden zu ihnen sprechen.

Doch wie sich herausstellte, war die Polizistin aus einem ganz anderen Grund zu ihnen gekommen.

»Nun ja«, sagte sie und schaute dabei erst zu Kara und dann wieder zurück zu Balzac. »Eigentlich geht es um einen Mord.«

... Sieben

»Ich habe hier die Liste einiger Gegenstände, die wir am Tatort sichergestellt haben«, sagte Amelia Sachs. »Wurden die eventuell bei Ihnen gekauft?«

Balzac nahm den Zettel, den sie ihm reichte. Während er las, ließ Sachs den Blick durch das Smoke & Mirrors schweifen. Der schwarz gestrichene, höhlenartige Laden im Fotobezirk, einem Teil von Manhattans Chelsea-Viertel, roch nach Schimmel, Chemikalien und Kunststoff – Letzteres vor allem infolge der Ausdünstungen der vielen hundert Kostüme, die wie schlaffe Gestalten an langen Kleiderstangen hingen. Die schmutzigen Glasvitrinen, zur Hälfte beschädigt und mit Klebestreifen geflickt, enthielten zahllose Kartenspiele, Zauberstäbe, falsche Münzen und verstaubte Kartons mit jeweils allen Utensilien für eine bestimmte Vorführung. In einer Ecke stand eine lebensgroße Kopie des Ungeheuers aus den *Alien*-Filmen unmittelbar neben einer Puppe mit Lady-Diana-Maske und -Kleid. (SEI DIE PRINZESSIN DER PARTY!, lautete das dazugehörige Schild, als würde hier niemand wissen, dass die Frau seit Jahren tot war.)

Balzac wies auf die Liste und nickte in Richtung der Vitrinen. »Ich glaube nicht, dass ich helfen kann. Sicher, manches davon gibt es bei uns zu kaufen. Aber das gilt auch für jeden anderen Laden dieser Art im ganzen Land und außerdem für viele Spielwarengeschäfte.«

Sachs war nicht entgangen, dass er allenfalls ein paar Sekunden auf das Blatt geschaut hatte. »Was ist hiermit?« Sie zeigte ihm ein Foto der alten Handschellen.

Er warf einen kurzen Blick darauf. »Mit Entfesselungstricks kenne ich mich nicht aus.«

War das eine Antwort? »Heißt das, Sie erkennen die Fesseln nicht wieder?«

»Nein.«

»Es ist sehr wichtig«, ließ Sachs nicht locker.

Die junge Frau mit den bemerkenswert blauen Augen und den schwarzen Fingernägeln sah sich das Bild an. »Das sind Darbys«, sagte sie. Der Mann bedachte sie mit einem frostigen Blick, und sie verstummte kurz. »Im neunzehnten Jahrhundert waren Handschellen wie diese bei Scotland Yard gebräuchlich«, fuhr sie dann fort. »Viele Entfesselungskünstler benutzen sie. Auch Houdini hat dieses Modell bevorzugt.«

»Woher könnten die stammen?«

Balzac lehnte sich ungehalten auf seinem Bürostuhl zurück. »Keine Ahnung. Wie ich schon sagte, auf dem Gebiet können wir keinerlei Erfahrung vorweisen.«

Die Frau nickte zustimmend. »Es gibt vermutlich Museen mit entsprechenden Ausstellungsstücken. Vielleicht sollten Sie dort mal nachfragen.«

»Sobald du die Ware eingebucht hast, kümmerst du dich um die Bestellungen«, sagte Balzac zu seiner Angestellten. »Nachdem du gestern Abend gegangen bist, sind ungefähr noch ein Dutzend Aufträge hereingekommen.« Er zündete sich eine Zigarette an.

Sachs hielt ihm abermals die Liste entgegen. »Sie sagten, *manches* davon gäbe es hier zu kaufen. Führen Sie eine Kundenkartei?«

»Ich habe gemeint, Produkte *dieser Art*. Und nein, die Daten unserer Kunden werden nicht gespeichert.«

Als Sachs weiter nachfragte, räumte er schließlich ein, dass zumindest die jüngsten Post- und Internetbestellungen noch im System vorhanden waren. Die junge Angestellte überprüfte daraufhin die Datensätze, fand aber keinen Kunden, der auch nur einen der gesuchten Gegenstände gekauft hätte.

»Tut mir Leid«, sagte Balzac. »Ich wünschte, wir könnten Ihnen behilflich sein.«

»Ich ebenfalls«, sagte Sachs und beugte sich vor. »Denn sehen Sie, dieser Kerl hat eine Frau ermordet und ist mit Hilfe von Zaubertricks entkommen. Und wir befürchten, dass er es wieder tun wird.«

Balzac runzelte beunruhigt die Stirn. »Schrecklich... Sie sollten es mal bei East Side Magic and Theatrical versuchen. Die sind größer als wir.«

»Einer meiner Kollegen ist bereits dort.«

»Ah, na bitte.«

Schweigend ließ Sachs einen Moment vergehen.

»Tja, falls Ihnen noch etwas einfällt, rufen Sie mich bitte an«, sagte sie dann und lächelte freundlich, wie es sich für einen guten Staatsbediensteten gehörte, erst recht für einen Sergeant des NYPD (»Merke: Kontakt zu den Bürgern ist genauso wichtig wie die eigentliche Ermittlungsarbeit«).

»Viel Glück, Officer«, sagte Balzac.

»Danke«, erwiderte sie.

Du teilnahmsloser Mistkerl.

Sie nickte zum Abschied der jungen Frau zu und registrierte den Pappbecher, aus dem sie trank. »He, gibt's hier irgendwo in der Nähe anständigen Kaffee?«

»Ecke Fünfte und Neunzehnte«, lautete die Antwort.

»Da kriegt man auch gute Bagels«, sagte Balzac. Nun, da er sich weder anzustrengen noch ein Risiko einzugehen brauchte, wirkte er auf einmal sehr leutselig.

Sachs verließ den Laden, wandte sich in Richtung Fünfte Avenue und fand das empfohlene Café. Sie ging hinein und bestellte einen Cappuccino. Dann lehnte sie sich an den schmalen Mahagonitresen vor dem fleckigen Fenster, nippte an dem heißen Getränk und beobachtete das samstägliche Treiben hier in Chelsea – Verkäufer aus den Bekleidungsgeschäften der Gegend, Berufsfotografen und ihre Assistenten, reiche Yuppies, die in den riesigen Lofts wohnten, arme Künstler, junge und alte Liebespaare sowie ein oder zwei seltsame Gestalten, die sich immerfort Notizen machten.

Und die Angestellte eines Ladens für Zaubereibedarf, die soeben das Café betrat.

»Hallo«, sagte die Frau mit dem rötlich lilafarbenen Haar, die eine abgenutzte Handtasche aus falschem Zebrafell über der Schulter trug. Sie bestellte einen großen Kaffee, schüttete etwas Zucker hinein und gesellte sich zu Sachs.

Amelia hatte im Smoke & Mirrors nur deswegen nach einem Café gefragt, weil ein verstohlener Blick der Angestellten zu besagen schien, dass diese unter vier Augen mit ihr sprechen wollte.

Durstig trank die junge Frau nun ihren Kaffee. »Wissen Sie, David ist generell…«, setzte sie an.

»Wenig entgegenkommend?«

Sie runzelte nachdenklich die Stirn. »Ja. Das beschreibt es recht gut. Er misstraut allem, was außerhalb seiner eigenen Welt liegt, und will nichts damit zu tun haben. Er hat befürchtet, wir würden Zeugenaussagen zu Protokoll geben müssen oder so. Ich soll nicht abgelenkt werden.«

»Wovon?«

»Von dem Beruf.«

»Der Zauberkunst?«

»Ja. David ist eigentlich eher mein Mentor als mein Chef.«

»Wie heißen Sie?«

»Kara – das ist mein Künstlername, aber ich benutze ihn meistens.« Sie lächelte gequält. »Er gefällt mir besser als der Name, den meine Eltern mir dankenswerterweise verpasst haben.«

Sachs hob fragend eine Augenbraue.

»Der bleibt mein Geheimnis.«

»Na gut«, sagte Sachs. »Was hatte der Blick drüben im Laden zu bedeuten?«

»In Bezug auf die Liste hat David Recht. Man kann die Sachen überall kaufen, in praktisch jedem Geschäft. Oder bei einem von vielen hundert Internethändlern. Aber die Darbys, diese Handschellen, die sind selten. Sie sollten sich mit dem Houdini and Escapology Museum in New Orleans in Verbindung setzen. Es ist das beste auf der ganzen Welt. Ich interessiere mich sehr für Entfesselungskunst, aber *ihm* erzähle ich nichts davon.« Es klang regelrecht ehrfürchtig, wie sie von Balzac sprach. »David ist ein wenig eigensinnig… Können Sie mir verraten, was bei diesem Mord geschehen ist?«

Für gewöhnlich gab Sachs nur sehr zögernd Informationen über laufende Ermittlungen preis, aber in diesem Fall waren sie auf fremde Hilfe dringend angewiesen, und so schilderte sie Kara in groben Zügen den Ablauf der Ereignisse.

»O wie furchtbar«, flüsterte die junge Frau.

»Ja«, entgegnete Sachs leise. »Das ist es.«

»Die Art, wie er geflohen ist… Da gibt es etwas, das Sie wissen sollten, Officer. Übrigens, ist der Dienstgrad überhaupt richtig, oder sind Sie ein Detective oder so?«

»Nennen Sie mich einfach Amelia.« Sie musste unwillkürlich an die erfolgreich absolvierte Prüfung denken.

Peng, peng…

Kara trank einen Schluck, kam zu dem Schluss, dass der Kaffee noch nicht süß genug war, schraubte den Deckel des Zuckerstreuers ab und schüttete nach. Sachs beobachtete die geschickten Hände der jungen Frau und schaute hinunter auf ihre eigenen Fingernägel; zwei waren eingerissen, die Nagelhaut blutig. Die des Mädchens waren perfekt gefeilt, und in dem glänzenden schwarzen Lack spiegelten sich detailgetreue Miniaturabbilder der Deckenleuchten. Für einen flüchtigen Augenblick flammte Eifersucht in Amelia auf – weil die Nägel so makellos waren und die Frau genug Selbstbeherrschung besaß, sie nicht zu verunstalten –, doch sie hatte sich sofort wieder unter Kontrolle.

»Können Sie sich etwas unter dem Begriff ›Illusionist‹ vorstellen?«, fragte Kara.

»David Copperfield«, antwortete Sachs und zuckte die Achseln. »Houdini.«

»Copperfield ja, Houdini nein – der war Entfesselungskünstler. Nun, das Illusionistenhandwerk ist etwas anderes als die üblichen Taschenspielertricks, also als so etwas zum Beispiel…« Kara hielt den Vierteldollar hoch, den sie gerade erst als Wechselgeld erhalten hatte, schloss kurz die Hand und öffnete sie wieder. Die Münze war weg.

Sachs lachte. Wo, zum Teufel, hatte Kara das Geldstück gelassen?

»Das war ein typisches Taschenspielerkunststück. Bei den Illusionisten geht es um größere Objekte, Menschen oder Tiere. Was Sie mir eben beschrieben haben – die Flucht des Mörders –, ist ein klassischer Illusionistentrick. Er heißt *Der Verschwundene*.«

»Reden Sie weiter.«

»Der Ablauf ist normalerweise etwas anders als bei Ihrem Täter, aber im Grunde geht es darum, wie man aus einem geschlossenen Raum entkommt. Das Publikum verfolgt, wie der Illusionist auf der Bühne eine kleine Kammer betritt, deren Rückseite man ebenfalls sehen kann, weil dahinter ein großer Spiegel aufgestellt ist. Es hört ihn von innen an die Wände hämmern. Die Assistenten klappen die Seiten herunter, und der Mann ist nicht mehr da. Dann dreht einer der Assistenten sich um, und o Wunder: Es ist der Illusionist.«

»Wie funktioniert das?«

»Die Rückseite der Kammer hat einen Ausgang. Der Illusionist verbirgt sich unter einem großen Stück schwarzer Seide, so dass die Zuschauer ihn nicht im Spiegel erkennen können, und schlüpft sofort wieder nach draußen. In einer der Wände befindet sich ein Lautsprecher, aus dem die Stimme des Mannes ertönt, als wäre er noch im Innern, sowie eine kleine Apparatur, die für die nötigen Klopfgeräusche sorgt. Sobald er draußen ist, legt der Illusionist hinter der Seide in Windeseile das Assistentenkostüm an.«

Sachs nickte. »Stimmt, so ist es abgelaufen. Könnte man eine kurze Liste all jener Leute bekommen, die diesen Trick kennen?«

»Nein, tut mir Leid – der ist in unserer Branche nahezu Allgemeinwissen.«

Der Verschwundene…

Sachs fiel die blitzschnelle Verwandlung des Mörders in einen alten Mann ein, und sie dachte daran, wie abweisend Balzac gewesen war und wie kalt – mit nahezu sadistischem Blick – er Kara angesehen hatte. »Ich muss das leider fragen… Wo ist er heute Morgen gewesen?«

»Wer?«

»Mr. Balzac.«

»Hier. Ich meine, im Haus. Er wohnt dort, über dem Laden… Moment mal, Sie glauben doch nicht etwa, dass er mit der Sache zu tun hat?«

»Diese Fragen sind reine Routine«, stellte Sachs sachlich fest.

Die junge Frau wirkte jedoch eher amüsiert als aufgebracht. Sie lachte. »Hören Sie, ich weiß ja, dass er mürrisch ist und diese… diese aufbrausende Art an sich hat. Aber er würde keiner Fliege etwas zuleide tun.«

Sachs nickte, fragte aber weiter. »Wie dem auch sei, Sie wissen, wo er heute Morgen um acht Uhr war?«

Kara nickte. »Ja, er war im Laden. Er ist früher aufgestanden, weil einer seiner Freunde irgendwo in der Stadt eine Vorstellung gibt und sich ein paar Sachen leihen wollte. Ich habe ihn heute früh angerufen, um Bescheid zu sagen, dass ich mich verspäten würde.«

Sachs nickte erneut und hielt kurz inne. »Können Sie sich eine Weile freinehmen?«, fragte sie dann.

»Ich? Nein, auf gar keinen Fall.« Sie lachte gekünstelt auf. »Ich hatte schon Glück, dass ich mich jetzt kurz rausschleichen konnte. Es gibt im Laden noch tausend Dinge zu erledigen. Dann muss ich mit David drei oder vier Stunden proben, weil ich morgen einen Auftritt habe. Am Tag vor einer Show gönnt er mir keine Ruhe. Ich...«

Sachs sah ihr tief in die strahlend blauen Augen. »Wir haben wirklich große Angst, dass dieser Mann noch jemanden umbringt.«

Karas Blick wanderte über den klebrigen Mahagonitresen.

»Bitte. Nur für ein paar Stunden. Sehen Sie sich zusammen mit uns die Beweisstücke an. Vielleicht fällt Ihnen etwas dazu ein.«

»Er wird mich nicht lassen. Sie wissen nicht, wie David ist.«

»Aber ich *weiß*, dass ich keinen weiteren Mord zulassen werde, falls ich es irgendwie verhindern kann.«

Kara trank aus und spielte geistesabwesend mit der Tasse. »Er benutzt unsere Tricks, um Menschen zu töten«, flüsterte sie entsetzt.

Sachs sagte nichts dazu, sondern setzte auf die nachdrückliche Wirkung der Stille.

Schließlich verzog die junge Frau das Gesicht. »Meine Mutter lebt in einem Pflegeheim und war dort schon häufig auf der Krankenstation. Mr. Balzac weiß das. Ich schätze, ich könnte ihm vormachen, dass ich nach ihr sehen muss.«

»Wir wüssten Ihre Hilfe sehr zu schätzen.«

»Oh-oh. Die kranke Mutter als Ausrede... Das wird Gott mir nicht so einfach durchgehen lassen.«

Sachs sah abermals auf Karas perfekte schwarze Fingernägel. »Ach ja, eines noch: Wo ist dieser Vierteldollar geblieben?«

»Schauen Sie unter Ihrer Kaffeetasse nach«, erwiderte das Mädchen.

»Unmöglich.«

Sachs hob die Tasse an. Da lag die Münze.

»Wie haben Sie das denn fertig gebracht?«

Kara lächelte lediglich geheimnisvoll und deutete auf die Tassen. »Lassen Sie uns zwei Becher Kaffee mitnehmen.« Sie nahm das Geldstück. »Bei Kopf zahlen Sie, bei Zahl ich. Wer zuerst zwei Treffer hat.« Sie warf die Münze in die Luft.

Sachs nickte. »Einverstanden.«

Die junge Frau fing das Geldstück auf, sah auf die gewölbte Handfläche und hob den Kopf. »Wer zuerst zwei Treffer hat, richtig?«

»Richtig.«

Kara hielt ihr die Hand entgegen. Darauf lagen zwei Zehncentstücke und ein Fünfcentstück, Erstere mit der Kopfprägung nach oben. Der Vierteldollar war verschwunden. »Ich würde sagen, die Runde geht auf Ihre Rechnung.«

...Acht

»Lincoln, das ist Kara.«

Die junge Frau war vorgewarnt, das sah Rhyme ihr an, aber sie riss dennoch überrascht die Augen auf und bedachte ihn mit dem *Blick*, den er so gut kannte, begleitet von dem *Lächeln*.

Es war der berühmte Starr-seinen-Körper-nicht-an-Blick, verbunden mit dem Ach-Sie-sind-behindert-das-ist-mir-garnicht-aufgefallen-Lächeln.

Und Rhyme wusste, dass sie nun insgeheim die Minuten abzählen würde, bis sie endlich wieder die Flucht ergreifen könnte.

Die elfenhafte junge Frau betrat das Arbeitszimmer in Rhymes Haus. »Hallo. Freut mich, Sie kennen zu lernen.« Sie schaute ihm unverwandt in die Augen. Immerhin beugte sie sich nicht unwillkürlich ein winziges Stück vor, was bedeutet hätte, dass sie ihm eigentlich die Hand geben wollte und die Bewegung vor lauter Schreck über den Fauxpas sofort im Keim erstickte.

Okay, Kara. Keine Angst. Lass den Krüppel einfach deine Meinung hören, und dann darfst du gleich wieder abhauen.

Er schenkte ihr ein oberflächliches Lächeln, das Fältchen für Fältchen dem ihren glich, und betonte, wie sehr auch er sich freue, ihre Bekanntschaft zu machen.

Was zumindest auf professioneller Ebene durchaus nicht gehässig gemeint war, denn außer Kara hatten sie keinen einzigen Zauberkünstler auftreiben können. Niemand aus den anderen Fachgeschäften der Stadt war ihnen eine große Hilfe gewesen – und für die Mordzeit besaßen alle ein Alibi.

Sachs stellte der jungen Frau Lon Sellitto und Mel Cooper vor. Thom nickte ihr zu und tat dann, was er immer tat, ob es Rhyme nun gefiel oder nicht: Er bot eine Erfrischung an.

»Wir sind hier nicht beim Plauderkreis der Kirchengemeinde, Thom«, murmelte Rhyme.

Kara sagte, es sei schon in Ordnung, aber Thom ließ sich nicht beirren.

»Vielleicht einen Kaffee?«, fragte sie.

»Kommt sofort.«

»Schwarz. Mit Zucker. Viel Zucker, falls möglich.«

»Wir sind wirklich...«, setzte Rhyme an.

»Für alle hier im Raum«, verkündete Thom. »Ich koche gleich eine ganze Kanne und hole uns ein paar Bagels.«

»Bagels?«, fragte Sellitto.

»Wenn du ein Restaurant eröffnen willst, dann gefälligst in deiner Freizeit«, herrschte Rhyme den Betreuer an. »Gewöhn dir das ab.«

»Was ist das – Freizeit?«, gab der adrette blonde Mann schlagfertig zurück und ging in die Küche.

»Officer Sachs hat erzählt, Sie könnten uns womöglich behilflich sein«, wandte Rhyme sich an Kara.

»Hoffentlich.« Sie schaute ihm abermals prüfend ins Gesicht. Wieder der *Blick*, diesmal aus der Nähe. Oh, um Gottes willen, *sag* doch was. Frag mich, wie es geschehen ist. Frag mich, ob es wehtut. Frag mich, wie es ist, durch einen Katheter zu pinkeln.

»He, wie wollen wir ihn nennen?« Sellitto wies auf die Tafel. Wenn die Identität eines Verdächtigen unbekannt war, erhielt er von der Polizei häufig einen Spitznamen. »Wie wär's mit ›Zauberkünstler‹?«

»Nein, das klingt zu lasch«, sagte Rhyme mit Blick auf die Fotos des Opfers. »Was haltet ihr von ›Hexer‹?« Dieser Vorschlag mit Anspielung auf eine bekannte Roman- und Filmfigur überraschte ihn selbst.

»Von mir aus.«

Der Detective schrieb die Worte über die Tabelle. Seine Handschrift war weitaus ungelenker als die des Betreuers.

Der Hexer...

»So, und nun lasst uns versuchen, mehr über ihn herauszubekommen«, sagte Rhyme.

»Schildern Sie für die anderen bitte noch einmal den *Verschwundenen*«, sagte Sachs.

Die junge Frau fuhr sich mit der Hand durch das kurze Haar und beschrieb einen Illusionistentrick, der fast hundertprozentig dem Vorgehen des Hexers in der Musikschule entsprach.

Leider schloss sie mit der enttäuschenden Mitteilung, dass diese Nummer den meisten Illusionisten bekannt sein dürfte.

»Bitte erläutern Sie uns, wie ein solcher Trick in technischer Hinsicht abläuft«, bat Rhyme. »Falls der Täter etwas Ähnliches noch mal versucht, wissen wir wenigstens, womit wir zu rechnen haben.«

»Ich soll also aus dem Nähkästchen plaudern, ja?«

»Ich bitte darum.«

»Nun«, sagte Kara, »jeder Zaubertrick besteht aus einem Effekt und einer Methode. Der *Effekt* ist, was das Publikum zu sehen bekommt. Sie wissen schon: die schwebende Jungfrau oder die Münzen, die durch eine solide Tischplatte fallen. Die *Methode* ist die Technik, die der Zauberkünstler zu diesem Zweck anwendet – Drähte, an denen das Mädchen hängt, oder die Vorrichtung unter dem Tisch, aus der identische Münzen fallen, während die ursprünglichen Geldstücke in der Hand des Taschenspielers verschwinden.«

Effekt und Methode, dachte Rhyme. Fast so wie das, was wir hier tun: Der Effekt ist, dass wir einen Täter fangen, obwohl dies zunächst unmöglich erscheint. Und unsere Methoden sind Wissenschaft und Logik.

»Den Ablauf des ersten Tricks, des *Verschwundenen*, habe ich ja bereits beschrieben«, fuhr Kara fort. »Damit begebe ich mich auf dünnes Eis – Mr. Balzac, mein Mentor, hat nichts für Kollegen übrig, die öffentlich die Methoden anderer preisgeben.«

Thom schob einen Servierwagen ins Zimmer und schenkte jedem, der wollte, eine Tasse Kaffee ein. Kara nahm einige Stücke Würfelzucker dazu und trank dann mit schnellen kleinen Schlucken, obwohl Rhyme den Eindruck hatte, dass das Gebräu kochend heiß war. Er warf einen Blick auf den achtzehn Jahre alten Macallan Single Malt, der in einem der Bücherregale stand. »Es ist mitten am Vormittag«, sagte Thom, dem das nicht entging. »Denk gar nicht erst daran.«

Sellitto schaute ebenso sehnsüchtig zu den Bagels, gestattete sich aber nur eine Hälfte, noch dazu ohne Streichkäse. Jeder einzelne Bissen schien ihm Schmerzen zu bereiten.

Danach gingen sie mit Kara die einzelnen Beweisstücke durch. Die junge Frau nahm alles genau in Augenschein und kam zu dem wenig zufrieden stellenden Schluss, das meiste davon sei nahezu überall problemlos erhältlich. Das außen weiße und innen schwarze Seil zum Beispiel sei eigentlich ein Utensil, das auf der Bühne überraschend die Farbe wechseln sollte, und werde im ganzen Land sowohl über große Kaufhäuser als auch über die einschlägigen Fachgeschäfte vertrieben. Der Knoten gehe auf Houdini zurück und sei von ihm bei all jenen Nummern eingesetzt worden, zu deren Ablauf es gehört hatte, das Seil letztlich durchzuschneiden. Sich auf andere Weise zu befreien, sei für den Gefesselten nahezu unmöglich.

»Auch ohne die Handschellen hätte das Mädchen keine Chance gehabt, ihm zu entkommen«, sagte Kara leise.

»Ist *der* wenigstens selten? Der Knoten?«

Nein, erklärte sie. Jeder, der sich auch nur ein wenig mit Houdinis Repertoire auskenne, würde darüber Bescheid wissen.

Das Rizinusöl in dem Make-up bedeute, dass er eine sehr realistisch wirkende und haltbare Theaterschminke benutze, fuhr Kara fort, und der Latex stamme, genau wie Rhyme vermutet hatte, wahrscheinlich von den falschen Fingerkuppen, die ebenfalls zum üblichen Handwerkszeug eines Zauberkünstlers zählten. Das Alginat war nach Karas Ansicht nicht auf eine zahnärztliche Behandlung zurückzuführen, sondern auf die Verwendung von Gussformen zur Latexverarbeitung, mit denen der Täter die Fingerkuppen oder die Glatze des Hauswartkostüms hergestellt hatte. Die unsichtbar werdende Tinte sei eher ungewöhnlich, werde von manchen Illusionisten jedoch gelegentlich verwendet.

Nur wenige der Gegenstände seien einzigartig, erklärte sie: beispielsweise die vom Täter zusammengebaute Platine, ein so genanntes »Gimmick«, also eine Vorrichtung, die für das Publikum unsichtbar bleibe. Und die Darby-Handschellen seien überaus selten.

Rhyme ordnete an, jemand solle sich mit dem Museum in New Orleans in Verbindung setzen, von dem Kara erzählt hatte. Sachs schlug vor, das Hilfsangebot der beiden Streifenbeamtinnen vom Tatort anzunehmen, Franciscovich und Ausonio, denn dieser Auftrag sei genau das Richtige für zwei eifrige junge Polizistinnen. Rhyme war einverstanden, und Sellitto leitete bei der Patrol Services Division alles Notwendige in die Wege.

»Was ist mit seiner Flucht?«, fragte der Detective dann. »Wie konnte er sich so schnell als Hauswart verkleiden?«

»So etwas heißt bei uns Proteuszauber«, sagte Kara. »Verwandlungskunst. Ich beschäftige mich schon seit Jahren damit, aber für mich ist es nur einer von mehreren Teilbereichen. Es gibt Leute, die machen nichts anderes und erzielen dabei erstaunliche Resultate. Vor ein paar Jahren habe ich eine Vorstellung von Arturo Brachetti besucht. Im Verlauf der Show hat er sein Äußeres drei oder vier Dutzend Mal total verändert – mitunter in weniger als drei Sekunden.«

»Drei Sekunden?«

»Ja. Sehen Sie, echte Verwandlungskünstler wechseln nicht bloß die Kleidung, sondern sind außerdem gute Schauspieler. Sie gehen anders, halten sich anders, sprechen anders. Alles ist genau vorbereitet. Die Kleidungsstücke lassen sich herunterreißen – sie werden von Druckknöpfen oder Klettverschlüssen zusammengehalten. Und sie bestehen aus Seide oder Nylon, sind also sehr dünn, so dass man mehrere Schichten übereinander tragen kann. Ich selbst habe auf der Bühne bisweilen sechs Kostüme gleichzeitig am Leib.«

»Seide?«, fragte Rhyme. »Wir haben nämlich graue Seidenfasern gefunden«, erklärte er. »Laut Aussage der Kollegen vor Ort trug der Hauswart einen grauen Overall. Die Fasern waren bearbeitet, so dass die Oberfläche matt erschien.«

Kara nickte. »Sie sollen den typischen Seidenglanz verlieren und wie Baumwolle oder Leinen aussehen. Daneben benutzen wir faltbare Hüte und Koffer, Gamaschen, Teleskopschirme und alle möglichen anderen Hilfsmittel, die wir am Körper verbergen können. Und natürlich Perücken.«

Sie trank einen Schluck.

»Um ein Gesicht zu verändern, fängt man am besten bei den Augenbrauen an, denn allein dadurch erreicht man schon sechzig oder siebzig Prozent Unterschied. Dann fügt man einige Prothesen hinzu: Latexstreifen und -polster, bestrichen mit einem hautverträglichen Klebstoff. Darüber hinaus sind gute Verwandlungskünstler mit der grundlegenden Gesichtsstruktur verschiedener menschlicher Rassen vertraut und kennen die Proportionen einer weiblichen beziehungsweise männlichen Miene sehr genau. Sie können nicht nur innerhalb von Sekunden das Geschlecht wechseln, sondern haben zudem die menschlichen Reaktionen auf Gesichter und Körpersprachen studiert – sie sehen hübsch oder hässlich, Furcht einflößend, sympathisch oder hilfsbedürftig aus. Ganz nach Belieben.«

Diese Hintergrundinformationen waren zwar interessant, aber Rhyme wollte konkrete Vorschläge hören. »Können Sie uns etwas wirklich Greifbares nennen, das wir bei der Suche nach dem Täter beachten sollten?«

Sie schüttelte den Kopf. »Ich sehe hier nichts, das auf einen bestimmten Laden oder Ort hindeutet, aber es gibt durchaus ein paar Besonderheiten.«

»Reden Sie weiter.«

»Nun, die Tatsache, dass er das zweifarbige Seil und die falschen Fingerkuppen benutzt hat, verrät mir, dass er die üblichen Taschenspielertricks kennt. Das heißt, er kann problemlos Schusswaffen und Messer am Körper verbergen oder jemandem unbemerkt die Schlüssel und den Ausweis entwenden. Überdies ist er ein Verwandlungskünstler, und ich brauche wohl nicht zu erläutern, welche Probleme *das* für Sie mit sich bringt. Am wichtigsten aber ist etwas anderes – die Art seines Verschwindens, die Zündschnüre und Knallkörper, die unsichtbar werdende Tinte, die schwarze Seide und der Lichtblitz bedeuten, dass der Mann als klassischer Illusionist ausgebildet wurde.«

Sie erklärte den Unterschied zwischen einem Taschenspieler und einem echten Illusionisten, der mit Menschen und großen Objekten hantierte.

»Warum ist das wichtig für uns?«

»Weil es hier um mehr als nur um die Anwendung technischer Tricks geht. Illusionisten beschäftigen sich mit Psychologie und bauen darauf ihre Nummern auf – nicht nur die

Augen, sondern auch der Verstand des Publikums soll in die Irre geführt werden. Der Zuschauer soll nicht darüber lachen, dass ein Geldstück verschwindet; er soll von ganzem Herzen glauben, was er sieht, obwohl es sich in Wahrheit genau umgekehrt verhält. Eines sollten Sie stets bedenken. Vergessen Sie es auf gar keinen Fall.«

»Was denn?«, fragte Rhyme.

»Täuschung... Mr. Balzac sagt, sie sei der Kern einer jeden Illusion. Kennen Sie den Ausdruck, die Hand sei schneller als das Auge? Tja, das stimmt nicht. Das Auge ist immer schneller. Daher *verleitet* ein Illusionist das Auge dazu, nicht zu bemerken, was die Hand tut.«

»Meinen Sie, er startet ein Ablenkungsmanöver oder stiftet Verwirrung?«, fragte Sellitto.

»Das ist ein Teil davon. Die Täuschung zielt darauf ab, die Aufmerksamkeit des Publikums bewusst zu steuern. Balzac hat mir jede Menge Regeln eingehämmert – zum Beispiel, dass die Zuschauer etwas Vertrautes ignorieren, um sich stattdessen auf das Ungewöhnliche zu konzentrieren. Sie nehmen eine Reihe von Dingen überhaupt nicht wahr, wenn es eines gibt, das sich merklich davon abhebt. Sie kümmern sich nicht um reglose Gegenstände oder Personen, sondern reagieren auf Bewegungen. Soll etwas unsichtbar werden? Man muss eine Geste nur vier- oder fünfmal wiederholen, und schon schweift das Interesse des Publikums gelangweilt ab. Die Leute können dir direkt auf die Hände starren und werden doch nicht sehen, was du tust. Das ist genau der Moment, auf den du gewartet hast.

Okay, also... Der Täter wird zwei verschiedene Arten der Täuschung einsetzen: zunächst die *physische* Täuschung. Schauen Sie mir zu.« Kara trat neben Sachs, hob langsam den rechten Arm, wies auf einen Punkt an der Wand und kniff die Augen zusammen. Dann ließ sie die Hand wieder sinken. »Sehen Sie, Sie haben auf meinen Arm und auf die Stelle an der Wand geachtet. Eine vollkommen natürliche Reaktion. Vermutlich ist keinem von Ihnen aufgefallen, dass ich mit meiner Linken nach Amelias Waffe gegriffen habe.«

Sachs zuckte kaum merklich zusammen, sah an sich herunter und erkannte, dass Kara die Glock tatsächlich ein Stück aus dem Holster gezogen hatte.

»Seien Sie bloß vorsichtig damit«, sagte Amelia und steckte die Pistole wieder zurück.

»Jetzt schauen Sie in diese Ecke.« Kara streckte erneut den rechten Arm aus. Diesmal behielten Rhyme und die anderen natürlich ihre linke Hand im Blick.

»Sie haben meine Linke nicht aus den Augen gelassen, oder?« Sie lachte. »Aber Sie haben meinen Fuß ignoriert, der dieses weiße Ding hinter dem Tisch weggeschoben hat.«

»Eine Bettpfanne«, stellte Rhyme lakonisch fest. Es ärgerte ihn, dass er der jungen Frau schon wieder auf den Leim gegangen war. Indem er den peinlichen Gegenstand benannte, den sie verschoben hatte, hoffte er ein oder zwei Punkte wettzumachen.

»Ach ja?«, fragte sie völlig unbeeindruckt. »Nun, es ist nicht nur eine Bettpfanne, sondern außerdem eine Täuschung. Während Sie nämlich dorthin geblickt haben, habe ich das hier mit meiner *anderen* Hand erbeutet. Bitte schön«, sagte sie. »Ist das wichtig?« Sie gab Sachs eine Dose Pfefferspray.

Amelia runzelte die Stirn, steckte die Dose zurück in die Gürtelschlaufe und überprüfte, ob noch etwas fehlte.

»Das wäre also die *physische* Täuschung. Sie ist ziemlich einfach, ganz im Gegensatz zur *psychologischen* Täuschung. Die Zuschauer sind nicht dumm. Sie wissen, dass man versuchen wird, sie zu überlisten. Immerhin sind die Leute aus genau diesem Grund in die Vorstellung gekommen, oder? Deshalb bemühen wir uns, das Misstrauen des Publikums zu beschwichtigen oder gar zu überwinden. Die wichtigste Regel der psychologischen Täuschung lautet, sich ungekünstelt zu verhalten. Man tut und sagt Dinge, die den Erwartungen der Zuschauer entsprechen, doch gleichzeitig könnte man unbemerkt einen…«

Sie verstummte schlagartig, denn ihr wurde klar, dass sie beinahe ein Sinnbild gewählt hätte, das am Morgen auf schreckliche Weise real geworden war.

»Sobald du dich unnatürlich benimmst«, fuhr Kara schließlich fort, »kommt das Publikum dir auf die Schliche. Okay, ich sage, ich werde Ihre Gedanken lesen, und tue dann Folgendes.« Sie legte Sachs die Hände auf beide Schläfen und schloss kurz die Augen.

Dann wich sie zurück und gab Amelia den Ring, den diese soeben noch am linken Ohr getragen hatte.

»Ich habe nicht das Geringste gespürt.«

»Aber die Zuschauer würden sofort wissen, wie ich es angestellt habe – denn es ist kein natürliches Verhalten, jemanden zu berühren, während man vorgibt, seine Gedanken zu lesen, woran die meisten Leute sowieso nicht glauben. Doch nehmen wir an, ich behaupte, ich wolle Ihnen ein Wort zuflüstern.« Sie beugte sich dichter an Sachs heran und schirmte dabei mit der rechten Hand ihren Mund ab. »Sehen Sie, das ist eine ganz natürliche Geste.«

»Doch den anderen Ring haben Sie nicht bekommen«, sagte Sachs lachend und ließ die Hand wieder sinken, die sie schützend ans Ohr gehoben hatte.

»Dafür aber Ihre Halskette. Sie ist weg.«

Sogar Rhyme war unwillkürlich beeindruckt und amüsiert, während er verfolgte, wie Sachs sich an Hals und Brust griff und dabei zwar lächelte, aber eindeutig beunruhigt darüber war, dass sie immer mehr Gegenstände verlor. Sellitto lachte wie ein kleines Kind, und Mel Cooper ließ die Arbeit ruhen und genoss die Show. Amelia hielt nach dem Schmuckstück Ausschau und sah Kara an, die ihr die leere rechte Hand entgegenstreckte. »Weg«, wiederholte sie.

»Aber *mir* fällt auf, dass Sie Ihre linke Faust hinter dem Rücken halten«, warf Rhyme argwöhnisch ein. »Wobei es sich, nebenbei bemerkt, um eine eher *unnatürliche* Geste handelt. Daher gehe ich davon aus, dass dort die Kette ist.«

»Ah, Sie sind gut«, sagte Kara – und lachte. »Aber nicht auf diesem Gebiet, fürchte ich.« Sie öffnete die linke Hand. Es war nichts darin.

Rhymes Miene verfinsterte sich.

»Die linke Hand zur Faust ballen und außer Sicht halten? Tja, das war die wichtigste Täuschung von allen. Ich habe das gemacht, weil ich wusste, dass es Ihnen auffallen und Ihre ganze Aufmerksamkeit auf meine linke Hand lenken würde. Wir nennen das ›Nötigung‹. Ich habe Sie *genötigt* zu glauben, Sie hätten meine Methode durchschaut. Und sobald Sie davon überzeugt waren, schaltete Ihr Verstand auf stur und zog keine andere Erklärung mehr in Betracht. Während Sie – und alle anderen – auf meine linke Hand gestarrt haben, hatte ich Gelegenheit, die Kette in Amelias Tasche gleiten zu lassen.«

Sachs griff hinein und zog das Schmuckstück heraus.

Cooper klatschte Beifall. Rhyme gab ein mürrisches, aber anerkennendes Grunzen von sich.

Kara nickte in Richtung der Tafel. »Darauf müssen Sie sich bei diesem Killer einstellen. Auf Täuschungen. Sie werden glauben, Sie hätten seine Absicht durchschaut, aber das ist Teil seines Plans. So wie ich wird er Ihr eigenes Misstrauen – und Ihre Intelligenz – gegen Sie einsetzen. Genau genommen ist er sogar auf Ihr Misstrauen und Ihre Intelligenz *angewiesen*, sonst funktionieren seine Tricks nicht. Mr. Balzac sagt, die besten Illusionisten beherrschen ihre Nummern dermaßen gut, dass sie direkt auf ihre Methode verweisen, direkt auf das, was sie tatsächlich tun werden. Doch der Zuschauer glaubt ihnen nicht und schaut in die andere Richtung. Wenn das geschieht, ist nichts mehr zu retten. Der Zuschauer hat verloren, und der Illusionist ist Sieger.« Der Gedanke an ihren Mentor schien sie zu beunruhigen. Sie sah auf die Uhr und verzog das Gesicht. »Ich muss jetzt wirklich gehen. Ich bin schon viel zu lange weg.«

Sachs bedankte sich bei ihr.

»Ich lasse einen Wagen kommen, der Sie beim Laden absetzt«, sagte Sellitto.

»*In der Nähe* des Ladens, bitte. Ich möchte nicht, dass er erfährt, wo ich gewesen bin… Ach ja, eines noch. Es ist ein Zirkus in der Stadt, der Cirque Fantastique. Die haben einen hervorragenden Verwandlungskünstler. Vielleicht sollten Sie sich die Nummer mal ansehen.«

Sachs nickte. »Das Zelt steht direkt gegenüber im Central Park.«

Im Frühling und Sommer diente der Park häufig als Schauplatz groß angelegter Freiluftkonzerte und anderer Veranstaltungen. Bei einer früheren Gelegenheit hatten Rhyme und Sachs hier im Haus vor den offenen Schlafzimmerfenstern gesessen und einem Konzert von Paul Simon gelauscht.

Rhyme schnaubte verächtlich. »Ach, *die* haben gestern also den ganzen Abend lang diese schaurige Musik geprobt.«

»Magst du den Zirkus etwa nicht?«, fragte Sellitto.

»Natürlich mag ich den Zirkus nicht«, herrschte Rhyme ihn an. »Wie sollte ich auch? Schlechtes Essen, Clowns, Akrobaten, die sich vor deinen Kindern fast zu Tode stürzen… Aber«, wandte er sich an Kara, »es ist eine gute Idee. Danke… Darauf hätten wir eigentlich von *selbst* kommen müssen«, sagte er sarkastisch und ließ den Blick über die Teammitglieder schweifen.

Dann verfolgte er, wie Kara eine scheußliche gestreifte

Handtasche über die Schulter schwang. Um den *Blick* und das *Lächeln* mitzunehmen und vor ihm zu fliehen, hinaus in die krüppelfreie Welt.

Keine Angst. Lass den Krüppel einfach deine Meinung hören, und dann darfst du gleich wieder abhauen.

Sie hielt kurz inne, warf einen letzten bekümmerten Blick auf die Tafel und ging zur Tür.

»Warten Sie«, sagte Rhyme.

Sie drehte sich um.

»Ich möchte, dass Sie bleiben.«

»Was?«

»Arbeiten Sie mit uns an dem Fall. Wenigstens heute. Sie könnten mit Lon oder Amelia die Leute beim Zirkus befragen. Und vielleicht finden wir noch weitere Beweisstücke, die in Ihr Metier fallen.«

»Nein, ehrlich, es geht nicht. Es war jetzt schon schwierig genug. Ich kann nicht noch mehr Zeit investieren.«

»Wir könnten Ihre Hilfe wirklich gut gebrauchen«, sagte Rhyme. »Wir stehen bei diesem Kerl noch ganz am Anfang.«

»Sie haben Mr. Balzac doch gesehen«, sagte Kara zu Sachs.

In nomine patris…

»Weißt du, Linc«, wandte Sellitto unschlüssig ein, »wir sollten lieber nicht allzu viele Zivilisten hinzuziehen. Es gibt da durchaus entsprechende Vorschriften.«

»Hast du nicht sogar mal mit einer Hellseherin zusammengearbeitet?«, fragte Rhyme trocken.

»Nicht *ich* hab sie damals angeheuert, sondern jemand aus der Chefetage.«

»Und dann hattest du diesen Kerl mit seinem Spürhund und…«

»Wieso sagst du immer ›du‹? Nein, *ich* stelle keine Zivilisten an. Abgesehen von dir. Und das reitet mich oft genug in die Scheiße.«

»Ach, bei der Polizeiarbeit ist Scheiße ein relativer Begriff, Lon.« Er sah Kara an. »Bitte. Es ist sehr wichtig.«

Die junge Frau zögerte. »Glauben Sie wirklich, dass er noch jemanden umbringen wird?«

»Ja«, erwiderte er, »wir sind davon überzeugt.«

Letztendlich nickte das Mädchen. »Wenn ich schon gefeuert werde, dann immerhin für einen guten Zweck.« Sie lachte. »Wissen Sie, Robert-Houdin hat das auch so gemacht.«

»Wer ist das?«

»Ein berühmter französischer Illusionist und Zauberkünstler. Er hat auch der Polizei geholfen, na ja, der französischen Armee. Irgendwann, ich weiß nicht genau, im neunzehnten Jahrhundert, gab es in Algerien diese Extremisten, die Marabuts. Sie versuchten, einheimische Stämme zum Aufstand gegen die Franzosen zu bewegen, und behaupteten immer wieder, sie würden über Zauberkräfte verfügen. Die französische Regierung schickte Robert-Houdin nach Algerien, um eine Art magisches Duell auszufechten und den Stämmen die Überlegenheit der französischen Zauberei zu demonstrieren. Es funktionierte. Robert-Houdin hatte bessere Tricks drauf als die Marabuts.« Sie runzelte die Stirn. »Obwohl sie ihn fast umgebracht haben, wenn ich mich recht entsinne.«

»Keine Angst«, beruhigte Sachs sie. »Ich sorge schon dafür, dass Ihnen so etwas nicht widerfährt.«

Kara schaute ein weiteres Mal zu der Tafel. »Machen Sie das bei all Ihren Fällen? Die Spuren und Erkenntnisse aufschreiben, meine ich.«

»Ja«, bestätigte Sachs.

»Mir fällt da gerade noch etwas ein: Die meisten Zauberer spezialisieren sich. Es kommt mir ungewöhnlich vor, dass der Hexer als Verwandlungskünstler *und* als Illusionist geschult ist. Lassen Sie uns seine Techniken notieren. Vielleicht hilft das, die Anzahl der Verdächtigen einzugrenzen.«

»Ja«, sagte Sellitto. »Ein Profil. Gut.«

Die junge Frau verzog das Gesicht. »Und ich muss jemanden auftreiben, der mich im Laden vertritt. Mr. Balzac wollte weggehen und irgendetwas mit seinem Freund unternehmen... O Mann, das wird ihm gar nicht gefallen.« Sie sah sich im Zimmer um. »Darf ich hier irgendwo ein Telefon benutzen? Sie wissen schon, einen dieser besonderen Apparate.«

»Ein besonderer Apparat?«, fragte Thom.

»Ja, einer ohne Mithörer. Damit niemand Zeuge wird, wie ich meinen Boss anlüge.«

»Ach, *diese* Apparate«, sagte der Betreuer, legte ihr einen Arm um die Schultern und führte sie zur Tür. »*Ich* benutze in solchen Fällen das Telefon auf dem Flur.«

DER HEXER

Musikschule, Tatort

- Täterbeschreibung: braune Haare, falscher Bart, keine besonderen Merkmale, mittlere Statur und Größe. Alter: Anfang fünfzig. Kleiner und Ringfinger der linken Hand miteinander verschmolzen. Hat schnell Verkleidung gewechselt, um wie alter kahlköpfiger Hauswart auszusehen.
- Kein erkennbares Tatmotiv.
- Opfer: Swetlana Rasnikow.
- Musikstudentin; kein zusätzlicher Job.
  - Überprüfen Familie, Freunde, Studenten, engeren Umkreis auf mögliche Hinweise.
    - Kein fester Freund, keine bekannten Feinde. Ist auf Kindergeburtstagen aufgetreten.
- Platine mit Lautsprecher.
  - An FBI-Labor New York geschickt.

  - Digitaler Audiorekorder, vermutlich mit Stimme des Täters. Alle Daten gelöscht.
    - ◆ Rekorder ist ein »Gimmick«. Selbst gebaut.
- Täter hat Opfer mit altmodischen Eisenhandschellen gefesselt.
  - ◆ Darby-Handschellen. Scotland Yard. Anfrage beim Houdini Museum in New Orleans läuft.
- Uhr des Opfers wurde um genau 8.00 Uhr zertrümmert.
- Stühle mit Baumwollkordel fixiert. Handelsüblich.
  - ◆ Zu viele mögliche Quellen; nicht zurückverfolgbar.
- Knallkörper, um Schuss zu simulieren. Wurde zerstört.
  - ◆ Zu viele mögliche Quellen; nicht zurückverfolgbar.
- Zündschnur. Handelsüblich.
  - ◆ Zu viele mögliche Quellen; nicht zurückverfolgbar.
- Beamte vor Ort berichten von Lichtblitz. Keine Überreste gefunden.
  - ◆ Wurde durch Schießbaumwolle oder Kollodiumpapier ausgelöst.
    - Zu viele mögliche Quellen; nicht zurückverfolgbar.
- Schuhe des Täters: Marke Ecco, Größe 10.
- Seidenfasern, grau gefärbt, bearbeitet, matte Oberfläche.
  - ◆ Stammen vom Hauswartkostüm des Täters.
- Täter trägt vermutlich eine braune Perücke.
- Roter Hickory und Flechte (*Parmelia conspersa*); beide kommen hauptsächlich im Central Park vor.
- Erdprobe mit anorganischem Öl durchtränkt. Zur Analyse an FBI-Labor geschickt.
- Schwarzes Seidentuch, ca. 2 x 1,5 Meter. Zur Tarnung benutzt. Nicht zurückverfolgbar.
  - ◆ Wird häufig von Illusionisten benutzt.
- Täter hinterlässt falsche Fingerabdrücke durch Tragen von Kappen.
  - ◆ Übliches Utensil von Zauberkünstlern.

- Reste von Latex, Rizinusöl, Make-up.
  - Theaterschminke.
- Spuren von Alginat.
  - Wird für Latexgussformen verwendet.
- Mordwaffe: Seil aus geflochtener weißer Seide mit schwarzem Seidenkern.
  - Utensil eines Zaubertricks (Farbwechsel). Nicht zurückverfolgbar.
- Ungewöhnlicher Knoten.
  - An FBI und Schifffahrtsmuseum geschickt – ohne Ergebnis.
  - Knoten stammt aus Houdini-Nummern; praktisch unmöglich zu lösen.
- Täter hat sich in Besucherbuch eingetragen. Tinte ist verschwunden.

Profil als Illusionist

- Täter wird versuchen, Opfer und Polizei zu täuschen.
  - Physische Täuschung (zur Ablenkung).
  - Psychologische Täuschung (um Misstrauen zu überwinden).
- Flucht in Musikschule verlief analog zu Illusionistennummer »Der Verschwundene«.
  - Weithin bekannt; nicht zurückverfolgbar.
- Täter ist in erster Linie Illusionist.
- Täter ist geübter Taschenspieler.
- Täter kennt sich mit Verwandlungskunst (Proteuszauber) aus. Kostüme lassen sich herunterreißen, sind aus Nylon oder Seide. Falsche Glatze, Fingerkuppen und andere Latexprothesen. Beliebiges Alter, Geschlecht oder Rasse.

...Neun

Ihnen stiegen allerlei Gerüche in die Nase: blühender Flieder, Brezelduft von den Verkaufskarren, Rauch von den Grills der zahlreichen Familien, Sonnenschutzmittel.

Sachs und Kara stapften durch das feuchte Gras des Central Park und hielten auf das riesige weiße Zelt des Cirque Fantastique zu.

Kara sah auf einer der Bänke ein Liebespaar sitzen. »Er ist mehr als nur Ihr Chef, nicht wahr?«, fragte sie.

»Lincoln? Ja, stimmt.«

»Es ist mir aufgefallen... Wie haben Sie beide sich kennen gelernt?«

»Bei einem Fall. Ein mehrfacher Entführer. Vor ein paar Jahren.«

»Stört Sie seine Behinderung?«

»Nein«, entgegnete Sachs einfach, was voll und ganz der Wahrheit entsprach.

»Können die Ärzte nichts für ihn tun?«

»Es gibt einen bestimmten chirurgischen Eingriff, über den er seit einer Weile nachdenkt. Die Prozedur ist allerdings riskant und würde wahrscheinlich ohnehin keine Verbesserung bewirken. Letztes Jahr hat er einen bereits angesetzten Operationstermin wieder abgesagt und seitdem nicht mehr davon gesprochen. Vorerst scheint es kein Thema für ihn zu sein, doch vielleicht ändert er seine Meinung irgendwann wieder. Wir werden sehen.«

»Sie klingen nicht, als wären Sie für diesen Eingriff.«

»Das bin ich auch nicht. Das Wagnis ist hoch und die Erfolgsaussicht gering. Ich finde, man sollte die Risiken abwägen. Nehmen wir an, Sie wollen unbedingt einen Täter verhaften, einen richtig üblen Kerl, der in mehreren Staaten gesucht wird, und Sie kennen die Wohnung, in der er sich aufhält. Tja, was tun Sie? Stürmen Sie vor und treten die Tür ein, auch wenn Sie nicht wissen, ob er schläft oder ob er und seine Komplizen zwei Maschinenpistolen auf den Eingang gerichtet haben? Oder warten Sie auf Verstärkung und nehmen in Kauf, dass er flieht? Manchmal ist es das Risiko wert und manchmal nicht. Aber falls Lincoln sich letztlich für die Operation entscheidet, stehe ich hinter ihm. So läuft das bei uns.«

Dann erzählte Sachs, dass Rhyme sich schon mehrfach Reizstrombehandlungen unterzogen hatte, um die Muskeln zu stimulieren, und unter Anleitung von Thom und einigen Physiotherapeuten Übungsprogramme absolvierte – die gleichen Übungen, die auch bei dem Schauspieler Christopher Reeve zu beachtlichen Resultaten geführt hatten. »Reeve ist ein toller Mann mit unglaublichem Durchhaltevermögen«, sagte Sachs. »Lincoln ist genauso. Er redet nicht viel darüber, aber hin und wieder verdrückt er sich einfach, zieht mit Thom und den Physiotherapeuten sein Training durch, und ich höre ein paar Tage nichts von ihm.«

»Auch so eine Art Verschwundener, was?«, fragte die junge Frau.

»Ja«, sagte Sachs und lächelte. Sie schwiegen für einen Moment, und Amelia fragte sich, ob Kara wohl mehr über die Beziehung zu Lincoln hören wollte. Wie man die offensichtlichen Schwierigkeiten überwand oder welche Probleme das Dasein eines Querschnittsgelähmten mit sich brachte. Wie die Leute reagierten, wenn sie beide in der Öffentlichkeit unterwegs waren. Womöglich sogar einen Hinweis auf die Art ihres Intimlebens. Doch falls Kara neugierig war, ließ sie es sich nicht anmerken. Stattdessen meinte Sachs bei der jungen Frau so etwas wie Neid zu spüren.

»Ich hatte mit Männern in letzter Zeit nicht so viel Glück«, sagte Kara.

»Kein Verehrer?«

»Ich bin mir nicht sicher«, erwiderte sie nachdenklich. »Zum letzten Mal gesehen haben wir uns bei French Toast und Mimosen. Bei mir zu Hause. Ein Brunch im Bett. Sehr romantisch. Er hat gesagt, er würde mich am nächsten Tag anrufen.«

»Und es kam kein Anruf.«

»Kein Anruf. Ach, vielleicht sollte ich noch anfügen, dass der besagte Brunch vor drei Wochen stattgefunden hat.«

»Haben Sie ihn angerufen?«

»Das kommt überhaupt nicht in Frage«, stellte sie fest. »Die Initiative liegt bei ihm.«

»Gut für Sie.« Sachs wusste, dass Stolz und Kraft zwei Seiten derselben Medaille waren.

Kara lachte. »Es gibt da einen alten Zaubertrick von William Ellsworth Robinson, der früher ziemlich populär war. Die Nummer hieß *Wie man eine Ehefrau loswird oder Die Scheidungsmaschine*.« Sie lachte erneut. »Fast wie bei mir. Ich kann Verehrer schneller verschwinden lassen als jede andere.«

»Nun ja, bisweilen lösen sie sich ganz von selbst in Luft auf«, sagte Sachs.

»Die meisten Kerle, die ich kennen lerne – sowohl früher als freiberufliche Redakteurin als auch heutzutage im Laden –, wollen eines von zwei Dingen. Entweder einen One-Night-Stand oder das exakte Gegenteil – eine feste Beziehung mit anschließender Heirat und einem Häuschen außerhalb der Stadt… Sind Sie von einem Mann schon mal so richtig unter Druck gesetzt worden?«

»Na klar«, sagte Sachs. »Das kann ziemlich unangenehm sein. Je nach Verehrer, natürlich.«

»Sie sagen's, Schwester. Entweder eine schnelle Nummer oder das volle Programm inklusive Heim und Herd... und beides behagt mir nicht. Ich will weder das eine noch das andere. Na ja, zu einer kurzen Affäre hier und da lasse ich mich trotzdem noch hinreißen. Man sollte schon realistisch bleiben.«

»Was ist mit den Männern aus der Branche?«

»Ah, Ihnen ist also aufgefallen, dass ich diese Jungs bewusst ausgespart habe. Andere Zauberkünstler... nein, davon lasse ich lieber die Finger. Zu viele Interessenkonflikte. Die meisten von ihnen behaupten zwar, sie hätten was für starke Frauen übrig, doch in Wahrheit wäre ihnen am liebsten, wir würden aus dem Metier verschwinden. Auf hundert Männer kam bei uns früher ungefähr eine Frau. Mittlerweile ist es ein wenig besser. Oh, es gibt durchaus berühmte weibliche Illusionisten. Prinzessin Tenko zum Beispiel, eine asiatische Künstlerin, ist brillant. Da sind noch ein paar andere, aber erst seit kurzem. Vor zwanzig oder dreißig Jahren waren Frauen niemals die Stars, nur die Assistentinnen.« Sie warf Sachs einen Blick zu. »Ähnlich wie bei der Polizei, oder?«

»Es ist längst nicht mehr so schlimm wie früher. Nicht für meine Generation. Die Sechziger und Siebziger – das war die Zeit, in der die Frauen den Durchbruch geschafft haben, die wirklich harte Phase. Aber ich habe auch noch so einiges abbekommen. Bevor ich zur Spurensicherung kam, war ich ein Plattfuß und...«

»Ein was?«

»Ein Plattfuß ist ein Streifenbeamter. Immer wenn es nach Hell's Kitchen in Midtown ging, wurde den Frauen ein erfahrener männlicher Cop zur Seite gestellt. Manchmal bekam ich einen Macho ab, der es hasste, mit einer Frau losgeschickt zu werden. Er hasste es einfach. Während der kompletten Schicht sprach er kein einziges Wort mit mir. Acht Stunden lang zu Fuß die Straßen rauf und wieder runter, und der Typ kriegte den Mund nicht auf. Mittags haben wir uns mit einem Zehn-dreiundsechzig zur Pause abgemeldet, und dann saß ich da und versuchte, nett zu sein, und er hockte einen halben Meter entfernt, las den Sportteil und seufzte, weil er seine Zeit mit einer Frau verschwenden musste.« Die Erinnerungen kamen zurück. »Ich arbeitete damals im Haus Sieben-fünf…«

»Dem was?«

»Dem Revier«, erklärte Sachs. »Bei uns heißen sie ›Häuser‹. Und die meisten Polizisten nennen es nicht das Fünfundsiebzigste, sondern betonen die einzelnen Ziffern, also Sieben-fünf oder Siebzig-fünf. So wie man sagen würde, Macy's liegt an der Drei-vier-Straße.«

»Okay.«

»Wie dem auch sei, unser üblicher Schichtführer war im Urlaub, und wir hatten vorübergehend einen Sergeant der alten Schule. Es war einer meiner ersten Tage im Sieben-fünf und ich die einzige Frau in dieser speziellen Schicht. Als ich zur Befehlsausgabe in den Besprechungsraum kam, hingen vorn am Stehpult ein Dutzend Tampons.«

»Nein!«

»Allen Ernstes. Der normale Schichtführer hätte das niemals durchgehen lassen, aber Cops sind in vielerlei Hinsicht wie kleine Kinder. Sie tollen so lange herum, bis ein Erwachsener ihnen Grenzen setzt.«

»In den Spielfilmen kommt so etwas nie vor.«

»Filme werden in Hollywood gedreht, nicht im Sieben-fünf.«

»Was haben Sie gemacht? Wegen der Tampons, meine ich.«

»Ich bin zur vordersten Reihe gegangen und habe den Kollegen direkt vor dem Pult gefragt, ob er mir seinen Platz überlassen würde – ich wollte ohnehin dort sitzen. Die Jungs sind in dermaßen schallendes Gelächter ausgebrochen, dass einige von ihnen sich fast in die Hose gepinkelt haben. Nun ja, ich habe mich hingesetzt und einfach angefangen, mir Notizen zu den Instruktionen des Sergeants zu machen – Sie wissen schon, offene Haftbefehle, Spannungen unter den Einwohnern des Bezirks und Straßenecken, an denen bekanntermaßen Drogen verkauft wurden. Etwa zwei Minuten später hat niemand mehr gelacht. Die ganze Sache wurde peinlich. Nicht für mich. Für die anderen.«

»Wissen Sie, wer dafür verantwortlich war?«

»Na klar.«

»Haben Sie ihn gemeldet?«

»Nein. Sehen Sie, das ist der schwierigste Teil, wenn man als Frau bei der Polizei ist. Man muss mit diesen Leuten zusammenarbeiten. Man braucht ihre Unterstützung und Rückendeckung. Natürlich kann man voll auf Konfrontationskurs gehen, aber dann hat man eigentlich schon verloren. Das ist keine Frage des Mutes. Man sollte wissen, wann ein Kampf sich lohnt und wann man die Sache lieber auf sich beruhen lässt.«

Stolz und Kraft…

»Wie bei uns, schätze ich. In meiner Branche. Wenn man als Frau gut ist und Zuschauer anlockt, bekommt man ein Engagement. Allerdings hat die Sache einen Haken. Man kann nicht beweisen, dass man ausreichend Publikum bringt, solange man nicht engagiert ist, und man wird nicht engagiert, solange man nicht die Zahl der verkauften Eintrittskarten steigert.«

Sie näherten sich dem gewaltigen leuchtenden Zelt, und Sachs sah, wie Karas Gesicht bei diesem Anblick erstrahlte.

»Würden Sie gern an einem Ort wie diesem arbeiten?«

»O Mann, das können Sie laut sagen. Das hier ist meine Vorstellung vom Himmel. Der Cirque Fantastique und Fernsehspecials.« Sie ließ den Blick in die Runde schweifen. »Mr. Balzac bringt mir all die alten Nummern bei, und das ist wichtig – man muss sie blind beherrschen. Aber das…«, sie nickte in Richtung des Zeltes, »…das ist die Richtung, in die wir uns weiterentwickeln. David Copperfield. David Blaine… Performancekunst, Taschenspielertricks. Zauberhaft und sexy.«

»Sie sollten sich hier bewerben.«

»Ich? Sie machen Witze«, entgegnete Kara. »Ich bin noch nicht mal annähernd so weit. Man muss perfekt sein, um hier zu arbeiten. Man muss die Beste sein.«

»Besser als ein Mann, meinen Sie?«

»Nein, besser als *jeder andere*, ob nun Mann oder Frau.«

»Warum?«

»Für das Publikum«, erklärte Kara. »Mr. Balzac betont es immer wieder: Du bist es dem *Publikum* schuldig. Jeder Atemzug, den du auf der Bühne tust, gilt deinem *Publikum*. Ein Illusionszauber kann nicht bloß mittelprächtig sein. Du darfst nicht einfach nur genügen – du musst elektrisieren. Falls auch nur einer der Zuschauer dir auf die Schliche kommt, hast du versagt. Falls du einen Augenblick zu lange zögerst und dadurch den Effekt abschwächst, hast du versagt. Falls jemand gähnt oder auf die Uhr schaut, hast du versagt.«

»Man kann doch nicht immer hundertprozentig funktionieren«, wandte Sachs ein.

»Aber das muss man«, sagte Kara kurzerhand und klang überrascht, dass jemand anderer Ansicht war.

Sie erreichten den Cirque Fantastique, wo zur Stunde für die abendliche Premierenvorstellung geprobt wurde. Dutzende von Künstlern liefen umher, einige kostümiert, andere in T-Shirts und Shorts oder Jeans.

»O Mann…«, flüsterte jemand atemlos. Es war Kara. Ihre

Augen funkelten wie die eines kleinen Mädchens und musterten das blendend weiße geschwungene Zelt.

Sachs zuckte zusammen, als über ihr ein lauter Knall ertönte. Sie hob den Kopf und sah zwei riesige Banner, die in zwölf oder dreizehn Metern Höhe im Wind flatterten und in der Sonne glänzten. Auf einem stand in gemalten Lettern der Name CIRQUE FANTASTIQUE.

Auf dem anderen sah man die Abbildung eines schmalen Mannes in einem schwarz-weiß karierten Kostüm. Er hielt die Arme ausgestreckt, und seine Handflächen wiesen nach oben, als bitte er das Publikum hinein. Die obere Hälfte seines Gesichts lag unter einer schwarzen stupsnasigen Maske mit grotesken Zügen verborgen. Es war ein beunruhigendes Bild. Sachs musste sofort an den Hexer denken, der sich durch vielerlei Masken tarnte.

Und ebenso seine Motive und Pläne.

Kara folgte Amelias Blick. »Das ist Arlecchino, der Harlekin«, sagte sie. »Kennen Sie die Commedia dell'Arte?«

»Nein.«

»Eine italienische Theaterform. Es gab sie von der Mitte des sechzehnten Jahrhunderts bis, ich weiß auch nicht, so ungefähr zweihundert Jahre später. Der Cirque Fantastique hat sie sich zum Thema genommen.« Sie deutete auf kleinere Banner zu beiden Seiten des Zeltes, auf denen andere Masken abgebildet waren. Mit ihren Hakennasen oder Schnäbeln, den vorspringenden Stirnen und sich aufwölbenden Wangenknochen wirkten sie wie aus einer anderen Welt und irgendwie gespenstisch.

»In den Stücken der Commedia dell'Arte gab es etwa ein Dutzend fester Charaktere«, fuhr Kara fort. »Die Schauspieler trugen die typischen Masken, um kenntlich zu machen, wen sie verkörperten.«

»Und das waren Komödien?«, fragte Sachs mit Blick auf

eine besonders dämonische Maske und zog eine Augenbraue hoch.

»Ich schätze, heutzutage würden wir sie als schwarze Komödien bezeichnen. Der Harlekin war keine sehr heroische Figur, handelte völlig ohne Moral und interessierte sich nur für zwei Dinge: Essen und Frauen. Er tauchte kurz auf und verschwand gleich wieder, ein eher heimtückischer Kerl. Eine andere Gestalt, Pulcinella, war ziemlich sadistisch veranlagt. Er hat den Leuten und sogar seinen Geliebten üble Streiche gespielt. Dann gab es da einen Arzt, der regelmäßig Menschen vergiftete. Die einzige Stimme der Vernunft war diese weibliche Figur, Kolumbine, und eines der Dinge, die ich an der Commedia dell'Arte mag, ist die Tatsache, dass Kolumbines Rolle tatsächlich von einer Frau gespielt wurde. Nicht so wie in England, wo Frauen nicht öffentlich auftreten durften.«

Das Banner knallte abermals im Wind. Harlekins Augen schienen einen Punkt dicht hinter Amelia zu fixieren, als würde der Hexer sich von dort anschleichen – ein Nachklang der Suche in der Musikschule.

Nein, wir haben keinerlei Anhaltspunkte für seine Identität oder seinen Aufenthaltsort…

Amelia sah einen Wachmann näher kommen, der anscheinend ihre Uniform entdeckt hatte. »Kann ich Ihnen helfen, Officer?«

Sachs erkundigte sich nach dem Direktor. Der sei leider gerade nicht da, erklärte der Mann und fragte, ob sie stattdessen mit einer der Assistentinnen sprechen wollte.

Sachs war einverstanden, und wenig später tauchte eine kleine, zierliche, gestresst wirkende Frau vor ihnen auf. Sie hatte einen dunklen Teint und sah ein wenig wie eine Zigeunerin aus.

»Was kann ich für Sie tun?«, fragte sie mit unbestimmbarem Akzent.

Sachs stellte sich und Kara vor. »Wir untersuchen eine Reihe von Straftaten und würden gern wissen, ob in Ihrer Show Illusionisten oder Verwandlungskünstler auftreten.«

Die Frau war beunruhigt. »Ja, natürlich«, sagte sie. »Irina und Vlad Klodoja.«

»Bitte buchstabieren Sie das für mich.«

Als Sachs sich die Namen notierte, nickte Kara. »Ich habe schon von den beiden gehört, na klar. Vor ein paar Jahren waren sie noch beim Moskauer Staatszirkus.«

»Richtig«, bestätigte die Assistentin.

»Sind die Leute den ganzen Morgen hier gewesen?«

»Ja. Sie haben bis vor ungefähr zwanzig Minuten geprobt. Dann sind sie zu einem Einkaufsbummel aufgebrochen.«

»Sind Sie sicher, dass die beiden vorher nicht weg waren?«

»Ja. Ich überwache persönlich, wer sich wo aufhält.«

»Gibt es sonst noch jemanden?«, fragte Sachs. »Vielleicht eine Person, die früher mal zum Illusionisten oder Zauberkünstler ausgebildet wurde, auch wenn sie heute nicht in dieser Funktion auftritt?«

»Nein, niemanden. Die zwei sind die Einzigen.«

»Okay«, sagte Sachs. »Wir werden einen Streifenwagen in der Nähe des Zeltes postieren. Die Kollegen müssten in etwa fünfzehn Minuten hier sein. Falls jemand Ihre Angestellten oder das Publikum belästigt oder sich sonst wie verdächtig verhält, geben Sie bitte sofort den Beamten Bescheid.« Das war Rhymes Idee gewesen.

»Ich werde alle entsprechend instruieren. Aber würden Sie mir vielleicht verraten, worum es hier geht?«

»Ein offenbar als Illusionist geschulter Mann war heute Morgen in einen Mordfall verwickelt. Unseres Wissens besteht keinerlei Verbindung zu Ihrem Unternehmen, aber wir wollten auf Nummer sicher gehen.«

Sie bedankte sich bei der Assistentin, die ihnen besorgt alles Gute wünschte und vermutlich bedauerte, überhaupt nach dem Anlass für den Besuch gefragt zu haben.

»Was wissen Sie über diese Künstler?«, erkundigte Sachs sich bei Kara.

»Die Ukrainer?«

»Ja. Sind es seriöse Leute?«

»Die beiden sind ein Ehepaar mit mehreren Kindern, die sie auf ihren Reisen begleiten, und sie gehören zu den besten Verwandlungskünstlern der Welt. Ich kann mir nicht vorstellen, dass sie auch nur das Geringste mit dem Mord zu tun haben.« Sie lachte. »Sehen Sie, *das* ist genau die Sorte von Künstlern, die einen Job beim Cirque Fantastique bekommt – Profis, die schon im Alter von fünf oder sechs Jahren auf der Bühne gestanden haben.«

Sachs wählte Rhymes Nummer. Thom hob ab. Sie brachte ihn auf den neuesten Stand und nannte ihm die Namen der ukrainischen Künstler. »Mel oder jemand anders soll beim National Crime Information Center des FBI und beim Außenministerium nachfragen, ob etwas gegen die Leute vorliegt.«

»Alles klar.«

Sie unterbrach die Verbindung und machte sich mit Kara auf den Rückweg. Im Westen hingen am leuchtend blauen Himmel ein paar fahle Wolkenfetzen, die fast wie Schrammen oder Kratzer aussahen.

Hinter ihr ertönte erneut ein lauter Knall, der auch diesmal wieder von den windgepeitschten Bannern stammte – und der ausgelassene Harlekin lockte weiterhin Passanten in sein magisches Königreich.

Haben Sie eine Erfrischung zu sich genommen, verehrtes Publikum?

Sitzen Sie bequem?

Gut, denn es ist nun an der Zeit, mit der zweiten Nummer zu beginnen.

Der Name P. T. Selbit sagt Ihnen vermutlich nichts, doch wenn Sie schon einmal eine Zaubervorstellung besucht oder einen Illusionisten im Fernsehen gesehen haben, kennen Sie mit Sicherheit einige der Tricks, die dieser Engländer Anfang des zwanzigsten Jahrhunderts populär gemacht hat.

Zu Beginn seiner Karriere trat Selbit noch unter seinem Geburtsnamen Percy Thomas Tibbles auf, doch ihm wurde bald klar, dass dies viel zu harmlos klang, denn seine Stärke waren nicht etwa Kartentricks, verschwindende Tauben oder schwebende Kinder, sondern sadomasochistische Nummern, die überall auf der Welt schockierten und demzufolge natürlich ein großes Interesse beim Publikum hervorriefen.

Selbit – also Tibbles von hinten nach vorn gelesen – erfand das berühmte Lebende Nadelkissen, *bei dem ein Mädchen vermeintlich von vierundachtzig spitzen Stacheln aufgespießt wurde. Eine weitere seiner Schöpfungen war die* Vierte Dimension, *bei der die Zuschauer entsetzt verfolgten, wie eine riesige Kiste anscheinend eine junge Frau zerquetschte. Eine meiner Lieblingsnummern aus Selbits Repertoire stammt aus dem Jahr 1922. Der Titel sagt eigentlich schon alles, verehrtes Publikum:* Der Blutgötze oder Die Vernichtung eines Mädchens.

Heute darf ich Ihnen eine aktualisierte Variante von Selbits bekanntester Illusion präsentieren, die er in Dutzenden von Ländern aufgeführt hat und mit der er zur Teilnahme an der Royal Command Variety Performance ins Londoner Hippodrom eingeladen wurde.

Sie heißt…

Nein, lieber nicht…

Nein, verehrtes Publikum. Ich glaube, ich erhalte die Spannung noch ein wenig aufrecht und verrate den Namen vorerst nicht. Aber ich gebe Ihnen einen Hinweis: Immer wenn Selbit diese Nummer aufführte, ließ er seine Assistenten vor dem jeweiligen Theater falsches Blut in die Rinnsteine schütten, damit die Passanten neugierig wurden und Eintrittskarten kauften. Was selbstverständlich stets der Fall war.

Haben Sie nun viel Spaß bei der Vorstellung.

Ich hoffe, Sie werden sich gut unterhalten.

Mit Ausnahme einer bestimmten Person, die alles andere als begeistert sein dürfte.

...Zehn

Wie lange habe ich geschlafen?, überlegte der junge Mann.

Das Stück war um Mitternacht zu Ende gewesen. Danach hatten sie im White Horse ein paar Drinks gekippt. Um drei Uhr war er zu Hause eingetroffen und hatte dann vierzig Minuten mit Bragg telefoniert, nein, eher eine Stunde. Und um halb neun musste dieser bescheuerte Klempner mit seinem dämlichen Hämmern anfangen.

Also, wie viele Stunden Schlaf waren das?

Doch Tony Calvert bekam sogar diese simple Rechenaufgabe nicht hin und beschloss, dass es vermutlich besser war, sich das Ausmaß der eigenen Erschöpfung gar nicht erst vor Augen zu führen. Wenigstens hatte er eine Anstellung am Broadway und konnte daher auf die Werbeaufnahmen verzichten, die bisweilen – Himmel hilf! – um sechs Uhr morgens begannen. Die Nachmittagsschicht im Gielgud Theater war ein netter Ausgleich dafür, dass er samstags und sonntags arbeiten musste.

Er inspizierte sein Handwerkszeug und kam zu dem Schluss, dass er mehr Schminke zum Verdecken der Tätowierungen benötigte. Heute war der Kerl mit dem markanten Kinn an der Reihe, und die Damen aus Teaneck und Garden City würden womöglich die Glaubwürdigkeit des Hauptdarstellers anzweifeln, wenn dieser einerseits das naive Starlet anschmachtete und andererseits auf seinem stattlichen Bizeps »In ewiger Liebe – Robert« zu lesen stand.

Calvert klappte den großen gelben Schminkkoffer zu und schaute in den Spiegel neben der Tür. Er sah besser aus, als er sich fühlte, das ließ sich nicht leugnen. Auch mehrere Wochen nach dem herrlichen Urlaub auf St. Thomas war seine Haut immer noch leicht gebräunt. Und seine sportliche Statur täuschte über das jämmerlich flaue Gefühl im Magen hinweg. (Um Gottes willen, in Zukunft höchstens vier Biere. Okay? *Hallo*, geht das in deinen Schädel?) Die Augen? Ja, ziemlich gerötet. Aber das ließ sich leicht in den Griff bekommen. Ein Visagist kannte Hunderte von Möglichkeiten, um Alte jung aussehen zu lassen, Unscheinbare in Schönheiten zu verwandeln und Müdigkeit durch Munterkeit zu ersetzen. Er verabreichte sich ein paar Augentropfen und griff dann zu seiner Geheimwaffe gegen dunkle Ringe – ein oder zwei schwungvolle Striche mit einem Abdeckstift.

Calvert zog die Lederjacke an, schloss die Tür ab und ging den Flur des Apartmentgebäudes hinunter. Jetzt, wenige Minuten vor zwölf, herrschte fast völlige Stille. Die meisten seiner Nachbarn, so vermutete er, schliefen entweder ebenfalls noch ihren Rausch aus oder waren draußen im East Village unterwegs und genossen das erste schöne Frühlingswochenende dieses Jahres.

Er benutzte wie immer den Hinterausgang und gelangte auf die Gasse hinter dem Haus. Bis zur Straße waren es ungefähr zwölf Meter, und gerade als Tony losging, registrierte er in einer der seitlich abzweigenden Nischen eine Bewegung.

Er blieb stehen und spähte ins Halbdunkel. Ein Tier. Herrje, etwa eine Ratte?

Nein – es war eine Katze, die sich anscheinend verletzt hatte. Calvert sah sich nach einem möglichen Eigentümer um, aber die Gasse war menschenleer.

Ach, das arme Ding!

Tony war genau genommen kein großer Tierfreund, aber er hatte letztes Jahr vorübergehend auf den Norwichterrier eines Nachbarn aufgepasst. Nun erinnerte er sich daran, was der Mann ihm damals für den Fall der Fälle eingeschärft hatte: Die

Praxis von Bilbos Tierarzt lag gleich um die Ecke bei der St.-Marks-Kirche. Er würde die Katze auf dem Weg zur U-Bahn dort abgeben. Vielleicht hätte ja auch seine Schwester Interesse. Sie adoptierte Kinder. Wieso nicht auch Katzen?

In dieser Gegend empfahl es sich kaum, zu lange in einer Gasse zu verweilen, aber Calvert sah, dass auch weiterhin niemand in der Nähe war. Er schob sich langsam vor, um das Tier nicht zu erschrecken. Es lag auf den Pflastersteinen und miaute leise.

Konnte er es einfach so aufheben? Würde es ihn kratzen? Er erinnerte sich an eine Gesundheitssendung, in der vor entsprechenden Infektionen gewarnt worden war. Aber das Tier schien zu schwach, um ihn zu verletzen.

»He, was ist denn los mit dir, Kleines?«, fragte er in besänftigendem Tonfall. »Hast du dir wehgetan?«

Er ging in die Hocke, stellte den Schminkkoffer ab und streckte die Hand vorsichtig aus, damit die Katze nicht unvermittelt nach ihm schlagen würde. Dann berührte er ihr Fell und zog die Finger sofort wieder zurück. Das Tier war eiskalt und völlig ausgemergelt – er konnte die steifen Knochen unter der Haut spüren. War es in diesem Moment gestorben? Nein, das Bein bewegte sich immer noch. Und dann ertönte wieder ein leises Miau.

Er berührte es erneut. Moment mal, das unter dem Fell waren ja gar keine *Knochen*, sondern Stangen, und im Innern des Körpers befand sich ein Metallkasten.

Scheiße, was sollte das?

War das hier die *Versteckte Kamera*? Oder wollte ihm bloß irgendein Arschloch einen Streich spielen?

Dann hob er den Kopf und entdeckte in drei Metern Entfernung eine Gestalt. Calvert keuchte auf und wich zurück. Da kauerte ein Mann…

Nein, doch nicht, erkannte er. Das war er selbst, und zwar

als Bild in einem großen Spiegel, der am Ende der dunklen Abzweigung in der Ecke stand. Calvert sah das eigene Gesicht, die Augen weit aufgerissen und war einen Moment lang starr vor Schreck. Er atmete tief durch und lachte leise. Dann aber runzelte er die Stirn, denn er sah sich langsam vornüberkippen – weil der Spiegel auf das Pflaster fiel und zerbrach.

Der bärtige Mann mittleren Alters, der sich dahinter versteckt hatte, sprang vor und hob ein langes Metallrohr.

»Nein! Hilfe!«, rief Calvert und stolperte zurück. »Mein Gott! Mein Gott!«

Das Rohr sauste mit Wucht auf seinen Kopf zu.

Tony jedoch riss den Schminkkoffer hoch und blockte den Schlag ab. Dann rappelte er sich auf und rannte los. Der Angreifer wollte ihm folgen, rutschte aber auf den glatten Pflastersteinen aus und fiel hart auf ein Knie.

»Nehmen Sie das Geld! Nehmen Sie es!« Calvert zerrte seine Brieftasche aus der Jacke und schleuderte sie hinter sich, aber der Mann achtete nicht darauf, sondern folgte ihm. Er befand sich zwischen Tony und der Straße; somit blieb nur der Weg zurück ins Gebäude.

O Gott, o Gott, o Gott…

»Hilf mir, hilf mir, hilf mir!«

Schlüssel!, dachte er. Hol die Schlüssel raus! Er zog sie aus der Jeans und warf einen kurzen Blick über die Schulter. Der Mann war keine zehn Meter hinter ihm. Falls ich die Tür nicht im ersten Anlauf aufbekomme, dann war's das… dann bin ich tot.

Calvert wurde nicht mal langsamer. Er krachte gegen das metallene Türblatt, traf – o Wunder – sofort das Schlüsselloch und drehte den Schlüssel herum. Der Riegel glitt zurück, Tony zog den Schlüssel heraus, sprang ins Haus und riss die Stahltür zu. Das Schnappschloss rastete automatisch ein.

Sein Herz schlug ihm vor Angst bis zum Hals. Keuchend

hielt er kurz inne. Ein Straßenräuber? Schwulenhasser? Junkie? Egal, dachte er. Dieser Dreckskerl darf nicht davonkommen.

Er lief den Flur entlang zu seiner Wohnung, öffnete auch diese Tür in Windeseile, sprang hinein, knallte die Tür zu und schloss sie ab.

Dann rannte er in die Küche, packte den Telefonhörer und wählte die Notrufnummer. »Notrufzentrale der Polizei und Feuerwehr«, meldete sich gleich darauf die Stimme einer Frau.

»Ein Mann! Ein Mann hat mich angegriffen! Er ist draußen!«

»Sind Sie verletzt?«

»Nein, aber Sie müssen die Polizei schicken!«, rief er. »Schnell!«

»Ist er dort bei Ihnen?«

»Nein, er ist nicht ins Haus gekommen. Ich habe die Türen abgeschlossen. Aber er könnte immer noch in der Gasse sein! Sie müssen sich beeilen!«

Was war das?, wunderte er sich, denn er spürte plötzlich einen Lufthauch im Gesicht. Das Gefühl kam ihm irgendwie vertraut vor, und dann begriff er, dass es sich um den Durchzug handelte, der entstand, wenn jemand die Wohnungstür öffnete.

»Hallo, Sir, sind Sie noch da?«, fragte die Frau am anderen Ende der Leitung. »Können Sie…?«

Calvert wirbelte herum und schrie auf. Nur ein kurzes Stück vor ihm stand der Bärtige mit dem Rohrstück und zog in aller Ruhe das Telefonkabel aus der Wand. Die Türen! Wie hatte der Kerl die Schlösser geöffnet?

Tony wich zurück – bis zum Kühlschrank; weiter ging es nicht.

»Was?«, flüsterte er und bemerkte die Narben am Hals des Fremden sowie die deformierte linke Hand. »Was wollen Sie?«

Der Angreifer ignorierte ihn für einen Moment und schaute sich um – musterte erst den Küchentisch und dann den großen hölzernen Couchtisch im Wohnzimmer. Der Anblick schien ihm zu gefallen. Als er sich umdrehte und das Rohr auf Calverts erhobene Arme niedersausen ließ, wirkte der Schlag fast wie ein nachträglicher Einfall.

Sie näherten sich ohne Sirene und Blaulicht.

Zwei Streifenwagen, bemannt mit jeweils zwei Beamten.

Der Sergeant stieg aus dem ersten Fahrzeug, bevor es vollständig zum Stillstand gekommen war. Der Notruf lag nur sechs Minuten zurück. Obwohl jemand die Verbindung unterbrochen hatte, war die Nummer des Teilnehmers auf dem Display der Zentrale angezeigt worden, und so wussten sie, aus welchem Gebäude und welcher Wohnung der Anruf stammte.

Sechs Minuten... Falls sie Glück hatten, war das Opfer gesund und munter. Falls sie weniger Glück hatten, würde sich immerhin noch der Täter in dem Apartment befinden und soeben die Wertgegenstände einsammeln.

Er drückte den Knopf an seinem Motorola. »Sergeant Vier Fünf Drei Eins an Zentrale. Ich bin Zehn-vierundachtzig am Schauplatz des Überfalls an der Neunten Straße. Kommen.«

»Roger, Vier Fünf Drei Eins. Krankenwagen ist unterwegs. Gibt's Verletzte? Kommen.«

»Wissen wir noch nicht. Ende.«

»Roger, Vier Fünf. Ende und Aus.«

Er schickte einen seiner Männer auf die Rückseite, um den Hinterausgang und die rückwärtigen Fenster zu überwachen, und ließ einen weiteren vorn bei den Wagen Position beziehen. Der dritte Officer lief mit dem Sergeant zur Lobby. Mit etwas Glück würde der Täter aus einem der Fenster springen und sich den Knöchel brechen. Der Sergeant hatte wenig

Lust, an einem so schönen Tag irgendwelchen Arschlöchern hinterherzuhetzen.

Das hier war Alphabet City, benannt nach den drei Nord-Süd-Avenues A, B und C, ein Tummelplatz für Drogensüchtige aller Art. Die Lage besserte sich allmählich, doch die Gegend gehörte auch weiterhin zu den gefährlichsten Ecken Manhattans. Noch bevor die beiden Cops die Haustür erreichten, zogen sie bereits die Pistolen.

Falls sie Glück hatten, würde der Täter nur mit einem Messer bewaffnet sein. Oder mit einem Essstäbchen und einem Mülleimerdeckel als Schild, so wie der Crackjunkie, der den Sergeant letzte Woche bedroht hatte.

Nun ja, wenigstens einen Lichtblick gab es – sie mussten niemanden auftreiben, der ihnen die Sicherheitstür öffnen würde. Eine ältere Frau, die sichtlich an ihrem schweren Einkaufsbeutel zu schleppen hatte, aus dem eine große Ananas ragte, war gerade auf dem Weg nach draußen. Mit überraschtem Blick hielt sie den beiden Beamten die Tür auf. Diese eilten hinein und beantworteten die unausgesprochene Frage nach dem Anlass ihres Hierseins mit einem unverbindlichen: »Kein Grund zur Besorgnis, Ma'am.«

Falls wir Glück haben…

Apartment 1J lag im Erdgeschoss und im hinteren Teil des Gebäudes. Der Sergeant nahm links des Eingangs Aufstellung. Sein Kollege postierte sich auf der anderen Seite, sah ihn an und nickte. Der Sergeant klopfte laut an die Tür. »Polizei. Sofort aufmachen!«

Drinnen regte sich nichts.

»Polizei!«

Er drehte am Knauf. Noch mehr Glück. Es war nicht abgeschlossen. Der Sergeant stieß die Tür auf, zuckte gleich wieder zurück und wartete einen Moment. Schließlich wagte er einen Blick um die Ecke.

»O Herr im Himmel«, flüsterte er, als er sah, was dort mitten im Wohnzimmer lag.

Das Wörtchen »Glück« kam ihm fortan nicht mehr in den Sinn.

Das Geheimnis erfolgreicher Proteuszauberer bestand darin, simple, aber entscheidende Änderungen am eigenen Erscheinungsbild und Verhalten vorzunehmen, während man gleichzeitig das Publikum mit einer Täuschung ablenkte.

Und keine Veränderung war so entscheidend wie die Verwandlung in eine fünfundsiebzigjährige Frau mit Einkaufstasche.

Malerick hatte gewusst, dass die Polizei schnell vor Ort sein würde, und war daher nach dem kurzen Auftritt in Tony Calverts Apartment sogleich in eines seiner Fluchtkostüme geschlüpft: ein hochgeschlossenes blaues Kleid und eine weiße Perücke. Die elastischen Hosenbeine seiner Jeans zog er bis unter den Saum des Kleides hoch, so dass die fleischfarbenen Stützstrümpfe sichtbar wurden. Der Bart kam ab und wurde durch eine dicke Schicht Altfrauenrouge ersetzt, gefolgt von breiten aufgemalten Augenbrauen. Ein paar Dutzend Striche mit einem dünnen sienafarbenen Stift verliehen ihm die Falten einer Fünfundsiebzigjährigen. Dann wechselte er die Schuhe.

Zur Vorbereitung der Täuschung nahm er eine Einkaufstasche, füllte sie halb mit Zeitungspapier – sowie mit dem Rohr und der anderen Waffe, die er für seine Nummer benutzt hatte – und verstaute zuletzt eine große frische Ananas aus Calverts Küche darin. Falls er beim Verlassen des Gebäudes jemandem begegnete, würde der ihm vielleicht einen kurzen Blick zuwerfen, sich im Wesentlichen aber auf die stattliche Ananas konzentrieren. Und genau das war dann tatsächlich der Fall, als er den eintreffenden Polizisten höflich die Tür aufhielt.

Nun, etwa vierhundert Meter von dem Haus entfernt und noch immer als Frau verkleidet, blieb er stehen und lehnte sich kurz an eine Wand, als müsse er wieder zu Atem kommen. Dann bog er in eine dunkle Gasse ab, riss sich das Kleid, das von winzigen Klettverschlüssen zusammengehalten wurde, mit einem Ruck vom Leib und versteckte es samt der Perücke unter der dreißig Zentimeter breiten elastischen Bandage, die er um den Bauch trug. Dort wurden die Gegenstände bis auf wenige Millimeter zusammengepresst und blieben unter seinem Hemd unsichtbar.

Er zog die Hosenbeine herunter, entnahm einem Beutel in seiner Tasche einige Wattepads und wischte sich damit das Rouge, die Falten und den Augenbrauenstift aus dem Gesicht. Mit einem kleinen Taschenspiegel überzeugte er sich, dass alle Schminkspuren beseitigt waren. Die gebrauchten Pads warf er zu der Ananas in den Einkaufsbeutel und steckte diesen dann in eine grüne Mülltüte.

Als Nächstes suchte er sich einen Wagen, der im Halteverbot stand, knackte das Kofferraumschloss und legte die Tüte hinein. Die Polizei würde niemals auf den Gedanken kommen, die Kofferräume geparkter Autos zu durchsuchen, und zudem wäre das Fahrzeug wahrscheinlich längst abgeschleppt, bevor der Eigentümer zurückkehrte.

Auf der Straße wandte Malerick sich in Richtung der nächstbesten U-Bahn-Linie, die zur West Side fuhr.

Und wie hat Ihnen unsere zweite Nummer gefallen, verehrtes Publikum?

Er selbst war recht zufrieden mit dem Ergebnis, vor allem angesichts der Tatsache, dass er auf den verfluchten Pflastersteinen ausgerutscht war und der Proband zunächst fliehen und zwei Türen hinter sich verschließen konnte.

Doch noch im Laufen hatte Malerick bereits die Dietriche gezückt.

Die hohe Kunst des Schlösseröffnens war ihm seit vielen Jahren vertraut und gehörte zu den ersten Dingen, die sein Mentor ihm damals beigebracht hatte. Man brauchte dazu zwei Werkzeuge: eine Blattfeder, die in das Schloss gesteckt und gekippt wurde, um Druck auf die Zapfen im Innern auszuüben, und den eigentlichen Dietrich, der jeden einzelnen Zapfen aus dem Weg schob und dadurch das Drehen des Schließzylinders ermöglichte.

Diese Vorgehensweise war mitunter sehr zeitraubend, und so hatte Malerick sich eine überaus schwierige Technik angeeignet, die man als »scheuern« bezeichnete. Dabei wurde der Dietrich schnell vor und zurück bewegt und stieß die Zapfen des Schlosses beiseite. Das funktionierte nur dann, wenn es dem Ausübenden gelang, exakt die richtige Kombination aus Drehmoment auf dem Zylinder und Druck auf den Zapfen zu finden. Mit den wenige Zentimeter langen Werkzeugen hatte Malerick insgesamt knapp dreißig Sekunden benötigt, um erst das Schloss des Hinterausgangs und dann Calverts Wohnungstür zu öffnen.

Kommt Ihnen das unmöglich vor, verehrtes Publikum?

Aber sehen Sie, genau das ist die Aufgabe eines Illusionisten: das Unmögliche real werden zu lassen.

An der Treppe zur U-Bahn-Station kaufte er sich eine *New York Times* und blätterte ein paar Seiten um, während er in Wirklichkeit die Passanten beobachtete. Auch diesmal schien ihm niemand gefolgt zu sein. Er lief die Stufen hinunter, um die Bahn nicht zu verpassen. Ein noch vorsichtigerer Künstler hätte womöglich etwas länger gewartet, um absolut sicherzugehen, doch Malerick blieb nicht viel Zeit. Die nächste Nummer würde überaus schwierig werden und erforderte einige Vorarbeit.

Er stellte sich gern großen Herausforderungen und wollte nicht riskieren, sein Publikum zu enttäuschen.

...Elf

»Hier sieht's ziemlich übel aus, Rhyme.«

Amelia Sachs stand mitten in Alphabet City an der Tür von Apartment 1J und sprach in das Mikrofon ihres Headsets.

Einige Stunden zuvor hatte Lon Sellitto angeordnet, dass die Zentrale ihn über jeden Mord in New York City unverzüglich zu informieren habe. Als sie von diesem speziellen Toten erfuhren, gelangten sie zu dem Schluss, es müsse sich um eine weitere Tat des Hexers handeln: Die rätselhafte Art und Weise, auf die der Täter sich Zutritt zu der Wohnung verschafft hatte, wies bereits in diese Richtung, doch der maßgebliche Umstand war die Tatsache, dass man die Armbanduhr des Opfers zerschmettert hatte – genau wie beim ersten Mord an jenem Morgen.

Die Todesursache hingegen war diesmal eine andere und hatte Sachs zu der anfänglichen Bemerkung verleitet. Während Sellitto den Detectives und Streifenbeamten auf dem Flur Anweisungen erteilte, betrachtete Sachs das bedauernswerte Opfer – einen jungen Mann namens Anthony Calvert. Er lag rücklings auf dem Couchtisch im Wohnzimmer. Man hatte seine Hände und Füße an die jeweiligen Tischbeine gefesselt und ihn dann in der Körpermitte durchgesägt.

Sachs schilderte Rhyme den grausigen Anblick, der sich ihr bot.

»Tja, es ist nur folgerichtig«, stellte der Kriminalist ungerührt fest.

»Folgerichtig?«

»Er bleibt seinem Zauberthema treu. Die Seile beim ersten Mord, die Säge in diesem Fall.« Er wandte sich mit lauter

Stimme an jemanden im Raum, vermutlich an Kara. »Das ist doch ein Zaubertrick, oder? Jemanden in der Mitte durchzusägen?« Er wartete die Antwort ab und sprach dann wieder mit Sachs. »Sie sagt, es sei eine klassische Illusionistennummer.«

Er hatte Recht, begriff sie. Der schockierende Anblick hatte sie die Verbindung zwischen den beiden Morden im ersten Moment gar nicht erkennen lassen.

Eine Illusionistennummer…

Wenngleich groteske Zerstückelung es wesentlich besser beschrieb.

Bleib objektiv, ermahnte sie sich. Ein Sergeant musste objektiv bleiben.

Aber dann kam ihr ein Gedanke. »Rhyme, glaubst du…«

»Was?«

»Glaubst du, dass er bei Bewusstsein war, als der Täter angefangen hat? Er liegt auf dem Rücken, und seine vier Gliedmaßen sind an die Tischbeine gebunden.«

»Ach, du meinst, er hat uns vielleicht irgendeinen Hinweis auf die Identität des Mörders hinterlassen? Gut.«

»Nein«, sagte sie leise. »Ich dachte an die Schmerzen.«

»Oh. Das.«

Oh. Das…

»Man wird es bei der Autopsie herausfinden.«

Dann bemerkte sie eine deutliche Verletzung an Calverts Schläfe, offenbar hervorgerufen durch einen stumpfen Gegenstand. Die Wunde hatte nur wenig geblutet, was darauf schließen ließ, dass der Herzschlag schon kurz nach der Zertrümmerung des Schädels ausgeblieben war.

»Nein, Rhyme, wie es scheint, ist das Opfer vorher gestorben.«

Sie nahm kaum wahr, wie der Kriminalist seinen Betreuer anwies, die Erkenntnisse in die Tabelle einzutragen. Dann sagte er noch etwas, aber Amelia achtete nicht darauf. Der Anblick des Opfers erschütterte sie nachhaltig. Doch sie wollte es so. Ja, sie war durchaus in der Lage, nicht an die Toten zu denken – jeder, der bei der Spurensicherung arbeitete, musste das irgendwie hinbekommen –, und die Anwandlung würde gleich verflogen sein. Doch der Tod verdiente nach ihrer Ansicht einen Moment der Stille. Sachs tat dies nicht aus religiöser Überzeugung oder aus einem eher abstrakten Respekt vor den Opfern; nein, sie tat es für sich selbst, damit ihr Herz nicht irgendwann versteinerte, wie es bei Menschen in diesem Beruf nur allzu häufig geschah.

Sie registrierte, dass Rhyme mit ihr sprach. »Wie bitte?«, fragte sie.

»Ich wollte wissen, ob dort irgendwelche Waffen liegen.«

»Auf den ersten Blick nicht, aber ich habe noch nicht danach gesucht.«

Ein Sergeant und ein uniformierter Officer gesellten sich zu Sellitto, der an der Wohnungstür stand. »Wir haben die Nachbarn befragt«, sagte einer von ihnen, schaute in Richtung der Leiche und zuckte zusammen. Amelia vermutete, dass er das Blutbad zum ersten Mal aus der Nähe sah. »Der Tote war ein netter, ruhiger Kerl. Alle haben ihn gemocht. Schwul, aber keiner von der harten Sorte oder so. In letzter Zeit scheint er Single gewesen zu sein.«

Sachs nickte. »Es klingt nicht danach, als hätte er den Mörder gekannt, Rhyme«, sagte sie ins Mikrofon.

»Das haben wir auch nicht angenommen, oder?«, erwiderte der Kriminalist. »Der Hexer geht nach einem anderen Schema vor – wie auch immer das im Einzelnen aussehen mag.«

»Womit hat er sein Geld verdient?«, fragte Amelia die Beamten.

»Er war Maskenbildner an einem Broadwaytheater. Wir haben seinen Koffer in der Gasse gefunden. Sie wissen schon, Haarspray, Make-up, Pinsel.«

Sachs fragte sich, ob Calvert wohl je für Werbefotografen gearbeitet hatte und ob sie ihm in dieser Funktion womöglich einmal begegnet war – damals, als Mannequin in Diensten der Modellagentur Chantelle an der Madison Avenue. Im Gegensatz zu vielen Fotografen und den Geschäftsführern der Werbeagenturen behandelten Visagisten die Modelle wie menschliche Wesen. »Also gut, lasst sie uns anpinseln, und dann schauen wir mal, wie sie aussieht«, würde einer dieser typischen Erbsenzähler vielleicht fordern. »Verzeihung, aber ich wusste nicht, dass sie ein Lattenzaun ist«, mochte dann der Maskenbildner entgegnen.

Ein Detective asiatischer Abstammung kam zur Tür und klappte sein Mobiltelefon zu. Er arbeitete beim Neunten Revier, zu dessen Bezirk diese Gegend gehörte. »Was haben wir denn hier?«, fragte er fröhlich.

»Na, was schon?«, murmelte Sellitto. »Weiß jemand, wie der Täter entkommen konnte? Das Opfer hat noch eigenhändig den Notruf gewählt. Ihre Beamten dürften nach zehn Minuten vor Ort gewesen sein.«

»Nach sechs«, sagte der Detective.

»Wir haben uns ohne Sirene genähert und alle Ausgänge und Fenster im Blick behalten«, sagte der Sergeant. »Als wir hereinkamen, war der Körper noch warm, und ich rede hier von siebenunddreißig Grad. Dann sind wir von Tür zu Tür gegangen, aber leider ohne Ergebnis.«

»Gab es Zeugen?«

Der Sergeant nickte. »Die einzige Person auf dem Flur war eine alte Dame. Sie hat uns ins Haus gelassen. Wenn sie zurückkommt, werden wir mit ihr sprechen. Vielleicht hat sie den Täter gesehen.«

»Sie ist weggegangen?«, fragte Sellitto.

»Ja.«

Rhyme hatte mitgehört. »Du weißt, wer das gewesen ist, nicht wahr?«

»Verdammter Mist«, fluchte Sachs.

»Nein, keine Sorge«, sagte der Detective. »Wir haben jedem eine Nachricht unter der Tür hindurchgeschoben. Sie wird uns anrufen.«

»Nein, wird sie nicht«, sagte Sachs und seufzte. »Das war der Täter.«

»Die Frau?«, fragte der Sergeant. Seine Stimme überschlug sich fast. Er lachte.

»Das war keine *Sie*«, erklärte Sachs. »Sie sah lediglich wie eine alte Frau aus.«

»He, Officer, wir dürfen nicht zu paranoid werden«, sagte Sellitto. »Dieser Kerl kann doch nicht so einfach sein Geschlecht wechseln.«

»Doch, er kann. Denken Sie daran, was Kara uns erzählt hat. Es war die Frau, Lieutenant. Wollen wir wetten?«

»Ich halte nicht dagegen, Sachs«, sagte Rhymes Stimme in ihrem Ohr.

»Sie war so ungefähr siebzig Jahre alt«, verteidigte sich der Sergeant. »Und sie hat eine große Einkaufstasche mit sich herumgeschleppt. Man konnte deutlich eine Ananas…«

»Sehen Sie«, unterbrach Amelia ihn und deutete in Richtung des Küchentresens, auf dem zwei spitze Blätter lagen. Unmittelbar daneben konnte man ein Gummiband erkennen, an dem eine kleine Karte hing. Darauf leuchtete das Logo der Firma Dole, gefolgt von einigen schmackhaften Rezepten für frische Ananas.

Verflucht. Sie hatten ihn direkt vor der Nase gehabt – nur wenige Zentimeter entfernt.

»In der Einkaufstasche steckte vermutlich die Mordwaffe«, sagte Rhyme.

Sachs wiederholte das für den immer mürrischer werdenden Detective vom Neunten Revier.

»Auf das Gesicht der Frau haben Sie nicht geachtet, richtig?«, fragte sie den Sergeant.

»Nicht wirklich. Ich hab ihr bloß einen kurzen Blick zugeworfen. Sie war mächtig geschminkt. Wie heißt das Zeug doch gleich? Meine Großmutter hat es auch immer benutzt.«

»Rouge?«, schlug Sachs vor.

»Ja. Und die Augenbrauen waren aufgemalt… Na ja, wir werden sie schon finden. Sie… *er* kann noch nicht besonders weit gekommen sein.«

»Er hat sich längst wieder umgezogen und die alten Sachen wahrscheinlich weggeworfen, Sachs«, sagte Rhyme.

»Er trägt mittlerweile andere Kleidung«, wandte sie sich an den asiatischen Detective. »Aber der Sergeant hier kann Ihnen eine Beschreibung des Kostüms liefern. Sie sollten die Mülltonnen und Gassen der näheren Umgebung danach absuchen lassen.«

Der Detective runzelte kühl die Stirn und musterte Sachs von oben bis unten. Ein warnender Blick von Sellitto erinnerte sie daran, dass ein *zukünftiger* Sergeant sich tunlichst erst *nach* der Beförderung wie ein Vorgesetzter aufführen sollte. Dann ordnete der Lieutenant die Suche an, und der Detective erteilte über Funk die notwendigen Weisungen.

Nachdem Sachs sich den Tyvek-Overall übergestreift hatte, schritt sie auf dem Flur und in der Gasse das Gitternetz ab. Dabei fand sie das seltsamste Beweisstück, das ihr jemals untergekommen war: eine schwarze Spielzeugkatze.

Danach nahm sie sich den grausigen Tatort in der Wohnung des jungen Mannes vor, untersuchte die Leiche und packte sämtliche Spuren ein.

Sie war schon zum Wagen unterwegs, als Sellitto sie zu sich rief.

»He, warten Sie, Officer.« Er hatte soeben ein Telefonat geführt. Nach seiner finsteren Miene zu urteilen, war es nicht allzu erfreulich verlaufen. »Der Captain und der stellvertretende Polizeichef wollen mich sprechen. Ich muss Sie bitten, etwas für mich zu erledigen. Wir werden unser Team vergrößern. Ich möchte, dass Sie jemanden abholen.«

»Kein Problem. Aber wieso brauchen wir Verstärkung?«

»Weil wir heute innerhalb von vier Stunden zwei Leichen und keinen einzigen verdammten Verdächtigen gehabt haben«, erwiderte er barsch. »Unsere Chefetage ist alles andere als begeistert. Sie erhalten nun Ihre erste Lektion über das Dasein als Sergeant – wenn die hohen Tiere unglücklich sind, dann sind *Sie* gefälligst ebenfalls unglücklich.«

Die Seufzerbrücke.

So nannten sie den Gang, der in luftiger Höhe die beiden Türme des Untersuchungsgefängnisses von Manhattan verband, gelegen an der Centre Street in Downtown.

Die Seufzerbrücke – über die schon die größten Mafiosi marschiert waren, auf deren Konto unzählige Auftragsmorde gingen. Manchmal kamen auch verängstigte junge Männer hier entlang, die nichts anderes getan hatten, als dem Arschloch, dem ihre Schwester oder Kusine das uneheliche Kind verdankte, mit einem Baseballschläger gründlich die Meinung zu sagen. Oder auch durchgeknallte Junkies, die einen Touristen wegen seiner zweiundvierzig Dollar umgebracht hatten, denn ich brauchte das Crack, brauchte das Zeug, ich hab es gebraucht, Mann, hab es so *dringend* gebraucht…

Nun überquerte Amelia Sachs die Brücke zum zweiten Turm – technisch gesehen der Bernard B. Kerik Komplex, doch insgeheim weiterhin als die »Gruft« bekannt, genau wie früher das ursprüngliche Stadtgefängnis auf der anderen Straßenseite. Hier, hoch über dem Verwaltungsviertel von

New York, nannte Sachs einem Justizbeamten ihren Namen, übergab ihm die Glock (ihre inoffizielle Waffe – ein Springmesser – hatte sie im Camaro gelassen) und betrat die gesicherte Lobby jenseits der lauten, elektrisch verriegelten Tür, die hinter ihr wieder ächzend ins Schloss fiel.

Wenige Minuten später kam der Mann, den sie abholen sollte, aus einem nahen Verhörraum. Er war durchtrainiert, Ende dreißig, mit schütterem braunen Haar und unbeschwerte Miene. Zu seiner Jeans und dem blauen Anzughemd trug er ein schwarzes Sportsakko.

»Hallo, Amelia«, begrüßte er sie in gedehntem Tonfall. »Nehmen Sie mich mit zu Lincoln?«

»Hallo, Rol. Aber klar.«

Detective Roland Bell öffnete den Jackettknopf. Gemäß den Vorschriften trug auch er keine Waffe bei sich, doch Amelia bemerkte *zwei* leere Holster an seinem Gürtel. Sie erinnerte sich daran, wie häufig sie bei der Arbeit schon ihre Schießergebnisse miteinander verglichen hatten – für ihn ein Hobby und für Sachs ein Wettkampfsport.

Zwei weitere Männer traten aus dem Verhörzimmer und gesellten sich zu ihnen. Der Erste war ein Detective, den Amelia bereits kannte: Luis Martinez, Bürstenfrisur und dunkler Anzug, ein ruhiger Mann mit flinken, aufmerksamen Augen.

Der andere Mann war legerer gekleidet: khakifarbene Stoffhose, schwarzes Polohemd Marke Izod und ein ausgeblichener Blouson. Er wurde Sachs als Charles Grady vorgestellt, doch sie hatte ihn ohnehin sofort erkannt; der stellvertretende Bezirksstaatsanwalt genoss bei den New Yorker Strafverfolgungsbehörden regelrechte Berühmtheit. Während die meisten seiner Kollegen schon längst lukrativere Posten angenommen hatten, war der schlanke Harvardabsolvent dem Staatsdienst treu geblieben. Zu den vielen Klischees, die in der Presse regelmäßig über den Mittvierziger zu lesen standen, gehörten Attribute wie »Pitbull« und »hartnäckig«. An Beliebtheit konnte er es leicht mit Rudolph Guiliani aufnehmen, strebte im Gegensatz zu dem ehemaligen Bürgermeister jedoch kein politisches Amt an. Es genügte ihm vollauf, bei der Staatsanwaltschaft zu arbeiten und seiner Lieblingsbeschäftigung nachzugehen, die laut seinen eigenen Worten darin bestand, die bösen Jungs hinter Gitter zu bringen.

Und er war verdammt gut in seinem Job; seine Erfolgsbilanz vor Gericht gehörte zu den besten in der Geschichte der Stadt.

Gradys aktueller Fall war der Grund für Bells Anwesenheit. Der Staat bereitete die Anklage gegen einen fünfundvierzigjährigen Versicherungsvertreter vor, wohnhaft in einer ländlichen Kleinstadt nördlich von New York. Bekannt geworden war Andrew Constable aber weniger durch seine Hausratpolicen als vielmehr wegen der von ihm geleiteten Miliz namens »Gesellschaft der Patrioten«. Man warf ihm vor, mehrere Morde und rassistisch motivierte Gewalttaten vorbereitet zu haben. Um den Fall vor neutraler Kulisse verhandeln zu können, hatte man ihn an die hiesige Staatsanwaltschaft verwiesen.

Als der Prozesstermin näher rückte, erhielt Grady erste Morddrohungen. Vor ein paar Tagen hatte sich dann das Büro von Fred Dellray bei ihm gemeldet. Dellray, ein FBI-Agent, der häufig mit Rhyme und Sellitto zusammenarbeitete, befand sich gegenwärtig an einem unbekannten Ort in einer geheimen Anti-Terror-Mission, doch seine Kollegen hatten erfahren, dass man mit einem akuten Anschlag auf Gradys Leben rechnen musste. In der Nacht von Donnerstag auf Freitag war in Gradys Büro eingebrochen worden. An diesem Punkt hatte man beschlossen, Roland Bell einzuschalten.

Normalerweise kümmerte der sympathische, aus North Carolina stammende Bell sich gemeinsam mit Lon Sellitto um Mordfälle und andere Kapitalverbrechen, doch darüber hinaus stand er einer Gruppe von NYPD-Detectives vor, die sich intern spaßeshalber »die Zeugenschutzengel« nannten.

Bell verspürte, wie er es ausdrückte, »eine Art Ehrgeiz, genau die Leute am Leben zu erhalten, die auf irgendwelchen Todeslisten stehen«. Als Resultat widmete er sich neben der Vielzahl von regulären Fällen auch noch diversen Personenschutzaufgaben.

Mittlerweile stand Grady unter ständiger Bewachung, und die hohen Tiere der Behörde – die *unglücklichen* hohen Tiere – hatten entschieden, die Jagd auf den Hexer zu forcieren. Das Team von Sellitto und Rhyme sollte aufgestockt werden, und Bell war der folgerichtige Kandidat.

»Das also ist Andrew Constable«, sagte Grady zu Bell und wies auf die schmutzige Scheibe in der Tür des Verhörraums.

Sachs schaute hindurch und sah einen schlanken, recht kultiviert wirkenden Häftling, der in seinem orangefarbenen Overall an einem Tisch saß und mit gesenktem Kopf langsam nickte.

»Entspricht er Ihren Erwartungen?«, fragte Grady.

»Ich kann ihn nicht einschätzen«, antwortete Bell. »Gerechnet habe ich mit einem Hinterwäldler, einem dieser typischen Fanatiker, wenn Sie verstehen, was ich meine. Aber dieser Kerl macht eigentlich einen ganz vernünftigen Eindruck. Um ehrlich zu sein, Charles, vom *Gefühl* her kommt er mir unschuldig vor.«

»Den Geschworenen dürfte es ähnlich gehen.« Grady verzog das Gesicht. »Der Schuldspruch wird ein hartes Stück Arbeit.« Dann lachte er leise auf. »Aber dafür bekomme ich ja schließlich mein üppiges Gehalt.« Als Teilhaber einer Anwaltskanzlei an der Wall Street hätte Grady schon im ersten Jahr mehr verdient.

»Gibt's etwas Neues über den Einbruch in Ihrem Büro?«, fragte Bell. »Was ist mit dem vorläufigen Bericht der Spurensicherung? Ich muss ihn dringend lesen.«

»Die Angelegenheit läuft auf Hochtouren. Wir sorgen dafür, dass Sie eine Kopie erhalten.«

»Man benötigt mich bei einem anderen Fall«, sagte Bell. »Meine Leute bleiben bei Ihnen und Ihrer Familie. Falls Sie mich sprechen möchten – ein Anruf genügt.«

»Danke, Detective«, sagte Grady. »Meine Tochter lässt übrigens herzlich grüßen. Wir sollten sie unbedingt mal mit Ihren Jungs zusammenbringen. Und ich würde gern bei Gelegenheit Ihre Freundin kennen lernen. Wo wohnt sie doch gleich?«

»Lucy lebt unten in North Carolina.«

»Sie ist auch bei der Polizei, nicht wahr?«

»Ja, sie leitet das Sheriff's Department. In der Weltstadt Tanner's Corner.«

Luis Martinez bemerkte, dass Grady die Tür ansteuern wollte, und schloss sofort zu ihm auf. »Bitte warten Sie eine Minute, Charles.« Er verließ den Sicherheitsbereich, holte sich von dem Aufseher am Eingang seine Pistole zurück und nahm die Brücke und die nähere Umgebung sorgfältig in Augenschein.

In diesem Moment erklang hinter ihnen eine sanfte Stimme.

»Hallo, Miss.«

Sachs registrierte auf Anhieb einen ganz bestimmten Tonfall, der ihr verriet, dass der Sprecher öffentliche Auftritte gewohnt war und es verstand, eine Dienstleistung oder Ware an den Mann zu bringen. Sie drehte sich um und sah Andrew Constable neben einem kräftigen Justizbeamten stehen. Der

Gefangene war ziemlich groß und hielt sich kerzengerade. Er hatte leicht ergrautes, dichtes gewelltes Haar. Neben ihm stand sein kleiner dicker Anwalt.

»Gehören Sie zu Mr. Gradys Beschützern?«, fragte er.

»Andrew«, mahnte sein Anwalt.

Der Häftling nickte, sah Sachs aber weiterhin fragend an.

»Ich arbeite nicht an diesem Fall«, entgegnete sie reserviert.

»Ach, nein? Ich wollte für Sie nämlich wiederholen, was ich auch schon zu Detective Bell gesagt habe. Ehrlich, ich weiß nicht das Geringste über diese Drohungen gegen Mr. Grady.« Er wandte sich Bell zu. Der Cop wirkte bisweilen schüchtern und zurückhaltend, doch niemals im Angesicht eines Verdächtigen. Auch jetzt hielt er dem Blick kühl und gelassen stand.

»Sie tun nur Ihre Pflicht«, sagte Constable. »Ich habe Verständnis dafür. Aber bitte glauben Sie mir, ich würde Mr. Grady niemals ein Leid zufügen. Immerhin gehört Fairness zu den Dingen, die dieses Land groß gemacht haben.« Er lachte. »Ich werde ihn vor Gericht besiegen. Davon bin ich *absolut* überzeugt – und zwar dank meines brillanten jungen Freundes hier.« Er deutete auf seinen Anwalt. Dann wirkte er plötzlich neugierig. »Eines wollte ich noch erwähnen, Detective Bell. Ich habe mich gefragt, ob es Sie vielleicht interessiert, was meine Patrioten da oben in Canton Falls die ganze Zeit machen.«

»Wie bitte?«

»Oh, ich meine nicht diesen Blödsinn über angebliche Verschwörungen, sondern worum es uns wirklich geht.«

»Lassen Sie's gut sein, Andrew«, sagte der Anwalt des Gefangenen. »Es ist besser, Sie halten den Mund.«

»Wir plaudern doch nur ein wenig, Joe.« Ein Blick zu Bell. »Also, wie sieht's aus?«

»Ich weiß nicht, worauf Sie hinauswollen, Sir«, antwortete der Detective mit hörbarem Widerwillen.

Doch es folgte nicht die befürchtete Anspielung auf Bells Südstaatenherkunft und den dort verbreiteten Rassismus. »Die Rechte der Bundesstaaten, die Interessen der arbeitenden Bevölkerung, das Für und Wider einer dezentralen Regierung«, sagte Constable stattdessen. »Sie sollten sich mal unsere Internetseite ansehen, Detective.« Er lachte. »Die Leute rechnen mit Hakenkreuzen, aber sie bekommen Thomas Jefferson und George Mason.«

Als Bell nichts darauf erwiderte, legte sich drückende Stille über den warmen Raum. Der Häftling schüttelte verlegen den Kopf. »Herrje, bitte verzeihen Sie... Manchmal geht einfach mein Temperament mit mir durch – immer diese lächerlichen Predigten. Kaum stehen ein paar Leute um mich herum, ist es auch schon passiert – ich merke nicht, wann ich aufhören sollte.«

»Gehen wir«, sagte der Wärter.

»Also gut«, entgegnete der Gefangene, nickte erst Sachs, dann Bell zu und schlurfte den Gang hinunter. Die Kette der Fußfesseln klirrte leise. Sein Anwalt verabschiedete sich mit stummem Gruß von Grady – zwei Gegenspieler, die einander respektierten und gleichzeitig misstrauten – und verließ den Sicherheitsbereich.

Kurz darauf schlugen Grady, Bell und Sachs denselben Weg ein und gesellten sich zu Martinez.

»Er wirkt gar nicht wie ein Ungeheuer«, sagte Amelia. »Was genau wirft man ihm vor?«

»Ein paar verdeckte Ermittler der Bundesbehörde für Alkohol, Tabak und Feuerwaffen haben im Staat New York illegale Waffengeschäfte untersucht und sind dabei auf ein Komplott gestoßen, hinter dem nach unserer Ansicht Constable steckt«, erklärte Grady. »Einige seiner Leute sollten mit fingierten Notrufen Streifen der Staatspolizei in entlegene Winkel des Bezirks locken. Sofern unter den Beamten Schwarze waren, wollte man sie entführen, nackt ausziehen und lynchen. Von Kastration ist übrigens auch die Rede gewesen.«

Sachs hatte im Laufe ihrer Dienstjahre bereits eine Vielzahl schrecklicher Verbrechen erlebt, doch diese bestürzende Neuigkeit ließ sie ungläubig aufmerken. »Meinen Sie das ernst?«

Grady nickte. »Und das sollte nur der Anfang sein. Offenbar stand im Hintergrund eine Art Masterplan. Man hoffte, mit zunehmender Anzahl der Polizistenmorde das Interesse des Fernsehens zu erregen. Die Bilder der aufgeknüpften Farbigen sollten eine Art Aufstand der schwarzen Bevölkerung bewirken und den Weißen überall im Land einen Grund liefern, Vergeltung zu üben und die Aufrührer auszulöschen. Wenn alles nach Wunsch verlief, würden die Latinos und Asiaten sich den Schwarzen anschließen und könnten im Zuge der weißen Revolution gleich mit erledigt werden.«

»Und das in der heutigen Zeit?«

»Glauben Sie mir, Sie wären überrascht.«

Bell nickte Luis zu. »Er steht jetzt unter deiner Obhut. Lass ihn nicht aus den Augen.«

»Selbstverständlich«, sagte der Detective. Grady und sein schlanker Leibwächter verließen die Lobby, während Sachs und Bell sich am Schalter ihre Waffen zurückholten und dann ebenfalls die Seufzerbrücke betraten. Auf dem Weg in das Justizgebäude setzte Amelia den Kollegen über den Hexer und seine Opfer in Kenntnis.

Als Bell von Anthony Calverts grauenhaftem Tod hörte, erschauderte er unwillkürlich. »Das Motiv?«

»Kennen wir nicht.«

»Das Schema?«

»Dito.«

»Wie sieht der Täter aus?«

»Auch in diesem Punkt müssen wir passen.«

»Ihr wisst *gar nichts* über ihn?«

»Wir glauben, er ist ein Weißer von mittlerer Statur.«

»Demnach hat niemand ihn zu Gesicht bekommen, richtig?«

»Im Gegenteil, er wurde sogar von mehreren Leuten gesehen. Allerdings war er beim ersten Mal ein dunkelhaariger Mittfünfziger mit Vollbart, beim zweiten Mal ein glatzköpfiger Hauswart Anfang sechzig und zuletzt eine Frau Mitte siebzig.«

Bell erwartete, dass sie lachen und ihn über den Scherz aufklären würde, doch nichts dergleichen geschah. »Das war kein Witz?«

»Leider nicht, Roland.«

»Ich bin gut«, sagte Bell kopfschüttelnd und klopfte auf die Automatikpistole, die rechts an seinem Gürtel hing. »Aber ich brauche ein Ziel.«

Du nimmst mir das Wort aus dem Mund, dachte Amelia Sachs.

...Zwölf

Die sichergestellten Spuren vom zweiten Tatort waren eingetroffen, und Mel Cooper breitete die Tüten und Röhrchen soeben auf mehreren Tischen in Rhymes Arbeitszimmer aus.

Sellitto kam von einer unangenehmen Besprechung im Big Building zurück. Der stellvertretende Polizeichef und der Bürgermeister wollten Einzelheiten über die Fortschritte eines Falls erfahren, zu dem es nur wenige Einzelheiten und keinerlei Fortschritte zu vermelden gab.

Unterdessen hatte Rhyme Erkundigungen über die ukrainischen Illusionisten vom Cirque Fantastique eingezogen und erfahren, dass nichts gegen sie vorlag. Die beiden Beamten, die zu dem Zelt abkommandiert worden waren, hatten sich ausgiebig dort umgesehen und meldeten keine neuen Erkenntnisse oder verdächtigen Vorfälle.

Kurz darauf betrat Sachs das Zimmer und brachte den besonnenen Roland Bell mit. Als Sellitto die Anweisung erteilt worden war, das Team durch einen weiteren Detective zu verstärken, hatte Rhyme sofort Bell vorgeschlagen; er hatte ein gutes Gefühl dabei, dort draußen im Einsatz einen erfahrenen Cop und Meisterschützen hinter Sachs zu wissen.

Bell begrüßte alle Anwesenden, doch Kara war neu für ihn. Er sah sie fragend an.

»Ich bin so eine Art Beraterin«, sagte sie und deutete auf Rhyme. »Ähnlich wie er.«

»Freut mich, Sie kennen zu lernen«, sagte Bell und registrierte erstaunt, dass sie ganz beiläufig drei Münzen gleichzeitig über die Knöchel einer Hand wandern ließ.

Sachs ging zu Cooper, um mit der Arbeit an den Spuren zu beginnen.

»Wer war das Opfer?«, fragte Rhyme.

»Anthony Calvert. Zweiunddreißig. Unverheiratet. Na ja, ohne festen Freund müsste es in seinem Fall wohl heißen.«

»Kannte er die Frau von der Musikschule?«

»Anscheinend nicht«, sagte Sellitto. »Bedding und Saul haben das überprüft.«

»Was war er von Beruf?«, fragte Cooper.

»Maskenbildner am Broadway.«

Und die Erste war Musikerin und Studentin, grübelte Rhyme. Eine heterosexuelle Frau und ein homosexueller Mann aus unterschiedlichen Ecken der Stadt. Welche Verbindungen mochte es da geben? »Irgendwelche Anzeichen für sexuelle Beweggründe?«, fragte er.

Doch da auch das erste Verbrechen nicht in diese Kategorie gefallen war, überraschte ihn Sachs' Antwort nicht: »Nein. Es sei denn, er nimmt seine Erinnerungen mit nach Hause ins Bett… und lässt sich hiervon erregen.« Sie trat an die Tafel und hängte die Digitalfotos der Leiche auf.

Rhyme fuhr mit seinem Rollstuhl näher heran und nahm die grausigen Bilder prüfend in Augenschein.

»Kranke Scheiße«, lautete Sellittos teilnahmslose Feststellung.

»Was für eine Waffe hat er benutzt?«, fragte Roland Bell.

»Das sieht nach einem Fuchsschwanz aus«, sagte Cooper, der einige Nahaufnahmen der Verletzungen betrachtete.

Bell, der als Polizist sowohl in North Carolina als auch in New York schon so manches Blutbad gesehen hatte, schüttelte den Kopf. »O Mann, das ist ganz schön heftig.«

Rhyme vernahm auf einmal einen merkwürdigen Laut, ein abgehacktes Zischen. Er wendete den Rollstuhl und entdeckte Kara hinter sich. Das Geräusch kam von ihrem hektischen Atmen. Sie starrte wie versteinert die Fotos von Calverts Leiche an und fuhr sich mit der Hand immer wieder durch das kurze Haar. Ihre weit aufgerissenen Augen schimmerten feucht, und ihr Unterkiefer zitterte. Schließlich wandte sie sich ab.

»Sind Sie…«, setzte Sachs an, doch Kara hob eine Hand, schloss die Augen und atmete mehrmals tief durch.

Als Rhyme die Qual auf ihrem Gesicht sah, erkannte er, dass sie an ihre Grenzen gestoßen war. Sie würde aufgeben. Sein Leben – die Arbeit bei der Spurensicherung – hatte zwangsläufig mit dieser Art von Schrecken zu tun; ihre Welt nicht. In ihrem Beruf waren alle Wagnisse und Gefahren reine Illusion, und man durfte von einer Zivilistin nicht erwarten, dass sie sich freiwillig einem solchen Grauen aussetzen würde. Rhyme bedauerte dies zutiefst, denn sie waren auf Karas Hilfe dringend angewiesen, aber ihre Miene sprach Bände. Er hoffte nur, ihr würde nicht übel werden.

Sachs machte einen Schritt auf sie zu, blieb jedoch stehen, als Rhyme den Kopf schüttelte. Er wusste, dass die Entscheidung längst gefallen war und sie das Mädchen gehen lassen mussten.

Und damit irrte er sich.

Kara atmete ein letztes Mal geräuschvoll ein und wieder aus – fast wie ein Turmspringer, der an den Rand des Bretts vortrat – und drehte sich mit entschlossenem Blick zur Tafel um. Sie hatte lediglich einige Zeit benötigt, um sich zu sammeln.

Sie ging dicht an die Fotos heran. Dann nickte sie. »P. T. Selbit«, sagte sie und wischte sich die Tränen aus den blauen Augen.

»Ist das ein Name?«, fragte Sachs.

Kara nickte erneut. »Mr. Balzac hatte früher manche seiner Tricks im Programm. Selbit war Illusionist und hat vor hundert Jahren gelebt. Diese Nummer stammt von ihm. Sie heißt *Die zersägte Frau*. Alles passt, die Rückenlage, die gefesselten Arme und Beine. Die Säge. Der einzige Unterschied ist, dass er einen *Mann* für den Auftritt gewählt hat.« Sie erschrak über den Versprecher. »Ich meine, für den *Mord*.«

»Ist die Nummer weitgehend unbekannt?«, erkundigte Rhyme sich auch diesmal.

»Nein. Es war ein berühmter Trick, sogar noch bekannter als *Der Verschwundene*. Jeder, der sich auch nur ein bisschen mit der Geschichte der Zauberkunst auskennt, weiß darüber Bescheid.«

Rhyme hatte mit dieser entmutigenden Auskunft gerechnet. »Trag es trotzdem in das Profil ein, Thom«, sagte er und wandte sich dann an Sachs. »Okay, beschreib uns, was bei Calvert geschehen ist.«

»Wie es aussieht, wollte das Opfer zur Arbeit gehen und hat das Haus durch den Hinterausgang verlassen – laut Auskunft der Nachbarn machte er das immer so. Er kam an einer Seitengasse vorbei und sah das hier.« Sie wies auf die schwarze Katze in einer der Plastiktüten. »Ein Spielzeug.«

Kara sah genauer hin. »Das ist ein Automat, eine Art Roboter. Bei uns heißt so etwas ein Falsum.«

»Ein…?«

»F-A-L-S-U-M. Ein Requisit, das vom Publikum für echt gehalten werden soll. Zum Beispiel ein Messer, dessen Klinge sich in den Griff schiebt, oder eine Kaffeetasse mit einem versteckten Reservoir.« Sie drückte einen Knopf, und das Tier fing plötzlich an, sich zu bewegen und täuschend echt zu miauen.

»Calvert muss die Katze bemerkt haben und zu ihr gegangen sein. Vermutlich hat er geglaubt, sie sei verletzt«, fuhr Sachs fort. »Auf diese Weise hat der Hexer ihn in die Sackgasse gelockt.«

»Woher stammt das Ding?«, fragte Rhyme.

»Hersteller ist die Firma Sing-Lu in Hongkong«, antwortete Cooper. »Ich habe mal auf deren Internetseite nachgeschaut. Die Katze gibt es bei uns landesweit in Hunderten von Geschäften zu kaufen.«

Rhyme seufzte. »Nicht zurückverfolgbar« schien für diesen Fall zum Leitsatz zu werden.

Sachs berichtete weiter. »Calvert ist also zu dieser Katze gegangen und hat sich neben sie gekniet. Der Täter hatte sich irgendwo versteckt und...«

»Der Spiegel«, fiel Rhyme ihr ins Wort und blickte kurz zu Kara.

Die junge Frau nickte. »Illusionisten benutzen häufig Spiegel. Wenn man sie geschickt ausrichtet, kann man dahinter alles Mögliche verschwinden lassen.«

Rhyme musste daran denken, dass der Laden, in dem sie arbeitete, Smoke & Mirrors hieß, Rauch und Spiegel.

»Aber es ging etwas schief, und das Opfer konnte vorerst entwischen«, sagte Sellitto. »Und jetzt wird's wirklich verrückt. Wir haben uns den aufgezeichneten Notruf angehört. Calvert hat es bis in die Wohnung geschafft und dort das Telefon benutzt. Laut seinen Angaben konnte er den Täter aussperren und beide Türen abschließen. Dann wurde die Verbindung unterbrochen. Der Hexer ist ihm irgendwie gefolgt.«

»Vielleicht durchs Fenster – Sachs, hast du die Feuertreppe überprüft?«

»Nein. Das entsprechende Fenster war von innen verriegelt.«

»Du hättest dich dennoch vergewissern sollen«, sagte Rhyme schroff.

»Er ist nicht auf diesem Weg hineingekommen. Es blieb nicht genug Zeit.«

»Tja, dann muss er wohl Calverts Schlüssel gehabt haben«, sagte der Kriminalist.

»Es waren keine Fingerabdrücke darauf«, wandte Sachs ein. »Nur die des Opfers.«

»Er muss aber«, beharrte Rhyme.

»Nein«, widersprach Kara. »Er hat das Schloss geknackt.«

»Unmöglich«, sagte Rhyme. »Vielleicht hat er sich irgendwann vorher einen Wachsabdruck der Schlüssel besorgt. Sachs, du solltest noch einmal dorthin fahren und überprüfen, ob…«

»Er hat das Schloss geknackt«, wiederholte die junge Frau unbeirrt. »Ich bin mir absolut sicher.«

Rhyme schüttelte den Kopf. »Er soll innerhalb von sechzig Sekunden zwei Türen geöffnet haben? Auf gar keinen Fall.«

Kara seufzte. »Tut mir Leid, aber, ja, er hat innerhalb von sechzig Sekunden zwei Türen geöffnet. Und eventuell war er sogar *noch* schneller.«

»Nun, lassen Sie uns einstweilen annehmen, dass es nicht so war«, sagte Rhyme abweisend. »Wenn also…«

»Nein, verdammt«, protestierte die junge Frau. »Hören Sie, wir dürfen das nicht einfach ignorieren. Es verrät uns etwas Neues über ihn – etwas Wichtiges: dass verschlossene Türen für ihn kein Hindernis darstellen.«

Rhyme sah Sellitto an.

»Damals beim Raubdezernat hab ich ein Dutzend Einbrecher festgenommen, und keiner von denen konnte dermaßen schnell ein Schloss öffnen«, sagte der Detective.

»Mr. Balzac lässt es mich zehn Stunden pro Woche üben«, sagte Kara. »Ich habe mein Werkzeug nicht dabei. Andernfalls könnte ich Ihre Haustür in dreißig Sekunden aufbekommen und den zusätzlichen Riegel in einer Minute. Und ich beherrsche die Scheuertechnik nicht. Falls der Hexer gut darin ist, halbiert das die benötigte Zeit. Ich weiß, dass Sie greifbare Spuren bevorzugen, aber es wäre reine Zeitverschwendung, Amelia nach etwas suchen zu lassen, das nicht existiert.«

»Sind Sie sicher?«, fragte Sellitto.

»Wenn Sie meinem Urteil nicht trauen, wieso wollen Sie dann meine Unterstützung?«

Sachs sah Rhyme an. Mit einem widerwilligen Nicken und starrer Miene gab er nach (wenngleich es ihm insgeheim gefiel, dass die Frau Rückgrat bewies; es wog den *Blick* und das *Lächeln* ein wenig auf). »Okay«, sagte er zu Thom. »Schreib auf, dass unser Mann außerdem erstklassig mit einem Dietrich umgehen kann.«

»Wir wissen nicht genau, womit der Hexer das Opfer niedergeschlagen hat«, fuhr Sachs fort. »Die Kopfverletzung stammt von einem stumpfen Gegenstand. Es könnte ein Rohr gewesen sein, aber der Täter hat es mitgenommen.«

Das Material der Fingerabdruckspezialisten traf ein. Sie hatten am Tatort und an den mutmaßlich vom Hexer berührten Stellen insgesamt neunundachtzig Abdrücke genommen. Rhyme sah sofort, dass einige irgendwie merkwürdig wirkten, und erkannte bei näherer Betrachtung, dass sie von den falschen Fingerkuppen stammten. Daraufhin machte er sich gar nicht erst die Mühe, den Rest der Aufnahmen zu sichten.

Sie wandten sich nun den von Sachs sichergestellten Spuren zu und stießen auf winzige Mengen des gleichen anorganischen Öls, das sie am Morgen in der Musikschule gefunden hatten. Auch Latex, Make-up und Alginat waren abermals vorhanden.

Detective Kuan vom Neunten Revier rief an und berichtete, die Durchsuchung der Mülltonnen im näheren Umkreis von Calverts Haus habe keinen Hinweis auf die Verkleidung des Täters oder auf eine der Mordwaffen erbracht. Rhyme bedankte sich und bat ihn, das Suchgebiet auszudehnen. Der Mann erklärte sich zwar einverstanden, klang dabei aber viel zu diensteifrig, was Rhyme zu der Erkenntnis brachte, dass die Suchaktion bereits abgeblasen worden war.

»Du sagst, er hat auch Calverts Uhr zertrümmert?«, fragte er Sachs.

»Ja. Genau um zwölf. Ein paar Sekunden danach.«

»Bei dem anderen Opfer war es acht Uhr. Offenbar folgt er einer Art Zeitplan. Und vermutlich ist heute Nachmittag um vier die nächste Person an der Reihe.«

Von jetzt an gerechnet in weniger als drei Stunden.

»Der Spiegel hilft uns nicht weiter«, meldete Cooper sich zu Wort. »Kein Herstellername – der muss auf dem Rahmen gestanden haben und wurde weggeschabt. Ein paar echte Fingerabdrücke, aber die sind halb unter denen seiner Fingerkappen verschwunden, also stammen sie wahrscheinlich von einem Verkäufer oder jemandem aus der Herstellerfirma. Ich schicke sie trotzdem an AFIS.«

»Ich hab hier zwei Schuhe«, sagte Sachs und nahm eine Tüte aus einem Karton.

»Seine?«

»Anscheinend. Marke Ecco, genau wie in der Musikschule – und die Größe stimmt ebenfalls überein.«

»Er hat sie zurückgelassen. Warum?«, überlegte Sellitto.

»Ich nehme an, ihm war bewusst, dass wir aufgrund der Spuren vom ersten Tatort die Marke mittlerweile kennen würden«, sagte Rhyme. »Und in seiner Verkleidung als ältere Frau musste er befürchten, bei den Streifenbeamten mit solchem Schuhwerk Verdacht zu erregen.«

Mel Cooper nahm sich die Schuhe vor. »In der Kerbe vor dem Absatz und zwischen Oberleder und Sohle klebt eine ganze Menge Zeug«, sagte er, öffnete eine Tüte und kratzte die Partikel ab. »Ein wahres Füllhorn«, murmelte er geistesabwesend und beugte sich über das Material.

Die Äußerung schien angesichts der paar Krümel etwas übertrieben, doch für ihre Zwecke hatten sie hier geradezu einen Berg vor sich, der allerlei Informationen erbringen konnte. »Pack es unter das Mikroskop, Mel«, befahl Rhyme. »Lass uns mal sehen, was wir hier haben.«

Das Mikroskop gehörte in jedem kriminaltechnischen Labor zu den meistverwendeten Instrumenten, und obwohl es im Laufe der Jahre vielfach weiterentwickelt worden war, unterschied sein Funktionsprinzip sich kaum von dem des winzigen Messinggeräts, das der Niederländer Antonie van Leeuwenhoek im siebzehnten Jahrhundert angefertigt hatte.

Neben einem uralten und nur selten benötigten Rasterelektronenmikroskop verfügte Rhyme in seinem Privatlabor noch über zwei weitere Mikroskope. Eines davon war ein herkömmliches Leitz Orthoplan, ein älteres, aber vielfach erprobtes Modell mit zwei Okularen und einer mittig angebrachten Kamera.

Das andere – und nun erforderliche – Exemplar war ein Stereomikroskop. Cooper hatte damit bereits die Fasern vom ersten Tatort untersucht. Es besaß eine relativ geringe Vergrößerungsstärke und wurde zur Begutachtung dreidimensionaler Objekte genutzt, beispielsweise Insekten oder Pflanzenpartikel.

Das Abbild der Probe erschien für Rhyme und die anderen auf dem Computermonitor.

Angehende Kriminalisten im ersten Studienjahr wählten bei der Untersuchung von Beweismaterial ausnahmslos die höchstmögliche Vergrößerung eines Mikroskops. In der Praxis lag der Wert zumeist sehr viel niedriger. Cooper fing mit einer vierfachen Vergrößerung an und steigerte sie schrittweise bis zum Faktor 30.

»Ah, schärfer, schärfer«, rief Rhyme.

Der Techniker drehte an einem Einstellring des Objektivs, bis die Probe deutlich zu erkennen war.

»Okay, verschaffen wir uns einen Überblick«, sagte Rhyme.

Mit den Bedienelementen des Stativs ließ Cooper den Objektträger an der Linse vorbeiziehen. Hunderte von Formen wanderten über den Bildschirm, manche schwarz, andere rot oder grün, einige lichtdurchlässig. Rhyme kam sich beinahe wie ein Voyeur vor, so als blicke er auf eine Welt herab, die nichts von dem Beobachter ahnte.

Eine Welt, die womöglich aufschlussreiche Botschaften in sich barg.

»Haare«, sagte Rhyme mit Blick auf einen langen Strang. »Tierhaare.« Die Anzahl der Schuppen verriet es ihm.

»Was genau?«, fragte Sachs.

»Hund, würde ich sagen«, antwortete Cooper. Rhyme war der gleichen Meinung. Der Techniker stellte eine Verbindung zur Tierhaardatenbank des NYPD her und ließ die Probe überprüfen. »Wir haben hier zwei verschiedene Rassen, nein, drei. Eine hat ein mittellanges Fell. Deutscher Schäferhund oder Malinois. Die anderen beiden sind länger. Englischer Schäferhund oder Briard.«

Cooper wandte sich wieder dem Mikroskop zu und rückte den Objektträger ein kleines Stück zur Seite. Sie sahen eine Masse aus bräunlichen Körnern, Stängeln und Röhren vor sich.

»Was ist denn dieses lange Zeug?«, fragte Sellitto.

»Fasern?«, mutmaßte Sachs.

»Trockenes Gras, glaube ich«, sagte Rhyme. »Jedenfalls stammt es von einer Pflanze. Aber dieses andere Material gibt mir Rätsel auf. Schick es durch den Chromatographen, Mel.«

Wenig später lag das Ergebnis der spektrometrischen Analyse vor. Auf dem Bildschirm erschien eine Liste der Inhaltsstoffe: Gallenflüssigkeit, Sterkobilin, Urobilin, Indol, Nitrat, Skatol, Merkaptan, Schwefelwasserstoff.

»Ah.«

»Ah?«, fragte Sellitto. »Was heißt ›ah‹?«

»Kommando, Mikroskop Eins«, befahl Rhyme. Das vorherige Bild kehrte auf den Monitor zurück. »Es ist ganz offensichtlich«, erklärte er dem Detective. »Fäulnisprodukte, teilweise verdaute Fasern und Gras. Das da ist Kacke. Oh, bitte verzeiht meine Ausdrucksweise«, fügte er sarkastisch hinzu. »Es handelt sich um Hundekot. Unser Täter ist in einen Haufen getreten.«

Das war eine erfreuliche Nachricht; die Haare und Kotpartikel ließen sich gut klassifizieren, und falls man bei einem Verdächtigen, an einem bestimmten Ort oder in einem Fahrzeug ähnliche Spuren sicherstellte, bedeutete dies mit hoher Wahrscheinlichkeit, dass eine Verbindung zu dem Hexer bestand.

Das Resultat der AFIS-Anfrage traf ein. Die auf den Spiegelscherben gefundenen Fingerabdrücke waren nirgendwo registriert, doch damit hatte hier ohnehin niemand gerechnet.

»Was haben wir sonst noch vom Tatort vorliegen?«, fragte Rhyme.

»Nichts«, erwiderte Sachs. »Das war alles.«

Rhyme überflog noch einmal die Einträge auf der Wandtafel, als es an der Tür klingelte. Thom ging hin und kehrte mit einem uniformierten Beamten zurück. Der Mann blieb schüchtern am Eingang stehen, so wie die meisten jungen Polizisten oder Staatsanwälte, die zum ersten Mal das Reich des legendären Lincoln Rhyme betraten. »Ich bin auf der Suche nach Detective Bell. Man hat mir gesagt, er sei hier.«

»Ich bin Bell«, meldete sich der Detective.

»Der Bericht der Spurensicherung. Vom Einbruch in Charles Gradys Büro.«

»Danke, mein Freund.« Der Detective nahm den Umschlag entgegen und nickte dem jungen Mann zu, der nach einem kurzen zaghaften Blick auf Lincoln Rhyme kehrtmachte und ging.

Bell blätterte die Seiten durch und zuckte die Achseln. »Das ist nicht mein Fachgebiet. He, Lincoln, könnten Sie vielleicht mal einen Blick darauf werfen?«

»Na klar, Roland«, sagte Rhyme. »Ziehen Sie die Heftklammern heraus, und legen Sie die Seiten auf das Umblättergerät. Thom kann das übernehmen. Worum geht's bei der Sache? Hat es mit dem Fall Andrew Constable zu tun?«

»Ja.« Er erzählte Rhyme von dem nächtlichen Einbruch. Sobald der Betreuer den Bericht eingelegt hatte, fuhr Rhyme in Position und las aufmerksam die erste Seite. »Kommando, Umblättern.« Er las weiter.

Man hatte vom Flur aus einfach das Türfenster eingeschlagen, hineingegriffen und das Schloss entriegelt. Die Tür zwischen dem Vorzimmer der Sekretärin und dem Büro des Staatsanwalts besaß hingegen zwei Schlösser, war aus dickem Holz gefertigt und hatte dem Einbrecher widerstanden.

Die Leute von der Spurensicherung waren auf ein paar interessante Dinge gestoßen, wie Rhyme nun herausfand. Auf und neben dem Schreibtisch der Sekretärin hatten einige Fasern gelegen. Im Bericht wurde lediglich die Farbe angegeben, sonst nichts – die meisten waren weiß, einige schwarz und eine einzige rot. Ferner hatte man zwei winzige Teilchen einer Goldfolie sichergestellt.

Laut den Ermittlungen war der Einbruch erst nach dem Durchgang des Reinigungspersonals geschehen, also stammten die Fasern vermutlich nicht von Gradys Sekretärin oder einem regulären Besucher des Büros, sondern von dem Eindringling.

Rhyme las die letzte Seite. »Das ist *alles*?«, fragte er.

»Sieht so aus«, sagte Bell.

Der Kriminalist gab einen mürrischen Laut von sich. »Kommando, Telefon. Anrufen, Peretti Komma Vincent.«

Rhyme hatte Peretti vor einigen Jahren bei der Spurensicherung eingestellt und als begabten Mitarbeiter kennen gelernt. Echte Höchstleistungen vollbrachte der Mann jedoch auf dem weitaus esoterischeren Gebiet der internen Behördenpolitik, das ihm – im Gegensatz zu Rhyme – sehr viel besser gefiel als die eigentliche Tatortarbeit. Mittlerweile war Peretti Leiter der Investigation and Resources Division (IRD) des NYPD und somit auch Chef der Spurensicherung.

Es dauerte eine Weile, bis Rhyme zu ihm durchgestellt wurde. »Lincoln, wie geht's dir?«, erklang es schließlich aus dem Hörer.

»Gut, Vince. Ich…«

»Du arbeitest an dieser Hexer-Geschichte, nicht wahr? Wie kommt ihr voran?«

»Ganz passabel. Hör mal, ich rufe wegen einer anderen Sache an. Roland Bell ist gerade hier. Er hat den Bericht über den Einbruch in Staatsanwalt Gradys Büro erhalten…«

»Ach, der Andrew-Constable-Fall. Diese Drohungen gegen Grady. Richtig. Was kann ich für euch tun?«

»Ich habe den Bericht gelesen, aber er ist noch vorläufig. Ich brauche einige zusätzliche Informationen. Die Spurensicherung hat ein paar Fasern gefunden. Ich möchte jeweils die exakte Zusammensetzung wissen, dazu die Länge, den Durchmesser, die Farbtemperatur, das benutzte Färbemittel und den Grad der Abnutzung.«

»Moment, ich muss mir das notieren.« Es vergingen ein paar Sekunden. »Okay, weiter.«

»Dann benötige ich elektrostatische Abdrücke sämtlicher Fußspuren sowie Fotos ihrer Anordnung auf dem Boden. Und ich möchte wissen, was sich auf dem Schreibtisch, den Aktenschränken und den Regalen befunden hat. Alles auf jeder Oberfläche, in jeder Schublade und an jeder Wand. Dazu jeweils den genauen Ort.«

»Alles, was der Täter angefasst hat? Müsste möglich sein. Wir werden...«

»Nein, Vince. Alles, was sich im Büro befunden hat. *Alles*. Büroklammern, Fotos der Kinder der Sekretärin, Schimmel in der obersten Schublade. Ob er es angefasst hat oder nicht, spielt keine Rolle.«

»Ich werde veranlassen, dass jemand sich darum kümmert«, sagte Peretti. Er klang verärgert.

Rhyme verstand nicht, wieso Peretti nicht auf Nummer sicher ging und die Sache eigenhändig erledigte. Er selbst hätte keine solchen Berührungsängste gehabt, auch nicht als Leiter der IRD, doch in seiner gegenwärtigen Position als Berater verfügte er nur über begrenzten Einfluss.

»Bitte so schnell wie möglich... Danke, Vince.«

»Keine Ursache«, entgegnete der Mann kühl.

Sie legten beide auf.

»Mehr kann ich vorerst nicht tun, Roland«, sagte Rhyme zu Bell. »Wir müssen die Antwort der Spurensicherung abwarten.«

Er warf einen letzten Blick auf den Bericht. Fasern und Provinzmilizionäre... Geheimnisse. Aber bis auf weiteres musste er es dabei belassen. Rhyme hatte eigene Rätsel zu lösen, und ihm stand nur wenig Zeit zur Verfügung: Die Einträge über die zertrümmerten Uhren erinnerten ihn daran, dass ihnen weniger als drei Stunden blieben, um den Hexer zu ergreifen, bevor dieser sich das nächste Opfer suchen würde.

DER HEXER

Musikschule, Tatort

- Täterbeschreibung: braune Haare, falscher Bart, keine besonderen Merkmale, mittlere Statur und Größe. Alter: Anfang fünfzig. Kleiner und Ringfinger der linken Hand miteinander verschmolzen. Hat schnell Verkleidung gewechselt, um wie alter kahlköpfiger Hauswart auszusehen.
- Kein erkennbares Tatmotiv.
- Opfer: Swetlana Rasnikow.
  - Musikstudentin; kein zusätzlicher Job.
  - Überprüfen Familie, Freunde, Studenten, engeren Umkreis auf mögliche Hinweise.
    - Kein fester Freund, keine bekannten Feinde. Ist auf Kindergeburtstagen aufgetreten.
- Platine mit Lautsprecher.
  - An FBI-Labor New York geschickt.
    - Digitaler Audiorekorder, vermutlich mit Stimme des Täters. Alle Daten gelöscht.
  - Rekorder ist ein »Gimmick«. Selbst gebaut.
- Täter hat Opfer mit altmodischen Eisenhandschellen gefesselt.
  - Darby-Handschellen. Scotland Yard. Anfrage beim Houdini Museum in New Orleans läuft.
- Uhr des Opfers wurde um genau 8.00 Uhr zertrümmert.
- Stühle mit Baumwollkordel fixiert. Handelsüblich.
  - Zu viele mögliche Quellen; nicht zurückverfolgbar.
- Knallkörper, um Schuss zu simulieren. Wurde zerstört.
  - Zu viele mögliche Quellen; nicht zurückverfolgbar.
- Zündschnur. Handelsüblich.

    - Zu viele mögliche Quellen; nicht zurückverfolgbar.
- Beamte vor Ort berichten von Lichtblitz. Keine Überreste gefunden.
    - Wurde durch Schießbaumwolle oder Kollodiumpapier ausgelöst.
        - Zu viele mögliche Quellen; nicht zurückverfolgbar.
- Schuhe des Täters: Marke Ecco, Größe 10.
- Seidenfasern, grau gefärbt, bearbeitet, matte Oberfläche.
    - Stammen vom Hauswartkostüm des Täters.
- Täter trägt vermutlich eine braune Perücke.
- Roter Hickory und Flechte (*Parmelia conspersa*); beide kommen hauptsächlich im Central Park vor.
- Erdprobe mit anorganischem Öl durchtränkt. Zur Analyse an FBI-Labor geschickt.
- Schwarzes Seidentuch, ca. 2 x 1,5 Meter. Zur Tarnung benutzt. Nicht zurückverfolgbar.
    - Wird häufig von Illusionisten benutzt.
- Täter hinterlässt falsche Fingerabdrücke durch Tragen von Kappen.
    - Übliches Utensil von Zauberkünstlern.
- Reste von Latex, Rizinusöl, Make-up.
    - Theaterschminke.
- Spuren von Alginat.
    - Wird für Latexgussformen verwendet.
- Mordwaffe: Seil aus geflochtener weißer Seide mit schwarzem Seidenkern.
    - Utensil eines Zaubertricks (Farbwechsel). Nicht zurückverfolgbar.
- Ungewöhnlicher Knoten.
    - An FBI und Schifffahrtsmuseum geschickt – ohne Ergebnis.
    - Knoten stammt aus Houdini-Nummern; praktisch unmöglich zu lösen.

- Täter hat sich in Besucherbuch eingetragen. Tinte ist verschwunden.

East Village, Tatort

- Zweites Opfer: Tony Calvert.
  - Maskenbildner; am Theater beschäftigt.
  - Keine bekannten Feinde.
  - Keine ersichtliche Verbindung zum ersten Opfer.
- Kein erkennbares Tatmotiv.
- Todesursache:
  - Schädelverletzung durch stumpfen Gegenstand; postmortale Zerstückelung mit Säge.
- Täter flieht als vermeintliche Frau Mitte siebzig. Umgegend wird nach Kostüm und anderen Spuren abgesucht.
  - Suche ohne Ergebnis.
- Uhr des Opfers wurde um genau 12.00 Uhr zertrümmert.
  - Muster? Nächstes Opfer vermutlich um 16.00 Uhr.
- Täter hat sich hinter Spiegel versteckt. Nicht zurückverfolgbar. Fingerabdrücke an AFIS geschickt.
  - Keine Übereinstimmungen.
- Täter hat Spielzeugkatze (»Falsum«) benutzt, um Opfer in Gasse zu locken. Spielzeug ist nicht zurückverfolgbar.
- Erneut anorganisches Öl gefunden; gleiche Sorte wie am ersten Tatort. Erwarten FBI-Bericht.
- Erneut Reste von Latex und Make-up sowie Spuren von falschen Fingerkuppen gefunden.
- Erneut Alginat gefunden.
- Täter hat Ecco-Schuhe zurückgelassen.
- Hundehaare dreier verschiedener Rassen an den Schuhen nachgewiesen. Außerdem Kot.

Profil als Illusionist

- Täter wird versuchen, Opfer und Polizei zu täuschen.
  - Physische Täuschung (zur Ablenkung).
  - Psychologische Täuschung (um Misstrauen zu überwinden).
- Flucht in Musikschule verlief analog zu Illusionistennummer »Der Verschwundene«.
  - Weithin bekannt; nicht zurückverfolgbar.
- Täter ist in erster Linie Illusionist.
- Täter ist geübter Taschenspieler.
- Täter kennt sich mit Verwandlungskunst (Proteuszauber) aus. Kostüme lassen sich herunterreißen, sind aus Nylon oder Seide. Falsche Glatze, Fingerkuppen und andere Latexprothesen. Beliebiges Alter, Geschlecht oder Rasse.
- Calverts Tod = Selbits Nummer »Die zersägte Frau«.
- Täter ist geübt im Öffnen von Türschlössern (vermutlich »Scheuertechnik«).

...Dreizehn

Im Jahr 1900 lebten in Manhattan mehr als 100 000 Pferde, und da Baugrund auf dieser Insel auch damals schon hoch im Kurs stand, waren viele von ihnen in luftiger Höhe untergebracht – worunter man zu jener Zeit bereits Quartiere im ersten oder zweiten Stock zählte.

Einer dieser Ställe existierte immer noch am ursprünglichen Ort, nämlich die berühmte Hammerstead Riding Academy an der Upper West Side. Das 1885 erbaute Gebäude beherbergte mehrere hundert Stellplätze; sein Erdgeschoss bestand aus einer einzigen großen Arena, in der sowohl Shows veranstaltet als auch private Reitstunden erteilt wurden. Auf den ersten Blick mochte eine solche Einrichtung im Manhattan des einundzwanzigsten Jahrhunderts wie ein Anachronismus erscheinen, doch nur wenige Blocks entfernt lagen die gepflegten, zehn Kilometer langen Reitwege des Central Park.

In der Reitschule waren derzeit neunzig Tiere untergebracht, einige gehörten privaten Einstellern, andere konnten gemietet werden. Soeben wurde eines der Mietpferde von einer Pflegerin, einem rothaarigen Teenager, von seiner Box über eine steile Rampe nach unten zu einer wartenden Reiterin gebracht.

Als Cheryl Marston das langbeinige muntere Tier mit dem gescheckten Appaloosa-Fell sah, verspürte sie das gleiche freudige Hochgefühl wie an jedem Samstag um diese Zeit.

»He, Donny Boy«, rief sie das Tier beim Spitznamen, obwohl es eigentlich Don Juan di Middleburg hieß. Ein echter Frauenheld, sagte sie oft. Es war als Scherz gemeint, entbehrte aber nicht einer gewissen Wahrheit: Unter einem männlichen Reiter scheute und wieherte der Hengst und leistete beständig Widerstand, doch bei Marston verhielt er sich lammfromm.

»Bis in einer Stunde«, sagte sie zu der Pflegerin, schwang sich auf Donny Boys Rücken, nahm die geschmeidigen Zügel und spürte seine erstaunlichen Muskeln unter sich.

Ein leichter Druck auf die Rippen, und schon ging es los. Sie bogen nach Osten auf die Achtundachtzigste Straße ein und hielten gemächlich auf den Central Park zu. Das laute Klappern der beschlagenen Hufe auf dem Asphalt ließ die Leute aufblicken, und so musterten sie nicht nur das prächtige Tier, sondern hoch auf ihm auch die Frau mit dem schmalen, ernsten Gesicht, die mit Reithose, roter Jacke und samtschwarzem Helm bekleidet war, unter dem ein langer blonder geflochtener Zopf hervorschaute.

Als sie den Park erreichten, sah Marston kurz nach Süden und erspähte in der Ferne das Bürogebäude in Midtown, wo sie fünfzig Stunden pro Woche als Firmenanwältin arbeitete. Sie hätte sich über ihren Job und all die »supereiligen Projekte«, wie einer ihrer Partner sich mit ärgerlicher Häufigkeit auszudrücken pflegte, nun ohne weiteres den Kopf zerbrechen können, aber nichts dergleichen kam ihr in den Sinn. Das wäre auch gar nicht möglich gewesen, denn es fiel alles von ihr ab, sobald sie hier auf einem von Gottes herrlichsten Geschöpfen saß, die Sonne im Gesicht spürte, den Lehmboden roch und mit Donny Boy über den dunklen Pfad trabte, umgeben von jungen Narzissenblüten, Forsythien und Flieder.

Es war der erste schöne Frühlingstag in diesem Jahr.

Eine halbe Stunde lang umrundete sie in aller Ruhe das große Wasserreservoir und schwelgte in dem herrlichen Gefühl, eine Verbindung mit einem anderen Wesen eingegangen zu sein, sodass sie einander ergänzten, ein jeder auf eigene Weise kraftvoll und klug. Sie ritt einen kurzen Galopp und fiel wieder in den Trab zurück, als sie die scharfen Wegbiegungen im wenig bevölkerten Nordteil des Parks nahe Harlem erreichte.

Alles war friedlich.

Bis auf einmal ein Unglück geschah.

Sie war sich nicht ganz sicher, wie es dazu kommen konnte. Gerade als sie in langsamem Tempo eine schmale Lücke zwischen zwei Büschen passieren wollte, flatterte eine Taube Donny Boy genau ins Gesicht. Wiehernd hielt er dermaßen abrupt an, dass Marston beinahe abgeworfen wurde. Dann bäumte er sich auf, und sie rutschte fast nach hinten über die Kruppe.

Sie packte seine Mähne und die Vorderkante des Sattels, um nicht zweieinhalb Meter auf den felsigen Boden zu stürzen. »Ruhig, Donny«, rief sie und versuchte, seinen Hals zu tätscheln. »Donny Boy – es ist alles in Ordnung. Ruhig!«

Dennoch tänzelte er weiterhin panisch auf der Hinterhand umher. Hatte er sich bei dem Zusammenprall am Auge verletzt? Trotz aller Sorge um das Pferd fürchtete Marston auch um ihre eigene Gesundheit. Zu beiden Seiten ragten scharfkantige Steine aus dem unebenen Boden. Falls Donny Boy sich nicht beruhigte, würde er womöglich das Gleichgewicht verlieren und sie unter sich begraben. Nahezu alle schweren Reitunfälle, die Marston im Bekanntenkreis mitbekommen hatte, waren auf diese Weise entstanden und nicht etwa durch einen einfachen Sturz vom Pferderücken.

»Donny!«, stieß sie keuchend hervor. Aber er bäumte sich schon wieder auf und kam auf den Hinterbeinen den Felsen immer näher.

»Mein Gott«, rief Marston. »Nein, nein…«

Sie merkte, dass sie vollständig die Kontrolle verlor. Donnys Hufe klapperten auf den Steinen, und sie spürte die riesigen Muskeln vor Panik zittern, als der Hengst merkte, wie seine Balance schwand. Er wieherte laut.

Ihr Bein würde dutzendfach gebrochen sein. Ihr Brustkorb vielleicht auch.

Sie ahnte die Schmerzen bereits. Und sie konnte spüren, welch große Angst *er* hatte.

»O Donny…«

Dann tauchte wie aus dem Nichts ein Mann im Jogginganzug zwischen den Büschen auf, starrte mit großen Augen das Pferd an, sprang gleich darauf vor und packte Gebiss und Zaumzeug.

»Nein, nicht!«, schrie Marston. »Er dreht durch!«

Donny würde dem Mann den Schädel eintreten.

»Gehen Sie aus dem…«

Aber… was war das?

Der Mann achtete nicht auf sie, sondern blickte dem Pferd direkt in die braunen Augen und sagte etwas, das sie nicht verstand. Es war kaum zu glauben, doch der Appaloosa beruhigte sich und stellte die Vorderbeine wieder auf den Boden. Donny Boy blieb nervös und zitterte immer noch – genau wie sie selbst –, aber das Schlimmste schien überstanden zu sein. Der Mann zog den Kopf des Pferdes nach unten zu sich und sprach noch ein paar Worte.

Schließlich trat er zurück, schenkte dem Tier ein beifälliges Lächeln und legte den Kopf in den Nacken. »Alles in Ordnung?«, fragte er.

»Ich glaube schon.« Marston atmete tief durch und legte sich eine Hand auf die Brust. »Es ist nur… Das alles kam so plötzlich.«

»Was war denn los?«

»Ein Vogel hat ihn erschreckt. Ist ihm genau ins Gesicht geflogen. Wurde er am Auge getroffen?«

Der Mann schaute nach. »Sieht nicht so aus. Vielleicht sollten Sie lieber einen Tierarzt konsultieren, aber ich kann keine Verletzung entdecken.«

»Wie haben Sie das geschafft?«, fragte sie. »Sind Sie…?«

»Ein Pferdeflüsterer?«, erwiderte er lachend und wandte verlegen den Blick ab. Er schien sich sicherer zu fühlen, wenn er das Pferd ansah. »Nein, überhaupt nicht. Aber ich reite viel. Aus irgendeinem Grund habe ich wohl eine beruhigende Wirkung auf die Tiere.«

»Ich dachte schon, er würde stürzen.«

Er lächelte zaghaft. »Ich wünschte, mir würde etwas einfallen, um *Sie* zu beruhigen.«

»Was gut für mein Pferd ist, ist auch gut für mich. Ich weiß nicht, wie ich Ihnen danken soll.«

Ein anderer Reiter näherte sich, und der unbekannte Retter führte Donny Boy vom Pfad, um den Braunen passieren zu lassen.

Er sah sich das Pferd nun genauer an. »Wie heißt er?«

»Don Juan.«

»Haben Sie ihn bei Hammerstead gemietet, oder gehört er Ihnen?«

»Bei Hammerstead. Aber er kommt mir fast schon wie mein Eigentum vor. Ich reite ihn jede Woche.«

»Ich leihe mir dort auch manchmal ein Pferd aus. Was für ein wunderschönes Tier!«

Nachdem sie sich nunmehr beruhigt hatte, nahm Marston den Fremden genauer in Augenschein. Er war ein stattlicher Mann Anfang fünfzig mit gestutztem Vollbart und dichten Augenbrauen, die über seiner Nase aneinander stießen. Auf Hals und Brust konnte sie bei ihm schlimme Narben erkennen, und seine linke Hand war deformiert. Doch in Anbetracht seiner wichtigsten Eigenschaft spielte all das keine Rolle: Er mochte Pferde. Cheryl Marston, achtunddreißig und seit vier Jahren geschieden, begriff plötzlich, dass sie und der Fremde sich gegenseitig einzuschätzen versuchten.

Er lachte leise auf und sah zur Seite. »Ich hab…« Seine Stimme erstarb, und er überbrückte die Stille, indem er Donny Boys bebende Schulter tätschelte.

Marston zog eine Augenbraue hoch. »Was denn?«, ermutigte sie ihn.

»Na ja, bevor Sie gleich in den Sonnenuntergang reiten und wir uns vielleicht nie wiedersehen…« Er nahm allen Mut zusammen. »…da hab ich mich gefragt, ob es wohl ungehörig wäre, Sie zu einer Tasse Kaffee einzuladen.«

»Ganz und gar nicht«, erwiderte sie. Seine offene Art gefiel ihr. Aber auch er sollte von vornherein etwas über sie wissen. »Ich beende erst noch meine Stunde«, sagte sie. »Es sind noch ungefähr zwanzig Minuten… und ich möchte das Pferd weiter beruhigen. Haben Sie so viel Zeit?«

»Zwanzig Minuten sind perfekt. Ich hole Sie am Stall ab.«

»Gut«, sagte Cheryl. »Ach, eines würde ich gern wissen: Reiten Sie mit englischem oder Westernsattel?«

»Meistens auf dem blanken Pferderücken. Ich hab das mal beruflich gemacht.«

»Wirklich? Wo denn?«

»Ob Sie's glauben oder nicht, ich war früher Zirkusreiter«, antwortete er schüchtern.

...Vierzehn

Coopers Computer gab einen leisen Klingelton von sich, was bedeutete, dass eine E-Mail eingetroffen war.

»Post von unseren Freunden an der Neunten und Pennsylvania.« Er entschlüsselte die Nachricht aus dem FBI-Labor. »Das Ergebnis der Ölanalyse. Es ist ein kommerziell vertriebenes Produkt. Der Markenname lautet Tack-Pure. Ein Lederpflegemittel, hauptsächlich für Reiterbedarf, also Sättel, Zügel, lederne Futterbeutel und so weiter.«

Pferde...

Rhyme ließ den Storm Arrow herumwirbeln und sah auf die Wandtafel.

»Nein, nein, nein...«

»Was denn?«, fragte Sachs.

»Der Kot an den Schuhen des Hexers.«

»Was ist damit?«

»Er stammt nicht von Hunden, sondern von *Pferden*! Sieh dir die Pflanzenreste an. Woran, zum Teufel, habe ich nur gedacht? Hunde sind Fleischfresser. Gras und Heu interessiert sie nicht... Also gut, lasst uns nachdenken. Der Schmutz und die Erde und das andere Zeug haben auf den Central Park hingedeutet. Und die Haare... Kennt ihr den Hundehügel? Der liegt ebenfalls im Park.«

»Gleich auf der anderen Straßenseite«, sagte Sellitto und deutete zum Fenster hinaus. »Da gehen doch alle mit ihren Kläffern spazieren.«

»Kara, hat der Cirque Fantastique Pferde?«, fragte Rhyme barsch.

»Nein«, sagte sie. »Es gibt dort keine Tiernummern.«

»Okay, damit fällt der Zirkus weg… Was könnte unser Täter sonst noch vorhaben? Unmittelbar am Hundehügel führt der Reitweg vorbei, richtig? Es klingt weit hergeholt, aber eventuell reitet er selbst oder hat Reiter ausgespäht. Einer von denen könnte zur Zielperson werden. Das muss nicht unbedingt sein nächstes Opfer sein, aber lasst uns trotzdem vorerst davon ausgehen, denn es ist unsere einzige solide Spur.«

»Es gibt doch hier in der Gegend einen Stall, nicht wahr?«, fragte Sellitto.

»Ja, der ist mir auch schon aufgefallen«, sagte Sachs. »Irgendwo in den achtziger Straßen, glaube ich.«

»Findet es heraus«, rief Rhyme. »Und schickt sofort ein paar Leute hin.«

Sachs sah auf die Uhr. Es war kurz nach halb zwei. »Uns bleiben noch zweieinhalb Stunden bis zum nächsten Opfer.«

»Gut«, sagte Sellitto. »Ich werde im Park und am Stall Beobachtungsteams platzieren. Wenn die bis halb drei Position bezogen haben, ist noch genug Zeit übrig.«

Dann bemerkte Rhyme, dass Kara die Stirn runzelte. »Was gibt's?«, fragte er.

»Ich bin mir nicht sicher, ob Ihnen *tatsächlich* so viel Zeit bleibt.«

»Warum?«

»Wissen Sie noch, was ich Ihnen über Täuschungen erzählt habe?«

»Ja.«

»Nun, es gibt auch so etwas wie *zeitliche* Täuschungen. Dabei sollen die Zuschauer glauben, etwas würde zu einem bestimmten Zeitpunkt geschehen, obwohl es in Wahrheit in einem anderen Moment passiert. Beispielsweise könnte ein Illusionist irgendetwas in gleichmäßigen Intervallen tun. Das Publikum wird unweigerlich annehmen, dass was auch immer er da macht nur in diesen gleichmäßigen Intervallen stattfinden *kann*. Dann jedoch verkürzt der Künstler das Intervall, die Zuschauer geben nicht Acht, und so entgeht ihnen vollständig, was er tut. Man kann eine solche Zeittäuschung vorhersehen, weil der Illusionist das Publikum immer wissen lässt, wie groß das Intervall ist.«

»Indem er zum Beispiel die Uhren zertrümmert?«, fragte Sachs.

»Genau.«

»Demnach glauben Sie nicht, dass wir bis vier Uhr Zeit haben?«, fragte Rhyme.

Kara zuckte die Achseln. »Vielleicht doch. Vielleicht hat er geplant, *drei* Leute alle vier Stunden zu ermorden und dann das vierte Opfer nur eine Stunde später. Ich weiß es nicht.«

»Wir *wissen* hier alle nicht das Geringste«, sagte Rhyme mit Nachdruck. »Was *glauben* Sie, Kara? Was würden *Sie* an seiner Stelle tun?«

Sie lachte gequält auf, weil er wollte, dass sie sich in einen Mörder versetzte, und musste sichtlich mit sich ringen.

»Er weiß, dass Sie inzwischen die Uhren gefunden haben«, sagte sie dann, »und er weiß, dass Sie schlau sind. Er braucht es Ihnen nicht noch ein weiteres Mal einzuhämmern. Wenn ich er wäre, würde ich mir das nächste Opfer vor vier Uhr schnappen. Ich wäre jetzt bereits unterwegs.«

»Das reicht mir«, sagte Rhyme. »Vergesst die Beobachtungsteams, und lasst die Tarnung fallen. Lon, ruf Haumann an, und schick die ESU in den Park. Mit vollem Gerät.«

»Damit verscheuchen wir ihn womöglich, Linc – falls er sich verkleidet hat und das Gelände selbst beobachtet.«

»Ich schätze, das Risiko müssen wir eingehen. Sag der ESU, wir suchen nach… verflucht, wer weiß denn schon, wonach wir suchen? Gib ihnen eine allgemeine Beschreibung, so gut es eben geht.«

Fünfzigjähriger Mörder, sechzigjähriger Hauswart, siebzigjährige Frau…

Cooper blickte von seinem Computer auf. »Ich hab den Stall gefunden. Die Hammerstead Riding Academy.«

Bell, Sellitto und Sachs liefen zur Tür. »Ich will mit«, sagte Kara.

»Nein«, sagte Rhyme.

»Vielleicht fällt mir etwas auf. Ein Taschenspielertrick oder Kostümwechsel mitten in einer Menschenmenge. Ich könnte das bemerken.« Sie nickte in Richtung der Beamten. »Die anderen würden es übersehen.«

»Nein. Es ist zu gefährlich. Keine Zivilisten bei einer taktischen Operation. Das ist die eiserne Regel.«

»Regeln sind mir egal«, sagte die junge Frau und beugte sich trotzig vor. »Ich kann von Nutzen sein.«

»Kara…«

Doch sie brachte ihn zum Verstummen, indem sie kurz zu den Tatortfotos von Tony Calvert und Swetlana Rasnikowa schaute und dann wieder mit kaltem Blick Lincoln Rhyme ansah. Durch diese simple Geste rief sie ihm ins Gedächtnis, dass *er* es gewesen war, der ihre Hilfe erbeten hatte; dass sie sich nur dank *ihm* nun in dieser Welt befand und von einer Unschuldigen zu jemandem geworden war, der solche entsetzlichen Bilder ertrug, ohne mit der Wimper zu zucken.

»Also gut«, sagte Rhyme und sah dann Sachs an. »Aber bleibt in ihrer Nähe.«

Sie war vorsichtig, stellte Malerick fest. So wie es wohl jede Frau gewesen wäre, die in Manhattan gerade einen Mann kennen gelernt hatte, selbst wenn dieser Fremde schüchtern, freundlich und in der Lage war, scheuende Pferde zu beruhigen.

Dennoch taute Cheryl Marston spürbar auf und hatte viel

Spaß an seinen Geschichten über die Zeit als Zirkusreiter. Natürlich schmückte er die Einzelheiten beträchtlich aus, um die Frau konstant zu unterhalten und ihren Argwohn zu beschwichtigen.

Nachdem die Pflegerin und der bei Hammerstead Dienst habende Tierarzt Donny Boy untersucht und ihm eine gute Gesundheit bescheinigt hatten, waren Malerick und seine nächste ahnungslose Probandin vom Stall zu diesem Restaurant geschlendert, das unweit des Riverside Drive lag.

Die Frau plauderte nun fröhlich mit John (Malericks Rolle für dieses Treffen) über ihr Leben in der Stadt und ihre schon früh erwachte Begeisterung für Pferde, über die Tiere, die sie besessen oder geritten hatte, und über ihre Hoffnung, sich irgendwann ein Ferienhaus in Middleburg, Virginia, leisten zu können. Er ließ hin und wieder ein wenig Pferdewissen einfließen – das er entweder aus Cheryls Kommentaren ableitete oder seiner Kenntnis der Zirkus- und Zauberkunstbranche verdankte. Tiere waren seit jeher ein wichtiger Teil seines Berufs. Man hypnotisierte sie, ließ sie verschwinden oder verwandelte sie in eine andere Spezies. Schon im neunzehnten Jahrhundert hatte ein Illusionist einen weithin berühmten Trick entwickelt, bei dem ein Huhn blitzschnell zu einer Ente wurde. (Das Geheimnis dahinter war absolut banal: Es handelte sich von vornherein um eine Ente, die zunächst ein Hühnerkostüm trug.) Früher, als man noch nicht so viel Wert auf Political Correctness legte, gab es beliebte Nummern, bei denen Tiere scheinbar getötet und wieder zum Leben erweckt wurden, wenngleich ihnen nur selten tatsächlich etwas geschah. Immerhin sprach es nicht unbedingt für das Können eines Illusionisten, wenn dieser ein Tier wirklich umbringen musste, um den beabsichtigten Effekt zu erzielen. Und teuer war die Sache außerdem.

Für den heutigen Auftritt im Central Park hatte Malerick

sich aus dem Fundus von Howard Thurston bedient, einem bekannten Illusionisten des frühen zwanzigsten Jahrhunderts, der auf Tiernummern spezialisiert gewesen war. Allerdings hätte Malericks Trick nur schwerlich Thurstons Billigung gefunden, denn der berühmte Vorgänger hatte seine Tiere stets wie menschliche Assistenten oder gar als Familienangehörige behandelt. Malerick kannte in dieser Hinsicht keine Skrupel. Er fing von Hand eine Taube, legte sie auf den Rücken und strich so lange gleichmäßig über ihren Hals und die Flanken, bis sie hypnotisiert war – eine Technik, die Zauberkünstler schon seit vielen Jahren nutzten, um den Anschein eines toten Vogels zu erwecken. Als Cheryl Marston sich näherte, schleuderte Malerick die Taube mit Wucht an den Kopf des Pferdes. Donny Boys anschließende Panik und das Aufbäumen wurden jedoch nicht durch den Vogel verursacht, sondern durch einen Ultraschallsender, dessen Frequenz das Gehör des Tiers marterte. Als Malerick zwischen den Büschen hervortrat, um Cheryl zu »retten«, schaltete er den Sender ab, und als er dann das Zaumzeug packte, kam das Pferd bereits von selbst wieder zur Ruhe.

Nun im Café ließ die Vorsicht der Reiterin immer mehr nach, denn sie erfuhr, wie viel sie und der Fremde gemeinsam hatten.

Zumindest *vermeintlich*.

Die Illusion klappte, weil Malerick mentale Tricks anwendete, was nicht zu seinen ausgeprägtesten Talenten zählte, aber gleichwohl zu passablen Resultaten führte. Natürlich hatte das nichts mit Telepathie zu tun, sondern stellte eine Kombination aus rhetorischen und psychologischen Techniken dar, die Rückschlüsse auf diverse Fakten erlaubten. Im Augenblick konzentrierte Malerick sich vornehmlich auf die Körpersprache seines Gegenübers und registrierte, mit welchen subtilen Veränderungen Cheryls Haltung, Mimik oder

Gestik auf seine Bemerkungen reagierte. Manches davon verriet ihm, dass sie in Gedanken abschweifte, anderes, dass er einen wichtigen Punkt getroffen hatte.

So erwähnte er beispielsweise eine Bekannte, die kürzlich eine Scheidung durchgemacht habe, und konnte leicht erkennen, dass es Cheryl ebenso ergangen war – und zwar unter großen Schmerzen. Also verzog er das Gesicht und verriet ihr, auch er selbst sei mittlerweile geschieden, denn seine Frau habe ihn betrogen und verlassen. Anfangs sei er am Boden zerstört gewesen, aber langsam gehe es ihm besser.

»*Ich* habe freiwillig auf ein Boot verzichtet, nur um diesen Mistkerl loszuwerden«, sagte sie verbittert. »Ein acht Meter langes Segelboot.«

Um Cheryl vorzugaukeln, sie lägen auf gleicher Wellenlänge, setzte Malerick zudem »Barnum-Behauptungen« ein, benannt nach dem großen amerikanischen Zirkusunternehmer. Klassisches Beispiel dafür war ein Hellseher, der die Versuchsperson eindringlich musterte und mit ernster Stimme verkündete: »Ich spüre, dass Sie zwar häufig aus sich herausgehen, im Grunde Ihres Herzens aber oft schüchtern sind.«

Was als tiefe Einsicht empfunden wurde, aber eigentlich auf fast jeden Menschen dieser Erde zutraf.

Weder Cheryl noch der fiktive John hatten Kinder. Aber alle beide hatten Katzen, geschiedene Eltern und spielten gern Tennis. Was für ein Zufall! Wie gut sie doch zusammenpassten…

Es wird langsam Zeit, dachte er. Besonders eilig hatte er es allerdings nicht. Selbst wenn die Polizei inzwischen einige Anhaltspunkte für sein Vorgehen besaß, würde sie mit dem nächsten Mord erst um sechzehn Uhr rechnen; es war gerade mal kurz nach zwei.

Sie mögen glauben, dass die Welt der Illusion und die re-

ale Welt sich niemals kreuzen, verehrtes Publikum, aber das stimmt nur bedingt.

Mir fällt zu diesem Thema John Mulholland ein, namhafter Zauberkünstler und Redakteur des Fachmagazins The Sphinx, *der in den fünfziger Jahren des zwanzigsten Jahrhunderts plötzlich seinen vorzeitigen Ruhestand verkündete und sich sowohl von der Bühne als auch aus dem Journalismus zurückzog.*

Niemand konnte es sich erklären. Dann aber kamen die ersten Gerüchte auf, laut denen er begonnen hatte, für die amerikanischen Geheimdienste zu arbeiten und Spione darin zu unterweisen, wie man jemandem mittels gewisser Techniken auf dermaßen subtile Art Drogen verabreichen konnte, dass sogar der argwöhnischste Kommunist nicht bemerkte, was vor sich ging.

Was sehen Sie nun in meinen Händen, verehrtes Publikum? Schauen Sie genau hin. Nichts, richtig? Sie scheinen leer zu sein. Doch wie Sie vermutlich bereits ahnen, verhält es sich anders…

Malerick wendete einen von Mulhollands schlichteren Tricks an, nahm mit der linken Hand seinen Löffel und klopfte wie geistesabwesend damit auf den Tisch. Cheryl schaute unwillkürlich hin, nur für den Bruchteil einer Sekunde, aber sie verschaffte Malerick dadurch genug Zeit, Pulver aus einer winzigen Kapsel in ihre Kaffeetasse zu schütten, während er mit der betreffenden Hand nach dem Zucker griff.

John Mulholland wäre stolz auf ihn gewesen.

Schon kurz darauf konnte Malerick erkennen, dass das Mittel Wirkung zeigte, denn Cheryls Blick schien ein wenig abzuschweifen, und sie schwankte leicht hin und her. Einen Verdacht schöpfte sie nicht. Das war das Gute an Flunitrazepam, dem Wirkstoff des berüchtigten Tranquilizers Rohypnol: Man erkannte nicht, dass man unter Drogen stand. Nicht bis zum nächsten Morgen. Was in Cheryl Marstons Fall ohnehin belanglos sein würde.

Er sah sie an und lächelte. »He, soll ich Ihnen mal was Lustiges zeigen?«

»Was Lustiges?«, fragte sie schleppend, blinzelte mehrmals und grinste breit.

Er bezahlte die Rechnung.

»Ich hab mir erst kürzlich ein Boot gekauft«, sagte er dann.

Sie lachte verzückt auf. »Ein Boot? Ich liebe Boote. Was für eins?«

»Ein Segelboot, zwölf Meter lang. Meine Frau und ich hatten ein ähnliches Modell«, sagte Malerick bekümmert. »Bei der Scheidung wurde es *ihr* zugesprochen.«

»John, nein, Sie machen Scherze!«, rief sie kichernd. »Mein Mann und ich hatten auch eins! Und bei der Scheidung wurde es *ihm* zugesprochen.«

»Wirklich?« Er lachte und stand auf. »He, lassen Sie uns zum Fluss gehen. Sie können es von dort aus sehen.«

»Sehr gern.« Sie erhob sich auf unsicheren Beinen und nahm seinen Arm.

Er führte sie zur Tür. Die Dosis schien richtig bemessen zu sein. Cheryl war gefügig, würde aber bei Bewusstsein bleiben, bis sie das Gebüsch am Ufer des Hudson erreichten.

Sie wandten sich in Richtung Riverside Park. »Haben Sie nicht irgendein Boot erwähnt?«, lallte Cheryl.

»Ja.«

»Mein Exmann und ich hatten auch mal eins.«

»Ich weiß«, sagte Malerick. »Das haben Sie mir schon erzählt.«

»Ach, hab ich?« Cheryl lachte.

»Warten Sie kurz«, sagte er. »Ich muss etwas holen.«

Er blieb bei seinem Wagen stehen, einem gestohlenen Mazda, nahm eine schwere Sporttasche von der Rückbank und schloss die Tür wieder ab. Etwas in der Tasche klirrte laut und metallisch. Cheryl schaute hin und öffnete den Mund, schien dann aber zu vergessen, was sie sagen wollte.

»Hier entlang.« Malerick führte sie zum Ende der Querstraße, auf einer Fußgängerbrücke über den Parkway und hinunter zu einem unübersichtlichen und menschenleeren Uferstreifen.

Dort machte er sich von ihrer Hand los und legte ihr stattdessen einen Arm um die Schultern und unter die Achsel. Seine Finger streiften Cheryls Brust, während ihr Kopf sich bei ihm anlehnte.

»Sehen Sie«, sagte sie und deutete mit wankender Hand auf den Hudson, wo Dutzende von Segelbooten und Kabinenkreuzern über das funkelnde dunkelblaue Wasser glitten.

»Mein Boot liegt da unten«, sagte Malerick.

»Ich mag Boote.«

»Ich auch«, sagte er leise.

»Wirklich?«, fragte sie und lachte. Dann fügte sie flüsternd hinzu, dass – wie überraschend – auch sie und ihr Exmann früher ein Boot besessen hätten. Leider sei es bei der Scheidung *ihm* zugesprochen worden.

...Fünfzehn

Die Reitschule war ein Teil des alten New York.

Amelia Sachs stieg ein durchdringender Stallgeruch in die Nase, und durch den überwölbten Torweg konnte sie im Innern des mit Holz ausgekleideten alten Gebäudes die Pferde und ihre Reiter sehen. Mit den beigefarbenen Hosen, den schwarzen oder roten Reitjacken und den samtenen Helmen strahlten die Leute eine gewisse Würde aus.

Vor und in der Eingangshalle stand ein halbes Dutzend uniformierter Beamter vom nahen Zwanzigsten Revier. Lon Sellitto hatte mit einer Vielzahl weiterer Kollegen im Park Position bezogen und hielt im Umkreis der Reitwege nach dem geheimnisvollen Täter Ausschau.

Sachs und Bell betraten das Büro, und der Detective zeigte der Frau hinter dem Tresen seine goldene Dienstmarke. Sie schaute an ihm vorbei zu den Polizisten am Eingang. »Ja?«, fragte sie besorgt. »Gibt es ein Problem?«

»Ma'am, werden bei Ihnen die Sättel und andere Ledergegenstände mit Tack-Pure behandelt?«

Sie warf einem ihrer Mitarbeiter einen kurzen Blick zu. Der Mann nickte.

»Ja, Sir, das ist richtig. Wir benutzen es häufig.«

»Wir haben heute am Schauplatz eines Mordes Spuren dieses Mittels und Reste von Pferdekot gefunden«, fuhr Bell fort. »Es könnte sein, dass der Täter entweder bei Ihnen arbeitet oder jemandem hier nachspioniert – einem Angestellten oder einem Reiter.«

»Nein! Wem denn?«

»Tut mir Leid, wir sind uns in diesem Punkt nicht sicher.

Und wir wissen auch nicht genau, wie der Verdächtige aussieht. Er dürfte von mittlerer Statur sein. Etwa fünfzig Jahre alt. Weiß. Eventuell trägt er einen Bart und hat braune Haare, aber das ist ebenfalls nicht gesichert. Die Finger seiner linken Hand sind womöglich deformiert. Wir möchten Sie bitten, Ihre Angestellten und die derzeit erreichbaren Stammkunden zu befragen, ob sie jemanden gesehen haben, auf den die Beschreibung zutrifft. Oder ob ihnen irgendetwas verdächtig vorgekommen ist.«

»Natürlich«, sagte sie zögernd. »Ich werde tun, was ich kann.«

Bell nahm einige der Uniformierten mit und ging durch das alte Tor in die mit Sägemehl ausgestreute, stechend riechende Reithalle. »Wir sehen uns ein wenig um«, rief er Sachs zu.

Sie nickte und blickte zum Fenster hinaus zu Kara. Die junge Frau saß in Sellittos zivilem Einsatzfahrzeug, das am Straßenrand direkt neben Sachs' leuchtend gelbem Camaro geparkt stand. Kara war nicht begeistert gewesen, aber Sachs hatte darauf bestanden, dass sie im Wagen blieb.

Robert-Houdin hatte bessere Tricks drauf als die Marabuts. Obwohl sie ihn fast umgebracht haben, wenn ich mich recht entsinne.

Keine Angst. Ich sorge schon dafür, dass Ihnen so etwas nicht widerfährt.

Es war jetzt genau vierzehn Uhr. Sachs nahm Kontakt mit der Zentrale auf und ließ sich mit Rhymes Anschluss verbinden. Wenig später meldete sich der Kriminalist. »Sachs, Lons Teams haben im Central Park bislang nichts entdecken können. Hattet ihr mehr Glück?«

»Die Chefin hier befragt soeben das Personal und die Reiter. Roland und seine Leute durchsuchen die Ställe.« Sie sah die Frau mit einigen Angestellten sprechen. Alle runzelten die Stirn und wirkten besorgt. Plötzlich hob ein Mädchen mit rundem Gesicht und roten Haaren erschrocken eine Hand an den Mund und nickte langsam.

»Moment mal, Rhyme. Das könnte etwas sein.«

Die Chefin winkte Sachs zu sich.

»Ich weiß nicht, ob es wichtig ist«, sagte das Mädchen. »Aber da war was.«

»Wie heißt du?«

»Tracey?« Es klang wie eine Frage. »Ich bin hier Pferdepflegerin.«

»Red weiter.«

»Okay. Es gibt hier eine Reiterin, die kommt jeden Samstag. Cheryl Marston.«

»Immer zur gleichen Zeit?«, rief Rhyme in Sachs' Ohr. »Frag sie, ob die Frau jede Woche zur gleichen Zeit kommt.«

Sachs reichte die Frage weiter.

»O ja, allerdings«, sagte das Mädchen. »Man könnte die Uhr nach ihr stellen. Sie kommt schon seit Jahren.«

»Leute mit festen Gewohnheiten lassen sich am leichtesten ausrechnen«, stellte der Kriminalist fest. »Sie soll mehr erzählen.«

»Und was ist mit ihr, Tracey?«

»Heute ist sie von einem Ritt zurückgekommen. Vor ungefähr einer halben Stunde. Und als sie mir Don Juan bringt – das ist ihr Lieblingspferd –, da sollen ich und der Tierarzt ihn uns mal anschauen, weil ihm nämlich ein Vogel ins Gesicht geflogen ist und ihn erschreckt hat. Während wir damit zugange sind, erzählt sie mir von diesem Typen, der zufällig in der Nähe war und Donny beruhigt hat. Wir sagen ihr, das mit Donny alles in Ordnung ist, und sie plappert die ganze Zeit von dem Kerl, blabla, blabla, blabla, wie interessant er doch ist und dass sie ganz aufgeregt ist, weil sie jetzt mit ihm einen Kaffee trinken geht, und dass er ein echter Pferdeflüsterer sein könnte. Ich hab ihn unten gesehen, er hat auf sie gewartet. Und da denk ich, was ist denn bloß mit seiner Hand los? Weil er nämlich irgendwie versucht hat, sie zu verstecken. Es sah aus, als hätte er nur drei Finger.«

»Das ist er!«, sagte Sachs. »Weißt du, wohin die beiden gegangen sind?«

Sie deutete nach Westen, weg vom Park. »Ich glaube, in diese Richtung. Den genauen Ort hat sie nicht gesagt.«

»Sie soll den Mann beschreiben!«, rief Rhyme.

Das Mädchen erklärte, er habe einen Bart und merkwürdige Augenbrauen gehabt. »Fast wie zusammengewachsen.«

Um ein Gesicht zu verändern, fängt man am besten bei den Augenbrauen an, denn allein dadurch erreicht man schon sechzig oder siebzig Prozent Unterschied.

»Und seine Kleidung?«, fragte Sachs.

»Anorak, Laufschuhe, Jogginghose.«

»Farbe?«

»Jacke und Hose waren dunkel. Blau oder schwarz. Sein Shirt hab ich nicht gesehen.«

Bell und die anderen kamen zurück. »Das war ein Schuss in den Ofen«, murmelte er.

»Aber ich hab eine Spur.« Sachs berichtete kurz von der Reiterin und dem Bärtigen. »Und du bist sicher, dass sie den Mann gerade erst kennen gelernt hatte?«, fragte sie das Mädchen.

»Hundertprozentig. Ich kenne Miss Marston jetzt seit einer ganzen Weile, und sie hat mir erzählt, dass sie schon ewig nicht mehr ausgegangen ist. Sie hat kein Vertrauen mehr. Ihr Ex hat sie betrogen, und später bei der Scheidung hat er das Segelboot bekommen. Sie ist deswegen immer noch stinksauer.«

Die besten Illusionisten, liebe Freunde, planen den Ablauf und das Tempo ihrer Nummern sorgfältig im Voraus, um die Wirkung des Auftritts so intensiv wie möglich zu gestalten.

Die dritte Vorführung des heutigen Tages fing mit einer Tierillusion im Central Park und dem Wunderpferd Donny Boy an. Dann haben wir uns Zeit für ein paar klassische Taschenspielertricks und eine Prise Hellseherei gelassen.

Und nun wenden wir uns der Entfesselungskunst zu.

Die folgende Nummer gehörte zu den spektakulärsten in Harry Houdinis Repertoire. Er ließ sich fesseln, kopfüber an den Fußgelenken aufhängen und dann in einen schmalen Wassertank eintauchen. Um nicht zu ertrinken, blieben ihm nur wenige Minuten, in denen er den Oberkörper aufrichten, seine Knöchel losmachen und den verschlossenen Deckel der Kammer öffnen musste.

Natürlich war der Tank »präpariert«. Die Gitterstäbe, die vermeintlich verhindern sollten, dass er die Scheibe einschlug, dienten ihm als Haltegriffe, um sich zu den Fußgelenken hochzuziehen. Die Schlösser dort und am Deckel der Kammer verfügten über versteckte Hebel und ließen sich problemlos entriegeln.

Ich brauche wohl kaum zu betonen, dass wir bei unserer Variante dieser beliebten Nummer auf derlei Hilfsmittel verzichten werden. Unsere Probandin wird ganz auf sich allein gestellt sein. Und ich habe mir gestattet, ein paar Veränderungen vorzunehmen. Selbstverständlich nur zu Ihrer Unterhaltung.

Und nun, in Anlehnung an Mr. Houdini, die Wasserfolterkammer.

Malerick, mittlerweile ohne Bart und bekleidet mit khakifarbener Baumwollhose und weißem Anzughemd über einem ebenfalls weißen T-Shirt, wickelte die Ketten fest um Cheryl Marstons Fußgelenke und dann um ihre Brust und Arme.

Er hielt inne und schaute sich um, aber das dichte Gebüsch schirmte sie sowohl zur Straße als auch zum Fluss hin ab.

Sie befanden sich am Ufer des Hudson River in einer winzigen Bucht, die früher offenbar als Anleger für Beiboote gedient hatte. Im Laufe der Jahre war durch angeschwemmte Erde und Treibgut die Einfahrt versandet und hatte diesen stinkenden Pfuhl von etwa drei Metern Durchmesser geschaffen. Auf einer Seite stand ein verrotteter Steg mit einem rostigen Kran, der einst dazu benutzt worden war, Boote aus dem Wasser zu hieven. Malerick warf nun ein Seil über den Ausleger, fing das Ende ein und knotete es an Cheryls Fußkette fest.

Entfesselungskünstler liebten Ketten. Sie sahen beeindruckend aus, verströmten ein wunderbar sadistisches Flair und wirkten nachhaltiger als Seidentücher oder Seile. Außerdem waren sie schwer – also genau das Richtige, um einen gefesselten Probanden unter Wasser zu halten.

»Nein, nein, neiiin«, flüsterte die halb bewusstlose Frau.

Er strich ihr über das Haar und musterte die Ketten. Schlicht und stabil. Houdini hatte geschrieben: »Es mag seltsam erscheinen, aber je Aufsehen erregender die Fesselung dem Publikum vorkommt, desto weniger kompliziert läuft die Befreiung letztlich ab.«

Malerick wusste aus Erfahrung, dass dies stimmte. Dramatisch wirkende dicke Taue und massive Ketten, die unzählige Male um den Körper des Illusionisten geschlungen wurden, ließen sich leicht abstreifen. Schmucklose Fesseln und gewöhnliche Schlösser waren viel schwieriger zu bewältigen. Wie diese hier zum Beispiel.

»Neiiin«, stöhnte sie mühsam. »Das tut weh. Bitte!... Was machen Sie...?«

Malerick verschloss ihr den Mund mit einem Streifen Isolierband. Dann atmete er tief durch, packte mit festem Griff das Seilende und zog es zu sich herunter. Die Füße der wimmernden Anwältin wurden angehoben, und sie rutschte langsam auf das brackige Wasser zu.

Auf dem großen zentralen Platz des West Side College, gelegen zwischen Neunundsiebzigster und Achtzigster Straße, fand an diesem herrlichen Frühlingsnachmittag ein gut besuchter Kunstgewerbemarkt statt. Der Andrang dort war dermaßen groß, dass man den Mörder und sein Opfer unmöglich würde entdecken können.

In den Restaurants und Cafés der Gegend saßen Scharen von Leuten und eventuell auch der Hexer und Cheryl Marston. In genau diesem Moment schlug er ihr vielleicht vor, mit dem Wagen einen kleinen Ausflug zu unternehmen oder kurz bei ihr zu Hause vorbeizuschauen.

Und zwischen den zahlreichen Häuserblocks verliefen mindestens fünfzig dunkle Seitengassen, die sich perfekt für einen Mord eigneten.

Sachs, Bell und Kara liefen die Straßen entlang und suchten den Markt, die Restaurants und die Gassen ab.

Sie sahen in jeden Winkel, der ihnen einfiel, aber sie fanden nichts.

Dann, nach einer endlos scheinenden Weile, stießen sie auf eine Spur.

Die beiden Cops und Kara betraten Ely's Coffee Shop in der Nähe des Riverside Drive und ließen ihre Blicke über die Menge schweifen. Sachs packte Bell am Arm und deutete zur Kasse. Dort auf dem Tresen lagen ein schwarzer Reithelm und eine fleckige Lederpeitsche.

Sachs lief zum Geschäftsführer, einem dunkelhäutigen Araber. »Hat eine Frau diese Sachen hier vergessen?«

»Ja, vor zehn Minuten. Sie…«

»War ein Mann bei ihr?«

»Ja.«

»Bart und Jogginganzug?«

»Genau. Sie hat den Helm und die Reitgerte unter dem Tisch liegen gelassen.«

»Wissen Sie, wohin die beiden gegangen sind?«, fragte Bell.

»Was ist denn los? Gibt es…«

»Wohin?«, drängte Sachs.

»Schon gut, ich habe zufällig gehört, wie er sagte, er wolle ihr sein Boot zeigen. Aber ich hoffe, er hat sie nach Hause gebracht.«

»Wie meinen Sie das?«, fragte Sachs.

»Die Frau war krank. Ich schätze, deshalb hat sie auch ihre Sachen vergessen.«

»Krank?«

»Sie konnte nicht mehr gerade gehen, wenn Sie verstehen, was ich meine. Als wäre sie betrunken, aber die beiden hatten bloß Kaffee. Und als sie hereinkam, war noch alles in Ordnung.«

»Er hat sie unter Drogen gesetzt«, flüsterte Sachs ihrem Kollegen zu.

»Drogen?«, fragte der Geschäftsführer. »He, was läuft denn hier ab?«

»Wo haben die beiden gesessen?«, fragte Sachs.

Er deutete auf einen Tisch, an dem nun vier Frauen lautstark plauderten und aßen. »Verzeihung«, entschuldigte Sachs sich bei ihnen und nahm den Bereich schnell in Augenschein. Auf den ersten Blick war weder auf noch unter dem Tisch etwas Ungewöhnliches zu entdecken.

»Wir müssen weitersuchen«, sagte sie zu Bell.

»Er hat was von einem Boot erzählt, also lassen Sie uns nach Westen gehen. Zum Hudson.«

Sachs deutete auf den Tisch, an dem der Hexer und Cheryl gesessen hatten. »Das dort ist ein Tatort – wischen Sie nichts ab. Und setzen Sie die Leute bitte woanders hin«, rief sie und lief hinaus ins blendende Sonnenlicht. Die vier Frauen waren verstummt und starrten ihr mit weit aufgerissenen Augen hinterher.

...Sechzehn

Sie sah ihren Ehemann weinen.

Aus lauter Bedauern, weil er »die Ehe beenden« müsse.

Die Ehe beenden.

Es klang wie »*den* Müll runterbringen«.

Mit *dem* Hund Gassi gehen.

Es war unsere *Ehe,* verdammt noch mal, nicht irgendein *Ding*!

Aber Roy empfand es nicht so. Roy wollte lieber mit einer pummeligen stellvertretenden Aktienanalystin zusammen sein, und damit war das Thema erledigt.

Ein weiterer Schwall übel riechenden, schlammigen Wassers schoss ihr in die Nase.

Luft, Luft, Luft... Ich brauche Luft!

Dann sah Cheryl Marston ihre Eltern bei einem Weihnachtsfest vor mehreren Jahrzehnten. Sie selbst schob soeben schüchtern das Fahrrad zur Tür hinaus, das der Nikolaus ihr vom Nordpol mitgebracht hatte. Sieh nur, Liebling, er hat sogar einen rosafarbenen Helm für dein hübsches kleines Köpfchen beigelegt...

»Ahhhhh...«

Hustend und würgend kam Cheryl aus dem trüben Wasser des ekelhaften Tümpels zum Vorschein und drehte sich langsam um die Längsachse. Sie war in Ketten gelegt und baumelte an einem Seil kopfüber von einem metallenen Auslegerkran herunter.

Ihr Blut sammelte sich im Kopf, und ihre Schläfen pochten. »Aufhören, bitte aufhören!«, wollte sie schreien, doch ihr Mund war zugeklebt. Was war los? Sie erinnerte sich, dass Donny Boy gescheut und jemand ihn beruhigt hatte, ein netter Mann, Kaffee in einem griechischen Restaurant, ein Gespräch, irgendetwas über Boote, dann verschwamm alles und wurde zu dümmlichem Kichern.

Dann Ketten. Das schreckliche Wasser.

Und nun dieser Mann, der ihr mit freundlicher und neugieriger Miene beim Sterben zuschaute.

Wer ist das? Warum macht er das? *Warum?*

Sie drehte sich träge im Kreis, und er konnte ihre flehenden Augen nicht länger sehen. Die verschwommene, auf dem Kopf stehende Küstenlinie New Jerseys rückte in Cheryls Sichtfeld. Es schienen Meilen bis zum anderen Ufer des Hudson zu sein.

Dann drehte sie sich wieder zurück, bis sie die Dornensträucher und den Flieder sah. Und ihn.

Er erwiderte den Blick, nickte und ließ sie an dem Seil erneut in den abscheulichen Teich hinab.

Verzweifelt versuchte Cheryl, den Oberkörper zu heben und von der Wasseroberfläche wegzukommen, als wäre diese kochend heiß. Doch ihr eigenes Gewicht – das Gewicht der Ketten – zog sie nach unten. Sie hielt den Atem an, zerrte an den Fesseln und warf den Kopf hin und her, doch das Metall gab keinen Millimeter nach.

Dann war auf einmal Cheryls Ehemann wieder da, saß direkt vor ihr und erklärte, erklärte, erklärte, dass die Scheidung ihr letztlich gut tun würde. Roy hob den Kopf, wischte sich die Krokodilstränen ab und sagte, es sei besser so. Sie würde am Ende glücklicher sein. Und siehe da, er hatte ihr etwas mitgebracht. Roy öffnete eine Tür, und da stand ein glänzendes neues Fahrrad Marke Schwinn. Mit langen Flatterbändern am Lenker, Stützrädern und einem Helm – einem rosafarbenen –, um ihr Köpfchen zu schützen.

Cheryl gab auf. Du hast gewonnen, du hast gewonnen.

Nimm das verfluchte Boot, nimm deine gottverdammte Geliebte. Lass mich einfach nur gehen, lass mich in Frieden gehen. Sie atmete tief durch die Nase ein, um den tröstlichen Tod in ihre Lunge zu ziehen.

»Da!«, rief Amelia Sachs.

Sie und Bell rannten über die Fußgängerbrücke auf ein dichtes Gehölz am Ufer des Hudson River zu. Dort stand ein Mann auf einem verfallenen Steg – offenbar eine ehemalige Anlegestelle, deren Einfahrt versandet war. Das Gebiet war zugewuchert, voller Abfall und stank nach abgestandenem Wasser.

Der Mann in khakifarbener Hose und weißem Hemd hielt ein Seil, das über einen kleinen rostigen Auslegerkran verlief und dessen anderes Ende unter der Wasseroberfläche verschwand.

»He, Sie da!«, rief Bell.

Er hatte braunes Haar, ja, aber die Kleidung war anders. Kein Bart. Und die Augenbrauen wirkten auch nicht besonders buschig. Seine linke Hand konnte Sachs nicht erkennen.

Na, wenn schon!

Der Hexer konnte ein Mann oder eine Frau sein.

Der Hexer konnte unsichtbar werden.

Als sie näher kamen, blickte er sichtlich erleichtert auf. »Hier!«, schrie er. »Helfen Sie mir! Hier drüben! Da ist eine Frau im Wasser!«

Bell und Sachs ließen Kara an der Überführung zurück und liefen zwischen den Büschen hindurch zu dem Brackwassertümpel. »Trauen Sie ihm nicht«, rief Amelia ihrem Kollegen keuchend zu.

»Keine Angst, Sachs.«

Der Mann zog fester, woraufhin Füße und dann Beine in beigefarbenen Hosen aus dem Wasser auftauchten, gefolgt von einem weiblichen Körper. Sie war mit einer Kette umwickelt. O mein Gott, die arme Frau!, dachte Sachs. Bitte lass sie noch am Leben sein.

Sie waren fast da. Bell forderte über Funk Verstärkung und einen Krankenwagen an. Auf der Ostseite der Fußgängerbrücke blieben immer mehr Passanten stehen und verfolgten neugierig, was dort unten vor sich ging.

»Helfen Sie mir! Ich kann sie nicht allein hochziehen!«, rief der Retter Bell und Sachs zu. Vor lauter Anstrengung kamen ihm die Worte nur keuchend über die Lippen. »Dieser Mann, er hat sie festgebunden und ins Wasser gestoßen. Er wollte sie umbringen!«

Sachs zog ihre Waffe und richtete sie auf den Fremden.

»He, was machen Sie da?«, fragte er erschrocken. »Ich versuche, die Frau zu retten!« Er sah auf das Mobiltelefon an seinem Gürtel. »*Ich* bin derjenige, der die Polizei verständigt hat.«

Sie konnte seine linke Hand noch immer nicht erkennen; er hielt sie mit der Rechten umschlossen.

»Lassen Sie das Seil nicht los, Sir«, sagte Sachs. »Ich will Ihre Hände sehen.«

»Ich hab nichts getan!« Er atmete merkwürdig pfeifend. Vielleicht litt er an Asthma.

Bell achtete darauf, nicht in Amelias Schusslinie zu laufen, packte den Ausleger und schwang ihn in Richtung des schlammigen Ufers. Als die Frau in Reichweite kam, zog er sie zu sich heran, und der Fremde ließ langsam das Seil durch seine Hände gleiten, bis sie am Boden lag. Sie regte sich nicht, und ihr Gesicht war blau angelaufen. Der Detective zog ihr den Klebestreifen vom Mund, löste das Seil von den Ketten und fing mit der Wiederbelebung an.

»Ist jemand von Ihnen Arzt?«, rief Sachs dem Dutzend Schaulustiger zu.

Niemand meldete sich. Sie blickte zurück zu dem Opfer und sah, dass es sich bewegte... Dann fing die Frau an zu würgen und spuckte Wasser. Ja! Sie hatten sie rechtzeitig erreicht. Noch eine Minute – und Cheryl Marston würde die Identität des Mannes bestätigen können. Dann bemerkte Sachs jenseits des Schauplatzes ein Stück glänzenden dunkelblauen Stoff, anscheinend mit Reißverschluss und Ärmeln. War das die Windjacke, die der Täter abgelegt hatte?

Der Fremde folgte ihrem Blick und sah den Gegenstand ebenfalls.

Gab es eine Reaktion bei ihm, ein leichtes Zucken? Sachs hatte den Eindruck, aber sie war sich nicht sicher.

»Sir«, sagte sie mit fester Stimme, »bis zur Klärung des Sachverhalts muss ich Ihnen leider Handschellen anlegen. Bitte strecken Sie...«

»He, Lady, Achtung!«, rief plötzlich jemand voller Panik. »Der Jogger – da, rechts! Er hat 'ne Kanone!«

Die Leute schrien und ließen sich zu Boden fallen. Sachs ging blitzschnell in die Knie, wirbelte nach rechts und suchte den Angreifer. »Roland, aufpassen!«

Bell hatte neben dem Opfer seine SIG in Anschlag genommen und sah in die gleiche Richtung wie Sachs.

Aber Amelia konnte niemanden in einem Jogginganzug entdecken.

O nein, dachte sie. Nein! Sie war wütend auf sich selbst und begriff, was gerade geschehen war – er hatte die Stimme selbst nachgemacht. Ein Bauchredner.

Als sie sich umwandte, blitzte in der Hand des Retters ein gleißender Feuerball auf, blieb in der Luft schweben und blendete sie.

»Amelia!«, rief Bell. »Ich kann nichts sehen! Wo ist er?«

»Keine Ah...«

Aus Richtung des Hexers peitschten mehrere schnelle

Schüsse auf. Die Schaulustigen flohen in Panik, und Sachs visierte die Richtung an, aus der das Geräusch kam. Bell tat es ihr gleich. Mit zusammengekniffenen Augen suchten sie nach einem Ziel, doch als sie wieder alles erkennen konnten, war der Mörder nicht mehr da. Ihre Waffen zielten auf ein paar dünne Rauchschwaden – die Überreste der gezündeten Knallkörper.

Dann erblickte Sachs den Hexer in östlicher Richtung auf der anderen Seite des Parkway. Er wollte die Straße hinunterlaufen, sah aber einen Streifenwagen mit Blaulicht und heulender Sirene auf sich zukommen, also sprang er die breiten Stufen zum College hinauf und verschwand im Gedränge des Kunstgewerbemarkts wie eine Mokassinschlange im hohen Gras.

...Siebzehn

Sie waren überall...

Dutzende von Polizisten.

Und alle suchten nach ihm.

Durch den Sprint war er völlig außer Atem, seine Lunge schmerzte, und das Seitenstechen brachte ihn fast um. Erschöpft lehnte Malerick sich gegen die kühle Kalksteinwand eines der Unterrichtsgebäude.

Vor ihm auf dem großen Platz fand eine Art Kunstmarkt mit unzähligen Besuchern statt. Er schaute zurück nach Westen, in die Richtung, aus der er gekommen war. Die Polizei hatte dort bereits alles abgeriegelt. Der Norden und Süden des Platzes wurden von hohen Betonbauten eingenommen. Die Fenster waren verriegelt, und es gab keine Türen. Der einzige Ausgang lag im Osten, auf der anderen Seite des fußballplatzgroßen Geländes voller Verkaufsstände und dichter Menschenmengen.

Er machte sich auf den Weg, aber er beeilte sich nicht.

Als Illusionist wusste er, dass hastige Bewegungen Aufmerksamkeit erregten.

Wer langsam war, wurde unsichtbar.

Er besichtigte die angebotenen Waren, nickte beifällig einem Straßenmusikanten zu, lachte über einen Clown, der Ballons verkaufte. Er tat, was alle anderen taten.

Denn Abweichungen erregten Aufmerksamkeit.

Wer sich wie die anderen verhielt, wurde unsichtbar.

Und so kam er weiter nach Osten.

Unterdessen fragte er sich, wie die Polizei ihn wohl ausfindig gemacht hatte. Natürlich wäre die Leiche der ertrunkenen

Anwältin irgendwann im Laufe des Tages gefunden worden. Aber sie waren zu schnell gewesen – beinahe als hätten sie *vorhergesehen*, dass er jemanden in diesem Teil der Stadt entführen würde, womöglich sogar direkt aus der Reitschule. Wie konnte das sein?

Weiter nach Osten.

Vorbei an den Ständen, vorbei an der Marktleitung, vorbei an einer Dixieland-Kapelle auf einer rot-weiß-blau drapierten Bühne. Vor ihm lag der Ausgang – die östliche Treppe, die vom Platz hinunter zum Broadway führte. Nur noch fünfzehn Meter bis zur Freiheit, nur noch zwölf.

Zehn…

Aber dann sah er die Signallichter. Sie kamen ihm fast so hell vor wie der Blitz der Schießbaumwolle, den er für die Flucht vor der rothaarigen Beamtin genutzt hatte. Insgesamt vier Streifenwagen hielten mit quietschenden Reifen am Fuß der Treppe. Ein halbes Dutzend Uniformierter sprang heraus und bezog dort unten Position. Nahezu gleichzeitig trafen Beamte in Zivil ein, liefen die Stufen empor, mischten sich unter die Menge und nahmen die Männer auf dem Platz in Augenschein.

Malerick war umzingelt. Er machte kehrt und hielt auf die Mitte des Marktes zu.

Die Beamten in Zivil bewegten sich langsam nach Westen und konzentrierten sich bei ihrer Suche auf bartlose Männer mittleren Alters, die helle Hemden und gelbbraune Hosen trugen. Genau wie er.

Doch außerdem hielten sie Männer mit Bärten und anderer Garderobe an. Was bedeutete, dass sie von seinen Verwandlungstricks wussten.

Dann sah er, was er befürchtet hatte. Am oberen Ende der Westtreppe tauchte die Polizistin mit dem stählernen Blick und dem feuerroten Haar auf, die ihn schon beim Tümpel verhaften wollte. Sie mischte sich unter die Leute.

Malerick drehte sich zur Seite, senkte den Kopf und betrachtete eine ziemlich hässliche Keramikskulptur.

Was tun?, überlegte er verzweifelt. Unter seiner gegenwärtigen Kleidung trug er noch genau ein Kostüm. Es war seine letzte Reserve.

Die rothaarige Beamtin erspähte jemanden, der in Statur und Aussehen Malerick ähnelte, und musterte ihn prüfend. Dann wandte sie sich ab und ließ den Blick wieder über die Menge schweifen.

Nun kam auch der athletische braunhaarige Cop, der Cheryl Marston wiederbelebt hatte, die Stufen hinauf und gesellte sich zu seiner Kollegin. Sie besprachen sich kurz. Bei ihm war noch eine andere Frau – und sie sah nicht nach einer Polizistin aus. Sie war recht zierlich, hatte leuchtend blaue Augen und kurzes rötlich lilafarbenes Haar. Nach einem schnellen Rundblick flüsterte sie der Beamtin etwas zu. Die Rothaarige machte sich daraufhin allein auf den Weg, während die Kleine bei dem Mann blieb und sich mit ihm in einer anderen Richtung durch die Menge vorarbeitete.

Malerick wusste, dass man ihn früher oder später entdecken würde. Es musste ihm gelingen, so schnell wie möglich von hier zu verschwinden, bevor noch mehr Cops eintrafen. Er ging zu den Toiletten, betrat eines der transportablen Kunststoffhäuschen und änderte sein Erscheinungsbild. Dreißig Sekunden später kam er wieder zum Vorschein und hielt einer älteren Dame höflich die Tür der Kabine auf. Die Frau zögerte und wandte sich dann ab. Offenbar war es ihr unangenehm, ein WC zu benutzen, auf dem sich unmittelbar vor ihr ein bezopfter Biker erleichtert hatte, der eine dreckige schwarze Jeans, eine Baseballmütze der Firma Pennzoil und über dem Bierbauch ein schmieriges langärmliges Denimhemd mit Harley-Davidson-Aufdruck trug.

Er schnappte sich eine Zeitung, rollte sie zusammen und

nahm sie in die linke Hand, um seine Finger zu verbergen. Dann bewegte er sich von neuem in Richtung Osten und interessierte sich dabei anscheinend für all die Glasmalereien, die Krüge und Schalen, handgefertigten Spielzeuge, Kristallwaren und CDs. Einer der Polizisten sah ihn direkt an, aber nur für einen kurzen Moment.

Malerick erreichte das Ende des Platzes.

Die Treppe hinunter zum Broadway war etwa fünfundzwanzig Meter breit und von den Uniformierten weitgehend abgeriegelt worden. Jeder Erwachsene, der den Bereich verlassen wollte, wurde angehalten und musste sich ausweisen.

Malerick sah den Detective und die Frau mit den lilafarbenen Haaren beim Stand der Marktleitung stehen. Sie flüsterte dem Mann etwas ins Ohr. Hatte sie ihn bemerkt?

Schlagartig kochte unbändige Wut in Malerick hoch. Er hatte die Vorstellung so sorgfältig geplant – jede Nummer, jeder einzelne Trick war genau auf das morgige Finale abgestimmt. Dieses Wochenende sollte zur perfektesten aller jemals aufgeführten Illusionen werden. Und nun geriet alles ins Wanken. Er dachte daran, wie enttäuscht sein Mentor sein würde. Und zudem blamierte er sich vor seinem verehrten Publikum… Seine Hand, die derzeit ein kleines Ölgemälde der Freiheitsstatue hielt, fing unwillkürlich an zu zittern.

Das kann ich nicht zulassen!, schoss es ihm durch den Kopf.

Er legte das Bild zurück und drehte sich um.

Doch noch im selben Moment erstarrte er und keuchte leise auf.

Die rothaarige Polizistin stand nur ein kurzes Stück von ihm entfernt und schaute gerade in eine andere Richtung. Schnell wandte er seine Aufmerksamkeit einer Schmuckauslage zu und fragte den Verkäufer mit breitem Brooklyner Akzent, wie viel denn wohl ein Paar Ohrringe kostete.

Aus dem Augenwinkel verfolgte er, wie der Blick der Polizistin ihn beiläufig streifte. Die Frau erkannte ihn nicht und setzte gleich darauf einen Funkspruch ab. »Hier Einheit Fünf Acht Acht Fünf. Bitte verbinden Sie mich mit dem Festnetzanschluss von Lincoln Rhyme.« Ein paar Sekunden vergingen. »Wir sind auf dem Markt, Rhyme. Er *muss* hier irgendwo sein… Die Ausgänge wurden schnell genug abgeriegelt. Wir werden ihn finden, selbst wenn wir dazu jeden einzelnen Besucher filzen müssen.«

Malerick tauchte in der Menge unter. Wie sahen seine Optionen aus?

Eine Täuschung – das schien die einzige Lösung zu sein. Er musste die Polizei irgendwie ablenken, nur für die fünf Sekunden, die er benötigte, um durch die Absperrung zu schlüpfen und zwischen den Passanten auf dem Broadway zu verschwinden.

Aber was genau sollte er tun?

Er hatte keine Knallkörper mehr bei sich, um damit Schüsse vorzutäuschen. Sollte er eine der Buden anzünden? Nein, das würde nicht die Art von Panik auslösen, die er jetzt brauchte.

Wiederum packten ihn Wut und Angst.

Dann jedoch fiel ihm ein, was sein Mentor vor vielen Jahren zu ihm gesagt hatte, nachdem ihm auf der Bühne ein Fehler unterlaufen und die Nummer dadurch beinahe ruiniert worden war. Im Anschluss an die Vorstellung hatte der dämonische bärtige Illusionist den Jugendlichen, der verschämt zu Boden blickte und fast in Tränen ausbrach, beiseite genommen und ihn gefragt: »Was ist eine Illusion?«

»Wissenschaft und Logik«, hatte Malerick sofort geantwortet. (Der Mentor pflegte seinen Mitarbeitern Hunderte solcher Leitsätze einzuprägen.)

»Wissenschaft und Logik, ganz recht. Falls es zu einer Panne kommt – ob nun durch dich selbst, deinen Assistenten oder durch Gott höchstpersönlich –, nutze Wissenschaft und Logik, um sofort wieder die Initiative zu ergreifen. Zwischen dem Fehler und deiner Reaktion sollte nicht einmal eine Sekunde vergehen. Sei kühn. Reagiere auf dein Publikum. Verwandle die Katastrophe in Applaus.«

Als Malerick sich dies nun vergegenwärtigte, wurde er ganz ruhig. Er hob den Kopf, schaute sich um und erwog, was zu tun war.

Sei kühn. Reagiere auf dein Publikum.

Verwandle die Katastrophe in Applaus.

Sachs nahm die Leute in ihrer Umgebung ein weiteres Mal in Augenschein – eine Mutter und ein Vater mit zwei gelangweilten Kindern, ein älteres Ehepaar, ein Biker mit Harley-Hemd, zwei junge Europäerinnen, die mit einem Verkäufer wegen ein paar Schmuckstücken feilschten.

Ein Stück entfernt sah sie Bell neben dem Stand der Marktleitung stehen. Doch wo steckte Kara? Die junge Frau sollte eigentlich bei einem von ihnen bleiben. Sachs wollte dem Detective zuwinken, aber eine Menschentraube schob sich dazwischen und blockierte die Sicht. Amelia ging in seine Richtung und hielt dabei unablässig nach allen Seiten Ausschau.

Ihr wurde klar, dass sie genauso beunruhigt war wie am Morgen in der Musikschule, obwohl der Platz hier bei blauem Himmel und strahlendem Sonnenschein alles andere als bedrückend wirkte. *Gruselig…*

Sie wusste, woran es lag.

Am Draht, wie die Polizisten es zu nennen pflegten.

Wenn man zu Fuß auf Streife unterwegs war, hatte man entweder einen Draht zu der jeweiligen Gegend oder nicht. Es ging nicht bloß darum, die Anwohner und die Örtlichkeiten zu kennen; man musste spüren, wie die Leute strukturiert waren, mit welcher Art von Tätern man zu rechnen hatte, wie gefährlich sie sein würden und was ihren Opfern drohte – oder einem selbst.

Falls man keinen Draht zu dem betreffenden Viertel fand, konnte man sich die Arbeit dort von vornherein schenken.

Und zu dem Hexer, so erkannte Sachs nun, hatte sie nicht den geringsten Draht. Er saß vielleicht schon längst in der Linie Neun und fuhr Richtung Downtown. Oder er stand einen Meter neben ihr. Sie wusste es einfach nicht.

Genau in diesem Moment ging jemand dicht hinter ihr vorbei, und sie spürte einen Atemzug oder den Lufthauch eines Kleidungsstücks im Nacken. Zitternd vor Schreck fuhr sie herum und legte die Hand auf den Kolben der Waffe – sie hatte nicht vergessen, wie leicht es Kara gefallen war, sie abzulenken und nach ihrer Pistole zu greifen.

In ihrer unmittelbaren Umgebung hielten sich fünf oder sechs Leute auf, aber keiner davon nahe genug, um als Verursacher in Betracht zu kommen.

Oder doch nicht?

Ein Mann entfernte sich von ihr. Er humpelte. Das konnte nicht der Hexer sein.

Oder doch?

Immerhin war der Hexer in der Lage, binnen weniger Sekunden die Identität zu wechseln, oder?

Und die anderen? Das ältere Ehepaar, der Biker mit dem Pferdeschwanz, drei Teenager, ein massiger Mann in der Montur der Stadtwerke: Sachs tappte vollständig im Dunkeln. Sie war frustriert und voller Sorge.

Kein Draht…

Und plötzlich schrie eine Frau auf.

»Da! Seht!«, rief jemand. »Mein Gott, sie ist verletzt.«

Sachs zog die Waffe und lief zu der Menschenansammlung, die sich blitzschnell gebildet hatte.

»Holt einen Arzt!«

»Was ist denn da los?«

»O Gott, sieh nicht hin, Liebling!«

Immer mehr Leute strömten am östlichen Rand des Platzes in der Nähe der Marktleitung zusammen. Bestürzt starrten sie auf die Person, die dort am Boden lag.

Sachs hob ihr Funkgerät an die Lippen, um einen Krankenwagen zu rufen, und drängte sich durch die Menge. »Lassen Sie mich vorbei, lassen Sie…«

Sie erreichte die vorderste Reihe der Schaulustigen und keuchte auf.

»Nein«, flüsterte sie und erschauderte vor Entsetzen.

Dort auf dem Pflaster lag das nächste Opfer des Hexers.

Es war Kara. Blut bedeckte ihr dunkelviolettes Oberteil und bildete eine Lache. Ihr Kopf war nach hinten geneigt, und der Blick ihrer reglosen toten Augen verlor sich im blauen Nachmittagshimmel.

...Achtzehn

Sachs schlug sich wie betäubt eine Hand vor den Mund.

O Gott, nein...

Robert-Houdini hatte bessere Tricks drauf als die Marabuts. Obwohl sie ihn fast umgebracht haben, wenn ich mich recht entsinne.

Keine Angst. Ich sorge schon dafür, dass Ihnen so etwas nicht widerfährt...

Doch das hatte sie nicht. Sie war so sehr auf den Hexer fixiert gewesen, dass sie das Mädchen vernachlässigt hatte.

Nein, nein, Rhyme, manche der Toten kann man nicht vergessen. Diese Tragödie würde ihr bis in alle Ewigkeit zu schaffen machen.

Aber dann dachte sie: Es wird noch ausreichend Gelegenheit zur Trauer geben. Auch für die Schuldgefühle und Konsequenzen. Jetzt aber fang gefälligst an, wie ein verdammter Cop zu denken. Der Hexer ist in der Nähe. Und er wird *nicht* entkommen. Das hier ist ein Tatort, und du weißt, was zu tun ist.

Erstens. Die Fluchtwege abriegeln.

Zweitens. Den Tatort absperren.

Drittens. Zeugen ausfindig machen, abschirmen und befragen.

Sie winkte zwei Streifenbeamte heran, um einen Teil dieser Aufgaben zu delegieren, doch gerade als sie den Mund aufmachen wollte, erklang eine Stimme aus ihrem Funkgerät. »Wagen Vier Sieben an alle verfügbaren Einsatzkräfte im Umfeld des Zehn-vierundzwanzig am Fluss. Verdächtiger hat soeben Sperre am östlichen Ende des Marktes durchbrochen. Befindet sich jetzt zu Fuß in nördlicher Richtung auf der West End, Nähe Einundachtzigste... Bekleidet mit Jeans, blauem Hemd mit Harley-Davidson-Logo und schwarzer Baseballmütze. Dunkle Haare und Zopf. Waffen kann ich nicht entdecken... Er taucht in der Menge unter... Brauche dringend Unterstützung.«

Der Biker! Er hatte also erneut das Kostüm gewechselt und zur Ablenkung Kara erstochen. Dann war er entwischt, als die Beamten zum Schauplatz des Verbrechens liefen.

Und ich hatte ihn direkt vor meiner Nase!

Mehrere Cops bestätigten per Funk kurz den Empfang der Nachricht und schlossen sich der Verfolgung an, wenngleich der Mörder einen beträchtlichen Vorsprung zu haben schien. Sachs bemerkte Roland Bell, der mit gesenktem Kopf neben Kara stand und stirnrunzelnd dem Funkverkehr lauschte. Sie sahen sich an, und er nickte in Richtung der Treppe. Sachs befahl einem der Streifenbeamten, den Tatort abzusperren, die Gerichtsmedizin zu verständigen und nach Zeugen zu suchen.

»Aber...«, wollte der junge Officer protestieren, offenbar weil eine gleichrangige Kollegin ihm Anweisungen erteilte.

»Kein Aber«, fiel Sachs ihm ins Wort. Sie hatte keine Lust auf einen Streit darüber, wer von ihnen beiden der Dienstältere war. »Sie können sich ja später bei Ihrem Schichtführer beschweren.«

Falls er danach noch etwas sagte, bekam sie es nicht mehr mit. Ungeachtet ihrer schmerzhaften Arthritis eilte sie Roland Bell hinterher und nahm die Verfolgung des Mannes auf, der ihre Freundin ermordet hatte.

Er ist schnell.

Aber ich bin schneller.

Lawrence Burke, ein erfahrener Streifenbeamter mit sechs

Dienstjahren auf dem Buckel, rannte vom Riverside Park zur West End Avenue. Fünf oder sechs Meter vor ihm floh der Verdächtige, irgendein Bikerschwein mit Harley-Hemd.

Im Zickzack wich Burke den Fußgängern aus, genau wie damals in der Highschool, wenn er beim Football den Receiver jagte.

Und ebenfalls genau wie damals kam Legs Larry immer näher.

Er war unterwegs zum Hudson River gewesen, um bei der Absicherung eines Zehn-vierundzwanzig, also dem Schauplatz eines tätlichen Überfalls, zu helfen, als ihn über Funk die Bitte um Unterstützung erreichte. Unmittelbar darauf lief der Täter ihm fast in die Arme – ein dreckiger Biker.

»He, du! Stehen bleiben!«

Doch der Mann blieb nicht stehen, sondern schlug einen Haken und hastete panisch weiter nach Norden. Daher musste Burke sich ganz plötzlich auf das legendäre Heimspiel an der Woodrow Wilson High besinnen, als es ihm gelungen war, Chris Broderick nach einem fünfundsechzig Meter langen Verfolgungssprint knapp einen Meter vor der Endzone wuchtig zu Fall zu bringen. Legs schaltete einen Gang höher und nahm die Verfolgung auf.

Seine Pistole zog er nicht. Erst wenn ein Täter ebenfalls eine Waffe besaß und die unmittelbare Gefahr bestand, er könnte auf den Beamten oder einen Unbeteiligten schießen, durfte man das Feuer auf ihn eröffnen. Und ein Schuss in den Rücken sah *immer* schlecht aus – sowohl bei der zwangsläufigen Untersuchung des Falls als auch in der Dienstakte oder den Medienberichten.

»He, du Saftsack!«, keuchte Burke.

Der Biker bog nach Osten in eine Querstraße ab, warf mit großen Augen einen Blick über die Schulter und sah, dass Legs immer mehr aufholte.

Der Kerl schlitterte links herum in eine Gasse. Burke schaffte die Kurve besser als Mr. Harley und blieb dicht an ihm dran.

In manch anderen Städten wurde die Polizei mit Netzen oder Elektroschockern ausgestattet, um fliehende Verbrecher aufzuhalten, aber das NYPD setzte auf gute alte Handarbeit. Davon abgesehen spielte es in diesem Fall ohnehin keine Rolle. Larry Burke konnte nicht nur schnell laufen, sondern wusste auch, was ein Tackling war.

Aus einem Meter Entfernung sprang er ab und erinnerte sich daran, dass man hoch zielen und den Körper des anderen zum Abfedern des Aufpralls benutzen musste.

»O Mann«, stöhnte der Biker, als sie auf die Pflastersteine krachten und in einen Müllhaufen rutschten.

»Scheiße!«, fluchte Burke, der sich den Ellbogen aufgeschürft hatte. »Du blöder Wichser.«

»Ich hab nichts getan!«, ächzte der Biker. »Warum haben Sie mich verfolgt?«

»Halt's Maul.«

Burke legte ihm Handschellen an, und da der Kerl so verdammt flink war, fesselte er ihm außerdem die Fußgelenke mit einem Plastikband. Schön fest. Dann untersuchte er seinen blutigen Ellbogen. »Mist, das hat mich ein Stück Haut gekostet. Aaah, tut das weh. Du Arsch.«

»Ich hab nichts getan. Ich war bloß auf dem Markt. Ich hab nur…«

Burke spuckte auf den Boden und atmete mehrmals tief durch. »Welchen Teil von *halt's Maul* hast du nicht verstanden?«, keuchte er. »Ich sag's nicht noch mal… Scheiße, das brennt!«

Der Cop filzte den Mann sorgfältig und fand eine Brieftasche. Allerdings war kein Ausweis oder Führerschein darin, sondern nur Geld. Seltsam. Und er hatte weder Waffen noch Rauschgift bei sich, was bei Bikern eher ungewöhnlich war.

»Sie können mir drohen, so viel Sie wollen, aber ich verlange einen Anwalt. Ich werd Sie verklagen! Falls Sie mir was anhängen wollen, haben Sie sich geschnitten, Mister.«

Dann jedoch zog Burke Hemd und T-Shirt des Mannes hoch und erschrak. Brust und Bauch waren übel vernarbt. Es sah ganz schön unheimlich aus. Noch merkwürdiger war allerdings der Beutel um seine Taille, ähnlich wie die Gürteltaschen, die Burke und seine Frau während ihres Europaurlaubs getragen hatten. Der Cop rechnete mit Drogen, aber stattdessen versteckte der Kerl darin eine Jogginghose, ein Trikot mit hohem Kragen, eine khakifarbene Stoffhose, ein weißes Hemd und ein Mobiltelefon. Und – das war echt verrückt – Make-up. Dazu ein ganzer Haufen Toilettenpapier, als wolle er besonders dick aussehen.

Wirklich bizarr…

Burke atmete wieder tief ein und bekam einen unangenehmen Schwall aus Müll- und Uringestank in die Nase. Er drückte den Knopf an seinem Motorola. »Einheit Fünf Zwei Eins Zwei an Zentrale… Ich habe den Kerl von dem Zehnvierundzwanzig erwischt. Kommen.«

»Verletzte?«

»Negativ.«

Abgesehen von einem teuflisch schmerzenden Ellbogen.

»Standort?«

»Anderthalb Blocks östlich der West End. Moment mal. Ich muss nachschauen, wie die Querstraße heißt.«

Burke ging zum Eingang der Gasse, um das Straßenschild zu lesen und auf die Ankunft seiner Kollegen zu warten. Erst jetzt sank sein Adrenalinpegel allmählich ab und wich einer angenehmen Hochstimmung. Kein einziger Schuss abgefeuert. Ein dämlicher Versager in Handschellen am Boden… Das fühlte sich verdammt gut an – fast so gut wie bei dem Spiel vor zwölf Jahren, als Chris Broderick mit Schwung in die Ein-Yard-Linie gebissen und dabei aufgejault hatte wie ein Mädchen. Und während des Laufs über die gesamte Länge des Feldes war ihm zu keinem Zeitpunkt bewusst gewesen, dass Legs Larry die ganze Zeit dicht hinter ihm rannte.

»He, alles in Ordnung?«

Bell berührte Amelia Sachs am Arm. Sie war dermaßen bestürzt über Karas Tod, dass es ihr die Sprache verschlug, also nickte sie wortlos.

Die Knie taten ihr immer noch weh, während sie nun mit dem Detective die West End Avenue hinaufeilte, um zu Officer Burke und dem verhafteten Mörder zu gelangen.

Ob Kara wohl Geschwister hat? O mein Gott, wir müssen es ihrer Familie sagen.

Nein, nicht *wir*.

Ich muss das übernehmen. Es ist meine Schuld. *Ich* erledige diesen Anruf.

Voll tiefer Trauer lief sie weiter. Bell warf ihr erneut einen Blick zu und musste derweil hörbar nach Luft schnappen.

Immerhin hatten sie den Hexer in Gewahrsam.

Wenngleich es ihr insgeheim Leid tat, dass ein anderer die Verhaftung vorgenommen hatte. Sie wünschte, *sie* hätte den Hexer dort in der Gasse gestellt. Falls er bewaffnet gewesen wäre, hätte sie ihm einen gezielten Schuss in die Schulter verpasst und erst dann ihr Funkgerät benutzt.

In Spielfilmen waren Schultertreffer simple Fleischwunden, kleine Unannehmlichkeiten, und die Helden mussten den Arm lediglich eine Weile in der Schlinge tragen. In der Wirklichkeit aber veränderte sogar eine kleine Schusswunde das Leben für sehr, sehr lange Zeit. Manchmal für immer.

Doch der Täter war gefasst worden, und sie würde sich

mit einer Verurteilung wegen mehrfachen Mordes begnügen müssen.

Kein Angst, keine Angst, keine Angst…

Kara…

Sachs wurde klar, dass sie nicht mal ihren richtigen Namen kannten.

Das ist mein Künstlername, aber ich benutze ihn meistens. Er gefällt mir besser als der Name, den meine Eltern mir dankenswerterweise verpasst haben.

Bei diesem Gedanken brach sie fast in Tränen aus.

Sie registrierte, dass Bell etwas zu ihr sagte.

»Ist, äh… ist bei Ihnen auch wirklich alles klar, Amelia?«

Ein schroffes Nicken.

Sie bogen auf die Achtundachtzigste Straße ein, in deren Nähe ihr Kollege den Täter erwischt hatte. Beide Enden des Teilstücks wurden soeben durch Streifenwagen abgeriegelt. Bell schaute den Block hinauf und bemerkte eine Gasse. »Da«, sagte er und streckte den Arm aus. Dann bedeutete er mehreren Cops – manche in Zivil, andere in Uniform – ihnen zu folgen.

»Okay, schnappen wir ihn uns«, murmelte Sachs. »Bei Gott, ich hoffe, dass Grady auf die Todesstrafe plädiert.«

Sie blieben stehen und starrten ins Halbdunkel. Die Gasse war leer.

»Sind wir hier falsch?«, fragte Bell.

»Er hat doch Achtundachtzigste gesagt, oder?«, wollte Sachs sich vergewissern. »Anderthalb Blocks östlich der West End. Das war der Funkruf, da bin ich mir sicher.«

»Ich auch«, sagte ein Detective.

»Dann muss es hier sein.« Sie sah sich um. »Hier gibt's keine anderen Seitengassen.«

Drei weitere Beamte gesellten sich zu ihnen. »Fehlalarm?«, fragte einer. »Das ist die Stelle – oder etwa nicht?«

Bell benutzte sein Funkgerät. »Einheit Fünf Zwei Eins Zwei, bitte melden.«

Keine Antwort.

»Einheit Fünf Zwei, auf welcher Straße befinden Sie sich? Kommen.«

Sachs kniff die Augen zusammen. »O nein.« Ihre Befürchtung wurde wahr.

Sie lief bis zu einem Abfallhaufen vor. Dort auf dem Pflaster lag ein offenes Paar Handschellen, daneben ein durchtrenntes Plastikband. Bell eilte herbei.

»Er hat die verdammten Handschellen aufbekommen und die Fußfessel durchgeschnitten.« Sachs drehte sich um.

»He, wo sind die beiden hin?«, fragte einer der Uniformierten.

»Wo ist Larry?«, rief ein anderer.

»Bei der Verfolgung?«, argwöhnte ein Dritter. »Vielleicht steckt er gerade in einem Funkloch.«

»Vielleicht«, sagte Bell, doch sein besorgter Tonfall sprach eine andere Sprache. Die erprobten Motorolas funktionierten sehr zuverlässig und hatten im Stadtgebiet einen besseren Empfang als die meisten Mobiltelefone.

Er meldete den Zehn-neununddreißig, den entflohenen Verdächtigen, und fügte hinzu, ein Officer werde vermisst. Wie die Zentrale bestätigte, hatte Burke keinen weiteren Funkspruch abgesetzt. Und niemand in der näheren Umgebung hatte Schüsse gehört.

Sachs suchte die gesamte Gasse nach Hinweisen auf den Fluchtweg des Täters oder das mögliche Versteck der Leiche ab, denn sie mussten davon ausgehen, dass der Hexer Burkes Waffe in die Finger bekommen und den Polizisten getötet hatte. Weder sie noch Bell konnten auch nur das Geringste entdecken. Schließlich kehrten sie zu den Kollegen am Eingang der Gasse zurück.

Was für ein furchtbarer Tag. Erst die zwei Toten vom Vormittag, dann Kara.

Und nun wurde ein Cop vermisst.

Sachs griff nach dem Mikrofon ihres SP-50 und zog es von der Schulter. Sie musste Rhyme verständigen. O Mann. Wie gern hätte sie sich vor diesem Gespräch gedrückt. Sie funkte die Zentrale an und bat, zu ihm durchgestellt zu werden. Während sie auf die Verbindung wartete, zupfte jemand an ihrem Ärmel.

Sachs drehte sich um. Vor lauter Schreck fiel ihr das Mikro aus der Hand und baumelte von ihrem Gürtel.

Zwei Leute standen vor ihr. Einer war der junge Streifenbeamte, dem sie vor zehn Minuten auf dem Marktplatz Befehle erteilt hatte.

Die andere war Kara, bekleidet mit einem NYPD-Anorak. Sie schaute stirnrunzelnd in die Gasse. »Also, wo ist er?«

…Neunzehn

»Sind Sie in Ordnung?«, stammelte Sachs. »Was… Moment mal, was war denn los?«

»In Ordnung? Ja, mir geht's gut…« Erst jetzt registrierte Kara ihren verblüfften Blick. »Soll das heißen, Sie haben nichts davon gewusst?«

»Ich wollte es Ihnen ja sagen, aber Sie sind so schnell weggerannt«, meldete sich der Officer zu Wort.

»Es mir sagen…?« Sachs' Stimme erstarb. Sie war dermaßen überwältigt – und vor allem erleichtert –, dass sie kein Wort herausbekam.

»Haben Sie etwa gedacht, ich sei wirklich verletzt?«, fragte Kara. »O Gott.«

Bell kam und nickte Kara zu.

»Amelia hatte keine Ahnung«, sagte sie.

»Wovon?«

»Von unserem Plan. Dem vorgetäuschten Mord.«

Bell war sichtlich entsetzt. »Meine Güte, Sie haben geglaubt, Kara sei tatsächlich tot?«

Der Streifenbeamte rechtfertigte sich erneut. »Ich hab versucht, es ihr zu sagen. Erst kann ich sie nicht finden, und als ich sie dann entdecke, befiehlt sie mir einfach, den Tatort abzuriegeln und die Gerichtsmedizin zu holen, und läuft los.«

»Roland und ich haben uns unterhalten«, erklärte Kara. »Und wir sind zu dem Schluss gekommen, dass der Hexer vermutlich irgendeinen Schaden anrichten würde – durch ein Feuer oder indem er jemanden verletzte. Sie wissen schon, als Ablenkungsmanöver, um fliehen zu können. Also haben wir uns überlegt, ihm mit einer eigenen Täuschung zuvorzukommen.«

»Um den Kerl aus seinem Versteck zu locken«, fügte Bell hinzu. »Kara hat eine Ketchupflasche genommen, sich mit dem Zeug bespritzt, laut geschrien und sich zu Boden fallen lassen.«

Kara schlug die blaue Jacke auf, so dass man den großen roten Fleck auf ihrem ärmellosen Oberteil sehen konnte.

»Wir mussten befürchten, dass manche Leute auf dem Marktplatz ganz schön verstört sein würden…«, fuhr der Detective fort.

Wem sagst du das?, dachte Amelia.

»…aber das war immer noch besser, als wenn der Hexer wirklich jemanden umgelegt hätte.«

Bell sah anerkennend zu Kara. »Es war ganz allein ihre Idee. Alle Achtung.«

»Ich bekomme langsam ein Gefühl dafür, wie er denkt«, sagte die junge Frau.

»Herrje.« Sachs stellte fest, dass sie zitterte. »Es war so real.«

Bell nickte. »Sie kann sich prima tot stellen.«

Sachs drückte Kara an sich. »Aber ab jetzt bleibt ihr in meiner Nähe oder haltet mich zumindest auf dem Laufenden«, sagte sie streng. »Ich bin zu jung für einen Herzinfarkt.«

Sie warteten noch einen Moment, aber es kam keine Meldung herein, der Täter sei im näheren Umkreis gesichtet worden.

»Sie können sich den Tatort hier vornehmen, Amelia«, sagte Bell. »Ich werde das Opfer befragen. Mal sehen, ob sie uns mehr verraten kann. Wir treffen uns dann beim Marktplatz.«

Auf der Achtundachtzigsten Straße stand ein Bus der Spurensicherung geparkt. Sachs ging hin und suchte sich die notwendige Ausrüstung zusammen, als plötzlich eine Stimme aus dem baumelnden Lautsprecher ihres Funkgeräts ertönte und sie zusammenzucken ließ. Sie nahm das Headset vom Gürtel und stöpselte es in das Motorola ein. »Fünf Acht Acht Fünf, bitte wiederholen. Kommen.«

»Sachs, was, zum Teufel, geht da vor? Erst heißt es, ihr hättet ihn erwischt, und jetzt ist er doch wieder weg?«

Sie erzählte Rhyme von dem Trick, mit dem sie den Hexer zur Flucht verleitet hatten.

»Es war Karas Idee, einen Mord vorzutäuschen? Hmm.« Aus dem Mund von Lincoln Rhyme bedeutete dieses letzte Geräusch – eigentlich eine Art Knurren – ein großes Lob.

»Aber er ist verschwunden«, fügte Sachs hinzu. »Und den Officer können wir auch nicht finden. Vielleicht hat er die Verfolgung aufgenommen, doch wir wissen es nicht. Roland befragt die Frau, die wir gerettet haben. Eventuell kann sie uns weiterhelfen.«

»Okay, also gut, dann mach dich an die Arbeit, Sachs.«

»Wir haben hier mehrere Tatorte«, gab sie missmutig zu bedenken. »Das Café, den Tümpel und die Gasse. Verdammt viel auf einmal.«

»Aber ganz und gar nicht«, widersprach er. »Wir haben dreimal die Chance, richtig gute Spuren zu finden.«

Rhyme behielt Recht. Die drei Schauplätze hatten eine Menge brauchbarer Hinweise hergegeben.

Die Arbeit war Amelia nicht leicht gefallen, wenngleich aus einem ungewöhnlichen Grund: Der Hexer hatte ihr Gesellschaft geleistet – besser gesagt sein Phantom. Es war in der Nähe geblieben und hatte Sachs häufig dazu veranlasst, innezuhalten und nach der Waffe zu greifen, sich umzudrehen und sicherzugehen, dass der Mörder nicht hinter ihr Gestalt angenommen hatte.

Lass dir keine Einzelheit entgehen, aber pass auf dich auf.

Tatsächlich gesehen hatte sie dabei niemanden. Doch auch Swetlana Rasnikow war ahnungslos geblieben, bis der Mörder das schwarze Tuch abgelegt und sich aus dem Schatten auf sie gestürzt hatte.

Tony Calvert war zu der Spielzeugkatze in der Gasse gegangen, ohne zu bemerken, dass der Hexer sich hinter dem Spiegel versteckte.

Und sogar Cheryl Marston hatte den Mann nicht wirklich *gesehen,* obwohl sie ihm in das Café gefolgt war, um eine Weile zu plaudern. Sie hatte eine vollkommen andere Person wahrgenommen und zu keinem Zeitpunkt geahnt, welch schrecklicher Tod ihr zugedacht worden war.

Sachs schritt an den diversen Schauplätzen das Gitternetz ab, schoss erste Digitalaufnahmen und überließ das Terrain dann den Foto- und Fingerabdruckspezialisten. Danach kehrte sie zum Markt zurück und traf sich mit Roland Bell, der unterdessen im Krankenhaus bei Cheryl Marston gewesen war. Natürlich durften sie sich auf nichts von dem verlassen, was der Mörder ihr erzählt hatte (»Ein Haufen verdammter Lügen«, lautete Marstons verbittertes Resümee), doch die Frau konnte sich an so manche Einzelheit erinnern, wenigstens bis zu dem Zeitpunkt, an dem die Wirkung der Droge eingesetzt hatte. So lieferte sie ihnen beispielsweise eine gute Personenbeschreibung, einschließlich näherer Angaben zu seinen Narben. Außerdem wusste sie noch, dass er bei einem Wagen angehalten hatte, und nannte ihnen die Bauart sowie die Anfangsbuchstaben des Nummernschilds. Das war eine gute Nachricht, denn Fahrzeuge ließen sich auf vielerlei Weise mit einer bestimmten Person in Verbindung bringen. Lincoln Rhyme sprach in diesem Zusammenhang gern von »Spurenerzeugern«.

Wie sich herausstellte, war ein Wagen, auf den die Beschreibung zutraf – ein beigefarbener Mazda 626, Baujahr 2001 –, eine Woche zuvor beim Flughafen White Plains als gestohlen gemeldet worden. Sellitto schrieb das Fahrzeug sofort zur dringlichen stadtweiten Fahndung aus und ließ die unmittelbare Umgebung der letzten Tatorte danach absuchen, obwohl keiner von ihnen damit rechnete, dort jetzt noch fündig zu werden.

Bell schloss soeben seinen Bericht über Cheryl Marstons grausame Tortur ab, als einer der Streifenbeamten ihn unterbrach.

»Detective Bell? Was war das doch gleich für ein Wagen? Den der Täter gefahren hat, meine ich.«

»Ein beigefarbener Mazda 626, amtliches Kennzeichen F-E-T zwei drei sieben.«

»Das ist er«, sagte der Officer in sein Funkgerät und wandte sich dann wieder Bell und Sachs zu. »Hier kam gerade eine Meldung rein – ein Streifenwagen hat ihn am Central Park West gesehen und verfolgt, aber er ist – das muss man sich mal vorstellen – einfach über den Bürgersteig gebrettert und in den Park geflohen. Die Streife wollte folgen, hat sich aber in der Böschung festgefahren.«

»Central Park West – und wo genau?«

»Höhe Zweiundneunzigste.«

»Der Kerl ist vermutlich längst ausgestiegen«, sagte Bell.

»Er wird *mit Sicherheit* aussteigen«, sagte Sachs. »Aber vorher will er bestimmt noch ausreichenden Abstand zwischen sich und seine Verfolger bringen.« Sie wies auf die Kisten voller Beweismaterial. »Verfrachten Sie alles in ein Auto, und bringen Sie es schnellstens zu Rhyme.«

Zehn Sekunden später saß sie am Steuer ihres Camaro und startete den starken Motor. Dann legte sie die Kreuzgurte an und zurrte alles fest.

»Amelia, warten Sie!«, rief Bell. »Die ESU ist schon unterwegs.«

Doch als Antwort erntete er lediglich das Quietschen der Reifen und eine blaue Qualmwolke.

Sachs bog schlitternd nach Norden auf den Central Park West ein und konzentrierte sich darauf, den zahlreichen Fußgängern, lahmen Karren, Radfahrern und Rollerbladern auszuweichen.

Und den Kinderwagen. Die waren wirklich *überall*. Herrje, wieso lagen die Kleinen nicht zu Hause im Bett und schliefen?

Sie drückte den Saugnapf des blauen Signallichts aufs Armaturenbrett und steckte das Kabel in die Buchse des Zigarettenanzünders. Die helle Leuchte fing an zu rotieren, und Amelia betätigte im gleichen Rhythmus die Hupe.

Vor ihr ein grauer Schemen.

Scheiße... Sie stieg auf die Bremse und kam weniger als einen halben Meter vor der Flanke des abbiegenden Wagens zum Stehen, dessen Kaufpreis schätzungsweise zwei von Amelias Jahresgehältern betrug. Dann trat sie abermals das Gaspedal durch, und die Pferdchen aus dem Stall von General Motors reagierten sofort. Bis zur Neunzigsten Straße waren nicht mehr als achtzig Kilometer pro Stunde möglich, aber dahinter schien der Verkehr weniger dicht, also legte sie einen Zahn zu.

Nach wenigen Sekunden zeigte der Tacho hundertzehn an.

Aus ihrem Headset, das auf dem Beifahrersitz lag, ertönte eine Stimme. Sie nahm es mit einer Hand und setzte es auf.

»Hallo?«, rief sie und ignorierte die Sprachregelung für den Polizeifunk.

»Amelia? Roland hier«, meldete sich Bell. Auch er hielt sich nicht an die Dienstvorschrift.

»Legen Sie los.«

»Unsere Leute sind unterwegs.«

»Wo ist er?«, fragte sie laut, um den Motorenlärm zu übertönen.

»Moment… Okay, er hat den Park am Central Park North wieder verlassen, dabei einen Laster gestreift und ist weitergefahren.«

»In welche Richtung?«

»Das war… das war vor weniger als einer Minute. Er will nach Norden.«

»Verstanden.«

Nach Norden durch Harlem?, überlegte Sachs. Von dort aus führten mehrere Routen aus dem Stadtgebiet hinaus, aber Amelia bezweifelte, dass er es auf diese Weise versuchen würde. Jede der Strecken führte über eine Brücke, die meisten zusätzlich durch eine Mautstelle, wo er schnell in der Falle sitzen könnte.

Viel wahrscheinlicher war, dass er den Wagen in einer relativ ruhigen Gegend abstellen und ein anderes Fahrzeug stehlen würde.

Eine neue Stimme erklang in ihrem Headset. »Sachs, wir haben ihn!«

»Wo, Rhyme?«

»Er ist nach Westen auf die Hundertfünfundzwanzigste Straße eingebogen, nahe der Fünften Avenue.«

»Ich bin kurz vor der Eins-zwei-fünf, Höhe Adam Clayton Powell. Ich werd versuchen, ihm den Weg abzuschneiden. Aber schick mir Verstärkung«, rief sie.

»Ist bereits angefordert, Sachs. Wie schnell bist du?«

»Keine Ahnung, ich achte nicht unbedingt auf den Tacho.«

»Ist wohl auch besser so. Behalt lieber die Straße im Blick.«

Hupend drang Sachs mitten auf die belebte Kreuzung an der hundertfünfundzwanzigsten Straße vor und versperrte mit ihrem Camaro die beiden Fahrspuren nach Westen. Dann sprang sie aus dem Wagen und zog die Glock. Der Verkehr in Richtung Osten war ebenfalls vorübergehend zum Erliegen gekommen.

»Aussteigen! Dies ist ein Polizeieinsatz. Steigen Sie aus, und gehen Sie in Deckung!«, schrie Sachs den Fahrern in der ersten Reihe zu. Die beiden – ein Paketzusteller und eine Frau in McDonald's-Montur – gehorchten unverzüglich.

Nun waren sämtliche Fahrspuren der Hundertfünfundzwanzigsten blockiert.

»Das gilt für alle«, rief sie. »Gehen Sie in Deckung! Sofort!«

»Leck mich.«

»Genau.«

Sie schaute nach rechts und entdeckte vier Straßenjungs, die an einem Drahtzaun lehnten und mit müdem Interesse die österreichische Pistole, das Detroiter Cabrio und die Rothaarige beäugten.

Die meisten anderen Leute auf der Straße hatten inzwischen Schutz gesucht, aber diese vier Teenager rührten sich nicht vom Fleck und wirkten dabei vollkommen gelassen. Warum sich von hier wegbewegen? Es kam nicht oft vor, dass in dieser Gegend ein Wesley-Snipes-Film mitzuerleben war.

In einiger Entfernung sah Sachs den Mazda hektisch nach Westen durch den Verkehr kurven und in hohem Tempo auf ihre improvisierte Straßensperre zukommen. Der Hexer registrierte die Blockade erst, nachdem er die letztmögliche Seitenstraße passiert hatte. Mit einer Vollbremsung hielt er an. Hinter ihm stellte sich ein Müllwagen quer. Der Fahrer hatte die Situation erkannt und schnell reagiert. Zusammen mit den Müllmännern lief er nun weg und ließ das Fahrzeug als Hindernis stehen.

Amelia wandte sich noch einmal an die Jugendlichen. »Runter mit euch!«, rief sie.

Die vier grinsten bloß.

Sachs zuckte die Achseln, beugte sich über die Motorhaube des Camaro und visierte die Windschutzscheibe des Mazda an.

Hier war er also nun, der Hexer. Sie konnte sein Gesicht und das blaue Harley-Hemd sehen. Unter der schwarzen Mütze flog der falsche Zopf hin und her, weil der Mann sich verzweifelt nach einem Fluchtweg umsah.

Aber es gab keinen.

»Sie! Dort im Mazda! Aussteigen und hinlegen!«

Keine Reaktion.

»Sachs?«, ertönte Rhymes Stimme im Headset. »Kannst du...«

Sie riss sich den Hörer vom Kopf und richtete Kimme und Korn erneut auf die Silhouette des Mörders.

Wenn man schon eine Waffe mit sich herumschleppt, kann man sie genauso gut auch benutzen...

Die Worte von Detective Mary Shanley kamen ihr in den Sinn. Sachs atmete tief durch und hielt die Glock ganz ruhig, zielte ein Stück höher und eine Winzigkeit nach links, um die Schwerkraft und die angenehme Aprilbrise auszugleichen.

Wenn du schießt, existiert nichts außer dir und dem Ziel, verbunden durch ein unsichtbares Kabel, ähnlich der stillen Energie des Lichts. Ob du dein Ziel triffst, hängt allein von der Quelle dieser Energie ab. Falls sie deinem Hirn entspringt, besteht eine gute Aussicht auf Erfolg. Aber falls dein Herz der Ursprung ist, wirst du fast immer siegreich sein.

Die Opfer des Hexers – Tony Calvert, Swetlana Rasnikow, Cheryl Marston, Officer Larry Burke – sorgten dafür, dass dieser Schuss definitiv von Herzen kommen würde. Sachs wusste, dass sie den Mann nicht verfehlen konnte.

Na los, du Mistkerl, dachte sie. Leg einen Gang ein. Tu mir den Gefallen.

Komm schon!

Gib mir einen Vorwand…

Der Wagen rollte an. Ihr Finger legte sich um den Abzug.

Und als hätte er es gespürt, bremste der Hexer.

»Komm schon«, flüsterte sie.

In Gedanken ging sie den weiteren Ablauf durch. Falls er nur zu fliehen versuchte, würde sie den Kühler oder einen Reifen zerschießen und sich bemühen, ihn lebend zu erwischen. Aber falls er auf sie oder den Fußweg zuhielt und somit Unbeteiligte in Gefahr brachte, würde sie ihn töten.

»Yo!«, rief einer der Teenager vom Bürgersteig.

»Knall den Pisser ab!«

»Mach ihn kalt, Alte!«

Ihr braucht mich nicht zu überreden, Jungs. Ich warte ja nur darauf…

Wenn er drei Meter auf sie zufuhr, egal in welcher Geschwindigkeit, würde sie ihn umlegen. Der Motor des heftpflasterfarbenen Wagens heulte auf, und sie sah – oder bildete sich ein –, dass die Karosserie erbebte.

Drei Meter. Mehr will ich gar nicht.

Der Motor heulte zum zweiten Mal auf. Fahr schon!, flehte sie stumm.

Und dann sah Sachs, wie etwas großes Gelbes sich langsam hinter den Mazda schob.

Ein Schulbus der Zion Prophetic Tabernacle Church, randvoll mit Kindern, umrundete den Müllwagen. Der Fahrer war vollkommen ahnungslos und blieb schräg hinter dem Hexer stehen.

Nein…

Sogar bei einem direkten Treffer würde die Kugel womöglich das Ziel durchdringen und als Querschläger den Bus gefährden.

Sachs nahm den Finger vom Abzug und richtete die Mündung der Glock nach oben. Hinter der Windschutzscheibe sah sie die leichte Bewegung des Hexers, als dieser den Kopf hob, nach rechts schaute und den Bus im Rückspiegel entdeckte.

Dann wandte sein Blick sich wieder ihr zu, und sie hatte den Eindruck, dass der Mann lächelte.

Die Vorderräder des Mazda drehten lautstark durch, als der Hexer das Gaspedal trat und mit dreißig, sechzig, achtzig Stundenkilometern losfuhr. Er raste in gerader Linie genau auf die Polizistin und ihren Camaro zu, dessen gelber Lack viel heller strahlte als der des Busses der Bibelschule, obwohl nur Letzterer für den heiligen Schutz gesorgt hatte, dessen der Hexer diesmal teilhaftig geworden war.

...Zwanzig

Sachs lief zur Seite, um von dort aus einen gezielten Schuss anbringen zu können.

Sie richtete die Glock auf den Kopf des Hexers. Da das Ziel sich schnell bewegte, musste sie ungefähr einen Meter vorhalten. Doch auf der anderen Straßenseite gab es Dutzende von Fenstern, und mehrere Leute hockten geduckt auf dem Gehweg. Es war schlichtweg unmöglich, auch nur eine einzige sichere Kugel abzufeuern.

Ihren Fanclub kümmerte das wenig.

»He, Alte, lass uns Blut sehen.«

»Worauf wartest du noch?«

Frustriert senkte sie die Waffe und verfolgte, wie der Mazda direkt auf den Camaro zuschoss.

Oh, bitte nicht den Wagen... Nein!

Sie erinnerte sich daran, wie ihr Vater den damals fast schrottreifen 69er Sportwagen gekauft und wie sie gemeinsam Motor und Aufhängung restauriert, das Getriebe erneuert und das Leergewicht verringert hatten, um die effektive Leistung zu steigern. Dieser Wagen und die Liebe zur Polizeiarbeit stellten Herman Sachs' wichtigstes Vermächtnis an seine Tochter dar.

Zehn Meter vor dem Camaro steuerte der Hexer hart nach links auf Sachs zu. Sie sprang beiseite, und er vollführte sofort den nächsten Schlenker zurück in Richtung des Chevy. Der Mazda geriet ins Rutschen und prallte in flachem Winkel gegen die Beifahrertür und den vorderen rechten Kotflügel des Camaro, so dass dieser quer über zwei Fahrbahnen weggeschleudert wurde. Die vier Jugendlichen setzten sich endlich in Bewegung und wichen vorsichtshalber ein Stück aus.

Sachs brachte sich durch einen beherzten Sprung in Sicherheit und landete auf den Knien. Der Schmerz in den arthritischen Gelenken ließ sie fast aufschreien. Ihr Camaro kam nicht weit von ihr zum Stehen. Er hatte einen orangefarbenen Mülleimer mitgerissen, der nun unter der Hinterachse hing.

Der Mazda rollte über die Gehwegkante, dann zurück auf die Straße und weiter in Richtung Norden. Sachs rappelte sich auf, unternahm aber gar nicht erst den Versuch, das Feuer zu eröffnen; es waren zu viele Unbeteiligte gefährdet. Ihr Blick streifte den Camaro. Der Schaden war beträchtlich, aber wenigstens klemmte der eingedrückte Kotflügel nicht am Rad fest. Ja, sie konnte den Kerl vermutlich einholen. Sie stieg ein und ließ den Motor an. Legte den ersten Gang ein. Gab Gas. Die Nadel des Drehzahlmessers schoss zur 5000er-Marke hoch. Amelia ließ die Kupplung kommen.

Doch der Wagen rührte sich keinen Zentimeter von der Stelle. Wo lag das Problem? War die Antriebswelle gebrochen?

Sie sah aus dem Fenster und entdeckte, dass die Hinterräder wegen des eingeklemmten Mülleimers keinen Bodenkontakt hatten. Sachs seufzte und schlug mit der flachen Hand wütend auf das Lenkrad. Verdammt! Sie sah den Mazda, mittlerweile drei Blocks entfernt. Der Hexer kam nicht besonders schnell voran; offenbar hatte die Kollision auch sein Fahrzeug beschädigt. Sie konnte ihn immer noch erwischen.

Aber nicht in einem aufgebockten Wagen.

Sie würde…

Der Camaro fing an zu schaukeln.

Sie sah in den Rückspiegel und erkannte, dass drei der Straßenjungs ihre Tarnjacken ausgezogen hatten und eifrig versuchten, den Wagen von dem Hindernis zu schieben. Der vierte, größer als die anderen und wahrscheinlich ihr Anführer, kam langsam zur Fahrertür. Dort beugte er sich vor und ließ mitten in seinem dunklen Gesicht einen Goldzahn aufblitzen. »Yo.«

Sachs nickte und erwiderte den Blick.

Er schaute kurz zu seinen Freunden. »He, Nigger, strengt euch gefälligst an! Ihr sollt euch da hinten keinen runterholen.«

»Leck mich«, rief einer von ihnen keuchend.

Er bückte sich erneut. »Yo, Lady, wir kriegen die Kiste schon wieder flott. Was is'n das für 'ne coole Kanone?«

»Eine Glock. Kaliber 40.«

Er musterte ihr Holster. »Super. Die Dreiundzwanziger? Die kompakte?«

»Nein, das große Modell.«

»Gute Waffe. Ich hab 'ne Smittie.« Er lüftete sein billiges Sweatshirt und zeigte ihr mit einer Mischung aus Trotz und Stolz den Griff einer silbernen Smith & Wesson Automatik, die in seinem Hosenbund steckte. »Aber ich werd mir auch so 'ne Glock besorgen.«

Aha, dachte sie, ein bewaffneter Teenager. Wie würde ein Sergeant sich in dieser Situation verhalten?

Der Wagen rollte von dem Mülleimer herunter und stand wieder fest auf dem Boden.

Amelia kam zu dem Schluss, dass es unter den gegebenen Umständen völlig egal war, was ein Sergeant tun würde. *Sie* nickte dem Jungen nun ernst zu. »Danke, Kumpel.« Und sie ließ eine Warnung folgen. »Schieß nicht auf andere Leute, sonst muss ich kommen und dich holen. Alles klar?«

Er grinste breit.

Sie legte den ersten Gang ein und startete mit quietschenden Reifen. Innerhalb weniger Sekunden hatte sie Tempo hundert erreicht.

»Schnell, schnell, schnell«, murmelte sie und ließ den beigefarbenen Fleck in der Ferne nicht aus den Augen. Der Chevy eierte wie wild, blieb aber weitgehend in der Spur. Sachs setzte sich umständlich das Headset auf. Dann verständigte sie die Zentrale, damit die anderen Einheiten ihr folgen würden.

Immer wieder musste sie hart abbremsen… die dicht bevölkerten Straßen von Harlem eigneten sich nicht für eine Verfolgungsjagd. Doch der Hexer steckte ebenfalls im Verkehr fest – und er war kein annähernd so guter Fahrer wie sie. Allmählich schloss Amelia zu ihm auf. Dann steuerte er einen Schulhof an, auf dem mehrere Kinder Basketball und Softball spielten. Es war nicht viel los. Das Tor hatte man mit einem Vorhängeschloss verriegelt, und wer hier spielen wollte, musste sich entweder wie ein Schlangenmensch durch eine Lücke quetschen oder den sechs Meter hohen Drahtzaun überklettern.

Der Hexer jedoch gab einfach Gas und durchbrach das Tor. Die Kinder liefen auseinander, und er verfehlte einige von ihnen nur knapp, als er beschleunigte, um zu dem Tor auf der anderen Seite zu gelangen.

Nach kurzem Zögern entschied Sachs, ihm wegen der Kinder nicht direkt zu folgen – nicht in einem beschädigten Wagen. Stattdessen umrundete sie den Block und hoffte inständig, den Mazda dort vorzufinden. Sie schlitterte um die Ecke und hielt an.

Er war nirgendwo zu entdecken.

Sie hatte keine Ahnung, wo er geblieben sein konnte. Während der Fahrt um den Sportplatz und die Schule hatte sie ihn allenfalls für zehn Sekunden aus den Augen verloren. Und der einzig mögliche Fluchtweg war eine kurze Sackgasse, die vor einigen dichten Büschen und kleinen Bäumen endete. Über den Wipfeln konnte Sachs die erhöhte Fahrbahn des Harlem River Drive erkennen. Dahinter lag nur noch die schlammige Flussböschung.

Er hat es also doch geschafft… Und mir bleiben fünftausend Dollar Karosserieschaden. O Mann…

Dann erwachte plötzlich ihr Funkgerät zum Leben.

»An alle Einheiten im Umkreis Frederick Douglass und Hundertdreiundfünfzigste. Uns wurde ein Zehn-vierundfünfzig gemeldet.«

Autounfall mit möglichem Personenschaden.

»Ein Fahrzeug ist in den Harlem River gestürzt. Ich wiederhole, wir haben ein Fahrzeug im Wasser.«

Ob er das war?, überlegte Sachs.

»Hier Spurensicherung, Einheit Fünf Acht Acht Fünf. Bezüglich des Zehn-vierundfünfzig. Wurde der Fahrzeugtyp mitgeteilt? Kommen.«

»Mazda oder Toyota. Neues Modell. Beige.«

»Okay. Zentrale, es handelt sich vermutlich um den verdächtigen Wagen, der am Central Park geflohen ist. Ich bin Zehn-vierundachtzig vor Ort. Ende.«

»Roger, Fünf Acht Acht Fünf. Ende.«

Sachs fuhr die Sackgasse hinunter und parkte auf dem Gehweg. Als sie ausstieg, trafen ein Krankenwagen und ein Transporter der Emergency Services Unit ein und drangen langsam durch das Gebüsch vor, das der Mazda in hohem Tempo durchbrochen hatte. Amelia folgte zu Fuß. Als die Sträucher hinter ihr lagen, sah sie eine Ansammlung klappriger Hütten und Schuppen vor sich. Hier lebten mehrere Dutzend Obdachlose, zumeist Männer. Es war dreckig, und überall lag Abfall herum, dazu weggeworfene Haushaltsgeräte und ausgeschlachtete rostige Autowracks.

Anscheinend hatte der Hexer erwartet, jenseits der Büsche auf eine Straße zu treffen. Sachs sah die tiefen Bremsspuren im Schlamm. Der Fahrer musste die Kontrolle verloren haben: Der Wagen war ausgebrochen, mit einer Hütte kollidiert, die den Zusammenstoß nicht überstanden hatte, und dann von einem verrotteten Steg in den Fluss gestürzt.

Zwei ESU-Beamte halfen den – zum Glück unverletzten – Bewohnern der Hütte aus den Trümmern, während die anderen am Ufer nach dem Fahrer Ausschau hielten. Amelia funkte Rhyme und Sellitto an, fasste die Vorgänge kurz zusammen und bat den Detective, so schnell wie möglich einen Einsatzwagen der Spurensicherung zu entsenden.

»Hat man ihn erwischt, Amelia?«, fragte Sellitto. »O bitte, sagen Sie ja.«

Sie schaute zu dem Öl- und Benzinfilm auf der Wasseroberfläche. »Leider nein.«

Sachs ging an einer zertrümmerten Toilettenschüssel und einem stinkenden Müllsack vorbei zu einigen Männern, die sich lautstark auf Spanisch unterhielten. Sie hatten Angelruten dabei; es war in dieser Gegend üblich, mit Regenwürmern oder Köderstücken nach Barschen und Dorschen zu fischen. Die Männer wirkten nicht mehr ganz nüchtern, konnten ihr aber eine zusammenhängende Beschreibung der Ereignisse liefern. Das Auto war mit hoher Geschwindigkeit durch die Büsche gerast und direkt in den Fluss gestürzt. Sie alle hatten einen Mann auf dem Fahrersitz gesehen und waren absolut sicher, dass er nicht mehr rechtzeitig abspringen konnte.

Dann sprach Sachs kurz mit Carlos und seinem Freund, den zwei Obdachlosen, die in der nun zertrümmerten Hütte gewohnt hatten. Sie standen beide unter Drogen und hatten nichts gesehen. Carlos war wütend und schien zu glauben, die Stadt schulde ihm eine Entschädigung für den Verlust der Behausung. Zwei andere Augenzeugen, die zum Zeitpunkt des Unfalls im Müll nach Pfandflaschen gewühlt hatten, bestätigten die Schilderung der Angler.

Es trafen weitere Einsatzwagen ein, dazu mehrere Fernsehteams, die erst die Überreste der Hütte filmten und ihre Kameras dann auf das Polizeiboot richteten, von dessen Heck sich soeben zwei Taucher rückwärts ins Wasser fallen ließen.

Da die Bergungsversuche sich auf den Fluss konzentrieren würden, konnte Sachs den Schauplatz am Ufer übernehmen. In ihrem Camaro lagen nur wenige Ausrüstungsgegenstände, doch immerhin zählte eine große Rolle gelbes Plastikband dazu, mit dem sie nun einen Teil des Ufers absperrte. Unterdessen fuhr der Wagen der Spurensicherung vor. Sachs setzte das Headset auf, funkte die Zentrale an und ließ sich abermals zu Rhyme durchstellen.

»Wir sind unterrichtet, Sachs. Haben die Taucher schon was gefunden?«

»Nicht, dass ich wüsste.«

»Ist er entkommen?«

»Nein, wenn die Zeugen Recht behalten. Ich nehme mir jetzt den Schauplatz am Flussufer vor, Rhyme«, sagte sie. »Eigentlich könnte ich es mir sparen.«

»Sparen?«

»Na klar. Sieh mal, ich mache mir die ganze Mühe, obwohl die Taucher schon bald seine Leiche bergen werden. Also ist meine Suche reine Zeitverschwendung.«

»Es wird dennoch eine Untersuchung geben und...«

»Das war ein Scherz, Rhyme.«

»Tja, weißt du, dieser spezielle Täter hat mir irgendwie die gute Laune verdorben. Sieh zu, dass du fertig wirst.«

Sie schleppte einen der Gerätekoffer zur Absperrung und klappte gerade den Deckel hoch, als jemand mit deutlichem Akzent rief: »Mein Gott, was ist denn hier passiert? Wurde jemand verletzt?«

In der Nähe der Fernsehteams drängte sich ein geschniegelter Latino in Jeans und Sportsakko durch die Menge. Erschrocken starrte er die beschädigte Hütte an und lief dann los.

»He«, rief Sachs. Er hörte sie nicht.

Der Mann duckte sich unter dem gelben Absperrband hindurch und steuerte unbeirrt die Hütte an, trampelte mitten durch die Reifenspuren und löschte vermutlich alle Hinweise darauf aus, ob der Hexer womöglich etwas verloren oder weggeworfen hatte – ganz zu schweigen von den Fußabdrücken des Täters, falls ihm *doch* die Flucht gelungen war, ungeachtet der Aussage der Angler.

Voller Misstrauen achtete Amelia auf seine linke Hand und sah, dass der kleine und der Ringfinger nicht miteinander verschmolzen waren. Demnach handelte es sich nicht um den Hexer. Aber wer, zum Teufel, war er dann? Und was hatte er an *ihrem* Tatort verloren?

Der Mann stapfte nun durch die Trümmer der Hütte, packte Bretter, Spanplatten und Wellblechstücke und warf sie achtlos über die Schulter.

»He, Sie!«, rief Sachs. »Hauen Sie ab, und zwar sofort!«

»Es könnte noch jemand unter den Trümmern liegen!«, antwortete er, ohne sich umzuwenden.

»Das ist ein Tatort!«, schrie sie wütend. »Sie haben da nichts zu suchen.«

»Es könnte noch jemand unter den Trümmern liegen!«, wiederholte er.

»Nein, nein, nein. Die Leute wurden alle geborgen. Es geht ihnen gut. He, hören Sie mich?… Verzeihung, Kumpel. *Hören* Sie mich?«

Ob nun ja oder nein, er ignorierte sie und grub fieberhaft weiter. Was sollte das? Der Mann war gut gekleidet und trug eine goldene Rolex. Der Crackjunkie Carlos war mit Sicherheit keiner seiner Verwandten.

Sachs murmelte in Gedanken das Stoßgebet aller Polizisten – Herr, erlöse uns von besorgten Bürgern – und winkte zwei Streifenbeamte heran. »Schafft ihn da weg.«

»Wir brauchen mehr Sanitäter!«, rief der Fremde. »Vielleicht wurden Kinder verschüttet.«

Resigniert verfolgte Sachs, wie die Fußabdrücke ihrer Kollegen zur langsamen Vernichtung der Spuren beitrugen. Die Beamten packten den Mann an den Armen und zogen ihn auf die Beine. Er riss sich los, rief Sachs hochnäsig seinen Namen zu, als sei er eine Art Mafioso, den alle kennen müssten, und setzte zu einem Vortrag darüber an, wie schändlich die Polizei die ortsansässige Latino-Bevölkerung tyrannisierte.

»Lady, wissen Sie eigentlich, wen Sie hier…«

»Legt ihm Handschellen an«, sagte sie. »Und dann schafft ihn mir aus den Augen.« Mochte das Ausbildungshandbuch auch noch so sehr den guten Kontakt zu den Bürgern anraten, die Ermittlungsarbeit war in diesem Fall wichtiger.

Die Kollegen nahmen den rotgesichtigen, vor Wut schäumenden Mann in Gewahrsam und führten ihn weg. »Sollen wir ihn einlochen?«, fragte einer der Männer.

»Nein, zieht ihn bloß eine Weile aus dem Verkehr«, erwiderte Sachs, was bei einigen der Schaulustigen Heiterkeit hervorrief. Sie sah, dass er auf der Rückbank eines Streifenwagens Platz nehmen musste. Bei der Suche nach diesem Täter schien sich auch wirklich alles gegen sie verschworen zu haben.

Dann stieg Sachs in den Tyvek-Overall, streifte sich Gummiringe über die Schuhe, nahm Fotoapparat und Plastiktüten und fing mit der Arbeit an, zunächst bei den Überresten von Carlos' Behausung. Sie ließ sich Zeit und suchte sorgfältig. Nach den Erfahrungen dieses anstrengenden, schrecklichen Tages würde sie nichts mehr unbesehen glauben. Sicher, der Hexer lag eventuell in zwölf Metern Tiefe unter der graubraunen Wasseroberfläche. Doch genauso gut war es möglich, dass er jetzt irgendwo in der Nähe wohlbehalten das Ufer erklomm.

Es hätte sie nicht einmal überrascht zu erfahren, dass er bereits meilenweit von hier entfernt war und in neuer Verkleidung dem nächsten Opfer auflauerte.

Reverend Ralph Swensen hielt sich seit einigen Tagen – und zum ersten Mal – in New York City auf und hatte erkannt, dass er sich wohl nie an diese Stadt gewöhnen würde.

Der schmächtige Mann, mit schütterem Haar und von eher zurückhaltender Natur, stand einer Gemeinde vor, die tausendfach kleiner als Manhattan und Dutzende von Jahren davon entfernt war.

Wenn er zu Hause aus dem Kirchenfenster schaute, sah er wogende, schier endlose Hügel, auf denen friedliche Tiere grasten. Vom vergitterten Fenster des billigen Hotelzimmers in der Nähe Chinatowns fiel sein Blick auf eine Backsteinmauer, auf der in grauer Sprühfarbe eine Obszönität stand.

Wenn er zu Hause die Straße entlangging, sagten die Leute »Hallo, Reverend« oder »Tolle Predigt, Ralph«. Hier sagten sie »Gib mir ’nen Dollar« oder »Ich hab AIDS« oder einfach »Leck mich«.

Aber egal, Reverend Swensen würde nicht lange bleiben, und so hoffte er, den Kulturschock unbeschadet überstehen zu können.

Während der letzten paar Stunden hatte er versucht, in der uralten zerfledderten Gideon-Bibel zu lesen, die hier zum Inventar gehörte. Doch schließlich gab er es auf. Das Matthäusevangelium mochte noch so verlockend sein, es konnte nicht den Lärm des Strichjungen übertönen, der nebenan mit einem Kunden beschäftigt war und lauthals stöhnte, ob nun vor Schmerz oder Lust oder aus beiden Gründen zugleich.

Der Reverend wusste, dass es ihn eigentlich mit Stolz erfüllen sollte, für diese Mission nach New York entsandt worden zu sein, aber er fühlte sich wie der Apostel Paulus auf einer der Reisen zu den Ungläubigen in Griechenland und Kleinasien, auf denen ihm nur Spott und Hohn entgegengeschlagen waren.

Ah, ah, ah, ah… Genau da, genau da… O ja, ja, ja, weiter, weiter, weiter…

Okay, bis hierhin und *nicht* weiter. Eine solche Verderbtheit wäre sogar Paulus zu viel geworden. Der Konzertabend würde erst in einigen Stunden beginnen, aber Reverend Swensen beschloss, früher aufzubrechen. Er kämmte sich, setzte die Brille auf und warf die Bibel, einen Stadtplan und eine Predigt, an der er arbeitete, in seinen Aktenkoffer. Dann ging er hinunter in die Lobby, wo eine weitere Prostituierte saß. Wenigstens *schien* es sich um eine Frau zu handeln.

Herr im Himmel, voll der Gnaden…

Sein Magen zog sich vor Anspannung zusammen. Er sah zu Boden, eilte vorbei und rechnete mit einem unsittlichen Angebot. Doch sie – oder er oder was auch immer – lächelte nur. »Herrliches Wetter, nicht wahr, Pater?«

Reverend Swensen blickte erstaunt auf und erwiderte nach kurzem Zögern das Lächeln. »Ja, in der Tat«, sagte er und widerstand dem Impuls, »mein Kind« anzufügen, was er in all den Jahren als Geistlicher noch nie getan hatte. »Einen schönen Tag noch«, sagte er stattdessen.

Draußen erwartete ihn der harte Alltag der Lower East Side von New York City.

Er blieb auf dem Gehweg vor dem Hotel stehen und ließ die Eindrücke einen Moment auf sich wirken. Taxis huschten vorbei, junge Asiaten und Latinos kreuzten zielstrebig seinen Weg, Busse stießen heiße, metallisch riechende Abgase aus, und chinesische Botenjungen rasten auf ihren alten Fahrrädern den Bürgersteig entlang. Das alles war so furchtbar anstrengend. Nervös und gereizt kam der Reverend zu dem Entschluss, ein Spaziergang würde ihm gut tun. Er hatte auf dem Stadtplan nachgesehen und wusste, dass die Schule, in der das Konzert stattfinden sollte, relativ weit von hier entfernt lag, aber er musste irgendwie dieses übermächtige Gefühl der Beklemmung loswerden. Er würde einen Schaufensterbummel machen, eine Kleinigkeit zu Abend essen und an seiner Predigt schreiben.

Noch während er sich orientierte, hatte er den Eindruck, beobachtet zu werden. Er schaute nach links in die Gasse neben dem Hotel. Ein Mann stand halb verborgen hinter einem Müllcontainer, ein schlanker braunhaariger Mann in einem Overall, der eine kleine Werkzeugtasche in der Hand hielt. Er musterte den Geistlichen von oben bis unten, als führe er irgendetwas im Schilde. Und als wäre er ertappt worden, wandte er sich hastig ab und wich in die Gasse zurück.

Reverend Swensen schloss die Finger noch etwas fester um den Griff des Aktenkoffers und fragte sich, ob es ein Fehler gewesen war, das sichere Zimmer – so heruntergekommen und laut es auch sein mochte – vorzeitig zu verlassen. Dann lachte er leise auf. Übertreib's nicht, ermahnte er sich im Stillen. Der Mann war ein einfacher Hauswart oder Handwerker gewesen, vielleicht sogar ein Angestellter des Hotels, den es einfach nur überrascht hatte, einen Pater aus einem so schäbigen Etablissement kommen zu sehen.

Und außerdem würde sein Gewand ihm mit Sicherheit eine gewisse Immunität verleihen, sogar hier, in diesem modernen Sodom, überlegte er und brach in Richtung Norden auf.

… Einundzwanzig

In der einen Sekunde war er noch da, in der nächsten verschwunden.

Der kleine rote Ball konnte unmöglich von Karas ausgestreckter rechter Hand zu dem Fleck hinter ihrem Ohr gelangen.

Und dennoch war es so.

Und als sie ihn dann in die Luft warf, konnte er nicht einfach verschwinden und in ihrer linken Armbeuge wieder auftauchen.

Doch auch das geschah.

Wie ist das nur möglich?, grübelte Rhyme.

Er befand sich mit ihr im Arbeitszimmer seines Hauses und wartete auf Amelia Sachs und Roland Bell. Mel Cooper legte soeben die Beweisstücke auf den Tischen bereit, aus den Lautsprechern der Anlage erklang ein druckvolles Jazzpiano, und Kara gab eine kleine Privatvorstellung.

Sie stand vor einem der Fenster und trug eines von Sachs' schwarzen T-Shirts aus dem Schrank im ersten Stock. Thom wusch unterdessen ihr Oberteil, um die Ketchupflecke zu entfernen.

»Wo haben Sie die Dinger hergeholt?«, fragte Rhyme mit Blick auf die Bälle. Kara hatte sie nicht aus ihrer Handtasche genommen – glaubte er zumindest.

Sie habe sie »materialisiert«, behauptete die junge Frau. (Es sei offenbar ein beliebter Zaubertrick, intransitive Verben in transitive zu verwandeln, hatte Rhyme zuvor bereits trocken angemerkt.)

»Wo wohnen Sie?«, fragte er.

»Im Village.«

Rhyme nickte. Es rief Erinnerungen wach. »Als ich noch verheiratet war, haben viele unserer Freunde dort unten gewohnt. Und in SoHo und TriBeCa.«

»Ich bin nur selten nördlich der Dreiundzwanzigsten«, sagte sie.

Er lachte. »Zu meiner Zeit war die Vierzehnte der Beginn der entmilitarisierten Zone.«

»Unsere Seite gewinnt, so wie's aussieht«, scherzte sie, ließ die roten Bälle mal in der einen, mal in der anderen Hand aufblitzen und verschwinden und fing dann an, ein wenig damit zu jonglieren.

»Woher kommt Ihr Akzent?«, fragte er.

»Ich hab einen Akzent?«

»Dann eben Betonung, Klangfarbe… *Tonfall.*«

»Wahrscheinlich aus Ohio«, sagte sie. »Im Mittelwesten.«

»Genau wie bei mir«, sagte Rhyme. »Ich stamme aus Illinois.«

»Aber ich bin schon mit achtzehn nach New York gekommen, um in Bronxville aufs College zu gehen.«

»Sarah Lawrence, Schauspielstudium«, folgerte Rhyme.

»Anglistik.«

»Und es hat Ihnen hier gefallen, also sind Sie geblieben.«

»Na ja, richtig gut wurde es erst, als ich aus den Vororten wegkam und mitten in der Stadt wohnen konnte. Nach dem Tod meines Vaters ist meine Mutter ebenfalls hergezogen, um in meiner Nähe zu sein.«

Die Tochter einer verwitweten Mutter… genau wie Sachs, dachte Rhyme. Er fragte sich, ob Kara wohl mit den gleichen Problemen zu kämpfen hatte. Seit einigen Jahren herrschte zwischen Amelia und Rose eine Art Waffenstillstand, doch früher war ihre Mutter aufbrausend, launisch und unberechenbar gewesen. Rose konnte damals nicht begreifen, wieso ihr Mann mit dem Dasein als einfacher Streifenpolizist vollauf zufrieden war und weshalb ihre Tochter alles Mögliche sein wollte, nur nicht das, was ihre Mutter sich für sie gewünscht hatte. Natürlich wurden Vater und Tochter auf diese Weise zu Verbündeten, was die Angelegenheit zusätzlich erschwerte. Sachs hatte Rhyme erzählt, dass sie und Herman sich an schlechten Tagen gemeinsam in die Garage zurückzogen, wo alles so herrlich logisch funktionierte: Wenn ein Ventil zu viel Spiel hatte, dann infolge einer eindeutigen und physikalisch nachvollziehbaren Ursache – es war falsch eingestellt, oder ein Dichtungsring war kaputt. Motoren, Stoßdämpfer und Getriebe überraschten dich weder mit melodramatischen Stimmungswechseln noch mit kryptischen Vorwürfen, und auch im schlimmsten Fall gaben sie nicht dir die Schuld für ihre eigenen Fehler.

Rhyme hatte Rose Sachs mittlerweile mehrmals getroffen und sie als charmante, gesprächige, ein wenig exzentrische Frau kennen gelernt, die stolz auf ihre Tochter war. Doch er wusste, dass die Vergangenheit nirgendwo so lebendig wurde wie zwischen Eltern und Kindern.

»Und wie läuft es so, wenn man sich häufig sieht?«, fragte Rhyme skeptisch.

»Klingt wie eine Sitcom aus der Hölle, was? Nein, nein, meine Mum ist großartig, wirklich. Sie ist… he, Sie wissen schon, eine *Mutter*. Die sind eben einfach so. Das hört niemals auf.«

»Wo wohnt sie?«

»Sie lebt in einem Pflegeheim an der Upper East Side.«

»Ist sie sehr krank?«

»Nichts Ernstes. Sie kommt schon wieder auf die Beine.« Kara ließ geistesabwesend die Bälle über Fingerknöchel und Handfläche kreisen. »Sobald es ihr besser geht, fliegen wir nach England, nur wir zwei. London, Stratford, die Cotswold Hills. Meine Eltern und ich sind schon mal dort gewesen. Es war unser allerschönster Urlaub. Diesmal werde ich endlich auf der linken Straßenseite Auto fahren und warmes Bier trinken. Damals durfte ich das noch nicht. Na klar, ich war ja auch erst dreizehn. Kennen Sie England?«

»Sicher, ich habe früher gelegentlich mit Scotland Yard zusammengearbeitet. Und ich habe dort Vorträge gehalten. Das letzte Mal liegt allerdings... nun ja, eine ganze Weile zurück.«

»Zauberei und Illusionen waren in England schon immer populärer als hier. Es gibt da drüben so viel Bedeutendes zu sehen. Ich möchte Mum zeigen, wo in London die Egyptian Hall gestanden hat. Vor hundert Jahren war sie das Mekka aller Zauberkünstler. Ich glaube, das wird für mich so eine Art Wallfahrt.«

Er schaute zur Tür. Keine Spur von Thom. »Bitte tun Sie mir einen Gefallen.«

»Na klar.«

»Ich brauche etwas Medizin.«

Kara sah an der Wand einige Tablettenfläschchen stehen.

»Nein, da drüben auf dem Bücherregal.«

»Ah, ich verstehe. Welche Sorte?«

»Die ganz außen. Macallan, achtzehn Jahre alt.« Er flüsterte. »Und schütten Sie ihn bitte sehr leise ein.«

»He, da haben Sie sich genau die Richtige ausgesucht. Robert-Houdin hat gesagt, um ein erfolgreicher Illusionist zu sein, müsse man drei Eigenschaften beherrschen: Geschicklichkeit, Geschicklichkeit und Geschicklichkeit.« Gleich darauf goss sie einen kräftigen Schluck des rauchigen Whiskys in Rhymes Becher – nahezu geräuschlos und mit einer blitzschnellen Bewegung. Thom hätte in unmittelbarer Nähe stehen können und würde nichts davon bemerkt haben. Kara steckte den Becher in die Halterung am Rollstuhl und schob den Strohhalm durch den Deckel.

»Genehmigen Sie sich auch einen«, sagte Rhyme.

Kara schüttelte den Kopf und deutete auf die Kaffeekanne, die sie fast im Alleingang geleert hatte. »Das ist meine Droge.«

Rhyme trank einen Schluck, lehnte den Kopf zurück, ließ die scharfe Flüssigkeit in seinen Rachen rinnen und schluckte sie hinunter. Sein Blick richtete sich abermals auf Karas Hände und das unglaubliche Verhalten der roten Bälle. Er trank noch einen Schluck. »Das gefällt mir.«

»Was?«

»Dieser Begriff der Illusion.« Sei nicht rührselig, ermahnte er sich. Wenn du trinkst, wirst du immer so furchtbar sentimental. Doch diese Einsicht hielt ihn nicht davon ab, sich den nächsten Schluck Whisky zu genehmigen. »Wissen Sie, die Realität ist manchmal nur schwer zu ertragen.« Fast zwangsläufig folgte darauf der trübsinnige Blick auf seinen reglosen Körper.

Noch im selben Moment bedauerte er den Kommentar – und den Blick – und wollte das Thema wechseln. Aber Kara verschonte ihn mit falscher Anteilnahme. »Ich bin mir nicht sicher, ob so etwas wie Realität überhaupt existiert«, sagte sie.

Er verstand nicht, was sie meinte, und runzelte die Stirn.

»Ist nicht fast unser gesamtes Leben eine einzige Illusion?«, fuhr sie fort.

»Wie das?«

»Tja, alles Vergangene ist Erinnerung, nicht wahr?«

»Stimmt.«

»Und alles Zukünftige ist Vorstellung. Beides sind Illusionen – unser Gedächtnis ist unzuverlässig, und was die Zukunft anbelangt, so spekulieren wir nur. Vollkommen real ist einzig und allein der jeweils gegenwärtige Moment – und der verwandelt sich ständig von einer Vorstellung in eine Erinnerung. Sehen Sie? Der Großteil unseres Lebens ist eine Illusion.«

Rhyme lachte leise. Er war Logiker und Wissenschaftler und hätte Karas Theorie gern widerlegt, doch er fand keinen Ansatz. Sie hatte wohl Recht, folgerte er. Er verlor sich sehr oft in Gedanken an das Davor, an die Zeit vor dem Unfall, und daran, wie sein Leben sich im Danach verändert hatte.

Und die Zukunft? O ja, die spielte auch eine große Rolle. Außer Sachs und Thom wusste kaum jemand, dass er fast jeden Tag mindestens eine Stunde lang trainierte – manuelle Übungen zur Steigerung seiner Bewegungsreichweite absolvierte, sich in einem nahen Krankenhaus einer Wassertherapie unterzog oder eine Runde auf dem Reizimpulsfahrrad durchlief, das in einem der oberen Schlafzimmer verstaut war. Das Programm sollte ihm zu mehr nervlichen und motorischen Funktionen verhelfen, seine Ausdauer kräftigen und den Gesundheitsproblemen vorbeugen, die einem Querschnittsgelähmten drohten. Hauptsächlich aber quälte er sich, um seine Muskeln für den Tag zu stärken, an dem eine Heilung möglich sein würde.

Karas Theorie ließ sich auch auf Rhymes Beruf übertragen: Bei der Arbeit an einem Fall brachte er ständig seine umfassenden Fachkenntnisse und das Wissen über frühere Verbrechen zur Anwendung, während er gleichzeitig vorauszusehen versuchte, wo ein Verdächtiger sich aufhielt und was er als Nächstes tun würde.

Alles Vergangene ist Erinnerung, alles Zukünftige ist Vorstellung…

»Da das Eis nun gebrochen ist«, sagte Kara und nahm Zucker zum Kaffee, »möchte ich ein Geständnis ablegen.«

Er trank den nächsten Schluck. »Ja?«

»Als ich Sie zum ersten Mal gesehen habe, ist mir ein bestimmter Gedanke gekommen.«

Ach ja, erinnerte er sich. Der *Blick*. Der berühmte Ich-will-weg-von-dem-Krüppel-Blick. Begleitet von dem *Lächeln*. Es gab nur eines, das schlimmer war, und offenbar stand es ihm nun bevor: die furchtbar unbeholfene *Entschuldigung* für den *Blick* und das *Lächeln*.

Sie zögerte verlegen.

»Ich dachte, was für ein unglaublicher Illusionist Sie doch sein würden«, sagte sie dann.

»Ich?«, fragte Rhyme verblüfft.

Kara nickte. »Es ist alles eine Frage von Wahrnehmungsvermögen und Realität. Die Leute schauen Sie an und sehen, dass Sie behindert sind… Ist das der richtige Ausdruck?«

»Die politisch besonders Korrekten nennen es ›benachteiligt‹. Ich selbst sage einfach, ich bin im Arsch.«

Kara lachte. »Die Menschen sehen, dass Sie sich nicht bewegen können. Und vermutlich denken die meisten, Sie seien geistig zurückgeblieben oder zumindest schwer von Begriff. Stimmt's?«

Sie hatte Recht. Leute, die ihn nicht kannten, sprachen oft langsamer oder lauter und erklärten ganz offensichtliche Dinge in möglichst einfachen Worten.

(Zu Thoms Entrüstung reagierte Rhyme dann bisweilen mit zusammenhanglosem Gemurmel oder tat gar so, als litte er unter dem Tourette-Syndrom, einer neurologischen Störung, die zu unwillkürlichen Zuckungen und Lautäußerungen führte, woraufhin die entsetzten Besucher die Flucht ergriffen.)

»Ein Publikum würde sofort von gewissen Annahmen ausgehen und überzeugt sein, dass Sie unmöglich hinter den dargebotenen Illusionen stecken können«, fuhr Kara fort. »Die eine Hälfte würde sich allein auf Ihren Zustand konzentrieren, die andere Hälfte beschämt die Blicke abwenden. Und in dem Moment hätten Sie praktisch schon gewonnen… Wie dem auch sei, hier stand ich nun also zum ersten Mal vor Ihnen, und Sie saßen in diesem Rollstuhl und hatten offenbar eine Menge mitgemacht. Und ich benahm mich nicht verständnisvoll, fragte nicht nach Ihrem Befinden und sagte nicht mal ›Es tut mir Leid‹. Ich hab einfach nur gedacht, Mann, was wäre das für ein genialer Künstler. Das war ziemlich krass, und ich hatte den Eindruck, es ist Ihnen nicht entgangen.«

Rhyme war geradezu entzückt. »Glauben Sie mir, ich kann mit Mitleid oder Samthandschuhen nicht viel anfangen«, versicherte er. »Krassheit finde ich wesentlich besser.«

»Ehrlich?«

»Ja.«

Sie hob ihren Kaffeebecher. »Auf den berühmten Illusionisten, den Unbeweglichen.«

»Taschenspielertricks könnten vielleicht zum Problem werden«, betonte Rhyme.

»Mr. Balzac pflegt zu sagen, ein beweglicher Geist sei viel wichtiger als flinke Finger.«

Dann hörten sie, wie die Haustür sich öffnete, unmittelbar gefolgt von zwei Stimmen. Es waren Sachs und Sellitto, die soeben den Flur betraten. Rhyme zog eine Augenbraue hoch und beugte sich zum Strohhalm seines Trinkbechers vor. »Sehen Sie mal«, flüsterte er. »Ich nenne diesen Trick *Die Vernichtung der belastenden Beweise.*«

»Glauben wir denn überhaupt, dass er tot ist und bei den Fischen liegt?«, fragte Lon Sellitto.

Sachs und Rhyme sahen sich an und antworteten wie aus einem Mund: »Nein.«

»Wisst ihr eigentlich, wie tückisch der Harlem River ist?«,

fragte der stämmige Detective. »Es passiert immer wieder, dass Jugendliche dort schwimmen gehen und nicht mehr zurückkommen.«

»Ich glaube es erst, wenn ich seine Leiche sehe«, sagte Rhyme.

Eines jedoch machte ihm ein wenig Mut: Es gab bislang keine weiteren Berichte über einen Mord oder ein ungeklärtes Verschwinden. Die haarscharf gelungene Flucht und das Bad im Fluss hatten dem Killer vermutlich sehr zugesetzt. Da er nun wusste, wie dicht die Polizei ihm auf den Fersen war, würde er seine Anschläge vielleicht aufgeben oder zumindest eine Weile von der Bildfläche verschwinden, so dass die Verfolger Gelegenheit hätten, ihn aufzuspüren.

»Was ist mit Larry Burke?«, fragte Rhyme.

Sellitto schüttelte den Kopf. »Es befinden sich mehrere Dutzend Leute auf der Suche nach ihm. Dazu eine Menge Freiwilliger außerhalb der Dienstzeit, Kollegen von Polizei und Feuerwehr. Der Bürgermeister hat eine Belohnung ausgesetzt… Aber ich muss gestehen, es sieht nicht gut aus. Ich fürchte, er liegt im Kofferraum des Mazda.«

»Der Wagen wurde noch nicht geborgen?«

»Er wurde noch nicht mal *gefunden*. Das Wasser ist schwarz wie die Nacht. Einer der Taucher meinte, bei der Strömung könnte ein Fahrzeug mehrere hundert Meter abtreiben, bevor es den Grund erreicht.«

»Wir müssen davon ausgehen, dass er Burkes Waffe und Funkgerät hat«, warnte Rhyme. »Lon, wir sollten die Frequenz wechseln, sonst weiß er, was wir vorhaben.«

»Sicher.« Der Detective rief in der Zentrale an und sorgte dafür, dass der Funkverkehr zum Fall des Hexers auf eine stadtweite Sonderfrequenz umgestellt wurde.

»Kümmern wir uns um die Spuren. Was haben wir, Sachs?«

»In dem griechischen Restaurant leider gar nichts«, sagte sie und verzog das Gesicht. »Ich habe den Geschäftsführer angewiesen, alles unberührt zu lassen, aber er hat es irgendwie missverstanden. Oder er *wollte* es missverstehen. Als wir dorthin zurückkamen, hatte das Personal den Tisch gereinigt und den Boden gewischt.«

»Was ist mit diesem Tümpel, an dem ihr ihn gestellt habt?«

»Dort konnten wir ein paar Spuren sichern«, sagte Sachs. »Er hat uns wieder mit Schießbaumwolle geblendet und dann einige Knallkörper gezündet. Im ersten Moment dachten wir, er hätte das Feuer eröffnet.«

Cooper sah sich die verbrannten Überreste an. »Genau wie die anderen. Nichts davon lässt sich zurückverfolgen.«

»Also gut.« Rhyme seufzte. »Was sonst noch?«

»Zwei Ketten unterschiedlicher Länge.«

Er hatte sie um Cheryl Marstons Brust, Arme und Fußgelenke geschlungen und mit Karabinerhaken gesichert. Cooper und Rhyme nahmen alles sorgfältig in Augenschein. Auf keinem der Gegenstände war ein Hersteller vermerkt. Das Gleiche galt für das Seil und das Stück Isolierband, das als Knebel gedient hatte.

Die Sporttasche, die der Täter aus dem Wagen mitgenommen hatte und in der wahrscheinlich die Ketten und das Seil verstaut gewesen waren, trug keinerlei Markennamen und stammte aus chinesischer Fabrikation. Bisweilen gelang es, den Herkunftsort eines gewöhnlichen Gebrauchsartikels ausfindig zu machen, indem man eine ausreichend große Zahl von Leuten die Discountläden und Straßenverkäufer abgrasen ließ, doch bei einem solch billigen Massenprodukt wie dieser Tasche stand der Aufwand in keinem Verhältnis zum möglichen Ergebnis.

Cooper hielt die offene Tasche umgedreht über ein Porzellantablett und klopfte mehrmals kräftig auf den Boden. Ein wenig weißes Pulver rieselte heraus. Der Techniker unterzog es einer Analyse und stellte fest, dass es sich um Flunitrazepam handelte.

»Ein beliebter Tranquilizer«, erklärte Sachs für Kara.

Ferner fanden sich im Innern der Tasche Kügelchen einer klebrigen lichtdurchlässigen Substanz. Das gleiche Material schien im Reißverschluss und an dem Tragegriff zu haften. »Das kommt mir nicht bekannt vor«, sagte Cooper.

Aber Kara sah genauer hin und roch daran. »Klebewachs«, sagte sie. »Ein Zauberkünstler benutzt es, um auf der Bühne Gegenstände vorübergehend zu befestigen. Vielleicht hat er sich eine offene Kapsel der Droge an die Handfläche geklebt und bei einer passenden Gelegenheit in das Getränk der Frau geleert.«

»Und wo gibt es dieses Wachs zu kaufen?«, fragte Rhyme zynisch. »Lassen Sie mich raten – in jedem beliebigen Fachgeschäft der freien Welt?«

Kara nickte. »Tut mir Leid.«

Darüber hinaus stieß Cooper in der Tasche auf winzige Metallspäne und einen runden schwarzen Fleck – als hätte dort eine kleine Farbdose gestanden.

Die Untersuchung mit dem Mikroskop erbrachte, dass die Späne offenbar aus Messing bestanden und ungewöhnliche maschinelle Bearbeitungsspuren trugen. Lincoln Rhyme hatte keine Idee. »Schick ein paar Fotos an unsere Freunde vom FBI.« Cooper fertigte Bilder an, komprimierte die Dateien und sandte sie als verschlüsselte E-Mail nach Washington.

Der schwarze Fleck rührte nicht von Farbe, sondern von dokumentenechter Tinte her, doch die Datenbank erbrachte keinen Aufschluss über die exakte Marke, da sich keinerlei individuelle Kennzeichen fanden.

»Was ist das?«, fragte Rhyme mit Blick auf eine Plastiktüte, in der ein dunkelblaues Kleidungsstück lag.

»Da hatten wir echtes Glück«, sagte Sachs. »Das ist die Windjacke, die er zunächst getragen hat. Als er fliehen musste, blieb ihm keine Gelegenheit mehr, sie mitzunehmen.«

»Gibt's charakteristische Merkmale?«, fragte Rhyme, der auf ein Monogramm oder ein Wäschezeichen hoffte.

Cooper nahm sich das Kleidungsstück vor. »Nein«, sagte er dann. »Und alle Etiketten wurden entfernt.«

»Aber wir haben einige Dinge in den Taschen gefunden.«

Zuerst widmeten sie sich einem Presseausweis, ausgestellt von einem der großen Kabelsender. Der Name des CTN-Reporters lautete Stanley Saferstein, und auf dem Foto war ein schlanker braunhaariger Mann mit Bart zu sehen. Sellitto rief beim Sender an und sprach mit dem Sicherheitschef. Wie sich herausstellte, war Saferstein einer der leitenden Journalisten und seit Jahren für die Lokalredaktion tätig. Der Ausweis war ihm letzte Woche gestohlen worden, und zwar während oder kurz nach einer Pressekonferenz in Downtown. Anscheinend hatte der Dieb völlig unbemerkt die Umhängeschlaufe durchtrennt und den Pass eingesteckt.

Rhyme nahm an, dass der Hexer ausgerechnet Saferstein bestohlen hatte, weil der Reporter ihm ähnlich sah: Mitte fünfzig, schmales Gesicht, dunkle Haare.

»Der Ausweis wurde natürlich sofort gesperrt«, erklärte der Sicherheitschef, »aber das will nicht unbedingt etwas heißen. Wenn Wachleute oder Polizisten unser Logo sehen, schauen sie meistens nicht genauer hin und lassen die betreffende Person passieren.«

»Überprüf Saferstein beim Violent Criminal Apprehension Program und beim National Crime Information Center«, bat Rhyme im Anschluss an das Telefonat.

»VICAP und NCIC? Wenn's denn sein muss«, sagte Cooper. »Aber warum?«

»Einfach nur so.«

Es überraschte ihn nicht, dass die Anfragen kein Resultat erbrachten. Rhyme hatte nicht wirklich geglaubt, dass eine Verbindung zwischen dem Reporter und dem Hexer bestand, aber bei diesem speziellen Täter wollte er nichts unversucht lassen.

In der Jacke hatte sich außerdem ein graues Stück Plastik befunden, die Türkarte eines Hotels. Rhyme war hocherfreut. Obwohl kein Hotelname darauf stand – lediglich das Abbild eines Schlüssels sowie ein Pfeil, um dem Gast anzuzeigen, welches Ende er ins Schloss stecken sollte –, würden auf dem Magnetstreifen hoffentlich alle erforderlichen Informationen kodiert sein.

Auf der Rückseite der Karte war in kleinen Buchstaben der Name des Herstellers vermerkt: APC INC., AKRON, OHIO. Cooper überprüfte den Firmennamen anhand einer Datenbank für eingetragene Warenzeichen. Die Abkürzung stand für American Plastic Cards, ein Betrieb, der Hunderte verschiedener Kenn- und Schlüsselkarten produzierte.

Einige Minuten später meldete sich am anderen Ende der Leitung der Firmenchef persönlich – ein hemdsärmeliger Unternehmer, der nichts dabei fand, samstags zu arbeiten oder selbst ans Telefon zu gehen, mutmaßte Rhyme und schilderte ihm die Situation. Dann beschrieb er den Schlüssel und fragte, wie viele New Yorker Hotels damit ausgestattet worden seien.

»Ach, das ist der APC-42, unser beliebtestes Modell. Wir stellen ihn für alle großen Schlossanbieter her. Ilco, Saflok, Tesa, Ving, Sargent und den ganzen Rest.«

»Haben Sie eine Idee, wie wir das betreffende Hotel ermitteln könnten?«

»Ich fürchte, Sie werden in jedem Haus nachfragen müssen, ob dort graue APC-42er benutzt werden. Wir haben die betreffenden Informationen hier irgendwo in unserem System, aber ich weiß nicht, wie ich an sie herankommen sollte. Ich werde versuchen, meinen Verkaufsleiter oder seinen Assistenten zu erreichen, aber das könnte ein oder zwei Tage dauern.«

»Autsch«, sagte Sellitto.

Ja, autsch.

Rhyme beschloss, nicht tatenlos abzuwarten, und veranlasste Sellitto, den Schlüssel an Bedding und Saul weiterzuleiten. Die Zwillinge sollten die Hotels von Manhattan abklappern und herausfinden, wo dieser leider so überaus beliebte APC-42 zum Einsatz kam. Zuvor wurden die Schlüsselkarte und der Presseausweis noch auf Fingerabdrücke untersucht – wiederum mit negativem Ergebnis. Zwei der Spuren stammten von den falschen Fingerkuppen, der Rest war verwischt.

Roland Bell kehrte von den Einsatzorten an der West Side zurück, und Cooper fasste die bisherigen Ergebnisse für ihn zusammen. Dann nahmen sie die nächsten Spuren in Angriff und stellten fest, dass die Jacke des Hexers noch etwas enthielt: Die Rechnung eines Restaurants namens Riverside Inn, gelegen in Bedford Junction, New York. Laut diesem Beleg hatten am Samstag, dem sechsten April – also genau vor zwei Wochen –, vier Leute dort an Tisch 12 zu Mittag gegessen: Truthahn, Hackbraten, Steak und einmal das Tagesgericht, dazu jeweils ein Softdrink. Niemand hatte Alkohol getrunken.

Sachs schüttelte den Kopf. »Wo, zum Teufel, liegt Bedford Junction?«

»Ein ganzes Stück nördlich, glaube ich«, sagte Mel Cooper.

»Auf der Rechnung steht eine Telefonnummer«, sagte Bell. »Ruft doch einfach dort an, und fragt Debby oder Tanya oder wie auch immer die reizende Bedienung heißt, ob es vier Stammgäste gibt, die häufig an« – er schaute auf den

Beleg – »Tisch zwölf sitzen. Oder ob sie sich wenigstens an diese Bestellung erinnern kann. Die Chancen stehen schlecht, aber wer weiß?«

»Wie lautet die Nummer?«, fragte Sellitto.

Bell diktierte sie ihm.

Es *war* weit hergeholt – zu weit, so wie Rhyme es erwartet hatte. Der Geschäftsführer und die Bedienungen dort hatten keine Ahnung, um welche Gäste es sich gehandelt haben könnte.

»Bei denen ist immer ›mordsviel los‹«, berichtete Sellitto und verdrehte die Augen. »Das war ein Zitat.«

»Es gefällt mir nicht«, sagte Sachs.

»Was?«

»Wieso isst er mit drei anderen Leuten zu Mittag?«

»Guter Einwand«, sagte Bell. »Glauben Sie, er arbeitet mit jemandem zusammen?«

»Nein, bestimmt nicht«, warf Sellitto ein. »Wiederholungstäter sind fast immer Einzelgänger.«

»Da wäre ich mir nicht so sicher«, gab Kara zu bedenken. »Taschenspieler und gewöhnliche Zauberkünstler – die arbeiten allein. Aber er ist Illusionist, vergessen Sie das nicht. Die benötigen für ihre Nummern stets auch andere Leute. Denken Sie an die Freiwilligen aus dem Publikum. Und an die Assistenten auf der Bühne, die offen vor den Zuschauern agieren. Darüber hinaus gibt es geheime Helfer. Das sind die Leute, die für den Illusionisten arbeiten, *ohne* dass das Publikum es weiß, und sie tarnen sich als Bühnenarbeiter, Zuschauer oder vermeintlich Freiwillige. In einer guten Show kann man nie ganz sicher sein, wer wer ist.«

Herrje, dachte Rhyme, mit seinen Verwandlungs-, Entfesselungs- und Illusionistenkünsten war dieser Täter allein schon schlimm genug. Falls er zudem über Assistenten verfügte, wurde er noch hundertmal gefährlicher.

»Schreib es auf, Thom«, rief er. »Und jetzt die Spuren aus der Gasse, in der Burke ihn erwischt hatte.«

Der erste Gegenstand waren die Handschellen des Beamten.

»Er ist sie innerhalb weniger Sekunden losgeworden, also hatte er einen Schlüssel«, sagte Sachs. Zum Entsetzen aller Polizisten ließen sich die meisten Handschellen mit einem Generalschlüssel öffnen, der in entsprechenden Fachgeschäften für wenige Dollars erhältlich war.

Rhyme fuhr mit dem Rollstuhl zum Tisch vor und besah sich die Handschellen aus der Nähe. »Dreh sie mal um... Halt sie hoch... Stimmt, er *könnte* einen Schlüssel benutzt haben, aber ich sehe hier am Schloss frische Kratzer. Ich würde sagen, es wurde mit einem Dietrich geöffnet...«

»Burke hat ihn mit Sicherheit gefilzt«, wandte Sachs ein. »Wo hatte er also den Dietrich versteckt?«

»Da gibt's mehrere Möglichkeiten«, sagte Kara. »Zum Beispiel in seinen Haaren oder im Mund.«

»Mund?«, grübelte Rhyme. »Versuch's mal mit dem UV-Licht, Mel.«

Cooper setzte den Ultraviolett-Verstärker auf. »Ja, hier sind winzige Schmierspuren und Tröpfchen rund um das Schlüsselloch.« Was ein deutlicher Hinweis auf Körperflüssigkeiten, vornehmlich Speichel, war.

»Houdini hat das ständig so gemacht«, sagte Kara. »Manchmal ließ er jemanden aus dem Publikum in seinem Mund nachsehen. Unmittelbar vor der Nummer küsste ihn dann seine Frau – um ihm Glück zu wünschen, behauptete er, doch in Wahrheit hat sie ihm auf diese Weise einen Schlüssel in den Mund geschoben.«

»Aber laut Vorschrift musste Burke ihm die Hände auf dem Rücken fesseln«, sagte Sellitto. »Wie konnte der Hexer den Mund überhaupt erreichen?«

»Oh«, sagte Kara lachend. »Jeder Entfesselungskünstler benötigt höchstens drei oder vier Sekunden, und schon befinden die Hände sich *vor* dem Körper.«

Cooper testete die Speichelspuren. Bei manchen Personen ließen sich in allen Körperflüssigkeiten Antikörper nachweisen, die eine Bestimmung der Blutgruppe erlaubten. Leider zählte der Hexer nicht dazu.

Sachs hatte zudem ein Stückchen Metall mit gezackter Kante gefunden.

»Ja, das stammt auch von ihm«, sagte Kara. »Ein weiteres typisches Hilfsmittel der Entfesselungskünstler. Eine kleine Säge. Damit hat er vermutlich die Fußfessel durchtrennt.«

»Und die Säge hatte er ebenfalls im Mund? Wäre das nicht viel zu gefährlich?«

»Oh, wir verstecken bei unseren Nummern häufig Nadeln oder Rasierklingen im Mund. Mit etwas Übung ist es relativ sicher.«

Die anderen in der Gasse gesicherten Spuren erbrachten auch diesmal wieder Latex- und Make-up-Reste sowie Rückstände des Lederpflegemittels Tack-Pure.

»Hast du etwas am Flussufer gefunden, wo der Wagen ins Wasser gestürzt ist, Sachs?«

»Nur die Reifenspuren im Schlamm.« Sie hängte die von Cooper ausgedruckten Digitalfotos an die Tafel. »Irgendein übereifriger Zivilist hat den Schauplatz auf den Kopf gestellt«, erklärte sie. »Aber ich habe den Dreck eine halbe Stunde lang durchwühlt. Ich bin mir ziemlich sicher, dass der Hexer weder etwas verloren hat noch selbst aus dem Wagen gesprungen ist.«

»Was ist mit Cheryl Marston?«, wandte Sellitto sich an Bell. »Hat sie irgendwelche zusätzlichen Informationen für uns?«

Der Detective berichtete von dem Gespräch mit ihr.

Eine Anwältin, dachte Rhyme. Warum ausgerechnet sie? Nach welchen Kriterien suchte der Hexer seine Opfer aus? Eine Musikerin, ein Maskenbildner, eine Anwältin.

»Sie ist geschieden«, fuhr Bell fort. »Ihr Exmann lebt in Kalifornien. Die Trennung verlief nicht unbedingt freundschaftlich, aber ich bezweifle, dass er mit der Sache zu tun hat. Die Kollegen vom LAPD haben netterweise ein paar Nachforschungen angestellt: Er hat für heute ein Alibi. Und weder beim NCIC noch beim VICAP liegt etwas gegen ihn vor.«

Cheryl Marston hatte den Hexer als schlank und kräftig beschrieben, mit einem Vollbart und Narben an Hals und Brust. »Ach ja, und sie hat bestätigt, dass seine Finger *tatsächlich* deformiert sind, genau wie wir vermutet haben. Miteinander verschmolzen, hat sie gesagt. Sie weiß nicht, in welcher Gegend er wohnt, und er ist ihr gegenüber unter dem Namen ›John‹ aufgetreten. Auf den Kopf gefallen ist er jedenfalls nicht.«

Nutzlose Informationen, dachte Rhyme.

Dann schilderte Bell, wie der Täter sich an die Frau herangemacht hatte und was im Anschluss geschehen war.

»Kommt Ihnen etwas davon bekannt vor?«, fragte Rhyme ihre junge Beraterin.

»Er könnte eine Taube oder Möwe hypnotisiert haben, um sie dem Pferd an den Kopf zu werfen und es dann mit irgendeinem Gimmick zusätzlich zu beunruhigen«, sagte Kara.

»Was für eine Art von Gimmick?«, fragte Rhyme. »Können Sie uns einen Hersteller nennen?«

»Nein, er hat es wahrscheinlich selbst gebaut. Früher haben Zauberkünstler Elektroden oder Stacheln benutzt, um Löwen auf Kommando brüllen zu lassen, irgendwas in der Art. Heutzutage würden die Tierschützer so etwas sofort unterbinden.«

Bell erzählte, was Marston ihm über die Unterhaltung in dem Café berichtet hatte.

»Eines dabei kam ihr komisch vor: Es war, als könnte er ihre Gedanken lesen. Und er wusste unglaublich viel über sie.«

»Körpersprache«, warf Kara ein. »Er sagt etwas und beobachtet dann genau ihre Reaktion. Das verrät ihm jede Menge über sie. Man nennt das ›provozierte Indikation‹. Ein erfahrener Hellseher kann durch ein völlig harmloses Gespräch alles Mögliche über die betreffende Person herausfinden.«

»Und als sie dann immer lockerer wurde, hat er ihr die Drogen verabreicht, sie ans Ufer verfrachtet und kopfüber ins Wasser getaucht.«

»Das war eine Variation von Houdinis *Wasserfolterkammer*«, erklärte Kara. »Eine seiner berühmtesten Nummern.«

»Wie lief seine Flucht von dort ab?«, wollte Rhyme von Sachs wissen.

»Zuerst war ich mir gar nicht sicher, ob es sich überhaupt um den Hexer handelte – er hatte mittlerweile das Kostüm gewechselt«, sagte sie. »Auch die Augenbrauen waren anders.« Bei diesen Worten schaute sie kurz zu Kara. »Seine linke Hand konnte ich nicht erkennen. Dann hat er mich abgelenkt. Er ist ein Bauchredner. Ich hab ihm direkt ins Gesicht gesehen – und seine Lippen haben sich nicht bewegt.«

»Ich möchte wetten, er hat Worte ohne die Buchstaben *b*, *m* oder *p* gewählt«, sagte Kara. »Vermutlich auch ohne *f* und *v*.«

»Sie haben Recht. Ich glaube, es war so etwas wie: ›He, Achtung, da, rechts, der Jogger hat 'ne Knarre.‹« Sie verzog das Gesicht. »Ich hab weggeschaut – in die gleiche Richtung wie alle anderen. Dann hat er diese Schießbaumwolle gezündet und uns geblendet. Danach gingen die Knallkörper hoch, und ich dachte, er würde auf uns schießen. Er hat mich kalt erwischt.«

Rhyme registrierte ihre verärgerte Miene. Am meisten war Amelia Sachs auf sich selbst wütend.

»Nehmen Sie's nicht zu schwer«, tröstete Kara. »Das Gehör lässt sich von allen Sinnen am einfachsten überlisten. Auf der Bühne werden Geräuschillusionen nur selten eingesetzt. Sie sind viel zu simpel.«

Sachs tat den Zuspruch mit einem Achselzucken ab und fuhr fort: »Während Roland und ich noch immer geblendet waren, ist der Hexer weggerannt und auf dem Marktplatz in der Menge verschwunden.« Sie schnitt die nächste Grimasse. »Und fünfzehn Minuten später habe ich ihn gesehen – diesen Biker mit dem Harley-Hemd. Das muss man sich mal vorstellen, er stand *direkt* vor meiner Nase.«

»O Mann«, sagte Kara und schüttelte den Kopf. »Seine Münzen klimpern definitiv nicht.«

»Was war das?«, fragte Rhyme. »Münzen?«

»Ach, das ist so eine Redensart in unserer Branche. Ursprünglich bezog sie sich darauf, dass ein gelungener Münztrick absolut geräuschlos verläuft, aber inzwischen benutzt man sie allgemein, wenn jemand wirklich gut ist. Man sagt auch, eine Nummer sei ›wasserdicht‹.«

Sie ging zu der Tafel, die für das Täterprofil reserviert war, nahm den Filzstift und trug die neuen Punkte ein. »Also, er ist Taschenspieler, Hellseher und sogar Bauchredner. Und er kennt sich mit Tiernummern aus. Dass er Schlösser öffnen kann, wissen wir seit dem zweiten Mord, aber er ist außerdem Entfesselungskünstler. Welchen Bereich der Zauberkunst beherrscht er denn eigentlich *nicht*?«

Während Rhyme sich zurücklehnte und ihr beim Schreiben zusah, brachte Thom einen großen Umschlag ins Zimmer.

Er gab ihn Bell. »Für Sie.«

»Was is'n das?«, murmelte der Detective, zog die Schriftstücke heraus und überflog sie. Er nickte langsam. »Das hier ist der Bericht über die weiteren Nachforschungen in Gradys Büro, um die Sie Peretti gebeten haben. Wollen Sie mal einen schnellen Blick darauf werfen, Lincoln?«

Die kurze Notiz auf dem ersten Blatt lautete: *LR – Wie angekündigt. – VP.*

Rhyme vertiefte sich in die Einzelheiten, und Thom blätterte nach jedem ernsten Nicken für ihn um. Die Techniker der Spurensicherung hatten ein vollständiges Inventar des Vorzimmers der Sekretärin angelegt, Abdrücke sämtlicher Fußspuren genommen und deren Anordnung exakt vermerkt, genau wie Rhyme es verlangt hatte. Er las diese Seiten sorgfältig mehrmals durch, schloss die Augen und stellte sich den Tatort vor.

Dann widmete er sich der umfassenden Analyse der gefundenen Fasern. Die meisten der weißen Exemplare bestanden aus einer Polyester/Viskose-Mischung. Einige waren mit einer dicken Baumwollfaser verbunden – ebenfalls weiß –, und alle waren sie matt und schmutzig. Bei den schwarzen Fasern handelte es sich um Wolle.

»Mel, was halten wir von diesen schwarzen Dingern hier?«

Der Techniker sprang von seinem Stuhl auf und musterte die Fotos. »Die Aufnahmen könnten besser sein«, sagte er und betrachtete sie genauer. »Aus irgendeinem dichten Gewebe, einem Köperstoff.«

»Gabardine?«, fragte Rhyme.

»Da bräuchte ich eine größere Probe, um die Schrägrippen erkennen zu können. Aber ich würde auch auf Gabardine tippen.«

Rhyme las den Rest der Seite und erfuhr, dass die einzelne rote Faser, die man in dem Büro gefunden hatte, aus Satin bestand. »Okay, okay«, sagte er leise, schloss die Augen und ließ die Neuigkeiten auf sich wirken.

»Was weißt du über Stoffe und Bekleidung, Mel?«, fragte Rhyme nach einer Weile.

»Nicht viel. Aber – um dich zu zitieren, Lincoln – die wichtige Frage ist nicht: ›Was *weißt* du über etwas?‹, sondern ›Weißt du, wo man es *herausfinden* kann?‹ Und die Antwort darauf lautet: Ja, das weiß ich.«

DER HEXER

Musikschule, Tatort

- Täterbeschreibung: braune Haare, falscher Bart, keine besonderen Merkmale, mittlere Statur und Größe. Alter: Anfang fünfzig. Kleiner und Ringfinger der linken Hand miteinander verschmolzen. Hat schnell Verkleidung gewechselt, um wie alter kahlköpfiger Hauswart auszusehen.
- Kein erkennbares Tatmotiv.
- Opfer: Swetlana Rasnikow.
  - Musikstudentin; kein zusätzlicher Job.
  - Überprüfen Familie, Freunde, Studenten, engeren Umkreis auf mögliche Hinweise.
    - Kein fester Freund, keine bekannten Feinde. Ist auf Kindergeburtstagen aufgetreten.
- Platine mit Lautsprecher.
  - An FBI-Labor New York geschickt.
    - Digitaler Audiorekorder, vermutlich mit Stimme des Täters. Alle Daten gelöscht.
  - Rekorder ist ein »Gimmick«. Selbst gebaut.

- Täter hat Opfer mit altmodischen Eisenhandschellen gefesselt.
  - Darby-Handschellen. Scotland Yard. Anfrage beim Houdini Museum in New Orleans läuft.
- Uhr des Opfers wurde um genau 8.00 Uhr zertrümmert.
- Stühle mit Baumwollkordel fixiert. Handelsüblich.
  - Zu viele mögliche Quellen; nicht zurückverfolgbar.
- Knallkörper, um Schuss zu simulieren. Wurde zerstört.
  - Zu viele mögliche Quellen; nicht zurückverfolgbar.
- Zündschnur. Handelsüblich.
  - Zu viele mögliche Quellen; nicht zurückverfolgbar.
- Beamte vor Ort berichten von Lichtblitz. Keine Überreste gefunden.
  - Wurde durch Schießbaumwolle oder Kollodiumpapier ausgelöst.
    - Zu viele mögliche Quellen; nicht zurückverfolgbar.
- Schuhe des Täters: Marke Ecco, Größe 10.
- Seidenfasern, grau gefärbt, bearbeitet, matte Oberfläche.
  - Stammen vom Hauswartkostüm des Täters.
- Täter trägt vermutlich eine braune Perücke.
- Roter Hickory und Flechte (*Parmelia conspersa*); beide kommen hauptsächlich im Central Park vor.
- Erdprobe mit anorganischem Öl durchtränkt. Zur Analyse an FBI-Labor geschickt.
  - Pflegemittel Tack-Pure für Sättel und Leder.
- Schwarzes Seidentuch, ca. 2 x 1,5 Meter. Zur Tarnung benutzt. Nicht zurückverfolgbar.
  - Wird häufig von Illusionisten benutzt.
- Täter hinterlässt falsche Fingerabdrücke durch Tragen von Kappen.
  - Übliches Utensil von Zauberkünstlern.
- Reste von Latex, Rizinusöl, Make-up.
  - Theaterschminke.

- Spuren von Alginat.
  - Wird für Latexgussformen verwendet.
- Mordwaffe: Seil aus geflochtener weißer Seide mit schwarzem Seidenkern.
  - Utensil eines Zaubertricks (Farbwechsel). Nicht zurückverfolgbar.
- Ungewöhnlicher Knoten.
  - An FBI und Schifffahrtsmuseum geschickt – ohne Ergebnis.
  - Knoten stammt aus Houdini-Nummern; praktisch unmöglich zu lösen.
- Täter hat sich in Besucherbuch eingetragen. Tinte ist verschwunden.

East Village, Tatort

- Zweites Opfer: Tony Calvert.
  - Maskenbildner; am Theater beschäftigt.
  - Keine bekannten Feinde.
  - Keine ersichtliche Verbindung zum ersten Opfer.
- Kein erkennbares Tatmotiv.
- Todesursache:
  - Schädelverletzung durch stumpfen Gegenstand; postmortale Zerstückelung mit Säge.
- Täter flieht als vermeintliche Frau Mitte siebzig. Umgegend wird nach Kostüm und anderen Spuren abgesucht.
  - Suche ohne Ergebnis.
- Uhr des Opfers wurde um genau 12.00 Uhr zertrümmert.
  - Muster? Nächstes Opfer vermutlich um 16.00 Uhr.
- Täter hat sich hinter Spiegel versteckt. Nicht zurückverfolgbar. Fingerabdrücke an AFIS geschickt.
  - Keine Übereinstimmungen.

- Täter hat Spielzeugkatze (»Falsum«) benutzt, um Opfer in Gasse zu locken. Spielzeug ist nicht zurückverfolgbar.
- Erneut anorganisches Öl gefunden; gleiche Sorte wie am ersten Tatort. Erwarten FBI-Bericht.
  - Pflegemittel Tack-Pure für Sättel und Leder.
- Erneut Reste von Latex und Make-up sowie Spuren von falschen Fingerkuppen gefunden.
- Erneut Alginat gefunden.
- Täter hat Ecco-Schuhe zurückgelassen.
- Hundehaare dreier verschiedener Rassen an den Schuhen nachgewiesen. Außerdem Kot.
  - Kot stammt von Pferden, nicht von Hunden.

Hudson River und zugehörige Tatorte

- Opfer: Cheryl Marston.
  - Anwältin.
  - Geschieden, aber Exmann nicht verdächtig.
- Kein Tatmotiv.
- Täter hat den Namen »John« benutzt. Hatte Narben an Hals und Brust. Deformierte Hand bestätigt.
- Täter hat zweimal Kostüm gewechselt: Zunächst bartloser Geschäftsmann mit Stoffhose und Anzughemd, dann Biker mit Harley-Jeanshemd.
- Wagen liegt im Harlem River. Täter vermutlich entkommen.
- Opfer wurde mit Isolierband geknebelt. Nicht zurückverfolgbar.
- Knallkörper, genau wie zuvor. Nicht zurückverfolgbar.
- Ketten und Karabinerhaken. Handelsüblich. Nicht zurückverfolgbar.
- Seil. Handelsüblich. Nicht zurückverfolgbar.
- Erneut Make-up, Latex und Tack-Pure.

- Sporttasche, hergestellt in China. Nicht zurückverfolgbar. Inhalt:
  - Reste von Tranquilizer Flunitrazepam.
  - Klebewachs. Nicht zurückverfolgbar.
  - Messing(?)späne. An FBI geschickt.
  - Dokumentenechte Tinte, schwarz.
- Dunkelblaue Windjacke, kein Monogramm oder Wäschezeichen. Inhalt:
  - Presseausweis des Kabelsenders CTN, lautend auf Stanley Saferstein. (Er ist nicht verdächtig; NCIC-, VICAP-Suche negativ.)
  - Plastiktürkarte eines Hotels. American Plastic Cards, Akron, Ohio. Modell APC-42. Keine Fingerabdrücke.
    - Firmenchef sucht nach Verkaufsunterlagen.
    - Detectives Bedding und Saul überprüfen Hotels.
  - Restaurantbeleg des Riverside Inn, Bedford Junction, NY. Mittagessen für vier Personen, Tisch 12, Samstag vor zwei Wochen. Truthahn, Hackbraten, Steak, Tagesgericht. Softdrinks. Personal kann sich an Gäste nicht erinnern. (Komplizen?)
- Gasse, in der Hexer verhaftet wurde:
  - Täter hat Schlösser der Handschellen geöffnet.
  - Speichel (Dietrich im Mund versteckt).
  - Blutgruppe lässt sich nicht feststellen.
  - Kleine Säge, um Fußfessel zu durchtrennen (ebenfalls im Mund versteckt).
- Verbleib von Officer Burke ungeklärt.
- Tatort Harlem River:
  - Keine Hinweise, abgesehen von Reifenspuren im Schlamm.

Profil als Illusionist

- Täter wird versuchen, Opfer und Polizei zu täuschen.
  - Physische Täuschung (zur Ablenkung).
  - Psychologische Täuschung (um Misstrauen zu überwinden).
- Flucht in Musikschule verlief analog zu Illusionistennummer »Der Verschwundene«.
  - Weithin bekannt; nicht zurückverfolgbar.
- Täter ist in erster Linie Illusionist.
- Täter ist geübter Taschenspieler.
- Täter kennt sich mit Verwandlungskunst (Proteuszauber) aus. Kostüme lassen sich herunterreißen, sind aus Nylon oder Seide. Falsche Glatze, Fingerkuppen und andere Latexprothesen. Beliebiges Alter, Geschlecht oder Rasse.
- Calverts Tod = Selbits Nummer »Die zersägte Frau«.
- Täter ist geübt im Öffnen von Türschlössern (vermutlich »Scheuertechnik«).
- Täter ist Entfesselungskünstler.
- Täter hat Erfahrung mit Tierillusionen.
- Täter hat Hellsehertricks benutzt, um Informationen über Opfer zu erlangen.
- Täter hat Taschenspielertrick benutzt, um Opfer unter Drogen zu setzen.
- Mordversuch an drittem Opfer = Houdinis Nummer »Die Wasserfolterkammer«.
- Täter ist Bauchredner.

...Zweiundzwanzig

Harry Houdini war als Entfesselungskünstler sehr berühmt, doch er hatte viele großartige Vorgänger und eine Reihe fähiger Zeitgenossen.

Der wesentliche Unterschied zwischen ihm und all den anderen lag darin, dass Houdini bei jedem seiner Auftritte eine Herausforderung aussprach. Wo auch immer er gerade gastierte, er forderte die Einheimischen auf, ihn mit einem beliebigen Gegenstand zu fesseln – beispielsweise mit den Handschellen eines der dortigen Polizisten – oder ihn irgendwo vor Ort einzusperren, etwa in einer Zelle des Stadtgefängnisses, wo er dann versuchen würde, sich zu befreien.

Es war dieser Wettstreit, dieser Vergleich von Mann zu Mann, dem Houdini seine außerordentliche Berühmtheit verdankte – und sie wuchs mit jeder neuen Herausforderung.

Mir geht es ebenso, dachte Malerick, als er sein Apartment betrat. Im Anschluss an die Flucht vom Harlem River hatte er ein paar Erkundigungen eingezogen, doch die Ereignisse des heutigen Nachmittags machten ihm immer noch zu schaffen. Damals, vor dem Feuer, als er noch regelmäßig aufgetreten war, hatte er sich oft in Gefahr befunden. In wirklicher Gefahr. Sein Mentor hatte ihm eingetrichtert, dass man stets ein Risiko eingehen musste, um das Publikum zu fesseln. Und für Malerick gab es kein schlimmeres Vergehen, als all jene zu langweilen, die gekommen waren, um von ihm unterhalten zu werden. Diese spezielle Nummer jedoch hatte sich als eine Kette beachtlicher Herausforderungen erwiesen; die Polizei war viel besser als erwartet. Wie hatten sie ahnen können, dass er es auf die Frau von der Reitschule abgesehen hatte? Und wo er sie ertränken wollte? Die Abriegelung des Kunstgewerbemarkts, die Entdeckung des Mazda, die nächste Verfolgungsjagd – die dermaßen knapp verlaufen war, dass er das Fahrzeug im Fluss versenken musste, um haarscharf entwischen zu können. Herausforderungen waren ja schön und gut – aber allmählich wurde er paranoid. Er hatte eigentlich vorgehabt, sich noch etwas gründlicher auf die nächste Nummer vorzubereiten, doch nun beschloss er, bis zur letzten Minute in seiner Wohnung zu bleiben.

Außerdem musste er dringend etwas erledigen. Etwas für sich selbst – nicht für das verehrte Publikum. Er zog die Vorhänge des Apartments zu und stellte eine Kerze auf das Kaminsims, unmittelbar neben einen kleinen hölzernen Kasten mit Einlegearbeiten. Nachdem er die Kerze mit einem Streichholz entzündet hatte, setzte er sich auf den groben Bezug des billigen Sofas und konzentrierte sich auf seine Atmung. Langsam atmete er ein und wieder aus.

Langsam, langsam, langsam…

Seine Augen wichen nicht von der Flamme ab, und er versank in einer Art Meditation.

Im Laufe ihrer langen Geschichte hatte die Zauberkunst sich in zwei Richtungen entwickelt. Auf der einen Seite gab es die Taschenspieler, die Jongleure und Illusionisten, deren Ziel es war, das Publikum mit Geschick und flinken Fingern zu unterhalten.

Der andere Zweig der Magie war weitaus umstrittener: die Schule des Okkulten. Sogar in der heutigen wissenschaftlich geprägten Zeit behaupteten manche Zauberer, sie besäßen tatsächlich übersinnliche Kräfte, mittels derer sie Gedanken lesen, Gegenstände telekinetisch bewegen, die Zukunft vorhersagen und mit Geistern sprechen konnten.

Seit Tausenden von Jahren erleichterten angebliche Seher

und Medien die Taschen ihrer von Trauer umnebelten Opfer, indem sie vermeintlich die Geister verstorbener Angehöriger heraufbeschworen. Als es noch keine Gesetze gegen derlei Scharlatane gab, waren es häufig die echten Zauberkünstler, die zum Schutz der Leichtgläubigen die Methoden der Betrüger öffentlich enttarnten. (Sogar heutzutage verwandte der hervorragende Illusionist James Randi einen beachtlichen Teil seiner Anstrengungen darauf, Schwindler zu entlarven.) Auch Harry Houdini setzte viel Zeit und Geld ein, um falsche Seher bloßzustellen. Ironischerweise tat er dies vornehmlich deshalb, weil er lange vergeblich nach einem echten Medium gesucht hatte, das in der Lage sein würde, mit dem Geist seiner Mutter in Verbindung zu treten, deren Tod er nie ganz verwinden konnte.

Malerick starrte nun auf die Kerze, beobachtete sie angestrengt und hoffte inständig, der seelenverwandte Geist möge erscheinen und die gelbe Flamme liebkosen, auf dass er ein Zeichen erhalte. Er benutzte die Kerze als Kommunikationsmittel, weil es ein Feuer gewesen war, das ihm das Liebste geraubt und sein Leben auf ewig verändert hatte.

Halt, war da ein Flackern? Vielleicht ja, vielleicht nein. Er konnte es nicht sagen.

In ihm rangen beide Zweige der Magie miteinander um die Vorherrschaft. Als begabter Illusionist wusste Malerick natürlich, dass seine Nummern nichts anderes waren als angewandte Physik, Chemie und Psychologie. Und trotzdem gab es diese eine kleine Ungewissheit in ihm, ob die Zauberei nicht womöglich *doch* den Schlüssel zum Reich des Übernatürlichen darstellte: Gott als Illusionist, der unsere anfälligen Leiber verschwinden ließ, die Seelen unserer Liebsten wegzauberte, verwandelte und zurückbrachte zu uns, seinem traurigen, hoffenden Publikum.

Es war nicht völlig undenkbar, glaubte Malerick. Er…

Und dann flackerte die Kerze! Ja, er sah es ganz genau.

Die Flamme bewegte sich einen Millimeter in Richtung des hölzernen Kästchens. Möglicherweise bedeutete dies, dass die Seele der geliebten Person nun neben ihm schwebte, herbeigerufen nicht durch irgendeine Technik, sondern dank einer unsichtbaren Verbindung, die mittels der Magie enthüllt werden könnte, sofern er nur empfänglich dafür blieb.

»Bist du da?«, flüsterte er. »Bist du's?«

Er atmete unendlich langsam, weil er fürchtete, durch seinen Hauch die Flamme erzittern zu lassen. Malerick wollte einen eindeutigen Beweis, dass er nicht allein war.

Schließlich verlosch die Kerze von selbst. Malerick saß noch lange nachdenklich da und schaute dabei zu, wie der graue Rauch sich zur Decke hochringelte und verschwand.

Er sah auf die Uhr. Es blieb keine Zeit mehr. Er suchte die Kostüme und Utensilien zusammen, legte alles bereit, zog sich sorgfältig an und schminkte sich.

Der Spiegel verriet ihm, dass die neue Rolle perfekt saß.

Er ging zur Haustür und blickte durch die Scheibe. Die Straße war leer.

Dann trat er hinaus in den Frühlingsabend und brach zu seiner nächsten Nummer auf, die, jawohl, sogar noch *herausfordernder* sein würde als die bisherigen Auftritte.

Feuer und Illusion sind nah miteinander verwandt.

Gleißendes Blitzpulver, Kerzen, Propanflammen, über denen Entfesselungskünstler baumeln…

Feuer, verehrtes Publikum, ist ein Spielzeug des Teufels, und der Teufel ist seit jeher eng mit der Magie verknüpft. Feuer erhellt, und Feuer verbirgt, es zerstört und erschafft.

Feuer verwandelt.

Und es steht im Mittelpunkt unserer nächsten Nummer. Ich nenne sie Der Eingeäscherte.

Die Neighborhood School lag unweit der Fünften Avenue in Greenwich Village und war in einem anheimelnden Kalksteingebäude untergebracht. Sie wirkte ebenso schlicht, wie sie hieß. Niemand wäre von selbst auf den Gedanken gekommen, dass hier die Kinder einiger der wohlhabendsten und politisch einflussreichsten Familien New Yorks lesen, schreiben und rechnen lernten.

Die Schule galt nicht nur als herausragendes Bildungsinstitut – sofern man bei einer Grundschule überhaupt davon sprechen konnte –, sondern wurde zudem für allerlei kulturelle Aktivitäten genutzt.

Zum Beispiel für Konzertabende, die stets samstags um zwanzig Uhr stattfanden.

Und zu deren heutigen Besuchern auch der Reverend Ralph Swensen zählen würde.

Er hatte seinen langen Spaziergang durch Chinatown und Little Italy bis nach Greenwich Village unbeschadet überstanden und war dabei bloß von einigen Bettlern angeschnorrt worden, welche er mittlerweile geflissentlich zu ignorieren verstand. In einem kleinen italienischen Restaurant hatte er einen Teller Spaghetti bestellt (was außer den Ravioli das einzige vertraute Gericht auf der Speisekarte gewesen war) und sich dazu ein Glas Rotwein gegönnt, denn immerhin reiste er diesmal nicht in Begleitung seiner Frau. Das Essen schmeckte großartig, und so blieb er eine ganze Weile dort sitzen, nippte an dem verbotenen Getränk und erfreute sich am Anblick der Kinder, die auf den Straßen des geschäftigen Viertels spielten. Als er am Ende die Rechnung bezahlte, beschlich ihn ein leises Schuldgefühl, weil er Kirchengelder für Alkohol ausgab.

Dann ging der Reverend weiter nach Norden und tiefer ins Village hinein und gelangte dabei an einen Ort namens Washington Square. Auf den ersten Blick schien es sich um ein eigenes kleines Sodom zu handeln, aber als er den chaotisch wirkenden Park betrat, sah er dort lediglich Jugendliche, die laute Musik spielten, und Leute, die aus Flaschen in braunen Papiertüten Bier und Wein tranken. Obwohl es nach seinen Moralvorstellungen Missetäter gab, die für ihre Vergehen direkt in die Hölle wanderten (zum Beispiel laute Strichjungen, die ihre Zimmernachbarn nicht schlafen ließen), würden die hier begangenen Sünden niemandem einen Freifahrschein ins Fegefeuer bescheren.

Mitten im Park überkam ihn dann doch ein unbehagliches Gefühl. Er musste wieder an den Mann denken, der ihn so seltsam angestarrt hatte, den Kerl mit dem Overall und der Werkzeugtasche. Der Reverend war sich sicher, ihn ein zweites Mal gesehen zu haben – als Spiegelbild in einem Schaufenster unweit des Hotels. Und auch jetzt hatte er den Eindruck, man würde ihn beobachten. Er drehte sich abrupt um. Tja, keine Spur von einem Handwerker. Allerdings war da ein gepflegt aussehender Mann mit dunklem Sakko, der in seine Richtung schaute. Im selben Moment wandte der Fremde ganz beiläufig den Blick ab und steuerte eine öffentliche Toilette an.

Bildete er sich alles nur ein?

Vermutlich ja. Dieser Mann sah dem Handwerker nicht mal ähnlich. Aber als der Reverend den Washington Square verließ, der Fünften Avenue nach Norden folgte und sich unter die vielen hundert Passanten mischte, verspürte er erneut eine gewisse Beklemmung. Er warf einen Blick über die Schulter. Diesmal sah er einen blonden Mann mit dicker Brille, braunem Jackett und T-Shirt, der soeben die Straße überquerte, genau wie Reverend Swensen vor wenigen Sekunden.

Nun war er *überzeugt* davon, an Verfolgungswahn zu leiden. Es konnten unmöglich drei *verschiedene* Männer hinter ihm her sein. Mach dich nicht verrückt, dachte er und ging auf der Fünften Avenue weiter zur Neighborhood School, umgeben von zahllosen New Yorkern, die den herrlichen Frühlingsabend genossen.

Um genau neunzehn Uhr traf Reverend Swensen an der Schule ein. Die Türen würden sich erst in einer halben Stunde öffnen. Er stellte den Aktenkoffer ab und verschränkte die Arme. Dann beschloss er, den Koffer doch lieber in der Hand zu behalten. Er lehnte sich an einen schmiedeeisernen Gartenzaun neben dem Schulgebäude und blickte nervös in die Richtung, aus der er gekommen war.

Nein, da war niemand. Weder Handwerker mit Werkzeugtaschen noch Männer mit Jacketts. Er war…

»Verzeihung, Pater?«

Erschrocken fuhr er herum und sah einen hoch gewachsenen dunkelhäutigen Mann mit Dreitagebart vor sich stehen.

»Äh, ja?«

»Sind Sie wegen des Konzerts hier?« Der Mann deutete auf die Neighborhood School.

»Genau«, antwortete er und bemühte sich, möglichst ruhig zu klingen.

»Wann fängt es denn an?«

»Um acht. Einlass ist eine halbe Stunde vorher.«

»Vielen Dank, Pater.«

»Keine Ursache.«

Der Mann lächelte und ging in Richtung der Schule weg. Reverend Swensen wartete weiterhin ab und umklammerte aufgeregt den Griff seines Aktenkoffers. Er sah auf die Uhr. Viertel nach sieben.

Dann – nach endlos scheinenden fünf Minuten – sah er endlich, worauf er gewartet hatte und weswegen er den weiten Weg nach New York gereist war: eine schwarze Lincoln-

Limousine mit Behördenkennzeichen. Einen Block vor der Neighborhood School blieb sie stehen. Der Reverend kniff die Augen zusammen und entzifferte das Nummernschild. Es war der richtige Wagen… Danke, o Herr.

Zwei junge Männer in dunklen Anzügen stiegen aus, sahen sich gründlich um – wobei sie auch ihn bemerkten – und kamen offenbar zu dem Schluss, die Straße sei sicher.

Einer von ihnen bückte sich und sprach durch das offene Fenster mit jemandem auf der Rückbank.

Der Reverend wusste, wer dort saß: der stellvertretende Bezirksstaatsanwalt Charles Grady, Anklagevertreter im Fall Andrew Constable. Grady wollte mit seiner Frau den Konzertabend besuchen, denn ihre junge Tochter zählte zu den Mitwirkenden. Swensens Wochenendausflug nach Sodom galt dem Staatsanwalt. Wie Paulus hatte der Reverend sich in die Welt der Ungläubigen begeben, um ihnen ihre Fehler aufzuzeigen und den rechten Weg zu weisen. Im Gegensatz zu dem Apostel würde er jedoch zu etwas handfesteren Mitteln greifen, nämlich zu der großkalibrigen Pistole in seinem Aktenkoffer, mit der er Charles Grady ermorden wollte. Er drückte den Koffer so fest an die Brust, als hielte er die heilige Bundeslade umschlungen.

...Dreiundzwanzig

Er musterte den Schauplatz und machte sich Gedanken über das Schussfeld, mögliche Fluchtwege, die Anzahl der Passanten und die Verkehrsdichte auf der Fünften Avenue. Er durfte nicht versagen. Vom Erfolg des Anschlags hing viel ab; Charles Gradys Tod lag in Swensens eigenem Interesse.

Letzten Dienstag war gegen Mitternacht Jeddy Barnes bei ihm aufgetaucht, einer der örtlichen Milizionäre. Er hatte plötzlich in der Tür des eingeschossigen Fertighauses gestanden, das Reverend Swensen als Heim und Kirche diente. Als die Staatspolizei vor einigen Monaten begonnen hatte, aktiv gegen Andrew Constables Gesellschaft der Patrioten vorzugehen, war Barnes mit seinem Wohnmobil angeblich tief im Wald bei Canton Falls verschwunden.

»Setz einen Kaffee auf«, befahl der Fanatiker und musterte den erschrockenen Reverend drohend.

Auf das Wellblechdach prasselte der Regen herab. Barnes, ein grobschlächtiger, unheimlicher Einzelgänger mit grauem Bürstenschnitt und hagerem Gesicht, beugte sich vor. »Ich möchte, dass du etwas für mich erledigst, Ralph.«

»Was denn?«

Barnes streckte die Beine aus und schaute zu dem Sperrholzaltar, den Reverend Swensen sich selbst gebaut und stümperhaft lackiert hatte. »Da ist jemand hinter uns her und gibt keine Ruhe. Einer von denen.«

Swensen wusste, was mit »denen« gemeint war: eine nicht genau definierte Allianz aus Bundes- und Staatsbehörden, den Medien, allen Nicht-Christen, Mitgliedern der etablierten politischen Parteien und Intellektuellen – fürs Erste. (»Uns« beinhaltete jeden, der nicht in eine der genannten Kategorien fiel, vorausgesetzt er war weiß.) Der Reverend hatte nicht ganz so fanatische Ansichten wie Barnes und seine harten Milizkameraden – vor denen er im Übrigen höllische Angst verspürte –, doch er hielt viele ihrer Argumente für stichhaltig.

»Wir müssen ihn aufhalten.«

»Wer ist er?«

»Ein Staatsanwalt in New York City.«

»Ach, der Kerl, der es auf Andrew abgesehen hat?«

»Genau der. Charles Grady.«

»Was soll ich tun?«, fragte Reverend Swensen und dachte dabei an eine Protestaktion oder eine flammende Predigt.

»Ihn töten«, sagte Barnes lakonisch.

»Was?«

»Ich will, dass du nach New York fährst und ihn umlegst.«

»Ach du lieber Himmel. Das geht nicht.« Er versuchte, entschlossen zu wirken, aber seine Hände zitterten so sehr, dass er den Kaffee verschüttete und ein Gesangbuch besudelte. »Zunächst mal, was soll es nützen? Andrew wird nichts davon haben. Man wird wissen, dass er dahinter steckt, und ihm noch viel härter zusetzen...«

»Constable ist unwichtig. Er spielt keine Rolle mehr. Es geht um größere Dinge. Wir müssen denen einen Denkzettel verpassen. Du weißt doch, was all diese Arschlöcher in Washington immer auf ihren Pressekonferenzen sagen: ›Wir möchten ein Zeichen setzen.‹«

»Tja, vergiss es, Jeddy. Das kann ich nicht tun. Es ist verrückt.«

»Nun, ich glaube, du bist genau der Richtige dafür.«

»Aber ich bin ein Geistlicher.«

»Du gehst jeden Sonntag auf die Jagd – das ist Mord, wenn man so will. Und du warst in Vietnam. Du hast Menschenleben auf dem Gewissen – falls deine Geschichten wahr sind.«

»Das liegt dreißig Jahre zurück«, flüsterte Swensen entsetzt, wich dem Blick des Mannes aus und vermied zuzugeben, dass seine Kriegsgeschichten keineswegs der Wahrheit entsprachen. »Ich werde niemanden töten.«

»Ich wette, Clara Sampson wäre auch dafür.« Einen Moment lang herrschte bleiernes Schweigen. »Oder hast du das etwa schon vergessen, Ralph?«

O Gott, o Gott, o Gott…

Jeddy Barnes hatte letztes Jahr Wayne Sampson davon abgehalten, die Polizei zu verständigen, nachdem der Milchbauer den Geistlichen mit Sampsons dreizehnjähriger Tochter auf dem Spielplatz hinter der Kirche erwischt hatte. Nun wurde dem Reverend allmählich klar, dass Barnes nur deswegen für ihn eingetreten war, um ihn später unter Druck setzen zu können. »Bitte, versteh doch…«

»Clara hat einen hübschen Brief geschrieben, der sich zufällig in meinem Besitz befindet. Habe ich eigentlich je erwähnt, dass ich sie damals darum gebeten habe? Wie dem auch sei, sie hat deinen Schwanz detaillierter beschrieben, als es mich persönlich interessiert, aber die Geschworenen wären bestimmt begeistert.«

»Das darfst du nicht. Nein, nein, nein…«

»Ich will mich nicht lange mit dir herumstreiten, Ralph. Du hast die Wahl. Falls du dich *weigerst*, wirst du schon nächsten Monat im Knast sitzen und für die Nigger dort das Gleiche tun, was Clara Sampson für dich tun musste. Also, wie lautet deine Entscheidung?«

»Scheiße.«

»Ich nehme an, das heißt Ja. So, und nun werde ich dir den Plan erläutern.«

Dann hatte Barnes ihm eine Waffe gegeben, ihm die Adresse eines Hotels und die Anschrift von Gradys Büro genannt und ihn schließlich auf die Reise geschickt.

Nach seiner Ankunft vor einigen Tagen hatte Reverend Swensen zunächst Erkundigungen eingezogen. Am späten Donnerstagnachmittag war er in seiner Amtstracht in das Regierungsgebäude marschiert und dank seiner harmlos wirkenden Art ungehindert durch die Flure gewandert, bis er in einem abgelegenen Gang eine Besenkammer fand und sich dort bis Mitternacht versteckte. Dann war er in Gradys Vorzimmer eingebrochen und hatte herausgefunden, dass der Staatsanwalt und seine Familie das heutige Konzert in der Neighborhood School besuchen würden; seine Tochter zählte zu den jungen Musikern.

Und nun stand der Reverend bewaffnet und hochgradig nervös vor der Schule und beobachtete ungeduldig, wie der Leibwächter mit dem Staatsanwalt auf der Rückbank der Limousine sprach. Wenn alles planmäßig verlief, würde er Grady und seine Begleiter mit der schallgedämpften Pistole erschießen, sich zu Boden werfen und lauthals schreien, ein Mann sei soeben vorbeigefahren und habe aus dem Wagen das Feuer eröffnet. In dem folgenden Durcheinander müsste dem Geistlichen dann die Flucht gelingen.

Müsste...

Er wollte ein Gebet sprechen, aber obwohl Charles Grady ein Werkzeug des Bösen war, brachte Reverend Swensen es nicht fertig, Gott um Beistand für den Mord an einem unbewaffneten weißen Christen zu bitten. Er begnügte sich stattdessen mit einer stummen Bibelrezitation.

Und danach sah ich einen andern Engel niederfahren vom Himmel, der hatte große Macht, und die Erde ward erleuchtet von seinem Glanz...

Reverend Swensen verlagerte sein Gewicht von einem Fuß auf den anderen und konnte es kaum noch abwarten. Diese Anspannung, diese Anspannung... Er wollte zurück zu seinen Schafen, seinem Ackerland, seiner Kirche, seinen allseits beliebten Predigten.

Und zu Clara Sampson, die inzwischen fast fünfzehn und somit in jeder Hinsicht verfügbar war.

Und der Engel schrie mit lauter Stimme und sprach: Babylon die Große ist gefallen und eine Behausung der Teufel geworden und ein Gefängnis aller unreinen Geister…

Er musste an Gradys Familie denken. Die Frau des Staatsanwalts hatte nichts Unrechtes getan. Mit einem Sünder verheiratet zu sein, war nicht dasselbe wie selbst ein Sünder zu sein oder freiwillig für einen Sünder zu arbeiten. Nein, er würde Mrs. Grady verschonen.

Solange sie nicht sah, dass er der Schütze war.

Und was Chrissy, die Tochter, anbetraf, von der Barnes ihm erzählt hatte… Er fragte sich, wie alt sie wohl war und wie sie aussah.

Und das Obst, daran deine Seele Lust hatte, ist dahin; und alles, was glänzend und herrlich war, ist von dir gewichen, und nimmermehr wirst du es finden…

Jetzt, dachte er. Na los. Komm schon, komm schon, komm schon.

Und ein starker Engel hob einen Stein auf wie einen großen Mühlstein, warf ihn ins Meer und sprach: So wird im Sturm verworfen die große Stadt Babylon und nicht mehr gefunden werden…

Tja, Grady, *mein* Stein der Vergeltung ist eine präzise Waffe aus deutscher Fertigung, und der Überbringer der Botschaft ist kein Engel vom Himmel, sondern ein Vertreter aller rechtgläubigen Menschen in Amerika.

Er ging los.

Die Leibwächter schenkten ihm weiterhin keine Beachtung.

Er öffnete den Aktenkoffer und nahm den Stadtplan heraus, in dessen Falten die schwere Waffe steckte. Wie zufällig schlenderte er in Richtung des Wagens. Gradys Leibwächter standen nun nebeneinander auf dem Bürgersteig und wandten ihm den Rücken zu. Einer streckte die Hand aus, um dem Staatsanwalt die Tür zu öffnen.

Noch sechs Meter.

Möge Gott deiner Seele gnädig…

Und dann krachte der Mühlstein des Engels ihm mitten ins Kreuz.

»Hinlegen, hinlegen, schnell, schnell, schnell, schnell!«

Ein halbes Dutzend Männer und Frauen, hundert Dämonen, packten Reverend Swensens Arme und rissen ihn zu Boden. »Keine Bewegung, keine Bewegung, keine Bewegung, keine Bewegung!«

Einer schnappte sich die Waffe, einer den Aktenkoffer, einer hielt den Nacken des Reverends gepackt und drückte ihn mit der Wucht aller Sünden dieser Stadt nach unten. Sein Gesicht schrammte über den Beton, und Schmerz schoss durch seine Hand- und Schultergelenke, als man ihm die Arme auf den Rücken fesselte und seine Taschen durchsuchte.

Aus dem Augenwinkel sah Swensen, dass die Tür von Gradys Wagen sich öffnete und drei Polizisten ausstiegen, ein jeder mit Helm und kugelsicherer Weste bekleidet.

»Unten bleiben, halten Sie gefälligst den Kopf still!«

O Jesus, Herr im Himmel…

Er sah die Schuhe eines Mannes näher kommen. »So, Sir, wir werden Sie jetzt umdrehen, und dann lese ich Ihnen Ihre Rechte vor. Und Sie werden mich wissen lassen, ob Sie alles verstanden haben.« Im Gegensatz zu den barschen anderen Beamten war dieser Mann recht höflich. Und er sprach mit Südstaatenakzent.

Mehrere Hände rollten ihn herum und stellten ihn auf die Beine.

Der Reverend zuckte entsetzt zusammen.

Der Mann, der mit ihm sprach, war der Kerl in dem dunklen Sakko, der ihm auf dem Washington Square aufgefallen war. Daneben stand der blonde Brillenträger, der offenbar als Nächster die Beschattung übernommen hatte. Und der unrasierte Schwarze, der nach dem Konzertbeginn gefragt hatte, war ebenfalls anwesend.

»Sir, ich bin Detective Bell. Ich werde Ihnen jetzt Ihre Rechte vorlesen. Sind Sie bereit? Gut. Fangen wir an.«

Bell nahm den Inhalt von Swensens Aktenkoffer in Augenschein.

Reservemunition für die Heckler & Koch Automatik. Ein Notizblock mit dem Entwurf einer anscheinend ziemlich grausigen Predigt. Ein Reiseführer, *New York für fünfzig Dollar am Tag*. Und eine zerfledderte Gideon-Bibel, versehen mit einem Stempel: THE ADELPHI HOTEL, 232 BOWERY, NEW YORK, NEW YORK.

Hmmm, dachte Bell. So wie es aussieht, kommt er auch noch wegen Bibeldiebstahl vor Gericht.

Er fand jedoch nichts, das auf eine direkte Verbindung zwischen diesem versuchten Mordanschlag und Andrew Constable hindeutete. Enttäuscht ließ er die Beweise registrieren und rief Rhyme an, um ihm mitzuteilen, dass der hastig beschlossene Einsatz der Schutzengel erfolgreich verlaufen war.

Eine Stunde zuvor hatte der Kriminalist noch über dem erweiterten Bericht der Spurensicherung gebrütet, während Mel Cooper dem Ursprung der in Gradys Büro aufgefundenen Fasern nachgegangen war. Letztendlich gelangte Rhyme zu einigen Besorgnis erregenden Schlussfolgerungen. Die Analyse der Fußspuren ergab, dass der Eindringling minutenlang an einer bestimmten Stelle gestanden hatte – der rechten vorderen Ecke des Schreibtischs. Laut der Bestandsliste lag dort nur ein einziger Gegenstand: der Terminkalender. Und der einzige Eintrag an diesem Wochenende war Chrissy Gradys Konzert in der Neighborhood School. Der Einbrecher musste also zweifellos davon erfahren haben.

Im Hinblick auf die Identität des Unbekannten äußerte Rhyme den Verdacht, er könnte sich als Geistlicher verkleidet haben. Mit Hilfe einer FBI-Datenbank war es Cooper gelungen, die schwarzen Fasern und ihr Färbemittel zu einem Stofffabrikanten in Minnesota zurückzuverfolgen, der – so stand auf seiner Internetseite zu lesen – hauptsächlich schwarze Gabardine für klerikale Gewänder herstellte. Rhyme wies außerdem darauf hin, dass mehrere der weißen Fasern aus Polyester und gestärkter Baumwolle bestanden, wie sie beispielsweise bei einem dünnen weißen Hemd mit dem steifen Kragen eines Geistlichen verwendet wurden.

Die einzelne rote Satinfaser konnte vom Lesebändchen eines alten Buches stammen, die Folienfragmente vom Goldschnitt. Beides kam Rhyme bekannt vor. Bei einem seiner früheren Fälle hatte ein Schmuggler Drogen in einer ausgehöhlten Bibel versteckt; damals waren die Ermittler im Büro des Verdächtigen auf ähnliche Spuren gestoßen.

Bell nahm Kontakt mit Grady auf und ordnete an, dass die Familie nicht an dem Konzertabend teilnehmen würde. Stattdessen sollten einige ESU-Beamte im Wagen des Staatsanwalts zu der Veranstaltung fahren. Andere Teams postierten sich nördlich der Schule an der Fünften Avenue, in den Querstraßen, die nach Westen zur Sechsten Avenue und nach Osten zur University Place führten, und im Süden auf dem Washington Square.

Und tatsächlich erspähte Bell, der den Park übernommen hatte, einen Geistlichen, der nervös in Richtung der Neighborhood School ging. Er machte sich an die Beschattung, wurde entdeckt und musste abbrechen. Ein anderer Kollege übernahm und verfolgte den Verdächtigen bis zu der Schule. Ein dritter Detective, der ebenfalls zu Bells Zeugenschutzengeln gehörte, sprach den Mann an und erkundigte sich nach dem Konzert. Da er bei dieser Inaugenscheinnahme keine offensichtlichen Waffen bemerkte, bestand zunächst kein hinreichender Tatverdacht, um den Mann sofort verhaften und durchsuchen zu können.

Also wurde der Verdächtige weiterhin überwacht, und sobald er die Waffe aus dem Koffer geholt hatte und den Wagen ansteuerte, erfolgte der Zugriff.

Sie hatten mit einem falschen Priester gerechnet und waren erstaunt, dass sie dem Inhalt von Swensens Brieftasche zufolge einen echten erwischt hatten – trotz des gegenteiligen Eindrucks der beschämend schlechten Predigt. Bell deutete auf die Heckler & Koch Automatik. »Ziemlich große Knarre für einen Pfaffen«, sagte er.

»Ich bin ein Reverend.«

»Sag ich doch.«

»Ich wurde ordentlich geweiht.«

»Schön für Sie. Ich würde Ihnen gern eine Frage bezüglich der Rechte stellen, die ich Ihnen vorgelesen habe. Wollen Sie wirklich schweigen? Glauben Sie mir, Sir, wenn Sie sich zu der Tat äußern, wird alles sehr viel einfacher für Sie. Wer hat von Ihnen verlangt, dass Sie Mr. Grady töten?«

»Gott.«

»Hmm«, machte Bell. »Okay. Sonst noch jemand?«

»Mehr werde ich nicht sagen, weder zu Ihnen noch zu einem anderen. Das ist meine Antwort. Gott.«

»Tja, also gut. Dann buchten wir Sie jetzt ein. Mal sehen, ob Gott geneigt ist, eine Kaution für Sie zu stellen.«

…Vierundzwanzig

Das nennen die Musik?

Das dumpfe Dröhnen einer Trommel, gefolgt vom schrillen Klang kurzer Blechbläserpassagen war bis in Rhymes Arbeitszimmer zu hören. Es stammte vom Cirque Fantastique, gleich gegenüber im Park. Die Töne waren verzerrt und wirkten grell und aufdringlich. Er bemühte sich, die Störung zu ignorieren, und wandte sich wieder dem Telefonat mit Charles Grady zu. Der Staatsanwalt bedankte sich soeben für die Festnahme des Geistlichen, der nach New York gekommen war, um ihn zu ermorden.

Bell war derweil ins Untersuchungsgefängnis gefahren und hatte Constable verhört. Der Häftling sagte, er kenne Swensen, habe ihn aber vor mehr als einem Jahr aus der Gesellschaft der Patrioten rausgeworfen, weil der Reverend ein »ungesundes Interesse« an den Töchtern einiger Gemeindemitglieder gezeigt habe. Danach habe Constable nichts mehr mit ihm zu tun gehabt und lediglich das Gerücht gehört, Swensen sei irgendeiner Hinterwäldlerbürgerwehr beigetreten. Der Gefangene stritt hartnäckig ab, von dem geplanten Anschlag auf Grady gewusst zu haben.

Dennoch waren auf Betreiben des Staatsanwalts zwei Kisten mit Beweismaterial zu Rhyme gebracht worden: eine vom Tatort an der Neighborhood School, die andere aus Reverend Swensens Hotelzimmer. Der Kriminalist hatte sich einen schnellen Überblick verschafft, war aber auf keine eindeutige Verbindung zu Constable gestoßen.

»Wir sollten das Zeug an die Kollegen vor Ort schicken, an die Spurensicherung von… wie heißt die Stadt doch gleich?«

»Canton Falls.«

»Die können dort Vergleiche der Erd- und Partikelproben anstellen. Vielleicht gibt es einen Hinweis auf Constable, aber mir liegen hier keine Vergleichsmuster der Gegend vor.«

»Danke für Ihre Hilfe, Lincoln. Ich sorge dafür, dass das Material so schnell wie möglich hingebracht wird.«

»Falls Sie zu den Ergebnissen ein Sachverständigengutachten möchten, stehe ich gern zur Verfügung«, sagte Rhyme und musste das Angebot wiederholen, weil die zweite Hälfte des Satzes von einem besonders wilden Trompetensolo übertönt wurde.

O verdammt, da könnte *ich* ja noch bessere Musik komponieren, dachte er.

Thom ordnete eine Pause an und maß Rhymes Blutdruck. Die Werte lagen ziemlich hoch. »Das gefällt mir nicht«, sagte er.

»Tja, nur um das mal festzuhalten, *mir* gefällt eine ganze *Menge* nicht«, erwiderte Rhyme gereizt. Der zähe Fortgang der Ermittlungen ärgerte ihn; ein Techniker des FBI-Labors in Washington hatte angerufen und ihnen mitgeteilt, dass nähere Informationen zu den Metallspänen aus der Tasche des Hexers erst am nächsten Morgen vorliegen würden. Bedding und Saul hatten unterdessen mehr als fünfzig Hotels in Manhattan überprüft, von denen jedoch keines die APC-Türkarten benutzte, nach denen sie suchten. Sellitto hatte ferner die Posten beim Cirque Fantastique angefunkt – mittlerweile waren die beiden ursprünglichen Cops von zwei Kollegen abgelöst worden –, doch auch dort tat sich nichts Verdächtiges.

Und was am quälendsten war – Larry Burke, der vermisste Streifenpolizist, der den Hexer in der Nähe des Kunstgewerbemarkts festgenommen hatte, blieb weiterhin verschwunden. Dutzende von Beamten suchten die gesamte West Side ab, hatten bislang aber weder irgendwelche Zeugen aufgetrieben noch Anhaltspunkte für seinen eventuellen Aufenthaltsort gefunden. Immerhin gab es eine ermutigende Nachricht: Er lag nicht tot in dem gestohlenen Mazda. Man hatte den Wagen zwar noch nicht geborgen, aber einer der Taucher war mutig durch die starke Strömung vorgedrungen und weder in der Fahrgastzelle noch im Kofferraum auf eine Leiche gestoßen.

»Wo bleibt denn das Essen?«, fragte Sellitto und sah aus dem Fenster. Sachs und Kara waren zu einem nahen kubanischen Restaurant aufgebrochen, um für sie alle ein paar Kleinigkeiten zu holen. (Der jungen Illusionistin schien es dabei vor allem um die Aussicht auf ihren ersten kubanischen Kaffee zu gehen, den Thom ihr als »halb Espresso, halb Kondensmilch, halb Zucker« beschrieben hatte, eine offenbar unwiderstehliche Mischung, trotz der unmöglichen drei »Hälften«.)

Der stämmige Detective drehte sich zu Rhyme und Thom um. »Habt ihr schon mal eines dieser kubanischen Sandwiches probiert? Das sind wirklich die besten.«

Doch weder das Essen noch der Fall waren dem Betreuer nun wichtig. »Zeit fürs Bett.«

»Es ist erst kurz nach halb zehn«, entgegnete Rhyme. »Praktisch noch Nachmittag. Und daher ist es nicht Zeit – fürs – Bett.« Es gelang ihm, beschwingt und bedrohlich zugleich zu klingen. »Da draußen läuft ein beschissener Killer frei herum, der sich ständig neu überlegt, in welchen Abständen er jemanden umbringen möchte. Erst waren es vier Stunden, dann zwei.« Er sah zur Uhr. »Und in diesem Moment begeht er vielleicht seinen einundzwanzig-Uhr-achtunddreißig-Mord. Ich weiß zu schätzen, dass dir *das* nicht gefällt, aber ich habe Wichtigeres zu tun.«

»Nein, hast du nicht. Falls du für heute noch nicht Schluss machen willst, meinetwegen. Aber wir gehen jetzt nach oben, um ein paar Dinge zu erledigen, und dann wirst du dich eine Weile ausruhen.«

»Ha, du hoffst doch nur, dass ich bis morgen früh durchschlafe. Nun, da irrst du dich. Ich bleibe die ganze Nacht wach.«

Der Betreuer verdrehte die Augen. »Lincoln wird jetzt für ein paar Stunden nach oben verschwinden«, verkündete er mit entschlossener Stimme.

»Wie würde es dir gefallen, deinen Job zu verlieren?«, fuhr Rhyme ihn an.

»Wie würde es dir gefallen, im Koma zu liegen?«, gab Thom zurück.

»Das ist ein Fall von Krüppelmisshandlung«, murmelte er, fügte sich jedoch in sein Schicksal. Das Risiko war ihm bewusst. Wenn ein Querschnittsgelähmter zu lange in einer Position verharrte, wenn seine Gliedmaßen abgeschnürt wurden oder wenn – wie Rhyme dies gern taktlos vor Fremden darzulegen pflegte – er pinkeln oder kacken musste, es aber schon länger nicht mehr getan hatte, bestand die Gefahr, dass es zu einer autonomen Dysregulation kam. Der daraus resultierende hohe Anstieg des Blutdrucks konnte einen Schlaganfall nach sich ziehen, der zu noch schlimmeren Lähmungen oder zum Tod führte. Ein solches Ereignis war zwar selten, bedeutete allerdings automatisch einen Krankenhausaufenthalt oder ein schnelles Grab, und so willigte Rhyme ein, die Behandlung über sich ergehen zu lassen und etwas auszuruhen. Es waren Augenblicke wie dieser – Unterbrechungen des »normalen« Alltags –, die ihn bezüglich seiner Behinderung am wütendsten machten. Und die ihn, obwohl er es niemals zugegeben hätte, zutiefst deprimierten.

Oben im Schlafzimmer kümmerte Thom sich um die notwendigen Körperfunktionen. »Okay. Zwei Stunden Ruhe. Schlaf ein wenig.«

»Eine Stunde«, murrte Rhyme.

Der Betreuer wollte ihm widersprechen, aber dann sah er Rhyme ins Gesicht. Der Ärger und der trotzige Blick hätten ihn nicht im Mindesten gestört, aber er erkannte auch die tief empfundenen Sorgen, die Rhyme sich um die nächsten Opfer des Hexers machte. »Eine Stunde«, gab Thom sich geschlagen. »Unter der Voraussetzung, dass du schläfst.«

»Abgemacht, eine Stunde«, sagte Rhyme. »Und ich verspreche, süß zu träumen«, fügte er ironisch hinzu. »Weißt du, ein Drink wäre echt hilfreich.«

Der Betreuer zupfte an seiner eleganten violetten Krawatte – eine Verlegenheitsgeste, auf die Rhyme sich sofort stürzte wie ein Hai, der ein winziges Tröpfchen Blut gerochen hatte. »Nur einen«, bettelte er.

»Na gut.« Thom goss einen Schluck des alten Macallan in einen von Rhymes Bechern und führte den Strohhalm bis dicht neben seinen Mund.

Der Kriminalist trank alles auf einen Zug. »Ah, himmlisch…« Dann musterte er den leeren Becher. »Eines Tages werde ich dir beibringen, wie man einen anständigen Drink einschenkt.«

»Ich komme in einer Stunde zurück«, sagte Thom.

»Kommando, Wecker«, lautete Rhymes entschlossene Reaktion. Auf dem Flachbildschirm erschien ein Zifferblatt, und er stellte per mündlichem Befehl das Wecksignal für eine Stunde später ein.

»Ich hätte dich schon geweckt«, sagte der Betreuer.

»Na ja, nur für den Fall, dass du irgendwie *beschäftigt* bist und nicht daran denkst«, sagte Rhyme schüchtern. »Jetzt kann nichts mehr schief gehen, richtig?«

Der Betreuer ging hinaus und schloss die Tür hinter sich. Rhymes Blick richtete sich auf das Fenster, wo draußen auf dem Sims die Wanderfalken nisteten und über die Stadt herrschten. Ihre Köpfe drehten sich auf diese typisch seltsame Weise – ruckartig und anmutig zugleich. Einer der Vögel – das Weibchen, die bessere Jägerin – schaute kurz zu ihm herüber, als habe sie seinen Blick gespürt. Sie neigte den Kopf und schien ihm zuzuzwinkern. Dann widmete sie ihre Aufmerksamkeit wieder dem lauten Treiben beim Zirkus im Central Park.

Rhyme schloss die Augen, doch im Geiste ließ er die Spuren Revue passieren und versuchte, einen Sinn dahinter zu entdecken: die Messingspäne, der Hotelschlüssel, der Presseausweis, die Tinte. Es wurde immer nur noch rätselhafter... Schließlich riss er die Augen wieder auf. Das war doch absurd. Er war kein bisschen müde. Er wollte so schnell wie möglich wieder nach unten und weiterarbeiten. Schlafen ging sowieso nicht.

Er spürte einen Luftzug auf der Wange und wurde noch wütender auf Thom – weil dieser die Klimaanlage nicht abgeschaltet hatte. Wenn ein Querschnittsgelähmter Schnupfen bekam, musste ständig jemand in der Nähe bleiben, um ihm die Nase zu putzen. Er rief sich die Lüftungs- und Heizungskontrolle auf den Bildschirm und malte sich aus, wie er Thom erzählen würde, dass er ja gern geschlafen hätte, wenn es im Zimmer nur nicht so kalt gewesen wäre. Doch ein Blick auf den Monitor verriet ihm, dass die Klimaanlage nicht in Betrieb war.

Woher hatte dann dieser Luftzug gestammt?

Die Tür war immer noch geschlossen.

Da! Jetzt spürte er es wieder, ganz eindeutig ein Luftzug, nur diesmal auf der anderen, der rechten Wange. Er wandte schnell den Kopf. Kam das von den Fenstern? Nein, die waren auch alle geschlossen. Egal, es hatte vermutlich nichts zu...

Doch dann bemerkte er die Tür.

O nein, dachte er und erschauderte bis ins Mark. Die Schlafzimmertür verfügte über einen Riegel, der nur von innen vorgeschoben werden konnte, nicht von außen.

Jemand *hatte* ihn vorgeschoben.

Wieder streifte der Atem seine Haut. Heiß diesmal. Ganz aus der Nähe. Und er hörte ein leises pfeifendes Geräusch.

»Wo sind Sie?«, flüsterte Rhyme.

Er keuchte auf, als unvermittelt eine Hand vor seinem Gesicht erschien. Zwei der Finger waren deformiert, miteinander verschmolzen. Die Hand hielt eine Rasierklinge, und die scharfe Kante wies genau auf Rhymes Augen.

»Falls Sie um Hilfe rufen oder irgendein lautes Geräusch von sich geben, werden Ihre Augäpfel dran glauben müssen«, flüsterte der Hexer. »Verstanden?«

Lincoln Rhyme nickte.

…Fünfundzwanzig

Die Klinge verschwand aus der Hand des Hexers.

Er legte sie nicht beiseite, steckte sie nicht ein. Im einen Moment hielt er das metallene Rechteck noch zwischen den Fingern und zielte auf Rhymes Gesicht, im nächsten war es weg.

Der Mann – braunhaarig, bartlos, bekleidet mit einer Polizeiuniform – ging im Zimmer umher und sah sich die Bücher, die CDs und die Poster an. Einmal schien er beifällig zu nicken. Dann musterte er einen merkwürdigen Einrichtungsgegenstand: einen kleinen roten Schrein mit einer Statuette von Guan Di, dem chinesischen Gott des Krieges und der Polizisten. Offenbar kam es dem Hexer nicht weiter ungewöhnlich vor, im Schlafzimmer eines forensischen Wissenschaftlers auf ein solches Kuriosum zu stoßen.

Er kehrte zu Rhyme zurück.

»Tja«, stieß er mit kehligem Flüstern hervor und ließ den Blick über das Flexicair-Bett wandern. »Sie sind nicht ganz das, was ich erwartet habe.«

»Der Wagen«, sagte Rhyme. »Heute am Fluss. Wie haben Sie das angestellt?«

»Ach, das!«, erwiderte er geringschätzig. »Die Nummer heißt *Das versenkte Auto*. Ich habe von vornherein nicht im Wagen gesessen, sondern bin schon in den Büschen am Ende der Sackgasse ausgestiegen. Ein simpler Trick: ein geschlossenes Fenster – so dass die Augenzeugen hauptsächlich eine Spiegelung sehen würden – und meine Mütze auf der Kopfstütze. Es war die *Einbildungskraft* meines Publikums, die mich dort gesehen hat. Auch Houdini hat längst nicht in allen Kisten und Fässern gesteckt, aus denen er angeblich entkommen ist.«

»Demnach stammten die Spuren im Schlamm gar nicht von einem Bremsversuch«, folgerte Rhyme. »Die Reifen haben beim *Beschleunigen* durchgedreht.« Er ärgerte sich, dass er nicht an diese Möglichkeit gedacht hatte. »Sie haben einen Stein auf das Gaspedal gelegt.«

»Ein Stein wäre den Tauchern bei der Bergung des Wagens aufgefallen. Ich habe das Pedal mit einem Schuh verkeilt; das wirkt viel natürlicher.« Der Hexer sah Rhyme tief in die Augen. »Doch Sie haben zu keinem Zeitpunkt an meinen Tod geglaubt.« Es war eine Feststellung, keine Frage.

»Wie sind Sie ins Zimmer gekommen, ohne dass ich Sie gehört habe?«

»Ich war schon etwa zehn Minuten vor Ihnen hier. Und ich bin unten in Ihrer Befehlszentrale gewesen oder wie Sie das nennen. Niemand hat auf mich geachtet.«

»Sie haben die Beweismittel hergebracht?« Rhyme erinnerte sich vage an zwei Streifenbeamte mit den Kisten von der Neighborhood School und aus Reverend Swensens Hotelzimmer.

»Richtig. Ich hab draußen auf dem Gehweg gewartet. Dann kam dieser Cop mit den Kisten. Ich sagte hallo und hab meine Hilfe angeboten. Sobald man eine Uniform trägt und scheinbar zielgerichtet handelt, schöpft keiner je Verdacht.«

»Und hier oben haben Sie sich dann versteckt – unter einem Stück Seide, das der Farbe der Wände entsprach.«

»Der Trick hat's Ihnen besonders angetan, was?«

Rhyme betrachtete stirnrunzelnd die Uniform des Mannes. Sie sah echt aus, nicht wie ein Kostüm. Aber entgegen der Vorschrift befand sich kein Namensschild an der Brust. Auf einmal wurde ihm alles klar. Er wusste, woher die Verkleidung stammte. »Larry Burke. Sie haben ihn getötet… Sie haben ihn getötet und seine Klamotten gestohlen.«

Der Hexer schaute an sich hinunter und zuckte die Achseln. »In umgekehrter Reihenfolge. Zuerst kam die Uniform dran«, flüsterte er mit geisterhafter Stimme. »Ich hab ihm eingeredet, er müsse sich ausziehen, damit ich gefahrlos fliehen könne. So hat er mir die Mühe erspart, ihn hinterher aus seinen Sachen schälen zu dürfen. *Dann* habe ich ihn erschossen.«

Angewidert musste Rhyme daran denken, dass er nur Burkes Funkgerät und Waffe als Gefahr eingeschätzt hatte. Es war ihm nicht in den Sinn gekommen, dass der Täter die Uniform als Kostüm benutzen und gegen seine Verfolger einsetzen könnte. »Wo liegt seine Leiche?«, fragte er leise.

»An der West Side.«

»Wo genau?«

»Ich schätze, das bleibt vorerst mein Geheimnis. In ein oder zwei Tagen dürfte man ihn finden. Jemand wird ihn riechen. Es ist warm draußen.«

»Sie Scheißkerl«, fluchte der Kriminalist. Er mochte nicht mehr zur aktiven Truppe gehören, doch im Herzen würde Lincoln Rhyme immer ein Cop bleiben. Und es gab kein engeres Zugehörigkeitsgefühl als zwischen Polizeikollegen.

Es ist warm draußen…

Mühsam zwang er sich zur Ruhe. »Wie haben Sie mich gefunden?«, fragte er.

»Auf diesem Markt stand ich dicht neben Ihrer Partnerin, dieser rothaarigen Beamtin. Sehr dicht. So dicht wie vorhin neben Ihnen. Und auch sie hat meinen Atem im Nacken gespürt – ich weiß nicht, bei welchem von Ihnen mir das besser gefallen hat… Wie dem auch sei, ich hörte, wie sie mit Ihnen über Funk gesprochen und dabei Ihren Namen genannt hat. Danach war es nicht weiter schwierig, Sie zu finden. Es stand viel über Sie in den Zeitungen. Sie sind eine regelrechte Berühmtheit.«

»Eine Berühmtheit? Ein Krüppel wie ich?«

»Wie es scheint.«

Rhyme schüttelte den Kopf. »Das ist lange her«, sagte er langsam. »Das Kommando hat längst ein anderer.«

Das Wort »Kommando« wurde von dem Mikrofon am Kopfende des Betts erfasst und an die Spracherkennungssoftware des Computers weitergeleitet. »Kommando« war das Schlüsselwort, das den Rechner veranlasste, einen Befehl entgegenzunehmen. Auf dem Monitor, den nur Rhyme, nicht aber der Hexer sehen konnte, öffnete sich ein Programmfenster. *Anweisung?*, stand dort zu lesen.

»Kommando?«, fragte der Hexer. »Wie meinen Sie das?«

»Ich habe früher die kriminaltechnische Abteilung geleitet. Heute gehen die jungen Beamten dort zwar noch ans *Telefon*, wenn ich mich melde, aber von selbst würden sie nie bei mir *anrufen*.«

Der Computer erfasste die beiden Schlüsselworte. *Wen möchten Sie anrufen?*, lautete die stumme Reaktion.

Rhyme seufzte. »Nur als Beispiel: Neulich wollte ich jemanden dort sprechen. Einen Lieutenant. Lon Sellitto.«

Der Computer meldete: *Kontaktiere Teilnehmer Lon Sellitto.*

»Und ich hab zu ihm gesagt...«

Der Hexer runzelte plötzlich die Stirn.

Er trat hastig vor, drehte den Monitor von Rhyme weg, las die Bildschirmanzeige und verzog das Gesicht. Dann riss er das Telefonkabel und den Stecker des Computers aus der Wand. Das Gerät erstarb mit einem leisen Ächzen.

Rhyme drückte den Kopf tief in die Kissen und fürchtete, der Hexer würde die schreckliche Rasierklinge zücken. Doch stattdessen wich der Mann ein Stück zurück und rang mit asthmatischem Pfeifen nach Luft. Er schien eher beeindruckt als wütend zu sein.

»Sie wissen, was das gewesen ist, nicht wahr?«, fragte er mit kaltem Lächeln. »Ein lupenreiner Illusionistenzauber. Sie haben mich mit Geplapper abgelenkt und dann eine klassische verbale Täuschung angewandt. Ein Kniff, würden wir dazu sagen. Das war gut. Ihre Worte klangen ganz natürlich – bis Sie den Namen erwähnt haben. *Der* hat es ruiniert. Denn, sehen Sie, mir gegenüber einen Namen zu nennen, war *nicht mehr* natürlich. Es ließ mich misstrauisch werden. Aber bis dahin waren Sie gut.«

Der Unbewegliche…

»Doch ich bin ebenfalls gut«, fuhr er fort und streckte die leere Handfläche aus. Rhymes Kopf zuckte zurück, als die Finger dicht an seinen Augen vorbeistrichen. Er spürte eine leichte Berührung am Ohr. Als die Hand des Hexers eine Sekunde später wieder in Sicht kam, steckten *vier* beidseitig geschliffene Rasierklingen zwischen den Fingern. Er ballte die Hand zur Faust, und aus den vier Klingen wurde eine einzige, die er nun wieder mit Daumen und Zeigefinger hielt.

Nein, bitte… Mehr noch als den Schmerz fürchtete Rhyme das entsetzliche Schicksal, eines weiteren Sinnes beraubt zu werden. Der Killer brachte die Klinge bis dicht vor Rhymes Auge und bewegte sie hin und her.

Dann lächelte er, trat einen Schritt zurück und schaute quer durch den Raum auf die Schatten vor der gegenüberliegenden Wand. »Und nun, verehrtes Publikum, werden wir unseren Auftritt mit ein paar Taschenspielertricks beginnen. Unser Proband hier wird mir dabei assistieren.« Er sprach diese Worte in einem unheimlichen, theatralischen Tonfall.

Dann hob er die Hand und zeigte die schimmernde Rasierklinge. Mit einer fließenden Bewegung hob der Hexer den

Bund von Rhymes Hose an und schleuderte die Klinge wie eine Frisbeescheibe in Richtung der nackten Leistengegend.

Der Kriminalist erstarrte vor Schreck.

»Was muss jetzt wohl in ihm vorgehen…?«, fragte der Hexer sein imaginäres Publikum. »Zu wissen, dass eine Rasierklinge ihn berührt und womöglich seine Haut *zerschneidet* – oder seine Genitalien, eine Vene oder Arterie. Und er spürt davon nicht das Geringste!«

Rhyme starrte auf die Vorderseite seiner Hose und wartete darauf, dass man das Blut sehen würde.

Dann lächelte der Hexer. »Doch vielleicht ist die Klinge gar nicht dort… Vielleicht ist sie woanders. Vielleicht hier.« Er griff sich in den Mund, zog das kleine stählerne Rechteck heraus und hielt es hoch. Dann runzelte er die Stirn. »Moment.« Er holte noch eine Klinge aus dem Mund. Dann zwei weitere, so dass er abermals alle vier Exemplare in der Hand hielt. Er fächerte sie wie Spielkarten auf und warf sie über Rhyme in die Luft, der wiederum aufkeuchte und zusammenzuckte. Doch keine der Rasierklingen traf ihn. Sie waren verschwunden.

An Hals und Schläfen fühlte Rhyme seinen rasenden Herzschlag. Schweiß rann ihm über die Stirn. Er sah zur Uhr. Es kam ihm so vor, als seien mehrere Stunden verstrichen. Aber Thom war erst vor fünfzehn Minuten gegangen.

»Warum machen Sie das?«, fragte er. »Aus welchem Grund haben Sie all diese Leute getötet?«

»Es wurden *nicht* alle getötet«, korrigierte der Hexer ihn verärgert. »Die Nummer mit der Reiterin am Hudson River haben Sie mir verdorben.«

»Na gut, von mir aus. Was sollten also diese Überfälle?«

»Es war nichts Persönliches«, sagte er und bekam einen Hustenanfall.

»Nichts Persönliches?«, wiederholte Rhyme ungläubig.

»Sagen wir, es ging eher um das, wofür diese Leute standen, als um die eigentlichen Personen.«

»Wie meinen Sie das? ›Wofür sie standen‹? Erklären Sie es mir.«

»Nein, ich glaube nicht, dass ich das tun werde«, flüsterte der Hexer, ging langsam um Rhymes Bett herum und atmete immer noch schwer. »Wissen Sie, was während einer Vorstellung in den Köpfen der Zuschauer abläuft? Ein Teil von ihnen hofft, dass der Illusionist sich *nicht* rechtzeitig befreit, sondern dass er ertrinkt, verbrennt, aufgespießt oder zermalmt wird. Es gibt eine Nummer namens *Der brennende Spiegel*. Eine meiner Lieblingsnummern. Am Anfang schaut ein eitler Illusionist in einen Spiegel und entdeckt auf der anderen Seite des Glases eine schöne Frau. Sie winkt ihn zu sich, und schließlich erliegt er der Versuchung und schreitet hindurch. Das Publikum sieht, dass die beiden die Seiten getauscht haben und die Frau nun *vor* dem Spiegel steht. Dann steigt jählings eine große Rauchwolke auf, und die Frau verwandelt sich in Satan.

Der Illusionist ist also in der Hölle gefangen und wird an den Boden gekettet. Rund um ihn lodern Flammen empor. Die Feuerwand kommt immer näher. Kurz bevor die Flammen ihn verschlingen, kann er sich von den Ketten befreien und springt durch das Feuer hinter dem Spiegel in Sicherheit. Der Teufel rennt auf ihn zu, fliegt in die Höhe und verschwindet. Der Illusionist zertrümmert den Spiegel mit einem Hammer. Dann geht er quer über die Bühne, bleibt stehen und schnippt mit den Fingern. Es gibt einen Lichtblitz, und – Sie haben es vermutlich schon erraten – der Mann verwandelt sich in den Teufel… Das Publikum liebt diese Nummer… Aber ich weiß, dass so mancher insgeheim wünscht, das Feuer würde gewinnen und der Illusionist sterben.« Er hielt inne. »Und natürlich kommt so etwas bisweilen *tatsächlich* vor.«

»Wer *sind* Sie?«, flüsterte Rhyme voller Verzweiflung.

»Ich?« Der Hexer beugte sich vor. »Ich bin der Zauberer des Nordens«, erwiderte er leidenschaftlich. »Ich bin der größte Illusionist aller Zeiten. Ich bin Houdini. Ich bin der Mann, der dem brennenden Spiegel entflieht. Der sich von Handschellen und Ketten befreien kann, von Seilen oder aus verschlossenen Räumen, *von allem*...« Er sah Rhyme durchdringend an. »Außer... außer von Ihnen. Ich musste befürchten, dass Sie das einzige Risiko darstellen würden, dem ich *nicht* ausweichen könnte. Sie sind zu gut. Ich muss Sie vor morgen Nachmittag aufhalten...«

»Warum? Was geschieht morgen Nachmittag?«

Der Hexer antwortete nicht, sondern blickte ins Halbdunkel. »Und nun, verehrtes Publikum, kommen wir zu unserer Hauptnummer – *Der Eingeäscherte*. Sehen Sie sich unseren Probanden an – keine Ketten, keine Handschellen, keine Seile. Trotzdem kann er unmöglich entkommen. Das hier ist sogar noch schwieriger als die erste Entfesselungsnummer der Welt: die des heiligen Petrus. In ein Verlies geworfen, gefesselt, bewacht. Und doch ist er entflohen. Allerdings hatte *er* einen wichtigen Verbündeten. Gott. Unser Proband heute Abend muss hingegen allein zurechtkommen.«

In der Hand des Hexers tauchte ein kleiner grauer Gegenstand auf, und noch bevor Rhyme reagieren und den Kopf abwenden konnte, zuckte die Hand vor und klebte ihm einen Streifen Isolierband auf den Mund.

Dann löschte der Mörder alle Lampen bis auf ein kleines Nachtlicht, kehrte zu Rhymes Bett zurück, streckte den Zeigefinger aus und schnippte mit dem Daumen dagegen. Eine fast zehn Zentimeter hohe Flamme stieg aus der Fingerspitze empor.

Der Hexer schwenkte den Finger hin und her. »Wie ich sehe, schwitzen Sie.« Er hielt die Flamme dicht vor Rhymes

Gesicht. »Feuer... Ist es nicht faszinierend? Kaum etwas verfügt über eine dermaßen starke Anziehungskraft. Feuer ist die perfekte Ablenkung. Jeder achtet ganz automatisch darauf. Das Publikum wendet den Blick nicht davon ab und würde daher auch niemals bemerken, was ich mit meiner anderen Hand mache. Zum Beispiel...«

Er hielt urplötzlich Rhymes Whiskyflasche umschlossen und wärmte ihren Boden eine Weile mit der Flamme an. Dann nahm er einen Schluck, hielt sich den brennenden Finger dicht vor die Lippen und sah Rhyme an, der unwillkürlich erschrak. Doch der Hexer lächelte, wandte sich ab, blies den Feuerstrahl in Richtung Zimmerdecke und wich ein Stück zurück, während die gleißende Helligkeit wieder zu Finsternis wurde.

Rhyme schaute in eine Ecke seines Zimmers.

Der Hexer lachte. »Der Rauchmelder? Um den habe ich mich schon gekümmert und die Batterie entfernt.« Er schickte noch einen Flammenstrahl zur Decke und stellte die Flasche ab.

Auf einmal hatte er ein weißes Taschentuch in der Hand und streckte es Rhyme entgegen. Es war mit Benzin getränkt. Der beißende Dunst brannte in Rhymes Augen und Nase. Der Hexer rollte das Taschentuch zu einem kurzen Band zusammen, riss Rhymes Pyjamajacke auf und legte es ihm wie einen Schal um den Hals.

Dann ging er zur Tür, schob leise den Riegel beiseite und schaute hinaus.

Rhyme roch noch etwas anderes außer dem Benzin. Was war das? Ein schwerer, rauchiger Duft... Oh, der Scotch. Der Killer musste die Flasche offen gelassen haben.

Doch der Geruch wurde immer stärker und überdeckte das Benzin. Fast schon betäubend. Überall war Whisky. Und Rhyme begriff entsetzt, was der Mann da tat. Er hatte mit dem Alkohol eine Spur vom Bett zur Tür gelegt, wie eine Lunte. Der Hexer schnippte mit dem Finger, und ein weißer Feuerball flog von seiner Hand in die Pfütze aus Single Malt.

Der Alkohol entzündete sich, und blaue Flammen züngelten über den Boden. Gleich würden sie einen Stapel Zeitschriften und einen Karton neben dem Bett in Brand setzen. Außerdem einen der Rattansessel.

Bald darauf würde das Feuer über die Bettwäsche nach oben klettern und erst Rhymes Körper verschlingen, was er nicht spüren würde, und dann unter schrecklichen Qualen seinen Kopf. Er sah zu dem Hexer, aber der Mann war weg und die Tür geschlossen. Rauch stieg ihm in Augen und Nase. Das Feuer kroch näher, entzündete Schachteln, Bücher und Poster, schmolz CDs.

Und schon streckten die ersten blaugelben Flammen sich nach den Decken am Fußende von Lincoln Rhymes Bett.

...Sechsundzwanzig

Ein gewissenhafter Streifenpolizist, der vielleicht ein merkwürdiges Geräusch gehört oder eine offene Tür gesehen hatte, verschwand in einer Gasse an der West Side. Fünfzehn Sekunden später kam ein anderer Mann daraus zum Vorschein. Er trug einen dünnen kastanienbraunen Rollkragenpullover, eine enge Jeans und eine Baseballmütze.

Malerick, der die Rolle von Officer Larry Burke abgelegt hatte, ging zielstrebig den Broadway hinauf. Wer ihm ins Gesicht sah und den selbstsicheren, unternehmungslustigen Blick bemerkte, musste ihn für einen Nachtschwärmer halten, der zu einem der nahen Lokale wollte, um dort etwas für sein Ego und seinen Sexualtrieb zu tun, die vermutlich beide in letzter Zeit gelitten hatten, denn er war nicht mehr der Jüngste.

Vor einer Kneipe blieb er stehen und sah hinein. Ja, dies schien genau der richtige Ort zu sein, um eine Weile abzuwarten und dann noch mal kurz bei Lincoln Rhymes Haus vorbeizuschauen und den Brandschaden zu begutachten.

Er setzte sich auf einen Hocker am Ende des Tresens, in der Nähe der Küche, und bestellte sich ein Sprite und ein Putensandwich. Dann sah er sich um: die Spielautomaten mit ihrem elektronischen Gedudel, eine verstaubte Jukebox, der Raum verqualmt und dunkel. Es roch nach Schweiß, Parfum und Desinfektionsmittel. Er hörte trunkenes Gelächter und das Stimmengewirr banaler Gespräche. Das alles versetzte ihn zurück in seine Jugend, damals in der Wüstenstadt.

Las Vegas glich einem Spiegel, der von gleißenden Lichtern umgeben war. Man konnte stundenlang hineinstarren und sah doch immer nur sich selbst, mit allen Runzeln und Falten, aller Eitelkeit, Gier und Verzweiflung. Es war ein schmutziger, erbarmungsloser Ort, in dessen Seitenstraßen die fröhliche Neonwelt des Strips schon nach ein oder zwei Blocks verblasste und niemals den Rest der Stadt erreichte: die Wohnmobile und altersschwachen Bungalows, die öden Supermärkte, die Pfandleihen voller Verlobungsringe, Anzugjacketts, Armprothesen – was auch immer sich zu Bargeld machen ließ.

Und überall die staubige, endlose, beigefarbene Wüste.

In diese Welt wurde Malerick hineingeboren.

Sein Vater war Geber am Blackjacktisch, seine Mutter Kellnerin im Casinorestaurant (bis man sie wegen ihres stetig zunehmenden Körpergewichts in einen der Zählräume hinter den Kulissen versetzte). Die beiden gehörten zu dem Heer dienstbarer Geister, das in Las Vegas sowohl vom Management als auch von den Gästen wie Luft behandelt wurde. Ihr ganzes Leben lang hatten sie ständig mit Bargeld zu tun, so dass sie irgendwann sogar die Druckfarbe, das Parfum und den Schweiß riechen konnten, der den Banknoten anhaftete. Dabei war ihnen ständig bewusst, dass diese erstaunlich hohen Beträge immer nur für wenige Sekunden in ihren Händen verweilen würden.

So wie viele andere Kinder, die oft allein waren, weil ihre Eltern in langen und häufig wechselnden Schichten arbeiten mussten – ob nun in Vegas oder sonst wo auf der Welt –, hatte ihr Sohn an einem anderen Ort Trost gesucht.

Und dieser Ort war der Strip.

Ich habe Ihnen bereits von den Täuschungen erzählt, verehrtes Publikum – wie wir Illusionisten mittels Gesten, Farben, Lichtern, Überraschungen oder Geräuschen die Aufmerksamkeit der Zuschauer von unseren Methoden ablenken. Nun, eine Täuschung ist mehr als ein Bühnentrick; es ist dar-

über hinaus ein Aspekt unseres Lebens. Wir alle fühlen uns durch glanzvollen Prunk angezogen, weg von der Langeweile, dem ewigen Einerlei, den zankenden Familien, den heißen, ereignislosen Stunden am Rande der Wüste, den höhnisch lachenden Teenagern, die einen kleinen Jungen hetzen, weil er schmächtig und schüchtern ist, und ihn dann zum Spaß mit unerbittlich harten Fäusten verprügeln…

Der Strip war seine Zuflucht.

Vor allem die Läden für Zaubereibedarf. Und von denen gab es viele; Las Vegas galt in der Branche weltweit als Hauptstadt der Zauberkunst. Für den Jungen waren die Geschäfte mehr als nur simple Verkaufsstellen; sie waren Orte, an denen ehrgeizige Zauberkünstler – teils noch aktiv, teils schon im Ruhestand – sich trafen, um miteinander zu plaudern, Klatsch auszutauschen und sich über ihre Tricks zu unterhalten.

In einem dieser Läden lernte der Junge etwas Wichtiges über sich selbst. Er mochte schmächtig, schüchtern und ein langsamer Läufer sein, aber er war außerordentlich geschickt. Die Zauberer hier führten ihm die unterschiedlichsten Tricks vor, und er machte sie ihnen sofort nach. »Ein geborener Prestidigitateur«, sagte einer der Verkäufer über den Dreizehnjährigen und zog verblüfft eine Augenbraue hoch.

Der Junge runzelte die Stirn, denn er hatte dieses Wort noch nie gehört.

»Das ist ein französischer Begriff aus dem neunzehnten Jahrhundert«, erklärte der Mann. »›Presto‹ heißt schnell, und ›digital‹ steht im Französischen für ›Finger-‹. Also jemand mit flinken Fingern. Ein Taschenspieler.«

Und so wuchs in ihm allmählich die Erkenntnis, dass er eventuell mehr war als nur ein lästiges Anhängsel seiner Familie, mehr als ein Prügelknabe für die anderen.

Jeden Nachmittag lief er nach Schulschluss gleich in seinen

Lieblingsladen, wo er aufmerksam zuhörte und das Wissen wie ein Schwamm in sich aufsog. Zu Hause übte er unaufhörlich. Bisweilen engagierte ihn einer der Geschäftsführer, damit er in der Vorführecke des Ladens den Kunden die Ware demonstrierte und kleine Showeinlagen zum Besten gab.

Er konnte sich immer noch genau an seinen allerersten Auftritt erinnern. Von jenem Tag an drängte der junge Houdini – so sein erster Künstlername – sich bei jeder nur möglichen Gelegenheit auf die Bühne. Wie herrlich es doch war, das Publikum zu faszinieren, zu entzücken, herauszufordern und zu überlisten. Oder es zu erschrecken. Das gefiel ihm ganz besonders.

Schließlich flog er auf – durch seine Mutter. Sie bemerkte irgendwann, dass der Junge kaum noch Zeit zu Hause verbrachte, und durchsuchte sein Zimmer nach einem Hinweis. »Ich habe dieses Geld gefunden«, herrschte sie ihn eines Abends an, als er zur Hintertür hereinkam, stand vom Essen auf und watschelte in die Küche. »Bitte erklär mir das.«

»Es stammt aus dem Abracadabra.«

»Was *ist* das?«

»Ein Laden. In der Nähe des Tropicana. Ich habe dir davon erzählt…«

»Du hast auf dem Strip nichts zu suchen.«

»Mom, es ist bloß ein Fachgeschäft für Zaubereibedarf.«

»Wo bist du gewesen? Hast du getrunken? Hauch mich mal an.«

»Mom, nein.« Er scheute vor der massigen Frau zurück. Ihr Shirt war mit Pastasoße befleckt, und ihr Atem stank abscheulich.

»Wenn man dich in einem der Casinos erwischt, könnte das mich und deinen Vater unsere Jobs kosten.«

»Ich war nur in dem Laden. Manchmal trete ich dort auf und bekomme etwas Trinkgeld.«

»Das hier ist viel zu viel Geld dafür. Ich habe als Kellnerin nie solche Trinkgelder gekriegt.«

»Ich bin gut«, sagte der Junge.

»Das war ich auch... Du trittst auf? Als was denn?«

»Als Zauberkünstler.« Er war enttäuscht. Er hatte es ihr schon vor Monaten erzählt. »Sieh mal.« Er zeigte ihr einen Kartentrick.

»Gar nicht mal schlecht«, sagte sie und nickte. »Aber weil du mich angelogen hast, werde ich dieses Geld behalten.«

»Ich hab nicht gelogen!«

»Du hast mir nicht erzählt, was du machst. Das ist das Gleiche wie eine Lüge.«

»Mom, es gehört mir.«

»Du hast gelogen, also zahlst du.«

Mit einiger Anstrengung stopfte sie sich das Geld in eine Tasche ihrer Jeans, was wegen der Fettwülste gar nicht so einfach war. Dann zögerte sie. »Okay, hier hast du zehn Dollar zurück. Vorausgesetzt, du verrätst mir etwas.«

»Ich soll dir...?«

»Etwas verraten. Hast du deinen Vater je zusammen mit Tiffany Loam gesehen?«

»Keine Ahnung... Wer ist das?«

»Das weißt du sehr wohl, also tu nicht so scheinheilig. Sie ist Kellnerin im Sands und war vor ein paar Monaten mit ihrem Mann zum Essen bei uns. Die Frau mit der gelben Bluse.«

»Ich...«

»Hast du die beiden gesehen? Wie sie gestern zusammen in die Wüste gefahren sind?«

»Nein, hab ich nicht.«

Sie musterte ihn durchdringend und kam zu dem Schluss, dass er die Wahrheit sagte. »Falls du sie *doch* siehst, sagst du mir sofort Bescheid.«

Und dann kehrte sie zu ihrem Teller Spaghetti zurück, der im Wohnzimmer auf einem Tablett vor dem Fernseher stand.

»Mein Geld, Mom!«

»Sei still, bei *Jeopardy* kommt gerade die Bonusfrage.«

Als der Junge eines Tages wieder mal eine kleine Show im Abracadabra gab, betrat ein schlanker ernster Mann den Laden und ging nach hinten zu der Bühne. All die Zauberkünstler und Verkäufer verstummten. Er war ein berühmter Illusionist und zu jener Zeit im Tropicana engagiert. Jeder hier hatte von seinem jähzornigen Temperament gehört, und seine dunklen, schaurigen Nummern waren weithin berüchtigt.

Nach der Vorstellung winkte der Illusionist den Jungen zu sich und deutete auf das handgeschriebene Schild, das neben der Bühne stand. »Du nennst dich den ›jungen Houdini‹?«

»Ja.«

»Hältst du dich für würdig, diesen Namen zu tragen?«

»Ich weiß nicht. Er hat mir einfach nur gefallen.«

»Zeig mir noch ein paar Tricks.« Er wies auf einen mit Samt bespannten Tisch.

Der Junge fing an, ziemlich nervös, denn eine lebende Legende sah ihm dabei zu.

Ein Nicken, anscheinend beifällig gemeint. Dass ein vierzehnjähriger Junge ein solches Kompliment bekam, ließ alle anderen Zauberer im Raum andächtig schweigen.

»Soll ich dir etwas zeigen?«

Der Junge nickte begeistert.

»Gib mir die Münzen.«

Er streckte dem Mann bereitwillig die offene Handfläche entgegen. Der Illusionist runzelte die Stirn. »Wo sind sie?«

Seine Hand war leer. Der Illusionist lachte barsch über das verdutzte Gesicht des Jungen. Er hatte sich die Münzen längst geholt. Der Junge war erstaunt; er hatte nicht das Geringste gespürt.

»Jetzt werde ich die hier hochhalten…«

Der Junge hob den Kopf, aber eine innere Stimme sagte plötzlich: Mach eine Faust! Er will die Münzen zurücklegen. Bring ihn vor all den anderen in Verlegenheit. Schnapp dir seine Hand!

Auf einmal – und ohne nach unten zu schauen – erstarrte der Illusionist und flüsterte: »Willst du das *wirklich* tun?«

Der Junge war perplex. »Ich…«

»Denk lieber noch mal drüber nach.« Er deutete auf die Hand des Jungen.

Der junge Houdini sah ebenfalls hin und erschrak. Der Mann hatte bereits etwas auf seine Handfläche gelegt, aber nicht etwa die Münzen, sondern fünf beidseitig geschliffene Rasierklingen. Hätte er die Finger wie beabsichtigt zur Faust geballt, wäre eine Fahrt in die Notaufnahme fällig gewesen.

»Zeig mir deine Hände«, sagte der Illusionist, nahm die Rasierklingen und ließ sie im selben Moment verschwinden.

Der junge Houdini streckte ihm beide Hände entgegen, und der Mann berührte sie und strich mit den Daumen darüber. Für den Jungen fühlte es sich so an, als würde zwischen ihnen elektrischer Strom fließen.

»Du hast die richtigen Hände, um ein ganz Großer zu werden«, flüsterte der Illusionist ihm so leise zu, dass kein anderer es hören konnte. »Du hast den Ehrgeiz, und ich *weiß*, dass du die nötige Grausamkeit besitzt… Aber du hast keine Vision. Noch nicht.« Eine der Klingen kam erneut zum Vorschein, und der Mann zerschnitt damit ein Stück Papier, das zu bluten begann. Er zerknüllte das Blatt und entfaltete es wieder. Es gab weder einen Schnitt noch Blut. Dann reichte er es dem Jungen, der bemerkte, dass auf der Rückseite eine Adresse stand, geschrieben mit roter Tinte.

Die anwesenden Zuschauer jubelten und klatschten voll aufrichtiger Bewunderung Beifall. Oder auch aus Neid.

Der Illusionist beugte sich zum Ohr des jungen Houdini herunter. »Komm vorbei«, flüsterte er. »Du hast noch viel zu lernen. Und ich kann dir viel beibringen.«

Der Junge behielt den Zettel, brachte aber nicht den nötigen Mut auf, um tatsächlich hinzugehen. Dann, an seinem fünfzehnten Geburtstag, sorgte seine Mutter dafür, dass sein Leben sich dauerhaft veränderte: Sie bekam einen Wutanfall und schleuderte ihrem Mann einen Teller Bandnudeln an den Kopf, weil sie offenbar mehr über die verdächtige Mrs. Loam erfahren hatte. Flaschen flogen, Zierrat ging zu Bruch, die Polizei kam.

Jetzt hatte der Junge endgültig genug. Am nächsten Tag besuchte er den Illusionisten, und der Mann willigte ein, sein Mentor zu werden. Der Zeitpunkt war perfekt gewählt. Zwei Tage später wollte der Mann zu einer ausgedehnten Tournee durch die Vereinigten Staaten aufbrechen. Er brauchte einen Assistenten. Der junge Houdini plünderte sein geheimes Bankkonto und tat, was auch sein berühmter Namensvetter getan hatte: Er lief von zu Hause weg, um als Zauberkünstler zu arbeiten. Es gab jedoch einen bedeutenden Unterschied: Harry Houdini war damals nur weggegangen, um Geld für seine verarmte Familie zu verdienen, und kehrte bald zu ihr zurück. Der junge Malerick sah keinen seiner Verwandten jemals wieder.

»Hallo, wie geht's?«

Die heisere Stimme der Frau riss ihn aus seinen lebhaften Erinnerungen und holte ihn zurück in die Kneipe an der Upper West Side. Ein weiblicher Stammgast, schätzte er. Sie war Mitte fünfzig und versuchte vergeblich, zehn Jahre jünger auszusehen. Vermutlich hatte sie sich diesen Schuppen als Jagdrevier auserkoren, weil das Licht hier so gedämpft war.

Sie schob sich auf den Hocker neben Malerick und beugte sich vor, so dass er in ihren Ausschnitt sehen konnte.

»Bitte?«

»Ich hab nur gefragt, wie's dir geht. Dein Gesicht kommt mir nicht bekannt vor.«

»Ich bin erst seit kurzem in der Stadt.«

»Ah«, sagte sie, hörbar angetrunken. »Ich brauch mal Feuer.« Das klang so, als müsse er sich nun geehrt fühlen, ihr die Zigarette anzünden zu dürfen.

»Oh, sicher«, erwiderte er.

Er betätigte das Feuerzeug und hielt es hoch. Die hat's aber ganz schön nötig, dachte er, als sie ihre rot lackierten, knochigen Finger um seine Hand legte und die Flamme an ihre Lippen führte.

»Danke.« Sie blies einen schmalen Rauchstrahl zur Decke. Als sie den Kopf wieder senkte, hatte Malerick bereits das Geld für die Zeche auf den Tresen gelegt und stand auf.

Sie runzelte die Stirn.

»Ich muss los.« Er lächelte. »Ach ja, das hier können Sie behalten.«

Er gab ihr das kleine metallene Feuerzeug. Sie nahm es und wirkte überrascht. Das Stirnrunzeln verstärkte sich. Es war ihr eigenes Feuerzeug. Malerick hatte es aus ihrer Handtasche entwendet, als sie ihm auf die Pelle gerückt war.

»Wie's aussieht, brauchten Sie wohl doch kein Feuer«, flüsterte er kalt.

Dann ließ er sie dort am Tresen zurück. Zwei Tränen liefen ihr über die Wangen und zogen eine Spur aus Wimperntusche. Malerick lächelte. Von all den sadistischen Nummern, die er für dieses Wochenende geplant und zum Teil schon in die Tat umgesetzt hatte – das Blut, das zerschnittene Fleisch, das Feuer –, würde ihm diese im Nachhinein wahrscheinlich am besten gefallen.

Als es noch zwei Blocks bis zu Rhymes Haus waren, hörte sie die Sirenen.

Amelia Sachs hatte eine dieser verrückten Eingebungen: Kaum drang das elektronische Heulen des Einsatzfahrzeugs an ihr Ohr, dachte sie auch schon, dass es aus Rhymes Richtung zu kommen schien.

Natürlich war es nicht so, entschied sie.

Es musste sich um einen Zufall handeln.

Dann sah sie die blau-roten Signallichter – und die befanden sich *tatsächlich* auf dem Central Park West bei Rhymes Adresse.

Komm schon, Mädchen, das bildest du dir nur ein, beruhigte sie sich. Der unheimliche Harlekin auf dem Banner vor dem Zelt des Cirque Fantastique, die Künstler mit ihren Masken und die schrecklichen Morde des Hexers hatten sie durcheinander gebracht. Sie wurde langsam paranoid.

Gruselig…

Vergiss es.

Amelia nahm die Papiertüte mit den nach Knoblauch duftenden kubanischen Speisen auf den anderen Arm und ging mit Kara weiter den bevölkerten Bürgersteig entlang. Sie plauderten über Eltern, über Karrieren, über den Cirque Fantastique. Auch über Männer.

Peng, peng…

Kara nippte an ihrem doppelten kubanischen Kaffee. Schon beim ersten Schluck sei sie dem Gebräu verfallen, behauptete sie. Es koste nicht nur halb so viel wie bei Starbucks, sondern sei zudem doppelt so kräftig. »Kopfrechnen ist nicht meine Stärke, aber demnach müsste dieser Kaffee viermal so gut sein«, sagte die junge Frau. »Ich liebe solche Überraschungen. Es kommt auf die kleinen Dinge im Leben an, finden Sie nicht auch?«

Aber Sachs hörte ihr nicht mehr zu. Ein Krankenwagen

raste an ihnen vorbei. Sie hoffte inständig, er möge einfach weiterfahren.

Doch das tat er nicht. Mit quietschenden Reifen kam er an der Ecke neben Rhymes Haus zum Stehen.

»Nein«, flüsterte sie.

»Was ist denn da los?«, fragte Kara. »Ein Unfall?«

Sachs' Herz raste wie wild. Sie ließ die Tüte fallen und lief los.

»O Lincoln…«

Kara folgte ihr, schüttete sich dabei heißen Kaffee über die Finger und warf den Becher weg. Sie holte Amelia ein. »Was ist los?«

Als sie um die Ecke bogen, sahen sie ein halbes Dutzend Feuerwehrwagen und Ambulanzen.

Sachs hatte zunächst vermutet, er habe eine Dysregulation erlitten, doch wozu dann die Löschfahrzeuge? Sie schaute zum ersten Stock und keuchte erschrocken auf. Aus Rhymes Schlafzimmerfenster drang Rauch.

O Gott, nein!

Sachs duckte sich unter der Absperrung hindurch und rannte auf die Löschmannschaft zu, die im Eingang stand. Als sie die Vordertreppe hochsprang, dachte sie nicht mehr an ihre Arthritis. Dann war sie im Haus und rutschte beinahe auf den Marmorfliesen aus. Flur und Arbeitszimmer wirkten unversehrt, aber es hing ein dünner Rauchschleier in der Luft.

Zwei Feuerwehrleute kamen langsam die Stufen aus der oberen Etage herunter und sahen dabei zutiefst bekümmert aus.

»Lincoln!«, schrie sie.

Und wollte zur Treppe laufen.

»Nein, Amelia!«, hallte Lon Sellittos barsche Stimme durch den Korridor.

Sie drehte sich voller Panik um. Der Lieutenant wollte wohl verhindern, dass sie die verkohlte Leiche zu Gesicht bekam. Falls der Hexer für Lincolns Tod verantwortlich war, würde sie ihn umbringen. Nichts auf der Welt könnte sie davon abhalten.

»Lon!«

Er winkte sie zu sich und umarmte sie. »Er ist nicht da oben, Amelia.«

»Ist…«

»Nein, nein, keine Sorge. Es ist alles in Ordnung. Thom hat ihn nach hinten ins Gästezimmer gebracht. Hier unten.«

»Gott sei Dank«, sagte Kara. Sie sah bestürzt, dass immer mehr Feuerwehrleute die Treppe herunterkamen, kräftige Männer und Frauen, die mit ihrer Schutzbekleidung und der Ausrüstung sogar noch robuster wirkten.

Thom gesellte sich mit grimmigem Gesicht zu ihnen. »Es geht ihm gut, Amelia. Er hat keine Verbrennungen erlitten, sondern nur ein wenig Rauch eingeatmet. Sein Blutdruck ist hoch, aber ich habe ihm seine Medikamente gegeben. Kein Grund zur Besorgnis.«

»Was ist passiert?«, fragte sie den Detective.

»Der Hexer«, murmelte Sellitto und seufzte. »Er hat Larry Burke ermordet und ihm die Uniform gestohlen. Auf diese Weise ist er ins Haus gekommen und hat sich irgendwie in Rhymes Schlafzimmer geschlichen. Dann hat er rund um sein Bett Feuer gelegt. Wir hier unten haben nichts davon bemerkt. Jemand auf der Straße hat den Qualm gesehen und den Notruf gewählt. Die Zentrale hat dann unverzüglich bei mir angerufen. Thom, Mel und ich haben den Großteil der Sachen retten können, bevor die Feuerwehr eintraf.«

»Gehe ich recht in der Annahme, dass wir den Hexer nicht erwischt haben?«, fragte Sachs.

Er lachte verbittert auf. »Na, was glauben Sie wohl? Er ist spurlos verschwunden. Hat sich in Luft aufgelöst.«

Nach dem Unfall, der ihm die Lähmung eingebracht hatte, war Rhyme anfangs in eine Phase tiefen Kummers verfallen und hatte monatelang versucht, seine Beine durch pure Willenskraft zum erneuten Funktionieren zu zwingen. Irgendwann jedoch fügte er sich in das Unvermeidliche und richtete seine Anstrengungen und sein beachtliches Konzentrationsvermögen auf ein vernünftigeres Ziel aus.

Ohne fremde Hilfe atmen zu können.

Ein C4-Querschnittsgelähmter wie Rhyme – also ein Patient mit gebrochenem vierten Halswirbel – war in vielen Fällen auf eine künstliche Beatmung angewiesen, denn die Nervenstränge, die vom Gehirn zum Zwerchfell verliefen, überstanden einen solchen Unfall nicht immer unbeschadet. Bei Rhyme sah es zunächst so aus, als würde die Lunge nicht einwandfrei arbeiten, also steckte man ihm einen Schlauch in die Brust und schloss einen Apparat an. Rhyme hasste diese Maschine und das Gefühl, nicht nach Luft ringen zu müssen, obwohl er nicht eigenständig atmete. (Das Gerät hatte außerdem die ärgerliche Angewohnheit, gelegentlich ohne jede Vorwarnung auszufallen.)

Dann aber nahm seine Lunge von allein wieder ihre Funktion auf, und er wurde das bionische Hilfsmittel los. Die Ärzte sagten, die Verbesserung sei aufgrund der natürlichen posttraumatischen Stabilisierung seines Körpers eingetreten, aber Rhyme kannte die wahre Ursache. Er hatte selbst dafür gesorgt. Durch seinen unbeugsamen Willen. Luft in seine Lunge zu saugen – zuerst in winzigen Mengen, ja, aber immerhin mit *eigenen* Atemzügen – war eine der größten Leistungen seines Lebens gewesen. Heute arbeitete er mit der gleichen Verbissenheit an den Übungen, die eventuell das Tastempfinden seines Körpers steigern oder ihm sogar einen Teil seines Bewegungsvermögens zurückgeben könnten. Doch ganz egal, wie erfolgreich er dabei letztlich sein mochte – er würde wohl nie wieder so viel Stolz verspüren wie an dem Tag, an dem man ihn zum ersten Mal von dem Beatmungsgerät abgekoppelt hatte.

Nun lag er in dem kleinen Gästezimmer und erinnerte sich an die Rauchschwaden, die von dem brennenden Stoff, dem Papier und Plastik überall um ihn herum aufgestiegen waren. In seiner Panik hatte er weniger den Feuertod gefürchtet als vielmehr den furchtbaren Qualm, der sich beißend in seiner Lunge ausbreiten und ihm den einzigen Sieg rauben konnte, den er im Kampf gegen seine Behinderung jemals errungen hatte. Es war, als hätte der Hexer sich Rhymes wundesten Punkt ausgesucht.

Als Thom, Sellitto und Cooper in den Raum gestürmt waren, hatte Rhymes erster Gedanke nicht den Feuerlöschern in den Händen der beiden Cops gegolten, sondern der grünen Sauerstoffflasche des Betreuers. Rette meine Lunge!, hatte er stumm gefleht.

Noch bevor die Flammen erstickt waren, streifte Thom ihm die Atemmaske über, so dass er gierig das herrliche Sauerstoffgemisch inhalieren konnte. Sie brachten ihn nach unten, wo er zuerst von den Rettungssanitätern und dann von seinem Rückenmarkspezialisten untersucht wurde. Es waren lediglich ein paar kleinere Brandwunden zu säubern und zu behandeln. Schnittverletzungen fanden sich nicht, ebenso wenig wie Rasierklingen in seinem Pyjama. Der Facharzt erklärte, Rhymes Lunge sei nicht geschädigt worden, doch solle Thom ihn häufiger als normal umdrehen, damit es nicht zu Verstopfungen der Atemwege kam.

Erst dann beruhigte Rhyme sich allmählich, wenngleich er immer noch sehr besorgt war. Der Killer hatte etwas weitaus

Grausameres getan, als ihn einfach nur physisch zu verletzen. Er hatte Rhyme durch den Überfall daran erinnert, wie problematisch sein Gesundheitszustand und wie ungewiss seine Zukunft war.

Er hasste dieses Gefühl, diese schreckliche Hilflosigkeit und Schwäche.

»Lincoln!« Sachs eilte ins Zimmer, setzte sich auf den Rand des alten Clinitron-Betts, ließ sich auf seine Brust fallen und drückte ihn fest. Er vergrub sein Gesicht in ihrem Haar. Sie weinte. Seit sie sich kannten, hatte er vielleicht zweimal Tränen in ihren Augen gesehen.

»Keine Vornamen«, flüsterte er. »Denk dran, das bringt Unglück. Und davon hatten wir heute schon mehr als genug.«

»Bist du in Ordnung?«

»Ja, alles bestens«, sagte er leise. Ihn hatte die unbegründete Furcht beschlichen, die Rauchpartikel könnten sich irgendwie in seiner Lunge festsetzen, sobald er lauter sprach. »Was ist mit den Vögeln?«, fragte er und hoffte von ganzem Herzen, den Wanderfalken möge bitte nichts zugestoßen sein. Die Tiere sollten von ihm aus ruhig zu einem anderen Gebäude übersiedeln, aber er hätte es nicht ertragen können, wenn sie verletzt oder gar getötet worden wären.

»Thom sagt, es geht ihnen gut. Sie haben sich auf das andere Sims geflüchtet.«

Sie hielt ihn eine Weile umschlungen. Dann kam Thom zur Tür herein. »Ich muss dich umdrehen.« Amelia drückte ihn noch einmal, stand auf und machte für Thom Platz.

»Nimm dir den Tatort vor«, sagte Rhyme. »Er muss etwas zurückgelassen haben. Da war dieses Taschentuch, das er mir um den Hals gelegt hat. Und er hatte mehrere Rasierklingen bei sich.«

Sachs nickte und verließ den Raum. Thom machte sich

an die Arbeit und fing an, fachkundig Rhymes Atemwege zu reinigen.

Zwanzig Minuten später kehrte Sachs zurück. Sie streifte den Tyvek-Overall ab, legte ihn sorgfältig zusammen und verstaute ihn wieder in dem Gerätekoffer.

»Da gab's nicht viel«, berichtete sie. »Ich hab dieses Taschentuch und ein paar Schuhabdrücke. Er trägt ein neues Paar Eccos. Klingen habe ich keine gefunden. Falls er sonst noch etwas verloren hat, wurde es verbrannt. Oh, und da lag außerdem eine Flasche Scotch. Aber ich nehme an, die gehört dir.«

»Ja, richtig«, flüsterte Rhyme. Normalerweise hätte er nun einen Witz gemacht – irgendetwas über die Härte der Bestrafung, wenn jemand einen achtzehn Jahre alten Single Malt als Brandbeschleuniger benutzte. Aber ihm war nicht nach Scherzen zumute.

Er wusste, dass es kaum Spuren geben würde. Aufgrund der ungeheuren Zerstörungskraft eines Feuers konnte man in Fällen wie diesem meistens nur den Ausgangspunkt und die Art der Brandstiftung ermitteln. Doch beides kannten sie bereits. Trotzdem wollte Rhyme sich noch nicht zufrieden geben.

»Was ist mit dem Isolierband? Thom hat es abgerissen und fallen gelassen.«

»Kein Isolierband.«

»Sieh am Kopfende des Betts nach. Da hat der Hexer gestanden. Er könnte…«

»Ich hab dort nachgesehen.«

»Tja, dann such noch einmal. Du hast etwas übersehen. Da muss noch mehr sein.«

»Nein«, entgegnete sie einfach.

»Was?«

»Vergiss den Tatort. Es ist alles verbrannt.«

»Wir müssen mit diesem verdammten Fall irgendwie vorankommen.«

»Das werden wir, Rhyme. Ich möchte den Zeugen vernehmen.«

»Es gab einen Zeugen?«, knurrte er. »Davon hat mir niemand was erzählt.«

»Nun, es gab aber einen.«

Sie ging zur Tür und rief nach Lon Sellitto. Er kam gemächlich den Flur entlang, betrat das Zimmer, roch an seinem Jackett und rümpfte die Nase. »Ein Zweihundertvierzig-Dollar-Anzug. Total im Arsch. Scheiße. Was gibt's, Officer?«

»Ich werde den Zeugen vernehmen, Lieutenant. Darf ich mir Ihr Diktiergerät ausleihen?«

»Sicher.« Er nahm es aus der Tasche und gab es ihr. »Wir haben einen Zeugen?«

»Vergiss die Zeugen, Sachs«, warf Rhyme ein. »Du weißt, wie unzuverlässig sie sind. Halt dich an die Spuren.«

»Nein, wir werden etwas Verwertbares herausbekommen. Dafür sorge ich schon.«

Er schaute zur Tür. »Also, wer, zum Teufel, ist es?«

»Du«, sagte sie und zog sich einen Stuhl heran.

... Siebenundzwanzig

»Ich? Lächerlich.«

»Nein. Nicht lächerlich.«

»Vergiss es. Nimm dir noch mal das Gitternetz vor. Du hast etwas übersehen. Du warst viel zu hastig. Falls du noch eine Anfängerin wärst...«

»Ich bin keine Anfängerin mehr. Ich weiß, wie man einen Tatort zügig untersucht, und ich weiß auch, wann es an der Zeit ist, die Suche abzubrechen und sich produktiveren Dingen zu widmen.« Sie nahm Sellittos kleines Diktiergerät genauer in Augenschein, schaute nach der Kassette und betätigte den Aufnahmeknopf.

»Hier spricht NYPD Patrol Officer Amelia Sachs, Dienstnummer Fünf Acht Acht Fünf. Ich befrage Lincoln Rhyme, Zeuge eines Zehn-vierundzwanzig tätlichen Überfalls und einer Zehn-neunundzwanzig Brandstiftung am Central Park West, Haus Nummer drei-vier-fünf. Heute ist Samstag, der zwanzigste April.« Sie stellte den Rekorder neben Rhyme auf den Tisch.

Er fixierte das Gerät, als handle es sich um eine Schlange.

»Also«, sagte Sachs. »Beschreib mir den Täter.«

»Ich hab Lon schon...«

»Erzähl es *mir.*«

Er schickte einen unwilligen Blick zur Decke. »Es war ein Mann von mittlerer Statur, schätzungsweise zwischen fünfzig und fünfundfünfzig Jahre alt, bekleidet mit einer Polizeiuniform. Diesmal ohne Bart. Mit Narbengewebe und Verfärbungen an Hals und Brust.«

»Sein Hemd war offen? Du konntest seine Brust sehen?«

»Verzeihung«, sagte er spöttisch. »Mit Narbengewebe im unteren Halsbereich und vermutlich bis hinunter auf die Brust. Der kleine und der Ringfinger seiner linken Hand waren miteinander verschmolzen. Er hatte... *schien* braune Augen zu haben.«

»Gut, Rhyme«, sagte sie. »Seine Augenfarbe kannten wir bislang nicht.«

»Und wir dürfen uns auch jetzt nicht sicher sein. Vielleicht hat er ja gefärbte Kontaktlinsen getragen«, wandte er ein und hatte das Gefühl, einen Punkt für sich verbuchen zu können. »Etwas Hilfe würde mein Gedächtnis eventuell beflügeln.« Er sah Thom an.

»Etwas Hilfe?«

»Ich vermute, du hast irgendwo in der Küche noch eine nicht verbrannte Flasche Macallan.«

»Später«, sagte Sachs. »Lass uns einen klaren Kopf behalten.«

»Aber...«

»Also«, unterbrach sie ihn und kratzte sich am Kopf. »Ich möchte jetzt den Ablauf im Einzelnen durchgehen. Was hat er gesagt?«

»An das meiste kann ich mich nicht mehr erinnern«, gab er ungeduldig zurück. »Es war überwiegend verrücktes Gewäsch. Und ich war kaum in der Stimmung, mir alles zu merken.«

»Es mag verrückt für dich geklungen haben, aber ich wette, es war auch Nützliches dabei.«

»Sachs«, sagte er höhnisch. »Glaubst du nicht, ich könnte ein wenig verängstigt und verwirrt gewesen sein? Ich meine, nur ein kleines bisschen *abgelenkt* vielleicht?«

Sie legte ihm eine Hand auf die Schulter, eine Stelle, an der er die Berührung spüren konnte. »Ich weiß, dass du Zeugen nicht traust. Aber manchmal bekommen sie eben doch etwas mit… Das ist *mein* Spezialgebiet, Rhyme.«

Amelia Sachs, die Einfühlsame.

»Ich lotse dich hindurch. Genau wie du mich immer durch das Gitternetz führst. Wir werden etwas Wichtiges finden.«

Sie stand auf und ging zur Tür. »Kara?«

Ja, er misstraute Zeugen, sogar denen, die eine gute Sicht auf das Geschehen hatten und nicht selbst darin verwickelt waren. Jeder unmittelbar Beteiligte – vor allem das Opfer einer Gewalttat – war absolut unzuverlässig. Sogar jetzt, da er den Besuch des Mörders Revue passieren ließ, sah Rhyme nur eine wahllose Abfolge der Ereignisse vor sich – der Hexer hinter ihm, über ihm, beim Entzünden des Feuers. Die Rasierklingen. Der Whiskygeruch, der heiße Qualm. Er traute sich nicht einmal Angaben über Reihenfolge und Dauer der einzelnen Episoden zu.

Die Erinnerung war nur eine Illusion, genau wie Kara gesagt hatte.

Kurz darauf betrat die junge Frau das Zimmer. »Geht's Ihnen gut, Lincoln?«

»Bestens«, murmelte er.

Sachs bat Kara, die Vernehmung aufmerksam zu verfolgen; vielleicht würde eine Äußerung des Täters ja hilfreiche Schlussfolgerungen gestatten. Dann setzte sie sich wieder und rückte dicht an das Bett heran. »Versetz dich in dein Schlafzimmer, Rhyme. Beschreib uns, was passiert ist. Ganz allgemein.«

Er zögerte und schaute zu dem Diktiergerät. Dann fing er an und schilderte den Ablauf, soweit er sich noch entsinnen konnte. Der Hexer tauchte auf, gestand den Diebstahl der Uniform und die Ermordung des Officers, erzählte Rhyme von der Leiche.

Es ist warm draußen…

»Er tat irgendwie so, als würden wir eine Nummer aufführen, und ich sei sein Assistent.« Die merkwürdigen Worte des Mannes gingen ihm durch den Kopf. »Eines weiß ich mit Sicherheit. Er leidet an Asthma. Zumindest klang er kurzatmig. Er hat oft nach Luft geschnappt und gekeucht.«

»Gut«, sagte Sachs. »So klang er auch schon am Tümpel nach dem Mordversuch an Marston. Ich hatte es ganz vergessen. Was hat er sonst noch gesagt?«

Rhyme musterte die dunkle Decke des kleinen Gästezimmers und schüttelte den Kopf. »Das war's so ziemlich. Er wollte mich abfackeln und hat vorher gedroht, mich aufzuschlitzen... Ach, hast du oben irgendwelche Rasierklingen gefunden?«

»Nein.«

»Tja, da hast du's. Davon rede ich die ganze Zeit – von Beweismitteln. Ich weiß, dass er mir eine Klinge in die Hose geworfen hat. Die Ärzte konnten sie nicht finden. Sie muss herausgefallen sein. Siehst du, nach *solchen* Dingen solltest du suchen.«

»Vermutlich war sie nie in Ihrer Hose«, sagte Kara. »Ich kenne den Trick. Er hat die Klinge in der Handfläche verschwinden lassen.«

»Nun, worauf ich hinaus möchte, ist Folgendes: Man achtet nicht sonderlich genau auf die Worte einer Person, die gerade damit beschäftigt ist, einen zu foltern.«

»Na los, Rhyme, zurück an den Tatort. Es ist früher am Abend. Kara und ich holen etwas zu essen. Du hast dir die Beweise angesehen, und Thom hat dich nach oben gebracht. Du warst müde, richtig?«

»Nein, war ich *nicht*«, sagte der Kriminalist. »Aber er hat mich trotzdem nach oben verfrachtet.«

»Bestimmt warst du nicht allzu glücklich darüber.«

»Das kannst du laut sagen.«

»So, du bist jetzt im Zimmer.«

Er stellte sich das Licht vor, die Umrisse der Vögel. Thom, der die Tür schloss.

»Es ist still…«, setzte Sachs an.

»Nein, es ist überhaupt nicht still. Auf der anderen Straßenseite steht dieser verfluchte Zirkus. Egal, ich stelle den Wecker…«

»Auf welche Uhrzeit?«

»Keine Ahnung. Eine Stunde später. Was für einen Unterschied macht das schon?«

»Ein Detail kann zwei weitere nach sich ziehen.«

Er verzog das Gesicht. »Woher stammt denn das? Aus einem Glückskeks?«

Sie lächelte. »Ich hab's mir ausgedacht. Aber es klingt gut, findest du nicht auch? Benutz es in der Neuausgabe deines Buches.«

»Ich schreibe keine Bücher über Zeugen, sondern über Spuren.« Er wertete diesen schlagfertigen Einwand als weiteren Punkt auf seinem Konto.

»Wie hast du überhaupt gemerkt, dass er da war? Hast du etwas gehört?«

»Nein, ich habe einen Luftzug gespürt. Zuerst dachte ich, es sei die Klimaanlage. Aber es kam von ihm. Er hat mir auf Hals und Wange gepustet.«

»Und zu welchem Zweck?«

»Um mir Angst einzujagen, schätze ich. Es hat übrigens funktioniert.« Rhyme schloss die Augen. Dann nickte er, weil ein paar Erinnerungen zurückkamen. »Ich hab versucht, Lon anzurufen. Aber er…« Rhyme sah kurz zu Kara. »Er hat mein Manöver durchschaut. Er hatte gedroht, mich zu töten – nein, mich zu *blenden* –, falls ich versuchen sollte, um Hilfe zu rufen. Ich habe ihm geglaubt. Aber – und das war seltsam – er wirkte beeindruckt. Er hat mir zu meinem Täuschungsversuch ein Kompliment gemacht…« Seine Stimme erstarb, denn die weiteren Einzelheiten wusste er nicht mehr.

»Wie ist er ins Haus gekommen?«

»Zusammen mit dem Beamten, der die Kisten vom Mordanschlag auf Grady gebracht hat.«

»Scheiße«, sagte Sellitto. »Von nun an wird jeder überprüft, der durch diese verdammte Tür kommt, absolut *jeder.*«

»Er hat über die Täuschung gesprochen«, fuhr Sachs fort. »Er hat dir ein Kompliment gemacht. Was hat er noch gesagt?«

»Ich weiß es nicht«, murmelte Rhyme. »Nichts.«

»Gar nichts?«, fragte sie mit Flüsterstimme.

»Ich – weiß – es – nicht.« Lincoln Rhyme war wütend. Auf Sachs, weil sie ihn drängte. Und weil sie ihm keinen Drink erlaubte, um die Nerven zu beruhigen.

Am meisten aber auf sich selbst, weil er sie enttäuschte.

Doch sie musste verstehen, wie schwer es ihm fiel, dorthin zurückzukehren – zu den Flammen und dem Rauch, der ihm in die Nase drang und seine kostbare Lunge gefährdete…

Moment mal. Rauch…

»Feuer«, sagte Rhyme.

»Feuer?«

»Ich glaube, darüber hat er am meisten geredet. Er war regelrecht besessen davon. Und er hat eine Illusionistennummer erwähnt. Der… ja, genau, *Der brennende Spiegel.* Das war der Name. Mit Flammen überall auf der Bühne, glaube ich. Der Illusionist muss ihnen entkommen. Er verwandelt sich in den Teufel. Oder irgendjemand verwandelt sich in den Teufel.«

Rhyme und Sachs sahen Kara an. Sie nickte. »Ich habe von dem Trick gehört. Aber er ist selten. Man braucht eine Menge technischer Vorbereitungen, und alles ist ziemlich gefährlich.

Heutzutage würden die meisten Theaterbesitzer diese Nummer gar nicht erst gestatten.«

»Er hat dann noch weiter über das Feuer schwadroniert. Dass man es auf der Bühne unmöglich fälschen könne. Dass die Zuschauer insgeheim hoffen würden, dass der Illusionist womöglich in den Flammen umkommt. Halt. Da fällt mir noch etwas ein. Er...«

»Mach weiter, Rhyme, du bist auf der richtigen Fährte.«

»Unterbrich mich nicht«, fuhr er sie an. »Ich hab erzählt, dass er sich wie bei einem Bühnenauftritt benommen hat, erinnerst du dich? Es war, als hätte er eine Wahnvorstellung. Er hat immer wieder die nackte Wand angestarrt und mit jemandem geredet. ›Mein *irgendwas* Publikum‹, hat er gesagt. Ich weiß nicht mehr genau, wie er seine vermeintlichen Zuschauer genannt hat. Er war komplett weggetreten.«

»Ein imaginäres Publikum.«

»Richtig. Warte... Ich glaube, es hieß ›wertes Publikum‹. Er hat die Leute direkt angeredet. ›Mein wertes Publikum.‹«

Sachs sah Kara an. Die junge Frau zuckte die Achseln. »Wir reden immer mit den Zuschauern. Das heißt bei uns Geplapper. Früher sagten Zauberkünstler Sachen wie ›mein hoch geschätztes Publikum‹ oder ›meine lieben Damen und Herren‹. Heute gelten solche Formulierungen als spießig und selbstgefällig. Alles ist viel lockerer geworden.«

»Lasst uns weitermachen.«

»Ich weiß nicht, Sachs. Ich glaube, das war's. Alles andere ist total verschwommen.«

»Ich wette, da ist noch mehr. Genau wie dieses eine spezielle Beweisstück am Tatort. Es ist vorhanden, und es könnte den Schlüssel zu dem gesamten Fall darstellen. Aber um es zu *finden*, muss man einfach ein wenig anders denken.« Sie beugte sich zu Rhyme vor. »Nehmen wir an, dies wäre dein

Schlafzimmer. Du liegst im Flexicair Bett. Wo hat *er* gestanden?«

Der Kriminalist deutete mit einem Kopfnicken auf die untere Bettkante. »Da. Neben dem Fußende, mit dem Gesicht zu mir. Auf meiner linken Seite, zur Tür hin.«

»Wie war seine Körperhaltung?«

»Die Körperhaltung? Keine Ahnung.«

»Versuch's.«

»In meine Richtung gewandt, schätze ich. Und er hat ständig die Hände bewegt. Als würde er vor vielen Leuten sprechen.«

Sachs stand auf und stellte sich am Fußende hin. »So?«

»Näher.«

Sie trat vor.

»Genau da.«

Als Rhyme sie dort stehen sah, fiel ihm tatsächlich noch etwas ein. »Jetzt weiß ich wieder... Er hat über die Opfer geredet. Er sagte, die Morde seien nichts Persönliches gewesen.«

»Nichts Persönliches.«

»Er hat sie getötet, weil... ja, genau. Er hat sie getötet, weil sie für etwas *standen*.«

Sachs machte sich nickend Notizen zur Ergänzung der Bandaufzeichnung. »Sie standen für etwas?«, grübelte sie. »Was soll das bedeuten?«

»Es ist mir völlig schleierhaft. Eine Musikerin, eine Anwältin, ein Maskenbildner. Unterschiedliches Alter, Geschlecht, Beruf, Wohnort, keine bekannte Verbindung zueinander. Wofür könnten die stehen? Ein Lebensstil der gehobenen Mittelklasse, typische Stadtbewohner, höheres Bildungsniveau... Vielleicht ist eines davon der Schlüssel, der erklärt, warum er gerade diese Opfer ausgewählt hat. Wer weiß?«

Sachs runzelte die Stirn. »Da stimmt was nicht.«

»Was?«

»Etwas an deiner Erinnerung«, sagte sie nach kurzem Zögern.

»Nun, es handelt sich nicht um eine wortgetreue Wiedergabe. Mir stand leider keine Stenotypistin zur Verfügung.«

»Nein, das meine ich nicht.« Sie überlegte eine Weile. Dann nickte sie. »Du *deutest*, was er gesagt hat. Du benutzt *deine* Ausdrucksweise, nicht seine. ›Stadtbewohner‹. ›Bildungsniveau‹. Ich will *seine* Worte hören.«

»Tja, ich kann mich an seine Worte aber leider nicht mehr *entsinnen*, Sachs. Er hat gesagt, zwischen ihm und den Opfern sei nichts Persönliches gewesen. Punkt.«

Sie schüttelte den Kopf. »Nein, das hat er bestimmt nicht gesagt.«

»Wie meinst du das?«

»Mörder bezeichnen die Leute, die sie töten, *niemals* als ›Opfer‹. Das ist unmöglich. Eine Vermenschlichung dieser Art findet nicht statt. Zumindest nicht bei einem Serientäter wie dem Hexer.«

»Das ist doch dämlicher Mist aus irgendeinem Psychologieseminar an der Polizeiakademie, Sachs.«

»Nein, das ist die Welt da draußen. *Wir* wissen, dass es Opfer sind, aber der Täter glaubt stets, dass sie den Tod aus dem einen oder anderen Grund verdient haben. Denk mal drüber nach. Er hat nicht ›Opfer‹ gesagt, richtig?«

»Was spielt es schon für eine Rolle?«

»Er hat gesagt, die Leute würden für etwas Bestimmtes stehen, und wir müssen herausfinden, wofür. Wie hat er von ihnen gesprochen?«

»Ich weiß es nicht mehr.«

»Nun, ›Opfer‹ hat er sie nicht genannt. Davon können wir ausgehen. Hat er einen von ihnen speziell erwähnt? Swetlana, Tony… Was ist mit Cheryl Marston? Hat er sie als die Blonde bezeichnet? Als Anwältin? Als Frau mit den dicken

Titten? Ich garantiere dir, er hat nicht von einer ›Stadtbewohnerin‹ gesprochen.«

Rhyme schloss die Augen und versuchte angestrengt, sich zu erinnern. Schließlich schüttelte er den Kopf. »Ich weiß wirklich…«

Und dann fiel es ihm ein.

»Reiterin.«

»Was?«

»Du hast Recht. Das Wort war nicht ›Opfer‹. Er hat sie ›die Reiterin‹ genannt.«

»Hervorragend!«, sagte sie.

Rhyme war plötzlich mächtig stolz.

»Was ist mit den anderen?«

»Nein, sie war die Einzige, auf die er sich konkret bezogen hat.« In diesem Punkt war Rhyme sich sicher.

»Demnach sind die Opfer für ihn Leute, die etwas Bestimmtes tun«, sagte Sellitto. »Damit kann der jeweilige Beruf gemeint sein, muss es aber nicht.«

»Richtig«, bestätigte Rhyme. »Ein Instrument spielen. Leute schminken. Pferde reiten.«

»Aber was fangen wir damit an?«, fragte der Lieutenant.

Sachs hatte Rhyme diese Frage hinsichtlich gewisser Spuren schon häufig gestellt. Und sie antwortete nun mit den gleichen Worten, die sie dann stets zu hören bekam: »Das wissen wir noch nicht, Detective. Doch wir sind ihm wieder einen Schritt näher gekommen.«

Sie zog ihre Aufzeichnungen zu Rate. »Okay, er hat also mit Rasierklingen herumgewirbelt und den *Brennenden Spiegel* erwähnt. Er hat zu seinem werten Publikum gesprochen. Er ist ganz versessen auf Feuer. Er hat sich einen Maskenbildner, eine Musikerin und eine Reiterin als Opfer ausgesucht, weil sie für etwas Bestimmtes stehen – was auch immer das sein mag. Fällt dir noch etwas ein?«

Rhyme schloss abermals die Augen. Strengte sich an.

Doch er sah immer nur die Flammen und die Klingen und roch den Rauch.

»Nein«, sagte er und schaute wieder Amelia an. »Ich glaube, das war alles.«

»Okay. Gut, Rhyme.«

Er durchschaute ihren Tonfall sofort.

Und zwar deswegen, weil er ihn von sich selbst kannte.

Es bedeutete, dass sie noch nicht fertig war.

Sachs blickte von ihren Notizen auf. »Weißt du, ich muss an Locard denken.«

Rhyme nickte. Er hatte sich schon mehrfach auf diesen früheren französischen Kriminalisten bezogen, vor allem auf dessen Grundregel, die später nach ihrem Erfinder benannt worden war. Sie lautete, dass bei jedem Verbrechen ein Spurenaustausch sowohl zwischen Opfer und Täter als auch zwischen Schauplatz und Täter stattfand, wie geringfügig auch immer.

»Ich glaube, es könnte auch eine Art *psychologischen* Austausch geben«, sagte Sachs. »Genau wie bei der Übertragung physischer Partikel.«

Rhyme musste über diesen verrückten Einfall unwillkürlich lachen. Locard war ein Wissenschaftler; er hätte es sich verbeten, dass jemand sein Prinzip auf etwas so Zweifelhaftes wie die menschliche Psyche anwandte. »Worauf willst du hinaus?«

»Du warst nicht die ganze Zeit geknebelt, oder?«

»Nein, erst am Schluss.«

»Das heißt also, dass auch *du* etwas übermittelt hast. Du hast an einem *Austausch* teilgenommen.«

»Ich?«

»Etwa nicht? Hast du denn gar nichts zu ihm gesagt?«

»Doch, sicher. Aber was zählt das schon? Auf *seine* Worte kommt es an.«

»Manches davon könnte eine direkte Erwiderung auf deine Äußerungen gewesen sein.«

Rhyme musterte sie prüfend. Auf ihrer Wange entdeckte er einen kleinen sichelförmigen Rußfleck, und unmittelbar über ihrer herrlich geschwungenen Oberlippe standen Schweißperlen. Sie saß vorgebeugt da, und obwohl sie ganz ruhig klang, konnte er ihrer Körperhaltung die Anspannung und tiefe Konzentration ansehen. Sie ahnte natürlich nichts davon, aber sie schien in diesem Moment genau das Gleiche zu empfinden, das er sonst empfand, wenn er sie über Funk durch einen meilenweit entfernten Tatort lotste.

»Denk darüber nach, Rhyme«, sagte sie. »Stell dir vor, du bist allein mit einem Täter. Nicht unbedingt mit dem Hexer, sondern mit irgendeinem Täter. Was würdest du zu ihm sagen? Was würdest du wissen wollen?«

Er wollte eigentlich gequält aufseufzen und dabei irgendwie zynisch klingen, doch ihre Fragen setzten in seinem Gedächtnis etwas in Bewegung. »Ich weiß es wieder!«, sagte er. »Ich habe ihn gefragt, wer er ist.«

»Gute Frage. Was hat er geantwortet?«

»Er sagte, er sei ein Zauberer... Nein, nicht nur *irgendein* Zauberer, sondern ein ganz spezieller.« Rhyme kniff angestrengt die Augen zusammen und versuchte, sich zu erinnern. »Mir fiel dazu gleich *Der Zauberer von Oz* ein... Die Böse Hexe des Westens.« Er runzelte die Stirn. »Ja, genau. Er sagte, er sei der Zauberer des Nordens. Ich bin mir ganz sicher.«

»Kommt Ihnen das irgendwie bekannt vor?«, wandte Sachs sich an Kara.

»Nein.«

»Er sagte, er könne allem entfliehen. Nur bei uns habe er Zweifel bekommen. Nun ja, bei mir. Er befürchtete, wir könnten ihn aufhalten. Deshalb ist er hier aufgetaucht. Er sagte, er müsse mich vor morgen Nachmittag loswerden. Dann soll offenbar der nächste Mord über die Bühne gehen.«

»Zauberer des Nordens«, sagte Sachs und überflog ihre Notizen. »Jetzt...«

Rhyme seufzte. »Ich glaube, das war jetzt wirklich alles. Ich – bin– fertig.«

Sachs schaltete das Diktiergerät aus, beugte sich vor und wischte ihm mit einem Papiertaschentuch den Schweiß von der Stirn. »Ich weiß. Ich wollte sagen, jetzt könnte *ich* übrigens einen Drink vertragen. Na, wie wär's?«

»Nur wenn *du* einschenkst oder Kara«, sagte Rhyme. »Lass bloß nicht ihn an die Flasche.« Er nickte säuerlich in Thoms Richtung.

»Möchten Sie auch etwas?«, fragte Thom die junge Frau.

»Sie will bestimmt einen Irish Coffee«, sagte Rhyme. »Warum hat Starbucks den eigentlich nicht im Angebot?«

Kara lehnte auch diesmal den Alkohol dankend ab und bat um eine normale Tasse Kaffee.

Sellitto fragte leise an, ob vielleicht etwas zu essen im Haus sei, da sein heiß ersehntes kubanisches Sandwich den Transport hierher nicht geschafft hatte.

Der Betreuer verschwand in der Küche. Sachs reichte Kara die Aufzeichnungen und bat sie, das Profil des Hexers um alle relevanten Punkte zu ergänzen. Die junge Frau stand auf und ging ins Arbeitszimmer.

»Diese Befragung war klasse«, sagte Sellitto zu Sachs. »Ein Sergeant hätte das auch nicht besser hinbekommen.«

Sie nickte nur, aber Rhyme konnte sehen, wie sehr sie sich über das Kompliment freute.

Einige Minuten später kam Mel Cooper ins Zimmer. Auch sein Gesicht war verschmutzt. Er hielt eine Plastiktüte hoch. »Das sind sämtliche Spuren aus dem Mazda.« In der Tüte schien sich ein gefalteter vierseitiger Bogen der *New York Times* zu befinden. Es war kaum zu übersehen, dass nicht Sachs diese Spur gesichert hatte, denn sie hätte gewusst, dass nasses Beweismaterial stets in Behältern aus Papier oder Fasergewebe untergebracht werden sollte, nicht in Plastik, weil dieses die Schimmelbildung förderte und so den Verfallsprozess immens beschleunigte.

»Mehr hat man *nicht* gefunden?«, fragte Rhyme.

»Bis jetzt. Der Wagen konnte immer noch nicht gehoben werden. Es ist zu gefährlich.«

»Kannst du das Datum erkennen?«

Cooper nahm das durchweichte Papier in Augenschein. »Vorgestern.«

»Dann muss die Zeitung vom Hexer stammen«, stellte Rhyme fest. »Der Wagen wurde einige Tage davor gestohlen. Warum hebt jemand nur einen Bogen der Zeitung auf und nicht den gesamten Teil?« Die Frage war – wie so häufig bei Rhyme – nur rhetorisch gemeint, und er wartete gar nicht erst ab, ob jemand eine Vermutung äußern würde. »Weil es da einen speziellen Artikel gibt, der wichtig für ihn war. Und somit auch wichtig für *uns*. Nun gut, vielleicht ist er nur ein Lustmolch und hat es auf die Unterwäschewerbung abgesehen. Aber sogar *das* könnte eine nützliche Information sein. Kannst du schon etwas entziffern?«

»Nein. Und ich möchte es vorerst nicht auseinander falten. Es ist noch zu nass.«

»Okay, schick es an das Dokumentenlabor. Falls die Jungs dort es nicht aufbekommen, können sie wenigstens per Infrarot die Schlagzeilen scannen.«

Cooper bestellte einen Boten, der das Beweisstück zum NYPD-Labor nach Queens bringen würde, und rief dann den leitenden Dokumentenfachmann zu Hause an, damit dieser für eine zügige Analyse sorgte. Schließlich verschwand er im

Arbeitszimmer, um die Zeitung für den Transport in ein geeigneteres Behältnis umzupacken.

Thom brachte die Getränke – und einen Teller Sandwiches, über den Sellitto sich sogleich hermachte.

Kurz darauf kehrte Kara zurück, nahm dankbar den Kaffeebecher entgegen und löffelte Zucker hinein. »Als ich drüben die Einträge ergänzt habe, bin ich auf eine Idee gekommen«, sagte sie zu Sachs. »Also habe ich jemanden angerufen. Und ich glaube, es ist mir gelungen, seinen wirklichen Namen herauszufinden.«

»Wessen Namen?«, fragte Rhyme und trank einen Schluck von dem himmlischen Scotch.

»Nun ja, den des Hexers.«

Als Kara den Kaffee umrührte, konnte man das leise Klirren des Löffels hören. Ansonsten herrschte im Raum Totenstille.

...Achtundzwanzig

»Sie wissen seinen *Namen*?«, fragte Sellitto. »Wer ist er?«

»Ich glaube, er heißt Erick Weir.«

»Wie schreibt sich das?«, fragte Rhyme.

»W-E-I-R.« Sie nahm noch mehr Zucker und fuhr dann fort. »Er ist bis vor ein paar Jahren als Illusionist aufgetreten. Ich habe Mr. Balzac angerufen – niemand kennt die Branche so gut wie er. Ich habe ihm unser Profil vorgelesen und einige der Dinge erzählt, die der Hexer vorhin zu Lincoln gesagt hat. Zuerst wurde David ganz komisch – regelrecht wütend.« Sie sah Sachs an. »So wie heute Vormittag. Er weigerte sich, uns zu helfen. Aber am Ende hat er sich beruhigt und mir verraten, dass das alles nach Weir klinge.«

»Warum?«, fragte Sachs.

»Nun, zunächst mal stimmt das ungefähre Alter. Anfang fünfzig. Weir war bekannt für riskante Nummern und hantierte gern mit Rasierklingen und Messern. Er gehört außerdem zu den wenigen Leuten, die je den *Brennenden Spiegel* aufgeführt haben. Und wissen Sie noch, dass ich gesagt habe, die meisten Zauberer würden sich spezialisieren? Es kommt nur sehr selten vor, dass jemand so vielseitig begabt ist: Illusionist, Taschenspieler, Entfesselungs- und Verwandlungskünstler, sogar Bauchredner und Hellseher. Tja, Weir war so jemand. Und er war ein Houdini-Fachmann. Manches von dem, was der Hexer heute getan hat, basiert auf Houdini-Nummern.

Dann hat er diese merkwürdige Sache über den Zauberer des Nordens gesagt. Es gab im neunzehnten Jahrhundert einen gewissen John Henry Anderson, der unter genau diesem Künstlernamen aufgetreten ist – Zauberer des Nordens. Er war wirklich talentiert, hatte aber viel Pech mit diversen Bränden. Seine Show wurde ein paarmal fast vollständig zerstört. David hat mir erzählt, Weir habe bei einem Zirkusbrand schwere Verletzungen erlitten.«

»Die Narben«, sagte Rhyme. »Die Fixierung auf das Feuer.«

»Und vielleicht leidet er nicht an Asthma, sondern hat bei dem Brand eine Schädigung der Lunge oder der Stimmbänder davongetragen«, gab Sachs zu bedenken.

»Wann war dieser Unfall?«, fragte Sellitto.

»Vor drei Jahren. Das Zirkuszelt, in dem sie aufgetreten sind, wurde zerstört, und Weirs Frau kam ums Leben. Sie hatten gerade erst geheiratet. Außer den beiden wurde niemand ernsthaft verletzt.«

Es war eine gute Spur. »Mel!«, rief Rhyme und vergaß seine Befürchtung, er könne dadurch die eigene Lunge schädigen. »*Mel!*«

Einen Augenblick später stand Cooper im Zimmer. »Dir geht's ja schon deutlich besser, wie ich höre.«

»Eine umfassende Suchanfrage. LexisNexis, VICAP, NCIC und Staatsdatenbanken. Es geht um einen gewissen Erick Weir. W-E-I-R. Künstler, Illusionist, Zauberer. Das könnte unser Täter sein.«

»Der Vorname schreibt sich E-R-I-C-K«, fügte Kara hinzu.

»Du hast seinen *Namen* herausgefunden?«, fragte der Techniker beeindruckt.

Rhyme schaute zu Kara. »*Sie* hat seinen Namen herausgefunden.«

»Ist ja irre!«

Nach einer Weile kam Cooper mit mehreren Ausdrucken zurück und gab dem versammelten Team einen kurzen Überblick. »Es ist nicht viel«, sagte er. »Als hätte der Kerl sein Leben geheim halten wollen. Erick Albert Weir. Geboren in Las Vegas, Oktober 1950. Über die ersten Jahre gibt's praktisch keinerlei Unterlagen. Weir hat als Assistent für diverse Zirkusunternehmen, Casinos und Unterhaltungsbetriebe gearbeitet und sich dann als Illusionist und Verwandlungskünstler selbstständig gemacht. Vor drei Jahren hat er Marie Cosgrove geheiratet. Kurz danach ist er im Thomas Hasbro and The Keller Brothers Circus in Cleveland aufgetreten. Während einer Probe brach ein Feuer aus. Das Zelt wurde zerstört. Er erlitt zahlreiche Verbrennungen dritten Grades, und seine Frau kam ums Leben. Ab diesem Zeitpunkt wird er nirgendwo mehr erwähnt.«

»Wir müssen seine Angehörigen ausfindig machen.«

Sellitto kümmerte sich sofort darum. Da Bedding und Saul vollauf beschäftigt waren, rief der Detective ein paar Kollegen vom Morddezernat im Big Building an und betraute sie mit der Aufgabe.

»Ein paar Sachen hab ich noch«, sagte Cooper und blätterte die Ergebnisse durch. »Einige Jahre vor dem Feuer wurde Weir in New Jersey festgenommen und wegen fahrlässiger Körperverletzung zu dreißig Tagen Haft verurteilt. Ein Zuschauer hatte sich infolge einer Bühnenpanne schlimme Verbrennungen zugezogen. Außerdem gab es eine Reihe von Zivilklagen seitens mehrerer Theaterbesitzer; größtenteils wegen angerichteter Sachschäden und verletzter Mitarbeiter, in manchen Fällen aber auch wegen Vertragsbruchs. Bei einer der Shows fand der Veranstalter heraus, dass Weir für eine bestimmte Nummer eine echte Schusswaffe mit scharfen Patronen benutzte. Als Weir sich weigerte, das zu ändern, wurde ihm gekündigt.« Der Techniker las erneut ein paar Zeilen, bevor er fortfuhr. »In einem der Artikel bin ich auf die Namen zweier Assistenten gestoßen, die zum Zeitpunkt des

Feuers für ihn gearbeitet haben. Einer wohnt in Reno, der andere in Las Vegas. Die Nevada State Police hat mir die Telefonnummern besorgt.«

»Bei denen ist es noch früher am Abend«, sagte Rhyme nach einem Blick zur Uhr. »Hol das Telefon, Thom.«

»Nein, nach allem, was vorgefallen ist, brauchst du Ruhe.«

»Nur noch die zwei Anrufe. Dann geh ich schlafen. Versprochen.«

Der Betreuer überlegte.

»Bitte und danke?«

Thom nickte und verschwand, kehrte gleich darauf mit dem Telefon zurück, stöpselte es ein und stellte es dicht neben Rhyme auf den Nachttisch. »Zehn Minuten, dann drehe ich die Hauptsicherung heraus«, sagte der Betreuer mit Nachdruck, so dass Rhyme ihm glaubte.

»Einverstanden.«

Sellitto schluckte den letzten Bissen herunter und wählte die Nummer des ersten Assistenten auf Coopers Liste. Es meldete sich ein Anrufbeantworter mit der Stimme von Arthur Loessers Frau und teilte ihnen mit, dass die Familie nicht zu Hause sei und man doch bitte eine Nachricht hinterlassen möge. Sellitto tat, wie ihm geheißen, und versuchte sein Glück bei dem nächsten Assistenten.

John Keating hob beim ersten Klingeln ab. Sellitto stellte sich ihm vor und bat den Mann, im Zusammenhang mit einem aktuellen Fall einige Fragen zu beantworten. Für einen Moment herrschte Schweigen. Dann ertönte Keatings nervöse Stimme aus dem kleinen Lautsprecher. »Äh, was haben Sie gesagt? Sie sind von der New Yorker Polizei?«

»Richtig.«

»Okay. Ich schätze, das geht in Ordnung.«

»Sie haben mal für einen Mann namens Erick Weir gearbeitet, nicht wahr?«, fragte Sellitto.

Wieder Stille. Dann eine hektisch hervorgestoßene Antwort. »Mr. Weir? Nun, äh. Ja. Hab ich. Warum?« Seine Stimme überschlug sich fast. Er klang überdreht, als hätte er gerade erst eine ganze Kanne Kaffee getrunken.

»Wissen Sie zufällig, wo er sich aufhalten könnte?«

»Ich meine, wieso fragen Sie mich nach ihm?«

»Wir möchten im Zuge unserer Ermittlungen gern mit ihm sprechen.«

»O mein Gott... Worüber denn? *Worüber* wollen Sie mit ihm sprechen?«

»Wir haben nur ein paar allgemeine Fragen«, sagte Sellitto. »Haben Sie in letzter Zeit von ihm gehört?«

Der Mann antwortete nicht. Rhyme wusste, dass sich nun entscheiden würde, ob er ihnen alles verriet oder sein Heil in der Flucht suchte.

»Sir?«, hakte Sellitto nach.

»Hören Sie, das ist ganz schön komisch. Dass Sie mich fragen – ich meine, ausgerechnet nach *ihm*.« Die Sätze verschmolzen fast zu einem einzigen langen Wort. »Okay, meinetwegen. Ich sag's Ihnen. Ich hatte jahrelang nichts von Mr. Weir gehört. Ich dachte, er sei tot. Da war dieses Feuer, in Ohio, bei unserem letzten gemeinsamen Engagement. Er hat Verbrennungen abbekommen. Echt übel. Dann ist er verschwunden, und wir alle dachten, er sei tot. Und vor sechs oder sieben Wochen ruft er plötzlich bei mir an.«

»Von wo?«, fragte Rhyme.

»Keine Ahnung. Er hat's nicht gesagt, und ich hab nicht gefragt. Ich meine, auf die Idee kommt man doch gar nicht, wenn überraschend einer anruft. Da frag ich doch nicht als Erstes, *von wo* er sich meldet. Da denkt man einfach nicht dran. Haben Sie schon mal jemanden so was gefragt?«

»Was wollte er denn?«

»Okay, okay. Er wollte wissen, ob ich noch Kontakt zu jemandem von dem Zirkus habe, wo damals das Feuer ausgebrochen ist. Der Hasbro Circus. Aber das war in Ohio. Noch dazu vor drei Jahren. Und Hasbro ist längst nicht mehr im Geschäft. Nach dem Brand hat der Eigentümer den Laden dichtgemacht und eine andere Art von Show aufgezogen. Weshalb sollte ich also mit jemandem von dort in Kontakt bleiben? Ich bin hier in Reno. Also sagte ich, nein, mit keinem mehr. Und da ist er voll ausgetickt.«

Rhyme runzelte fragend die Stirn.

»Er wurde wütend?«, wagte Sachs einen Deutungsversuch.

»O Mann, aber hallo, das kann man wohl sagen.«

»Reden Sie weiter«, forderte Rhyme ihn auf und bemühte sich, seine Ungeduld im Zaum zu halten. »Erzählen Sie uns, was er sonst noch gesagt hat.«

»Das war's. Das war alles. Was ich Ihnen gerade erzählt hab. Na ja, da waren noch ein paar Kleinigkeiten. Oh, er ist ganz der Alte geblieben. Immer noch schlägt er dir die Klauen in den Leib. Genau wie früher... Wissen Sie, was er als Erstes gesagt hat?«

»Was denn?«, fragte Rhyme hellhörig.

»Er sagte: ›Hier ist Erick‹. Nicht ›Hallo‹. Nicht ›He, John, wie geht's dir? Kennst du mich noch?‹. Nein. ›Hier ist Erick.‹ Ich hatte seit dem Feuer nicht mehr mit ihm gesprochen. Und was sagt er? ›Hier ist Erick.‹ All die Jahre hab ich mich nach Kräften bemüht, von ihm loszukommen... und auf einmal ist es, als wäre alles umsonst gewesen. Ich weiß, dass ich nichts falsch gemacht habe. Und dann kommt er plötzlich an und lässt es so klingen, als sei ich an irgendwas schuld. Es ist, als würde einer 'ne Bestellung aufgeben, und wenn man ihm dann das Essen bringt, behauptet er, er habe was ganz anderes bestellt. Dabei wissen alle, was passiert ist – er hat es sich anders überlegt und lässt es so klingen, als hättest du was falsch verstanden. Als sei es dein Fehler gewesen, und *du* müsstest dich nun rechtfertigen.«

»Können Sie uns ein paar allgemeine Dinge über ihn erzählen?«, fragte Sachs. »Was für Freunde er hat, wo er gern hingeht, welche Hobbys er pflegt?«

»Klar«, kam es sofort zurück. »In allen drei Fällen die Illusionistenbranche.«

»Wie bitte?«, fragte Rhyme.

»Da hatte er seine Freunde, da ist er gern hingegangen, das war sein Hobby. Verstehen Sie, was ich sagen will? Es gab *nichts* anderes. Er ist vollkommen in dem Beruf aufgegangen.«

»Was ist mit seiner Haltung anderen Leuten gegenüber?«, versuchte Sachs es erneut. »Seiner Weltanschauung? Seiner Art, die Dinge zu betrachten?«

Er schwieg lange.

»Fünfzig Minuten, zweimal die Woche, drei Jahre lang hab ich versucht, aus ihm schlau zu werden, und es ist mir nicht gelungen. *Drei* Jahre lang. Und er hasst mich immer noch nicht los. Ich...« Keating stieß ein grelles, unheimliches Gelächter aus. »Haben Sie das gehört? Ich hab ›hasst‹ gesagt. Ich wollte ›lässt‹ sagen. Er *lässt* mich immer noch nicht los. Was für ein Freud'scher Versprecher! Da hab ich für meine Sitzung am nächsten Montag um neun doch schon mal ein schönes Gesprächsthema, was? Er lässt mich immer noch nicht los, und ich hab nicht die geringste Ahnung, wie seine beschissene Weltanschauung aussieht.«

Rhyme sah den anderen an, dass alle langsam genug von dem Geschwafel des Mannes hatten. »Wir haben gehört, seine Frau sei bei dem Feuer ums Leben gekommen«, sagte er. »Wissen Sie etwas über ihre Familie?«

»Marie? Nein, sie hatten erst ein oder zwei Wochen vor dem Brand geheiratet. Die beiden waren total verliebt. Wir haben gedacht, sie würde ihn beruhigen. Damit er uns vielleicht mal *loslässt*. Das haben wir alle gehofft. Aber wir haben sie nie so richtig kennen gelernt.«

»Können Sie uns jemanden nennen, der eventuell mehr über Weir weiß?«

»Art Loesser. Das war sein erster Assistent. Ich war Nummer zwei. Wir waren seine Jungs. Man hat uns ›Ericks Jungs‹ genannt. Alle haben das.«

»Loessers Nummer kennen wir bereits«, sagte Rhyme. »Sonst noch jemand?«

»Da fällt mir nur noch der damalige Manager des Hasbro Circus ein. Er heißt Edward Kadesky und ist heute Produzent in Chicago, glaube ich.«

Sellitto ließ sich den Namen des Mannes buchstabieren. »Hat Weir danach noch mal angerufen?«, fragte er dann.

»Nein. Aber das war auch gar nicht nötig. Fünf Minuten haben gereicht, und schon saßen die Klauen im Fleisch. Und lassen nicht mehr los.«

Hier ist Erick…

»Hören Sie, ich sollte langsam Schluss machen. Ich muss meine Uniform bügeln. Ich hab Sonntag die Frühschicht. Da ist immer viel los.«

Sie beendeten das Gespräch. Sachs ging zum Telefon und unterbrach die Verbindung. »Ach du liebe Güte«, murmelte sie.

»Der braucht mehr Pillen«, stellte Sellitto fest.

»Nun ja, wenigstens haben wir eine Spur«, sagte Rhyme. »Macht diesen Kadesky ausfindig.«

Mel Cooper verschwand für einige Minuten. Als er zurückkam, hielt er wieder einen Ausdruck in der Hand. Diesmal war er in einem Verzeichnis zahlreicher Theateragenturen fündig geworden. Die Büroräume von Kadesky Productions lagen an der South Wells Street in Chicago. Sellitto rief dort an und landete beim Auftragsdienst, was angesichts des Wochentags und der späten Stunde wenig überraschend war. Er hinterließ eine Nachricht.

»Okay«, sagte er dann. »Weir hat seinem Assistenten das Leben versaut. Er ist labil. Er hat früher Zuschauer verletzt und ist heute ein Serientäter. Aber was treibt ihn an?«

Sachs hob den Kopf. »Lasst uns Terry anrufen.«

Terry Dobyns war Kriminalpsychologe und der einzige Profiler in Diensten des NYPD, eine Qualifikation, die er beim FBI in Quantico, Virginia, erworben und verfeinert hatte. Die Öffentlichkeit las in der Presse und diversen Unterhaltungsromanen immer wieder von der Erstellung psychologischer Täterprofile, und Rhyme war durchaus vom Nutzen dieses Hilfsmittels überzeugt, wenngleich nur bei einer begrenzten Art von Verbrechen. Im Allgemeinen ging im Kopf eines Täters nichts sonderlich Geheimnisvolles vor, doch wenn das Motiv rätselhaft blieb und das nächste Opfer schwer vorauszuahnen war, konnte ein Profil wertvolle Hinweise liefern. Es half den Ermittlern dabei, Informanten oder Bekannte des Verdächtigen zu finden, seinen nächsten Zug vorherzusehen, an geeigneten Stellen Lockvögel einzusetzen, Überwachungen durchzuführen und nach vergleichbaren früheren Taten zu suchen.

Sellitto blätterte das interne NYPD-Telefonverzeichnis durch und rief Dobyns zu Hause an.

»Terry.«

»Lon. Ich kann das Echo des Lautsprechers hören. Demnach dürfte Lincoln auch dort sein.«

»Genau«, bestätigte Rhyme. Er hatte viel für Dobyns übrig. Der Psychologe war damals die erste Person gewesen, die er beim Aufwachen nach dem Unfall zu Gesicht bekommen hatte. Rhyme wusste noch, dass der Mann sich für Touch-Football, die Oper und die Geheimnisse des menschlichen

Verstandes begeisterte – alles in ungefähr gleichem Maße und überaus leidenschaftlich.

»Verzeih die späte Störung«, sagte Sellitto und klang dabei nicht im Mindesten bekümmert. »Aber wir brauchen Hilfe bei einem Serientäter. Wir haben einen Namen und sonst nicht viel.«

»Der Typ aus den Nachrichten? Der heute früh die Musikstudentin ermordet hat? Und später den Streifenbeamten?«

»Richtig. Er hat außerdem einen Maskenbildner und beinahe auch eine Reiterin umgebracht, und zwar weil die beiden und die Studentin – Zitat – für etwas standen. Zwei heterosexuelle Frauen, ein homosexueller Mann, aber keinerlei sexuelle Handlungen des Täters. Wir stecken fest. Und er hat Lincoln mitgeteilt, dass er morgen Nachmittag weitermachen wird.«

»Er hat es Lincoln *mitgeteilt*? Am Telefon oder in einem Brief?«

»Persönlich«, sagte Rhyme.

»Hmm. Das muss ja ein nettes Gespräch gewesen sein.«

»Du ahnst nicht, wie Recht du hast.«

Sellitto und Rhyme setzten den Psychologen ausführlich über Weirs Verbrechen in Kenntnis und fassten ihre bisherigen Ergebnisse zusammen.

Dobyns stellte einige Fragen. Dann überlegte er eine Weile.

»Ich sehe in ihm zwei Kräfte am Werk«, sagte er schließlich. »Aber sie verstärken einander und führen zum gleichen Resultat… Tritt er immer noch als Künstler auf?«

»Nein, seit dem Brand nicht mehr«, sagte Kara. »Zumindest soweit wir wissen.«

»Ein Auftritt vor Publikum ist eine so intensive Erfahrung, ein dermaßen tief greifendes Erlebnis, dass ein erfolgreicher

Künstler den Verlust dieser Möglichkeit als sehr gravierend empfinden dürfte«, sagte Dobyns. »Schauspieler und Musiker – und ebenso Zauberkünstler, schätze ich – neigen dazu, sich über ihre Karrieren zu definieren. Daher wurde durch das Feuer im Grunde die gesamte frühere Existenz des Mannes ausgelöscht.«

Der Verschwundene, dachte Rhyme.

»Das wiederum bedeutet, dass sein Ansporn heutzutage nicht länger Ehrgeiz ist, nicht die Liebe zum Beruf und auch nicht der Wunsch, sein Publikum zu unterhalten, sondern Zorn. Und der wird durch die zweite Kraft zusätzlich verstärkt: Das Feuer hat ihn verunstaltet und seine Lunge geschädigt. Als jemand, der vormals im Rampenlicht stand, wird er sich der Entstellungen ganz besonders bewusst sein. Das lässt seine Wut exponentiell ansteigen. Man könnte es eine Art Phantom-der-Oper-Syndrom nennen. Er selbst wird sich als Monstrosität begreifen.«

»Und er will es den anderen heimzahlen?«

»Ja, aber nicht unbedingt im wörtlichen Sinn. Das Feuer hat ihn gewissermaßen ermordet – seine alte Identität –, und indem nun *er* jemanden umbringt, fühlt er sich besser. Es reduziert die Anspannung, die der Zorn in ihm entstehen lässt.«

»Warum genau diese Opfer?«

»Keine Ahnung. ›Sie standen für etwas.‹ Was waren doch gleich ihre Berufe?«

»Eine Musikstudentin, ein Maskenbildner und eine Anwältin, die er allerdings als Reiterin bezeichnet hat.«

»Etwas an diesen Leuten steht in direkter Verbindung zu seinem Zorn. Ich weiß nicht, worum es sich handeln könnte – dazu wissen wir zu wenig über ihn. Die Standardantwort würde lauten, dass jedes der Opfer maßgeblich mit etwas beschäftigt war, das für Weir ein prägendes Erlebnis darstellte. Das kann eine Krise, aber auch ein herausragend schöner Moment gewesen sein. Vielleicht war seine Frau Musikerin, oder sie haben sich bei einem Konzert kennen gelernt. Der Maskenbildner – nun, das hat eventuell mit seiner Mutter zu tun. Beispielsweise könnten die einzigen glücklichen Erinnerungen an sie darin bestehen, dass er als kleiner Junge im Badezimmer gesessen und ihr beim Schminken zugeschaut hat. Die Pferde? Wer weiß? Womöglich sind er und sein Vater mal ausgeritten, und es hat ihm viel Spaß gemacht. Schöne Erfahrungen wie diese wurden ihm durch das Feuer geraubt, und er wählt sich Opfer aus, die ihn daran erinnern. Es könnte auch genau das Gegenteil sein, und er verbindet nur schlechte Gefühle mit dem, was die Opfer repräsentieren. Ihr sagt, seine Frau sei während einer Probe ums Leben gekommen. Vielleicht hat dabei die ganze Zeit Musik gespielt.«

»Und er würde sich so viel Mühe machen, den Leuten nachspionieren und diese ausgeklügelten Pläne entwerfen, um sie letztlich überfallen und töten zu können?«, fragte Rhyme. »Das muss doch Monate gedauert haben.«

»Manchmal ist das Verlangen eben übermächtig«, sagte Dobyns.

»Eines noch, Terry. Er schien außerdem zu einem imaginären Publikum zu sprechen… Warte, ich dachte, er habe ›wertes‹ Publikum gesagt, aber jetzt fällt mir ein, dass es ›verehrtes‹ heißen muss. Er hat sich an die Zuschauer gewandt, als würden sie leibhaftig vor ihm sitzen. ›Und nun, verehrtes Publikum, werden wir dies oder jenes tun.‹«

»›Verehrtes‹«, wiederholte der Psychologe. »Das ist wichtig. Nachdem man ihm die Karriere und die Frau genommen hatte, richtete seine Verehrung, seine *Liebe*, sich auf ein Publikum – eine unpersönliche Menge. Leute, die Gruppen oder Menschenmengen bevorzugen, können für Einzelpersonen unangenehm und sogar gefährlich werden. Das gilt nicht nur für Fremde, sondern auch für die eigenen Partner, Ehefrauen, Kinder und sonstigen Angehörigen.«

John Keating hatte sich wie ein Kind angehört, das vom Vater missbraucht worden war, dachte Rhyme.

Dobyns fuhr fort. »Und in Weirs Fall ist diese Gemütsverfassung sogar noch gefährlicher, weil er nicht zu einem *echten*, sondern nur zu seinem imaginären Publikum spricht. Das lässt mich befürchten, dass reale Personen keinerlei Wert für ihn besitzen. Es dürfte ihm nichts ausmachen, Morde in nahezu beliebiger Anzahl zu begehen. Dieser Kerl wird eine harte Nuss für euch.«

»Danke, Terry.«

»Wenn ihr ihn eingebuchtet habt, lasst es mich bitte wissen. Ich würde mich gern mal ausgiebig mit ihm unterhalten.«

Sie beendeten das Gespräch.

»Vielleicht könnten wir…«, setzte Sellitto an.

»Zu Bett gehen«, fiel Thom ihm ins Wort.

»Häh?«, machte der Detective.

»Und es muss nicht ›könnten‹, sondern ›werden‹ heißen. Du gehst jetzt schlafen, Lincoln. Und alle anderen verabschieden sich für heute. Du siehst blass und müde aus. Ich habe keine Lust auf einen kardiovaskulären oder neuronalen Kollaps. Falls du dich erinnerst, wollte ich dich schon vor Stunden ins Bett stecken.«

»Also gut, von mir aus«, willigte Rhyme ein. Er war tatsächlich müde. Und obwohl er es nicht zugeben würde, hatte das Feuer ihm eine Heidenangst eingejagt.

Die anderen machten sich auf den Weg. Kara holte ihre Jacke und streifte sie über. Rhyme sah, dass die junge Frau beunruhigt wirkte.

»Alles in Ordnung?«, fragte Sachs.

Sie zuckte resigniert die Achseln. »Ich musste Mr. Balzac verraten, aus welchem Grund ich die Auskunft über Weir benötigt habe. Er ist total sauer. Das werde ich noch zu spüren bekommen.«

»Wir schreiben Ihnen eine Entschuldigung, weil Sie dem Unterricht ferngeblieben sind«, erlaubte Sachs sich einen kleinen Scherz.

Das Mädchen lächelte matt.

»Zum Teufel mit der Entschuldigung«, rief Rhyme. »Wenn Sie nicht gewesen wären, hätten wir keine Ahnung, wer der Täter ist. Sagen Sie Balzac, er soll mich anrufen. Ich werde ihm gehörig den Kopf zurechtrücken.«

»Danke.« Kara klang wenig überzeugt.

»Sie gehen doch jetzt nicht etwa noch in den Laden, oder?«, fragte Sachs.

»Nur noch kurz. Mr. Balzac ist sonst aufgeschmissen. Ich muss die Lieferungen einbuchen und ihm meine Nummer für morgen vorführen.«

Rhyme war nicht überrascht, dass sie tun würde, was der Mann verlangte. Sie hatte »*Mr.* Balzac« gesagt. Manchmal nannte sie ihn »David«. Nicht jetzt. Das passte zu dem, was sie vorhin gehört hatten: Obwohl John Keating durch den Hexer beinahe zugrunde gerichtet worden war, nannte er ihn immer noch respektvoll beim Nachnamen. Die Macht der Mentoren über ihre Lehrlinge…

»Gehen Sie nach Hause«, beharrte Sachs. »Ich meine, herrje, Sie sind heute immerhin *erstochen* worden.«

Wieder ein leises Lachen, begleitet von einem Achselzucken. »Ich bleibe nicht lange dort.« An der Tür hielt sie inne. »Sie wissen ja, ich habe morgen Nachmittag diesen Auftritt. Aber wenn Sie möchten, komme ich morgen früh erst mal her.«

»Wir würden uns freuen«, sagte Rhyme. »Obwohl wir versuchen werden, Weir noch vor dem Mittagessen dingfest zu machen, damit Sie nicht zu lange bleiben müssen.«

Thom brachte sie den Korridor entlang zur Haustür.

Sachs trat auf den Flur hinaus und atmete die verräucherte Luft ein. »Puh!«, rief sie und machte sich auf den Weg nach oben. »Ich geh duschen.«

Zehn Minuten später hörte Rhyme ihre Schritte auf der Treppe, aber sie kam nicht gleich zu ihm. Aus verschiedenen Ecken des Hauses drangen dumpfe Geräusche an seine Ohren, dazu ein leises Gespräch mit Thom. Schließlich kehrte Amelia in das Gästezimmer zurück. Sie trug ihren Lieblingsschlafanzug – ein schwarzes T-Shirt und seidene Boxershorts –, hatte diesmal aber zwei eher untypische Utensilien mitgebracht: ihre Glock Automatik und die lange schwarze Diensttaschenlampe.

Sie deponierte beides auf dem Nachttisch.

»Dieser Kerl kommt viel zu leicht durch verschlossene Türen«, sagte sie und legte sich neben Rhyme ins Bett. »Ich habe jeden Quadratzentimeter des Hauses überprüft, jede Tür mit einem Stuhl blockiert und Thom angewiesen, laut zu schreien, sobald er etwas hört – und sich bloß nicht vom Fleck zu rühren. Ich bin in der Stimmung, jemanden zu erschießen, aber möglichst nicht Thom.«

ZWEITER TEIL

Methode

Sonntagag, 21. April

»Ein Zaubertrick gleicht einer Verführung. In beiden Fällen werden der Zielperson sorgfältig gewisse Details suggeriert.«

– Sol Stein

...Neunundzwanzig

Der Sonntagvormittag verlief enttäuschend, denn die Fahndung nach Erick Weir kam nicht voran.

Das Team erfuhr, dass der Illusionist nach dem Feuer in Ohio mehrere Wochen auf der Intensivstation eines örtlichen Krankenhauses verbracht hatte und dann einfach von dort verschwunden war, ohne sich offiziell abzumelden. Anscheinend hatte er wenig später sein Haus in Las Vegas verkauft, aber es existierten keinerlei Unterlagen über den Erwerb einer neuen Bleibe. Rhyme nahm jedoch an, dass es in der Glücksspielmetropole problemlos möglich war, mit einem Packen Bargeld irgendeinen kleinen Unterschlupf in der Wüste zu kaufen, ohne dass jemand Fragen stellte oder die Behörden davon Kenntnis erlangten.

Sellittos Männer machten die Mutter der verstorbenen Frau des Hexers ausfindig, doch Mrs. Cosgrove wusste nichts über Weirs Verbleib. Er hatte sich nach dem Unglück nie bei den Eltern gemeldet, um ihnen sein Beileid über den Tod der Tochter auszusprechen, was sie laut eigenem Bekunden aber nicht verwunderte. Weir sei ein selbstsüchtiger, gefühlloser Mensch, erklärte die Mutter. Er habe Marie geradezu als sein Eigentum betrachtet und sie praktisch hypnotisiert, damit sie ihn heiratete. Nach Auskunft der Ermittler hatten die anderen Mitglieder der Familie Cosgrove ebenfalls keinen Kontakt zu Weir gehabt.

Cooper stellte die restlichen Informationen aus der Computersuche zusammen, aber da blieb nicht mehr viel. Weder beim VICAP noch beim NCIC lagen Einträge über Weir vor, und weitere Einzelheiten zu seiner Person gab es nicht. Sellittos Männer fanden lediglich heraus, dass beide Elternteile Weirs verstorben waren, er keine Geschwister hatte und sich weitere Angehörige nicht ermitteln ließen.

Später am Vormittag rief Art Loesser, Weirs anderer Assistent, aus Las Vegas an. Der Mann war nicht überrascht zu erfahren, dass sein früherer Chef im Zusammenhang mit einem Verbrechen gesucht wurde, und erzählte ihnen, was sie bereits wussten: dass Weir zwar einer der weltbesten Illusionisten sei, den Beruf aber viel zu ernst nehme, bei den Nummern zu große Risiken eingehe und zu Gefühlsausbrüchen neige. Loesser litt auch heute noch an Alpträumen über die damalige Lehrzeit.

Ich hab »hasst« gesagt. Ich wollte »lässt« sagen. Er lässt *mich immer noch nicht los.*

»Alle jungen Assistenten werden von ihren Mentoren beeinflusst«, erklang Loessers Stimme aus dem Lautsprecher des Telefons. »Aber mein Therapeut hat gesagt, dass es in Weirs Fall eher eine Art emotionale Abhängigkeit gewesen sei.«

Demnach befanden beide Assistenten sich in psychologischer Behandlung.

»Er sagte, die Beziehung zu Weir habe dem Stockholm-Syndrom geähnelt. Wissen Sie, was das ist?«

Rhyme erklärte, der Sachverhalt sei ihm bekannt – man verstand darunter die Sympathie, die Geiseln zuweilen für ihre Kidnapper entwickelten, bis hin zu Zuneigung und Liebe.

»Wann haben Sie ihn zuletzt gesehen?«, fragte Sachs. Da heute keine Prüfung anstand, trug sie Zivil – Jeans und eine dunkelgrüne Strickbluse.

»Im Krankenhaus, auf der Intensivstation. Das ist jetzt ungefähr drei Jahre her. Anfangs habe ich ihn regelmäßig besucht, aber er sprach immer nur davon, dass er es allen heimzahlen würde, die ihm je wehgetan oder seine Art der Zauberkunst nicht gutgeheißen hätten. Wenig später ist er von dort abgehauen, und ich habe ihn nie wieder zu Gesicht bekommen.«

Dann aber fügte der frühere Schützling hinzu, dass Weir völlig unerwartet vor zirka zwei Monaten angerufen habe. (Etwa zur gleichen Zeit wie bei dem anderen Assistenten, dachte Rhyme.) Loessers Frau sei ans Telefon gegangen. »Er hat keine Nummer hinterlassen und gesagt, er würde sich noch mal melden, was jedoch nie geschehen ist. Gott sei Dank. Glauben Sie mir, ich weiß nicht, wie ich das verkraftet hätte.«

»Wissen Sie, von wo aus er angerufen hat?«

»Nein. Ich hab Kathy danach gefragt, weil ich Angst hatte, er sei wieder in der Stadt, aber sie sagte, er habe es nicht erwähnt, und auf dem Display des Telefons habe als Kennung des Anrufers ›Außerhalb der Vorwahlzone‹ gestanden.«

»Hat er denn Ihrer Frau gegenüber keinen Grund für den Anruf genannt? Oder einen Anhaltspunkt, aus dem sich schließen ließ, wo er sein könnte?«

»Sie sagte, er habe seltsam gewirkt, irgendwie erregt. Und er hat geflüstert, so dass sie ihn kaum verstehen konnte. Ich kann mich noch daran erinnern. Seine Lunge ist durch das Feuer geschädigt worden. Seit dem Unfall klingt er noch Furcht einflößender.«

Allerdings, dachte Rhyme.

»Er hat gefragt, ob wir etwas von Edward Kadesky gehört hätten – der war damals Produzent der Hasbro-Show. Das ist alles.«

Darüber hinaus konnte Loesser mit keinen weiteren Informationen dienen, und sie beendeten das Gespräch.

Thom führte zwei Streifenbeamtinnen ins Arbeitszimmer. Sachs nickte ihnen zu und stellte sie Rhyme vor. Diane Franciscovich und Nancy Ausonio.

Die beiden waren, so erinnerte er sich, als Erste am Tatort in der Musikschule eingetroffen und hatten den Auftrag erhalten, die Spur der altmodischen Handschellen zurückzuverfolgen.

»Wir haben mit allen Händlern gesprochen, die der Museumsdirektor uns empfohlen hat«, sagte Franciscovich. Hinter ihren frisch gebügelten Uniformen wirkten sowohl die große Brünette als auch die kleinere Blonde ziemlich erschöpft. Offenbar hatten sie ihre Aufgabe sehr ernst genommen und die letzte Nacht wahrscheinlich durchgearbeitet.

»Bei den Handschellen handelt es sich um Darbys, genau wie Sie vermutet haben«, sagte Ausonio. »Die Dinger sind relativ selten – und teuer. Aber wir haben hier eine Liste von zwölf Leuten, die…«

»O mein Gott, sieh mal.« Franciscovich deutete auf die Wandtafel, auf der Thom notiert hatte:

- Täter heißt Erick A. Weir.

Ausonio blätterte in den Unterlagen, die sie in der Hand hielt. »Erick Weir hat letzten Monat ein solches Paar Handschellen per Post bestellt, und zwar bei Ridgeway Antique Weapons in Seattle.«

»Adresse?«, fragte Rhyme aufgeregt.

»Ein Postfach in Denver. Wir haben es überprüft, aber die Mietzeit ist abgelaufen. Eine Anschrift liegt leider nicht vor.«

»Auch keine Aufzeichnungen darüber, ob Weir überhaupt je in Denver gewohnt hat.«

»Wie hat er gezahlt?«, fragte Sachs.

»Bar«, sagten Ausonio und Rhyme wie aus einem Mund. »Er macht keine dummen Fehler«, fügte der Kriminalist hinzu. »Nein. Diese Spur wird uns nicht weiterführen. Aber wenigstens haben wir eine Bestätigung, dass Weir tatsächlich unser Täter ist.«

Rhyme bedankte sich bei den beiden Beamtinnen, und Sachs brachte sie zur Tür.

Das Telefon klingelte erneut. Die Vorwahl des Anrufers auf dem Display sah vertraut aus, aber Rhyme konnte sie nicht zuordnen. »Kommando, Telefon, Abheben… Hallo?«

»Guten Tag, Sir. Hier ist Lieutenant Lansing von der Staatspolizei. Ich würde gern Detective Roland Bell sprechen. Man hat mir gesagt, er sei vorübergehend unter dieser Nummer zu erreichen.«

»He, Harv«, rief Bell und ging dichter an das Telefon heran. »Hier bin ich.« Er schaute kurz zu Rhyme. »Unser Verbindungsmann im Fall Constable oben in Canton Falls.«

»Wir haben die Beweismittel erhalten, die ihr uns geschickt habt«, sagte Lansing. »Unsere Jungs von der Spurensicherung sind gerade damit beschäftigt. Außerdem haben wir ein paar Detectives zu Swensens Frau geschickt – Swensen ist der Geistliche, den ihr gestern Abend eingesackt habt. Sie konnte oder wollte keine hilfreichen Angaben machen, und meine Leute haben in seiner Bude nichts gefunden, woraus sich eine Verbindung zu Constable oder sonst jemandem aus der Gesellschaft der Patrioten ableiten ließe.«

»Nichts?« Bell seufzte. »Schade. Der Kerl hat auf mich so unvorsichtig gewirkt.«

»Vielleicht waren die Patrioten vor uns da und haben gründlich sauber gemacht.«

»Das könnte durchaus sein. Mann, wann haben wir endlich ein bisschen mehr Glück? Okay, bleiben Sie am Ball, Harv. Danke.«

»Wir melden uns, sobald sich was Neues ergibt, Roland.«

Sie legten auf.

»Der Constable-Fall ist genauso übel wie der da.« Er nickte in Richtung der Tafeln.

Es läutete an der Tür.

Kara betrat den Raum. Sie hielt einen großen Becher Kaffee in der Hand und sah noch müder und abgespannter aus als zuvor Franciscovich und Ausonio.

Sellitto hielt soeben eine kleine Ansprache über neue Methoden der Gewichtsreduzierung und wurde durch das Klingeln des Telefons unterbrochen.

»Lincoln?«, ertönte die Stimme aus dem Lautsprecher. »Hier spricht Bedding. Wir haben unsere Suche nun auf drei Hotels eingrenzen können. Es hat so lange gedauert, weil…«

»…auch viele Zimmervermietungen und Apartmenthäuser vergleichbare Türkarten einsetzen«, unterbrach ihn sein Partner Saul.

»Ganz zu schweigen von den Stundenhotels. Aber das ist eine Geschichte für sich.«

»Wir mussten sie alle überprüfen. Wie dem auch sei, unser vorläufiges Ergebnis lautet, dass es sich vermutlich, ich betone, *vermutlich* um entweder das Chelsea Lodge, das Beckman oder das… wie heißt der Laden?«

»…oder das Lanham Arms handelt«, sprang sein Partner ein.

»Richtig. Außer denen benutzt niemand das Modell 42 in dieser Farbe. Wir sind gerade im Beckman. Vierunddreißigste und Fünfte. Wir fangen jetzt mit dem Ausprobieren an.«

»Was soll das heißen?«, rief Rhyme.

»Nun ja, wie erklär ich das am besten?«, fragte sich Bedding oder Saul. »Die Schlüssel funktionieren nur in einer Richtung.«

»Bitte?«

»Sehen Sie, nur das Schloss des jeweiligen Hotelzimmers kann den Schlüssel *lesen*. Die Maschine am Empfang, die den Kartenrohling mit dem entsprechenden Türcode beschreibt, ist nicht in der Lage, ihn danach wieder auszulesen und die Zimmernummer zu ermitteln.«

»Wieso nicht? Das ist doch verrückt.«

»Niemand benötigt jemals diese Information.«

»Außer uns, natürlich. Und deshalb müssen wir von Tür zu Tür gehen und alle ausprobieren.«

»Scheiße«, fluchte Rhyme.

»Sie nehmen uns das Wort aus dem Mund«, sagte einer der Detectives.

»Okay. Braucht ihr mehr Leute?«, fragte Sellitto.

»Nein, wir haben ja nur diesen einen Schlüssel. Anders geht's leider nicht. Und falls das Zimmer inzwischen an einen neuen Gast vermietet wurde…«

»…wird die Karte ungültig sein. Das hebt nicht unbedingt die Stimmung.«

»Hört mal, Gentlemen«, sagte Bell.

»Hallo, Roland.«

»Der Akzent ist unverkennbar.«

»Ihr habt das Lanham Arms erwähnt. Wo liegt das?«

»An der Fünfundsiebzigsten Straße Ost. Nähe Lexington Avenue.«

»Der Name kommt mir irgendwie bekannt vor, aber ich weiß nicht, woher.« Bell runzelte die Stirn und schüttelte den Kopf.

»Es steht als Nächstes auf unserer Liste.«

»Nach dem Beckman.«

»Mit seinen sechshundertzweiundachtzig Zimmern. Wir sollten lieber anfangen.«

Sie überließen die Zwillinge ihrer mühsamen Aufgabe.

Coopers Computer gab einen Piepton von sich. Der Techniker las die eingetroffene E-Mail vor. »Vom FBI-Labor in Washington… Das ist endlich der Bericht über die Metallspäne aus der Sporttasche des Hexers. Hier steht, die Bearbeitungsspuren deuten darauf hin, dass die Späne aus einem Uhrwerk stammen.«

»Aber bestimmt nicht aus einem gewöhnlichen Wecker«, sagte Rhyme. »Das ist doch ganz offensichtlich.«

»Woher wollen Sie das wissen?«, fragte Bell.

»Es ist ein Zeitzünder«, sagte Sachs ernst.

»Würde ich auch sagen«, stimmte Rhyme ihr zu.

»Eine Spritbombe?«, fragte Cooper und deutete auf das mit Benzin getränkte Taschentuch, das Weir am Vorabend zurückgelassen hatte.

»Kann sein.«

»Er hat Benzin und ist auf Feuer fixiert. Das nächste Opfer soll verbrennen.«

Genau wie der Hexer es für Rhyme vorgesehen hatte.

Das Feuer hat ihn gewissermaßen ermordet – seine alte Identität –, und indem nun er *jemanden umbringt, fühlt er sich besser. Es reduziert die Anspannung, die der Zorn in ihm entstehen lässt...*

Rhyme bemerkte, dass es kurz vor zwölf war. Fast Nachmittag. Bald würde das nächste Opfer sterben. Aber wann? Um zwölf Uhr eins oder um sechzehn Uhr? Er spürte am Hinterkopf einen Schauder der Enttäuschung und Wut. Das Gefühl wanderte den Nacken hinunter und verlor sich in seinem tauben Leib. Sie hatten so wenig Zeit.

Vielleicht überhaupt keine Zeit mehr.

Aber sie wussten zu wenig, um daraus konkrete Schlüsse zu ziehen. Und der Tag schleppte sich dahin, zäh wie Kaugummi.

Ein Fax kam an. Cooper las es vor. »Von unserem Dokumentenfachmann aus Queens. Sie haben die Zeitung aus dem Mazda entfaltet. Es gibt darauf weder handschriftliche Vermerke, noch wurde irgendetwas angestrichen. Das hier sind die Schlagzeilen.«

Er befestigte das Blatt an der Tafel.

STROMAUSFALL LEGT FÜR FAST 4 STUNDEN POLIZEIREVIER LAHM

NEW YORK BEWIRBT SICH UM NÄCHSTEN NOMINIERUNGSKONGRESS DER REPUBLIKANER

ELTERN BEMÄNGELN SICHERHEITSLAGE AN MÄDCHENSCHULE

PROZESS GEGEN MILIZFÜHRER BEGINNT AM MONTAG

WOCHENENDGALA IN DER MET SOLL SPENDEN EINBRINGEN

FRÜHLINGSVERGNÜGEN FÜR KINDER UND JUNGGEBLIEBENE

GOUVERNEUR UND BÜRGERMEISTER BERATEN NEUEN PLAN FÜR DIE WEST SIDE

»Eine davon hat etwas zu bedeuten«, sagte Rhyme. Aber welche? Wollte der Killer einen Anschlag auf die Mädchenschule verüben? Auf die Gala? Hatte er eines seiner Gimmicks an dem Polizeirevier ausprobiert und den Strom unterbrochen? Rhyme fühlte sich nur umso frustrierter, weil auch diese neue Spur sie vorerst nicht weiterbrachte.

Sellittos Telefon klingelte. Alle starrten ihn an, denn sie befürchteten, nun von dem nächsten Opfer zu erfahren.

Es war dreizehn Uhr drei.

Längst Nachmittag, längst Zeit für den Mord.

Doch anscheinend handelte es sich nicht um schlechte Neuigkeiten. Der Detective hob überrascht eine Augenbraue und sagte: »Der bin ich… Tatsächlich? Nun, es ist ganz in der

Nähe. Könnten Sie herkommen?« Dann nannte er Rhymes Adresse und unterbrach die Verbindung.

»Wer war das?«

»Edward Kadesky. Der Manager von diesem Zirkus in Ohio, in dem Weir den Unfall hatte. Er ist in der Stadt. Sein Auftragsdienst in Chicago hat ihn benachrichtigt. Er kommt her, um mit uns zu reden.«

DER HEXER

Musikschule, Tatort

- Täterbeschreibung: braune Haare, falscher Bart, keine besonderen Merkmale, mittlere Statur und Größe. Alter: Anfang fünfzig. Kleiner und Ringfinger der linken Hand miteinander verschmolzen. Hat schnell Verkleidung gewechselt, um wie alter kahlköpfiger Hauswart auszusehen.
- Kein erkennbares Tatmotiv.
- Opfer: Swetlana Rasnikow.
  - Musikstudentin; kein zusätzlicher Job.
  - Überprüfen Familie, Freunde, Studenten, engeren Umkreis auf mögliche Hinweise.
    - Kein fester Freund, keine bekannten Feinde. Ist auf Kindergeburtstagen aufgetreten.
- Platine mit Lautsprecher.
  - An FBI-Labor New York geschickt.
    - Digitaler Audiorekorder, vermutlich mit Stimme des Täters. Alle Daten gelöscht.
  - Rekorder ist ein »Gimmick«. Selbst gebaut.
- Täter hat Opfer mit altmodischen Eisenhandschellen gefesselt.

- Darby-Handschellen. Scotland Yard. Anfrage beim Houdini Museum in New Orleans läuft.
  - Wurden letzten Monat an Erick Weir verkauft. An Postfach in Denver geschickt. Keine weiteren Hinweise.
- Uhr des Opfers wurde um genau 8.00 Uhr zertrümmert.
- Stühle mit Baumwollkordel fixiert. Handelsüblich.
  - Zu viele mögliche Quellen; nicht zurückverfolgbar.
- Knallkörper, um Schuss zu simulieren. Wurde zerstört.
  - Zu viele mögliche Quellen; nicht zurückverfolgbar.
- Zündschnur. Handelsüblich.
  - Zu viele mögliche Quellen; nicht zurückverfolgbar.
- Beamte vor Ort berichten von Lichtblitz. Keine Überreste gefunden.
  - Wurde durch Schießbaumwolle oder Kollodiumpapier ausgelöst.
    - Zu viele mögliche Quellen; nicht zurückverfolgbar.
- Schuhe des Täters: Marke Ecco, Größe 10.
- Seidenfasern, grau gefärbt, bearbeitet, matte Oberfläche.
  - Stammen vom Hauswartkostüm des Täters.
- Täter trägt vermutlich eine braune Perücke.
- Roter Hickory und Flechte (*Parmelia conspersa*); beide kommen hauptsächlich im Central Park vor.
- Erdprobe mit anorganischem Öl durchtränkt. Zur Analyse an FBI-Labor geschickt.
  - Pflegemittel Tack-Pure für Sättel und Leder.
- Schwarzes Seidentuch, ca. 2 x 1,5 Meter. Zur Tarnung benutzt. Nicht zurückverfolgbar.
  - Wird häufig von Illusionisten benutzt.
- Täter hinterlässt falsche Fingerabdrücke durch Tragen von Kappen.
  - Übliches Utensil von Zauberkünstlern.
- Reste von Latex, Rizinusöl, Make-up.

- Theaterschminke.
- Spuren von Alginat.
  - Wird für Latexgussformen verwendet.
- Mordwaffe: Seil aus geflochtener weißer Seide mit schwarzem Seidenkern.
  - Utensil eines Zaubertricks (Farbwechsel). Nicht zurückverfolgbar.
- Ungewöhnlicher Knoten.
  - An FBI und Schifffahrtsmuseum geschickt – ohne Ergebnis.
  - Knoten stammt aus Houdini-Nummern; praktisch unmöglich zu lösen.
  - Täter hat sich in Besucherbuch eingetragen. Tinte ist verschwunden.

East Village, Tatort

- Zweites Opfer: Tony Calvert.
  - Maskenbildner; am Theater beschäftigt.
  - Keine bekannten Feinde.
  - Keine ersichtliche Verbindung zum ersten Opfer.
- Kein erkennbares Tatmotiv.
- Todesursache:
  - Schädelverletzung durch stumpfen Gegenstand; postmortale Zerstückelung mit Säge.
- Täter flieht als vermeintliche Frau Mitte siebzig. Umgegend wird nach Kostüm und anderen Spuren abgesucht.
  - Suche ohne Ergebnis.
- Uhr des Opfers wurde um genau 12.00 Uhr zertrümmert.
  - Muster? Nächstes Opfer vermutlich um 16.00 Uhr.
- Täter hat sich hinter Spiegel versteckt. Nicht zurückverfolgbar. Fingerabdrücke an AFIS geschickt.
  - Keine Übereinstimmungen.

- Täter hat Spielzeugkatze (»Falsum«) benutzt, um Opfer in Gasse zu locken. Spielzeug ist nicht zurückverfolgbar.
- Erneut anorganisches Öl gefunden; gleiche Sorte wie am ersten Tatort. Erwarten FBI-Bericht.
  - Pflegemittel Tack-Pure für Sättel und Leder.
- Erneut Reste von Latex und Make-up sowie Spuren von falschen Fingerkuppen gefunden.
- Erneut Alginat gefunden.
- Täter hat Ecco-Schuhe zurückgelassen.
- Hundehaare dreier verschiedener Rassen an den Schuhen nachgewiesen. Außerdem Kot.
  - Kot stammt von Pferden, nicht von Hunden.

Hudson River und zugehörige Tatorte

- Opfer: Cheryl Marston.
  - Anwältin.
  - Geschieden, aber Exmann nicht verdächtig.
- Kein Tatmotiv.
- Täter hat den Namen »John« benutzt. Hatte Narben an Hals und Brust. Deformierte Hand bestätigt.
- Täter hat zweimal Kostüm gewechselt: Zunächst bartloser Geschäftsmann mit Stoffhose und Anzughemd, dann Biker mit Harley-Jeanshemd.
- Wagen liegt im Harlem River.
- Opfer wurde mit Isolierband geknebelt. Nicht zurückverfolgbar.
- Knallkörper, genau wie zuvor. Nicht zurückverfolgbar.
- Ketten und Karabinerhaken. Handelsüblich. Nicht zurückverfolgbar.
- Seil. Handelsüblich. Nicht zurückverfolgbar.
- Erneut Make-up, Latex und Tack-Pure.

- Sporttasche, hergestellt in China. Nicht zurückverfolgbar. Inhalt:
  - Reste von Tranquilizer Flunitrazepam.
  - Klebewachs. Nicht zurückverfolgbar.
  - Messing(?)späne. An FBI geschickt.
    - Passen zu Uhrwerk; vermutlich Zeitzünder.
  - Dokumentenechte Tinte, schwarz.
- Dunkelblaue Windjacke, kein Monogramm oder Wäschezeichen. Inhalt:
  - Presseausweis des Kabelsenders CTN, lautend auf Stanley Saferstein. (Er ist nicht verdächtig; NCIC-, VICAP-Suche negativ.)
  - Plastiktürkarte eines Hotels. American Plastic Cards, Akron, Ohio. Modell APC-42. Keine Fingerabdrücke.
    - Firmenchef sucht nach Verkaufsunterlagen.
    - Detectives Bedding und Saul überprüfen Hotels.
      - Eingegrenzt auf Chelsea Lodge, Beckman und Lanham Arms. Suche läuft weiter.
  - Restaurantbeleg des Riverside Inn, Bedford Junction, NY. Mittagessen für vier Personen, Tisch 12, Samstag vor zwei Wochen. Truthahn, Hackbraten, Steak, Tagesgericht. Softdrinks. Personal kann sich an Gäste nicht erinnern. (Komplizen?)
- Gasse, in der Hexer verhaftet wurde.
  - Täter hat Schlösser der Handschellen geöffnet.
  - Speichel (Dietrich im Mund versteckt).
  - Blutgruppe lässt sich nicht feststellen.
  - Kleine Säge, um Fußfessel zu durchtrennen (ebenfalls im Mund versteckt).
- Verbleib von Officer Burke ungeklärt.
  - Leiche liegt angeblich irgendwo an der Upper West Side.
- Tatort Harlem River:

- Keine Hinweise, abgesehen von Reifenspuren im Schlamm.
- Zeitung aus dem Wagen geborgen. Schlagzeilen:

STROMAUSFALL LEGT FÜR FAST 4 STUNDEN POLIZEIREVIER LAHM

NEW YORK BEWIRBT SICH UM NÄCHSTEN NOMINIERUNGSKONGRESS DER REPUBLIKANER

ELTERN BEMÄNGELN SICHERHEITSLAGE AN MÄDCHENSCHULE

PROZESS GEGEN MILIZFÜHRER BEGINNT AM MONTAG

WOCHENENDGALA IN DER MET SOLL SPENDEN EINBRINGEN

FRÜHLINGSVERGNÜGEN FÜR KINDER UND JUNGGEBLIEBENE

GOUVERNEUR UND BÜRGERMEISTER BERATEN NEUEN PLAN FÜR DIE WEST SIDE

Lincoln Rhyme, Tatort

- Opfer: Lincoln Rhyme
- Täter heißt Erick A. Weir.
  - Zuletzt wohnhaft in Las Vegas.
  - Hat vor drei Jahren Brandverletzungen im Hasbro and Keller Brothers Circus in Ohio erlitten. Ist danach verschwunden. Verbrennungen dritten Grades. Produzent hieß Edward Kadesky.

- Wurde in New Jersey wegen fahrlässiger Körperverletzung verurteilt.
- Ist fixiert auf Feuer.
- Ist manisch. Spricht mit »verehrtem Publikum«.
- Hat riskante Nummern bevorzugt.
- War verheiratet mit Marie Cosgrove; Ehefrau wurde bei dem Brand getötet.
  - Hat seitdem keinen Kontakt zur Familie der Ehefrau aufgenommen.
- Weirs Eltern sind tot; keine weiteren Angehörigen.
- Keine VICAP- oder NCIC-Einträge über Weir.
- Hat sich als »Zauberer des Nordens« bezeichnet.
- Hat Rhyme angegriffen, um ihn vor Sonntagnachmittag auszuschalten. (Nächstes Opfer?)
- Augenfarbe: braun.

- Psychologisches Profil (laut Terry Dobyns, NYPD): Wird durch Rachsucht angetrieben, ist sich dessen aber eventuell nicht bewusst. Will Vergeltung üben. Ist permanent wütend. Indem er mordet, verschafft er sich Erleichterung vom Schmerz wegen Tod der Ehefrau und Ende der Karriere.
- Weir hat kürzlich frühere Assistenten angerufen: John Keating und Arthur Loesser, beide in Nevada. Hat Fragen nach dem Brand und den daran Beteiligten gestellt. Assistenten beschreiben Weir als verrückt, anmaßend, manisch, gefährlich, aber brillant.
- Edward Kadesky, Manager zum Zeitpunkt des Feuers, wurde kontaktiert.
- Hat Opfer getötet, weil sie für etwas standen – vermutlich für glückliche oder traumatische Erlebnisse vor dem Brand.
- Mit Benzin getränktes Taschentuch. Nicht zurückverfolgbar.
- Ecco-Schuhe. Keine Partikel.

Profil als Illusionist

- Täter wird versuchen, Opfer und Polizei zu täuschen.
  - Physische Täuschung (zur Ablenkung).
  - Psychologische Täuschung (um Misstrauen zu überwinden).
- Flucht in Musikschule verlief analog zu Illusionistennummer »Der Verschwundene«.
  - Weithin bekannt; nicht zurückverfolgbar.
- Täter ist in erster Linie Illusionist.
- Täter ist geübter Taschenspieler.
- Täter kennt sich mit Verwandlungskunst (Proteuszauber) aus. Kostüme lassen sich herunterreißen, sind aus Nylon oder Seide. Falsche Glatze, Fingerkuppen und andere Latexprothesen. Beliebiges Alter, Geschlecht oder Rasse.
- Calverts Tod = Selbits Nummer »Die zersägte Frau«.
- Täter ist geübt im Öffnen von Türschlössern (vermutlich »Scheuertechnik«).
- Täter ist Entfesselungskünstler.
- Täter hat Erfahrung mit Tierillusionen.
- Täter hat Hellsehertricks benutzt, um Informationen über Opfer zu erlangen.
- Täter hat Taschenspielertrick benutzt, um Opfer unter Drogen zu setzen.
- Mordversuch an drittem Opfer = Houdinis Nummer »Die Wasserfolterkammer«.
- Täter ist Bauchredner.
- Rasierklingen.
- Täter ist vertraut mit Nummer »Der brennende Spiegel«. Sehr gefährlich; wird heutzutage kaum noch aufgeführt.

Der Mann war stämmig und mittelgroß, hatte graues gewelltes Haar und dazu passend einen silbrigen Vollbart.

Rhyme, der nach Weirs gestrigem Besuch äußerst misstrauisch geworden war, begrüßte Edward Kadesky und bat ihn, sich auszuweisen.

»Sie haben hoffentlich nichts dagegen«, sagte Sellitto und erläuterte ihm, dass es kürzlich Ärger mit einem verkleideten Verdächtigen gegeben habe.

Kadesky – der es offenbar gewohnt war, dass man ihn erkannte, nicht überprüfte – schien verwirrt, kam der Aufforderung aber nach und reichte Sellitto seinen in Illinois ausgestellten Führerschein. Mel Cooper warf einen kurzen Blick auf das Foto und den Produzenten und nickte Rhyme zu. Der Techniker hatte sich zuvor bereits bei der Straßenverkehrsbehörde von Illinois eingeloggt und von dort die Daten der Fahrerlaubnis sowie ein Foto des Mannes angefordert. Alles stimmte überein.

»In Ihrer Nachricht hieß es, es ginge um Erick Weir«, sagte Kadesky. Sein stechender Blick wirkte herrisch.

»Richtig.«

»Demnach ist er noch am Leben?«

Dass der Mann diese Frage stellte, empfand Rhyme als Enttäuschung, denn es bedeutete, dass Kadesky wahrscheinlich noch weniger wusste als sie.

»Er ist sogar überaus lebendig«, sagte der Kriminalist. »Wir verdächtigen ihn mehrerer Morde.«

»Nein! Wen hat er umgebracht?«

»Einige Leute aus New York. Und einen Polizeibeamten«, erklärte Sellitto. »Wir hatten gehofft, Sie könnten uns mit ein paar Informationen dienen, die uns die Suche nach Weir erleichtern.«

»Ich habe seit kurz nach dem Brand nichts mehr von ihm gehört. Wissen Sie darüber Bescheid?«

»Ein wenig«, sagte Sachs. »Lassen Sie mal hören.«

»Tja, er hat mir die Schuld daran gegeben... Das ist jetzt drei Jahre her. Weir und seine Assistenten haben in unserer Show Illusions- und Verwandlungszauber aufgeführt. Oh, sie waren gut. Absolut verblüffend. Aber es hat monatelang Beschwerden gehagelt. Von den Angestellten *und* von den Zuschauern. Weir hat den Leuten Angst eingejagt. Er war ein kleiner Diktator. Und dann seine beiden Assistenten – wir haben sie nur die Rechtgläubigen genannt. Er hatte sie indoktriniert. Für ihn war das Illusionistenhandwerk wie eine Religion. Manchmal wurde während der Proben oder der Vorstellung jemand verletzt – sogar Freiwillige aus dem Publikum. Weir war das völlig egal. Er hat gedacht, dass Zauberei stets am besten funktioniert, wenn damit ein gewisses Risiko verknüpft ist. Er sagte, sie müsse ein heißes Eisen sein und deine Seele brandmarken.« Der Produzent lachte verbittert auf. »Aber das ist für die heutige *Unterhaltungs*branche schwerlich geeignet, nicht wahr? Also hab ich mit Sidney Keller gesprochen – dem Eigentümer –, und wir sind zu dem Schluss gekommen, dass wir Weir kündigen mussten. An einem Sonntagmorgen, noch vor der Nachmittagsvorstellung, habe ich den Inspizienten angewiesen, ihn zu entlassen.«

»War das am Tag des Brandes?«, fragte Rhyme.

Kadesky nickte. »Der Inspizient fand ihn auf der Bühne. Weir war gerade damit beschäftigt, Gasleitungen für eine seiner Nummern zu verlegen. *Der brennende Spiegel.* Als er erfuhr, was wir beschlossen hatten, verlor er die Beherrschung, stieß den Inspizienten die Treppe hinunter und machte einfach mit den Vorbereitungen weiter. Also bin ich zur Bühne gegangen, und er hat mich gepackt. Wir haben uns nicht wirklich geprügelt, nur miteinander gerungen, aber eine der Gasleitungen war undicht. Wir sind auf ein paar Metallstühle gefallen, und dann muss wohl ein Funke das Gas entzündet haben. Weir erlitt schwere Verbrennungen, und seine Frau kam ums Leben. Das gesamte Zelt wurde zerstört. Wir haben erwogen, ihn zu verklagen, aber er hat sich aus dem Krankenhaus geschlichen und ist verschwunden.«

»Wir haben von einer Verurteilung in New Jersey gehört. Es ging um fahrlässige Körperverletzung. Wissen Sie, ob er darüber hinaus mal in Haft gesessen hat?«, fragte Rhyme.

»Keine Ahnung.« Kadesky schüttelte den Kopf. »Ich hätte ihn gar nicht erst einstellen sollen. Aber falls Sie jemals seine Show gesehen hätten, würden Sie es verstehen. Er war der Beste. Die Zuschauer mögen verängstigt gewesen sein und sich sogar, nun ja, missbraucht gefühlt haben, aber sie haben reichlich Karten gekauft, um ihn zu sehen. Und Sie hätten mal den Beifallssturm hören sollen.« Der Produzent sah auf die Uhr. Es war Viertel vor zwei. »Wissen Sie, in fünfzehn Minuten beginnt meine Show... Ich glaube, es wäre eine gute Idee, noch ein paar zusätzliche Polizeiwagen nach drüben zu beordern. Immerhin hält Weir sich irgendwo in der Gegend auf, und Sie wissen ja nun, was zwischen uns vorgefallen ist.«

»Nach drüben?«, fragte Rhyme.

»Zu meiner Show.« Er deutete in Richtung Central Park.

»*Das* ist Ihre Show? Der Cirque Fantastique?«

»Genau. Ich dachte, das wüssten Sie. Sie haben doch den Streifenwagen geschickt... Der Cirque Fantastique ist der alte Hasbro and Keller Brothers Circus.«

»Was?«, fragte Sellitto.

Rhyme schaute zu Kara. Sie schüttelte den Kopf. »Als ich Mr. Balzac gestern Abend angerufen habe, hat er nichts davon gesagt.«

»Wir haben nach dem Feuer von vorn angefangen«, erzählte Kadesky. »Der Cirque du Soleil war sehr erfolgreich, und so habe ich Sid Keller vorgeschlagen, etwas Ähnliches zu versuchen. Sobald die Versicherung gezahlt hatte, gründeten wir den Cirque Fantastique.«

»Nein, nein, nein«, flüsterte Rhyme und starrte die Wandtafeln an.

»Was ist los, Linc?«, fragte Sellitto.

»*Das* hat Weir die ganze Zeit vor«, verkündete er. »Die Show ist sein Ziel. Der Cirque Fantastique.«

»Wie bitte?«

Er überflog die Einträge ein weiteres Mal aus diesem neuen Blickwinkel.

Rhyme nickte. »Hunde!«

»Was?«, fragte Sachs.

»Die gottverdammten Hunde! Seht auf die Tafel. Seht es euch an! Die Tierhaare und die Partikel aus dem Central Park, vom Hundehügel! Direkt vor dem Fenster.« Er nickte wütend in Richtung der Vorderseite seines Hauses. »Er hat nicht Cheryl Marston auf dem Reitweg beobachtet; es ging ihm um den *Zirkus*. Die Zeitung aus seinem Mazda – achtet auf die Schlagzeile: ›Frühlingsvergnügen für Kinder und Junggebliebene‹. Ruft in der Redaktion an, und bringt in Erfahrung, ob damit der Zirkus gemeint ist. Thom – ruf Peter an! Schnell.«

Der Betreuer war eng mit einem Journalisten der *Times* befreundet, einem jungen Mann, der ihnen in der Vergangenheit schon einige Male geholfen hatte. Thom schnappte sich den Hörer und wählte die Nummer. Peter Hoddins arbeitete in der Auslandsredaktion, aber er brauchte weniger als eine Minute, um den Artikel nachzuschlagen. »Es ging tatsächlich um den Zirkus«, teilte Thom den anderen mit. »Einschließlich aller möglichen Details – Anfangszeiten der Vorstellungen, die verschiedenen Nummern, biographische Einzelheiten der Angestellten. Sogar ein paar Anmerkungen zu den Sicherheitsmaßnahmen.«

»Scheiße«, fluchte Rhyme. »Weir hat sich gründlich vorbereitet... Und dieser Presseausweis soll ihm Zutritt zum Bereich hinter der Bühne verschaffen.« Er kniff die Augen zusammen und sah erneut auf die Tafel. »Ja! Jetzt wird mir alles klar. Die Opfer. Wofür standen sie? Für Jobs im Zirkus. Ein Maskenbildner. Eine Reiterin... Und das erste Opfer war zwar Studentin, aber was hat sie außerdem gemacht? Sie ist vor Kindern aufgetreten – so wie ein Clown es tun würde.«

»Dazu kommt seine Vorgehensweise bei den Morden«, sagte Sachs. »Es waren alles Zaubertricks.«

»Genau. Er hat es auf die Show abgesehen. Terry Dobyns meint, es geht ihm vornehmlich um Rache. Zum Teufel, er hat eine Benzinbombe gelegt.«

»Mein Gott«, sagte Kadesky. »Wir haben mehr als zweitausend Zuschauer! Und die Show fängt in zehn Minuten an.«

Um zwei Uhr *nachmittags*...

»Die erste Sonntagsvorstellung«, fügte Rhyme hinzu. »Genau wie vor drei Jahren in Ohio.«

Sellitto nahm sein Funkgerät und rief die Beamten, die beim Zirkus stationiert waren. Es antwortete niemand. Der Detective runzelte die Stirn, ging zu Rhymes Telefon und wählte eine Nummer.

»Hier Officer Koslowski«, ertönte gleich darauf die Stimme eines Mannes.

Sellitto nannte ebenfalls seinen Namen. »Warum ist Ihr Funkgerät ausgeschaltet, Officer?«

»Das Funkgerät? Tja, wir sind nicht im Dienst, Lieutenant.«

»Wie bitte? Ihre Schicht hat doch gerade erst begonnen.«

»Nun, äh, man hat uns abgezogen.«

»Man hat *was*?«

»Vor einer halben Stunde kam ein Detective vorbei und hat gesagt, wir würden nicht mehr gebraucht und könnten uns den Rest des Tages freinehmen. Ich bin mit meiner Familie gerade unterwegs nach Rockaway Beach. Ich kann…«

»Beschreiben Sie ihn.«

»Anfang fünfzig, Bart, braune Haare.«

»Wohin ist er gegangen?«

»Keine Ahnung. Er ist zu unserem Wagen gekommen, hat uns seine Dienstmarke gezeigt und uns weggeschickt.«

Sellitto knallte den Hörer auf die Gabel. »Es passiert… O Mann, es passiert.« Er wandte sich an Sachs. »Rufen Sie beim Sechsten Revier an, und holen Sie uns das Bombenräumkommando.« Dann setzte er sich mit der Zentrale in Verbindung und ließ Kranken- und Feuerwehrwagen zum Zirkus beordern.

Kadesky rannte zur Tür. »Wir müssen das Zelt evakuieren.«

Bell sagte, er würde den medizinischen Notdienst verständigen, damit man sich im Columbia Presbyterian Hospital auf Brandverletzte vorbereitete.

»Ich will Beamte in Zivil im Park«, sagte Rhyme. »Jede Menge. Wenn mich nicht alles täuscht, wird der Hexer dort sein.«

»Dort sein?«, fragte Sellitto.

»Um das Feuer zu beobachten. Er wird in der Nähe bleiben. Ich erinnere mich an den Blick, mit dem er die Flammen in meinem Zimmer betrachtet hat. Es gefällt ihm. Nein, eine solche Gelegenheit lässt er sich um alles in der Welt nicht entgehen.«

...Dreißig

Das Feuer selbst war nicht seine größte Sorge.

Während Edward Kadesky im Laufschritt die kurze Distanz zwischen Lincoln Rhymes Haus und dem Zelt des Cirque Fantastique zurücklegte, dachte er daran, dass dank der heutigen Sicherheitskonzepte und schwer entflammbaren Stoffe sogar die schlimmsten Theater- und Zirkuszeltbrände sich nur relativ langsam ausbreiteten. Nein, viel gefährlicher war die Panik, die Tonnen menschlicher Muskeln, der alles niedertrampelnde, rasende, zermalmende, erstickende Ansturm. Knochen brachen, Lungen platzten, Menschen bekamen keine Luft mehr...

Um die Leute zu retten, mussten sie aus dem Zelt gebracht werden, bevor Angst um sich griff. Dazu gab es eine althergebrachte Methode: Wenn die Clowns, Akrobaten und anderen Mitarbeiter über den Ausbruch eines Feuers verständigt werden sollten, gab der Zirkusdirektor dem Kapellmeister ein verabredetes Signal, woraufhin dieser sofort John Philip Sousas schwungvollen Marsch »The Stars and Stripes Forever« anstimmen ließ. Die Angestellten (sofern sie nicht Hals über Kopf die Flucht ergriffen) nahmen dann zugewiesene Notfallposten ein und geleiteten das Publikum ruhig durch die Ausgänge nach draußen.

Statt einer Melodie bediente man sich heutzutage weitaus geeigneterer Methoden zur Evakuierung eines Zirkuszeltes. Aber falls eine Benzinbombe explodierte und alles mit brennender Flüssigkeit überschüttete?

Die Menge würde panisch zu den Ausgängen stürzen, und tausend Menschen müssten in dem Gewühl ihr Leben lassen.

Edward Kadesky rannte ins Zelt und sah die zweitausendsechshundert Zuschauer, die gespannt auf den Beginn seiner Show warteten.

Seiner Show.

Genau das dachte er. Die Show, die *er* ins Leben gerufen hatte. Kadesky war früher Anreißer einer kleinen Schaubude gewesen, hatte zweitklassige Nummern in drittklassigen Städten produziert und als Zahlmeister und Kartenverkäufer für schmuddelige Provinzmanegen gearbeitet. Jahrelang hatte er sich abgemüht, dem Publikum ein Programm zu bieten, das nicht dem üblichen kitschigen und grellen Image der Branche entsprach. Einmal war es ihm gelungen, und zwar mit dem Hasbro and Keller Brothers Circus – bis Erick Weir alles zerstörte. Danach hatte Kadesky sich noch gesteigert: mit dem Cirque Fantastique, einer Show von Weltruhm, die ihnen allen Anerkennung und sogar Prestige einbrachte, auch beim Schauspiel- und Opernpublikum, das sonst nicht viel von Zirkusunterhaltung hielt, und bei der MTV-Generation, die normalerweise keine Notiz vom Varietétheater nahm.

Er musste an die sengende Hitze des Feuers in Ohio denken. An die Ascheflocken, die wie tödlicher grauer Schnee ausgesehen hatten. An das jaulende Geräusch der Flammen – diesen so merkwürdigen Lärm –, während die Show vor seinen Augen zugrunde gegangen war.

Doch im Vergleich zu heute gab es einen Unterschied: Das Zelt damals war leer gewesen. Diesmal würden fast dreitausend Männer, Frauen und Kinder inmitten des Brandes sitzen.

Kadeskys Assistentin, Katherine Tunney, eine junge Brünette, die einen hohen Posten bei den Disney-Themenparks bekleidet hatte, bevor sie zu ihm gewechselt war, bemerkte seinen sorgenvollen Blick und kam sofort an seine Seite. Das war eines von Katherines großen Talenten: Sie konnte fast seine Gedanken lesen. »Was ist los?«, flüsterte sie.

Er erzählte ihr, was er von Lincoln Rhyme und der Polizei erfahren hatte. Ihr Blick schweifte durch das Zirkuszelt, genau wie seiner, hielt nach der Bombe Ausschau und musterte die potenziellen Opfer.

»Wie packen wir die Sache an?«, fragte sie kurz und bündig.

Er überlegte einen Moment und gab ihr dann einige Anweisungen. »Danach bringst du dich in Sicherheit«, fügte er hinzu. »Geh nach draußen.«

»Und du bleibst? Was hast du…?«

»Mach dich an die Arbeit«, fiel er ihr ins Wort und drückte ihre Hand. »Wir treffen uns draußen«, sagte er dann etwas sanfter. »Es wird schon alles gut gehen.«

Sie wollte ihn umarmen, spürte er. Aber sein Blick hielt sie davon ab. Man konnte sie beide von den meisten Plätzen aus sehen; Kadesky wollte nicht, dass jemand im Publikum auch nur den geringsten Verdacht schöpfte. »Nicht zu hastig. Und immer schön lächeln. Denk dran, wir sind vor allem Schauspieler.«

Katherine nickte. Dann ging sie zuerst zu dem Beleuchter und danach zu dem Kapellmeister, um ihnen Kadeskys Anordnungen auszurichten. Schließlich bezog sie am Haupteingang Position.

Kadesky rückte sich die Krawatte zurecht, knöpfte das Jackett zu, schaute zum Orchester und nickte. Ein Trommelwirbel setzte ein.

Showtime, dachte er.

Als er mit breitem Lächeln in die Mitte der Manege trat, senkte sich Schweigen über das Publikum. Er blieb genau im Zentrum des Kreises stehen, und der Trommelwirbel hörte auf. Einen Augenblick später richteten sich zwei weiße Lichtkegel auf ihn. Obwohl er Katherine aufgetragen hatte, der Beleuchter solle ihn mit den beiden Hauptspots erfassen, keuchte er dennoch unwillkürlich auf, weil er für den Bruchteil einer Sekunde glaubte, die gleißende Helligkeit stamme von der explodierenden Benzinbombe.

Doch sein Lächeln blieb bestehen, und er fing sich sofort wieder. Er hob ein kabelloses Mikrofon an die Lippen und fing an zu sprechen. »Guten Tag, meine Damen und Herren, willkommen im Cirque Fantastique.« Ruhig, freundlich, autoritär. »Wir haben für Sie heute eine herrliche Show vorbereitet. Und gleich zu Beginn muss ich Sie um Nachsicht bitten. Ich fürchte, Sie werden dies als kleine Unannehmlichkeit empfinden, aber glauben Sie mir, es lohnt sich. Es findet draußen vor dem Zelt ein besonderer Auftritt statt. Bitte verzeihen Sie... Wir haben uns bemüht, das Plaza Hotel nach hier drinnen zu verfrachten, aber die Direktion des Hauses war nicht einverstanden. Angeblich hatten die Gäste etwas dagegen.«

Er hielt kurz inne, bis die Lacher verstummten.

»Daher möchte ich Sie nun ersuchen, Ihre Tickets bei sich zu behalten und hinaus in den Central Park zu gehen.«

Es wurde Stimmengewirr laut. Die Leute wunderten sich, was für ein Auftritt das wohl sein mochte.

Er lächelte. »Suchen Sie sich in der Nähe eine hübsche Stelle. Wenn Sie die Gebäude am Südrand des Parks sehen können, werden Sie garantiert nichts versäumen.«

Die Leute lachten gespannt. Was meinte er denn nur? Würden irgendwelche Draufgänger einen Drahtseilakt zwischen den Wolkenkratzern wagen?

»So, die unteren Reihen zuerst, schön geordnet. Benutzen Sie bitte den nächstbesten Ausgang.«

Das Licht ging an. Er entdeckte Katherine Tunney, die lächelnd am Durchgang stand und die Leute hinauswinkte. Bitte, geh raus, dachte er. Verschwinde von dort!

Die Zuschauer unterhielten sich angeregt – er konnte sie wegen der blendend hellen Scheinwerfer nur undeutlich erkennen. Sie sahen einander an und fragten sich, wer nun zuerst aufstehen und welchen Weg er einschlagen sollte. Dann riefen sie allmählich ihre Kinder zu sich, nahmen ihre Handtaschen und Popcorntüten und schauten nach den Eintrittskarten.

Kadesky lächelte, als er sah, wie die Leute sich erhoben und langsam die Ausgänge und damit die Sicherheit ansteuerten. Doch er dachte etwas anderes:

Chicago, Illinois, Dezember 1903. Bei einer Aufführung von Eddie Foys berühmtem Varietéprogramm im Iroquois Theater brach durch einen defekten Scheinwerfer ein Feuer aus, das schnell von der Bühne auf die Sitzreihen übersprang. Die zweitausend Zuschauer rannten zu den Ausgängen und verstopften sie dermaßen gründlich, dass die Feuerwehr nicht hineingelangen konnte. Mehr als sechshundert Menschen kamen auf grauenhafte Weise ums Leben.

Hartford, Connecticut, Juli 1944. Ebenfalls eine Nachmittagsvorstellung. Gerade als die namhafte Familie Wallenda im Ringling Brothers and Barnum & Bailey Circus mit ihrer beliebten Hochseilnummer anfangen wollte, kam es im südöstlichen Bereich des Zeltes zu einem kleinen Brand, der innerhalb kürzester Zeit die gesamte Zeltleinwand verschlang, weil diese mit Benzin und Paraffin imprägniert worden war. Nach nur wenigen Minuten gab es mehr als hundertfünfzig Opfer zu beklagen. Sie waren verbrannt, erstickt oder zu Tode getrampelt worden.

Chicago, Hartford und noch viele andere Städte. Im Laufe der Jahre hatten sich bei Theater- und Zirkusbränden Tausende von schrecklichen Todesfällen ereignet. Würde das auch hier passieren? Würde man den Cirque Fantastique, *seine* Show, so in Erinnerung behalten?

Bislang verlief die Evakuierung reibungslos, doch der Preis für die Vermeidung einer Panik war zwangsläufig das langsame Tempo. Es befanden sich immer noch viele Leute im Zelt. Und wie es schien, blieben einige von ihnen lieber sitzen, als sich das Spektakel im Park anzuschauen. Sobald die meisten Zuschauer draußen waren, würde er den anderen reinen Wein einschenken müssen.

Wann mochte die Bombe hochgehen? Vermutlich nicht jetzt gleich. Weir würde die Nachzügler einkalkulieren und ihnen Zeit geben wollen, ihre Plätze einzunehmen – damit es möglichst viele Opfer gab. Es war nun vierzehn Uhr zehn. Vielleicht hatte er den Zünder auf die volle Viertel- oder halbe Stunde eingestellt.

Und wo war sie versteckt?

Kadesky hatte keine Ahnung, wo jemand eine Bombe platzieren würde, um den größten Schaden anzurichten.

Er sah zum Haupteingang, wo sich eine Menschentraube gebildet hatte, und entdeckte Katherines Silhouette – die Frau winkte ihn zu sich, um ihn zur Flucht aufzufordern.

Doch er blieb. Er würde alles tun, um das Zelt zu evakuieren, selbst wenn das bedeutete, dass er die Leute an der Hand nehmen, zum Ausgang führen, notfalls hinausschubsen und dann umkehren und die nächsten Zuschauer holen musste – auch falls alles schon lichterloh brannte. Er würde die letzte Person sein, die den Zirkus verließ.

Lächelnd sah er Katherine an, schüttelte kurz den Kopf, hob dann das Mikrofon und versicherte dem Publikum erneut, dass draußen eine wunderbare Nummer aufgeführt werde. Plötzlich unterbrach ihn laute Musik. Er schaute zum Podium des Orchesters. Die Musiker waren Kadeskys Anweisung gefolgt und hatten ihre Plätze verlassen, aber der Kapellmeister stand noch bei dem Schaltpult, von dem aus die Musikanlage bedient wurde. Ihre Blicke trafen sich, und Kadesky nickte zustimmend. Der Mann, ein Zirkusveteran, hatte eine Kassette eingelegt und die Lautstärke aufgedreht. Es erklang die Melodie von »The Stars and Stripes Forever«.

Amelia Sachs drängte sich zwischen den Menschen hindurch, die den Cirque Fantastique verließen, und lief in die Mitte des Zeltes, wo laute Marschmusik erschallte und Edward Kadesky mit einem Mikrofon stand. Er forderte begeistert alle Zuschauer auf, sich nach draußen zu begeben und einen besonderen Auftritt zu verfolgen – um eine Panik zu vermeiden, nahm Sachs an.

Hervorragende Idee, dachte sie und stellte sich vor, was für ein Gedränge entstehen würde, falls alle zu den Ausgängen rannten.

Sachs war die erste Beamtin vor Ort. Die nahenden Sirenen verrieten ihr, dass schon bald zusätzliche Rettungskräfte eintreffen würden, doch sie wartete nicht auf die anderen, sondern fing sofort mit der Suche an. Sie sah sich um und überlegte, was wohl das beste Versteck für eine Benzinbombe wäre. Um eine möglichst hohe Zahl an Todesopfern zu erreichen, bot sich eine Tribüne in der Nähe eines der Ausgänge an.

Es musste sich um ein relativ sperriges Objekt handeln. Im Gegensatz zu Dynamit oder Plastiksprengstoff richteten Benzinbomben nur bei entsprechender Größe auch nennenswerten Schaden an. Eine Kiste, ein großer Karton oder ein Ölfass wäre genau die richtige Tarnung. Sachs bemerkte einen großen Abfalleimer aus Kunststoff, dessen Fassungsvermögen sie auf ungefähr zweihundert Liter schätzte. Er stand unmittelbar neben dem Haupteingang, und auf dem Weg nach draußen gingen Dutzende von Leuten langsam daran vorbei. Hier im Zelt befanden sich insgesamt zwanzig oder fünfundzwanzig dieser Tonnen. Die dunkelgrünen Behälter wären das perfekte Bombenversteck.

Amelia lief zu dem nächstbesten Eimer und blieb davor stehen. Die Sicht hinein war ihr durch einen umgekehrt V-förmigen Schwingdeckel versperrt, aber sie ging davon aus, dass dieser Deckel vermutlich nicht mit dem Auslöser gekoppelt sein würde; die sichergestellten Messingspäne deuteten auf einen Zeitzünder hin. Sachs zog eine kleine Taschenlampe hervor und leuchtete das stinkende Innere des Eimers aus. Er war bereits zur Hälfte mit Papier, Folienverpackungen und leeren Bechern gefüllt, so dass sie den Boden nicht erkennen konnte. Sie hob den Eimer ein Stück an; er war zu leicht, um auch nur fünf Liter Benzin zu enthalten.

Sie warf einen weiteren Blick in die Runde. Es waren immer noch Hunderte von Leuten hier drinnen und strebten gemächlich den Ausgängen zu.

Und zwei Dutzend Abfalleimer, die noch überprüft werden mussten. Amelia lief zur nächsten Tonne.

Dann hielt sie inne und kniff die Augen zusammen. Unter der Haupttribüne, direkt neben dem Südeingang, lag ein knapp anderthalb Meter hoher Gegenstand, der von einer schwarzen Plane verdeckt wurde. Sie musste sofort daran denken, dass Weir sich unter einem Stück Stoff verborgen hatte. Was auch immer dort lag, war praktisch unsichtbar und groß genug, um mehrere hundert Liter Benzin zu enthalten.

Und sechs Meter davon entfernt stand eine große Menschenmenge.

Die Sirenen draußen wurden lauter und verstummten, als die Einsatzfahrzeuge neben dem Zelt anhielten. Feuerwehrleute und Streifenbeamte kamen herein. Sachs zeigte ihre Dienstmarke vor. »Ist das Räumkommando schon hier?«

»Die müssten in fünf oder sechs Minuten eintreffen.«

Sie nickte und bat die Kollegen, vorsichtig die Abfalleimer zu überprüfen. Dann lief sie zu dem Gegenstand unter der Plane.

Und dann geschah es.

Es gab keine Explosion. Doch es machte sich mit nahezu explosionsartiger Geschwindigkeit Panik breit.

Sachs war sich nicht sicher, wodurch sie ausgelöst wurde – der Anblick der Einsatzwagen und der ins Zelt drängenden Feuerwehrleute führte gewiss zu einiger Verunsicherung. Dann hörte Amelia aus Richtung des Haupteingangs mehrmals ein lautes Knallen. Sie kannte das Geräusch noch vom Vortag; es stammte von dem großen Harlekin-Banner, das im Wind flatterte. Doch die Zuschauer an jenem Durchgang mussten es für Schüsse gehalten haben. Sie machten entsetzt kehrt und hielten hektisch nach anderen Fluchtwegen Ausschau. Auf einmal erfüllte eine gewaltige kollektive Stimme das Zelt, als würden alle gleichzeitig vor Angst aufkeuchen. Es war ein tiefes Brummen, ein Dröhnen.

Dann brach die Lawine los.

Die Leute liefen schreiend und kreischend auf die Ausgänge zu. Sachs wurde von der tobenden Masse hinterrücks überrannt. Ihr Wangenknochen stieß gegen die Schulter eines Mannes vor ihr, und Amelia war kurz benommen. Alle riefen durcheinander, einige brüllten etwas von einem Feuer, von Bomben und Terroristen.

»Nicht so drängeln!«, schrie Amelia, aber niemand beachtete sie. Es wäre ohnehin unmöglich gewesen, die Woge noch aufzuhalten. Tausend Individuen waren zu einer einzigen Wesenheit verschmolzen. Einige Leute wollten ausweichen, doch die Masse sog sie förmlich in sich hinein und machte sie zum Teil dieser Bestie, die nun verzweifelt auf die helle Öffnung zusteuerte.

Amelias Arm hing zwischen zwei Jugendlichen fest, die

mit roten, angstverzerrten Gesichtern zu ihr aufblickten. Mühsam machte sie sich frei, nur um im nächsten Moment einen Stoß ins Genick abzubekommen, der sie automatisch nach unten sehen ließ. Auf dem Zeltboden schien etwas Fleischfarbenes zu liegen. Sachs erschrak, weil sie glaubte, dort würde ein kleines Kind niedergetrampelt, aber nein, es war ein kaputter Ballon. Eine Nuckelflasche, ein grüner Stofffetzen, Popcorn, eine Harlekin-Souvenirmaske, ein Discman wurden unter der Wucht der zahllosen Füße zermalmt. Falls jetzt jemand stürzte, würde er binnen weniger Sekunden tot sein. Sachs spürte, wie sie aus dem Gleichgewicht geriet, sie hatte keine Kontrolle mehr über ihren Körper; es kam ihr vor, als könne sie jeden Augenblick hilflos umfallen.

Dann verloren ihre Füße tatsächlich den Kontakt zum Boden, und sie wurde zwischen zwei Menschen eingeklemmt – einem großen Mann in einem blutigen T-Shirt, der über seinem Kopf einen schluchzenden kleinen Jungen hielt, und einer Frau, die anscheinend nicht mehr bei Bewusstsein war. Die Schreie wurden lauter, sowohl von Kindern als auch von Erwachsenen, und trugen nur noch mehr zu der Panik bei. Amelia bekam kaum noch Luft, und ihr war unerträglich heiß. Der Druck auf ihrer Brust drohte ihr Herz zum Stillstand zu bringen. Klaustrophobie – ihre eine große Angst – ergriff Besitz von ihr und lähmte sie mit einer übermächtigen Beklemmung.

Wenn du in Schwung bist, kriegt dich keiner…

Aber von Schwung konnte keine Rede sein. Amelia war eingeklemmt in einer erstickenden Masse aus wuchtigen, feuchten Leibern, die alle menschlichen Züge verloren und sich in ein Gewirr aus Muskeln und Schweiß und Fäusten und Spucke und Füßen verwandelten, das immer weiter und fester verdichtet wurde.

Bitte nicht! Bitte, ich muss mich bewegen! Nur eine Hand. Nur einen Atemzug.

Sie glaubte Blut zu sehen. Und zerrissenes Fleisch.

Vielleicht ihr eigenes.

Amelia Sachs fühlte, wie ihr die Sinne schwanden, halb vor Entsetzen, halb vor Schmerz und Atemnot.

Nein! Ich darf nicht fallen. Nicht fallen!

Bitte!

Sie bekam keine Luft. Kein Kubikzentimeter Sauerstoff gelangte in ihre Lunge. Dann registrierte sie wenige Zentimeter vor ihrem Gesicht ein Knie. Es bohrte sich in ihre Wange und blieb dort. Sie konnte die schmutzige Jeans riechen und sah dicht vor ihren Augen einen ausgetretenen Stiefel.

Bitte, ich darf nicht fallen!

Dann wurde ihr bewusst, dass sie längst gefallen sein musste.

...Einunddreißig

Malerick befand sich im vierzehnten Stock des Lanham Arms Hotels an der Upper East Side von Manhattan und ging den Korridor entlang. Bekleidet war er mit einer täuschend echten Pagenuniform, und auf dem schweren Tablett, das er trug, standen eine Cloche und eine Vase mit einer großen roten Tulpe.

Alles an ihm passte genau zur Umgebung, damit niemand Verdacht schöpfen würde, und er selbst stellte in diesem Moment den Inbegriff eines höflichen, freundlichen Pagen dar. Der abgewandte Blick, das angedeutete Lächeln, der leise Schritt, das makellose Servierbrett.

Nur eines unterschied ihn von den anderen Pagen des Lanham: Unter der Metallhaube auf dem Tablett befanden sich weder eine Portion Eier Benedict noch ein Clubsandwich, sondern eine geladene Beretta Automatik mit dickem Schalldämpfer sowie ein Lederetui mit Dietrichen und anderen Werkzeugen.

»Ist alles zu Ihrer Zufriedenheit?«, fragte er ein Ehepaar.

Ja, das sei es, erwiderten sie und wünschten ihm noch einen schönen Tag.

Er ging weiter und nickte dabei lächelnd den Gästen zu, die nach dem Sonntagsbrunch auf ihre Zimmer zurückkehrten oder zu einem Spaziergang aufbrachen, um den schönen Frühlingsnachmittag zu genießen.

Durch eines der Fenster konnte er kurz ein Stück Grün sehen – eine Ecke des Central Park. Er fragte sich, was dort im weißen Zelt des Cirque Fantastique wohl gegenwärtig vorgehen mochte. Immerhin hatte er die letzte Zeit darauf verwandt, Spuren zu fingieren und diese dann an den Tatorten zurückzulassen, um dadurch die Polizei zu dem Zirkus zu führen.

Besser gesagt, *irre*zuführen.

Eine gute Täuschung und der richtige Kniff waren die Schlüssel einer jeden gelungenen Illusion, und niemand beherrschte dieses Spiel besser als Malerick, der Mann mit den tausend Gesichtern, der wie ein aufflackerndes Streichholz aus dem Nichts erschien und gleich einer ausgeblasenen Flamme wieder verschwand.

Der Mann, der sich von selbst in Luft auflöste.

Die Polizei würde im Augenblick natürlich hektisch nach der Benzinbombe suchen, mit deren Explosion jederzeit zu rechnen war. Aber es gab keine Bombe, und für die zweitausend Zuschauer im Cirque Fantastique bestand keinerlei Gefahr (abgesehen von der Möglichkeit, dass einige von ihnen im Zuge der ausbrechenden Panik zu Tode getrampelt wurden).

Am Ende des Flurs schaute Malerick sich um und konnte niemanden mehr entdecken. Eilig stellte er das Tablett neben einer Tür auf den Boden, hob die Cloche an, nahm die schwarze Pistole und schob sie in eine Reißverschlusstasche seiner Pagenuniform. Dann öffnete er das Lederetui und zog einen Schraubenzieher heraus.

Mit schnellen Bewegungen schraubte er die metallene Sperre ab, die normalerweise dafür sorgte, dass man das Fenster nur ein kleines Stück öffnen konnte. (Die Menschen scheinen auch wirklich *jede* Gelegenheit wahrzunehmen, um Selbstmord zu begehen, was?, dachte er.) Dann schob er das Fenster ganz nach oben. Sorgfältig verstaute er den Schraubenzieher wieder in dem Etui und dieses danach in der Reißverschlusstasche. Im nächsten Moment stand er auch schon auf dem Fensterbrett und trat in fünfzig Metern Höhe vorsichtig auf den Vorsprung hinaus.

Das Sims war einen halben Meter breit – er hatte vor ein paar Tagen ein Zimmer hier angemietet und es dort am Fenster nachgemessen –, und wenngleich Malerick auch kein ausgebildeter Akrobat war, so verfügte er doch über den vorzüglichen Gleichgewichtssinn aller großen Illusionisten. Er folgte dem Verlauf des Kalksteinvorsprungs nun genauso bequem, als ginge er auf einem Bürgersteig. Nach nur fünf Metern erreichte er die Ecke des Hotels, blieb stehen und sah zum Nachbargebäude des Lanham Arms hinüber.

Es handelte sich um ein Apartmenthaus an der Fünfundsiebzigsten Straße Ost, das zwar nicht mit einem Sims, dafür aber mit einer Feuertreppe aufwarten konnte, keine zwei Meter von Malerick entfernt und unmittelbar über einem Luftschacht gelegen, aus dem das unaufhörliche Summen der Klimaanlagen erklang. Malerick nahm einen kurzen Anlauf, übersprang die Kluft, bekam problemlos das Geländer zu fassen und schwang sich hinüber.

Er stieg zwei Etagen nach oben, blieb an einem Fenster im sechzehnten Stock stehen und schaute ins Haus. Der Gang war menschenleer. Malerick legte Pistole und Etui auf dem Fensterbrett ab und riss sich mit einer schnellen Bewegung die falsche Pagenuniform vom Körper. Darunter trug er einen schlichten grauen Anzug mit weißem Hemd und Krawatte. Die Waffe steckte Malerick sich in den Gürtel, und mit dem Werkzeug öffnete er auch hier das Schloss des Fensters. Dann kletterte er hindurch.

Im ersten Moment verharrte er reglos und hielt sogar den Atem an. Danach folgte er dem Korridor bis zu der gesuchten Wohnung. Vor der Tür kniete er sich hin und öffnete erneut das Etui. Er führte die Blattfeder und den Dietrich ins Schlüsselloch ein. Innerhalb von drei Sekunden hatte er das Schloss geöffnet, nach weiteren fünf den Zusatzriegel. Er stieß die Tür gerade so weit auf, dass er die Angeln sehen konnte, und sprühte diese mit einem winzigen Ölzerstäuber ein, damit sie nicht quietschen würden. Unmittelbar darauf stand er in dem langen dunklen Flur des Apartments. Leise schloss er die Tür.

Er ließ den Blick in die Runde schweifen, um sich zu orientieren.

An der Wand hingen einige weit verbreitete Drucke von Salvador Dalís surrealen Landschaften, ein paar Familienfotos und ein unbeholfenes Aquarell von New York City. (Es stammte laut Signatur von einem Kind namens »Chrissy«.) Neben der Tür stand ein billiger Tisch, dessen kürzestes Bein durch ein mehrfach gefaltetes Blatt Papier gestützt wurde. In einer Ecke des Flurs lehnte einsam ein einzelner Ski mit gebrochener Bindung. Die Tapete war alt und fleckig.

Malerick ging auf das Geräusch des Fernsehers im Wohnzimmer zu, machte jedoch einen kurzen Abstecher und betrat einen engen dunklen Raum, in dem ein verkleinerter tiefschwarzer Konzertflügel der Marke Kawai stand. Darauf lag ein aufgeschlagenes Übungsbuch mit Anweisungen in der Randspalte. Auch hier fand er den Namen »Chrissy« vor – als Schriftzug auf dem Umschlag. Malerick verstand nicht allzu viel von Musik, aber als er die Übungen durchblätterte, kamen sie ihm ziemlich schwierig vor.

Er gelangte zu dem Schluss, dass das Mädchen zwar eine schlechte Malerin sein mochte, dafür aber eine talentierte junge Musikerin war – diese Christine Grady, Tochter von New Yorks stellvertretendem Bezirksstaatsanwalt Charles Grady.

Der Mann, in dessen Wohnung er sich befand. Und für dessen Ermordung Malerick hunderttausend Dollar erhalten würde.

Amelia Sachs saß vor dem Zelt des Cirque Fantastique auf dem Rasen und verzog das Gesicht, weil ihre rechte Nierengegend höllisch schmerzte. Sie hatte Dutzenden von Leuten aus dem Gewühl geholfen und sich nun hingesetzt, um wieder zu Atem zu kommen.

Von dem riesigen schwarz-weißen Banner starrte der maskierte Arlecchino zu ihr herab und kräuselte sich immer noch lautstark im Wind. Gestern hatte sie ihn nur als unheimlich empfunden; nun, nach der Panik – die letztlich auf sein Konto ging –, kam das Bild ihr abstoßend und grotesk vor.

Sie hatte es geschafft, nicht zu Tode getrampelt zu werden; das Knie und der Stiefel vor ihren Augen hatten zu einem Mann gehört, der kurzerhand über Köpfe und Schultern der anderen gestiegen war, um sich in Sicherheit zu bringen. Trotzdem taten ihr Rücken, Brustkorb und Gesicht weh. Seit nunmehr fast fünfzehn Minuten hockte sie hier und fühlte sich schwach und flau im Magen, teils wegen des Gedränges, teils wegen ihrer entsetzlichen Klaustrophobie. Normalerweise kam sie in kleinen Räumen und sogar Aufzügen gut zurecht, aber das Gefühl, sich überhaupt nicht mehr bewegen zu können, löste in ihr regelrechte Übelkeit und Panikschübe aus.

Um sie herum wurden Verletzte behandelt. Der Einsatzleiter des Sanitätsteams hatte ihr mitgeteilt, dass es bei leichteren Blessuren geblieben war – zumeist Verstauchungen und Schnittwunden. Einige Zuschauer hatten sich die Gliedmaßen verrenkt und einer den Arm gebrochen.

Sachs und die Leute hier waren durch den Südausgang des Zeltes geflohen. Draußen hatte Amelia sich auf Hände und Knie fallen gelassen und war von der Menge weggekrochen. Nachdem die Menschen sich nicht länger auf engstem Raum von einer Bombe oder einem bewaffneten Terroristen bedroht fühlten, wurden sie zu besseren Samaritern und halfen den Benommenen und Verletzten.

Als ein Beamter des Räumkommandos vorbeikam, winkte

Sachs ihn zu sich heran, zeigte vom Boden aus ihre Dienstmarke und berichtete von dem verhüllten Objekt, das unter der Südtribüne stand. Daraufhin kehrte er zu seinen Kollegen ins Zelt zurück.

Dann hörte die blecherne Marschmusik auf, und Edward Kadesky trat ins Freie.

Einige Zuschauer hatten das Räumkommando bemerkt und erkannt, dass sie nicht nur einer wirklichen Gefahr entronnen waren, sondern dass Kadeskys wacher Verstand sie zudem vor einer schlimmeren Panik bewahrt hatte. Sie spendeten ihm nun spontan Beifall, den er verlegen zur Kenntnis nahm, während er nach seinen Angestellten und dem Publikum sah. Andere Leute – ob verletzt oder nicht – waren weniger hochherzig. Sie bedachten ihn mit finsteren Blicken, verlangten den Anlass der Ereignisse zu erfahren und klagten, er hätte die Evakuierung besser in den Griff bekommen müssen.

Unterdessen hatten die Bombenräumer und ein Dutzend Feuerwehrleute das Zelt durchsucht und kein Anzeichen für einen Sprengsatz gefunden. Der Gegenstand unter der Plane erwies sich als ein Stapel Kartons voller Toilettenpapier. Die Suche wurde auf die Wohnanhänger und Lastwagen ausgedehnt, erbrachte dort aber ebenfalls kein Resultat.

Sachs runzelte die Stirn. Sie hatten sich geirrt? Wie konnte das sein?, grübelte sie. Die Beweislage war doch so eindeutig. Sicher, Rhyme traf häufig kühne Voraussagen, und manchmal lag er damit eben falsch. Aber im Fall des Hexers hatte alles danach ausgesehen, als würden die Spuren direkt auf den Cirque Fantastique weisen.

Hatte Rhyme schon von der ergebnislosen Suche erfahren?

Amelia stand mit wackligen Knien auf und hielt nach einem Kollegen Ausschau, der ihr sein Funkgerät leihen würde. Ihr eigenes Motorola hatte die Panik nicht heil überstanden und lag zertrampelt in der Nähe des Zeltes.

Malerick verließ auf leisen Sohlen das Musikzimmer in Charles Gradys Apartment, kehrte auf den dunklen Flur zurück und hielt inne, um auf die Stimmen in Wohnzimmer und Küche zu lauschen.

Er fragte sich, wie gefährlich es wohl sein würde.

Damit Gradys Leibwächter nicht durchdrehten und ihn niederschossen, hatte er einige Vorkehrungen getroffen. Vor zwei Wochen, bei dem Mittagessen im Riverside Inn von Bedford Junction, waren Jeddy Barnes und die anderen Milizionäre aufmerksam seinen Erläuterungen gefolgt. Malerick hatte beschlossen, dass vor dem heutigen Attentat möglichst jemand anders einen Anschlag auf den Staatsanwalt verüben sollte. Als Sündenbock wurde daraufhin einstimmig Ralph Swensen ausgewählt, ein perverser Geistlicher aus Canton Falls. (Barnes verfügte zwar über irgendein Druckmittel gegen den Reverend, traute ihm aber dennoch nicht. Also war Malerick nach seiner Flucht vom Harlem River in das Hauswartkostüm geschlüpft und Swensen von dem heruntergekommenen Hotel bis nach Greenwich Village gefolgt – nur um sicherzugehen, dass dieser Versager nicht im letzten Moment den Schwanz einzog.)

Malericks Plan sah vor, dass Swensens Mordversuch fehlschlagen würde (und daher besaß die Waffe, die Barnes dem Reverend gab, von vornherein einen gebrochenen Schlagbolzen). Nach der Festnahme eines Attentäters würden Gradys Leibwächter vermutlich sehr zufrieden mit sich sein und weniger nervös reagieren, wenn sie Malerick zu Gesicht bekamen.

Nun, so weit zumindest die Theorie, dachte er angespannt. Mal sehen, ob sie den Praxistest bestand.

Geräuschlos ging er an weiteren schlechten Kunstwerken vorbei, an noch mehr Familienfotos, an Zeitschriftenstapeln – juristische Fachblätter, *Vogues* und *The New Yorkers* – und an schäbigen Flohmarktantiquitäten, die mit dem festen Vorsatz gekauft worden waren, sie wieder aufzufrischen, und die nun dauerhaft daran gemahnten, wie wenig Zeit für solche guten Absichten blieb.

Malerick kannte sich mit den Räumlichkeiten aus; er war schon einmal kurz hier gewesen – getarnt als Wartungsmonteur. Dabei war es ihm nur um die grundlegenden Details gegangen, um die Anordnung der Zimmer und die Lage von Zugangs- und Fluchtwegen. Nicht näher befasst hatte er sich mit den persönlichen Dingen des Familienlebens, den Diplomen von Grady und seiner Frau, die ebenfalls Anwältin war, den Hochzeitsfotos, den Schnappschüssen von Verwandten und den unzähligen Bildern ihrer blonden neunjährigen Tochter.

Malerick dachte an das Treffen mit Barnes und dessen Begleitern zurück. Die Milizionäre hatten eiskalt darüber beraten, ob es sinnvoll sein würde, auch Gradys Frau und Tochter zu ermorden. Das Bauernopfer Swensen war notwendig. Aber was sollte der Tod von Gradys Familie bewirken? Er hatte Barnes und den anderen diese Frage gestellt und sich dabei einen Bissen des überaus guten Truthahnbratens in den Mund geschoben.

»Tja, Mr. Weir«, hatte Jeddy Barnes zu Malerick gesagt. »Das ist eine gute Frage. Ich würde sagen, Sie sollten die beiden einfach aus Prinzip mit umlegen.«

Und Malerick hatte mit nachdenklicher Miene genickt. Er war schlau genug, sich gegenüber einem Publikum oder Kollegen niemals zu leutselig zu verhalten. »Nun, es macht mir nichts aus, die beiden zu töten«, hatte er erklärt. »Aber wäre es nicht sinnvoller, sie am Leben zu lassen, sofern sie kein

Risiko darstellen? Außer natürlich, es besteht die Gefahr, sie könnten mich identifizieren. Oder falls das kleine Mädchen beispielsweise zum Telefon läuft, um die Polizei zu holen. Es dürfte nämlich in Ihren Reihen *manche* Leute geben, denen es nicht gefällt, dass Frauen und Kinder umgebracht werden.«

»Ach, es ist Ihr Plan, Mr. Weir«, hatte Barnes erwidert. »Machen Sie ruhig, was Sie für richtig halten.« Obwohl der Gedanke an ein zurückhaltenderes Vorgehen ihm nicht unbedingt zu gefallen schien.

Nun blieb Malerick vor Gradys Wohnzimmer stehen und hängte sich die falsche NYPD-Dienstmarke um den Hals, mit deren Hilfe er schon die beiden Cops am Cirque Fantastique weggeschickt hatte. Er schaute in einen alten, fast blinden Spiegel.

Ja, die Rolle saß. Er sah genau wie ein Detective aus, der hergekommen war, um einen Staatsanwalt vor eventuellen Mordanschlägen zu schützen.

Er atmete tief durch. Das unsichere Gefühl war verschwunden.

Und jetzt, verehrtes Publikum, Licht an und Vorhang auf.

Die eigentliche Show beginnt…

Malerick ließ die Arme locker herabhängen, bog um die Flurecke und betrat entschlossen das Wohnzimmer.

...Zweiunddreißig

»Na, wie sieht's aus?«, fragte der Mann in dem grauen Anzug. Luis Martinez, der ruhige, kräftige Detective aus Roland Bells Team, zuckte zusammen.

Er saß auf der Couch vor dem Fernseher und hatte die Sonntagsausgabe der *New York Times* auf dem Schoß. »Mann, haben Sie mich erschreckt.« Er nickte dem Neuankömmling zu, warf einen kurzen Blick auf dessen Dienstmarke und -ausweis und musterte dann sein Gesicht. »Sie sind die Ablösung?«

»Richtig.«

»Wie sind Sie hereingekommen? Hat man Ihnen einen Schlüssel gegeben?«

»Ja, in der Zentrale.« Er sprach mit heiserem Flüstern, als sei er erkältet.

»Sie Glückspilz«, murmelte Luis. »Wir hier müssen uns einen teilen. Das ist echt nervig.«

»Wo steckt Mr. Grady?«

»In der Küche. Seine Frau und Chrissy auch. Wie kommt's, dass Sie schon so früh hier sind?«

»Keine Ahnung«, entgegnete der Mann. »Ich bin bloß die Aushilfe. Man hat mir diese Zeit genannt.«

»Davon können wir alle ein Lied singen, was?«, sagte Luis. Er runzelte die Stirn. »Ich glaube, ich kenne Sie noch gar nicht.«

»Ich bin Joe David«, sagte der Mann. »Normalerweise arbeite ich drüben in Brooklyn.«

Luis nickte. »Ja, da habe ich auch mal angefangen, beim Siebzigsten.«

»Das ist meine erste Schicht hier. Beim Personenschutz, meine ich.«

Aus dem Fernsehgerät plärrte ein lauter Werbespot.

»Tut mir Leid, ich hab Sie nicht verstanden«, sagte Luis. »Ihre erste Schicht?«

»Ja.«

»Tja, und gleichzeitig Ihre letzte, würde ich sagen.«

Luis ließ die Zeitung fallen, sprang von der Couch auf, zog mit einer flüssigen Bewegung seine Glock und richtete sie auf den Mann, von dem er wusste, dass es Erick Weir war. »Er ist *hier*! In der Wohnung – im Wohnzimmer!«, brüllte der sonst so gelassene Detective in sein Funkgerät.

Zwei weitere Beamte, die in der Küche gewartet hatten – Detective Bell und dieser fette Lieutenant, Lon Sellitto –, drängten sich mit erstaunten Mienen durch eine andere Tür in den Raum. Sie packten Weirs Arme und zogen eine schallgedämpfte Pistole aus seinem Gürtel.

»Runter, los, los los!«, rief Sellitto mit barscher, gereizter Stimme und drückte dem Mann die Mündung seiner Waffe in den Nacken. Wenn der Kerl jetzt sein eigenes Gesicht sehen könnte!, dachte Luis. Ihm waren im Laufe der Jahre schon viele verblüffte Täter begegnet, aber dieser Weir schlug sie alle. Er keuchte laut und bekam kein Wort über die Lippen. Doch Luis vermutete, dass er auch nicht überraschter war als die Cops.

»Wo, zum Teufel, kommt der denn her?«, fragte Sellitto atemlos. Bell schüttelte nur ungläubig den Kopf.

Während Luis dem Verdächtigen zwei Paar Handschellen anlegte, beugte Sellitto sich ein Stück vor. »Sind Sie allein? Oder haben Sie draußen Verstärkung?«

»Nein.«

»Verarschen Sie uns nicht!«

»Meine Arme, Sie tun mir weh!«, klagte Weir.

»Ist noch jemand mitgekommen?«

»Nein, nein, ich schwöre.«

Bell verständigte die anderen über Funk. »Weiß der Himmel, wie er das fertig gebracht hat, aber er ist ins Haus gekommen.«

Zwei uniformierte Kollegen, die man den Zeugenschutzengeln zugewiesen hatte, eilten in das Apartment. Sie waren in der Nähe des Aufzugs versteckt gewesen. »Anscheinend hat er das Flurfenster aufgestemmt«, sagte einer von ihnen. »Sie wissen schon, das Fenster an der Feuertreppe.«

Bell sah Weir an und begriff, was geschehen war. »Das Sims am Lanham? Sie sind gesprungen?«

Weir sagte nichts, aber es musste so gewesen sein. Sie hatten sowohl in der Gasse zwischen den Gebäuden als auch auf beiden Dächern Leute postiert. Keiner von ihnen hatte damit gerechnet, dass er auf den Vorsprung klettern und über den Luftschacht hinwegspringen würde.

»Sonst noch jemand?«, fragte Bell die Streifenbeamten.

»Nein. Wie's aussieht, war er solo unterwegs.«

Sellitto streifte sich Latexhandschuhe über, durchsuchte den Mann und fand Einbruchwerkzeug sowie diverse Requisiten. Am merkwürdigsten waren die sorgfältig festgeklebten falschen Fingerkuppen. Sellitto zog sie ihm ab und verstaute sie in einer Plastiktüte. Falls die Situation nicht so entnervend gewesen wäre – ein Auftragsmörder hatte es tatsächlich bis in die Wohnung ihrer Schutzbefohlenen geschafft –, hätten die zehn Fingerspitzen in der Tüte durchaus komisch ausgesehen.

Sie nahmen den Mann genauer in Augenschein, und Sellitto setzte die Durchsuchung fort. Weir war muskulös und in erstklassiger Form, obwohl das Feuer beträchtlichen Schaden angerichtet hatte – er wies großflächige Vernarbungen auf.

»Irgendein Ausweis?«, fragte Bell.

Sellitto schüttelte den Kopf. »Nur dieses Spielzeug hier«, sagte er mit Blick auf die relativ schlecht gefälschte Dienstmarke.

Weir schaute zur Küche. Sie war leer. Er runzelte die Stirn.

»Oh, die Gradys sind nicht hier«, sagte Bell, als sei das ganz selbstverständlich.

Der Mann schloss die Augen und ließ den Kopf auf den abgewetzten Teppich sinken. »Wie konnten Sie davon wissen?«

Sellitto reagierte ausweichend. »Tja, soll ich Ihnen mal was sagen? Da gibt es jemanden, der wird Ihnen diese Frage gern beantworten. Kommen Sie, wir machen einen kleinen Ausflug.«

Der gefesselte Killer stand im Eingang des Arbeitszimmers. »Willkommen zurück«, sagte Lincoln Rhyme.

»Aber… das Feuer.« Verwirrt schaute der Mann zu der Treppe, die nach oben zum Schlafzimmer führte.

»Tut mir Leid, dass wir Ihnen den Auftritt verdorben haben«, sagte Rhyme kalt. »So ganz konnten Sie mir wohl doch nicht entfliehen, nicht wahr, Weir?«

Der Hexer sah wieder den Kriminalisten an. »So heiße ich nicht mehr«, zischte er.

»Haben Sie Ihren Namen ändern lassen?«

Weir schüttelte den Kopf. »Nicht rechtsgültig. Aber Weir bin ich *früher* mal gewesen. Heute höre ich auf einen anderen Namen.«

Rhyme erinnerte sich an die Aussage des Psychologen Terry Dobyns, das Feuer habe Weirs alte Identität »ermordet« und ihn in jemand anders verwandelt.

Der Killer ließ den Blick über Rhymes Körper wandern. »Sie verstehen das, oder? Ich könnte mir vorstellen, dass *Sie* auch am liebsten die Vergangenheit vergessen und ein anderer werden würden.«

»Wie nennen Sie sich heute?«

»Das bleibt ein Geheimnis zwischen mir und meinem Publikum.«

Ach ja, sein verehrtes Publikum.

Der mit zwei Paar Handschellen gefesselte, bestürzt und schwach wirkende Weir trug einen grauen Anzug. Die Perücke vom Vorabend war verschwunden; sein eigenes Haar war dicht, lang und dunkelblond. Bei Tageslicht konnte Rhyme die Narben oberhalb des Kragens deutlicher erkennen; sie sahen ziemlich schlimm aus.

»Wie haben Sie mich gefunden?«, fragte der Mann mit keuchender Stimme. »Ich habe Sie doch zum…«

»Zum Cirque Fantastique geführt? Ja, allerdings.« Immer wenn es Rhyme gelungen war, einen Verdächtigen zu überlisten, besserte seine Laune sich beträchtlich, und er bekam Lust, ein wenig zu plaudern. »Sie wollen sagen, Sie haben uns in die *Irre* geführt. Wissen Sie, ich habe mir noch mal die Beweisstücke angeschaut, und da kam es mir so vor, als würde dieser ganze Fall sich ein bisschen zu einfach gestalten.«

»Einfach?« Er hustete kurz.

»Bei der Spurensicherung unterscheiden wir zwischen zwei Arten von Beweisen: den unabsichtlich hinterlassenen und den *fingierten* Spuren, die uns auf eine falsche Fährte locken sollen.

Nachdem die anderen losgerannt waren, um beim Zirkus nach Benzinbomben zu suchen, hatte ich irgendwie den Eindruck, manche der Spuren seien uns untergeschoben worden. Sie wirkten so offensichtlich – an den von Ihnen in der Wohnung des zweiten Opfers zurückgelassenen Schuhen klebten Hundehaare und Partikel, die auf den Central Park hindeuteten. Es kam mir in den Sinn, dass ein schlauer Täter die Schuhe absichtlich präpariert und am Tatort platziert haben könnte, damit wir sie finden und an den Hundehügel neben dem Zirkus denken würden. Und dann all das Gerede über Feuer, als Sie gestern Abend bei mir zu Besuch gewesen sind.« Er wandte den Kopf. »Eine verbale Täuschung, richtig, Kara?«

Weirs besorgter Blick musterte die junge Frau von oben bis unten.

»Ja«, bestätigte sie und schüttete sich Zucker in den Kaffee.

»Aber ich habe versucht, Sie zu töten«, keuchte Weir. »Falls ich Ihnen das alles erzählt hätte, um Sie abzulenken, wäre Ihr Tod doch völlig sinnlos gewesen.«

Rhyme lachte. »Sie haben zu keinem Zeitpunkt versucht, mich zu töten. Das war nie Ihre Absicht. Es sollte lediglich so aussehen und die Glaubhaftigkeit Ihrer Erzählungen stützen. Nachdem Sie den Brand gelegt hatten, sind Sie sofort aus dem Haus gerannt und haben von einer Telefonzelle aus die Feuerwehr alarmiert. Ich habe mich bei der Zentrale vergewissert. Der Anrufer hat behauptet, er könne vom Telefon aus die Flammen sehen. Leider steht die Zelle hier gleich um die Ecke, und man hat mein Zimmer von dort aus nicht im Blick. Thom hat das übrigens nachgeprüft. Danke, Thom«, rief Rhyme dem Betreuer zu, der in diesem Moment zufällig auf dem Flur vorbeiging.

»*De nada*«, antwortete er gequält.

Weir schloss die Augen und schüttelte den Kopf, als ihm die Tragweite seines Fehlers bewusst wurde.

Rhyme warf einen Blick auf die Wandtafel. »Alle Opfer hatten Berufe oder Interessen, die zum Zirkus passen – eine Musikerin, ein Maskenbildner, eine Reiterin. Und auch die Mordtechniken waren Zaubertricks. Aber falls Sie es wirklich darauf angelegt hätten, Kadesky fertig zu machen, hätten Sie uns vom Cirque Fantastique *weg*geführt und nicht umgekehrt. Demnach wollten Sie uns von etwas anderem ablenken. Wovon also? Ich habe mir die Beweise noch mal vorgenommen. Am dritten Tatort, am Fluss, haben wir Sie überrascht – Ihnen blieb keine Zeit mehr, die Jacke mit dem Presseausweis und der Hoteltürkarte mitzunehmen, was bedeutete, dass dies vermutlich keine fingierten Spuren waren, sondern dass ein Zusammenhang mit Ihren tatsächlichen Absichten bestand.

Die Türkarte stammte aus einem von drei Hotels – darunter das Lanham Arms. Detective Bell kam der Name irgendwie bekannt vor, also hat er seinen Terminkalender überprüft. Wie sich herausstellte, hat er letzte Woche in der Hotelbar mit Charles Grady Kaffee getrunken, um das Sicherheitskonzept für die Familie zu besprechen. Roland sagte, das Lanham liege unmittelbar neben dem Haus mit Gradys Apartment. Und der Presseausweis? Ich habe den ursprünglichen Besitzer angerufen. Der Reporter hat über den Fall Andrew Constable berichtet und Charles Grady bereits mehrfach interviewt… Wir haben ein paar Messingspäne gefunden und schon befürchtet, sie würden von einem Zeitzünder stammen. Aber ein Schlüssel oder ein Werkzeug kommt als Quelle genauso in Betracht.«

Sachs übernahm. »Dann der Bogen aus der *New York Times*, den wir aus dem Wagen im Fluss gefischt haben. Es stand ein Artikel über den Zirkus darin, richtig. Aber es gab auch einen Artikel über den Prozess gegen Constable.«

Sie nickte in Richtung Tafel.

PROZESS GEGEN MILIZFÜHRER BEGINNT AM MONTAG

»Und außerdem die Restaurantrechnung«, fuhr Rhyme fort. »Die hätten Sie lieber wegwerfen sollen.«

»Welche Rechnung?«, fragte Weir stirnrunzelnd.

»Die ebenfalls in Ihrer Jacke gesteckt hat. Vom vorletzten Samstag.«

»Aber an dem Wochenende bin ich...« Er hielt abrupt inne.

»Nicht in der Stadt gewesen, wollten Sie sagen?«, fragte Sachs. »Ja, das wissen wir. Der Beleg stammte von einem Restaurant in Bedford Junction.«

»Ich weiß nicht, wovon Sie reden.«

»Ein Staatspolizist aus Canton Falls, der gegen die Gesellschaft der Patrioten ermittelt, hat hier angerufen und nach Roland gefragt«, sagte Rhyme. »Ich habe die Vorwahl auf dem Display gesehen – es war die gleiche Vorwahl wie auf der Restaurantquittung.«

Weirs Blick kam zur Ruhe, und Rhyme redete weiter. »Wie sich herausgestellt hat, ist Bedford Junction der Nachbarort von Canton Falls, wo Constable wohnt.«

»Wer ist dieser Constable, den Sie hier ständig erwähnen?«, fragte er schnell. Aber seine Miene verriet Rhyme, dass er genau Bescheid wusste.

Sellitto übernahm. »War Barnes einer der Leute, mit denen Sie zu Mittag gegessen haben? Jeddy Barnes?«

»Ich weiß nicht, wen Sie meinen.«

»Aber Sie kennen die Gesellschaft der Patrioten, oder?«

»Ich weiß nur das, was in der Zeitung gestanden hat.«

»Das glauben wir Ihnen nicht«, sagte Sellitto.

»Glauben Sie, was Sie wollen«, erwiderte Weir schroff. Rhyme sah heftige Wut in seinen Augen aufflackern, genau wie Dobyns es vorhergesagt hatte. »Wie haben Sie meinen richtigen Namen herausgefunden?«, fragte der Mann nach kurzem Schweigen.

Niemand antwortete, doch Weirs Blick richtete sich auf die Tafel und den entsprechenden Eintrag über ihn. Sein Gesicht lief dunkelrot an. »Jemand hat mich verraten, nicht wahr? Er hat Ihnen von dem Feuer und von Kadesky erzählt. Wer war es?« Mit bösartigem Lächeln schaute er von Sachs zu Kara und schließlich zu Rhyme. »War es John Keating? Er hat Ihnen gesteckt, dass ich angerufen habe, oder? Rückgratloser Scheißkerl. Ich konnte mich noch nie auf ihn verlassen. Bei Art Loesser war es genauso, was? Diese beschissenen Judasse. Ich werde mich daran erinnern. Ich vergesse niemals, wer mich verraten hat.« Er bekam einen Hustenanfall. Danach sah er quer durch den Raum. »Kara... So hat er Sie doch genannt, nicht wahr? Und wer sind Sie?«

»Ich bin Illusionistin«, sagte sie herausfordernd.

»Eine von uns«, spottete Weir und betrachtete sie abermals von Kopf bis Fuß. »Ein Mädchen als Illusionistin. Und Sie sind was? Eine Beraterin oder so? Vielleicht komme ich nach meiner Freilassung mal vorbei. Vielleicht lasse ich Sie verschwinden.«

»Eine Freilassung wird es für Sie in diesem Leben nicht mehr geben, Weir«, stellte Sachs fest.

Das keuchende Lachen des Hexers ließ alle erschaudern. »Wie wär's dann mit einer Flucht? Mauern sind im Grunde bloß eine Illusion.«

»Ich glaube, von diesem Gedanken werden Sie sich ebenfalls verabschieden müssen«, fügte Sellitto hinzu.

»Nun, ich habe Ihre Frage nach dem ›Wie‹ beantwortet, Weir. Oder wie auch immer Sie sich nennen mögen«, sagte Rhyme. »Was halten Sie davon, mir etwas über das ›Warum‹ zu erzählen? Wir dachten, es ginge um Rache an Kadesky, aber dann stellte sich heraus, dass Sie hinter Grady her sind. Was sind Sie? So eine Art Auftragsmörder in Illusionistengestalt?«

»Rache?«, fragte Weir aufbrausend. »Wofür, zum Teufel, soll Rache denn gut sein? Nimmt sie die Narben weg und bringt meine Lunge in Ordnung? Bekomme ich dadurch meine Frau zurück?... Sie begreifen nicht das Geringste! Das

Einzige, was mir *jemals* etwas bedeutet hat, ist der Auftritt. Die Illusion, die Zauberkunst. Mein Mentor hat mich mein ganzes Leben lang für diesen Beruf ausgebildet. Das Feuer hat es mir weggenommen. Ich bin nicht mehr kräftig genug, um aufzutreten. Meine Hand ist entstellt. Meine Stimme ist ruiniert. Wer würde meine Vorstellungen besuchen wollen? Ich kann die eine Sache nicht mehr tun, für die Gott mir Talent geschenkt hat. Wenn die einzige Möglichkeit für einen Auftritt darin besteht, das Gesetz zu brechen, dann ist das mein Weg.«

Phantom-der-Oper-Syndrom…

Er musterte ein weiteres Mal Rhymes Körper. »Wie haben *Sie* sich nach Ihrem Unfall bei dem Gedanken gefühlt, dass Sie niemals mehr Polizist sein würden?«

Rhyme schwieg, doch die Worte des Mörders trafen ins Schwarze. Was hatte er gefühlt? Die gleiche Wut, die auch Erick Weir antrieb, ja. Und es stimmte, dass nach dem Unfall seine Auffassungen über Gut und Böse vollständig ins Wanken geraten waren. Wieso nicht ein Krimineller sein?, hatte er mit einer Mischung aus wildem Zorn und Niedergeschlagenheit überlegt. Ich kann Spuren besser als jeder andere Mensch auf Erden ausfindig machen. Das bedeutet, ich kann sie mit ebensolcher Meisterschaft manipulieren. Ich könnte das perfekte Verbrechen begehen…

Dank Leuten wie Terry Dobyns und anderen Ärzten sowie den Polizeikollegen und dank Rhymes Persönlichkeit hatten diese Überlegungen sich am Ende zum Glück wieder verflüchtigt. Doch, ja, er wusste genau, wovon Weir sprach. Wenngleich er sogar in den trostlosesten und blindwütigsten Momenten niemals daran gedacht hatte, jemandem das Leben zu nehmen – außer natürlich sich selbst.

»Demnach haben Sie Ihre Talente wie ein Söldner verkauft?«

Weir schien zu erkennen, dass er kurz die Kontrolle verloren und zu viel preisgegeben hatte. Er lehnte es ab, sich weiter zu äußern.

Sachs verlor die Beherrschung, ging zur Tafel, riss einige Fotos der ersten beiden Opfer herunter und hielt sie Weir direkt vor das Gesicht. »Sie haben diese Leute nur zur Ablenkung ermordet?«, tobte sie. »So wenig bedeutet Ihnen ein Menschenleben?«

Weir hielt ihrem Blick gleichgültig stand. Dann sah er sich um und lachte. »Sie glauben ernsthaft, Sie könnten mich auf Dauer einsperren? Wissen Sie, dass Harry Houdini sich einmal nackt bis auf die Unterhose im Todestrakt von Washington, D.C., hat einschließen lassen, nur so als Herausforderung? Er entkam dermaßen schnell aus seiner Zelle, dass ihm Zeit genug blieb, *alle* Türen des Zellenblocks zu öffnen und die Insassen die Plätze tauschen zu lassen – und zwar noch bevor die Schiedsrichter der Aktion aus der Mittagspause zurückgekommen waren.«

»Mag sein, aber das ist lange her«, sagte Sellitto. »Heutzutage sind die Sicherheitsvorkehrungen ein bisschen höher entwickelt.« Er wandte sich an Rhyme und Sachs. »Ich nehme ihn jetzt mit in die Stadt. Mal sehen, ob er uns nicht doch noch etwas mitzuteilen hat.«

Er wollte zur Tür gehen, doch Rhyme hielt ihn zurück. »Warte mal.« Sein Blick war auf die Wandtafel gerichtet.

»Was ist denn?«, fragte Sellitto.

»Nachdem Larry Burke ihn verhaftet hatte, ist er die Handschellen wieder losgeworden.«

»Stimmt.«

»Wir haben Speichelspuren gefunden, weißt du noch? Sieh nach, ob er einen Dietrich oder Schlüssel im Mund versteckt hat.«

»Das habe ich nicht. Ehrlich«, versicherte Weir.

Sellitto zog die Latexhandschuhe an, die Cooper ihm reichte. »Aufmachen. Wenn Sie mich beißen, zaubere ich Ihre Eier weg. Verstanden? Ein Biss, keine Eier.«

»Alles klar.« Der Hexer öffnete den Mund. Sellitto leuchtete mit der Taschenlampe hinein und tastete ein wenig darin herum. »Nichts.«

»Es gibt noch einen Ort, wo wir nachsehen sollten«, sagte Rhyme.

»*Das* lasse ich die Jungs im Untersuchungsgefängnis erledigen, Linc«, knurrte Sellitto. »Für manche Sachen werde ich einfach zu schlecht bezahlt.«

Als er Weir hinausführen wollte, meldete Kara sich zu Wort. »Halt. Überprüfen Sie seine Zähne. Rütteln Sie daran. Vor allem an den Backenzähnen.«

Weir erstarrte, als Sellitto sich ihm zuwandte. »Das können Sie nicht tun.«

»Aufmachen«, befahl der stämmige Detective. »Übrigens, das mit den Eiern gilt auch weiterhin.«

Der Hexer seufzte. »Ein Backenzahn oben rechts. Rechts von mir aus gesehen, meine ich.«

Sellitto sah Rhyme an, griff dann in Weirs Mund und zog vorsichtig. Seine Hand kam mit einem falschen Zahn wieder zum Vorschein. Im Innern befand sich ein kleines gebogenes Stück Metall. Er ließ es auf eines der Porzellantabletts fallen und steckte den Zahn an seinen Platz zurück.

»Das Ding ist ziemlich klein«, sagte der Detective. »Kann er damit wirklich etwas anfangen?«

Kara nahm es genauer in Augenschein. »Oh, ein Paar Standardhandschellen hätte er damit in ungefähr vier Sekunden geöffnet.«

»Sie sind mir ein Früchtchen, Weir. Gehen wir.«

Rhyme fiel etwas ein. »Ach, Lon?« Der Lieutenant sah ihn an. »Meinst du nicht auch, dass er uns mit dem Hinweis auf den Zahn vielleicht von etwas anderem ablenken wollte?«

Kara nickte. »Sie haben Recht.«

Empört ließ Weir eine weitere Suche über sich ergehen. Diesmal überprüfte der Detective jeden einzelnen Zahn. Am linken Unterkiefer wurde er fündig. Dort war auf gleiche Weise ein identischer Dietrich versteckt.

»Ich sorge dafür, dass Sie ein ganz besonderes Quartier erhalten«, verkündete Sellitto drohend. Dann rief er einen Beamten ins Zimmer und ließ ihn Weirs Füße mit zwei Paar Handschellen aneinander fesseln.

»Ich kann so nicht gehen«, klagte Weir keuchend.

»Kleine Schritte«, entgegnete Sellitto ungerührt. »Machen Sie ganz kleine Schritte.«

...Dreiunddreißig

Der Mann erhielt die Nachricht in einem Imbiss an der Route 244. Da er in seinem Wohnwagen kein Telefon hatte – er wollte keines und traute den Dingern nicht –, erledigte er alle Gespräche von dort aus.

Mitunter vergingen ein paar Tage, bis er die Mitteilungen abholte, aber da er heute einen wichtigen Anruf erwartete, beeilte er sich – sofern man bei ihm überhaupt je von »beeilen« sprechen konnte –, direkt nach der Bibelschule zu Elma's Diner zu gelangen.

Hobbs Wentworth war ein Mann von der Statur eines Bären. Ein dünner roter Bart umrahmte sein Gesicht, und sein lockiges Haar war etwas heller. Niemandem in Canton Falls, New York, wäre bei dem Gedanken an Hobbs der Begriff »Karriere« eingefallen, obwohl er schuften konnte wie ein Ochse. Er lieferte stets einen guten Gegenwert für die Bezahlung, solange es sich um eine Tätigkeit im Freien handelte, für die nicht zu viel Hirnschmalz verlangt wurde, und sofern sein Arbeitgeber ein weißer Christenmensch war.

Verheiratet war Hobbs mit einer stillen unscheinbaren Frau namens Cindy, die den Großteil ihrer Zeit mit Heimunterricht, Kochen und Nähen zubrachte oder Freundinnen besuchte, die genau das Gleiche taten. Hobbs hingegen ging entweder zur Arbeit oder auf die Jagd und verbrachte die Abende in Gesellschaft seiner Kumpane, um mit ihnen zu trinken und zu debattieren (allerdings bestanden die meisten dieser »Diskussionen« daraus, sich gegenseitig auf die Schultern zu klopfen, denn sie alle waren weitestgehend gleich gesinnt).

Hobbs lebte seit seiner Geburt in Canton Falls, und es gefiel ihm hier. Es gab jede Menge gute Jagdreviere, von denen kaum eines überwacht wurde. Die Einwohner waren bodenständig, freundlich und hatten feste (und nahezu identische) Überzeugungen. Hobbs boten sich zahlreiche Gelegenheiten, seinen Neigungen nachzugehen, wozu ausgerechnet die sonntäglichen Bibelstunden gehörten. Er selbst war nach der achten Klasse von der Schule abgegangen, besaß zwar einen gefälschten Abschluss, konnte aber keinerlei Bildung vorweisen. Früher hätte er nie damit gerechnet, jemals selbst Unterricht zu erteilen.

Doch wie sich herausstellte, verfügte er über eine besondere Begabung im Umgang mit Kindern. Bei ihm wurde sonntags weder endlos gebetet, noch hielt er der Klasse Predigten oder ließ sie religiöse Lieder singen… Nein, er erzählte einfach Geschichten aus der Bibel und hatte damit von vornherein durchschlagenden Erfolg – was überwiegend seinem unkonventionellen Ansatz zu verdanken war. Beispielsweise speiste bei *ihm* Jesus die Massen nicht etwa mit zwei Fischen und fünf Laiben Brot. Stattdessen berichtete Hobbs, wie der Sohn Gottes mit dem Bogen auf die Jagd gegangen sei, aus hundert Metern Entfernung einen Hirsch geschossen und diesen dann eigenhändig auf dem Marktplatz ausgeweidet und zubereitet habe, um die Menschen zu ernähren. (Zur Veranschaulichung brachte Hobbs seinen Clearwater MX Flex Kompositbogen in den Klassenraum mit und versenkte zur Begeisterung der Kinder einen Pfeil mit gehärteter Stahlspitze acht Zentimeter tief im Mauerwerk.)

Im Anschluss an eine jener Unterrichtsstunden suchte er nun Elma's Diner auf. Die Kellnerin kam zu ihm. »Hallo, Hobbs. Ein Stück Kuchen?«

»Nein, lieber ein Bier und ein Käseomelett. Mit extra viel Käse. Ach, hat jemand für mich…«

Noch bevor er den Satz zu Ende bringen konnte, reichte

sie ihm bereits ein Stück Papier. *Ruf mich an. J. B.*, lautete die Nachricht.

»War das Jeddy?«, fragte sie. »Es hörte sich am Telefon so an. Seit die Typen von der Staatspolizei hier waren, hab ich ihn nicht mehr gesehen.«

»Warte mit der Bestellung noch eine Minute«, sagte er lediglich und ignorierte die Frage. Während er zu dem Münzfernsprecher ging und in der Hosentasche nach Kleingeld kramte, dachte er an das Mittagessen im Riverside Inn zurück, an dem er vor zwei Wochen drüben in Bedford Junction teilgenommen hatte. Außer ihm waren aus Canton Falls noch Frank Stemple und Jeddy Barnes dabei gewesen, ferner ein Mann namens Erick Weir, den Barnes später nur noch den Zaubermann genannt hatte, weil er tatsächlich ein gelernter Bühnenzauberer war.

Bei Hobbs' Ankunft hatte Barnes ihm sehr geschmeichelt, denn er war aufgestanden und hatte zu Weir gesagt: »Und hier, Sir, darf ich Ihnen den besten Gewehr- und Bogenschützen des Bezirks vorstellen? Außerdem ist er ein verdammt helles Kerlchen.«

Hobbs hatte sich stolz, aber auch nervös (denn bislang wäre ihm nicht mal im Traum eingefallen, hierhin essen zu gehen) in dem eleganten Restaurant an den vornehm gedeckten Tisch gesetzt, mit der Gabel im Tagesgericht herumgestochert und zugehört, als Barnes und Stemple erzählten, wie sie Weir kennen gelernt hatten. Der Mann war so eine Art Söldner. Auf diesem Gebiet wusste Hobbs Bescheid, denn er hatte *Soldier of Fortune* abonniert, das weltweit anerkannte Fachblatt zum Thema. Ihm fielen die Narben am Hals des Mannes und die deformierten Finger auf. Wodurch mochte der Fremde sich solche Verletzungen zugezogen haben? Etwa durch Napalm?

Anfangs hatte Barnes natürlich mit einer Falle gerechnet

und daher einem Treffen mit Weir eher zögerlich gegenübergestanden. Doch der Zaubermann hatte einfach nur erwidert, er solle an einem bestimmten Tag die Abendnachrichten einschalten. Der erste Bericht drehte sich um den Mord an einem mexikanischen Gärtner – einem illegalen Einwanderer –, der in einem Nachbarort für eine reiche Familie gearbeitet hatte. Weir brachte Barnes die Brieftasche des Toten. Eine Trophäe, fast wie das Geweih eines Rehbocks.

Danach nahm Weir kein Blatt vor den Mund und erklärte offen, er habe sich den Mexikaner ausgesucht, weil er wisse, was Barnes von Immigranten halte. Er persönlich teile diese extreme Überzeugung nicht – er wolle mit seinem seltenen Talent lediglich Geld verdienen. Damit hatte keiner von ihnen ein Problem. Beim Mittagessen erläuterte Zaubermann Weir seinen Plan für Charles Grady, dann gab er ihnen die Hand und ging. Vor ein paar Tagen schickten Barnes und Stemple den Schlappschwanz und Kleinmädchenfreund Reverend Swensen nach New York City und erteilten ihm den Auftrag, Grady am Samstagabend zu erschießen. Und genau wie vorhergesehen, setzte er die Sache in den Sand.

Hobbs sollte sich »auf Abruf bereithalten«, hatte Mr. Weir gesagt. »Für den Fall, dass er gebraucht wird.«

Und dieser Fall war offenbar nun eingetreten. Hobbs wählte die Nummer von Barnes' Mobiltelefon, das auf einen anderen Namen angemeldet war.

»Ja?«, meldete sich eine schroffe Stimme.

»Ich bin's.«

Da die Staatspolizei im gesamten Bezirk nach Barnes fahndete, hatten sie vereinbart, alle Telefongespräche so knapp wie möglich zu halten.

»Du musst tun, was wir beim Mittagessen besprochen haben.«

»Okay. Zum See fahren.«

»Richtig.«

»Und ich soll das Angelzeug mitnehmen?«

»Genau.«

»Alles klar. Wann?«

»Jetzt. Sofort.«

»Geht in Ordnung.«

Barnes unterbrach die Verbindung, und Hobbs änderte seine Bestellung auf einen Kaffee und ein Sandwich mit Schinken, Ei und extra viel Käse ab, beides zum Mitnehmen. Wenn Jeddy Barnes »jetzt, sofort«, sagte, tat man gut daran, diese Anweisung auch prompt zu befolgen.

Kurz darauf verließ Hobbs den Imbiss, ließ den Pick-up an und bog mit hoher Geschwindigkeit auf den Highway ein. Er musste noch einen kurzen Zwischenstopp zu Hause einlegen. Dann würde er in den alten, rostigen und auf eine fiktive Person zugelassenen Dodge umsteigen und so schnell wie möglich zum »See« fahren, was nichts anderes als ihr Kodewort für einen bestimmten Ort in New York City war.

Und das »Angelzeug«, das er mitnehmen sollte, bestand gewiss nicht aus Rute und Schnur.

Zurück in der »Gruft«.

Auf einer Seite des fest mit dem Boden verschraubten Tisches saß mit verkniffenem Gesicht Joe Roth, Andrew Constables dicklicher Anwalt.

Auf der anderen Seite saßen Charles Grady und *sein* Sekundant Roland Bell. Amelia Sachs stand. Der stinkende Verhörraum mit dem Schmierfilm auf den Fenstern rief in ihr abermals klaustrophobische Gefühle hervor, die nach der schrecklichen Panik im Cirque Fantastique ohnehin nur sehr zögerlich abgeklungen waren. Nervös verlagerte sie ihr Gewicht von einem Bein auf das andere.

Die Tür ging auf. Constables Wärter brachte den Gefangenen herein, öffnete die Handschellen und fesselte ihm die Hände vor den Leib. Dann zog er sich auf den Gang zurück und schloss die Tür.

»Es hat nicht geklappt«, lauteten die ersten Worte, die Grady an Constable richtete.

Er wirkt so ruhig und seltsam gelassen, dachte Sachs. Immerhin wäre beinahe seine Familie ausgelöscht worden.

»Was hat nicht…?«, setzte Constable an. »Meinen Sie diesen Spinner Ralph Swensen?«

»Nein, ich meine Erick Weir«, sagte Grady.

»Wen?« Der Mann runzelte die Stirn. Es sah echt aus.

Der Staatsanwalt berichtete ihm von dem versuchten Anschlag und dem früheren Illusionisten, der nun als Auftragsmörder tätig war.

»Nein, nein, nein… Ich hatte weder etwas mit Swensen zu tun noch mit *dieser* Angelegenheit.« Er starrte hilflos die zerkratzte Tischplatte an. Neben seiner Hand hatte jemand etwas in den grauen Anstrich geritzt. Es schien sich um die Buchstaben *A* und *C* zu handeln, gefolgt von einem Teil eines *K*. »Ich habe es Ihnen schon die ganze Zeit gesagt, Charles. Es gibt da ein paar Leute, mit denen ich früher zu tun hatte und die nun gewaltig über die Stränge schlagen. Die betrachten Sie und den Staat als Feinde – als Verbündete der Juden oder der Afroamerikaner oder von sonst wem – und verdrehen meine Worte, um mich als Entschuldigung für diese Angriffe auf Sie zu benutzen.« Er senkte die Stimme. »Ich wiederhole es noch einmal: Ich hatte nichts mit der Sache zu tun, mein Wort darauf.«

»Lassen Sie uns keine Spielchen spielen, Charles«, wandte Roth sich an Grady. »Sie äußern hier bloß Vermutungen. Falls Sie einen Beweis dafür haben, dass eine Verbindung zwischen meinem Mandanten und dem Einbruch in Ihre Wohnung besteht, dann…«

»Weir hat gestern zwei Leute umgebracht – und einen Polizeibeamten. Es geht also um vorsätzlichen Mord.«

Constable zuckte zusammen. Sein Anwalt blieb unbeeindruckt. »Nun, das tut mir sehr Leid. Aber ich darf anmerken, dass Sie keine diesbezügliche Anklage gegen meinen Mandanten erhoben haben. Weil es Ihnen nämlich nicht möglich ist, einen nachweislichen Zusammenhang zu diesem Weir herzustellen, oder?«

Grady ignorierte ihn. »Wir verhandeln derzeit mit Weir über eine Kronzeugenregelung.«

Constable sah Sachs an und musterte sie von Kopf bis Fuß. Er wirkte ratlos, und der Blick schien sie irgendwie um Hilfe zu bitten. Vielleicht hoffte er darauf, dass sie als Stimme der weiblichen Vernunft fungieren würde. Doch sie schwieg, ebenso wie Bell. Es gehörte nicht zu ihrer beider Aufgaben, mit Verdächtigen zu diskutieren. Der Detective war hier, um Grady im Auge zu behalten und möglichst mehr über die versuchten Mordanschläge und eventuelle weitere Attentate zu erfahren. Sachs war gekommen, um einen besseren Eindruck von Constable und dessen Partnern zu gewinnen und so die Beweisführung gegen Weir untermauern zu helfen.

Außerdem war sie neugierig auf diesen Mann, der ihr als das personifizierte Böse geschildert worden war – und der dennoch so vernünftig und verständnisvoll wirkte, als würde er sich die Ereignisse der letzten Tage aufrichtig zu Herzen nehmen. Rhyme genügte es, sich ausschließlich auf die Beweismittel zu konzentrieren; er hatte nicht die Geduld, um den Verstand oder die Seele eines Täters zu ergründen. Sachs hingegen war von der Frage nach Gut und Böse fasziniert. Sah sie hier einen Unschuldigen vor sich oder einen neuen Adolf Hitler?

Constable schüttelte den Kopf. »Hören Sie, ich hätte von Ihrem Tod doch überhaupt keinen Nutzen. Man würde einen anderen Staatsanwalt schicken und den Prozess fortsetzen, nur dass ich noch zusätzlich eine Mordanklage am Hals hätte. Weshalb sollte ich das wollen? Welchen Grund hätte ich, Sie umzubringen?«

»Der Grund ist, dass Sie ein Fanatiker sind. Ein Killer und ein…«

»Jetzt reicht's«, unterbrach Constable ihn aufgebracht. »Ich musste mir schon eine ganze Menge gefallen lassen, Sir. Ich wurde festgenommen und vor den Augen meiner Familie gedemütigt. In der Presse und hier in der Haft werde ich fortwährend beleidigt. Und wissen Sie, was mein einziges Verbrechen ist?« Er sah Grady direkt in die Augen. »Ich stelle unbequeme Fragen.«

»Andrew.« Roth legte ihm eine Hand auf den Arm. Doch der Häftling riss sich ungestüm los, so dass die Ketten laut klirrten. Er war empört und würde sich nicht den Mund verbieten lassen. »Genau hier in diesem Raum, genau jetzt, werde ich die Straftaten wiederholen, derer ich mich schuldig gemacht habe. Erstes Vergehen: Ich frage Sie, ob Sie nicht auch der Meinung sind, dass eine Regierung ab einer gewissen Größe den Kontakt zur Bevölkerung verliert. Und dass die Polizei dann irgendwann keine Hemmungen mehr hat, einem farbigen Untersuchungshäftling einen Besenstiel in den Mastdarm einzuführen – einem unschuldigen Häftling, nebenbei bemerkt.«

»Die Leute wurden bestraft«, erwiderte Grady gelangweilt.

»Aber dadurch erhält dieser arme Kerl wohl schwerlich seine Würde zurück, oder? Und wie viele werden *nicht* erwischt?… Sehen Sie doch nur, was in Washington passiert ist. Da lässt man einfach so Terroristen in unser Land spazieren, die vorhaben, uns zu töten. Und wir wagen es nicht, ihnen von vornherein den Zutritt zu verwehren oder wenigstens bei der Einreise ihre Fingerabdrücke zu registrieren und sie mit einer Ausweispflicht zu belegen... Wie wär's mit noch einem Vergehen? Gestatten Sie mir die Frage, wieso wir alle nicht einfach zugeben, dass zwischen den einzelnen Rassen und Kulturen Unterschiede bestehen? Ich habe nie behauptet, eine davon sei besser oder schlechter als eine andere. Aber ich behaupte, dass Sie scheitern werden, falls Sie hergehen und versuchen, die Rassen und Kulturen zu vermischen.«

»Die Rassentrennung wurde vor einiger Zeit abgeschafft«, merkte Bell lakonisch an. »Mittlerweile ist es sogar ein Verbrechen.«

»Früher war es ein Verbrechen, Alkohol zu verkaufen, Detective. Es war verboten, am Sonntag zu arbeiten, aber Fabrikarbeit für Zehnjährige war legal. Irgendwann haben die Leute hinzugelernt und diese Gesetze geändert, weil sie nicht der menschlichen Natur entsprachen.«

Er beugte sich vor und schaute von Bell zu Sachs. »Meine lieben Freunde von der Polizei... Lassen Sie mich *Ihnen* eine unbequeme Frage stellen. Sie erhalten die Meldung, ein Mann habe womöglich einen Mord begangen, und der Verdächtige ist ein Schwarzer oder Latino. Sie sehen ihn in einer einsamen Gasse. Nun, wird Ihr Finger sich nicht ein klein wenig fester um den Abzug Ihrer Waffe legen, als wenn der Mann weiß wäre? Oder nehmen wir an, er *ist* ein Weißer und sieht ganz vernünftig aus – er hat noch alle seine Zähne und trägt Kleidung, die nicht nach alter Pisse stinkt. Werden Sie in dem Fall nicht ein Stückchen länger zögern, bevor Sie abdrücken? Und werden Sie ihn nicht ein bisschen weniger grob durchsuchen?«

Der Häftling lehnte sich zurück und schüttelte den Kopf. »Das sind meine Verbrechen. Das ist alles. Ich stelle Fragen wie diese.«

»Tolle Vorstellung, Andrew«, sagte Grady zynisch. »Aber bevor Sie hier weiter das arme Opfer spielen, wüsste ich gern Ihre Meinung zu der Tatsache, dass Erick Weir vor zwei Wochen mit drei anderen Leuten im Riverside Inn von Bedford Junction zu Mittag gegessen hat. Von dort aus sind es nur zwei Kilometer bis zum Versammlungssaal der Gesellschaft der Patrioten in Canton Falls und ungefähr fünf bis zu Ihrem Haus.«

Constable sah ihn ungläubig an. »Im Riverside Inn?« Er blickte zum Fenster, doch vor lauter Dreck konnte man nicht einmal erkennen, ob der Himmel blau, gelb verschmutzt oder regnerisch grau war.

Gradys Augen verengten sich. »Was ist? Wissen Sie etwas über diesen Laden?«

»Ich…« Sein Anwalt berührte ihn am Arm, und er verstummte. Dann berieten die beiden sich flüsternd.

»Kennen Sie vielleicht einen der Stammgäste?«, hakte Grady nach.

Constable sah Roth an, doch dieser schüttelte den Kopf, und der Gefangene schwieg.

»Wie gefällt Ihnen Ihre Zelle, Andrew?«, fragte Grady nach einem Moment.

»Meine…«

»Ihre Zelle hier in der Untersuchungshaft.«

»Die ist mir relativ egal. Aber das wissen Sie vermutlich.«

»Im Zuchthaus ist es schlimmer. Und man wird Sie in Einzelhaft stecken müssen, weil sonst die schwarzen Sträflinge liebend gern Ihren…«

»Hören Sie auf, Charles«, sagte Roth ermattet. »Das können wir uns doch wirklich schenken.«

»Tja, Joe, es reicht mir jetzt langsam«, sagte der Staatsanwalt. »Alles, was Sie anzubieten haben, ist ›Ich habe dies nicht getan, ich habe jenes nicht getan‹. Und dass jemand ihn benutzt und ihm etwas anhängen will. Nun, wenn das tatsächlich stimmt«, wandte er sich direkt an Constable, »dann strengen Sie sich gefälligst an und liefern mir einen Beweis. Legen Sie schlüssig dar, dass die Anschläge auf meine Familie nicht auf Ihr Konto gehen, *und* nennen Sie mir die Namen der Verantwortlichen, dann können wir miteinander reden.«

Roth und Constable berieten sich flüsternd ein weiteres Mal.

»Mein Mandant wird einige Anrufe tätigen«, sagte Roth schließlich. »Je nachdem, was wir herausfinden, wird er danach eventuell bereit sein, eine Zusammenarbeit in Betracht zu ziehen.«

»Das ist nicht gut genug. Ich will sofort ein paar Namen hören.«

»Es geht nicht anders«, sagte Constable beunruhigt. »Ich muss mich erst vergewissern.«

»Fürchten Sie, einige Freunde ans Messer liefern zu müssen?«, fragte der Staatsanwalt kühl. »Nun, Sie behaupten doch, unbequeme Fragen zu mögen. Lassen Sie mich *Ihnen* eine stellen: Was für Freunde sind das, die gewillt sind, Sie für den Rest des Lebens hinter Gitter zu schicken?« Grady stand auf. »Falls ich bis heute Abend um neun Uhr noch nichts von Ihnen gehört habe, gehen wir morgen wie geplant vor Gericht.«

... Vierunddreißig

Die Bühne machte nicht allzu viel her.

Nachdem David Balzac sich vor zehn Jahren aus dem internationalen Geschäft zurückgezogen und das Smoke & Mirrors gekauft hatte, war die hintere Hälfte des Ladenlokals einem kleinen Theater gewichen. Balzac besaß keine Lizenz für eine kommerzielle Bühne und durfte daher keine Eintrittsgelder verlangen, doch er veranstaltete trotzdem kleine Shows – jeden Sonntagnachmittag und Donnerstagabend –, damit seine Schüler die Gelegenheit zum öffentlichen Auftritt erhielten und erste Erfahrungen sammeln konnten.

Und damit ihnen klar wurde, was für einen Unterschied das bedeutete.

Kara wusste, dass zwischen dem Training und einer Vorstellung vor Publikum Welten lagen. Wenn man vor anderen Leuten auftrat, geschah etwas Unerklärliches. Schwierige Tricks, die zu Hause immer misslangen, klappten perfekt, weil ein geheimnisvoller unsichtbarer Adrenalinstrom zu fließen begann, der die Hände steuerte und öffentlich kundtat: »Du sollst es diesmal nicht versauen.«

Umgekehrt galt, dass manchmal die simpelsten Dinge danebengingen, zum Beispiel einfache Münztricks, die man eigentlich blind beherrschte und auf deren möglichen Ausfall man nicht mal ansatzweise vorbereitet war.

Theater und Verkaufsraum wurden durch einen hohen und breiten schwarzen Vorhang voneinander getrennt. Er kräuselte sich leicht im Luftzug, wenn jemand den Laden betrat und das leise Signal der elektrischen Türglocke erklang.

Es war nun kurz vor sechzehn Uhr am Sonntag, und die Sitze füllten sich allmählich – wie immer von hinten nach vorn. (Bei einer Zaubervorstellung wollte *niemand* in der ersten Reihe sitzen; man konnte nie wissen, ob man nicht plötzlich zum »Freiwilligen« ernannt und auf der Bühne in Verlegenheit gebracht wurde.)

Kara stand am hinteren Vorhang und betrachtete ihr Reich. Die schmucklosen schwarzen Wände wiesen zahlreiche Schrammen und Schlieren auf, und auf den durchhängenden Bodendielen klebten Dutzende kleiner Markierungen, mit denen man beim Training die verschiedenen Positionen einer Nummer bezeichnete. Im Hintergrund hing lediglich ein schäbiges burgunderfarbenes Tuch. Und die gesamte Bühne war winzig: ein drei mal vier Meter messendes Rechteck.

Dennoch – für Kara stellte dieser Ort heute die Carnegie Hall und das MGM Grand zugleich dar, und sie war für ihr Publikum zu allem bereit.

Genau wie Varietékünstler oder Taschenspieler hängten die meisten Illusionisten einfach eine Reihe von Nummern aneinander. Dabei mochte die Abfolge sorgfältig überlegt sein und auf ein großes Finale zusteuern, doch Kara kam sich bei solchen Shows vor, als würde sie ein Feuerwerk betrachten – jede Explosion war mehr oder weniger spektakulär, doch insgesamt ohne emotionale Tiefe, weil es keinen wirklichen Zusammenhang und kein zugrunde liegendes Thema gab. Die Auftritte eines Illusionisten sollten eine Geschichte erzählen, die Tricks alle miteinander verknüpft sein und aufeinander aufbauen, wobei eine oder mehrere der früheren Nummern am Ende erneut auftauchten, damit das Publikum in den Genuss eines herrlichen Aha-Erlebnisses kam und hoffentlich staunend zurückblieb.

Einige weitere Zuschauer betraten das Theater. Kara

fragte sich, ob heute wohl viele Leute kommen würden, wenngleich es ihr letztlich egal war. Ihr gefiel die Geschichte, die man sich über Robert-Houdin erzählte. Als der eines Abends auf die Bühne trat, saßen nur drei Personen im Saal. Er gab genau die gleiche Vorstellung wie vor einem vollen Haus – nur dass das Finale ein wenig anders ausfiel: Er lud das Publikum hinterher zu sich nach Hause zum Abendessen ein.

Was den heutigen Tag anging, war Kara durchaus zuversichtlich – Mr. Balzac ließ sie stets wochenlang üben, sogar für diese kleinen Shows. Und nun, während der letzten paar Minuten vor dem Auftritt, dachte sie nicht mehr über die einzelnen Tricks nach, sondern beobachtete das Publikum und freute sich über diesen flüchtigen Moment der Ausgeglichenheit. Eigentlich hatte sie gar kein Recht, sich so wohl zu fühlen. Es gab unzählige Gründe, sich Gedanken zu machen: den sich verschlechternden Zustand ihrer Mutter. Die wachsende Geldnot. Ihre laut Mr. Balzac zu langsamen Fortschritte. Der Brunch-im-Bett-Kerl, der vor drei Wochen weggegangen war und versprochen hatte, sie anzurufen. Auf jeden Fall. Ehrlich.

Doch keine der drei Nummern, weder *Der verschwundene Liebhaber* noch *Das verpuffende Geld* oder *Die dahinsiechende Mutter,* konnten ihr hier etwas anhaben.

Nicht auf der Bühne. Dort kam es für sie nur auf eines an: einen ganz bestimmten Ausdruck auf den Gesichtern der Zuschauer erscheinen zu lassen. Kara konnte ihn deutlich vor sich sehen: der Mund zu einem leichten Lächeln verzogen, die Augen vor Überraschung weit aufgerissen und zwischen den Augenbrauen diese kleine Falte, die verriet, was alle dachten und was das Ziel einer jeden Illusionistenshow sein musste: Wie *machen* die das bloß?

Bei den Taschenspielern gab es gewisse Gesten, die man

als Nehmer und Ersetzer bezeichnete. Obwohl der Künstler in Wirklichkeit mit geschickter Handbewegung einen Gegenstand *nahm* und im selben Moment durch einen anderen *ersetzte*, hatten die Zuschauer den Eindruck, der besagte Gegenstand würde sich in etwas anderes verwandeln. Und mit ebendiesen Begriffen ließ sich auch Karas Berufsphilosophie umschreiben: Sie nahm die Traurigkeit, Langeweile oder Verärgerung ihres Publikums und ersetzte sie durch Glück, Faszination und Heiterkeit, so dass die Leute Freude im Herzen verspürten, wie kurzlebig diese auch immer sein mochte.

Gleich würde es losgehen. Sie spähte abermals durch den Vorhangspalt.

Mittlerweile waren die meisten Plätze besetzt. Kara war überrascht. An Schönwettertagen wie heute fiel der Besucherandrang in der Regel eher spärlich aus. Es freute sie, Jaynene aus dem Pflegeheim zu sehen, deren massige Gestalt für einen Augenblick den Durchgang ausfüllte. Einige andere Schwestern aus dem Stuyvesant Manor begleiteten sie. Sie kamen nach vorn und suchten sich freie Stühle. Ein paar von Karas Freunden waren ebenfalls da, sowohl aus der Redaktion als auch aus dem Haus an der Greenwich Street, in dem sie wohnte.

Dann wurde um kurz nach sechzehn Uhr der trennende Vorhang weit zurückgeschlagen, und ein letzter Zuschauer traf ein – jemand, mit dessen Besuch sie nie im Leben gerechnet hätte.

»Alles breit genug hier«, merkte Lincoln Rhyme trocken an und fuhr mit seinem glänzenden Storm Arrow im Smoke & Mirrors zu einem Fleck auf halber Strecke des Mittelgangs. »Kein Verstoß gegen das Behindertenschutzgesetz.«

Eine Stunde zuvor hatte er Sachs und Thom mit dem Vorschlag überrascht, sie sollten doch gemeinsam Karas Show besuchen. Er verfügte für derlei Ausflüge über eine Großraumlimousine, die von der Firma Rollx rollstuhlgerecht umgebaut und mit einer Rampe versehen worden war.

»Obwohl es ein Jammer ist, einen so schönen Frühlingsnachmittag in irgendeinem Laden zu vergeuden«, hatte er hinzugefügt.

Angesichts der ungläubigen Blicke – sogar vor dem Unfall hatte er kaum jemals einen schönen Frühlingsnachmittag unter freiem Himmel verbracht – lautete sein Kommentar: »Schon gut, es war nur ein Scherz. Würdest du bitte den Wagen holen, Thom?«

»Ich fasse es nicht, er hat ›bitte‹ gesagt«, hatte der Betreuer daraufhin erwidert.

Als Rhyme sich nun in dem ärmlichen Theater umsah, bemerkte er eine korpulente Farbige, die ihn musterte. Zögernd stand sie auf, kam zu ihnen herüber, setzte sich neben Sachs, gab ihr die Hand und nickte Rhyme zu. Dann fragte sie ihn, ob er und Sachs die Polizeibeamten seien, von denen Kara ihr erzählt habe. Er bejahte, und sie stellten einander namentlich vor.

Die Frau hieß Jaynene und sagte, sie arbeite als Krankenschwester in der Betreuungseinrichtung für Senioren, in der Karas Mutter untergebracht sei.

Bei diesen Worten warf Rhyme ihr einen sarkastischen Blick zu, der ihr nicht entging.

»Hoppla, habe ich das wirklich gesagt?«, fügte sie hinzu. »Ich meinte ›Altenpflegeheim‹.«

»Ich bin Absolvent eines ›ZLUF‹«, sagte der Kriminalist.

Die Frau runzelte die Stirn und schüttelte schließlich den Kopf. »Die Abkürzung kenne ich noch nicht.«

»›Zentrum zur Linderung von Unfallfolgen‹«, erklärte Thom.

»Ich hab's immer die Krüppelpension genannt«, sagte Rhyme.

»Aber er provoziert gern«, warf Thom ein.

»Ich habe früher mit Rückenmarkspatienten gearbeitet. Die widerspenstigen Kandidaten waren uns immer am liebsten. Sorgen gemacht haben uns die Ruhigen und Fröhlichen.«

Weil die nämlich Freunde hatten, die ihnen hundert Schlaftabletten in ein Glas Wasser rühren würden, dachte Rhyme. Oder die, falls sie noch eine Hand bewegen konnten, das Sicherheitsventil ihres Kochherds herausschraubten und das Gas aufdrehten.

Vier-Brenner-Tod hieß das in Fachkreisen.

»Sind Sie ein C4?«, fragte Jaynene.

»Genau.«

»Sie kommen ohne Beatmungsgerät aus. Das ist gut.«

»Ist Karas Mutter hier?«, fragte Sachs und schaute sich um.

Irritiert hielt Jaynene kurz inne. »Äh, nein«, antwortete sie dann.

»Besucht sie denn niemals eine der Vorstellungen?«

»Karas Mutter bekommt vom Beruf ihrer Tochter nicht allzu viel mit«, sagte die Frau vorsichtig.

»Kara hat mir erzählt, sie sei krank«, sagte Rhyme. »Geht es ihr besser?«

»Ja, ein wenig«, sagte die Frau.

Rhyme spürte, dass mehr dahinter steckte, aber der Tonfall der Krankenschwester verriet ihm, dass es ihr nicht zustand, solche vertraulichen Dinge mit Fremden zu erörtern.

Dann wurde das Licht gedämpft, und die Gespräche verstummten.

Ein weißhaariger Mann betrat die Bühne. Trotz seines Alters und der Anzeichen für einen ungesunden Lebensstil – eine rote Trinkernase und ein Bart mit Nikotinflecken –, waren seine Augen lebhaft und seine Haltung kerzengerade. Vom ersten Moment an verströmte er die Aura eines erfahrenen Bühnenkünstlers. Er stand neben dem einzigen Requisit, das es dort gab – dem aus Holz nachgebildeten Abschnitt einer römischen Säule. Die Umgebung mochte heruntergekommen wirken, aber der Mann trug einen maßgeschneiderten Anzug, als gehöre es zu seinen Grundsätzen, für das Publikum stets so gut wie möglich auszusehen.

Ah, folgerte Rhyme, der berüchtigte Mentor, David Balzac. Der Mann stellte sich nicht vor, sondern ließ den Blick über die Zuschauer schweifen und etwas länger bei Rhyme verweilen als bei den meisten anderen. Was unterdessen in seinem Kopf vorging, blieb jedoch sein Geheimnis, und er sah wieder weg. »Meine Damen und Herren, es freut mich, Ihnen heute eine meiner viel versprechendsten Schülerinnen präsentieren zu dürfen. Kara geht inzwischen seit mehr als einem Jahr bei mir in die Lehre. Sie wird Ihnen ein paar der eher esoterischen Illusionen aus der Geschichte unserer Profession darbieten – sowie einige Nummern, die teils von mir, teils von ihr entwickelt wurden. Seien Sie nicht überrascht...« Ein dämonischer Blick, der nur Rhyme zu gelten schien »...oder *schockiert* über das, was nun folgt. Und jetzt, Ladys und Gentlemen... hier ist sie... Kara.«

Rhyme hatte beschlossen, sich wie ein Wissenschaftler zu verhalten. Er würde es genießen, Karas Methoden zu durchschauen, ihre Tricks zu analysieren, zu ergründen, wie Karten und Münzen verschwanden und wie sie ihre diversen Kostüme am Leib verborgen hatte. Bislang lag Kara bei diesem Spiel noch mehrere Punkte in Führung, obwohl ihr zweifellos nicht bewusst war, dass sie an einer Partie *Fang den Zauberer* teilnahm.

Die junge Frau kam hinaus auf die Bühne. Sie trug einen engen schwarzen Einteiler mit einem halbmondförmigen Ausschnitt auf der Brust und darüber ein schimmerndes durchsichtiges Gewand, das an eine transparente römische Toga erinnerte. Rhyme hatte Kara bis jetzt nicht als sonderlich attraktiv oder gar sexy empfunden, aber dieses hautenge Kostüm war sehr sinnlich. Sie bewegte sich so grazil und geschmeidig wie eine Tänzerin, blieb stehen und ließ den Blick langsam über das Publikum wandern, als wolle sie jeden der Leute einzeln ansehen. Die Spannung wuchs. Dann endlich: »Verwandlung«, sagte sie in theatralischem Tonfall. »Verwandlung... Wie sehr sie uns fasziniert. Alchemie – aus Blei und Zinn wird Gold...« Sie hielt eine Silbermünze hoch, schloss die Hand darum, öffnete sie sofort wieder, enthüllte dabei eine Goldmünze und warf diese in die Luft, wo sie zu einem goldenen Konfettiregen wurde.

Ein lautes Ah ertönte, und die Zuschauer applaudierten.

»Nacht...« Das Licht ging schlagartig ganz aus und wurde gleich darauf – nach nur wenigen Sekunden – wieder hochgefahren. »...wird zu Tag.« Kara trug nun ein genauso eng anliegendes Kostüm wie vorher, allerdings war es golden, und der Ausschnitt auf der Vorderseite besaß den Umriss einer Sonne. Die Geschwindigkeit des Kleiderwechsels ließ Rhyme unwillkürlich auflachen. »Leben...« Eine rote Rose tauchte zwischen ihren Fingern auf. »...wird zu Tod...« Sie umschloss die Rose mit beiden Händen und verwandelte sie in eine vertrocknete gelbliche Blume. »...und wieder zu Leben.« Der abgestorbene Stängel war irgendwie durch einen frischen Blumenstrauß ersetzt worden. Kara warf ihn einer entzückten Frau im Publikum zu. »Die sind ja echt!«, hörte Rhyme sie verblüfft flüstern.

Kara ließ die Hände sinken und blickte erneut mit ernster Miene über das Publikum hinweg. »Es gibt ein Buch«, sagte sie, und ihre Stimme erfüllte den ganzen Raum. »Ein Buch, das vor zweitausend Jahren von dem römischen Dichter Ovid geschrieben wurde. Der Titel lautet *Die Metamorphosen*. Eine Metamorphose – so wie bei einer Raupe, die…« Sie öffnete die Hand, und ein Schmetterling flatterte empor und verschwand hinter der Bühne.

Rhyme hatte in der Schule vier Jahre Lateinunterricht gehabt und wusste noch, wie er damals mühevoll einige Passagen aus Ovids Buch übersetzen musste. Seiner Erinnerung nach handelte es sich um eine Folge von vierzehn oder fünfzehn kurzen Sagenerzählungen in Gedichtform. Was hatte Kara vor? Wollte sie einen Vortrag über klassische Literatur halten? Und das bei einem Publikum aus Anwältinnen und ihren Kindern, die nur Computerspiele im Kopf hatten (wenngleich ihm nicht entging, dass alle halbwüchsigen Jungen wie gebannt auf das enge Kostüm starrten).

»*Die Metamorphosen*…«, fuhr Kara fort. »Es ist ein Buch über Verwandlungen. Über Menschen, die zu anderen Menschen werden, zu Tieren, Bäumen, leblosen Objekten. Manche von Ovids Geschichten sind tragisch, andere fesselnd, aber alle haben sie eines gemeinsam.« Sie hielt inne und rief dann: »Magie!« Und mit einem Lichtblitz verschwand sie in einer Rauchwolke.

Während der nächsten vierzig Minuten bezauberte Kara das Publikum mit einer Reihe von Illusionen und Taschenspielereien, die auf einigen der Dichtungen aus Ovids Buch basierten. Was Karas Methoden anbelangte, so gab Rhyme sein Vorhaben vollständig auf. Es stimmte, die dramatische Präsentation nahm ihn rundum gefangen. Aber sogar wenn er sich kurzzeitig davon freimachen konnte und sich auf Karas Hände konzentrierte, gelang es ihm kein einziges Mal, den Trick zu durchschauen. Nach einem lang anhaltenden, begeisterten Beifall und einer Zugabe, in deren Verlauf Kara sich in eine gebeugte Greisin und wieder zurück verwandelte (»Jung wird zu Alt… Alt zu Jung«), ging sie von der Bühne ab. Fünf Minuten später kam sie in Jeans und weißer Bluse wieder zum Vorschein und mischte sich unter die Zuschauer, um ihre Freunde zu begrüßen.

Ein Angestellter des Ladens stellte auf einem Tisch einige Erfrischungen bereit: ein paar Karaffen Wein, Kaffee und Mineralwasser, Kekse.

»Kein Scotch?«, fragte Rhyme und beäugte die spärliche Auswahl.

»Tut mir Leid, Sir«, entgegnete der bärtige junge Mann.

Sachs kam mit einem Glas Wein zurück und nickte Kara zu, die sich gleich darauf zu ihnen gesellte. »He, das ist ja toll. Ich hätte nie gehofft, Sie hier zu sehen.«

»Was soll ich sagen?«, erwiderte Sachs. »Es war fantastisch.«

»Hervorragend«, schloss Rhyme sich an und wandte sich dann wieder der Bar zu. »Vielleicht gibt's ja hinten irgendwo Whisky, Thom.«

Thom nickte ihm zu und fragte Kara: »Können Sie auch Wesenszüge verwandeln?« Dann nahm er zwei Gläser Chardonnay, steckte in eines davon einen Strohhalm und hielt es Rhyme hin. »Wein oder gar nichts, Lincoln.«

Er trank einen Schluck. »Das mit dem Jung und Alt am Ende hat mir besonders gefallen. Es kam so unerwartet. Ich hatte schon Angst, Sie würden sich am Schluss in einen Schmetterling verwandeln. Ein Klischee, ich weiß.«

»Sie *sollten* Angst haben. Bei mir müssen Sie mit dem Unerwarteten rechnen. Ein beweglicher Geist, erinnern Sie sich noch?«

»Kara«, sagte Sachs, »Sie *müssen* sich unbedingt beim Cirque Fantastique bewerben.«

Die Frau lachte, sagte aber nichts.

»Nein, ich meine es ernst – das war absolut professionell«, beharrte Sachs.

Rhyme sah Kara an, dass ihr das Thema unangenehm war.

»Ich liege genau in der Zeit«, verkündete sie fröhlich. »Man darf es nicht übertreiben. Viele Leute machen den Fehler, das Programm zu hastig anzugehen.«

»Lasst uns etwas essen«, schlug Thom vor. »Ich sterbe vor Hunger. Jaynene, kommen Sie auch mit?«

Die massige Frau war sofort einverstanden und schlug ein neues Restaurant in der Nähe der Jefferson Market Library vor, Ecke Sechste Avenue und Zehnte Straße.

Kara jedoch verneinte und sagte, sie müsse bleiben und an einigen der Nummern arbeiten, die ihr bei dem heutigen Auftritt nicht hundertprozentig geglückt seien.

»Kleines, das darf doch nicht wahr sein«, sagte die Krankenschwester und verzog das Gesicht. »Sie müssen noch arbeiten?«

»Nur noch ein paar Stunden. Mr. Balzacs Freund gibt am Abend irgendeine Privatvorstellung, und um die nicht zu verpassen, schließt er heute früher.« Kara umarmte Sachs und verabschiedete sich. Dann tauschten sie ihre Telefonnummern aus und versprachen beide, in Kontakt zu bleiben. Rhyme dankte ihr noch einmal für die Hilfe im Fall Weir. »Ohne Sie hätten wir ihn nicht fangen können.«

»Wir werden Ihre Show in Las Vegas besuchen«, rief Thom.

Rhyme wendete den Storm Arrow in Richtung Ausgang. Dabei schaute er nach links und sah, dass Balzac ihn noch immer aus dem Hintergrund beobachtete. Dann widmete der

Illusionist sich Kara, die zu ihm kam. In seiner Gegenwart wurde sie jäh zu einer völlig anderen Frau, schüchtern und befangen.

Eine Metamorphose, dachte Rhyme und verfolgte, wie Balzac langsam die Tür zum Hinterzimmer schloss, so dass Zauberer und Lehrling ungestört sein würden und der Rest der Welt ausgesperrt blieb.

... Fünfunddreißig

»Ich wiederhole es noch einmal. Es steht Ihnen frei, einen Anwalt hinzuzuziehen.«

»Das habe ich verstanden«, murmelte Erick Weir halb keuchend, halb flüsternd.

Sie befanden sich in Lon Sellittos Büro am Police Plaza Nummer eins. Es war ein kleiner, überwiegend grauer Raum. Hätte der Detective alle dekorativen Elemente in einem Bericht aufzählen müssen, wäre ungefähr folgende Liste dabei herausgekommen: »Vier Fotos: ein Säugling, ein kleiner Junge, eine erwachsene Frau, eine Seenlandschaft – genauer Ort unbekannt; eine Pflanze – tot.«

Sellitto hatte hier schon Hunderte von Verdächtigen verhört. Der einzige Unterschied zwischen denen und dem gegenwärtigen Täter bestand darin, dass Weir mit zwei Paar Handschellen an den grauen Stuhl vor dem Schreibtisch gefesselt blieb. Und dass hinter ihm ein bewaffneter Streifenbeamter stand.

»Sie haben es verstanden?«

»Das sagte ich doch schon«, bestätigte Weir.

Und so fing das Verhör an.

Im Gegensatz zu Rhyme, der sich auf die Spurensicherung und -auswertung spezialisiert hatte, war Detective First Grade Lon Sellitto ein Vollblutpolizist. Und er machte seinem Rang alle Ehre. Er förderte die Wahrheit ans Tageslicht und konnte sich dabei nicht nur auf sämtliche Ressourcen verlassen, die das NYPD und die befreundeten Dienststellen vorzuweisen hatten, sondern auch auf die eigene Spürnase und Hartnäckigkeit. Es sei der beste Job der Welt, sagte er oft. Man müsse dafür Schauspieler und Politiker sein, Taktiker und manchmal Revolverheld oder Boxer.

Und einer der besten Teile dieses Jobs war die Kunst der Vernehmung, zu deren Zielen es gehörte, dass die Verdächtigen ein Geständnis ablegten und die Namen ihrer Komplizen, das Versteck der Beute oder den Fundort einer Leiche preisgaben.

Doch hier war von Anfang an klar, dass dieser Scheißkerl keine noch so kleine Konzession machen würde.

»Also, Erick, was wissen Sie über die Gesellschaft der Patrioten?«

»Wie ich schon sagte, nur das, was in der Zeitung stand«, erwiderte Weir und kratzte sich unbeholfen mit dem Kinn an der Schulter. »Können Sie mir diese Handschellen nicht mal für eine Minute abnehmen?«

»Nein, kann ich nicht. Sie haben von der Gesellschaft nur *gelesen*?«

»Richtig.« Weir hustete ein paarmal.

»Wo?«

»In der Zeitschrift *Time*, glaube ich.«

»Und Sie sind gebildet, das hört man Ihnen an. Ich kann mir nicht vorstellen, dass Sie die Überzeugungen dieser Leute teilen.«

»Natürlich nicht.« Er keuchte. »Die kommen mir wie blindwütige Fanatiker vor.«

»Wenn Sie also nicht aus ideologischen Gründen handeln, gibt es nur eine Erklärung: Sie wollten Charles Grady im Auftrag dieser Leute ermorden, weil man Ihnen Geld geboten hat. Das haben Sie bei Rhyme ja bereits zugegeben. Und ich möchte nun im Einzelnen wissen, wer Sie angeheuert hat.«

»Oh, ich wollte ihn nicht ermorden«, flüsterte der Gefangene. »Sie haben mich missverstanden.«

»Was gibt's da misszuverstehen? Sie sind mit einer geladenen Schusswaffe in seine Wohnung eingebrochen.«

»Sehen Sie, ich mag Herausforderungen. Bisweilen probiere ich aus, ob ich an Orte gelangen kann, die niemand sonst erreicht. Aber ich würde keinem Menschen je ein Haar krümmen.« Das war halb an Sellitto und halb an die verschrammte Videokamera gerichtet, die sein Gesicht filmte.

»Wie hat Ihnen denn der Hackbraten geschmeckt? Oder hatten Sie den Truthahn?«

»Den was?«

»In Bedford Junction. Im Riverside Inn. Ich würde tippen, dass Sie den Truthahn hatten und Constables Jungs den Hackbraten, das Steak und das Tagesgericht. Was davon hat Jeddy sich denn bestellt?«

»Wer? Ach, der Mann, nach dem Sie mich schon vorhin gefragt haben? Barnes? Sie reden von dieser Rechnung, richtig?«, fragte Weir keuchend. »Die hatte ich erst kurz zuvor gefunden. Ich wollte mir etwas aufschreiben und hab das erstbeste Stück Papier genommen.«

Ja, na sicher, dachte Sellitto. »Sie wollten sich nur etwas aufschreiben?«

Weir rang nach Atem und nickte.

»Wo waren Sie?«, hakte der zunehmend gelangweilte Lon Sellitto nach, »als Sie das Stück Papier brauchten?«

»Keine Ahnung. In einem Starbucks.«

»In welchem?«

Weir kniff die Augen zusammen. »Ich kann mich nicht mehr daran erinnern.«

In letzter Zeit fiel immer öfter der Name Starbucks, wenn Kriminelle ihr vermeintliches Alibi präsentierten. Nach Sellittos Ansicht lag dies daran, dass es so viele Filialen dieser Cafékette gab, die zudem alle gleich aussahen – auf diese Weise wirkte es glaubhaft, wenn jemand verwirrt behauptete, er wisse nicht mehr, in welchem der Läden er sich zu einem bestimmten Zeitpunkt aufgehalten habe.

»Warum war sie dann leer?«, fragte Sellitto.

»Was war leer?«

»Die Rückseite der Rechnung. Wenn es nur darum ging, sich etwas zu notieren, wieso *haben* Sie sich dann nichts notiert?«

»Oh. Ich glaube, ich konnte keinen Stift auftreiben.«

»Es gibt im Starbucks Stifte. Die Preise dort sind ganz schön gesalzen, und die Kunden brauchen Stifte, um die Kreditkartenbelege zu unterzeichnen.«

»Die Frau an der Kasse hatte so viel zu tun. Ich wollte sie nicht belästigen.«

»Was wollten Sie sich denn aufschreiben?«

»Äh«, keuchte er, »die Anfangszeit eines Kinofilms.«

»Wo liegt Larry Burkes Leiche?«

»Wer ist das?«

»Der Polizeibeamte, der Sie an der Achtundachtzigsten Straße festgenommen hat. Sie haben gestern Abend zu Lincoln Rhyme gesagt, Sie hätten den Officer ermordet, und seine Leiche liege irgendwo an der West Side.«

»Ich wollte ihn doch nur glauben machen, ich würde einen Anschlag auf den Zirkus planen. Also habe ich ihn mit falschen Informationen abgelenkt.«

»Und die von Ihnen gestandenen anderen Morde? Das waren ebenfalls falsche Informationen?«

»Genau. Ich habe niemanden umgebracht. Jemand anders hat es getan und versucht, es mir in die Schuhe zu schieben.«

Ah, die älteste Ausrede der Welt. Die faulste. Die peinlichste.

Allerdings eine, die manchmal funktionierte, wusste Sellitto – je nach Leichtgläubigkeit der Geschworenen.

»Wer wollte Ihnen etwas anhängen?«

»Ich weiß es nicht. Aber es muss ganz offensichtlich jemand sein, der mich kennt.«

»Weil er Zugriff auf Ihre Kleidung, Fasern, Haare und alles mögliche andere hat, um es an den Tatorten zu platzieren.«

»Genau.«

»Gut. Dann dürfte es sich um eine kurze Liste handeln. Nennen Sie mir ein paar Namen.«

Weir schloss die Augen. »Mir fällt niemand ein.« Sein Kopf sackte nach vorn. »Das ist wirklich frustrierend.«

Sellitto hätte es auch nicht treffender ausdrücken können.

Dieses Spiel ging noch eine öde halbe Stunde so weiter. Dann hatte der Detective einfach keine Lust mehr. Wütend musste er daran denken, dass er bald zu seiner Freundin nach Hause fahren würde, wo schon das Abendessen auf ihn wartete – ironischerweise Truthahn, genau wie eines der Gerichte an jenem Tag im Riverside Inn –, während Officer Larry Burke nie wieder zu seiner Frau zurückkehren konnte. Er ließ die Maske des freundlichen, aber beharrlichen Vernehmungsbeamten fallen. »Ich will Sie nicht mehr sehen«, murmelte er.

Dann brachte er den Gefangenen zusammen mit einigen Kollegen zum zwei Blocks entfernt gelegenen Untersuchungsgefängnis und ließ ihn wegen Mordes, Mordversuchs, tätlicher Bedrohung und Brandstiftung in Gewahrsam nehmen. Sellitto warnte die Justizbeamten dort eindringlich vor den besonderen Fähigkeiten des Mannes, woraufhin diese beteuerten, Weir werde in einem Hochsicherheitsbereich untergebracht, aus dem ein Ausbruch praktisch unmöglich sei.

»Ach, Detective Sellitto?«, rief Weir ihm hinterher.

Er drehte sich um.

»Ich schwöre bei Gott, dass ich unschuldig bin«, keuchte Weir und klang dabei aufrichtig reuevoll. »Wenn ich mich ein wenig ausgeruht habe, fällt mir vielleicht etwas ein, das Ihnen bei der Suche nach dem wahren Mörder hilft. Ich möchte Sie nach Kräften unterstützen.«

Unten in der »Gruft« packten zwei Wärter den Häftling an beiden Armen und ließen ihn mit kleinen Schritten zum Registrierschalter voranschlurfen.

Er sieht gar nicht gefährlich aus, dachte Justizbeamtin Linda Welles. Er war kräftig, das merkte sie sofort, aber längst nicht so einschüchternd wie manche der Bestien, mit denen sie es hier zu tun bekamen, diesen Kids aus Alphabet City oder Harlem, deren perfekte stahlharte Körper sogar durch große Mengen Crack, Heroin und Bier nicht außer Form gerieten.

Nein, sie konnte wirklich nicht begreifen, warum man so viel Aufhebens um diesen mageren alten Kerl machte. Weir, Erick A.

»Halten Sie ihn stets fest, und lassen Sie seine Finger nicht aus den Augen. Und unter keinen Umständen dürfen Sie ihm die Handschellen abnehmen.« Das waren Detective Sellittos Worte gewesen. Aber der Verdächtige sah einfach nur traurig und müde aus und litt unter Atembeschwerden. Sie fragte sich, woher wohl die Narben an Hals und Händen stammten. Von einem Feuer oder von heißem Öl. Der Gedanke an den Schmerz ließ sie erschaudern.

Welles erinnerte sich, was er zuletzt zu Detective Sellitto gesagt hatte. *Ich möchte Sie wirklich nach Kräften unterstützen*. Weir war ihr in diesem Moment wie ein Schulkind vorgekommen, das seine Eltern enttäuscht hatte.

Trotz Detective Sellittos Befürchtungen ließ der Häftling sich anstandslos fotografieren und die Fingerabdrücke abnehmen. Wenig später war er wieder an Händen und Füßen gefesselt. Welles und Hank Gersham, einer ihrer hoch gewachsenen Kollegen, nahmen ihn jeweils an einem Arm und bogen auf den langen Korridor zum Zellentrakt ein.

Welles hatte hier schon Tausende von Kriminellen begleitet und ließ sich längst nicht mehr von ihren Ausflüchten, den Protesten und Tränen beeindrucken. Doch die traurigen Worte, die Weir an Sellitto gerichtet hatte, gingen ihr zu Herzen. Vielleicht war er tatsächlich unschuldig. Er sah überhaupt nicht wie ein Mörder aus.

Weir zuckte zusammen, und Welles lockerte leicht den Schraubstockgriff um seinen Arm.

Einen Augenblick später stöhnte der Gefangene auf und taumelte. Sein Gesicht war schmerzverzerrt.

»Was ist los?«, fragte Hank.

»Ein Krampf«, keuchte er. »O Gott… tut das weh!« Er stieß einen geflüsterten Schrei aus. »Die Fußfesseln!«

Sein linkes Bein war durchgestreckt und zitterte.

»Sollen wir ihn losmachen?«, fragte Gersham.

Welles zögerte. »Nein«, beschloss sie und wandte sich an Weir. »Legen Sie sich hin, auf die Seite. Ich kümmere mich darum.« Sie war Joggerin und wusste, wie man Krämpfen begegnete. Dieser hier war vermutlich nicht vorgetäuscht – der Mann schien echten Schmerz zu verspüren, und sein Beinmuskel war steinhart.

»O verdammt«, rief Weir gequält. »Die Fesseln!«

»Wir müssen sie abnehmen«, sagte ihr Partner.

»Nein«, wiederholte Welles entschlossen. »Wir legen ihn hin. Den Rest übernehme ich.«

Sie ließen Weir vorsichtig auf den Boden sinken, und Welles fing an, das steife Bein zu massieren. Hank wich ein Stück zurück und behielt sie im Auge. Dann hob sie zufällig den Kopf und bemerkte, dass Weir die gefesselten Hände hinter dem Rücken zur Seite genommen hatte. Sein Hosenbund war ein paar Zentimeter nach unten gerutscht.

Sie schaute genauer hin und sah, dass auf seiner Hüfte ein Stück Heftpflaster geklebt hatte. Nun war es halb abgelöst, und darunter… was, zum Teufel, war *das* denn? Ein Schlitz in der Haut.

In diesem Moment traf seine durchgestreckte Handfläche sie mitten ins Gesicht und brach ihr das Nasenbein. Der plötzliche Schmerz war überwältigend und raubte ihr den Atem.

Ein Schlüssel! Er hatte unter der Haut einen Schlüssel oder Dietrich versteckt.

Ihr Partner streckte sofort den Arm aus, aber Weir war blitzschnell auf den Beinen und rammte ihm den Ellbogen in die Kehle. Gersham ging ächzend in die Knie, fasste sich an den Hals und rang hustend nach Luft. Weir griff nach Welles' Pistole und wollte sie aus dem Holster ziehen. Die Beamtin packte den Kolben der Waffe mit beiden Händen und hielt mit aller Kraft dagegen. Sie wollte schreien, aber ihr floss Blut von der Nase in den Rachen, und sie fing an zu würgen.

Ohne die Pistole loszulassen, griff Weir mit der linken Hand nach unten und befreite sich innerhalb weniger Sekunden von den Fußfesseln. Dann benutzte er beide Hände, um die Glock an sich zu bringen.

»Hilfe!«, rief Welles und spuckte Blut. »Hilfe, schnell!«

Weir gelang es, die Waffe aus dem Holster zu ziehen, doch Welles dachte an ihre Kinder und hielt sein Handgelenk unnachgiebig umklammert. Die Mündung schwang einmal quer durch den halben Korridor, vorbei an Hank, der auf Händen und Knien würgend zu atmen versuchte.

»Hilfe! Officer verletzt! Hilfe!«, schrie Welles.

Am Ende des Flurs öffnete sich eine Tür, und jemand rannte los, aber der Gang schien zehn Meilen lang zu sein, und Weir bekam die Pistole immer besser zu fassen. Sie fielen beide zu Boden, so dass die verzweifelten Augen des Häftlings nur Zentimeter von Welles' Gesicht entfernt waren und der Lauf der Waffe sich langsam in ihre Richtung drehte. Dann kam die Glock zwischen ihnen zum Stillstand. Weir bemühte sich keuchend, den Zeigefinger um den Abzug zu legen.

»Nein, bitte, nein, nein«, wimmerte die Beamtin. Weir lächelte grausam, und sie starrte in die schwarze Mündung der Pistole, die dicht vor ihrem Kopf nun jeden Moment feuern würde.

Linda sah ihre Kinder, den Vater des Mädchens, ihre eigene Mutter...

Nicht mit mir, dachte Welles wütend, stemmte einen Fuß gegen die Wand und stieß sich ab. Weir rollte unfreiwillig nach hinten, und sie fiel auf ihn.

Mit ohrenbetäubendem Knall löste sich ein Schuss. Welles spürte den harten Rückstoß und konnte nichts mehr hören.

Blut spritzte an die Wand.

Nein, nein, nein!

Bitte, lass Hank nichts passiert sein!, schickte sie ein Stoßgebet zum Himmel.

Doch sie sah, wie ihr Partner sich aufrappelte. Er war unverletzt. Dann wurde ihr klar, dass sie nicht länger um die Waffe ringen musste, sondern sie allein in der Hand hielt. Weir rührte sich nicht mehr. Zitternd stand Welles auf und wich von ihm zurück.

O mein Gott...

Die Kugel hatte ihn seitlich in den Kopf getroffen und eine schreckliche Wunde verursacht. Hinter ihm an der Wand klebten Blut, Hirnmasse und Knochenstücke. Weir lag auf dem Rücken und starrte mit leerem Blick zur Decke. Von seiner Schläfe rann Blut auf den Boden.

Welles heulte auf. »Scheiße, was hab ich da angerichtet! O Scheiße! Hilf ihm doch jemand!«

Ein Dutzend ihrer Kollegen kam angerannt, doch als Linda sich zu ihnen umdrehte, erstarrten sie und warfen sich hin.

Welles erschrak. Steckte da hinter ihr noch ein Gefangener? Sie wirbelte herum, aber der Korridor war leer. Dann wandte sie sich wieder den anderen Beamten zu, die immer noch Deckung suchten und wild gestikulierten. Sie riefen etwas. Welles war nach dem Schuss halb taub und konnte sie nicht verstehen.

Endlich hörte sie die Stimmen. »Herrje, deine Waffe, Linda! Steck sie weg! Pass auf, wohin zu zielst!«

Da erst begriff sie, dass sie vor lauter Panik mit der Glock herumgefuchtelt hatte wie ein Kind mit einer Spielzeugpistole – die Mündung war ständig zwischen Decke, Boden und ihren Kollegen hin und her gewandert.

Sie musste über diese Gedankenlosigkeit unwillkürlich lachen. Als sie die Pistole ins Holster schob, spürte sie etwas Hartes an ihrem Gürtel und nahm es in die Hand. Es war ein blutiger Knochensplitter von Weirs Schädel. »Oh«, sagte sie, ließ ihn fallen und kicherte wie ihre kleine Tochter, wenn sie gekitzelt wurde. Linda spuckte sich auf die Handfläche und wischte sie an der Hose ab. Das Scheuern wurde immer hektischer, bis sie schlagartig aufhörte zu lachen, auf die Knie fiel und lauthals zu schluchzen anfing.

…Sechsunddreißig

»Du hättest dabei sein sollen, Mum. Ich glaube, es war ein voller Erfolg.«

Kara saß auf der Sesselkante und hielt einen lauwarmen Starbucks-Becher umschlossen, dessen Temperatur ziemlich genau der eines Menschen entsprach – der Haut ihrer Mutter, zum Beispiel, noch immer rosig und gesund.

»Ich hatte die Bühne eine Dreiviertelstunde ganz für mich allein. Na, wie klingt das?«

»Du…?«

Das Wort war nicht ihrer Fantasie entsprungen. Ihre Mutter war wach und hatte die Frage mit fester Stimme gestellt.

Du.

Aber leider hatte Kara keine Ahnung, was ihre Mutter meinte.

Es konnte heißen: Was hast du gerade gesagt?

Oder: Wer bist du? Wieso kommst du in mein Zimmer und setzt dich hier hin, als würden wir uns kennen?

Oder: Ich habe das Wort »du« früher mal gehört, aber ich weiß nicht, was es bedeutet, und traue mich nicht, danach zu fragen. Es ist wichtig, das weiß ich noch, aber an mehr kann ich mich nicht erinnern. Du, du, du…

Dann schaute ihre Mutter aus dem Fenster zu der Efeuranke und sagte: »Alles ist gut geworden. Wir haben es prima überstanden.«

Kara wusste, dass es zwecklos war, ein Gespräch mit ihr zu versuchen, wenn sie sich in diesem Zustand befand. Ihre Sätze würden keinen zusammenhängenden Sinn ergeben.

Manchmal verlor sie sogar mitten im Satz den Faden, so dass ihre Stimme verwirrt erstarb.

Also erzählte Kara einfach weiter von den *Metamorphosen* und der Show. Und dann – sogar noch aufgeregter – berichtete sie der alten Dame davon, dass sie der Polizei geholfen hatte, einen Mörder zu fangen.

Da hob ihre Mutter plötzlich eine Augenbraue, als würde sie die Tochter erkennen. Karas Herz fing an, laut zu klopfen, und sie beugte sich vor.

»Ich habe das Geld gefunden. Ich dachte schon, ich hätte es verloren.«

Der Kopf sackte auf das Kissen zurück.

Kara ballte die Fäuste. Ihr Atem kam stoßweise. »Ich bin's, Mum! Ich! Die Prinzessin. Kannst du mich denn nicht sehen?«

»Du?«

Verflucht noch mal!, schrie Kara stumm den Dämon an, der von der armen Frau Besitz ergriffen und ihre Seele umnachtet hatte. Lass sie los! Gib sie mir zurück!

»Hallo«, ertönte eine weibliche Stimme aus Richtung der Tür. Kara erschrak und wischte sich mit einer kaum merklichen Bewegung ein paar Tränen von der Wange, bevor sie sich umdrehte.

»Hallo«, sagte sie zu Amelia Sachs. »Sie haben mich aufgespürt.«

»Ich bin Polizistin. Das ist mein Job.« Sie kam ins Zimmer und sah den Kaffee in Karas Hand. »Wie wär's mit Nachschub?«, fragte Amelia. Sie hatte zwei Starbucks-Becher mitgebracht.

Kara hatte ohnehin fast ausgetrunken, also warf sie den Pappbehälter in den Abfalleimer und nahm den frischen Kaffee dankbar entgegen. »Man darf das gute Koffein doch nicht verkommen lassen.« Sie trank einen Schluck. »Danke. War's schön im Restaurant?«

»Ja, allerdings. Diese Jaynene ist zum Brüllen komisch. Thom war gleich ganz begeistert von ihr. Und sie hat sogar Lincoln zum Lachen gebracht.«

»Das geht bei ihr jedem so«, sagte Kara. »Sie ist wirklich ein herzensguter Mensch.«

»Balzac hat Sie nach dem Ende der Show so schnell mit Beschlag belegt«, sagte Amelia. »Ich wollte mich nur noch mal bei Ihnen bedanken. Und Ihnen ausrichten, dass Sie uns die Beratung in Rechnung stellen sollten.«

»Auf die Idee bin ich noch gar nicht gekommen. Dank Ihnen habe ich kubanischen Kaffee kennen gelernt. Das reicht als Bezahlung.«

»Nein, seien Sie nicht so bescheiden. Schicken Sie mir eine Rechnung, und ich leite sie an die Stadt weiter.«

»Ich hab Polizistin gespielt«, sagte Kara. »Die Geschichte werde ich noch meinen Enkeln erzählen... He, ich habe heute Abend noch nichts weiter vor – Mr. Balzac ist mit seinem Freund unterwegs. Ich wollte mich mit ein paar Leuten unten in SoHo treffen. Kommen Sie mit?«

»Gern«, sagte Amelia. »Wir könnten...« Sie schaute an Kara vorbei. »Hallo.«

Kara wandte den Kopf und sah, dass ihre Mutter neugierig die Polizistin musterte. Der Blick war ihr vertraut. »Sie ist gerade nicht ganz bei sich.«

»Es war im Sommer«, sagte die alte Frau. »Im Juni, da bin ich mir recht sicher.« Sie schloss die Augen und lehnte sich zurück.

»Geht es ihr gut?«

»Das ist nur vorübergehend. Sie erholt sich bald wieder. Ihr Verstand macht bisweilen sonderbare Sachen.« Kara streichelte den Arm ihrer Mutter. »Was ist mit Ihren Eltern?«

»Das wird Ihnen bekannt vorkommen, schätze ich. Mein Vater ist tot. Meine Mutter wohnt nicht weit von mir in

Brooklyn. Ein bisschen zu nah für meinen Geschmack. Aber wir haben uns... na ja, irgendwie geeinigt.«

Kara wusste, dass eine Übereinkunft zwischen Mutter und Tochter so komplex wie ein Vertrag zwischen zwei Staaten war und erkundigte sich nicht nach näheren Einzelheiten, nicht jetzt. Es würde sich irgendwann zukünftig ein geeigneter Zeitpunkt ergeben.

Ein lauter Piepton hallte durch den Raum, und beide Frauen griffen nach den Pagern an ihren Gürteln. Amelia gewann. »Ich habe vorhin mein Mobiltelefon abgeschaltet. Da war ein Verbotsschild in der Lobby. Darf ich?« Sie deutete auf das Telefon, das auf dem Tisch stand.

»Aber natürlich.«

Amelia nahm den Hörer und wählte eine Nummer. Kara stand auf, um die Bettdecke glatt zu streichen. »Erinnerst du dich noch an die Pension in Warwick, Mum? In der Nähe der Burg?«

Erinnerst du dich noch? Bitte sag mir, dass du dich erinnerst!

»Rhyme?«, erklang im Hintergrund Amelias Stimme. »Ich bin's.«

Ein paar Sekunden später wurde Karas stummer Dialog jedoch abrupt unterbrochen, denn die Polizistin rief ungläubig: »Was? Wann?«

Kara drehte sich stirnrunzelnd zu ihr um. Amelia sah sie an und schüttelte den Kopf. »Ich fahre sofort hin... Ich bin gerade bei ihr. Ich sag's ihr.« Sie legte auf.

»Was ist los?«, fragte Kara.

»Wie's aussieht, kann ich doch nicht mitkommen. Wir müssen einen Dietrich oder Schlüssel übersehen haben. Weir hat sich im Untersuchungsgefängnis von den Handschellen befreit und nach der Waffe eines Beamten gegriffen. Er wurde getötet.«

»O mein Gott.«

Amelia ging zur Tür. »Ich muss mich um den Schauplatz kümmern.« Sie hielt inne und sah Kara an. »Wissen Sie, ich hab mir schon Gedanken gemacht, wie man ihn im Gerichtssaal am besten bewachen könnte. Dieser Mann war einfach zu gerissen. Aber ich glaube, manchmal gibt es doch so etwas wie Gerechtigkeit. Ach, und was diese Rechnung angeht: Welcher Betrag Ihnen auch immer vorgeschwebt haben mag, verdoppeln Sie ihn.«

»Constable möchte Ihnen etwas mitteilen«, ertönte die forsche Stimme des Mannes am anderen Ende der Leitung.

»Er hat also Detektiv gespielt, ja?«, fragte Charles Grady den Anwalt ironisch.

Ironisch – aber nicht zynisch. Grady hatte nichts gegen Joseph Roth, der als Verteidiger zwar Abschaum vertrat, es aber stets schaffte, nicht in die Schleimspur seiner Mandanten zu geraten, und der den Staatsanwälten und Polizisten mit Aufrichtigkeit und Respekt begegnete. Grady hielt es umgekehrt genauso.

»Ja, hat er. Er hat ein paar Leute in Canton Falls angerufen und einigen dieser Patrioten einen heiligen Schrecken eingejagt. Die haben dann für ihn Nachforschungen angestellt. Wie es aussieht, hat eine Hand voll ehemaliger Mitglieder sich selbstständig gemacht.«

»Wer? Barnes? Stemple?«

»Wir haben es nicht im Einzelnen besprochen. Ich weiß nur, dass er ziemlich aufgeregt ist. Er hat die ganze Zeit ›Judas, Judas, Judas‹ gesagt. Immer wieder.«

Grady empfand nicht allzu viel Mitleid. Wer mit dem Feuer spielt…

»Er weiß hoffentlich, dass ich ihn nicht völlig ungeschoren davonkommen lasse«, sagte er zu dem Anwalt.

»Das ist ihm klar, Charles.«

»Haben Sie schon von Weirs Tod gehört?«

»Ja... Andrew war froh über die Nachricht. Ich glaube wirklich, dass er nichts mit den Anschlägen auf Sie zu tun hatte, Charles.«

Auf Meinungen eines Verteidigers konnte Grady gut und gern verzichten, auch im Falle eines anständigen Kerls wie Roth. »Und er hat stichhaltige Informationen?«, fragte er.

»Ja, die hat er.«

Grady glaubte ihm. Roth ließ sich von niemandem etwas vormachen; wenn er überzeugt war, dass Constable einige der eigenen Leute auslieferte, würde es auch dazu kommen. Wie erfolgreich der daraus resultierende Prozess verlaufen würde, war natürlich eine andere Frage. Aber falls Constable über relativ schlüssige Details verfügte und die Staatspolizei bei den Ermittlungen und Festnahmen auch nur halbwegs professionell vorging, würde Grady die Leute fast mit Sicherheit hinter Gitter bringen können. Außerdem würde er dafür sorgen, dass Lincoln Rhyme die Spurenauswertung leitete.

Im Hinblick auf Weirs Tod verspürte Grady gemischte Gefühle. Offiziell würde er zweifellos sein Bedauern zum Ausdruck bringen und eine genaue Untersuchung versprechen, aber insgeheim freute er sich, dass es diesen Scheißkerl erwischt hatte. Er war noch immer schockiert und wütend, dass ein Killer einfach in die Wohnung spaziert war, in der seine Frau und Tochter lebten, und vorgehabt hatte, notfalls auch sie zu ermorden.

Grady sah das Glas Wein an, von dem er jetzt gern einen Schluck getrunken hätte, erkannte aber, dass dieser Anruf vorläufige Abstinenz bedeutete. Der Fall Constable war dermaßen wichtig, dass der Staatsanwalt alle fünf Sinne beisammen haben musste.

»Er will mit Ihnen von Angesicht zu Angesicht sprechen«, sagte Roth.

Der Wein war ein Cabernet Sauvignon. Sogar ein 1997er. Ein erstklassiger Jahrgang von einem erstklassigen Weingut.

»Wie schnell können Sie ins Untersuchungsgefängnis kommen?«, fragte Roth.

»Ich bin in einer halben Stunde da.«

Grady legte auf.

»Die gute Nachricht ist, dass es morgen keinen Prozess geben wird«, verkündete er seiner Frau.

»Ich komme mit«, sagte Luis, der ruhige Leibwächter.

Nach Weirs Tod hatte Lon Sellitto alle anderen Beschützer abgezogen.

»Nein, Sie bleiben hier bei meiner Familie, Luis. Dann ist mir etwas wohler zumute.«

»Wenn das die gute Nachricht war, Liebling, wie lautet dann die schlechte?«, fragte seine Frau besorgt.

»Ich kann nicht zum Abendessen bleiben«, sagte der Staatsanwalt, warf sich etwas Knabbergebäck in den Mund und spülte es mit einem großen Schluck des edlen Weins herunter. Zum Teufel damit, dachte er. Lasst uns feiern.

Sachs' verbeulter gelber Camaro SS hielt vor der Centre Street 100. Sie legte den NYPD-Parkausweis auf das Armaturenbrett, stieg aus und nickte einigen Leuten von der Spurensicherung zu, die neben ihrem Einsatzwagen standen. »Wo muss ich hin?«

»Erdgeschoss, hinten. Der Korridor zum Zellentrakt.«

»Abgeriegelt?«

»Ja.«

»Wessen Waffe?«

»Die von Linda Welles. Justizbeamtin. Sie ist ziemlich mitgenommen. Das Arschloch hat ihr die Nase gebrochen.«

Sachs nahm einen der Gerätekoffer, befestigte ein kleines Rollengestell daran und zog ihn auf dem Weg zum Eingang hinter sich her. Die Kollegen taten es ihr gleich und folgten ihr.

Die Arbeit würde diesmal Routine sein. Ein versehentlich abgefeuerter Schuss beim Kampf zwischen einer Beamtin und einem Täter, der zu fliehen versuchte? Reine Formsache. Dennoch handelte es sich um einen Todesfall, und die Untersuchungskommission würde einen vollständigen Tatortbericht verlangen, der auch für weitergehende Ermittlungen und eventuelle Gerichtsverfahren wichtig sein könnte. Amelia Sachs würde diesen Schauplatz genauso sorgfältig wie jeden anderen untersuchen.

Ein Posten überprüfte ihre Dienstausweise und führte sie dann durch ein Ganglabyrinth und über eine Treppe in den Keller. Schließlich erreichten sie eine geschlossene Tür, die mit gelbem Absperrband markiert war. Ein Detective sprach soeben mit einer uniformierten Beamtin. Die Nase der Frau war frisch versorgt worden.

Sachs stellte sich den beiden vor und erklärte, sie werde nun den Tatort inspizieren. Der Detective trat beiseite, und sie fragte Linda Welles, was geschehen sei.

Stockend und näselnd berichtete die Beamtin, dass es dem Verdächtigen auf dem Weg von der Registrierung zum Zellentrakt irgendwie gelungen sei, die Handschellen zu öffnen. »Er hat nur zwei oder drei Sekunden gebraucht. Für alle Schlösser. Einfach so, dann waren sie auch schon offen. Aber nicht mit meinem Schlüssel.« Sie deutete auf die Tasche ihres Uniformhemds, wo der besagte Schlüssel sich vermutlich befand. »Er hatte einen Dietrich oder so an der Hüfte.«

»In der Hosentasche?«, fragte Sachs stirnrunzelnd und dachte daran, wie sorgfältig sie den Mann durchsucht hatten.

»Nein, an seiner *Hüfte*. Sie werden es selbst sehen.« Sie

nickte in Richtung des Korridors. »Er hat einen Einschnitt in der Haut. Unter einem Pflaster. Alles ging so schnell.«

Sachs nahm an, dass er sich einen Schnitt zugefügt und dadurch ein kleines Versteck geschaffen hatte. Ein ekliger Gedanke.

»Dann hat er meine Waffe gepackt, und wir haben darum gekämpft. Sie ist einfach losgegangen. Ich wollte nicht abdrücken. Ehrlich, ich wollte es nicht. Aber... ich hab versucht, die Kontrolle zu behalten, und ich hab versagt. Sie ist einfach losgegangen.«

Kontrolle... versagt. Sie versuchte offenbar, mit ihrem Schuldgefühl fertig zu werden. Dabei spielte es keine Rolle, dass der Tote ein Mörder war, sie sich in Lebensgefahr befunden hatte und schon ein Dutzend anderer Polizisten auf diesen Mann hereingefallen waren; nein, es ging um den Eindruck persönlicher Unzulänglichkeit. Die Frauen beim NYPD mussten hohen Maßstäben genügen, und jeder Fehler wog wesentlich schwerer als bei einem Mann.

»*Wir* haben ihn festgenommen und durchsucht«, sagte Sachs sanft. »Und wir haben den Schlüssel ebenfalls übersehen.«

»Ja«, murmelte Welles. »Aber es wird zur Sprache kommen.«

Vor der Untersuchungskommission, meinte sie. Und ja, sie hatte Recht.

Nun, Sachs würde sich bei der Tatortarbeit ganz besondere Mühe geben, um diese Kollegin so gut wie möglich zu unterstützen.

Welles berührte vorsichtig ihre Nase. »Au, tut das weh.« Ihr liefen Tränen über die Wangen. »Was werden meine Kinder sagen? Sie fragen mich immer, ob mein Job gefährlich ist. Ich sage, nein. Und nun schauen Sie mich doch an...«

Sachs streifte sich Latexhandschuhe über und bat um die

Waffe der Frau. Sie nahm die Glock, zog das Magazin heraus, entfernte die Patrone aus der Kammer und verstaute alles in einer Plastiktüte.

Dann gab sie Welles einen Rat mit auf den Weg. »Wissen Sie, Sie können sich beurlauben lassen.«

Die Beamtin schien sie nicht mal zu hören. »Sie ist einfach losgegangen«, sagte sie mit hohler Stimme. »Ich wollte es nicht. Ich *wollte* niemanden töten.«

»Linda?«, nahm Sachs einen neuen Anlauf. »Sie können sich beurlauben lassen. Für eine Woche oder zehn Tage.«

»Wirklich?«

»Sprechen Sie mit Ihrem Vorgesetzten.«

»Sicher. Ja. Das sollte ich vielleicht tun.« Welles stand auf und ging zu dem Sanitäter, der ihren Partner behandelte. Der Beamte hatte einen schillernden Bluterguss am Hals, schien ansonsten aber in Ordnung zu sein.

Das Team der Spurensicherung versammelte sich vor der Tür des Korridors, in dem der Zwischenfall stattgefunden hatte, öffnete die Koffer und legte die Ausrüstungsgegenstände bereit, um Partikel einsammeln, Fingerabdrücke nehmen, Videoaufnahmen anfertigen und Fotos schießen zu können. Sachs zog den weißen Tyvek-Overall an und streifte sich Gummiringe über die Schuhe.

Dann setzte sie das Headset auf und bat die Zentrale, mit Lincoln Rhymes Wohnung verbunden zu werden. Sie riss das Absperrband herunter und öffnete die Tür. Ein Schlitz in der Haut, um darin Dietriche und Handschellenschlüssel zu verstecken?, dachte sie. Von allen Tätern, mit denen sie und Lincoln bislang zu tun gehabt hatten, war der Hexer…

»Oh, verdammt«, fluchte sie.

»Dir auch einen guten Abend, Sachs«, ertönte Rhymes bissige Stimme in ihrem Ohr. »Zumindest glaube ich, dass du das bist. Es rauscht ziemlich heftig in der Leitung.«

»Ich fasse es nicht, Rhyme. Die Gerichtsmedizin hat den Toten abtransportiert, bevor ich ihn mir vornehmen konnte.« Sachs schaute in den Gang und sah Blut, sonst nichts.

»Was?«, rief er ungläubig. »Wer hat das veranlasst?«

Die Grundregel lautete, dass ein Tatort nur dann vom medizinischen Personal betreten werden durfte, wenn es dort Verletzte zu versorgen gab. Im Fall eines Mordes durfte niemand die Leiche berühren, auch nicht der Dienst habende Gerichtsmediziner, bevor die Spurensicherung ihre Arbeit getan hatte. Jeder Polizeischüler lernte dies schon zu Beginn der Ausbildung, und wer auch immer den Körper des Hexers freigegeben hatte, würde sich Sorgen um seine weitere Karriere machen müssen.

»Gibt's ein Problem, Amelia?«, rief einer der Techniker von der Tür aus.

»Sieh mal«, erwiderte sie verärgert und wies auf den Korridor. »Die Gerichtsmedizin hat die Leiche schon abgeholt. Wie konnte das passieren?«

Der junge Mann mit dem Bürstenschnitt runzelte die Stirn und sah seinen Partner an. »Äh, also, der Doktor steht draußen. Er war der Typ, mit dem wir geredet haben, als du angekommen bist. Der gerade die Tauben gefüttert hat. Er wartet darauf, dass wir fertig werden und er den Toten mitnehmen kann.«

»Was ist los?«, knurrte Rhyme. »Ich höre Stimmen, Sachs.«

»Das Team der Gerichtsmedizin wartet draußen vor dem Gebäude, Rhyme. Anscheinend haben sie den Toten noch *nicht* abgeholt. Was…«

»O mein Gott. Nein!«

Der Schreck fuhr ihr in die Glieder. »Rhyme, du glaubst doch nicht…?«

»Was siehst du, Sachs?«, schnauzte er sie an. »Wie sehen die Blutspritzer aus?«

Sie lief zum Schauplatz des Kampfes und musterte die Blutflecke an der Wand. »O nein. Das sieht nicht nach den üblichen Folgen einer Schusswunde aus, Rhyme.«

»Gibt's Hirnmasse und Knochen?«

»Ja, da klebt graues Zeug, aber es sieht ebenfalls nicht ganz richtig aus. Und ein paar Knochensplitter. Allerdings ziemlich wenige für einen Schuss aus nächster Nähe.«

»Unterzieh das Blut einem Schnelltest. Der wird uns erst mal weiterhelfen.«

Sie lief zurück zur Tür.

»Was ist denn…?«, setzte einer der Techniker an, verstummte jedoch wieder, als Amelia hektisch in den Koffern zu wühlen begann.

Sachs schnappte sich das katalytische Testset, kehrte in den Gang zurück und nahm eine Probe von der Wand. Sie fügte Phenolphthalein hinzu und erhielt gleich darauf das Ergebnis. »Ich weiß nicht, was das ist, aber es ist definitiv kein Blut.« Sie betrachtete die rötlichen Schmierspuren auf dem Boden. Die wiederum sahen echt aus. Amelia testete sie und bekam ein positives Resultat. Dann entdeckte sie in einer Ecke die blutige Klinge eines Rasiermessers. »Herrje, Rhyme, er hat die Schießerei inszeniert. Danach hat er sich selbst eine Schnittwunde zugefügt und die Wachen getäuscht.«

»Gib Alarm.«

»Es ist ein Fluchtversuch«, schrie Sachs. »Schließt alle Ausgänge!«

Der Detective eilte herbei und starrte den Schauplatz an. Linda Welles gesellte sich mit großen Augen zu ihm. Die spontane Erleichterung darüber, nun doch nicht an dem Tod eines Menschen beteiligt gewesen zu sein, schwand schnell, als ihr klar wurde, welche weitaus schlimmeren Konsequenzen damit verbunden sein konnten. »Nein! Er war hier. Seine Augen waren offen. Er sah tot aus.« Ihre Stimme war schrill und überschlug sich fast. »Ich meine, sein Kopf... da war überall Blut. Ich konnte... ich konnte die Wunde sehen!«

Die *Illusion* einer Wunde, dachte Sachs verbittert.

»Die Posten an allen Ausgängen wurden verständigt«, rief der Detective. »Aber, meine Güte, das hier ist kein Hochsicherheitskorridor. Nachdem wir die Türen geschlossen hatten, konnte er einfach aufstehen und sonst wohin abhauen. Vermutlich klaut er gerade ein Auto oder sitzt in der U-Bahn nach Queens.«

Sachs erteilte einige Anweisungen. Welchen Dienstrang der Detective auch immer haben mochte, die geglückte Flucht hatte ihn so durcheinander gebracht, dass er Amelias Autorität nicht in Frage stellte. »Geben Sie sofort eine Fahndungsmeldung raus«, sagte sie. »An alle Dienststellen der Stadt und auch an die Bundesbehörden. Vergessen Sie die öffentlichen Verkehrsbetriebe nicht. Der Mann heißt Erick Weir, ein Weißer, Anfang fünfzig. Er wurde hier vorhin fotografiert.«

»Was für Klamotten trägt er?«, wandte der Detective sich an Welles und ihren Partner, die sich angestrengt zu erinnern versuchten und ihm dann eine ungefähre Beschreibung lieferten.

Das dürfte jetzt kaum noch eine Rolle spielen, dachte Sachs. Bestimmt hatte der Killer sich längst umgezogen. Sie schaute die vier halbdunklen Korridore hinunter, die sie von hier aus sehen konnte, und registrierte die Silhouetten einiger Dutzend Leute. Aufseher, Reinigungspersonal, Cops...

Vielleicht auch der Hexer in einer seiner Verkleidungen.

Doch vorerst überließ Sachs die Fahndung den anderen und wandte sich wieder ihrem Aufgabengebiet zu: dem Tatort, dessen Untersuchung zunächst wie eine Formsache ausgesehen hatte und nun zu einer Angelegenheit von Leben und Tod geworden war.

…Siebenunddreißig

Malerick arbeitete sich vorsichtig durch das Kellergeschoss des Untersuchungsgefängnisses voran, ließ die Flucht noch einmal Revue passieren und bedachte sein verehrtes Publikum mit einem stummen Vortrag.

Lassen Sie mich Ihnen einen der Grundzüge des Illusionistenhandwerks erläutern.

Um die Leute wirklich an der Nase herumzuführen, reicht es nicht aus, sie während *der Illusion zu täuschen. Wenn das menschliche Gehirn nämlich mit einem Phänomen konfrontiert wird, das der Logik trotzt, spielt es die Szene im Nachhinein immer wieder durch, um das Geschehene zu begreifen. Wir Illusionisten bezeichnen dies als »Rekonstruktion«, und sofern wir unsere Nummer nicht clever genug vorbereiten, wird ein intelligentes und argwöhnisches Publikum nur kurz getäuscht sein und nach dem Ende des Tricks unsere Methode durchschauen.*

Wie also gelangen wir trotzdem zum Erfolg?

Wir bedienen uns einer möglichst unwahrscheinlichen Methode – einer lächerlich simplen oder einer überwältigend komplexen.

Ein Beispiel: Ein berühmter Illusionist scheint eine komplette Pfauenfeder mitten durch ein Taschentuch zu schieben. Die Zuschauer können sich kaum vorstellen, was für einen Taschenspielertrick er wohl anwenden mag, damit es so aussieht, als würde die Feder den Stoff wirklich durchdringen. Und die zugrunde liegende Methode? Die Feder durchdringt den Stoff tatsächlich. *Das Taschentuch hat ein Loch! Das Publikum zieht diese Erklärung anfangs in Be-*

tracht, kommt dann aber stets zu dem Schluss, dass dies bei einem so großartigen Künstler viel zu einfach wäre, und glaubt lieber, es handle sich um ein weitaus komplizierteres Verfahren.

Ein anderes Beispiel: Ein Illusionist war mit einigen Freunden zum Abendessen in einem Restaurant verabredet und wurde dort gebeten, ihnen einige Tricks vorzuführen. Er sträubte sich zunächst, gab dann jedoch nach. Er nahm eine Tischdecke, hielt sie vor einen der Nebentische, an dem ein Liebespaar saß, und ließ binnen einer Sekunde sowohl den Tisch als auch die beiden Leute verschwinden. Die Freunde waren verblüfft. Wie hatte er das nur gemacht? Sie kamen nie auf den Gedanken, dass er lange im Voraus damit gerechnet hatte, um eine Kostprobe seines Könnens gebeten zu werden. Also war er zu dem Restaurantchef gegangen und hatte mit ihm abgesprochen, dass dort an jenem Abend ein vorbereiteter Klapptisch stehen würde. Das vermeintliche Liebespaar waren zwei bezahlte Schauspieler. Noch während der Illusionist die Tischdecke hochhielt, machten sie sich samt Tisch aus dem Staub.

Als die Freunde beim Essen rekonstruierten, was sie soeben gesehen hatten, wurde die tatsächliche Erklärung als viel zu unwahrscheinlich für einen so offensichtlich improvisierten Auftritt abgetan.

Und genau das Gleiche gilt für die Nummer, deren Zeugen Sie gerade geworden sind. Ich nenne sie Der erschossene Häftling.

Rekonstruktion. Viele Illusionisten ließen diesen psychologischen Prozess außer Acht. Malerick niemals. Und bei der Planung der Flucht aus dem Untersuchungsgefängnis hatte er besonders sorgfältig darüber nachgedacht. Die Beamten, die ihn den Korridor entlang zum Zellentrakt eskortiert hatten, meinten Folgendes gesehen zu haben: Ein Häftling befreite sich von den Fesseln, griff nach einer Waffe, und sein Leben endete vor ihren Augen durch einen Pistolenschuss.

Alle waren schockiert, entsetzt, von Grauen gepackt.

Doch sogar in solchen Krisenmomenten tat der Verstand, was er tun musste, und noch bevor der Pulverdampf sich verzogen hatte, analysierten die Beamten bereits die Ereignisse und wogen die verschiedenen Optionen und Handlungsweisen ab. Wie jedes Publikum begannen sie mit einer Rekonstruktion, und da sie wussten, dass Erick Weir ein begabter Illusionist war, fragten sie sich zweifellos, ob alles womöglich nur vorgetäuscht sein könnte.

Doch ihre Ohren hatten gehört, wie eine echte Waffe eine echte Kugel abfeuerte.

Und ihre Augen hatten gesehen, wie ein Kopf bei dem Einschlag explodierte und wie unmittelbar darauf ein schlaffer Körper in der Pose des Todes mit glasigem Blick dalag, umgeben von Blut, Hirn und Knochensplittern.

Die Rekonstruktion führte daher zu einer Schlussfolgerung: Es wäre viel zu unwahrscheinlich, dass der Mann eine dermaßen detaillierte Täuschung hätte vorbereiten können. Nachdem nun alle von seinem Tod überzeugt waren, ließen sie ihn ohne Fesseln allein im Korridor liegen und rannten hinaus, um hektisch diverse Funkrufe und Telefonate zu erledigen.

Und meine Methode, verehrtes Publikum?

Als er mit dem angeblichen Krampf am Boden lag, löste Malerick das Pflaster auf seiner Hüfte, holte den Generalschlüssel für Handschellen aus dem kleinen Hautschlitz und öffnete die Fesseln. Dann schlug er der Frau ins Gesicht und dem Mann auf die Kehle und griff nach der Pistole. Sie kämpften darum… und am Ende zielte er mit der Waffe *hinter* seinen Kopf und drückte ab. Gleichzeitig betätigte er den elektrischen Zünder eines winzigen Knallkörpers, der verdeckt durch das lange Haar auf einer kahl rasierten Stelle seiner Kopfhaut klebte. Dieser ließ eine kleine Blase mit falschem Blut, grauen Gummistückchen und Splittern eines Rinderknochens aufplatzen. Um noch glaubwürdiger zu wirken, schnitt Malerick sich mit der Klinge eines Rasiermessers – die bei dem Schlüssel in seiner Hüfte versteckt gewesen war – in die Stirn, eine Körperregion, die sehr heftig blutet, ohne starke Schmerzen zu verursachen.

Dann lag er da wie eine weggeworfene Stoffpuppe und atmete so flach wie möglich. Seine Augen blieben offen, weil er sie mit dickflüssigen Tropfen präpariert hatte, die für ein milchiges Aussehen sorgten und ihm gestatteten, nicht zu blinzeln.

Scheiße, was hab ich da angerichtet! O Scheiße! Hilf ihm doch jemand!

Tja, Officer Welles, dafür war es leider zu spät.

Ich war tot wie ein Reh im Straßengraben.

Nun folgte er den gewundenen Gängen durch die miteinander verbundenen Untergeschosse der diversen Verwaltungsgebäude, bis er die Abstellkammer erreichte, in der er vor ein paar Tagen einige Utensilien bereitgelegt hatte. Er betrat den kleinen Raum, zog sich aus und versteckte die Zündvorrichtung der falschen Wunde samt seiner Schuhe und der alten Kleidung hinter ein paar Kisten. Er legte das neue Kostüm an, trug etwas Make-up auf und befand sich in weniger als zehn Sekunden in der nächsten Rolle.

Malerick schaute zur Tür hinaus. Der Korridor war leer. Er verließ die Kammer und eilte zum Treppenhaus. Es war fast Zeit für das Finale.

»Das war sein Plan B«, sagte Kara.

Sie hatten die junge Frau soeben vom Stuyvesant Manor zurück zu Rhyme bringen lassen.

»Sein Plan B?«, fragte der Kriminalist. »Wie meinen Sie das?«

»Es war seine Alternative. Alle guten Illusionisten sichern ihre Nummern ab. Falls man Mist baut oder das Publikum den Trick durchschaut, braucht man einen Fluchtplan, um die Situation zu retten. Weir muss einkalkuliert haben, dass man ihn eventuell erwischen würde, und hat entsprechende Vorkehrungen getroffen.«

»Wie hat er das angestellt?«

»Unter seinem Haar steckte eine mit Blut gefüllte Blase und ein Knallkörper. Und der Schuss? Vielleicht war es eine präparierte Waffe mit zweitem Lauf, so wie bei den meisten Ich-fange-die-Kugel-Tricks. Oder eine echte Waffe mit Platzpatronen. Er hat die Pistole der Beamtin womöglich vertauscht.«

»Das möchte ich bezweifeln«, sagte Rhyme und sah Sellitto an.

Der zerknitterte Cop war der gleichen Meinung. »Ja, ich kann mir nicht vorstellen, wie er eine Dienstwaffe oder deren Munition austauschen sollte.«

»Tja, er könnte den Blickwinkel der Beamtin ausgenutzt und den Schuss abgefälscht haben«, sagte Kara.

»Und die Augen?«, fragte Rhyme. »Laut Aussage der Zeugen waren die Augen offen und glasig. Und er hat nicht geblinzelt.«

»Es gibt Dutzende von Falsa und Gimmicks, um einen Tod vorzutäuschen. Er könnte Tropfen benutzt haben, die das Auge feucht halten. Dann braucht man zehn oder fünfzehn Minuten lang nicht zu blinzeln. Es gibt auch entsprechende Kontaktlinsen. Damit bekommt man einen ganz glasigen Blick, als wäre man ein Zombie.«

Zombies und falsches Blut… Herrje, was für ein Durcheinander. »Wie ist er durch den verdammten Metalldetektor gekommen?«

»Sie waren noch nicht im Zellenbereich, sondern erst dahin unterwegs«, erklärte Sellitto.

Rhyme seufzte. »Wo, zum Teufel, bleiben die Beweismittel?«, rief er dann mürrisch und schaute von der Tür zu Mel Cooper, als könnte der schlanke Techniker die Lieferung aus dem Untersuchungsgefängnis auf Kommando herbeizaubern. Wie sich herausstellte, gab es in dem Gebäudekomplex sogar *zwei* Tatorte: den Korridor, in dem der Fluchtversuch stattgefunden hatte, und eine Abstellkammer im Keller des benachbarten Justizgebäudes. Eines der Suchteams hatte dort in einer versteckten Tüte Kleidungsstücke, die gefälschte Wunde und einige andere Gegenstände gefunden.

Es klingelte an der Tür. Thom öffnete, und gleich darauf eilte Roland Bell ins Arbeitszimmer. »Ich kann's gar nicht glauben«, sagte er. Sein Haar klebte ihm an der schweißnassen Stirn, und er war völlig außer Atem. »Wurde es bestätigt? Ist er tatsächlich abgehauen?«

»Allerdings«, murmelte Rhyme finster. »Die ESU sucht alles ab. Amelia ist auch dort, aber bisher haben sich noch keine weiteren Anhaltspunkte ergeben.«

»Es kann durchaus sein, dass er die Stadt verlassen will«, sagte Bell. »Aber ich glaube, wir sollten Charles und seine Familie lieber in einem bewachten Ausweichquartier unterbringen, solange wir nichts Genaueres wissen.«

»Gute Idee«, stimmte Sellitto zu.

Bell nahm sein Mobiltelefon und wählte eine Nummer. »Luis? Hier ist Roland. Hör zu, Weir ist geflohen... Nein, nein, er war ganz und gar nicht tot. Er hat die Sache inszeniert. Ich möchte Grady und seine Familie an einen sicheren Ort umsiedeln, bis wir den Kerl wieder erwischen. Ich schicke ein... *Was?*«

Der erschrockene Ausruf ließ alle Anwesenden sofort Bell anstarren. »Wer ist bei ihm?... Allein? Was sagst du da?«

Rhyme musterte Bells Gesicht, das sonst auf so beruhigende Weise leicht gelangweilt wirkte, sich jetzt aber zu einem unheilvoll dunklen Stirnrunzeln verzog. Wie schon so oft bei diesem Fall, hatte der Kriminalist plötzlich das Gefühl, dass ein scheinbar unvorhersehbares Ereignis sich allmählich als ein lange im Voraus geplanter Schachzug erwies.

Bell wandte sich an Sellitto. »Luis sagt, du hättest angerufen und das Bewachungsteam abgezogen.«

»Wen habe ich angerufen?«

»Unsere Leute bei Grady. Alle bis auf Luis sollten nach Hause gehen.«

»Warum sollte ich so etwas tun?«, fragte Sellitto. »Scheiße, er hat's schon wieder gemacht. Genau wie mit den Posten beim Zirkus.«

»Es kommt noch schlimmer«, erklärte Bell. »Grady ist allein zum Gefängnis unterwegs, um dort mit Constable wegen irgendeiner Prozessabsprache zu verhandeln.« Er wandte sich wieder an Martinez. »Luis, behalt die Familie im Auge. Und ruf das Team an. Hol alle sofort zurück, und lass *niemanden* in die Wohnung, den du nicht kennst. Ich versuche, Charles zu erreichen.« Er unterbrach die Verbindung, wählte eine andere Nummer und wartete eine Weile. »Nur die Mailbox.« Er hinterließ eine Nachricht. »Charles, hier spricht Roland. Weir ist entkommen, und wir wissen nicht, wo er steckt oder was er vorhat. Sobald Sie dies hier hören, suchen Sie bitte sofort einen bewaffneten Beamten auf, den Sie persönlich kennen, und rufen Sie mich zurück.«

Er nannte seine Nummer, rief dann sofort Bo Haumann an, den Leiter des Sondereinsatzkommandos, und informierte ihn, dass Grady sich ohne Personenschutz auf dem Weg zum Untersuchungsgefängnis befand.

Der Mann mit den zwei Pistolen beendete das Gespräch und schüttelte den Kopf. »Das war ein Schlag ins Wasser.«

Er schaute zur Wandtafel. »Also, was *hat* dieser Kerl denn nun vor?«

»Ich weiß nur eines«, sagte Rhyme. »Er wird nicht die Stadt verlassen. Er genießt das alles.«

Das Einzige, was mir jemals *etwas bedeutet hat, ist der Auftritt. Die Illusion, die Zauberkunst…*

»Danke, Sir. Vielen Dank.«

Der Justizbeamte, der Andrew Constable soeben in das Verhörzimmer in einem der oberen Stockwerke der »Gruft« in Lower Manhattan schob, stutzte kurz, als er diese freundlichen Worte vernahm.

Der Häftling lächelte, als sei er ein Prediger, der seinen Schäfchen für die Kollekte dankte. Der Wärter löste die Handschellen und fesselte Constables Hände vor dem Leib wieder aneinander.

»Ist Mr. Roth schon da, Sir?«

»Hinsetzen, Klappe halten.«

»Ja, natürlich.« Constable nahm Platz.

»Klappe halten.«

Auch das tat er.

Der Beamte ging hinaus. Der Gefangene blieb allein im Raum zurück und schaute durch das dreckige Fenster auf die Stadt hinunter. Er fühlte sich nur auf dem Land so richtig wohl, aber New York war ihm dennoch alles andere als egal. Am 11. September 2001 hatte er neben dem Schock vor allem eine kalte Wut verspürt. Falls es nach ihm und der Gesellschaft der Patrioten gegangen wäre, hätte dieser Zwischenfall sich niemals ereignet, denn jeder Gegner des American Way of Life wäre längst entlarvt und hinausgeworfen worden.

Unbequeme Fragen…

Einen Augenblick später öffnete sich die schwere Metalltür, und der Justizbeamte ließ Joseph Roth ins Zimmer.

»Hallo, Joe. Hat Grady sich einverstanden erklärt zu verhandeln?«

»Ja. Er müsste in zirka zehn Minuten hier sein. Allerdings werden Sie ihm etwas wirklich Substanzielles anbieten müssen, Andrew.«

»Oh, das wird er bekommen.« Der Mann seufzte. »Seit unserem letzten Gespräch habe ich übrigens noch mehr herausgefunden. Glauben Sie mir, Joseph, ich bin über die Ereignisse in Canton Falls zutiefst betrübt. Offenbar läuft die Sache schon seit ungefähr einem Jahr – und das direkt vor meiner Nase. Sie wissen doch, was Grady mir ständig anhängen wollte – dieses Mordkomplott gegen die Staatspolizei. Ich dachte immer, das sei alles Unsinn. Aber nein, ein paar Leute haben tatsächlich einen solchen Plan ausgeheckt.«

»Kennen Sie die Namen?«

»Darauf können Sie wetten«, sagte Constable. »Es sind Freunde von mir. Gute Freunde. Früher zumindest. Und dieses Mittagessen im Riverside Inn? Einige von ihnen *haben* diesen Weir angeheuert, damit er Grady umbringt. Ich kenne Namen, Daten, Orte, Telefonnummern. Und es kommt noch mehr. Viele der Patrioten werden mich voll und ganz unterstützen. Machen Sie sich keine Sorgen.«

»Gut«, sagte Roth. Er wirkte erleichtert. »Grady dürfte anfangs ein harter Brocken sein. Das ist sein Stil. Aber ich glaube, es wird alles ein gutes Ende nehmen.«

»Danke, Joe.« Constable musterte seinen Anwalt prüfend. »Ich bin froh, dass ich Sie engagiert habe.«

»Ich muss gestehen, Andrew, ich war zunächst ein wenig überrascht, dass Sie sich für einen jüdischen Anwalt entschieden haben. Sie wissen schon – nach allem, was ich über Sie gehört hatte.«

»Aber dann haben Sie mich kennen gelernt.«

»Dann habe ich Sie kennen gelernt.«

»Dabei fällt mir etwas ein, das ich Sie schon längst fragen wollte, Joe. Wann ist Passah?«

»Was?«

»Dieses jüdische Fest. Wann ist das?«

»Das war vor etwa einem Monat. Wissen Sie noch, dass ich den einen Abend früher gegangen bin.«

»Ja, richtig.« Er nickte. »Wofür steht das Wort ›Passah‹?«

»Es steckt der Begriff ›passieren‹ darin, im Sinne von ›vorbeigehen‹ oder ›vorüberziehen‹. Als die Erstgeborenen der Ägypter getötet wurden, ›passierte‹ Gott die Häuser der Juden und verschonte ihre Söhne.«

»Ah, so etwas Ähnliches habe ich schon vermutet, aber ich dachte, es ginge um die Flucht über eine Grenze oder durch das Rote Meer.«

Roth lachte. »Ja, das ergibt auch einen Sinn.«

»Wie dem auch sei. Es tut mir Leid, dass ich Ihnen kein schönes Fest gewünscht habe.«

»Danke, Andrew. Das ist sehr nett von Ihnen.« Dann sah er dem Mann in die Augen. »Falls alles so verläuft, wie ich es mir erhoffe, könnten Sie und Ihre Frau nächstes Jahr vielleicht zu unserem Seder kommen. Das ist ein Abendessen, eine Feier. Wir haben meistens etwa fünfzehn Gäste, darunter nicht nur Juden. Eine fröhliche Runde.«

»Danke für die Einladung. Ich nehme sie gern an.« Die Männer gaben sich die Hand. »Umso wichtiger ist es, dass ich hier rauskomme. Machen wir uns also an die Arbeit. Schildern Sie mir noch mal die einzelnen Anklagepunkte und wozu Grady sich Ihrer Meinung nach bereit erklären wird.« Constable streckte sich. Es war ein gutes Gefühl, die Hände nicht ständig auf dem Rücken zu haben und die Fußfesseln los zu sein. Einen Moment lang fand er es sogar amüsant, den Anwalt die lange Liste von Gründen aufzählen zu hören, aus denen das Volk des Staates New York ihn für nicht gesellschaftsfähig hielt. Der Monolog wurde jedoch kurz darauf unterbrochen, weil der Justizbeamte die Tür öffnete und Roth nach draußen winkte.

Als der Anwalt zurückkehrte, wirkte er besorgt. »Wir müssen eine Weile hier bleiben. Weir konnte fliehen.«

»Nein! Ist Grady in Sicherheit?«

»Keine Ahnung. Ich schätze, er hat ein paar Leibwächter dabei.«

Der Häftling seufzte verärgert. »Wissen Sie, wer diesen Verbrecher dingfest machen wird? Ich, ob Sie's glauben oder nicht. Mir reicht's jetzt. Ich habe genug von diesem ganzen Mist. Ich werde herausfinden, wo Weir sich aufhält und was er plant.«

»Sie? Wie denn?«

»Ich lasse alle meine Leute aus Canton Falls nach Jeddy Barnes suchen. Womöglich können sie ihn überzeugen, uns zu verraten, was es mit diesem Weir auf sich hat.«

»Moment mal, Andrew«, sagte Roth beunruhigt. »Da oben darf nichts Illegales geschehen.«

»Keine Angst, dafür sorge ich schon.«

»Ich bin sicher, Grady wird es zu schätzen wissen.«

»Ganz im Vertrauen, Joe. Grady ist mir scheißegal. Ich tue das für *mich*. Wenn ich denen Weir und Jeddys Kopf auf einem Tablett serviere, wird man mir vielleicht endlich glauben, dass ich es ehrlich meine. Und jetzt lassen Sie uns ein paar Anrufe erledigen und diesem Durcheinander auf den Grund gehen.«

…Achtunddreißig

Hobbs Wentworth kam nicht allzu oft aus Canton Falls heraus.

Während er nun als Mitarbeiter einer Putzkolonne verkleidet einen Handkarren mit Besen, Schrubbern und seinem »Angelzeug« (einem halbautomatischen Sturmgewehr Modell Colt AR-15) vor sich herschob, erkannte Hobbs, dass das Leben in der großen Stadt sich seit seinem letzten Besuch vor zwanzig Jahren ziemlich verändert hatte.

Und er stellte fest, dass stimmte, was er gehört hatte: Die weiße Rasse wurde von einem langsam nagenden Krebsgeschwür bedroht.

O Herr im Himmel, sieh dir das an: Es gab in diesem Teil von New York City mehr Japaner oder Chinesen oder sonst was – wer konnte die schon auseinander halten? – als in Tokio. Und *überall* Latinos, wie Mückenschwärme. Und auch noch Araber, bei denen er sowieso nicht begreifen konnte, weshalb man sie nach dem Anschlag auf die Trade Towers nicht einfach zusammengetrieben und erschossen hatte. Vor ihm überquerte eine Frau in Moslemklamotten die Straße, total verhüllt. Er verspürte jähe Lust, sie zu töten, denn sie kannte bestimmt jemanden, der wiederum jemanden kannte, der Hobbs' Heimat angegriffen hatte.

Dazu Inder und Pakistani, die man zurück nach Hause schicken sollte, weil ohnehin niemand verstand, was sie redeten, ganz zu schweigen von der Tatsache, dass es sich bei ihnen nicht um Christen handelte.

Hobbs war stinkwütend auf die Regierung. Sie hatte die Grenzen geöffnet und diese Tiere ins Land gelassen, die alles an sich rissen und anständige Leute dazu zwangen, sich auf ein paar sichere Inseln wie Canton Falls zurückzuziehen, die jeden Tag kleiner und kleiner wurden.

Doch Gott hatte dem hellen Kerlchen Hobbs Wentworth zugezwinkert und ihn zum gesegneten Freiheitskämpfer berufen. Denn Jeddy Barnes und dessen Freunde wussten, dass Hobbs außer den Bibelstunden noch eine andere Vorliebe hatte. Er tötete Menschen. Und zwar sehr, sehr gut. Manchmal war sein Angelzeug ein Kampfmesser, manchmal eine Garotte, manchmal das prächtige Sturmgewehr, manchmal der Kompositbogen. Das runde Dutzend Einsätze der letzten paar Jahre war perfekt über die Bühne gegangen. Ein Tortillafresser in Massachusetts, ein Linkspolitiker in Albany, ein Nigger in Burlington, ein Abtreibungsarzt in Pennsylvania.

Und nun würde er der Liste einen Staatsanwalt hinzufügen.

Er schob den Karren durch die fast leere Tiefgarage an der Centre Street, blieb vor einer der Türen stehen und wartete. Er wirkte ganz teilnahmslos – genau wie ein Putzmann, dessen Spätschicht begann. Nach ein paar Minuten öffnete sich die Tür, und er nickte freundlich der Frau zu, die aus der Lobby im Untergeschoss trat. Sie war mittleren Alters, trug Jeans und eine weiße Bluse und hatte einen Aktenkoffer bei sich. Sie lächelte, zog die Tür aber hinter sich ins Schloss und sagte, es tue ihr zwar Leid, aber sie könne ihn nicht hineinlassen. Er möge doch bitte Verständnis haben, denn er kenne ja die Sicherheitsvorschriften.

Er sagte, natürlich habe er Verständnis. Und erwiderte ihr Lächeln.

Eine Minute später warf er ihren zuckenden Körper in den Karren und nahm ihr den Dienstausweis ab, der um ihren Hals hing. Er zog die Magnetkarte durch das Lesegerät, und die Tür öffnete sich mit einem Klicken.

Dann fuhr er mit dem Aufzug in den zweiten Stock und schob dabei den Wagen weiter vor sich her. Die Leiche der Frau lag unter einigen Müllsäcken verborgen. Oben fand er das Büro, das Mr. Weir für diesen Einsatz ausgewählt hatte. Man konnte von dort aus die Straße gut überblicken, und da der Raum zur Statistikabteilung der Verkehrsbehörde gehörte, war es unwahrscheinlich, dass einer der Angestellten infolge eines Notfalls am Sonntagabend hier sein würde. Die Tür war abgeschlossen, aber der kräftige Mann trat sie einfach ein. (Mr. Weir hatte gesagt, es bliebe nicht genug Zeit, um ihm das Schlösseröffnen beizubringen.)

Im Zimmer nahm Hobbs das Gewehr aus dem Karren, montierte das Zielfernrohr und hob die Waffe zur Probe an die Schulter. Ein erstklassiges Sichtfeld. Er konnte gar nicht danebenschießen.

Dennoch war er ein wenig verunsichert.

Nicht wegen Grady; er würde ihn mit Leichtigkeit umlegen und sich die Trophäe holen, kein Problem. Eher wegen der anschließenden Flucht. Ihm gefiel sein Leben in Canton Falls, die Bibelgeschichten für die Kinder, das Jagen, Angeln und Herumhängen mit all seinen gleich gesinnten Freunden. Bei passender Beleuchtung und der angemessenen Menge Alkohol war es sogar mit Cindy in manchen Nächten richtig lustig.

Aber Zaubermann Weir hatte auch die Flucht bedacht.

Wenn Grady auftauchte, sollte Hobbs durch das geschlossene Fenster fünf Schüsse auf ihn abgeben, einen nach dem anderen. Die erste Kugel würde das Glas zertrümmern und dadurch vielleicht abgelenkt werden, aber die anderen vier würden den Staatsanwalt töten. Dann, so hatte Mr. Weir ihm erklärt, sollte Hobbs einen der Notausgänge aufstoßen – aber nicht wirklich auf diesem Weg fliehen. Die Polizei sollte lediglich *glauben*, dass dies sein Fluchtweg war. Stattdessen würde Hobbs in die Tiefgarage zurückkehren, den alten Dodge auf einem Behindertenparkplatz abstellen und in den Kofferraum klettern. Irgendwann später – eventuell noch in der Nacht, aber vermutlich erst morgen – würde man den Wagen zu einer Sammelstelle für Parksünder abschleppen.

Die Abschleppleute durften weder die verschlossenen Türen noch die Kofferräume der Fahrzeuge öffnen, und so würden sie den Wagen vorbei an allen Absperrungen zu dem Sammelplatz bringen und nicht mal ahnen, dass sie einen Passagier beförderten. Wenn es ihm sicher genug erschien, würde Hobbs den Kofferraum von innen öffnen und nach Canton Falls zurückkehren. Er hatte da hinten im Wagen jede Menge Wasser und Nahrungsmittel und außerdem ein leeres Glas, falls er pinkeln musste.

Es war ein raffinierter Plan.

Und als das helle und von Gott gesegnete Kerlchen, das er nun mal war, würde Hobbs alles daran setzen, nicht zu versagen.

Er zielte nacheinander auf mehrere Passanten, um ein Gefühl für den Schauplatz zu bekommen. Dieser Mr. Weir war bestimmt ein verdammt tüchtiger Bühnenzauberer, dachte Hobbs. Er fragte sich, ob es ihm im Anschluss an diese Sache wohl gelingen würde, den Mann zu einem Auftritt in Canton Falls zu überreden. Die Kinder wären begeistert.

Auf jeden Fall würde Hobbs sich aber ein paar Geschichten darüber ausdenken, dass Jesus ein großer Zauberer gewesen sei, der mit seinen Tricks die Römer und Heiden verschwinden ließ.

Sie schwitzte.

Kalter Schweiß lief Amelia Sachs über beide Körperseiten und den Rücken und ließ sie erschaudern.

Oder hatte sie einfach nur Angst?

Lass dir keine Einzelheit entgehen…

Sie bog in den nächsten dunklen Korridor des Justizgebäudes ein, die Hand in der Nähe der Waffe.

…aber pass auf dich auf.

Darauf kannst du wetten, Rhyme. Aber *vor wem* soll ich mich in Acht nehmen? Vor einem schlanken Mittfünfziger, ob mit Bart oder ohne? Einer älteren Frau im Dress einer Kellnerin aus der Cafeteria? Einem Handwerker, einem Justizbeamten, einem Hausmeister, Cop, Sanitäter, Koch, Feuerwehrmann, Krankenpfleger? Vor irgendeinem der vielen Dutzend Leute, die sich völlig rechtmäßig an einem Sonntag hier aufhielten?

Vor wem, vor wem, vor wem?

Ihr Funkgerät erwachte zum Leben. Es war Sellitto. »Ich bin im zweiten Stock, Amelia. Nichts.«

»Ich bin im Untergeschoss und hab ein Dutzend Leute getroffen. Alle hatten gültige Papiere, aber, zum Teufel, wer weiß, ob er das nicht schon seit Wochen geplant und hier irgendwo einen falschen Ausweis deponiert hat?«

»Ich gehe jetzt in die dritte Etage.«

Sie beendeten das Gespräch, und Amelia setzte die Suche fort. Zwei weitere Gänge. Dutzende von Türen. Alle verschlossen.

Natürlich stellten einfache Schlösser wie diese für ihn kein Hindernis dar. Innerhalb weniger Sekunden konnte er eines davon öffnen und sich zum Beispiel in einem Lagerraum verstecken. Er konnte in ein Richterzimmer gelangen und dort bis Montag bleiben. Er konnte das Vorhängeschloss an einem der Gitter öffnen und sich in die Versorgungsschächte flüchten, von wo aus er die Hälfte aller Gebäude im unteren Teil Manhattans und auch die U-Bahn erreichen würde.

Sie bog um eine Ecke und nahm den nächsten dunklen

Korridor in Angriff. Eine der Türen war nicht abgeschlossen.

Falls er sich im Innern aufhielt, hatte er Amelia gehört – spätestens das Klicken des Türknaufs, wenn nicht schon vorher die Schritte –, und so musste sie schnell handeln. Sie stieß mit erhobener Taschenlampe die Tür auf und wäre sofort nach links gesprungen, sobald sie eine Waffe gesehen hätte. (Ein Rechtshänder neigte bei einem überhasteten Schuss generell dazu, nach links zu verziehen, aus Sicht des Ziels also nach rechts.)

Ihre arthritischen Knie protestierten heftig gegen die halb geduckte Haltung. Sie ließ den Halogenstrahl durch den Raum wandern. Ein paar Kisten und Aktenschränke. Sonst nichts. Als sie sich umdrehte, fiel ihr ein, dass Weir sich zuvor mittels eines simplen schwarzen Tuchs im Schatten verborgen hatte. Sie sah sich noch einmal und langsamer im Zimmer um und leuchtete alle Ecken aus.

Plötzlich berührte sie etwas am Hals.

Sie keuchte auf, wirbelte herum und riss die Waffe hoch – so dass sie genau die Mitte des verstaubten Spinnennetzes anvisierte, das über ihre Haut gestrichen war.

Zurück auf den Gang.

Noch mehr verschlossene Türen. Noch mehr Sackgassen.

Schritte näherten sich. Ein Mann kam an ihr vorbei, kahlköpfig, Mitte sechzig, in der Uniform eines Justizbeamten und mit dem passenden Dienstausweis. Im Vorbeigehen nickte er ihr zu. Er war größer als Weir, also ließ Amelia ihn nach einem kurzen Blick passieren.

Aber dann überlegte sie sich, dass ein Verwandlungskünstler vielleicht auch irgendwie seine Körpergröße ändern konnte.

Hastig machte sie kehrt.

Der Mann war weg; sie sah nur noch einen leeren Korridor.

Oder einen *vermeintlich* leeren Korridor. Erneut dachte sie an das Seidentuch, unter dem der Hexer Swetlana Rasnikowa aufgelauert hatte, und den Spiegel, der Tony Calvert zum Verhängnis geworden war. Voller Anspannung zog Sachs die Waffe und steuerte den Punkt an, an dem der Wärter – der *vermeintliche* Wärter – sich in Luft aufgelöst hatte.

Wo? Wo steckte Weir?

Roland Bell lief die Centre Street entlang und musterte die Gegend vor ihm. Autos, Lastwagen, Hotdog-Verkäufer neben ihren Metallkarren, junge Leute, die trotz des Wochenendes in ihren Anwaltskanzleien oder Investmentbanken gearbeitet hatten, andere ein wenig benebelt von dem vielen Bier am South Street Seaport, Spaziergänger mit Hunden, Einkaufsbummler, Dutzende von Menschen, die an schönen und an grauen Tagen die Straßen von Manhattan bevölkerten, weil die Energie dieser Stadt sie einfach nach draußen zog.

Wo?

Bell verglich das Leben gern mit dem Schießen. Er war am Albemarle-Sund in North Carolina aufgewachsen, wo Waffen kein Fetisch, sondern eine Notwendigkeit waren, und man hatte ihn gelehrt, sie zu respektieren. Manches dabei erforderte Konzentration. Sogar einfache Schüsse – auf eine Zielscheibe, eine Klapper- oder Mokassinschlange, ein Reh – konnten fehlgehen und zur Gefahr werden, falls man dem Ziel nicht genug Aufmerksamkeit schenkte.

Tja, das Leben war genauso. Was auch immer gerade in der »Gruft« vorgehen mochte, Bell wusste, dass er sich gegenwärtig nur auf eine einzige Aufgabe konzentrieren durfte: auf den Schutz von Charles Grady.

Amelia Sachs meldete sich über Funk und berichtete, dass sie jede nur greifbare Person im Justizgebäude überprüfte, egal welchen Alters, welcher Rasse oder Körpergröße. (Sie hatte soeben einen glatzköpfigen Justizbeamten aufgespürt und überprüft, der viel größer als Weir war und völlig anders aussah. Dennoch war ihr irgendetwas an ihm eigenartig vorgekommen. Wie sich herausstellte, hatte er ihren verstorbenen Vater gekannt.) Sie hatte einen Flügel des Untergeschosses hinter sich und würde nun mit dem nächsten anfangen.

Teams unter Leitung von Sellitto und Bo Haumann durchsuchten immer noch die oberen Etagen des Gebäudes, aber der merkwürdigste Neuzugang in den Reihen der Jäger war niemand anders als Andrew Constable persönlich, der durch seine Anhänger Spuren im Gebiet um Canton Falls verfolgen ließ. Das wäre sensationell, dachte Bell – falls der Mann, dem man den Mordversuch zunächst zur Last gelegt hatte, am Ende derjenige sein würde, der den Aufenthaltsort des wirklichen Verdächtigen ausfindig machte.

Bell schaute in die Autos, an denen er vorbeilief, zu den Lastwagen, in die Gassen. Seine Waffen waren schussbereit, aber er hatte sie nicht gezogen. Es schien ihm am sinnvollsten, Grady auf der Straße abzufangen, bevor er das Gebäude betrat – denn hier draußen hatte der Staatsanwalt bessere Überlebenschancen. Bell bezweifelte, dass diese Leute ein hohes Risiko eingingen – das passte nicht zu ihrem Verhaltensprofil. Der Killer würde seinen Schuss abgeben, nachdem Grady den Wagen geparkt hatte und sich unterwegs zum Eingang des schmutzigen Justizgebäudes befand. Und es würde ein simpler Schuss werden – es gab hier praktisch keine Deckung.

Wo steckte Weir?

Und – genauso wichtig – wo steckte *Grady*?

Seine Frau hatte gesagt, er habe das Familienauto genommen, nicht den Dienstwagen. Bell hatte eine Fahndungsmeldung herausgegeben, aber der Volvo des Staatsanwalts war noch nirgendwo aufgetaucht.

Der Detective drehte sich langsam auf der Stelle und hielt

angestrengt Ausschau. Sein Blick fiel auf das gegenüberliegende Gebäude, einen neuen Behördenbau mit Dutzenden von Fenstern in Richtung der Centre Street. Vor einiger Zeit hatte Bell in diesem Haus mit einer kurzen Geiselnahme zu tun gehabt und wusste daher, dass sich an einem Sonntag so gut wie niemand dort aufhalten würde. Ein perfektes Versteck, um auf Grady zu warten.

Aber das galt auch für die Straße – um beispielsweise aus einem vorbeifahrenden Wagen zu schießen.

Wo, wo?

Roland Bell erinnerte sich an einen Jagdausflug, den sein Vater und er in den Great Dismal Swamp im südlichen Virginia unternommen hatten. Ein Keiler war auf sie losgegangen. Sein Vater hatte das Tier verwundet, aber es war im Unterholz verschwunden. Der Mann hatte geseufzt und gesagt: »Wir müssen ihn erledigen. Ich hab noch nie ein verletztes Tier zurückgelassen.«

»Aber er wollte uns doch angreifen«, hatte der Junge protestiert.

»Nun ja, mein Sohn, wir sind in seine Welt eingedrungen, nicht er in unsere. Aber darum geht es gar nicht. Es ist keine Frage der Fairness. Wir müssen ihn erwischen, und wenn es den ganzen Tag dauert. Alles andere wäre unmenschlich ihm gegenüber, und außerdem ist er jetzt doppelt gefährlich, falls ein anderer ihm über den Weg läuft.«

Der kleine Roland hatte das dichte Gewirr aus Zweigen und Ranken, Sumpfgras und Schlammlöchern betrachtet, das sich meilenweit in alle Richtungen erstreckte. »Aber er könnte überall stecken, Dad.«

Sein Vater hatte grimmig gelacht. »Oh, mach dir keine Sorgen wegen der Suche nach ihm. Er wird uns finden. Lass den Daumen auf dem Sicherungshebel. Du musst vielleicht sehr schnell schießen. Traust du dir das zu?«

»Ja, Sir, allerdings.«

Bell nahm nun ein weiteres Mal die Fahrzeuge in Augenschein, die Gassen der näheren Umgebung, die Häuser zu beiden Seiten und gegenüber dem Justizgebäude.

Nichts.

Kein Charles Grady.

Kein Erick Weir, kein Anzeichen für einen oder mehrere Komplizen des Killers.

Bell berührte den Kolben seiner Waffe.

Mach dir keine Sorgen wegen der Suche nach ihm. Er wird uns finden…

...Neununddreißig

»Ich bin im letzten Flügel des Untergeschosses und gehe von Tür zu Tür, Rhyme.«

»Überlass das der ESU.« Er beugte angespannt den Kopf bis zum Mikrofon vor.

»Es werden alle gebraucht«, flüsterte Sachs. »Das Gebäude ist verdammt groß.« Sie war nun in der »Gruft« und arbeitete sich durch die Gänge vor. »Und unheimlich. Wie die Musikschule.«

Es wurde immer nur noch rätselhafter...

»Du solltest dein Buch irgendwann mal um ein Kapitel über Tatorte in gruseliger Umgebung erweitern«, scherzte sie vor lauter Nervosität. »Okay, lass uns jetzt Funkstille halten, Rhyme. Ich melde mich wieder.«

Rhyme und Cooper wandten sich den Beweismitteln zu. In dem Gang, der zum Zellentrakt der »Gruft« führte, hatte Sachs die Klinge eines Rasiermessers sichergestellt, dazu Splitter eines Rinderknochens und graue Gummistücke, die benutzt worden waren, um Schädel- und Hirnfragmente zu simulieren. Außerdem hatte sie Proben des falschen Bluts genommen: Zuckersirup mit roter Lebensmittelfarbe. Weir hatte mit seiner Jacke oder seinem Hemd möglichst viel von dem echten Blut aufgewischt, aber Sachs war bei dem Tatort so methodisch wie immer vorgegangen, und daher lag ihnen nun auch hiervon eine Probe zur Analyse vor. Der Schlüssel oder Dietrich, mit dem Weir die Fesseln geöffnet hatte, blieb verschwunden. Darüber hinaus fanden sich in dem Korridor keine weiteren Anhaltspunkte.

Die Abstellkammer, in der Weir sich umgezogen hatte, erwies sich als etwas ergiebiger – sie fanden eine Papiertüte mit dem blutigen Knallkörper und der Blase sowie den Kleidungsstücken, die sie seit der Verhaftung in Gradys Wohnung kannten: der graue Anzug, das weiße Hemd, das ihm zwischenzeitlich als Wischlappen gedient hatte, und ein Paar hochwertige Lederschuhe Marke Oxford. Cooper stieß bei der Untersuchung auf weitere Partikel: zusätzliche Latex- und Make-up-Spuren, Reste von Klebewachs, Tintenflecke, die mit den früher gefundenen übereinstimmten, dicke Nylonfasern und noch mehr getrocknetes falsches Blut.

Die Fasern stammten von einem aschgrauen Teppich. Das falsche Blut von dieser Fundstelle war Farbe. In den Datenbanken, die ihnen zur Verfügung standen, fanden sich keinerlei Informationen zu diesen beiden Materialien, also ließ Rhyme die chemische Zusammensetzung und Fotos ans FBI schicken und bat um die schnellstmögliche Ermittlung von Fabrikat und Herkunft.

Dann kam ihm eine Idee. »Kara«, rief er. Sie saß neben Mel Cooper, ließ einen Vierteldollar über die Finger wandern und starrte das Computerabbild einer Faser an. »Würden Sie mir einen Gefallen tun?«

»Gern.«

»Könnten Sie bitte zum Cirque Fantastique gehen und Kadesky aufsuchen? Erzählen Sie ihm von der Flucht, und finden Sie heraus, ob er sich im Zusammenhang mit Weir noch an weitere Einzelheiten erinnern kann. Welche Illusionszauber er besonders gemocht hat, welche Charaktere in welchen Kostümen er immer wieder dargestellt hat, welche Arten von Tricks er am häufigsten wiederholt hat… Alles, was uns verraten könnte, wie er derzeit vielleicht aussieht.«

»Eventuell hat er ja noch alte Zeitungsausschnitte oder Fotos, auf denen Weir in Verkleidung zu sehen ist«, sagte sie und schwang sich die schwarz-weiße Handtasche über die Schulter.

Rhyme betonte, er halte das für eine gute Idee. Dann widmete er sich wieder der Wandtafel, die auch weiterhin zum Ausdruck brachte, was er bereits vor einiger Zeit festgestellt hatte: Je mehr sie erfuhren, desto weniger wussten sie.

DER HEXER

Musikschule, Tatort

- Täterbeschreibung: braune Haare, falscher Bart, keine besonderen Merkmale, mittlere Statur und Größe. Alter: Anfang fünfzig. Kleiner und Ringfinger der linken Hand miteinander verschmolzen. Hat schnell Verkleidung gewechselt, um wie alter kahlköpfiger Hauswart auszusehen.
- Kein erkennbares Tatmotiv.
- Opfer: Swetlana Rasnikow.
  - Musikstudentin; kein zusätzlicher Job.
  - Überprüfen Familie, Freunde, Studenten, engeren Umkreis auf mögliche Hinweise.
    - Kein fester Freund, keine bekannten Feinde. Ist auf Kindergeburtstagen aufgetreten.
- Platine mit Lautsprecher.
  - An FBI-Labor New York geschickt.
    - Digitaler Audiorekorder, vermutlich mit Stimme des Täters. Alle Daten gelöscht.
  - Rekorder ist ein »Gimmick«. Selbst gebaut.
- Täter hat Opfer mit altmodischen Eisenhandschellen gefesselt.

    - Darby-Handschellen. Scotland Yard. Anfrage beim Houdini Museum in New Orleans läuft.
        - Wurden letzten Monat an Erick Weir verkauft. An Postfach in Denver geschickt. Keine weiteren Hinweise.
- Uhr des Opfers wurde um genau 8.00 Uhr zertrümmert.
- Stühle mit Baumwollkordel fixiert. Handelsüblich.
    - Zu viele mögliche Quellen; nicht zurückverfolgbar.
- Knallkörper, um Schuss zu simulieren. Wurde zerstört.
    - Zu viele mögliche Quellen; nicht zurückverfolgbar.
- Zündschnur. Handelsüblich.
    - Zu viele mögliche Quellen; nicht zurückverfolgbar.
- Beamte vor Ort berichten von Lichtblitz. Keine Überreste gefunden.
    - Wurde durch Schießbaumwolle oder Kollodiumpapier ausgelöst.
        - Zu viele mögliche Quellen; nicht zurückverfolgbar.
- Schuhe des Täters: Marke Ecco, Größe 10.
- Seidenfasern, grau gefärbt, bearbeitet, matte Oberfläche.
    - Stammen vom Hauswartkostüm des Täters.
- Täter trägt vermutlich eine braune Perücke.
- Roter Hickory und Flechte (*Parmelia conspersa*); beide kommen hauptsächlich im Central Park vor.
- Erdprobe mit anorganischem Öl durchtränkt. Zur Analyse an FBI Labor geschickt.
    - Pflegemittel Tack-Pure für Sättel und Leder.
- Schwarzes Seidentuch, ca. 2 x 1,5 Meter. Zur Tarnung benutzt. Nicht zurückverfolgbar.
    - Wird häufig von Illusionisten benutzt.
- Täter hinterlässt falsche Fingerabdrücke durch Tragen von Kappen.
    - Übliches Utensil von Zauberkünstlern.
- Reste von Latex, Rizinusöl, Make-up.

    - Theaterschminke.
- Spuren von Alginat.
    - Wird für Latexgussformen verwendet.
- Mordwaffe: Seil aus geflochtener weißer Seide mit schwarzem Seidenkern.
    - Utensil eines Zaubertricks (Farbwechsel). Nicht zurückverfolgbar.
- Ungewöhnlicher Knoten.
    - An FBI und Schifffahrtsmuseum geschickt – ohne Ergebnis.
    - Knoten stammt aus Houdini-Nummern; praktisch unmöglich zu lösen.
- Täter hat sich in Besucherbuch eingetragen. Tinte ist verschwunden.

East Village, Tatort

- Zweites Opfer: Tony Calvert.
    - Maskenbildner; am Theater beschäftigt.
    - Keine bekannten Feinde.
    - Keine ersichtliche Verbindung zum ersten Opfer.
- Kein erkennbares Tatmotiv.
- Todesursache:
    - Schädelverletzung durch stumpfen Gegenstand; postmortale Zerstückelung mit Säge.
- Täter flieht als vermeintliche Frau Mitte siebzig. Umgegend wird nach Kostüm und anderen Spuren abgesucht.
    - Suche ohne Ergebnis.
- Uhr des Opfers wurde um genau 12.00 Uhr zertrümmert.
    - Muster? Nächstes Opfer vermutlich um 16.00 Uhr.
- Täter hat sich hinter Spiegel versteckt. Nicht zurückverfolgbar. Fingerabdrücke an AFIS geschickt.

  - Keine Übereinstimmungen.
- Täter hat Spielzeugkatze (»Falsum«) benutzt, um Opfer in Gasse zu locken. Spielzeug ist nicht zurückverfolgbar.
- Erneut anorganisches Öl gefunden; gleiche Sorte wie am ersten Tatort. Erwarten FBI-Bericht.
  - Pflegemittel Tack-Pure für Sättel und Leder.
- Erneut Reste von Latex und Make-up sowie Spuren von falschen Fingerkuppen gefunden.
- Erneut Alginat gefunden.
- Täter hat Ecco-Schuhe zurückgelassen.
- Hundehaare dreier verschiedener Rassen an den Schuhen nachgewiesen. Außerdem Kot.
  - Kot stammt von Pferden, nicht von Hunden.

Hudson River und zugehörige Tatorte

- Opfer: Cheryl Marston.
  - Anwältin.
  - Geschieden, aber Exmann nicht verdächtig.
- Kein Tatmotiv.
- Täter hat den Namen »John« benutzt. Hatte Narben an Hals und Brust. Deformierte Hand bestätigt.
- Täter hat zweimal Kostüm gewechselt: Zunächst bartloser Geschäftsmann mit Stoffhose und Anzughemd, dann Biker mit Harley-Jeanshemd.
- Wagen liegt im Harlem River.
- Opfer wurde mit Isolierband geknebelt. Nicht zurückverfolgbar.
- Knallkörper, genau wie zuvor. Nicht zurückverfolgbar.
- Ketten und Karabinerhaken. Handelsüblich. Nicht zurückverfolgbar.
- Seil. Handelsüblich. Nicht zurückverfolgbar.
- Erneut Make-up, Latex und Tack-Pure.

- Sporttasche, hergestellt in China. Nicht zurückverfolgbar. Inhalt:
  - Reste von Tranquilizer Flunitrazepam.
  - Klebewachs. Nicht zurückverfolgbar.
  - Messing(?)späne. An FBI geschickt.
    - Passen zu Uhrwerk; vermutlich Zeitzünder.
  - Dokumentenechte Tinte, schwarz.
- Dunkelblaue Windjacke, kein Monogramm oder Wäschezeichen. Inhalt:
  - Presseausweis des Kabelsenders CTN, lautend auf Stanley Saferstein. (Er ist nicht verdächtig; NCIC-, VICAP-Suche negativ.)
  - Plastiktürkarte eines Hotels. American Plastic Cards, Akron, Ohio. Modell APC-42. Keine Fingerabdrücke.
    - Firmenchef sucht nach Verkaufsunterlagen.
    - Detectives Bedding und Saul überprüfen Hotels.
      - Eingegrenzt auf Chelsea Lodge, Beckman und Lanham Arms.
      - Hotel ist das Lanham Arms.
  - Restaurantbeleg des Riverside Inn, Bedford Junction, NY. Mittagessen für vier Personen, Tisch 12, Samstag vor zwei Wochen. Truthahn, Hackbraten, Steak, Tagesgericht. Softdrinks. Personal kann sich an Gäste nicht erinnern. (Komplizen?)
- Gasse, in der Hexer verhaftet wurde.
  - Täter hat Schlösser der Handschellen geöffnet.
  - Speichel (Dietrich im Mund versteckt).
  - Blutgruppe lässt sich nicht feststellen.
  - Kleine Säge, um Fußfessel zu durchtrennen (ebenfalls im Mund versteckt).
- Verbleib von Officer Burke ungeklärt.
  - Leiche liegt angeblich irgendwo an der Upper West Side.

- Tatort Harlem River:
  - Keine Hinweise, abgesehen von Reifenspuren im Schlamm.
  - Zeitung aus dem Wagen geborgen. Schlagzeilen:

STROMAUSFALL LEGT FÜR FAST 4 STUNDEN POLIZEIREVIER LAHM

NEW YORK BEWIRBT SICH UM NÄCHSTEN NOMINIERUNGSKONGRESS DER REPUBLIKANER

ELTERN BEMÄNGELN SICHERHEITSLAGE AN MÄDCHENSCHULE

PROZESS GEGEN MILIZFÜHRER BEGINNT AM MONTAG

WOCHENENDGALA IN DER MET SOLL SPENDEN EINBRINGEN

FRÜHLINGSVERGNÜGEN FÜR KINDER UND JUNGGEBLIEBENE

GOUVERNEUR UND BÜRGERMEISTER BERATEN NEUEN PLAN FÜR DIE WEST SIDE

Lincoln Rhyme, Tatort

- Opfer: Lincoln Rhyme.
  - Täter heißt Erick A. Weir.
  - Zuletzt wohnhaft in Las Vegas.
  - Hat vor drei Jahren Brandverletzungen im Hasbro and Keller Brothers Circus in Ohio erlitten. Ist danach ver-

schwunden. Verbrennungen dritten Grades. Produzent hieß Edward Kadesky.

- Wurde in New Jersey wegen fahrlässiger Körperverletzung verurteilt.
- Ist fixiert auf Feuer.
- Ist manisch. Spricht mit »verehrtem Publikum«.
- Hat riskante Nummern bevorzugt.
- War verheiratet mit Marie Cosgrove; Ehefrau wurde bei dem Brand getötet.
  - Hat seitdem keinen Kontakt zur Familie der Ehefrau aufgenommen.
- Weirs Eltern sind tot; keine weiteren Angehörigen.
- Keine VICAP- oder NCIC-Einträge über Weir.
- Hat sich als »Zauberer des Nordens« bezeichnet.
- Hat Rhyme angegriffen, um ihn vor Sonntagnachmittag auszuschalten.
- Augenfarbe: braun.

- Psychologisches Profil (laut Terry Dobyns, NYPD): Wird durch Rachsucht angetrieben, ist sich dessen aber eventuell nicht bewusst. Will Vergeltung üben. Ist permanent wütend. Indem er mordet, verschafft er sich Erleichterung vom Schmerz wegen Tod der Ehefrau und Ende der Karriere.
- Weir hat kürzlich frühere Assistenten angerufen: John Keating und Arthur Loesser, beide in Nevada. Hat Fragen nach dem Brand und den daran Beteiligten gestellt. Assistenten beschreiben Weir als verrückt, anmaßend, manisch, gefährlich, aber brillant.
- Hat Opfer getötet, weil sie für etwas standen – vermutlich für glückliche oder traumatische Erlebnisse vor dem Brand.
- Mit Benzin getränktes Taschentuch. Nicht zurückverfolgbar.
- Ecco-Schuhe. Keine Partikel.

Flucht aus der U-Haft, Tatorte

- Knallkörper und Blase von falscher Wunde – selbst angefertigt; nicht zurückverfolgbar.
- Künstliches Blut (Zuckersirup + rote Lebensmittelfarbe), Splitter von Rinderknochen, graue Gummistücke zum Vortäuschen von Hirnmasse, echtes Blut, Klinge eines Rasiermessers.
- Waffe (Glock) einer Justizbeamtin.
- Handschellen.
- Vergeblicher Versuch, Blut aufzuwischen.
- Erneut Latex und Make-up, wie an früheren Tatorten.
- Klebewachs.
- Dokumentenechte Tinte, schwarz, wie zuvor bereits sichergestellt.
- Getrocknetes Kunstblut (Farbe). An FBI geschickt.
- Teppichfasern. An FBI geschickt.

Profil als Illusionist

- Täter wird versuchen, Opfer und Polizei zu täuschen.
  - Physische Täuschung (zur Ablenkung).
  - Psychologische Täuschung (um Misstrauen zu überwinden).
- Flucht in Musikschule verlief analog zu Illusionistennummer »Der Verschwundene«.
  - Weithin bekannt; nicht zurückverfolgbar.
- Täter ist in erster Linie Illusionist.
- Täter ist geübter Taschenspieler.
- Täter kennt sich mit Verwandlungskunst (Proteuszauber) aus. Kostüme lassen sich herunterreißen, sind aus Nylon oder Seide. Falsche Glatze, Fingerkuppen und andere Latexprothesen. Beliebiges Alter, Geschlecht oder Rasse.

- Calverts Tod = Selbits Nummer »Die zersägte Frau«.
- Täter ist geübt im Öffnen von Türschlössern (vermutlich »Scheuertechnik«).
- Täter ist Entfesselungskünstler.
- Täter hat Erfahrung mit Tierillusionen.
- Täter hat Hellsehertricks benutzt, um Informationen über Opfer zu erlangen.
- Täter hat Taschenspielertrick benutzt, um Opfer unter Drogen zu setzen.
- Mordversuch an drittem Opfer = Houdinis Nummer »Die Wasserfolterkammer«.
- Täter ist Bauchredner.
- Rasierklingen.
- Täter ist vertraut mit Nummer »Der brennende Spiegel«. Sehr gefährlich; wird heutzutage kaum noch aufgeführt.

Es war noch eine Stunde bis zur Abendvorstellung, und der Cirque Fantastique erwachte langsam zum Leben.

Als Kara an dem Harlekin-Banner vorbeiging, fiel ihr ein Streifenwagen auf. Im Anschluss an die nachmittägliche Panik hatte Lincoln Rhyme dafür gesorgt, dass dieser Wachposten vor Ort blieb. Seit Kara Polizistin gespielt hatte, fühlte sie sich den Leuten verbunden, also lächelte sie und winkte den zwei Beamten zu. Die beiden kannten sie zwar nicht, winkten aber zurück.

Noch kontrollierte niemand die Eintrittskarten, also betrat Kara das Zelt, ging zu dem Bereich hinter der Bühne und sah dort einen jungen Mann mit einem Klemmbrett. An seinem Gürtel hing ein Pass, der ihn als Angestellten des Zirkus auswies.

»Verzeihung«, sagte sie.

»Ja?«, erwiderte er mit starkem französischen oder frankokanadischen Akzent.

»Ich suche nach Mr. Kadesky.«

»Er ist nicht da. Ich bin einer seiner Assistenten.«

»Wo ist er denn?«

»Weg. Wer sind Sie?«

»Ich arbeite für die Polizei. Mr. Kadesky hat vorhin mit den Leuten gesprochen. Sie möchten ihm noch ein paar Fragen stellen.«

Der junge Mann sah ihr auf die Brust und suchte dort vermutlich, wenngleich nicht notwendigerweise, nach einer Dienstmarke.

»Ach so. Ah. Polizei. Nun, er ist zu Tisch. Er müsste bald wieder hier sein.«

»Wissen Sie, wo er zu Abend isst?«, fragte sie.

»Nein. Sie müssen jetzt gehen. Sie dürfen sich hier hinten nicht aufhalten.«

»Ich möchte doch nur mit ihm sprechen…«

»Haben Sie eine Eintrittskarte?«

»Nein, ich…«

»Dann können Sie hier nicht warten. Sie müssen gehen. Er hat die Polizei mit keiner Silbe erwähnt.«

»Hören Sie, ich muss ihn wirklich dringend sprechen«, sagte sie entschlossen zu dem Mann, dessen nettes Aussehen so gar nicht zu seinem unfreundlichen Verhalten passte.

»Nein, Sie müssen gehen. Sie können draußen auf ihn warten.«

»Da verpasse ich ihn vielleicht.«

»Ich werde unseren Sicherheitsdienst rufen«, drohte er. »Zwingen Sie mich nicht dazu.«

»Ich kaufe eine Karte«, schlug sie vor.

»Die Vorstellung ist ausverkauft. Und sogar mit Karte

dürften Sie sich nicht hier hinten aufhalten. Ich begleite Sie vor das Zelt.«

Er drängte sie zum Haupteingang hinaus, wo mittlerweile Kartenkontrolleure standen. Draußen hielt sie inne und deutete über seine Schulter hinweg auf einen Wagen, an dem ein Schild hing: KASSE. »Bekomme ich dort die Karten?«

Er lächelte sie spöttisch an. »Dafür ist eine Kasse im Allgemeinen da. Aber wir sind ausverkauft, wie ich schon sagte. Falls Sie Mr. Kadesky etwas fragen möchten, wenden Sie sich bitte an seine Firma.«

Nachdem er gegangen war, wartete Kara kurz ab, umrundete dann das Zelt, steuerte auf der Rückseite den Bühneneingang an und lächelte dem Wachmann dort zu. Er lächelte zurück und warf nur einen flüchtigen Blick auf ihren Gürtel, an dem der Angestelltenausweis des Frankokanadiers hing. Es war ihr ein Leichtes gewesen, ihm den Pass abzunehmen, während sie mit der anderen Hand auf den Kassenwagen gezeigt und die törichte, aber recht ablenkende Frage nach dem Kartenverkauf gestellt hatte.

Das wird dir hoffentlich eine Lehre sein, dachte sie: Leg dich niemals mit einem Taschenspieler an.

Nun befand sie sich abermals hinter der Bühne. Sie verbarg den Ausweis in ihrer Tasche und fand eine etwas entgegenkommendere Mitarbeiterin. Die Frau hieß Katherine Tunney und nickte freundlich, als Kara ihr Anliegen erläuterte – dass ein wegen Mordes gesuchter ehemaliger Illusionist als jemand identifiziert worden sei, mit dem Mr. Kadesky vor langer Zeit zusammengearbeitet habe. Die Assistentin hatte von den Morden gehört und lud Kara ein, so lange zu warten, bis der Produzent vom Abendessen zurückkehrte. Sie gab Kara eine Karte für eine der VIP-Logen und versprach, die Wachleute anzuweisen, Mr. Kadesky zu ihr zu schicken, sobald er eintraf. Dann entschuldigte sie sich und machte sich wieder an die Arbeit.

Auf dem Weg zu ihrem Platz meldete Karas Pager sich mit lautem Piepton.

Sie keuchte auf, als sie die Nummer sah. Dann rannte sie zu einigen Münzfernsprechern, die man vorübergehend neben dem Zelt aufgestellt hatte, und drückte mit zitternder Hand die Tasten.

»Stuyvesant Manor«, meldete sich eine Stimme.

»Jaynene Williams, bitte.«

Die Wartezeit erschien ihr wie eine Ewigkeit.

»Hallo?«

»Ich bin's. Kara. Ist mit Mum alles in Ordnung?«

»Oh, es geht ihr gut, Kleines. Ich wollte Sie nur gleich informieren. Machen Sie sich keine großen Hoffnungen, es hat vielleicht nichts zu bedeuten – aber sie ist vor ein paar Minuten aufgewacht und hat nach Ihnen gefragt. Sie weiß, dass es Sonntagabend ist, und sie erinnert sich daran, dass Sie vorhin bei ihr gewesen sind.«

»Sie hat nach *mir* gefragt, wirklich nach *mir*?«

»Ja, sie hat Ihren richtigen Namen genannt. Dann hat sie auf ihre typische Art die Stirn gerunzelt und gesagt: ›Es sei denn, sie benutzt nur noch diesen dämlichen Künstlernamen, Kara.‹«

Mein Gott... War sie tatsächlich wieder zu sich gekommen?

»Mich hat sie auch erkannt, und sie hat gefragt, wo Sie seien, denn sie wolle Ihnen etwas sagen.«

Karas Herzschlag beschleunigte sich.

Sie will mir etwas sagen...

»Kommen Sie lieber bald her, Schätzchen. Es hält vielleicht an. Vielleicht aber auch nicht. Sie wissen ja, wie das läuft.«

»Ich muss erst noch was erledigen, Jaynene. Ich komme so schnell ich kann.«

Sie legten auf, und Kara lief hektisch zurück zu ihrem Sitzplatz. Die Anspannung war unerträglich. Genau in diesem Augenblick erkundigte ihre Mutter sich womöglich, wo denn die Tochter blieb. Und wenn dann niemand da war, würde sie enttäuscht das Gesicht verziehen.

Bitte, betete Kara und hielt erneut nach Kadesky Ausschau.

Nichts.

Sie wünschte, sie könnte mit einem Zauberstab das abgenutzte Metallgeländer vor ihr berühren, auf den Eingang zeigen und den Produzenten aus dem Nichts erscheinen lassen.

Bitte, dachte sie abermals und richtete den imaginären Zauberstab auf den Durchgang. *Bitte…*

Im ersten Moment tat sich nichts. Dann traten mehrere Personen ein. Leider war keine von ihnen Kadesky. Es handelte sich lediglich um drei Frauen in mittelalterlichen Gewändern und mit Masken, deren traurige Mienen so gar nicht zu dem schwungvollen Gang der Darstellerinnen passten, die ihrem abendlichen Auftritt entgegenfieberten.

Roland Bell stand an der Centre Street zwischen dem hoch aufragenden Justizgebäude, dessen zwei Türme in luftiger Höhe durch die Seufzerbrücke verbunden waren, und dem unscheinbaren Bürobau gegenüber.

Es gab noch immer keine Spur von Charles Gradys Volvo.

Bell drehte sich von neuem um die eigene Achse. Wo, wo, wo?

In der Nähe der Zufahrt zur Brooklyn Bridge hupte ein Wagen. Jemand rief etwas.

Bell wandte sich um und lief ein paar Schritte in Richtung der Geräusche. Ein Ablenkungsmanöver?, grübelte er.

Nein, bloß ein Streit zwischen zwei Autofahrern.

Er machte kehrt, hielt auf den Eingang des Justizgebäudes zu und entdeckte plötzlich Charles Grady, der einen Block entfernt lässig die Straße heraufgeschlendert kam. Der Staatsanwalt war in Gedanken versunken und schaute zu Boden. Bell rannte sofort los. »Charles!«, rief er. »In Deckung! Weir ist geflohen!«

Grady blieb stehen und runzelte die Stirn.

»Runter!«, schrie der Detective.

Erschrocken kauerte der Mann sich zwischen zwei geparkten Fahrzeugen auf den Gehweg. »Was ist passiert?«, rief er. »Meine Familie!«

»Wir haben zusätzliche Leute hingeschickt«, sagte der Detective. Dann wandte er sich an die umstehenden Passanten. »Dies ist ein Polizeieinsatz! Räumen Sie alle sofort die Straße!«

Die Menschen liefen unverzüglich auseinander.

»Meine Familie!«, wiederholte Grady verzweifelt. »Sind alle in Sicherheit?«

»Keine Sorge, es geht ihnen gut.«

»Aber Weir…«

»Die Schießerei im Gefängnis war inszeniert. Er konnte abhauen und hält sich irgendwo in der Nähe auf. Ein gepanzerter Wagen ist bereits hierhin unterwegs.«

Er drehte sich ein weiteres Mal um, kniff die Augen zusammen und ließ den Blick über die Szenerie schweifen.

Schließlich erreichte er Grady und blieb über ihm stehen. Die dunklen Fenster des Behördengebäudes auf der anderen Straßenseite lagen in seinem Rücken.

»Bleiben Sie einfach in Deckung, Charles«, sagte Bell. »Wir werden das Kind schon schaukeln.« Er nahm das Funkgerät vom Gürtel.

Was war *das* denn?

Hobbs Wentworth beobachtete, wie seine Zielperson – der Staatsanwalt – dort unten auf dem Bürgersteig hockte und durch einen Mann in einem Sportsakko abgeschirmt wurde, offenbar ein Cop.

Das Fadenkreuz des Zielfernrohrs wanderte über den Rücken des Beamten und suchte vergeblich nach einem freien Schussfeld.

Der Staatsanwalt kauerte, der Cop stand. Falls Hobbs dem Bullen durch den unteren Teil des Rückens schoss, würde er Grady vermutlich mitten in der Brust erwischen. Dabei bestand allerdings die Gefahr, dass die Kugel abgelenkt und Grady nur verwundet wurde. Wenn er dann umfiel, würde er hinter einem Wagen in Sicherheit liegen.

Tja, Hobbs musste ziemlich bald etwas unternehmen. Der Cop sprach in sein Funkgerät. Noch eine Minute, dann würde es hier von Polizisten wimmeln. Komm schon, helles Kerlchen, ermunterte er sich selbst. Was machst du jetzt?

Der Cop da unten schaute sich immer noch argwöhnisch um und deckte Grady ab, der wie ein pinkelnder Köter am Rinnstein klebte.

Also gut. Er würde dem Bullen in den Oberschenkel schießen, so dass der Mann höchstwahrscheinlich nach hinten kippte und die Sicht auf den Staatsanwalt freigab. Mit dem halbautomatischen Sturmgewehr konnte Hobbs die fünf Schüsse in zwei Sekunden abfeuern. Keine perfekte Lösung, aber etwas Besseres fiel ihm nicht ein.

Nur noch ein paar Augenblicke. Falls der Cop bis dahin nicht von selbst beiseite trat, würde er sein blaues Wunder erleben.

Hobbs hatte beide Augen geöffnet und starrte mit dem rechten durch das Zielfernrohr. Das Fadenkreuz war auf den Rücken des Detectives gerichtet. Wenn er nach Canton Falls zurückkam, würde er sich eine Bibelgeschichte hierüber ausdenken. An seine Stelle würde Jesus treten, bewaffnet mit einem astreinen Kompositbogen. Der Heiland lauerte einer Horde Römer auf, die zuvor Christen gefoltert hatten. Julius Cäsar versteckte sich hinter einem der Männer und glaubte sich in Sicherheit, aber Jesus schickte den Pfeil *durch* den Soldaten hindurch und erledigte diesen Scheißkerl.

Gute Geschichte. Die Kids würden begeistert sein.

Der Cop stand immer noch über Grady gebeugt.

So, das war's, dachte Hobbs und legte den Sicherungshebel des Gewehrs um. Die Zeit drängte. Brennt in der Hölle, ihr römischen Christenmörder.

Er visierte das Bein des Bullen an und verstärkte langsam den Druck auf den Abzug. Schade nur, dass der Mann ein Weißer war, kein Schwarzer.

Doch Hobbs Wentworth hatte im Leben eines gelernt: Man musste die Feste feiern, wie sie fielen.

... Vierzig

Als Roland Bell sich das Motorola ans Gesicht hielt, roch er die charakteristische Mischung aus Plastik, Schweiß und Metall.

»ESU Vier, seid ihr so weit? Kommen.«

»Roger. Kommen«, erwiderte einer der Männer.

»Okay, dann...«

In diesem Moment hallten gedämpft mehrere Schüsse durch die Straßenschlucht.

Bell zuckte zusammen.

»Da schießt jemand!«, rief Charles Grady. »Ich habe Schüsse gehört! Sind Sie verletzt?«

»Unten bleiben«, sagte Bell und ging neben ihm in die Hocke. Er wirbelte herum, hob die Waffe und musterte angestrengt die Fassade des gegenüberliegenden Bürogebäudes.

Hektisch zählte er die Fenster ab.

»Ich hab seinen Standort«, rief er ins Funkgerät. »Zweiter Stock, fünftes Büro vom Nordende des Gebäudes.« Dann sah er genauer hin. »Autsch.«

»Bitte wiederholen. Kommen«, bat einer der Kollegen.

»Ich sagte ›Autsch‹.«

»Äh. Roger. Ende.«

»Was ist denn da los?«, fragte Grady und wollte sich aufrichten.

»Nicht bewegen«, befahl der Detective, erhob sich vorsichtig aus der Deckung und suchte die nähere Umgebung ab. Vielleicht lauerten hier noch weitere Schützen. Kurz darauf hielt ein gepanzertes Fahrzeug des Sondereinsatzkommandos vor ihnen. Fünf Sekunden später saßen Bell und Grady im Innern. Mit quietschenden Reifen entfernte der Wagen sich vom Ort des versuchten Anschlags und brachte den Staatsanwalt zurück zur Upper East Side und zu seiner Familie.

Als Bell sich umdrehte, sah er mehrere ESU-Beamte in das Bürogebäude laufen.

Mach dir keine Sorgen... Er wird uns finden.

Tja, und genau so war es gekommen.

Das besagte Behördengebäude, so hatte Bell sich ausgerechnet, bot für ein Attentat auf Grady das beste Schussfeld. Dabei würde der Täter vermutlich in eines der unteren Büros einbrechen, relativ dicht über dem Gehweg. Das Dach war eher unwahrscheinlich, weil es von zahllosen Videokameras überwacht wurde. Bell hatte sich dort draußen selbst als Köder angeboten, denn seit dem früheren Einsatz in dem Gebäude wusste er etwas, das ansonsten kaum öffentlich bekannt war: Wie bei vielen der neueren Behördenbauten konnten die Fenster nicht geöffnet werden und bestanden zum Schutz vor Bombenanschlägen aus Panzerglas.

Natürlich hatte ein gewisses Risiko bestanden, dass der Schütze Spezialmunition benutzen würde, mit der sich die zweieinhalb Zentimeter dicken Scheiben durchdringen ließen, doch Bell kannte auch das Sprichwort, dass Gott ohnehin keine Garantien gab.

Also hatte er versucht, den Attentäter zum Schuss zu verleiten, und gehofft, dass die Kugel die Form eines Spinnennetzes auf dem Verbundglas erscheinen lassen und den Standort des Mannes preisgeben würde.

Und sein Plan hatte funktioniert – wenngleich mit einem zusätzlichen Nebeneffekt, der Bell sofort aufgefallen war. *Autsch...*

»ESU Vier an Bell. Haumann hier. Sie hatten Recht. Kommen.«

»Reden Sie weiter. Kommen.«

»Wir sind drinnen«, fuhr der Einsatzleiter fort. »Der Schauplatz ist gesichert. Wie nennt man diese Preise doch gleich? Die Darwin Awards? Sie wissen schon – wenn jemand sich durch eigene Dummheit ans Messer liefert. Kommen.«

»Genau, Darwin Awards«, bestätigte Bell. »Wo hat er sich selbst getroffen? Kommen.«

Bell hatte den Standort des Schützen nicht dank der Risse im Glas erkannt, sondern aufgrund eines großen Blutspritzers an der Scheibe. Der ESU-Leiter erklärte, dass die Kupfermantelgeschosse, die der Mann auf Bell abgefeuert hatte, als Querschläger vom Glas abgeprallt seien und den Attentäter an einem halben Dutzend Stellen getroffen hätten, so beispielsweise in der Leistengegend, wo offenbar eine große Arterie oder Vene verletzt worden sei. Als das ESU-Team das Büro erreicht habe, sei der Mann bereits verblutet gewesen.

»Bitte sagen Sie mir, dass es Weir ist. Kommen.«

»Nein, tut mir Leid. Es ist jemand namens Hobbs Wentworth, wohnhaft in Canton Falls.«

Bell verzog missmutig das Gesicht. Demnach hielten Weir und eventuelle Komplizen sich weiterhin in der Nähe auf. »Haben Sie etwas gefunden, das uns einen Hinweis auf Weirs Pläne oder sein Versteck geben könnte?«, fragte er.

»Negativ«, antwortete der Einsatzleiter mit rauer Stimme. »Nur seinen Ausweis. Und allen Ernstes ein Buch mit Bibelgeschichten für Kinder.« Er hielt kurz inne. »Ich sag's wirklich nicht gern, Roland, aber es gibt noch ein weiteres Opfer. Wie es aussieht, hat er eine Frau getötet, um ins Gebäude zu gelangen... Okay, wir riegeln alles ab und suchen weiter nach Weir. Ende.«

Der Detective schüttelte den Kopf. »Von ihm fehlt immer noch jede Spur«, sagte er zu Grady.

Wobei das nicht unbedingt der Wahrheit entsprechen

musste. Vielleicht hatten sie schon jede Menge von Weirs Spuren gefunden, ihn womöglich sogar leibhaftig zu Gesicht bekommen – als Streifenbeamten, Sanitäter, ESU-Cop, Reporter, Detective in Zivil, Passant oder Obdachlosen –, und sie wussten es nur nicht.

Durch die gelbliche Scheibe in der Tür des Verhörraums sah Andrew Constable das grimmige Gesicht eines großen schwarzen Justizbeamten hereinschauen und ihn mustern. Dann wich der Mann zurück, und das Gesicht verschwand.

Constable stand von dem Metalltisch auf und ging an seinem Anwalt vorbei zur Tür. Er blickte nach draußen und sah zwei Wärter auf dem Gang stehen und ernst miteinander sprechen. Also gut.

»Was ist denn?«, fragte Joseph Roth seinen Mandanten.

»Nichts«, entgegnete Constable. »Ich hab nichts gesagt.«

»Oh, mir war so.«

»Nein.«

Allerdings war er sich nicht ganz sicher. Vielleicht hatte er doch unbewusst etwas geflüstert oder ein kurzes Gebet gemurmelt.

Er kehrte zum Tisch zurück, wo der Anwalt vor einem großen gelben Notizblock saß, auf dem ein halbes Dutzend Namen und Telefonnummern standen. Constables Leute in Canton Falls hatten sie ihnen genannt; sie waren das Resultat ihrer Nachforschungen über Weirs Pläne und seinen Aufenthaltsort.

Roth wirkte verunsichert. Ihnen war soeben mitgeteilt worden, dass ein Mann mit einem Gewehr vor wenigen Minuten einen Anschlag auf Grady verübt hatte, und zwar unmittelbar vor dem Gebäude. Doch Weir blieb weiterhin verschwunden; der Attentäter war jemand anders.

»Ich fürchte, dass Grady jetzt andere Sorgen hat, als sich

um uns zu kümmern«, sagte der Anwalt. »Wir sollten ihn zu Hause anrufen und ihm unsere Ergebnisse übermitteln.« Er wies auf den Block. »Oder wir geben unsere Informationen wenigstens an diesen Detective weiter. Wie hieß er doch gleich? Bell, richtig?«

»Genau«, sagte Constable.

Roth fuhr mit seinem dicklichen Zeigefinger die Liste entlang. »Glauben Sie, dass jemand von diesen Leuten Genaueres über Weir weiß? Das wird die Staatsanwaltschaft nämlich haben wollen – etwas Konkretes.«

Constable beugte sich vor und betrachtete die Aufstellung. Dann warf er einen Blick auf die Uhr seines Anwalts und schüttelte langsam den Kopf. »Das möchte ich bezweifeln«, sagte er.

»Sie… Sie bezweifeln es?«

»Ja. Sehen Sie diese erste Nummer?«

»Ja.«

»Das ist die chemische Reinigung an der Harrison Street in Canton Falls. Das darunter ist der Supermarkt. Als Nächstes folgt die Baptistenkirche. Und die Namen? Ed Davis, Brett Samuels, Joe James Watkins?«

»Richtig«, sagte Roth. »Jeddy Barnes' Helfershelfer.«

Constable lachte in sich hinein. »Herrje, nein. Die sind alle nicht echt.«

»Was?« Roth runzelte die Stirn.

Der Häftling beugte sich noch weiter vor und sah dem Anwalt tief in die verwirrt blickenden Augen. »Diese Namen und Nummern sind nicht echt.«

»Das verstehe ich nicht.«

»Natürlich verstehst du das nicht, du jämmerlicher Scheißjude«, flüsterte Constable und hieb dem schockierten Anwalt beide Fäuste an die Schläfe, bevor Roth die Arme hochreißen und sich schützen konnte.

...Einundvierzig

Andrew Constable war ein kräftiger Mann, denn er wanderte oft weit hinaus zu entlegenen Jagd- und Angelrevieren, nahm Rotwild aus und zersägte die Knochen oder hackte Holz.

Der dickbäuchige Joe Roth war ihm nicht gewachsen. Er wollte aufstehen und um Hilfe rufen, aber Constable schlug ihm hart auf den Kehlkopf. Der Schrei des Mannes verwandelte sich in ein Gurgeln.

Der Häftling riss ihn zu Boden und bearbeitete den blutenden Mann mit gefesselten Fäusten. Innerhalb kürzester Zeit war Roth bewusstlos und sein Gesicht angeschwollen wie eine Melone. Constable zerrte ihn zurück zum Tisch und setzte ihn mit dem Rücken zur Tür auf einen Stuhl. Falls einer der Wärter zufällig einen Blick in den Raum warf, würde es so aussehen, als habe der Anwalt sich mit gesenktem Kopf in die Unterlagen vertieft. Constable bückte sich, zog Roth einen Schuh und eine Socke aus und wischte damit so gut wie möglich das Blut vom Tisch. Den Rest bedeckte er mit Dokumenten und Notizzetteln. Er würde den Anwalt später töten. Vorerst, zumindest für die nächsten paar Minuten, musste hier alles ganz unverdächtig aussehen.

Ein paar Minuten – dann würde er frei sein.

Freiheit...

Denn nur darum ging es bei Erick Weirs Plan.

Constables bester Freund, Jeddy Barnes, der stellvertretende Leiter der Gesellschaft der Patrioten, hatte Weir nicht für den Mord an Grady engagiert, sondern dafür, dass er den Häftling aus dem als überaus sicher bekannten Untersuchungsgefängnis von Manhattan befreite, ihn über die Seufzerbrücke in Sicherheit brachte und schließlich mitten in der Wildnis Neuenglands absetzte, wo die Miliz ihren Feldzug gegen alle Verdorbenen, Unreinen und Verblendeten würde fortsetzen können. Um das Land von den Schwarzen, Schwulen, Juden, Latinos, Ausländern zu befreien, all denen, die Constable in seinen wöchentlichen Ansprachen vor der Gesellschaft der Patrioten anprangerte – und auf den geheimen Internetseiten, die von vielen Tausend rechtgläubigen Bürgern aus dem ganzen Land besucht wurden.

Er erhob sich, ging zur Tür und schaute erneut hinaus. Die Wachen hatten keine Ahnung, was soeben im Verhörraum geschehen war.

Eine Waffe wäre nicht schlecht, dachte Constable. Er zog den metallenen Druckbleistift aus der blutigen Hemdtasche des Anwalts und polsterte das hintere Ende mit der zusammengerollten Socke ab, um seine Handfläche zu schützen. Mit der nadelscharfen Spitze ließ sich hervorragend zustechen.

Dann nahm er gegenüber von Roth Platz, lehnte sich wartend zurück und ließ den Plan Revue passieren, den Weir – oder der »Zaubermann«, wie Barnes ihn nannte – sich ausgedacht hatte. Es war ein Meisterwerk und beinhaltete einige Dutzend Illusionistentricks, Finten und Doppelfinten, sorgfältiges Timing und raffinierte Täuschungen. Am Anfang stand Weirs ausgeklügelte Idee, die Polizei davon zu überzeugen, dass Grady ermordet werden sollte. Reverend Ralph Swensen schuf mit seinem misslungenen Anschlag die Grundlage dafür. Dieser Fehlversuch sollte die Polizei in ihrer Annahme bestärken, so dass ihre Aufmerksamkeit nur der vermeintlichen Mordverschwörung gelten würde und nicht etwa anderen Verbrechen – wie beispielsweise dem geplanten Gefängnisausbruch.

Weir selbst ließ sich bei einem zweiten Attentat auf Grady absichtlich erwischen, um in Haft genommen zu werden.

Unterdessen sollte Constable ein eigenes Ablenkungsmanöver starten und die Gegner besänftigen, indem er ganz vernünftig tat, seine Unschuld beteuerte, Sympathien gewann und Grady heute Abend zum Justizgebäude lockte, um ihm angeblich belastendes Material über Barnes und dessen Mitverschwörer auszuhändigen. Constable würde sogar bei der Suche nach Weir helfen und dadurch das Misstrauen der Polizei noch weiter schwinden lassen. In Wirklichkeit teilte er während der Telefonate in verschlüsselter Form seinen genauen Aufenthaltsort mit, den Barnes wiederum an Weir weiterleitete.

Bei Gradys Ankunft würde Hobbs Wentworth einen Mordversuch unternehmen, doch es spielte keine Rolle, ob er dabei Erfolg hatte; wichtig war nur, dass Hobbs die Polizei vom Untersuchungsgefängnis ablenkte. Dann würde Weir – der sich nach seinem vorgetäuschten Tod frei im Gebäude bewegte – verkleidet nach hier oben schleichen, die Wachen töten und Constable hinausschaffen.

Der Plan sah noch etwas vor – ein Detail, auf das Constable sich seit Wochen gefreut hatte. Kurz bevor Weir am Verhörzimmer eintraf, sollte Constable sich »um den Anwalt kümmern«, hatte Jeddy Barnes ihm mitgeteilt.

»Wie ist das gemeint?«

»Weir hat gesagt, das bleibt dir überlassen. Du sollst dich um Roth kümmern, damit er euch nicht in die Quere kommt.«

Tja, ich hab mich um den Juden gekümmert, dachte Constable nun, da er Blut aus den Augen- und Mundwinkeln des Anwalts tropfen sah.

Er fragte sich, wie Weir die Wärter töten würde, welche Verkleidungen er mitbrachte und wie der Fluchtweg wohl aussah. Da hörte er – genau zum verabredeten Zeitpunkt – das charakteristische Summen der äußeren Zugangstür.

Ah, sein Transport in die Freiheit war eingetroffen.

Constable zerrte Roth in eine Ecke des Verhörraums und ließ ihn dort achtlos fallen. Er zog kurz in Erwägung, ihn durch einen Tritt auf die Luftröhre zu töten. Doch vermutlich würde Weir eine schallgedämpfte Pistole oder ein Messer mitbringen. Damit wäre es einfacher.

Im Schloss des Verhörzimmers drehte sich ein Schlüssel.

Die Tür schwang auf.

Für den Bruchteil einer Sekunde dachte er: Unglaublich! Weir hat es geschafft, sich in eine Frau zu verwandeln.

Aber dann erkannte er sie: Es handelte sich um die rothaarige Polizistin, die er zum ersten Mal gestern bei Detective Bell gesehen hatte.

»Ein Verletzter«, rief sie mit Blick auf Roth. »Holt einen Krankenwagen!«

Hinter ihr nahm einer der Justizbeamten den Telefonhörer ab, während der andere einen roten Knopf an der Wand betätigte, woraufhin eine Alarmsirene erschallte.

Was ging hier vor sich? Constable war ratlos. Wo steckte Weir?

Er schaute zurück zu der Frau und entdeckte eine Dose Pfefferspray in ihrer Hand – hier im Sperrbereich die einzige erlaubte Waffe. Constable fasste einen schnellen Entschluss, stöhnte laut auf und hielt sich den Leib. »Jemand ist plötzlich ins Zimmer gestürmt! Ein anderer Häftling. Er wollte uns umbringen!« Er verbarg den spitzen Bleistift zwischen den blutigen Fingern am Bauch. »Ich bin verletzt. Er hatte ein Messer!«

Ein schneller Blick nach draußen. Von dem Zaubermann war immer noch nichts zu sehen.

Die Frau runzelte die Stirn und sah sich im Raum um.

Constable sackte zu Boden. Wenn sie näher kommt, steche ich ihr mit dem Stift ins Gesicht, dachte er. Vielleicht treffe ich ihr Auge. Er könnte ihr das Spray entreißen und ihr eine volle Ladung in Augen und Mund verpassen. Oder er drückte ihr den Stift in den Rücken; die Wachen würden mit einer Pistole rechnen und ihm den Ausgang öffnen. Weir musste ganz in der Nähe sein – womöglich direkt vor der Sicherheitstür.

Komm schon, Kleine. Komm her. Sie trägt wahrscheinlich eine kugelsichere Weste, rief er sich ins Gedächtnis. Du musst unbedingt auf ihr hübsches Gesicht zielen.

»Und Ihr Anwalt?«, fragte sie und beugte sich über Roth. »Wurde er ebenfalls niedergestochen?«

»Ja! Es war irgendein Schwarzer. Er sagte, ich sei ein Rassist, und er würde mir jetzt einen Denkzettel verpassen.« Sein Kopf war gesenkt, aber er spürte, dass sie näher kam. »Joe hat's übel erwischt. Wir müssen ihn retten!«

Nur noch ein paar Schritte…

Oder nehmen wir an, er ist *ein Weißer und sieht ganz vernünftig aus – er hat noch alle seine Zähne und trägt Kleidung, die nicht nach alter Pisse stinkt. Werden Sie in dem Fall nicht ein Stückchen länger zögern, bevor Sie abdrücken?*

Constable stöhnte.

Sie stand jetzt dicht neben ihm.

»Lassen Sie mich mal sehen, wie schlimm Sie verletzt sind«, sagte sie.

Er umklammerte den Bleistift. Machte sich bereit. Hob den Kopf, um sein Ziel anzuvisieren.

Und schaute genau in die Sprühöffnung des Pfeffersprays, etwa dreißig Zentimeter entfernt.

Die Frau drückte den Knopf herunter, und der Strahl traf Constable mitten ins Gesicht. Hundert heiße Nadeln bohrten sich ihm in Augen, Nase und Mund.

Er schrie auf. Die Polizistin riss ihm den Bleistift aus der Hand und beförderte ihn mit einem Fußtritt auf den Rücken.

»Warum haben Sie das getan?«, brüllte er, richtete sich ein Stück auf und stützte sich auf einen Ellbogen. »Warum?«

Sie überlegte kurz und verpasste ihm noch eine Dosis des brennenden Sprays.

...Zweiundvierzig

Amelia Sachs steckte die Sprühdose ein.

Der angehende Sergeant in ihr äußerte ein paar Bedenken wegen der zweiten großzügigen Ladung, die sie Constable verabreicht hatte.

Aber nachdem ihr die halb verdeckte Stichwaffe in seiner Hand aufgefallen war, hatte Sachs, die erfahrene Streifenbeamtin mit dem sechsten Sinn, es zutiefst genossen, diesen bösartigen Fanatiker wie ein Schwein quieken zu hören. Sie trat beiseite, damit die beiden Justizbeamten den Häftling packen und hinauszerren konnten.

»Ein Arzt! Bringt mich zu einem Arzt. Meine Augen! Ich habe das Recht auf einen Arzt!«

»Klappe halten.« Die Wärter schleppten ihn den Gang entlang. Constable trat um sich. Sie blieben stehen, fesselten seine Fußgelenke und zogen ihn dann um eine Ecke.

Sachs und zwei andere Posten sahen nach Joseph Roth. Er atmete, war jedoch bewusstlos und schwer verletzt. Sie hielt es für das Beste, ihn nicht zu bewegen. Bald darauf traf ein Sanitätsteam ein und machte sich, nachdem Sachs die Ausweise der Leute überprüft hatte, bei dem Anwalt an die Arbeit. Man sorgte für freie Atemwege, legte ihm eine Halsmanschette um, schnallte ihn auf einer Trage fest und hob diese auf ein Rollgestell. Dann brachte man ihn nach draußen, um mit ihm ins Krankenhaus zu fahren.

Sachs blieb zurück und suchte das Zimmer und die Lobby ab, um sicherzugehen, dass Weir sich nicht unbemerkt eingeschlichen hatte. Sie konnte nichts finden.

Dann ging sie hinaus, und erst als der Beamte am Schalter

ihr wieder die Glock aushändigte, fühlte sie sich ein wenig erleichtert. Sie rief Rhyme an, um ihn über die letzten Vorfälle zu unterrichten. »Constable hat ihn erwartet, Rhyme«, schloss sie.

»Wen? Weir?«

»Ja. Als ich zur Tür hereingekommen bin, war er ziemlich überrascht. Er wollte es verbergen, aber ich bin sicher, dass er auf jemanden gewartet hat.«

»Das also ist Weirs Absicht? Er will Constable zur Flucht verhelfen?«

»Ja, meine ich.«

»Diese verfluchten Täuschungen«, murmelte Rhyme. »Er hat uns dazu gebracht, nur auf das Mordkomplott gegen Grady zu achten. Ich hätte nie mit einem Ausbruchsversuch bei Constable gerechnet.« Er zögerte. »Es sei denn, die *Fluchthilfe* ist ebenfalls ein Ablenkungsmanöver, und Weir hat *tatsächlich* vor, Grady zu töten.«

Sie überlegte kurz. »Das könnte natürlich sein.«

»Und ihr habt keine Spur von Weir gefunden?«

»Nein, keine.«

»Okay. Ich bin immer noch mit den Spuren beschäftigt, die du dort im Untersuchungsgefängnis gesichert hast, Sachs. Komm her, und wir nehmen sie uns gemeinsam vor.«

»Ich kann nicht, Rhyme«, sagte sie und musterte den Korridor, von dem aus einige Schaulustige die Vorfälle im abgesperrten Bereich der Lobby verfolgten. »Er muss hier irgendwo sein. Ich suche weiter.«

Suzukis Klavierübungen für Kinder bestanden aus einer Reihe von zunehmend schwierigeren Notenbüchern mit jeweils ungefähr einem Dutzend Musikstücken. Wenn ein Schüler eines dieser Bücher erfolgreich abschloss, veranstalteten die Eltern oft eine kleine Party für Freunde, Angehörige und den

Klavierlehrer, in deren Verlauf der Schüler ein kleines Konzert gab.

Christine Gradys Party anlässlich des dritten Bandes sollte heute in einer Woche stattfinden, und sie hatte für den Auftritt fleißig geübt. Auch jetzt saß sie im Musikzimmer der Wohnung und beendete soeben Schumanns »Wilder Reiter«.

Der Raum war dunkel und klein, aber Chrissy gefiel es hier sehr. Er enthielt nur ein paar Stühle, Regale voller Notenblätter und einen wunderschönen kleinen Konzertflügel.

Mit etwas Mühe spielte sie das Andante von Clementis Sonatine in C und belohnte sich dann mit einer Mozart-Sonatine, einem ihrer Lieblingsstücke. Allerdings hatte sie heute keinen besonders guten Tag. Die vielen Polizeibeamten lenkten sie ab. Die Männer und Frauen waren alle sehr nett und redeten fröhlich grinsend über *Star Wars*, *Harry Potter* oder die neuesten Videospiele. Aber Chrissy wusste, dass die Leute in Wahrheit gar nicht lächelten, sondern sie nur nicht beunruhigen wollten. Und dieses falsche Grinsen machte ihr erst so richtig Angst.

Denn obwohl sie es nicht zugaben, bedeutete die Anwesenheit der vielen Polizisten, dass jemand versuchte, ihrem Daddy wehzutun. Um sich selbst machte Chrissy sich keine Sorgen. Sie fürchtete nur, dass irgendein böser Mann ihr den Daddy wegnehmen könnte. Sie wünschte, er würde nicht mehr bei Gericht arbeiten. Einmal hatte sie allen Mut zusammengenommen und ihn darum gebeten.

»Wie sehr gefällt es dir, Klavier zu spielen, mein Schatz?«, hatte er sie daraufhin gefragt.

»Ganz doll.«

»Siehst du, und genauso sehr gefällt mir meine Arbeit.«

»Oh. In Ordnung«, hatte sie gesagt. Obwohl es *überhaupt nicht* in Ordnung war. Denn wenn man Musik spielte, wurde man dafür nicht gehasst, und niemand wollte einen töten. Sie biss die Zähne zusammen und konzentrierte sich. Geriet bei einer Passage ins Stocken und fing von vorn an.

Und jetzt würden sie auch noch eine Weile woanders wohnen. Nur ein oder zwei Tage, hatte ihre Mom gesagt. Aber was war, falls es länger dauerte? Falls sie die Party absagen mussten? Chrissy war zu sehr durcheinander. Sie hörte auf zu spielen, klappte das Übungsbuch zu und wollte es in ihre Büchertasche stecken.

He, was war das denn?

Auf dem Notenhalter lag ein Schokoriegel. Nicht nur ein kleiner, sondern ein richtig großer, wie für Erwachsene. Sie fragte sich, wer den wohl dort versteckt hatte. Ihre Mutter mochte es nicht, wenn im Musikzimmer gegessen wurde, und Chrissy durfte beim Üben nie Süßigkeiten oder irgendetwas Klebriges naschen.

Vielleicht war das ihr Daddy gewesen. Sie wusste, dass es ihm wegen der vielen Polizisten Leid tat, und außerdem hatte sie gestern ihren Auftritt in der Neighborhood School verpasst.

Das musste es sein – ihr Vater hatte ihr heimlich diese Leckerei geschenkt.

Chrissy drehte sich um und spähte durch den Türspalt. Leute gingen hin und her. Sie hörte die ruhige Stimme dieses netten Beamten aus North Carolina, dessen zwei Söhne sie irgendwann mal kennen lernen sollte. Ihre Mutter schleppte einen Koffer aus dem Schlafzimmer. Sie sah ärgerlich aus und sagte: »Das ist doch verrückt. Wieso können Sie ihn nicht finden? Er ist nur ein einzelner Mann, und Sie sind Hunderte. Ich begreife das nicht.«

Chrissy lehnte sich zurück, öffnete die Folie und aß den Riegel langsam auf. Als sie fertig war, inspizierte sie genau ihre Finger. Ja, da klebte Schokolade. Sie würde ins Badezimmer gehen und alles abwaschen. Und außerdem würde sie die Folie in der Toilette herunterspülen, damit ihre Mutter nichts merkte. Das nannte man »Spurenbeseitigung«, hatte sie aus dem Fernsehen gelernt. Die Serie hieß *C.S.I. – Dem Täter auf der Spur*, und eigentlich hatten ihre Eltern ihr verboten, sie anzuschauen. Von Zeit zu Zeit gelang es ihr aber doch.

Roland Bell war mit Charles Grady heil in der Wohnung eingetroffen, wo die Familie nun ihre Sachen packte, um in ein sicheres NYPD-Versteck im Viertel Murray Hill umzuziehen. Er hatte alle Jalousien heruntergelassen und die Gradys gebeten, sich von den Fenstern fern zu halten. Er konnte sehen, dass sie dadurch noch unsicherer wurden, aber sein Job bestand nicht darin, ihre Gemüter zu schonen, sondern einen überaus gerissenen Killer daran zu hindern, sie zu ermorden.

Sein Mobiltelefon klingelte. Es war Rhyme. »Ist bei euch alles sicher?«, fragte der Kriminalist.

»Wie in Abrahams Schoß«, erwiderte Bell.

»Constable steckt in einer bewachten Einzelzelle.«

»Und seine Wärter sind uns persönlich bekannt?«, fragte Bell.

»Amelia sagt, Weir sei zwar gut, aber nicht gut genug, um sich in zwei riesige schwarze Basketballspieler zu verwandeln.«

»Alles klar. Wie geht's dem Anwalt?«

»Roth? Er wird's überleben, aber er hat ziemlich was abbekommen. Ich...« Rhyme verstummte, weil jemand anders im Raum etwas sagte. Bell glaubte, Mel Coopers leise Stimme zu erkennen.

Dann sprach Rhyme weiter. »Ich bin immer noch bei den Beweismitteln, die Amelia im Untersuchungsgefängnis sichergestellt hat. Bislang hat sich nichts Konkretes ergeben. Aber hier ist noch etwas anderes, das ich erwähnen wollte. Bedding und Saul haben endlich herausgefunden, zu welchem Zimmer im Lanham Arms die Schlüsselkarte gehört.«

»Wer hat das Zimmer gemietet?«

»Name und Adresse sind falsch«, erklärte Rhyme. »Aber der Portier sagt, der Gast entspreche genau Weirs Personenbeschreibung. Die Spurensicherung hat kaum etwas gefunden, abgesehen von einer Injektionsspritze hinter der Kommode. Wir wissen nicht, ob sie von Weir stammt, doch ich gehe vorläufig davon aus. Mel hat an der Nadel Schokolade und Sucrose nachgewiesen.«

»Sucrose – ist das Zucker?«

»Richtig. Und in der Spritze war Arsen.«

»Demnach hat er Gift in irgendwelche Süßigkeiten injiziert«, sagte Bell.

»Es sieht danach aus. Fragen Sie die Gradys, ob jemand ihnen kürzlich Pralinen geschickt hat.«

Bell reichte die Frage an den Staatsanwalt und seine Frau weiter. Beide schüttelten die Köpfe. Ihre Unruhe nahm sofort spürbar zu.

»Nein, wir haben überhaupt keine Süßigkeiten im Haus«, sagte die Frau des Staatsanwalts.

Der Kriminalist war noch nicht zufrieden. »Roland, Sie haben gesagt, es habe Sie überrascht, dass er heute Nachmittag bis in Gradys Apartment vordringen konnte.«

»Ja. Wir dachten, wir erwischen ihn in der Lobby, im Keller oder auf dem Dach. Wir haben nie damit gerechnet, dass er zur Tür hereinspaziert.«

»Wohin ist er zuerst gegangen?«

»Er tauchte plötzlich im Wohnzimmer auf und hat uns alle mächtig erschreckt.«

»Also hätte er vorher noch Schokolade in der Küche deponieren können.«

»Nein, nicht in der Küche«, widersprach Bell. »Da waren Lon und ich.«

»Welche anderen Räume könnte er betreten haben?«

Bell fragte Grady und seine Frau.

»Was ist hier los, Roland?«, entgegnete der Staatsanwalt.

»Lincoln hat kürzlich weitere Spuren gefunden und glaubt nun, dass Weir versucht haben könnte, etwas Vergiftetes in Ihrer Wohnung zu hinterlassen. Wie es aussieht, handelt es sich dabei um Schokolade. Wir sind uns nicht absolut sicher, aber…«

»Schokolade?«, fragte eine leise hohe Stimme hinter ihnen.

Bell, die Gradys und zwei der anderen Beamten drehten sich um und sahen die Tochter des Staatsanwalts dort stehen. Sie starrte den Detective an, und ihre Augen waren vor Angst weit aufgerissen.

»Chrissy?«, fragte ihre Mutter. »Was ist denn?«

»Schokolade?«, flüsterte das Mädchen erneut.

Ein Einwickelpapier fiel ihr aus der Hand, und sie fing an zu schluchzen.

Seine Hände schwitzten. Bell musterte die Passanten auf dem Gehweg vor Charles Gradys Haus.

Dutzende von Leuten.

War einer von ihnen Weir?

Oder jemand aus dieser verdammten Gesellschaft der Patrioten?

Der Krankenwagen kam, und zwei Sanitäter sprangen heraus. Bevor sie das Haus betreten konnten, überprüfte der Detective sorgfältig ihre Ausweise.

»Was soll das?«, fragte einer von ihnen beleidigt.

Bell ignorierte ihn und achtete auf die vorbeifahrenden Fahrzeuge, die Fußgänger, die Fenster der näheren Umgebung. Als alles sicher schien, stieß er einen Pfiff aus, und Luis Martinez, der ruhige Leibwächter, lief mit dem Mädchen und seiner Mutter hinaus und stieg in den Rettungswagen.

Chrissy zeigte noch keine Vergiftungserscheinungen, obwohl sie blass war und ständig weinte. Sie hatte einen Schokoriegel gegessen, der auf geheimnisvolle Weise in ihr Musikzimmer gelangt war. Bell konnte sich kaum eine bodenlosere Gemeinheit vorstellen, als einem Kind wehzutun, und wenngleich er für eine kurze Weile auf Constables aalglattes Gerede hereingefallen war, wurde durch diesen Zwischenfall deutlich, um was für ein verkommenes Pack es sich bei diesen so genannten Patrioten handelte.

Unterschiede zwischen den Kulturen? Zwischen den Rassen? Nein, Sir. Es gab nur einen einzigen Unterschied: zwischen den Guten und Anständigen auf der einen Seite und den Bösen auf der anderen.

Falls das Mädchen starb, würde Bell es sich zur persönlichen Aufgabe machen, dass sowohl Weir als auch Constable die Bestrafung erhielten, die dem Anschlag auf Chrissy entsprach – eine tödliche Injektion.

»Mach dir keine Sorgen, mein Schatz«, sagte er nun, während einer der Sanitäter den Blutdruck des Mädchens maß. »Es wird alles wieder gut.«

Chrissy schluchzte nur leise. Bell schaute zu ihrer Mutter, deren zärtliche Miene nicht ganz verbergen konnte, welch unbändige Wut sie empfand.

Der Detective funkte die Zentrale an und ließ sich mit der Notaufnahme des Krankenhauses verbinden, zu dem sie unterwegs waren. »Wir treffen in Kürze bei Ihnen ein«, sagte er zu der Frau am anderen Ende der Leitung. »Hören Sie gut zu – ich möchte, dass der Eingangsbereich und der Weg zu Ihrer Entgiftungsstation von allen Leuten geräumt werden.

Ich will keine Menschenseele dort sehen, es sei denn, sie trägt einen Dienstausweis mit Foto.«

»Tja, Detective, das geht nicht«, sagte die Frau. »Bei uns ist jede Menge los.«

»Der Punkt steht nicht zur Debatte, Ma'am.«

»Wie meinen Sie das?«

»Ich lasse nicht mit mir diskutieren. Ein bewaffneter Attentäter ist hinter diesem kleinen Mädchen und seiner Familie her. Falls ich also jemanden entdecke, der keinen deutlich sichtbaren Ausweis trägt, lasse ich ihm sofort und ohne große Rücksicht Handschellen anlegen.«

»Das hier ist die Notaufnahme eines städtischen Krankenhauses, Detective«, gab die Frau gereizt zurück. »Wissen Sie eigentlich, wie viele Leute ich in diesem Moment hier vor mir sehe?«

»Nein, Ma'am, das weiß ich nicht. Aber stellen Sie sich einfach vor, dass diese Leute alle gefesselt auf dem Bauch liegen. Genau das wird nämlich passieren, falls sie bei unserer Ankunft noch nicht von dort verschwunden sind. Und übrigens, Ihnen bleiben ab jetzt noch etwa zwei Minuten.«

…Dreiundvierzig

»Fälle ändern ihre Farbe.«

Charles Grady saß vorgebeugt auf einem orangefarbenen Plastikstuhl in einem Nebenraum der eigentlichen Wartezone der Notaufnahme und starrte den grünen Linoleumboden an, auf dem Tausende von verzweifelten Menschen ihre Spuren hinterlassen hatten.

»Kriminalfälle, meine ich.«

Roland Bell saß neben ihm. Luis stand wachsam an der Tür, und ganz in der Nähe, am Durchgang zu einem belebten Korridor, hatte ein weiterer von Bells Zeugenschutzengeln Position bezogen, Graham Wilson, ein gut aussehender, tatkräftiger Detective mit scharfem ernsten Blick und einem fast schon unheimlichen Gespür für Leute, die Waffen bei sich trugen.

Gradys Frau und zwei Beamte hatten Chrissy in das Behandlungszimmer begleitet.

»An der juristischen Fakultät gab es einen bestimmten Professor«, fuhr Grady fort, ohne sich ansonsten auch nur einen Millimeter zu rühren. »Er hatte früher als Staatsanwalt und dann als Richter gearbeitet. Während eines Seminars sagte er zu uns Studenten, ihm sei in all den Jahren als praktizierender Jurist kein einziger Fall untergekommen, der schwarz oder weiß gewesen sei. Es habe sich immer um verschiedene Grautöne gehandelt, manche sehr dunkel, andere sehr hell. Aber grau waren sie alle.«

Bell schaute den Gang hinunter zu dem provisorischen Warteraum, den die Oberschwester für die verletzten Skateboarder und Radfahrer eingerichtet hatte. Es war ihr tatsächlich gelungen, seine Anweisung umzusetzen und diesen Bereich des Krankenhauses zu räumen.

»Aber sobald man selbst mit dem Fall zu tun bekam, änderte er seine Farbe. Er wurde schwarz und weiß. Ob man nun Verteidiger oder Ankläger war – das Grau verschwand. Die eigene Seite war hundertprozentig gut, die andere Seite hundertprozentig böse. Recht oder Unrecht. Mein Professor sagte, man müsse sich davor hüten und sich immer wieder vor Augen führen, dass alle Fälle grau sind.«

Bell sah einen Krankenpfleger. Der junge Latino wirkte harmlos, aber der Detective nickte Wilson zu, der den Mann anhielt und seinen Ausweis trotzdem überprüfte. Er reckte den Daumen hoch.

Chrissy befand sich jetzt seit einer Viertelstunde im Operationssaal. Warum konnte denn niemand herkommen und ihnen wenigstens einen Zwischenstand mitteilen?

»Wissen Sie, Roland, ich habe den Fall Constable die ganze Zeit als schwarz und weiß betrachtet, schon seit vor einigen Monaten die Verschwörung in Canton Falls aufgedeckt wurde. Er war für mich kein einziges Mal grau. Ich habe den Mann unnachgiebig verfolgt, und zwar mit allem, was ich hatte.« Er lachte bekümmert auf und blickte den Korridor entlang. Sein grimmiges Lächeln verschwand. »Wo, zum Teufel, bleibt der Arzt?«

Er senkte wieder den Kopf.

»Wenn ich eher an Grau gedacht und ihn nicht so hart in die Mangel genommen hätte, wenn ich ein wenig kompromissbereiter gewesen wäre, hätte er Weir vielleicht nicht angeheuert. Und dann wäre auch…«

Er nickte in Richtung des Raumes, in dem seine Tochter sich nun befand. Dann bekam er kein Wort mehr heraus und weinte still.

»Ich glaube, Ihr Professor hat sich geirrt, Charles«, sagte

Bell. »Zumindest im Hinblick auf Leute wie Constable. Wenn jemand zu solchen Dingen fähig ist, *gibt* es kein Grau.«

Grady fuhr sich mit dem Handrücken über die Augen.

»Sind Ihre Jungs je im Krankenhaus gewesen, Roland?«

Ja, um ihre Mutter zu besuchen, als es zu Ende ging, dachte Bell unwillkürlich. Aber er sagte nichts davon. »Hin und wieder. Nichts Ernstes – was eben so passiert, wenn man einen Softball an die Stirn oder auf den kleinen Finger bekommt. Oder wenn ein gegnerischer Shortstop einen über den Haufen rennt.«

»Tja«, sagte Grady, »es zieht dir den Boden unter den Füßen weg.« Er warf einen weiteren Blick in den leeren Flur. »Und du kannst nichts dagegen machen.«

Ein paar Minuten später tat sich etwas. Ein Arzt in grünem Kittel tauchte auf, entdeckte Grady und kam langsam auf sie zu. Bell konnte seiner reglosen Miene nichts entnehmen.

»Charles«, sagte der Detective leise.

Doch obwohl Grady den Kopf gesenkt hatte, ließ er den Mann bereits nicht mehr aus den Augen.

»Schwarz und weiß«, flüsterte er. »O mein Gott.« Er stand auf und schaute dem Arzt entgegen.

Lincoln Rhyme blickte zum Fenster hinaus in den Abendhimmel, als das Telefon klingelte.

»Kommando, Telefon, abheben.«

Klick.

»Ja?«

»Lincoln? Hier spricht Roland.«

Mel Cooper drehte sich mit ernstem Gesicht zu ihm um. Sie wussten beide, dass Bell mit Christine Grady und ihrer Familie ins Krankenhaus gefahren war.

»Wie sieht's aus?«

»Es geht ihr gut.«

Cooper schloss kurz die Augen, und falls jemals ein Protestant sich beinahe bekreuzigt hätte, dann er in diesem Moment. Auch Rhyme war zutiefst erleichtert.

»Kein Gift?«

»Nein. Ein normaler Schokoriegel, ohne jegliche Fremdstoffe.«

»Also war auch *das* ein Täuschungsmanöver«, stellte der Kriminalist fest.

»Es scheint so.«

»Aber was, zum Teufel, bezweckt er damit?«, murmelte Rhyme. Die Frage war weniger an Bell gerichtet als an ihn selbst.

»Er will immer noch, dass wir uns auf Grady konzentrieren«, vermutete der Detective. »Ich glaube, er wird einen neuen Versuch unternehmen, Constable aus der Haft zu befreien. Er hält sich bestimmt noch irgendwo im Justizgebäude auf.«

»Sind Sie zum Versteck unterwegs?«

»Ja, mit der ganzen Familie. Wir werden uns dort einigeln, bis Sie den Kerl erwischen.«

Bis?

Wie wär's mit *falls*?

Sie legten auf. Rhyme fuhr zurück zu der Wandtafel.

Die Hand ist schneller als das Auge.

Aber das stimmte nicht.

Was hatte der Meisterillusionist Erick Weir vor?

Rhymes Nackenmuskeln waren dermaßen angespannt, dass er fast einen Krampf bekam. Grübelnd starrte er ins Leere und ließ das Rätsel Revue passieren:

Hobbs Wentworth, der Attentäter, war tot und Grady samt seiner Familie in Sicherheit. Constable hatte eindeutig damit gerechnet, aus dem Verhörraum des Untersuchungsgefängnisses befreit zu werden, aber Weir hatte keine entsprechende Anstrengung unternommen. Demnach *schien* es so, als würde Weirs Plan fehlschlagen.

Doch mit dieser offensichtlichen Schlussfolgerung gab Rhyme sich nicht zufrieden. Durch den vermeintlichen Anschlag auf Christine Grady war ihre Aufmerksamkeit von der »Gruft« abgelenkt worden, und Rhyme neigte inzwischen zu Bells Vermutung, dass es bald einen neuen Vorstoß zur Befreiung Constables geben würde.

Oder ging es um etwas anderes – zum Beispiel um den Versuch, Constable zu *ermorden*, damit er nicht aussagen konnte?

Dieses frustrierende Gefühl war kaum zu ertragen. Rhyme hatte schon vor langer Zeit akzeptiert, dass er in seinem Zustand niemals in der Lage sein würde, einen Täter im physischen Sinne zu ergreifen. Doch zum Ausgleich besaß er einen überaus kraftvollen, scharfen Verstand, so dass er reglos vom Rollstuhl oder Bett aus die gesuchten Verbrecher wenigstens mental bezwingen konnte.

Nur bei Erick Weir, dem Hexer, wollte es ihm einfach nicht gelingen. Dieser Mann war die Irreführung in Person.

Rhyme überlegte, ob es gegenwärtig noch etwas zu erledigen gab, das ihnen weitergeholfen hätte.

Sachs, Sellitto und die ESU suchten die beiden Justizgebäude ab. Kara wartete beim Cirque Fantastique auf Kadesky. Thom telefonierte mit Keating und Loesser, den einstigen Assistenten des Täters, um herauszufinden, ob der Mann während des heutigen Tages Kontakt mit ihnen aufgenommen hatte oder ob ihnen womöglich noch etwas Hilfreiches eingefallen war. Das FBI hatte als Unterstützung eine Einheit zur Spurenauswertung geschickt, die sich soeben das Bürogebäude vornahm, in dem der tote Hobbs Wentworth lag, und die Techniker in Washington waren immer noch mit der Analyse der Fasern und des Kunstbluts beschäftigt.

Was konnte Rhyme darüber hinaus tun, um Weir auf die Schliche zu kommen?

Nur eines. Er beschloss, etwas zu versuchen, das er schon seit Jahren nicht mehr gemacht hatte.

Rhyme fing höchstpersönlich an, einige Gitternetze abzuschreiten. Die Suche begann im Gefängnis am blutigen Schauplatz der Flucht und führte ihn durch gewundene Korridore, die gespenstisch grün leuchteten. Um Mauerecken, von denen ganze Stücke abgesplittert waren, weil sie im Laufe der Jahre immer wieder von unzähligen Paletten und Handwagen gerammt wurden. In Abstellkammern und Heizungsräume. Alles bei dem Versuch, sich auf die Spur – und in den Kopf – von Erick Weir zu begeben.

Natürlich fand diese Suche mit geschlossenen Augen und lediglich in Gedanken statt. Dennoch schien es ihm irgendwie angemessen, eine rein imaginäre Verfolgung aufzunehmen; immerhin hatte der Gesuchte sich plötzlich in Luft aufgelöst.

Die Ampel sprang auf Grün, und Malerick beschleunigte langsam.

Er dachte an Andrew Constable, der in gewisser Weise ebenfalls ein Hexer war, wenn man Jeddy Barnes glauben durfte. Wie ein Hellseher vermochte Constable einen Menschen binnen weniger Sekunden einzuschätzen und sich daraufhin so zu verhalten, dass eine gelöste Stimmung entstand. Er war witzig, intelligent, verständnisvoll. Schien vernünftig, wirkte sympathisch.

Sagte den Leichtgläubigen, was sie hören wollten.

Und Leichtgläubige gab es stets genug. Man hätte eigentlich annehmen dürfen, dass niemand auf den Schwachsinn hereinfallen würde, den Gruppen wie die Gesellschaft der Patrioten absonderten. Doch wie hatte es P. T. Barnum, der große Impresario aus Malericks Branche, so treffend formuliert: Es wurde jede Minute ein neuer Idiot geboren.

Während Malerick sich nun im abendlichen Verkehr treiben ließ, stellte er sich amüsiert vor, wie verwirrt Constable zurzeit sein musste. Zu dem Fluchtplan hatte gehört, dass der Häftling seinen Anwalt außer Gefecht setzte. Vor zwei Wochen, in dem Restaurant in Bedford Junction, hatte Jeddy Barnes zu ihm gesagt: »Wissen Sie, Mr. Weir, dieser Roth ist Jude. Andrew wird ihm liebend gern eine verpassen.«

»Das ist mir egal«, hatte Malerick erwidert. »Von mir aus kann er ihn töten. Es spielt für meinen Plan keine Rolle. Hauptsache, der Anwalt kann uns nicht in die Quere kommen.«

Barnes hatte genickt. »Ich schätze, das wird Mr. Constable gern hören.«

Er malte sich aus, wie Constable über der erkaltenden Leiche des Anwalts hockte, zunehmend in Panik geriet und darauf wartete, dass Weir mit Waffen und Verkleidungen eintraf, um ihn aus dem Gebäude zu schaffen – was selbstverständlich niemals geschehen würde.

Stattdessen würde die Tür des Zimmers sich öffnen und ein Dutzend Wachen den Mann zurück in seine Zelle verfrachten. Der Prozess könnte wie geplant eröffnet werden, und weder der verblüffte Andrew Constable noch Barnes oder Wentworth oder sonst jemand von diesen Neandertalern aus der hintersten Provinz würde je begreifen, dass man ihn nur benutzt hatte.

Als Malerick vor einer weiteren Ampel anhielt, fragte er sich, welchen Verlauf wohl das andere Ablenkungsmanöver in diesem Moment nehmen mochte. Er hatte die Nummer *Das vergiftete kleine Mädchen* genannt. Sie war zwar etwas melodramatisch, wenn nicht gar unverblümt klischeehaft, aber er hatte im Laufe der Jahre gelernt, dass die Zuschauer mit eher schlichten Geschichten am besten zurechtkamen. Es war natürlich nicht die Erfolg versprechendste Täuschung der Welt, denn er konnte sich weder sicher sein, dass man die Spritze im Lanham Arms fand, noch dass das Mädchen oder sonst jemand den Schokoriegel aß. Allerdings waren Rhyme und sein Team ziemlich gut, also bestand die realistische Chance, dass sie entsetzt zu dem Schluss kommen würden, es handle sich schon wieder um einen Anschlag auf den Staatsanwalt und seine Familie. Dann würden sie herausfinden, dass der Riegel gar kein Gift enthielt.

Was mochten sie daraus wohl folgern?

Dass es *andere*, präparierte Süßigkeiten gab?

Oder dass es eine Irreführung war – um sie vom Untersuchungsgefängnis abzulenken, wo Malerick *eventuell* einen zweiten Fluchtversuch für Constable vorbereitete?

Kurzum, auch die Polizei dürfte völlig verwirrt sein und keine Ahnung haben, was tatsächlich passierte.

Tja, verehrtes Publikum, es passiert sogar schon seit zwei Tagen: ein ausgeklügelter Auftritt, der sich einer perfekten Mischung aus physischer und psychologischer Täuschung bedient.

Physisch – indem er die Aufmerksamkeit der Polizei gleichzeitig auf Charles Gradys Wohnung *und* auf das Untersuchungsgefängnis richtete.

Psychologisch – indem er den Verdacht von seinem wahren Vorhaben ablenkte und stattdessen ein überaus glaubhaftes Motiv präsentierte, von dem Lincoln Rhyme stolz annahm, es eigenständig herausbekommen zu haben: den Auftragsmord an Grady und die Durchführung von Andrew Constables Flucht. Sobald die Polizei hiervon fest überzeugt gewesen war, hatte sie aufgehört, weiter nach seinen Beweggründen zu forschen.

Die wiederum hatten nicht das Geringste mit dem Fall

Constable zu tun. Alle Hinweise, die er so deutlich hinterlassen hatte – die den Illusionistennummern nachempfundenen Angriffe auf die ersten drei Opfer, welche jeweils für einen Aspekt des Zirkus standen, die Schuhe mit den Hundehaaren und Pflanzenpartikeln, die auf den Central Park hindeuteten, die Anspielungen auf das Feuer in Ohio und die Verbindung zum Cirque Fantastique... all das hatte die Polizei überzeugt, dass er sich nicht wirklich an Kadesky rächen wollte, denn es schien, wie Lincoln Rhyme es ihm ins Gesicht gesagt hatte, viel zu offensichtlich. Er *musste* in Wahrheit etwas anderes vorhaben.

Hatte er aber nicht.

Er trug inzwischen die Kleidung eines Sanitäters und bog mit dem Krankenwagen, den er steuerte, soeben in den Serviceeingang des Zeltes ein, das den »weltberühmten, international gefeierten, allseits bejubelten Cirque Fantastique« beherbergte.

Er parkte den Wagen unter der Logentribüne, stieg aus und schloss die Tür ab. Keiner der Bühnenarbeiter, Polizisten oder zahlreichen Wachmänner achtete auf ihn oder den Rettungswagen. Nach der heutigen Panik war es absolut normal, dass ein solches Fahrzeug hier stand – absolut *natürlich*, wie ein Illusionist es ausdrücken würde.

Sehen Sie nur, verehrtes Publikum, hier ist Ihr Illusionist, mitten auf der Bühne und doch vollständig unsichtbar.

Er ist der Verschwundene – zugegen, aber unbemerkt.

Niemand würdigte die Ambulanz auch nur eines Blicks, und dabei handelte es sich gar nicht um einen gewöhnlichen Krankenwagen, sondern um ein Falsum. Statt der medizinischen Ausrüstung enthielt der Laderaum nun ein Dutzend Plastikfässer mit insgesamt zweitausendsechshundertfünfzig Litern Benzin. Eine simple Zündvorrichtung würde die Flüssigkeit bald zum Leben erwecken und einen tödlichen Regen über die Sitzbänke, die Zeltleinwand und die mehr als zweitausend Zuschauer niedergehen lassen.

Und über Edward Kadesky.

Erinnern Sie sich noch an unser Gespräch, Mr. Rhyme? Meine Worte waren bloß Geplapper. Kadesky und der Cirque Fantastique haben mein Leben zerstört und mir das Liebste genommen, und dafür werde ich ihn vernichten. Es geht *tatsächlich* nur um Rache.

Der Illusionist verließ nun vollkommen unbemerkt und ganz beiläufig das Zelt und verschwand im Central Park. Er würde die Kleidung wechseln und im Schutz der Dunkelheit zurückkehren, zur Abwechslung diesmal als Zuschauer. Dann würde er sich einen guten Aussichtspunkt suchen und das Finale seiner Show genießen.

…Vierundvierzig

Familien, Freunde, Paare, Kinder schlenderten ins Zelt, suchten ihre Plätze, füllten allmählich die Bänke und Logen und verwandelten sich langsam von Individuen in ein Wesen namens *Publikum*, das sich als Ganzes sehr von den einzelnen Teilen unterschied.

Eine Metamorphose…

Kara wandte den Blick ab und hielt einen der Wachmänner an. »Ich warte schon eine ganze Weile. Wissen Sie zufällig, wann Mr. Kadesky zurückkommt? Es ist wirklich wichtig.«

Nein, er wusste es genauso wenig wie die beiden anderen Leute, die sie fragte.

Sie schaute schon wieder auf die Uhr. Es zerriss ihr das Herz. Sie sah ihre Mutter vor sich, wie sie dort im Pflegeheim lag, sich mit glasklarem Verstand im Zimmer umblickte und sich fragte, wo ihre Tochter blieb. Am liebsten hätte Kara vor Wut und Enttäuschung geheult. Aber sie *musste* hier bleiben und alles tun, um Weir aufzuhalten, auch wenn sie sich noch so sehr danach sehnte, jetzt an der Seite ihrer Mutter zu sein.

Sie wandte sich wieder dem hell erleuchteten Innenraum des riesigen Zirkuszeltes zu. In den Kulissen warteten die ersten Künstler auf die Eröffnungsnummer, die Gesichter hinter den schaurigen Commedia-dell'Arte-Masken verborgen. Viele Kinder im Publikum trugen ähnliche Verkleidungen, überteuerte Souvenirs von den Verkaufsständen draußen. Stups- und Hakennasen, Schnäbel. Sie schauten sich um, zumeist aufgeregt und überdreht. Aber einige waren auch verunsichert, das konnte Kara erkennen. Die Masken und fremdartigen Dekorationen ließen den Zirkus auf sie vermutlich wie den Schauplatz eines Horrorfilms wirken. Kara trat sehr gern vor Kindern auf, aber sie wusste, dass Vorsicht geboten war; ihre Wahrnehmung der Wirklichkeit unterschied sich von der eines Erwachsenen, und ein Illusionist konnte sie leicht in Angst und Schrecken versetzen. Wenn Kara eine Vorstellung für Kinder gab, beschränkte sie sich auf lustige Nummern und versammelte die Kleinen im Anschluss häufig um sich, um ihnen die Tricks zu erklären.

Kara ließ die Magie des Ortes auf sich wirken, spürte die Erregung, die gespannte Erwartung… Ihre Hände wurden feucht, als stünde ihr eigener Auftritt unmittelbar bevor. Oh, was würde sie dafür geben, nun hinter dem Vorhang zu stehen! Zufrieden, selbstsicher und doch wie unter Strom, während das Herz immer schneller schlug, je näher der Beginn der Vorstellung rückte. Dieses Gefühl ließ sich mit nichts anderem vergleichen.

Sie lachte bekümmert auf. Tja, nun hatte sie es tatsächlich in den Cirque Fantastique geschafft.

Leider nur als Laufbursche.

Bin ich denn gut genug?, grübelte sie. Manchmal war sie fest davon überzeugt, ganz gleich, was David Balzac sagte. Zumindest so gut wie beispielsweise Harry Houdini in seiner Anfangszeit – damals war nicht er ausgebrochen, sondern die Zuschauer waren geflohen, weil sie es vor Langeweile nicht mehr aushielten oder es ihnen peinlich war, ihn bei den einfachsten Taschenspielertricks patzen zu sehen. Und Robert-Houdin hatte sich bei seinen ersten Auftritten dermaßen unwohl gefühlt, dass er seine Nummern roboterhaft abarbeitete, beinahe wie der berühmte mechanische Schachspieler.

Doch als sie nun hinter die Bühne blickte und die vielen Künstler sah, die von Kindesbeinen an trainiert hatten, erklang unnachgiebig Balzacs Stimme in ihrem Kopf: *Noch nicht, noch nicht, noch nicht...* Die Worte waren enttäuschend, aber auch tröstlich. Er hatte Recht, sagte sie sich mit Entschiedenheit. Er war der Experte, sie die Anfängerin. Sie musste ihm vertrauen. Noch ein oder zwei Jahre. Die Geduld würde sich auszahlen.

Außerdem war da noch ihre Mutter...

Die sich genau jetzt vielleicht im Bett aufrichtete, mit Jaynene plauderte und sich fragte, wo ihre Tochter steckte – die Tochter, die sie ausgerechnet an dem einen Abend im Stich ließ, an dem sie hätte dort sein müssen.

Kadeskys Assistentin, Katherine Tunney, tauchte am oberen Ende der Stufen auf und winkte sie zu sich.

War Kadesky da? Bitte...

Doch die Frau sagte: »Er hat gerade angerufen. Nach dem Essen musste er ein Radiointerview geben und ist deswegen etwas spät dran. Es wird nicht mehr lange dauern. Das da vorn ist seine Loge. Warum warten Sie nicht dort auf ihn?«

Kara nickte und ging niedergeschlagen zu dem Platz, den Katherine ihr gezeigt hatte. Sie setzte sich und ließ den Blick durch das Zelt schweifen. Die magische Verwandlung war endlich abgeschlossen; alle Reihen hatten sich gefüllt. Die Kinder, Männer und Frauen waren nun ein Publikum.

Bumm.

Kara zuckte zusammen, als plötzlich eine laute dumpfe Trommel durch das Zelt hallte.

Das Licht wurde gedämpft und ging vollständig aus, so dass man in der Finsternis nur noch die roten Leuchtschilder über den Ausgängen erkennen konnte.

Bumm.

Die Menge verstummte schlagartig.

Bumm... bumm... bumm.

Der Trommelschlag ertönte in langsamer Folge. Man konnte die Vibration in der Brust spüren.

Bumm… bumm…

Ein strahlend heller Lichtkegel richtete sich auf die Mitte der Manege, wo nun ein Mann in der Verkleidung des Arlecchino stand, mit einem eng anliegenden schwarz-weiß karierten Kostüm und der dazu passenden Halbmaske. Er reckte ein langes Zepter hoch in die Luft und sah sich schelmisch um.

Bumm.

Er trat vor und fing an, die Manege zu umrunden, gefolgt von einer Prozession seltsamer Gestalten, zu denen nicht nur andere Figuren der Commedia dell'Arte zählten, sondern auch Geister, Feen, Prinzessinnen und Prinzen, Zauberer. Manche gingen, manche tanzten, einige schlugen ein Rad, aber ganz langsam, als befänden sie sich unter Wasser, andere schritten auf hohen Stelzen anmutiger voran, als die meisten Leute auf einer Promenade flanieren würden, und ein paar von ihnen fuhren auf zweirädrigen Triumphwagen, die mit Tüll und Federn geschmückt waren, mit Spitze und winzigen Lämpchen.

Und alle bewegten sich exakt im Rhythmus der Trommel.

Bumm… bumm…

Maskierte Gesichter, weiß, schwarz, silbern oder golden bemalt, Gesichter voller glitzernder Pünktchen. Hände, die mit schimmernden Bällen jonglierten, die Kugeln, Leuchtfeuer, Kerzen oder Laternen hielten, Hände, die Konfetti verstreuten, das wie schillernder Schnee aussah.

Feierlich, würdevoll, ausgelassen, grotesk.

Bumm…

Mittelalterlich und futuristisch zugleich.

Die Parade war regelrecht hypnotisierend. Und ihre Botschaft war unmissverständlich: Was auch immer außerhalb des Zeltes existieren mochte, besaß hier drinnen keine Gültigkeit, ebenso wie alles, was man über das Leben, die menschliche Natur und die Gesetze der Physik gelernt hatte. Das Herz schlug nicht mehr im eigenen Rhythmus, sondern folgte dem klaren Trommelschlag, und die Seele gehörte nicht länger dem ursprünglichen Besitzer, sondern ließ sich von dieser wundersamen Prozession fesseln und folgte ihr bereitwillig in die Welt der Illusion.

...Fünfundvierzig

Wir kommen nun zum Finale unserer Show, verehrtes Publikum.

Es ist an der Zeit, unsere berühmteste – und umstrittenste – Illusion zu präsentieren. Eine Variation des berüchtigten Brennenden Spiegels.

Sie haben im Verlauf dieses Wochenendes Auftritte gesehen, die den Nummern solcher Meister wie Harry Houdini, P. T. Selbit und Howard Thurston nachempfunden waren, aber nicht einmal diese Koryphäen hätten sich auf eine Herausforderung wie den Brennenden Spiegel *eingelassen.*

Unser Proband ist gefangen in einer Nachbildung der Hölle, umgeben von Flammen, die sich ihm unerbittlich nähern – und der einzige Fluchtweg ist ein winziger Durchgang hinter einer Feuerwand.

Obwohl es natürlich durchaus sein kann, dass es sich gar nicht um einen Fluchtweg handelt.

Womöglich ist es nur eine Illusion.

Ich muss Sie warnen, verehrtes Publikum, denn die letzte versuchte Aufführung dieses Tricks hat mit einer Tragödie geendet.

Ich weiß es, denn ich war dabei.

Nehmen Sie sich also bitte um Ihretwillen einen Moment Zeit, schauen Sie sich im Zelt um, und überlegen Sie, was Sie im Fall einer Katastrophe tun würden...

Doch bei näherem Nachdenken fällt mir ein – nein, es ist bereits zu spät. Vielleicht sollten Sie am besten einfach nur ein kurzes Gebet sprechen.

Malerick war in den Central Park zurückgekehrt und stand etwa fünfzig Meter vom leuchtenden weißen Zelt des Cirque Fantastique entfernt unter einem Baum.

Er hatte erneut einen Bart angelegt und trug einen Jogginganzug und ein hochgeschlossenes Trikot. Unter einer Baseballmütze mit dem Aufdruck eines Benefizlaufs der Chase Manhattan Bank schauten ein paar verschwitzte blonde Strähnen hervor. Mit Hilfe einer Flasche Wasser hatte er sich zu falschen Schweißflecken verholfen, die das Erscheinungsbild seiner gegenwärtigen Rolle abrundeten: ein unbedeutender Bankangestellter beim abendlichen Fitnessprogramm, der eine Verschnaufpause eingelegt hatte und beiläufig das Zirkuszelt musterte.

Was vollkommen natürlich war.

Er blieb überraschend ruhig. Diese unerwartete Gelassenheit ließ ihn an den Moment unmittelbar nach dem Zirkusfeuer in Ohio denken, als das Ausmaß der Folgen dieser Katastrophe noch unklar gewesen war. Eigentlich hätte er damals laut schreien müssen, doch er hatte sich wie betäubt gefühlt. In einem emotionalen Koma. Genauso fühlte er sich nun. Er hörte die Musik, deren Bässe durch die straffe Zeltleinwand verstärkt zu werden schienen. Den langen Applaus, das Gelächter, die Laute des Erstaunens.

In all den Jahren als Künstler hatte er kaum jemals Lampenfieber verspürt. Wenn man den Auftritt im Schlaf beherrschte, wenn man ausreichend geprobt hatte, weswegen sollte man dann nervös sein? Auch jetzt erging es ihm nicht anders. Alles war dermaßen minutiös geplant worden, dass nichts schief gehen konnte.

Als er das Zelt während dessen letzter paar Minuten auf Erden betrachtete, sah er zwei Gestalten, die direkt außerhalb des großen Serviceeingangs standen, durch den er vor kurzem den Krankenwagen ins Innere gefahren hatte. Ein

Mann und eine junge Frau. Sie sprachen miteinander und beugten sich jeweils dicht zum Ohr des anderen vor, um die Musik zu übertönen.

Ja! Der Mann war Kadesky. Malerick hatte schon befürchtet, der Produzent könnte zum Zeitpunkt der Explosion nicht anwesend sein. Die Frau war Kara.

Kadesky wies nach drinnen, und die beiden gingen hinein. Malerick schätzte, dass sie sich nur drei oder vier Meter neben der Ambulanz befanden.

Er schaute auf die Uhr. Gleich war es so weit.

Und nun, meine Freunde, mein verehrtes Publikum…

Genau um einundzwanzig Uhr schoss ein Feuerstrahl aus dem Zelteingang. Gleich darauf sah man hinter der Leinwand die Umrisse der gewaltigen Flammen, die sich quer durch den Innenraum wälzten und die Tribünen, Zuschauer und Kulissen verschlangen. Die Musik verstummte abrupt, gellende Schreie ertönten, und aus der Zeltspitze stieg schwarzer Rauch empor.

Malerick beugte sich vor. Der entsetzliche Anblick faszinierte ihn.

Mehr Rauch, mehr Schreie.

Er musste aufpassen, dass sich kein *unnatürliches* Lächeln auf seine Lippen schlich. Dann stieß er ein stummes Dankgebet aus. Malerick glaubte an keinen Gott, und so richtete er die Worte an die Seele Harry Houdinis, seines Namensvetters und Vorbilds, des Schutzheiligen aller Zauberkünstler.

Um ihn herum wurden erschrockene Rufe laut, denn wer sich zufällig in diesem abgeschiedenen Bereich des Parks befand, rannte nun herbei, um zu helfen oder zu gaffen. Malerick wartete noch einen Moment ab, aber er wusste, dass bald Hunderte von Polizisten hier ausschwärmen würden. Mit besorgter Miene zog er sein Mobiltelefon aus der Tasche und tat so, als würde er die Feuerwehr verständigen, derweil er bereits den Gehweg ansteuerte. Dennoch konnte er nicht anders – er blieb noch einmal stehen und drehte sich um. Vor dem Zelt hingen halb vom Rauch verdeckt die riesigen Banner. Auf einem von ihnen streckte der maskierte Arlecchino die Arme aus und zeigte seine leeren Handflächen.

Sieh her, verehrtes Publikum, ich habe nichts zu verbergen.

Doch das entsprach nicht der Wahrheit. Die Figur hielt wie ein geübter Taschenspieler etwas hinter den Fingern versteckt.

Und nur Malerick wusste, was das war.

Der scheue Harlekin hatte den Tod mitgebracht.

DRITTER TEIL

Hinter den Kulissen

Sonntag, 21. April, bis Donnerstag, 25. April

Ein großer Zauberkünstler muss in der Lage sein, eine Illusion so zu präsentieren, dass die Zuschauer nicht nur verblüfft, sondern tief bewegt sind.«

– S. H. Sharp

... Sechsundvierzig

Amelia Sachs' Camaro raste mit hundertvierzig Stundenkilometern auf dem West Side Highway in Richtung Central Park.

Im Gegensatz zum Franklin Delano Roosevelt Drive, einer nur durch Mautstellen zugänglichen Schnellstraße, gab es hier jede Menge rote Ampeln und auf Höhe der Vierzehnten Straße einige Fahrbahnunebenheiten, die den angeschlagenen Chevy gefährlich schlingern ließen, so dass es zu einer funkenreichen Berührung zwischen Stahlblech und Betonmauer kam.

Dem Killer war es gelungen, sie durch einen erneuten Geniestreich zu überlisten. Weir hatte es weder auf Charles Gradys Tod noch auf Andrew Constables Flucht abgesehen; es handelte sich dabei vielmehr um seine letzten beiden Täuschungsmanöver. Sein wahres Ziel war ihnen noch vor wenigen Stunden viel zu offensichtlich vorgekommen – der Cirque Fantastique.

Gerade als Amelia mit schussbereiter Waffe vor der Tür eines der letzten möglichen Verstecke im Untergeschoss des Justizgebäudes stand, hatte Rhyme sie angerufen und über die neue Situation in Kenntnis gesetzt. Lon Sellitto und Roland Bell waren zum Zirkus unterwegs, Mel Cooper lief soeben nach drüben, um zu helfen, und auch Bo Haumann und mehrere ESU-Teams hatten sich schon auf den Weg gemacht. Jedermann wurde gebraucht, und Rhyme wollte, dass sie so schnell wie möglich losfuhr.

»Komme sofort«, hatte sie erwidert und die Verbindung unterbrochen. Schon im Gehen, um den Keller zu verlassen, hatte sie noch einmal innegehalten, kehrtgemacht und die Tür trotzdem eingetreten.

Nur um sicherzugehen.

Der Raum dahinter war leer, und es herrschte Totenstille – abgesehen von dem höhnischen Gelächter des Mörders in Amelias Kopf.

Fünf Minuten später saß sie in ihrem Camaro und gab Vollgas.

Die Ampel an der Dreiundzwanzigsten Straße zeigte Rot, aber der Querverkehr war nicht besonders dicht, also verringerte sie nur unwesentlich das Tempo und fuhr weiter. Sie verließ sich lieber auf ihre Lenkkünste als darauf, dass die anderen Verkehrsteilnehmer das Blaulicht beachten und ihr Platz machen würden.

Hinter der Kreuzung schaltete sie herunter, trat das Pedal bis zum Boden durch und ließ den rasselnden Motor bis auf hundertdreißig beschleunigen. Sie tastete nach dem Funkgerät, um Rhyme ihren derzeitigen Standort mitzuteilen und ihn zu fragen, was genau sie tun sollte.

Malerick schlenderte langsam aus dem Park, während Leute an ihm vorbei in die entgegengesetzte Richtung liefen, auf das Feuer zu.

»Was ist denn da los?«

»O mein Gott!«

»Die Polizei… Hat jemand die Polizei verständigt?«

»Hörst du diese Schreie? Hörst du das?«

Am Central Park West stieß er an der Ecke einer der Querstraßen mit einer jungen Asiatin zusammen, die beunruhigt in Richtung Park starrte. »Wissen Sie, was da passiert ist?«, fragte sie.

Ja, allerdings, dachte Malerick. Der Mann und der Zirkus, die mein Leben zerstört haben, gehen soeben zugrunde.

Doch er runzelte die Stirn und sagte ernst: »Nein, keine Ahnung. Aber es scheint ziemlich schlimm zu sein.«

Er ging weiter nach Westen und begann mit einem ausgedehnten halbstündigen Spaziergang zurück zu seinem Apartment. Dabei schlug er nicht nur einige Umwege ein, sondern wechselte auch mehrmals die Verkleidung, um absolut sicherzustellen, dass ihm niemand folgte.

Sein Plan sah vor, dass er die heutige Nacht in der Wohnung verbringen und dann am Morgen nach Europa abfliegen würde, wo er einige Monate üben und danach wieder öffentlich auftreten wollte – und zwar unter seinem neuen Namen. Bisher hatte außer seinem verehrten Publikum keine Menschenseele je etwas von »Malerick« gehört, aber das würde sich bald ändern. Eines bedauerte er dabei – dass er nicht in der Lage sein würde, seine Lieblingsnummer aufzuführen, den *Brennenden Spiegel*; bei weitem zu viele Leute brachten diesen Trick mit seiner Person in Verbindung. Genau genommen würde er sogar auf vieles verzichten müssen, beispielsweise auf die Bauchrednerei, die Hellseherei und viele der Taschenspielernummern aus seinem früheren Repertoire. Eine zu große Vielseitigkeit – das hatte dieses Wochenende gezeigt – konnte Rückschlüsse auf seine wahre Identität ermöglichen.

Malerick ging bis zum Broadway, drehte um und machte sich endgültig auf den Heimweg, wobei er weiterhin vorsichtig blieb, aber er konnte keine Verfolger entdecken.

Er betrat das Treppenhaus, blieb stehen und beobachtete volle fünf Minuten lang die Straße.

Ein älterer Mann – Malerick erkannte ihn als Nachbarn von gegenüber – ging mit seinem Pudel Gassi. Ein Junge auf Rollerblades kam vorbei. Zwei Mädchen mit Eistüten. Sonst niemand. Die Straße war leer: Morgen war Montag, ein Schul- und Arbeitstag. Die Leute waren alle zu Hause und bügelten ihre Wäsche, halfen den Kindern bei den Hausaufgaben… und klebten wie gebannt vor den Fernsehgeräten, um zu verfolgen, wie CNN von der schrecklichen Tragödie im Central Park berichtete.

Er eilte in sein Apartment, schaltete das Licht aber nicht ein.

Und nun geht die Show zu Ende, verehrtes Publikum, so wie immer.

Doch es liegt in der Natur unserer Kunst, dass das, was den Zuschauern von heute alt erscheint, an anderen Orten denen von morgen und übermorgen frisch und einfallsreich vorkommt.

Wussten Sie, meine Freunde, dass die vielen Vorhänge, die ein Künstler bei langem Applaus erhält, nicht als Dank an ihn gemeint sind, sondern eigentlich ihm die Gelegenheit verschaffen sollen, sich bei seinem Publikum zu bedanken – bei den Menschen, die so freundlich waren, ihm und seiner Show ihre Aufmerksamkeit zu schenken?

Nehmen Sie also meinen aufrichtigen Dank dafür entgegen, dass Sie mich bei meinen bescheidenen Anstrengungen mit Ihrer Gegenwart beehrt haben. Ich hoffe, ich konnte Ihnen Aufregung und Vergnügen bereiten. Ich hoffe, Sie sind mir mit Staunen auf diese Reise in die Unterwelt gefolgt, wo Leben sich in Tod verwandelt, Tod in Leben und das Wirkliche ins Unwirkliche.

Ich verneige mich vor Ihnen, verehrtes Publikum…

Er zündete eine Kerze an, setzte sich auf das Sofa und ließ die Flamme nicht aus den Augen. Heute Abend würde sie erzittern und ihm eine Botschaft übermitteln, davon war er fest überzeugt.

Er saß mit starrem Blick vorgebeugt da, genoss das befriedigende Gefühl der endlich vollzogenen Vergeltung, wiegte sich wie hypnotisiert vor und zurück und atmete nur sehr langsam.

Die Kerze flackerte. Ja!

Sprich zu mir.

Sie flackerte erneut…

Und tatsächlich wurde im nächsten Moment eine Botschaft übermittelt.

Allerdings ging das Flackern nicht auf den Geist einer längst verstorbenen geliebten Person zurück, sondern allein auf den kühlen Luftzug, der ins Zimmer strömte, als die Tür mit einem Rammbock eingeschlagen wurde und ein halbes Dutzend Polizisten in voller Körperpanzerung die Wohnung stürmten. Sie schleuderten den keuchenden Illusionisten zu Boden, und einer von ihnen – es war die rothaarige Beamtin, die er seit gestern kannte – hielt ihm eine Pistole an den Hinterkopf. Dann las sie ihm mit ruhiger Stimme seine Rechte vor.

... Siebenundvierzig

Das Gewicht Lincoln Rhymes und seines Rollstuhls ließ die Arme der beiden schwitzenden ESU-Beamten zittern, als sie ihn die Stufen ins Gebäude hochschleppten. Im Treppenhaus übernahm er selbst und lenkte den Storm Arrow in die Wohnung des Hexers. Neben Amelia Sachs blieb er stehen.

Während die Beamten des Sondereinsatzkommandos alle Räume sicherten, durchsuchten Bell und Sellitto den verblüfften Täter. Rhyme hatte vorgeschlagen, einen Arzt aus der Gerichtsmedizin hinzuzuziehen. Der traf kurz darauf ein und nahm sich den Mann genauer vor. Es erwies sich als eine gute Idee; der Arzt fand mehrere Schlitze in der Haut des Mannes – sie sahen wie kleine Narben aus, ließen sich aber öffnen. Im Innern waren winzige metallene Werkzeuge versteckt.

»Lassen Sie ihn auf der Krankenstation des Untersuchungsgefängnisses röntgen«, sagte Rhyme. »Halt, warten Sie, führen Sie lieber eine Kernspintomographie durch. Durchleuchten Sie jeden Quadratzentimeter.«

Nachdem man dem Hexer drei Paar Handschellen und zwei Paar Fußfesseln angelegt hatte, brachten zwei Beamte den Mann am Boden in eine sitzende Position. Der Kriminalist besichtigte unterdessen ein Schlafzimmer voller Requisiten und Utensilien. Die Masken, falschen Hände und Latexprothesen verliehen dem Raum eine gespenstische Ausstrahlung, doch Rhyme empfand bei dem Anblick dieser Gegenstände eher ein Gefühl der Leere: Sie waren hier verstaut, um den grausigen Plänen eines Mörders zu dienen, anstatt im Rahmen einer Show viele Tausend Menschen zu unterhalten.

»Wie?«, flüsterte der Hexer.

Rhyme registrierte den verwunderten, ja geradezu bestürzten Blick. Er genoss den Moment. Jeder Jäger würde bestätigen, dass die Pirsch das eigentlich Aufregende war. Doch kein Jäger konnte wirklich zufrieden sein, solange er nicht diesen einen Moment der Hochstimmung erlebte, wenn er endlich die Beute zur Strecke gebracht hatte.

»Wie haben Sie es herausgefunden?«, wiederholte der Mann mit asthmatischem Pfeifen.

»Dass Sie es auf den Zirkus abgesehen hatten?« Rhyme sah Sachs an.

»Es gab nicht allzu viele Spuren, aber sie ließen erkennen…«, setzte sie an.

»›Ließen erkennen‹, Sachs? Ich würde sagen, sie schrien es heraus.«

»…ließen erkennen, was Sie in Wahrheit vorhatten«, fuhr sie völlig unbeeindruckt fort. »Wir haben die Tüte mit der Kleidung und der falschen Wunde gefunden – in der Abstellkammer im Untergeschoss des Justizgebäudes.«

»Sie haben die Tüte gefunden?«

»An den Sachen klebte ein wenig getrocknete rote Farbe. Und Teppichfasern«, sagte Sachs.

»Ich dachte, die Farbe sei Kunstblut.« Rhyme schüttelte verärgert den Kopf. »Diese Annahme war zwar *logisch*, aber ich hätte trotzdem noch andere Möglichkeiten in Betracht ziehen müssen. Wie das FBI-Labor uns mitgeteilt hat, handelt es sich um einen orangeroten Autolack der Firma Jenkin Manufacturing, der ausschließlich für Rettungsfahrzeuge verwendet wird. Diese spezielle Sorte ist in handelsüblichen Mengen frei erhältlich und für die Ausbesserung kleinerer Schäden gedacht. Auch die Fasern stammen aus einem Wagen – sie gehören zu einem strapazierfähigen Industrieteppich, der bis vor acht Jahren in Krankenwagen des Herstellers General Motors gebräuchlich war.«

»Daraus hat Lincoln gefolgert, dass Sie kürzlich eine alte Ambulanz gestohlen oder gekauft und dann hergerichtet haben«, übernahm Sachs. »Es hätte ein Fluchtfahrzeug oder die Tarnung für einen weiteren Anschlag auf Charles Grady sein können, aber ihm sind die Messingspäne wieder eingefallen. Was wäre, falls unsere ursprüngliche Vermutung zutraf und es *tatsächlich* einen Zeitzünder gab? Und da Sie in Lincolns Schlafzimmer ein mit Benzin getränktes Taschentuch zurückgelassen hatten, schien es nicht weit hergeholt, dass Sie eine Brandbombe in einem vermeintlichen Rettungswagen verstecken würden.«

»Danach habe ich einfach nur Logik walten lassen…«, sagte Rhyme.

»Das soll heißen, er ist einer Eingebung gefolgt«, spöttelte Bell.

»Eingebungen sind dummes Zeug«, fuhr Rhyme ihn an. »Logik nicht. Die Logik ist das Rückgrat der Wissenschaft, und die Kriminalistik ist reine Wissenschaft.«

Sellitto sah Bell an und verdrehte die Augen.

Doch Rhyme ließ sich durch die Insubordination der Mitarbeiter nicht seine gute Laune verderben. »Ich habe also Logik angewendet. Kara hatte uns geschildert, dass ein Illusionist die Aufmerksamkeit des Publikums mitunter genau auf den Trick lenkt.«

Die besten Illusionisten beherrschen ihre Nummern dermaßen gut, dass sie direkt auf ihre Methode verweisen, direkt auf das, was sie tatsächlich tun werden. Doch der Zuschauer glaubt ihnen nicht und schaut in die andere Richtung. Wenn das geschieht, ist nichts mehr zu retten. Der Zuschauer hat verloren, und der Illusionist ist Sieger.

»Und genau das haben auch Sie getan. Ich muss gestehen, es war eine brillante Idee. Dieses Kompliment mache ich nicht besonders oft, oder, Sachs?… Sie wollten sich an Kadesky für das Feuer rächen, das Ihr Leben ruiniert hat. Folglich haben Sie einen Plan entworfen, der Ihnen sowohl diese Genugtuung verschaffen als auch die anschließende Flucht ermöglichen sollte – dabei sind Sie analog zu einer Bühnennummer verfahren und haben vielschichtige Täuschungen eingebaut.« Rhyme überlegte kurz. »Täuschung Nummer eins: Sie haben eine ›Nötigung‹ begangen – laut Kara ist dies das Wort, das Illusionisten dafür benutzen, nicht wahr?«

Der Killer erwiderte nichts.

»Ich bin sicher, so hat sie sich ausgedrückt. Zunächst haben Sie uns *genötigt* zu glauben, Sie wollten aus Gründen persönlicher Vergeltung den Zirkus zerstören. Aber ich habe es Ihnen nicht abgenommen – es war zu offensichtlich. Und unser Misstrauen führte zu Täuschung Nummer zwei: Sie haben uns den Zeitungsartikel über Grady, den Restaurantbeleg, den Presseausweis und den Hotelschlüssel untergeschoben, damit wir daraus folgern würden, Sie wollten den Staatsanwalt umbringen… Was die Jacke am Hudson River betrifft, so wollten Sie sie ohnehin dort zurücklassen, richtig? Wir *sollten* sie am Tatort finden.«

Der Hexer nickte. »Ja, das hatte ich vor. Aber es kam noch besser, weil Ihre Beamten mich dort überrascht haben. Auf diese Weise sah es nämlich vollkommen *natürlich* aus, dass ich die Jacke auf der Flucht zurückgelassen habe.«

»Und als Folge hielten wir Sie für einen Auftragskiller, der Illusionistentricks benutzt, um an Charles Grady heranzukommen und ihn zu ermorden«, fuhr der Kriminalist fort. »Wir glaubten, Sie durchschaut zu haben, und unser Argwohn verflüchtigte sich… wenigstens *einigermaßen*.«

Der Hexer rang sich ein mattes Lächeln ab. »›Einigermaßen‹«, keuchte er. »Wissen Sie, wenn man halbwegs intelligente Leute im Publikum hat, bleiben sie auch weiterhin skeptisch.«

»Daher folgte Täuschung Nummer drei. Um uns weiter vom Zirkus abzulenken, sollten wir annehmen, Sie hätten sich absichtlich verhaften lassen, um ins Untersuchungsgefängnis zu gelangen, und zwar nicht etwa, um Grady zu töten, sondern um Constable zu befreien. Bis dahin wären der Zirkus und Kadesky komplett aus unserem Bewusstsein verschwunden. In Wahrheit ging es Ihnen weder um Constable noch um Grady.«

»Die beiden waren Komparsen und nur dazu da, Sie in die Irre zu führen«, räumte er ein.

»Das wird die Gesellschaft der Patrioten aber gar nicht gern hören«, murmelte Sellitto.

Der Hexer schaute auf seine Fußfesseln. »Ich würde sagen, das dürfte wohl die geringste meiner Sorgen sein, meinen Sie nicht auch?«

In Anbetracht der Rechnung, die Constable und seine Gesinnungsgefährten mit dem Mann offen hatten, war Rhyme sich diesbezüglich nicht allzu sicher.

»Aber warum hat er sich die Mühe gemacht, extra einen angeblichen Fluchtplan für Constable zu entwickeln?«, wandte Bell sich an den Kriminalisten.

»Na ja, ganz einfach«, warf Sellitto ein. »Wir sollten möglichst gründlich von dem Zirkus abgelenkt werden, damit er es leichter haben würde, dort die Bombe zu legen.«

»Nein, Lon, da irrst du dich«, sagte Rhyme langsam. »Es gab einen anderen Grund.«

Diese Worte und vielleicht auch der seltsame Tonfall, in dem Rhyme sie aussprach, veranlassten den Killer, sich ihm zuzuwenden. Zum ersten Mal an diesem Abend nahm der Kriminalist im Blick des Mannes Verunsicherung, wenn nicht gar Angst wahr.

Volltreffer, dachte Rhyme.

»Weißt du, es gab nämlich noch eine *vierte* Täuschung.«

»Eine vierte?«, wiederholte Sellitto.

»Ganz recht… Er ist nicht Erick Weir«, verkündete Rhyme mit etwas zu viel Theatralik, wie er selbst zugeben musste.

...Achtundvierzig

Der Killer seufzte auf, lehnte sich gegen das Bein eines Sessels zurück und schloss die Augen.

»Nicht Weir?«, fragte Sellitto.

»Das stand im Zentrum all seiner Aktionen an diesem Wochenende«, fuhr Rhyme fort. »Er wollte Rache an Kadesky und dem Hasbro Circus üben – dem heutigen Cirque Fantastique. Nun, es ist einfach, sich zu rächen, wenn einem die eigene Haut egal ist. Aber...«, ein Nicken in Richtung des Hexers, »...er wollte nicht im Gefängnis landen, sondern davonkommen und weiter auftreten. Also hat er seine *Identität* geändert und wurde Erick Weir, ließ sich heute Nachmittag verhaften und vor seiner Flucht noch die Fingerabdrücke abnehmen.«

Sellitto nickte. »Damit nach dem Anschlag auf Kadesky und den Zirkus alle nach *Weir* suchen würden und nicht nach ihm.« Er runzelte die Stirn. »Aber wer, zum Teufel, ist er?«

»Arthur Loesser, Weirs Protegé.«

Der Killer keuchte leise auf, als der letzte Rest Anonymität – und damit die Hoffnung auf Flucht – sich in Luft auflöste.

»Aber Loesser hat uns doch angerufen«, wandte Sellitto ein. »Er war weit westlich von hier. In Nevada.«

»Nein, war er nicht. Ich habe das bei der Telefongesellschaft überprüfen lassen. Als er anrief, stand auf dem Display des Apparats ›Keine Anrufer-Kennung‹, weil das Gespräch zuerst zu seinem Konto bei einem auswärtigen Netzbetreiber geschaltet und von dort aus wieder in die Stadt zurückgeführt wurde, aber Ausgangspunkt war ein Kartentelefon an der Siebenundachtzigsten Straße West. Außerdem ist er nicht verheiratet. Die Frauenstimme auf seinem Anrufbeantworter in Las Vegas war eine Fälschung.«

»Und er war auch derjenige, der Keating, den anderen Assistenten, angerufen und sich dabei als Weir ausgegeben hat, richtig?«, fragte Sellitto.

»Ja. Er hat ihn nach dem Feuer in Ohio gefragt und dabei verstört und bedrohlich getan, um letztlich uns in unserer Annahme zu bestärken, dass Weir sich in New York befand, um Rache an Kadesky zu nehmen. Er musste schon im Vorhinein eine entsprechende Fährte legen. Also hat er beispielsweise die Darby-Handschellen auf Weirs Namen gekauft. Genau wie die Pistole, mit der er in Gradys Wohnung aufgetaucht ist.«

Rhyme sah den Killer an. »Was macht die Stimme?«, fragte er spöttisch. »Geht's der Lunge schon besser?«

»Sie wissen doch, dass die völlig in Ordnung ist«, herrschte Loesser ihn an. Das pfeifende Keuchen war weg. Er litt nicht unter Atembeschwerden. Es war lediglich ein weiterer Kniff gewesen, um sie glauben zu machen, er sei Weir.

Rhyme nickte in Richtung des Schlafzimmers. »Ich habe da drüben Entwürfe für ein paar Werbeplakate gesehen. Ich nehme an, die stammen von Ihnen. Der Name darauf lautet ›Malerick‹. So nennen Sie sich jetzt, ja?«

Der Killer nickte. »Was ich Ihnen erzählt habe, entspricht der Wahrheit – ich habe meinen alten Namen gehasst. Ich konnte den Gedanken an die Zeit vor dem Feuer nicht mehr ertragen. Es war zu schlimm, daran erinnert zu werden. Inzwischen bin ich Malerick… Wie sind Sie auf die Idee gekommen?«

»Nachdem man Sie allein im Korridor des Gefängnisses zurückgelassen hatte, haben Sie mit Ihrem Hemd den Boden und die Fesseln abgewischt«, erklärte Rhyme. »Als ich darüber nachdachte, konnte ich einfach keine Erklärung für dieses Verhalten finden. Wollten Sie das Blut aufwischen? Das hätte keinen Sinn ergeben. Nein, die einzige Antwort, die mir einfiel, war folgende: Sie wollten keine Fingerabdrücke hinterlassen. Doch man hatte nur Minuten zuvor Ihre Fingerabdrücke registriert; weshalb sollte Ihnen dieser Punkt also Kopfzerbrechen bereiten?« Rhyme zuckte die Achseln, als sei die Antwort absolut offensichtlich. »Weil Ihre richtigen Fingerabdrücke andere waren als die auf der soeben angefertigten Karteikarte.«

»Scheiße, wie hat er das denn angestellt?«, fragte Sellitto.

»Amelia hat im Korridor frische Tintenspuren gefunden. Die stammten von seiner Registrierung heute Abend, waren also eigentlich nicht von Bedeutung, doch sie stimmten mit dem Tintenfleck an seiner Sporttasche überein, die wir am Marston-Tatort sichergestellt hatten. Das bedeutete, dass er schon *vor* dem heutigen Tag mit Fingerabdrucktinte in Berührung gekommen war. Ich kam auf den Gedanken, dass er eine leere Fingerabdruckkarte gestohlen und zu Hause mit den Abdrücken des echten Erick Weir versehen haben könnte. Er hat sie mit diesem Klebewachs im Futter seiner Jacke versteckt – wir haben ihn nach Waffen und Schlüsseln durchsucht, nicht nach einem Stück dünner Pappe. Nachdem man ihm die Abdrücke abgenommen hatte, ist es ihm irgendwie gelungen, die Leute kurz abzulenken und die Karteikarten auszutauschen. Vermutlich hat er die neue Karte in der Toilette heruntergespült oder in kleine Fetzen gerissen und aus dem Fenster geworfen.«

Loesser verzog wütend das Gesicht und bestätigte dadurch Rhymes Verdacht.

»Ich habe mir die Karte aus der Kartei des Gefängnisses schicken lassen, und Mel hat sie untersucht. Die Tintenabdrücke sind tatsächlich die von Weir, aber die darüber hinaus hinterlassenen Papillarleisten gehören zu Loesser. Es gibt einen AFIS-Eintrag über ihn, weil er damals in New Jersey zusammen mit Weir wegen dieser fahrlässigen Körperverletzung festgenommen wurde. Außerdem haben wir die Waffe der Justizbeamtin überprüft. Sie hatte die Glock wieder an sich genommen, so dass er keine Chance bekam, die Spuren zu beseitigen. Auch dort konnten wir Abdrücke von Loesser nachweisen. Oh, und ein Teilabdruck fand sich auf der Rasiermesserklinge.« Rhyme musterte das kleine Pflaster an Loessers Schläfe. »Sie haben vergessen, die Klinge mitzunehmen.«

»Ich konnte sie nicht *finden*«, entgegnete der Killer barsch. »Mir blieb keine Zeit, um danach zu suchen.«

»Aber er müsste doch viel jünger als Weir sein«, gab Sellitto zu bedenken.

»Er *ist* jünger als Weir.« Rhyme schaute auf Loessers Gesicht. »Die Falten bestehen aus Latex, genau wie die Narben – sie sind alle unecht. Weir wurde 1950 geboren. Loesser ist zwanzig Jahre jünger, musste also altern.« Er hielt kurz inne. »Oh, das fällt mir jetzt erst auf. Ich hätte genauer nachdenken müssen. Erinnert ihr euch an die Latexpartikel mit Make-up, die Amelia an den Tatorten gefunden hat? Ich habe vermutet, sie stammten von seinen künstlichen Fingerkuppen, aber das ergibt keinen Sinn, denn niemand trägt Schminke an den Fingern; sie würde sofort auf alles Mögliche abfärben. Nein, die Partikel gehören zu den anderen Prothesen.« Rhyme betrachtete Stirn und Wangenknochen des Killers. »Das Latex muss doch ziemlich unbequem sein.«

»Man gewöhnt sich daran.«

»Sachs, lass uns doch mal nachschauen, wie er wirklich aussieht.«

Mit einiger Mühe zog sie ihm den Bart sowie die Falten um Augen und Kinn ab. Das zum Vorschein kommende Gesicht war wegen des Klebstoffs ein wenig fleckig, aber eindeutig sehr viel jünger. Auch die Proportionen wirkten ganz anders. Er sah dem Mann, der er eben noch gewesen war, kaum mehr ähnlich.

»Ganz anders als bei den Masken in *Mission: Impossible*, hm? Von wegen schnell mal auf- und wieder absetzen.«

»Nein, echte Masken sind überhaupt nicht so.«

»Die Finger auch.« Rhyme wies mit dem Kopf auf die linke Hand des Täters.

Um die vermeintliche Verschmelzung glaubhaft wirken zu lassen, hatte er die Finger mit einer Bandage zusammengebunden und unter einer dicken Latexprothese verborgen. Als Folge waren die zwei Finger nun runzlig, kraftlos und käseweiß, ansonsten aber natürlich vollkommen normal. Sachs untersuchte sie. »Ich wollte Rhyme eigentlich fragen, warum Sie die Prothese gestern auf dem Marktplatz nicht einfach abgenommen haben – schließlich suchten wir ja nach einem Mann mit deformierter linker Hand.« Aber die beiden Finger sahen auch so ziemlich entstellt aus und hätten ihn daher verraten.

Rhyme nahm den Killer genau in Augenschein. »Fast ein perfektes Verbrechen«, sagte er. »Ein Täter, der dafür sorgt, dass jemand anders verdächtigt wird. Wir wären von Weirs Schuld überzeugt gewesen, denn immerhin lag eine eindeutige Identifizierung vor. Dann hätte er sich einfach in Luft aufgelöst. Loesser hätte sein eigenes Leben weiterführen können, und der Ausbrecher – Weir – wäre nie wieder aufgetaucht. Der Verschwundene.«

Und obwohl Loesser die ersten drei Opfer nicht aufgrund eines tiefen psychologischen Zwangs ausgewählt hatte, sondern nur, um die Polizei in die Irre zu führen, traf Terry Dobyns' Diagnose hundertprozentig zu – er wollte sich für das Feuer rächen, das ihm einen geliebten Menschen geraubt hatte. Allerdings ging es dabei nicht um Weirs gescheiterte Karriere und den Tod seiner Frau, sondern um *Loessers* Verlust: den seines Mentors Weir höchstpersönlich.

»Aber eines verstehe ich nicht«, sagte Sellitto. »Durch den Austausch der Karteikarten wollte er sicherstellen, dass wir den echten Weir jagen. Wieso sollte er seinem Mentor so etwas antun?«

»Warum habe ich wohl die beiden kräftigen jungen Beamten gebeten, mich die Stufen zu dieser äußerst unzugänglichen Wohnung hinaufzuschleppen, Lon?«, fragte er und ließ den Blick in die Runde schweifen. »Ich wollte das Gitternetz selbst abschreiten – oh, Verzeihung, es müsste wohl eher ab*rollen* heißen.« Mit Hilfe des Touchpads steuerte er nun den Storm Arrow geschickt durch das Zimmer, blieb vor dem Kaminsims stehen und schaute nach oben. »Ich glaube, ich habe unseren Täter gefunden, Lon.« Dort auf dem Sims standen eine Kerze und ein Kasten mit Einlegearbeiten. »Das da ist Erick Weir, richtig? Seine Asche.«

»Ja, das stimmt«, sagte Loesser leise. »Er wusste, dass ihm nicht mehr viel Zeit blieb, und wollte unbedingt von der Intensivstation in Ohio weg, um in seinem Haus in Las Vegas sterben zu können. Eines Nachts habe ich ihn dort rausgeholt und nach Hause gefahren. Ein paar Wochen später war er tot. Ich habe den Nachtwächter eines Krematoriums bestochen und ihn eingeäschert.«

»Und die Fingerabdrücke?«, fragte Rhyme. »Haben Sie sie ihm nach dem Tod abgenommen und entsprechende Stempel angefertigt, um die falsche Karteikarte vorbereiten zu können?«

Loesser nickte.

»Demnach haben Sie all dies schon seit Jahren geplant?«

»Ja!«, erwiderte Loesser hitzig. »Sein Tod ist wie eine Brandwunde, die immer noch schmerzt.«

»Sie haben so viel riskiert, um Ihren Boss zu rächen?«, fragte Bell.

»Boss? Er war viel mehr als mein *Boss*«, fuhr Loesser ihn wütend an. »Sie begreifen überhaupt nichts. An meinen Vater denke ich nur ein paar Mal im Jahr – und der ist noch am Leben. An Mr. Weir denke ich rund um die Uhr. Seit jenem ersten Tag, als er in diesen Laden in Vegas kam, wo ich gerade auftrat... Damals habe ich mich der junge Houdini genannt... Ich war vierzehn. Was für ein Tag! Er sagte, er würde mir zu einer Vision und damit zu wahrer Größe verhelfen. An meinem fünfzehnten Geburtstag bin ich von zu Hause weggelaufen, um mit ihm auf Reisen zu gehen.« Seine Stimme zitterte, und er verstummte kurz. »Mr. Weir hat mich geschlagen, mich angeschrien und mir das Leben zur Hölle gemacht, aber manchmal sah er, was in mir steckte. Er hat sich um mich gekümmert. Er hat mir das Illusionistenhandwerk beigebracht...« Das Gesicht des Mannes umwölkte sich. »Und dann wurde er mir weggenommen. Wegen Kadesky. Er und sein beschissenes *Geschäft* haben Mr. Weir getötet... Und mich auch. Arthur Loesser ist in jenem Feuer gestorben.« Er sah den Kasten an, und auf seinem Antlitz zeichnete sich dabei eine Mischung aus Kummer, Hoffnung und dermaßen seltsamer Zuneigung ab, dass Rhyme einen Schauder verspürte, der ihm vom Hals hinunter in den tauben Leib kroch.

Loesser sah wieder Rhyme an und lachte frostig auf. »Tja, Sie haben mich erwischt, aber trotzdem sind Mr. Weir und ich die Sieger. Sie sind nicht schnell genug gewesen. Der Zirkus existiert nicht mehr, und Kadesky ist erledigt. Falls er überlebt hat, dürfte wenigstens seine Karriere vorbei sein.«

»Ach, richtig, der Cirque Fantastique und das Feuer.« Rhyme schüttelte ernst den Kopf. »Nun ja...«

Loesser runzelte die Stirn, sah die anderen an und versuchte zu verstehen, was Rhyme meinte. »Wie bitte? Was soll das heißen?«

»Denken Sie noch einmal zurück. Sie stehen im Central Park, beobachten die Flammen, den Qualm, die Zerstörung. Und Sie hören die Schreie… Sie überlegen sich, lieber zu verschwinden, weil man bald nach Ihnen suchen wird. Sie machen sich auf den Weg hierher. Jemand – eine junge Frau, eine *Asiatin* in einem Jogginganzug – stößt mit Ihnen zusammen. Sie wechseln ein paar Worte über die Vorgänge im Park. Dann trennen sich Ihre Wege.«

»Wovon, zum Teufel, reden Sie da?«, fragte Loesser schroff.

»Werfen Sie doch mal einen Blick auf die Unterseite des Armbands Ihrer Uhr«, sagte Rhyme.

Loesser drehte das Handgelenk. Die Ketten klirrten leise. Auf dem Uhrenarmband klebte eine kleine schwarze Scheibe. Sachs entfernte sie. »Ein GPS-Peilsender. Wir sind dem Signal hierher gefolgt. Hat es Sie denn nicht überrascht, so plötzlich Besuch zu bekommen?«

»Aber wer…? Moment! Das war diese Illusionistin, dieses Mädchen! Kara! Ich habe sie nicht erkannt.«

»Nun, darum geht es doch bei einer Illusion, oder etwa nicht?«, merkte Rhyme spöttisch an. »Wir haben Sie im Park entdeckt, mussten aber befürchten, dass Sie uns entwischen. Ein nicht ganz unbegründeter Verdacht, oder? Und wir sind davon ausgegangen, dass Sie einige Umwege einschlagen würden. Daher habe ich Kara gebeten, sich ebenfalls zu verkleiden. Sie ist wirklich gut. Ich selbst habe sie kaum wiedererkannt. Bei dem kleinen Zusammenstoß an der Straßenecke hat sie Ihnen dann den Peilsender verpasst.«

»Wir hätten Sie eventuell schon auf der Straße verhaften können«, übernahm Sachs, »aber Sie sind ein wenig zu gut im Fliehen. Außerdem wollten wir Ihr Versteck ausfindig machen.«

»Das bedeutet ja, dass Sie schon *vor* dem Feuer Bescheid gewusst haben!«

»Ach übrigens, Ihr Krankenwagen«, sagte Rhyme beiläufig. »Das Räumkommando hat die Bombe gefunden und innerhalb einer Minute gefahrlos entschärft. Dann hat man das Fahrzeug sofort gegen ein anderes ausgetauscht, damit Sie nichts merken würden. Wir sind davon ausgegangen, dass Sie den Brandanschlag persönlich verfolgen wollten. Daher haben wir jede Menge Beamte in Zivil zum Park geschickt und nach einem Mann Ausschau halten lassen, der ungefähr Ihre Statur besitzt, eine Weile das Feuer beobachtet und bald darauf den Bereich verlässt. Mehrere der Kollegen haben Sie bemerkt, und wir ließen Ihnen von Kara den Sender anhängen. Und Hokuspokus…« Rhyme lächelte über seine Wortwahl »…hier sind wir.«

»Aber das Feuer… ich habe es doch *gesehen*!«

»Begreifst du jetzt, warum ich mich lieber an Spuren als an Augenzeugen halte?«, wandte Rhyme sich an Sachs. »Er hat das Feuer *gesehen*, also *musste* es echt sein.« Er sah wieder Loesser an. »Aber es war *nicht* echt, das dürfen Sie mir glauben.«

»Was Sie gesehen haben, war der Qualm mehrerer Rauchgranaten, die wir uns bei der Nationalgarde besorgt und mit einem Kran oben am Zelt befestigt haben«, erklärte Sachs. »Die Flammen stammten von einem Propanbrenner am Bühneneingang, gleich neben dem Rettungswagen. In der Manege wurden ebenfalls ein paar Brenner entzündet und die Schatten der Flammen auf die Zeltbahn projiziert.«

»Ich habe Schreie gehört«, flüsterte Loesser.

»Oh, das war Karas Idee. Kadesky hat dem Publikum erzählt, man würde eine kleine Programmpause einlegen, damit ein Filmteam eine Szene im Zelt drehen könne – und zwar über ein Zirkusfeuer. Auf Kommando fingen dann alle an zu schreien. Die Leute hatten riesigen Spaß dabei. Immerhin durften sie sich als Statisten fühlen.«

»Nein«, flüsterte der Hexer. »Es war…«

»…eine Illusion«, fiel Rhyme ihm ins Wort. »Es war alles nur eine Illusion.«

Ersonnen vom flinken Verstand des Unbeweglichen.

»Ich sollte mich hier langsam an die Arbeit machen«, sagte Sachs stirnrunzelnd und deutete mit ausholender Geste auf das Zimmer.

»Sicher, sicher, Sachs. Wo *bin* ich nur mit meinen Gedanken? Wir sitzen hier und plaudern und verunreinigen dabei einen Tatort.«

Zwei Beamte führten den mehrfach mit Hand- und Fußfesseln gesicherten Killer zur Tür hinaus. Er wirkte längst nicht mehr so großspurig wie bei seiner letzten Fahrt ins Untersuchungsgefängnis.

Als zwei ESU-Cops Rhyme soeben wieder nach draußen tragen wollten, klingelte Lon Sellittos Telefon. Er nahm das Gespräch an. »Sie ist hier…« Er sah zu Sachs. »Möchten Sie mit ihr sprechen…?« Dann bedeutete er Amelia mit einem Kopfschütteln, dass dem offenbar nicht so war. Mit ernster Miene hörte er weiter zu. »Okay, ich sag's ihr.« Er unterbrach die Verbindung.

»Das war Marlow«, sagte er zu Sachs.

Der Leiter der Patrol Services Division. Was war los?, grübelte der Kriminalist. Sellitto wirkte beunruhigt.

»Er möchte Sie morgen früh um zehn bei sich im Büro sehen, Officer«, fuhr der zerknitterte Detective fort. »Es geht um Ihre Beförderung.« Er runzelte die Stirn. »Da war noch etwas, das ich Ihnen ausrichten sollte. Irgendwas wegen Ihrer

Punktzahl bei dem Test. Was war es doch gleich?« Er schüttelte den Kopf und starrte unverkennbar besorgt zur Decke. »Was war es doch gleich?«

Sachs wartete ungeduldig ab. Rhyme bemerkte, dass sich einer ihrer Fingernägel kurz in die Nagelhaut des Daumens grub.

Dann schnippte der Detective mit den Fingern. »Ach ja, jetzt fällt's mir wieder ein. Er sagte, Sie hätten die dritthöchste Punktzahl in der Geschichte des Departments erreicht.« Seine Stirn legte sich in Falten, und er sah Rhyme an. »Du weißt, was das bedeutet, oder? Der Herr sei uns gnädig – die Sache wird ihr zu Kopf steigen.«

Sie hastete keuchend den Korridor hinunter.

Er war mindestens eine Meile lang.

Kara konnte nur an eines denken, und das war weder der verstorbene Erick Weir noch sein psychotischer Assistent Art Loesser und auch nicht die erstklassig gelungene Feuerillusion im Cirque Fantastique. Nein, ihr einziger Gedanke lautete: Komme ich noch rechtzeitig?

Ihre Füße hämmerten auf den grauen Linoleumboden, und sie rannte weiter den halbdunklen Gang entlang.

Vorbei an offenen und geschlossenen Türen. Wortfetzen aus Fernsehsendungen drangen an ihre Ohren, Musikstücke und Abschiedsgrüße, weil die Angehörigen sich am Ende der sonntäglichen Besuchszeit nun allmählich auf den Heimweg machten.

Sie hörte das hohle Dröhnen ihrer eigenen Schritte.

Vor dem Zimmer blieb sie stehen und atmete mehrmals tief durch, damit ihre Stimme nicht zitterte. Sie war nervöser als jemals vor einem ihrer Auftritte. Dann ging sie hinein.

Eine Pause. »Hallo, Mum.«

Ihre Mutter schaute vom Fernseher zur Seite, sah sie überrascht an und lächelte. »Nanu, wen haben wir denn da? Hallo, mein Schatz.«

O mein Gott, dachte Kara beim Anblick der strahlenden Augen. Sie ist zurück! Sie ist wirklich zurück.

Sie ging zum Bett, umarmte die Frau und zog den Sessel näher heran. »Wie geht es dir?«

»Gut. Mir ist heute Abend ein wenig kühl.«

»Ich mache das Fenster zu.« Kara stand auf und schob es nach unten.

»Ich dachte schon, du schaffst es nicht mehr, Liebling.«

»Es war viel los. Ich muss dir unbedingt erzählen, was mir passiert ist, Mum. Du wirst es kaum glauben.«

»Ich bin schon gespannt.«

»Möchtest du Tee oder so?«, fragte Kara aufgeregt. Am liebsten hätte sie einfach drauflosgeredet und die letzten sechs Monate ihres Lebens in allen Details nacherzählt, aber sie zwang sich zur Zurückhaltung. Ihre Mutter wirkte ungeheuer zerbrechlich, und sie wollte sie nicht mit einem Wortschwall erdrücken.

»Nein, vielen Dank, Liebes… Würdest du bitte den Fernseher ausschalten? Ich möchte mich viel lieber mit dir unterhalten. Da drüben liegt die Fernbedienung. Ich komme nie damit zurecht. Manchmal habe ich fast den Eindruck, jemand schleicht sich herein und vertauscht die Knöpfe.«

»Ich bin froh, dass du noch nicht schlafen gegangen bist.«

»Ich wäre noch eine Weile wach geblieben und hätte auf dich gewartet.«

Kara lächelte sie an.

»Weißt du«, sagte ihre Mutter, »ich habe vorhin an deinen Onkel gedacht, Liebling. An meinen Bruder.«

Kara nickte. Der verstorbene Bruder ihrer Mutter war das schwarze Schaf der Familie gewesen. Er hatte schon während Karas Kindheit alle Brücken hinter sich abgebrochen und die

Familie verlassen. Ihre Mutter und die Großeltern hatten sich stets geweigert, von ihm zu erzählen, und bei Familientreffen fiel nie sein Name. Doch natürlich brodelte die Gerüchteküche: Er war schwul, er war hetero und verheiratet, hatte aber eine Affäre mit einer Zigeunerin, er hatte wegen einer Frau einen Mann erschossen, er hatte nie geheiratet und war ein Säufer und Jazzmusiker…

Kara hatte schon immer die Wahrheit über ihn erfahren wollen. »Was ist mit ihm, Mum?«

»Interessiert es dich?«

»Oh, und wie. Erzähl ein bisschen von ihm«, bat sie, beugte sich vor und legte ihrer Mutter die Hand auf den Arm.

»Tja, mal sehen, wann mag das gewesen sein? Ich würde sagen, im Mai 1970, vielleicht auch 1971. Bei dem Jahr bin ich mir nicht mehr sicher – mein Gedächtnis lässt nach –, aber ich weiß, dass es Mai war. Dein Onkel und einige seiner Armeekameraden waren aus Vietnam zurückgekehrt.«

»Er war Soldat? Das wusste ich gar nicht.«

»Oh, er sah sehr gut in seiner Uniform aus. Aber da drüben muss es schrecklich gewesen sein.« Ihre Stimme klang nun ernst. »Der beste Freund deines Onkels wurde direkt neben ihm verwundet und starb in seinen Armen. Ein großer kräftiger Schwarzer. Nun ja, Tom und ein anderer Soldat haben sich dann in den Kopf gesetzt, eine Firma zu gründen und der Familie ihres toten Freundes zu helfen. Also sind sie in den Süden gegangen und haben ein Boot gekauft. Kannst du dir deinen Onkel auf einem Boot vorstellen? Ich fand das damals ziemlich merkwürdig. Sie machten eine Shrimpfabrik auf, und Tom wurde reich.«

»Mum«, sagte Kara leise.

Ihre Mutter lächelte über irgendeine Erinnerung und schüttelte den Kopf. »Ein Boot… Tja, die Firma war sehr erfolgreich. Und alle waren überrascht, denn Tom, nun ja, hat nie besonders intelligent gewirkt.« Die Augen ihrer Mutter funkelten. »Aber weißt du, was er immer zu ihnen gesagt hat?«

»Was denn, Mum?«

»›Dumm ist der, der Dummes tut.‹«

»Das ist eine gute Redensart«, flüsterte Kara.

»Oh, du hättest diesen Mann gern gehabt, Jenny. Wusstest du, dass er sogar mal den Präsidenten der Vereinigten Staaten getroffen hat? Und er hat in China Tischtennis gespielt.«

Die alte Frau bemerkte gar nicht, dass ihre Tochter stumm weinte, und so erzählte sie Kara auch noch den Rest des Films *Forrest Gump*, der gerade eben noch über den Fernsehschirm geflimmert war. Karas Onkel hatte in Wahrheit Gil geheißen, aber in der Vorstellung ihrer Mutter wurde er zu Tom – vermutlich nach dem Hauptdarsteller des Films, Tom Hanks. Kara war für sie zu Jenny geworden, Forrests Freundin.

Nein, nein, nein, dachte Kara verzweifelt. Ich hab es doch nicht mehr rechtzeitig geschafft.

Die Seele ihrer Mutter war aufgetaucht und wieder gegangen. Zurückgeblieben war nur eine Illusion.

Die Erzählung der Frau verwandelte sich in einen wirren Wortschwall, der vom Shrimpboot im Golf zu einem Fischkutter im Nordatlantik und einem Jahrhundertsturm abschweifte, dann weiter zu einem sinkenden Ozeandampfer, auf dessen Deck ihr Bruder im Smoking Geige spielte.

Gedanken, Erinnerungen und Bilder aus einem Dutzend weiterer Spielfilme oder Bücher vermischten sich mit echten Rückblenden. Schon bald verschwand Karas »Onkel« vollständig daraus, und jeglicher Zusammenhang ging verloren.

»Es ist irgendwo da draußen«, sagte die alte Frau entschieden. »Ich weiß, es ist da draußen.« Sie schloss die Augen.

Kara saß vorgebeugt auf dem Sessel und beließ ihre Hand sanft auf dem glatten Arm der Mutter, bis diese eingeschlafen war.

Vorhin ist sie *mit Sicherheit* bei Sinnen gewesen, dachte sie. Andernfalls hätte Jaynene nicht Bescheid gesagt.

Und wenn es einmal geschehen ist, kann es auch wieder geschehen, hoffte sie trotzig.

Schließlich stand Kara auf und ging hinaus auf den dunklen Flur. Sie mochte als Zauberkünstlerin noch so talentiert sein; den einen Trick, den sie sich am sehnlichsten wünschte, beherrschte sie leider nicht: Sie konnte ihre Mutter nicht an einen Ort zaubern, an dem ein fürsorgliches Herz bis ans Ende der von Gott zugedachten Jahre voller Wärme weiterschlug. Wo jedes Kapitel einer reichhaltigen Familiengeschichte perfekt im Gedächtnis erhalten blieb. Wo die vermeintlichen Klüfte zwischen geliebten Menschen sich am Ende als bloße *Effekte* erwiesen – als vorübergehende Illusionen.

...Neunundvierzig

Gerald Marlow, ein Mann mit dichtem glänzenden Haar, war der Leiter der Patrol Services Division des NYPD. Seine besonnene Art verdankte er den zwanzig Jahren Streifendienst zu Beginn seiner Laufbahn. Danach hatte er zusätzliche fünfzehn Jahre mit dem weitaus riskanteren Job verbracht, den einstigen Kollegen vorzustehen.

Nun, am Montagmorgen, nahm Amelia Sachs mehr oder weniger vor ihm Haltung an und zwang sich, den stechenden Schmerz ihrer arthritischen Kniegelenke zu ignorieren. Sie befanden sich in Marlows Eckbüro hoch oben im Big Building, Police Plaza Nummer eins, Downtown.

Marlow schaute von der Akte auf, in der er gelesen hatte, und musterte Amelias tadellos gebügelte blaue Uniform. »Oh, Verzeihung, Officer. Bitte nehmen Sie doch Platz... Setzen Sie sich... So, Sie sind also Herman Sachs' Tochter.«

Sie ließ sich auf dem Stuhl nieder und registrierte die kurze Pause zwischen seinen letzten beiden Worten. Hatte er im ersten Moment »Mädchen« sagen wollen?

»Das ist richtig.«

»Ich war bei der Beerdigung.«

»Ich erinnere mich.«

»Es war eine gute Trauerfeier.«

Sofern man dabei von »gut« reden konnte.

Er richtete sich kerzengerade auf und sah ihr tief in die Augen. »Okay, Officer. Kommen wir zur Sache. Sie stecken in Schwierigkeiten.«

Es traf sie wie ein Schlag ins Gesicht. »Wie bitte?«

»Der Tatort letzten Samstag, am Harlem River. Ein Wagen ist ins Wasser gestürzt. Sie haben die Spuren gesichert?«

Der Mazda des Hexers hatte die Hütte von Carlos dem Crackjunkie zerlegt und war baden gegangen.

»Ja, das ist korrekt.«

»Sie haben dort jemanden unter Arrest gestellt«, sagte Marlow.

»Ach, das. Nein, es war nicht wirklich ein Arrest. Der Kerl hat die Absperrung missachtet und mitten im Tatort herumgewühlt. Ich ließ ihn abführen und eine Weile festhalten.«

»Ob nun verhaftet oder festgehalten – er war eine Zeit lang in Gewahrsam.«

»Na klar. Ich musste ihn mir vom Leib halten. Es war ein noch ungesicherter Schauplatz.«

Sachs begriff langsam, worum es ging. Der Querulant hatte sich beschwert. Das kam jeden Tag vor. Niemand kümmerte sich um solchen Mist. Ihr wurde leichter ums Herz.

»Tja, dieser Mann war Victor Ramos.«

»Ja, ich glaube, er hat seinen Namen erwähnt.«

»*Kongressabgeordneter* Victor Ramos.«

Die Erleichterung schwand.

Der Captain schlug ein Exemplar der New Yorker *Daily News* auf. »Mal sehen, mal sehen. Ah, hier.« Er hob den Mittelteil der Zeitung an. Ein großes Foto zeigte den Mann am Tatort in Handschellen. Die Schlagzeile lautete: VERKEHRSERZIEHUNG FÜR VICTOR.

»Haben Sie die Kollegen angewiesen, ihn *aus dem Verkehr* zu ziehen?«

»Er hat…«

»Haben Sie?«

»Ja, Sir, ich glaube, so war es.«

»Er behauptet, er habe nach Überlebenden gesucht.«

»Überlebende?«, rief sie und lachte auf. »Es war eine drei

mal drei Meter große illegale Baracke, die gestreift wurde, als der Wagen des Täters in den Fluss gerast ist. Eine Wand ist halb umgekippt, und…«

»Sie werden recht laut, Officer.«

»…und eine Tüte mit Leergut wurde aufgerissen, soweit ich weiß. Das war der gesamte Schaden. Die Sanitäter haben in der Hütte nachgesehen, und ich hab sie dann abgesperrt. Außer Läusen gab es dort kein Lebewesen mehr, das er hätte retten können.«

»Aha«, sagte Marlow ruhig. Ihr Gefühlsausbruch gefiel ihm nicht. »Er sagt, er habe sich lediglich vergewissern wollen, dass alle Bewohner sich in Sicherheit befanden.«

»Die *Eigentümer* haben ihr *Haus* aus eigener Kraft verlassen«, fügte sie voller Ironie hinzu. »Niemand wurde verletzt. Obwohl meines Wissens einer von ihnen später einen Bluterguss an der Wange davongetragen hat, als er sich der Verhaftung widersetzte.«

»Verhaftung?«

»Erst hat er versucht, einem Feuerwehrmann die Taschenlampe zu klauen, und dann hat er ihn angepinkelt.«

»O Mann…«

»Sie waren unversehrt, sie waren stoned, und sie waren Arschlöcher«, murmelte sie. »Und um diese *Bürger* hat Ramos sich Sorgen gemacht?«

Die Miene des Captains, die bisher sowohl vorsichtig zurückhaltend als auch mitfühlend gewirkt hatte, verwandelte sich in das glatte Antlitz eines Bürokraten. »Wissen Sie mit Sicherheit, dass Ramos Spuren zerstört hat, die für die Ergreifung des Verdächtigen wichtig gewesen wären?«

»Das ist doch völlig einerlei, Sir. Die Verfahrensweise an sich ist von Bedeutung.« Sie bemühte sich, ruhig zu bleiben und weniger aggressiv zu klingen. Marlow war immerhin der Chef des Chefs ihres Chefs.

»Ich versuche, etwas mehr Klarheit zu gewinnen, Officer Sachs«, sagte er streng. »Wissen Sie *mit Sicherheit*, dass Spuren zerstört wurden?«, wiederholte er dann.

Sie seufzte. »Nein.«

»Demnach war seine Anwesenheit am Tatort unerheblich.«

»Ich...«

»Unerheblich?«

»Ja, Sir.« Sie räusperte sich. »Wir haben einen Polizistenmörder verfolgt, Captain. Spielt das denn keine Rolle?«, fragte sie verbittert.

»Für mich schon und für viele andere Leute auch. Für Ramos nicht.«

Sie nickte. »Okay, wie groß ist die Sache?«

»Es waren Fernsehteams hier, Officer. Haben Sie an dem Abend die Nachrichten gesehen?«

Nein, dachte sie. Ich hatte genug damit zu tun, einen Mörder zu jagen. Doch sie entschied sich für eine andere Antwort: »Nein, Sir.«

»Nun, man konnte dort ausführlich mit ansehen, wie Ramos in Handschellen abgeführt wurde.«

»Sie wissen doch, dass er überhaupt nur dort aufgetaucht ist, um sich dabei filmen zu lassen, wie er für die Rettung der Opfer das eigene Leben riskiert... Ich bin neugierig, Sir: Steht Ramos demnächst zur Wiederwahl an?«

Sogar die bloße *Bestätigung* eines solchen Kommentars konnte den Job und zusätzlich die Pensionsansprüche kosten. Marlow erwiderte nichts.

»Wie lautet...?«

»Das Ergebnis?« Marlows Mund wurde zu einem schmalen Strich. »Es tut mir Leid, Officer. Sie haben sich selbst ein Bein gestellt. Ramos hat Erkundigungen über Sie eingezogen und von der Sergeant-Prüfung erfahren. Dann hat er seine Beziehungen spielen lassen und dafür gesorgt, dass Sie durchfallen.«

»Er hat *was*?«

»Sie sind durchgefallen. Er hat mit den Prüfern gesprochen.«

»Ich hatte die dritthöchste Punktzahl in der Geschichte des Departments«, sagte sie und lachte humorlos auf. »Oder stimmt das etwa nicht?«

»Doch – bei der schriftlichen und mündlichen Prüfung. Aber Sie müssen auch die praktische Übung bestehen.«

»Ich habe sie sogar gut bestanden.«

»So mag es zunächst ausgesehen haben. Aber der Abschlussbericht fällt negativ aus.«

»Unmöglich. Was ist passiert?«

»Einer der Prüfer hat sein Veto eingelegt.«

»Sein Veto? Aber ich...« Amelias Stimme erstarb, denn sie sah vor ihrem inneren Auge auf einmal den stattlichen Beamten mit der Schrotflinte hinter dem Müllcontainer hervortreten. Den Mann, den sie wenig später vor den Kopf gestoßen hatte.

Peng, peng...

Der Captain las von einem Blatt ab. »Er sagt, Sie hätten – ich zitiere – ›nicht den angemessenen Respekt für Personen in übergeordneter Stellung erkennen lassen. Außerdem hat sie sich Gleichgestellten gegenüber nachlässig verhalten und diese dadurch Situationen individueller Gefährdung ausgesetzt.‹«

»Ramos hat also jemanden aufgetrieben, der gewillt ist, mich abzusägen, und ihm dann diese Zeilen in den Stift diktiert. Tut mir Leid, Captain, aber glauben Sie allen Ernstes, dass irgendein Streifenpolizist so redet? ›Situationen individueller Gefährdung‹? Ich bitte Sie.«

Tja, Paps, wandte sie sich stumm an ihren Vater. Was sollen wir davon halten? Sie fühlte sich furchtbar.

Dann nahm sie Marlow genauer in Augenschein. »Was noch, Sir? Da *ist* noch etwas, oder?«

Er hielt ihrem Blick stand und stieg dadurch in ihrer Achtung. »Ja, Officer, Sie haben Recht. Es kommt noch schlimmer, fürchte ich.«

Wie *viel* schlimmer kann es denn noch kommen, Paps?

»Ramos versucht, Ihre Suspendierung zu erreichen.«

»Suspendierung. Das ist doch Blödsinn.«

»Er will eine Untersuchung.«

»Dieser rachsüchtige...« Das Wort »Wichser« verkniff sie sich, denn Marlows Blick erinnerte sie daran, dass ihre aufbrausende Art sie überhaupt erst in diese Schwierigkeiten gebracht hatte.

»Ich möchte Ihnen nicht verschweigen, dass er wütend genug ist, um...« Er zögerte. »Nun, er will bewirken, dass Sie ohne Bezüge vom Dienst suspendiert werden.« Diese Art der Bestrafung kam normalerweise nur dann zur Anwendung, wenn ein Beamter einer Straftat beschuldigt wurde.

»Warum?«

Marlow antwortete nicht, aber das war auch gar nicht nötig. Sachs wusste, dass Ramos die eigene Glaubwürdigkeit untermauern wollte, also musste die Frau, die ihn dermaßen in Verlegenheit gebracht hatte, als unberechenbar dargestellt werden.

Und außerdem war er ein rachsüchtiger Wichser.

»Wie lauten die Vorwürfe?«

»Insubordination und Inkompetenz.«

»Ich darf meine Dienstmarke nicht verlieren, Sir.« Hoffentlich klang sie nicht zu verzweifelt.

»Wegen der verpatzten Prüfung kann ich leider nichts unternehmen, Amelia. Das liegt allein in den Händen der Kommission, und die hat ihr Urteil bereits gefällt. Aber ich werde gegen die Suspendierung angehen. Allerdings kann ich nichts versprechen. Ramos hat Beziehungen, und zwar in der ganzen Stadt.«

Sie kratzte sich am Kopf, bis es wehtat. Als sie die Hand wieder sinken ließ, spürte sie Blut an den Fingern. »Darf ich offen sprechen, Sir?«

Marlows Schultern sackten ein Stück herunter. »Herrje, Officer, natürlich. Glauben Sie mir, die Sache geht mir gegen den Strich. Sagen Sie, was Sie möchten. Und Sie brauchen auch nicht so steif dazusitzen. Wir sind hier nicht bei der Armee.«

Sachs räusperte sich. »Falls er tatsächlich meine Suspendierung beantragt, wende ich mich sofort an die Anwälte der PBA, Sir. Ich bringe die Vorfälle ans Licht. Und ich gehe so weit wie nötig.«

Sie meinte es ernst. Obwohl sie wusste, dass niedere Beamte, die mit Hilfe der Patrolmen's Benevolent Association gegen eine Diskriminierung oder Suspendierung vorgingen, inoffiziell ein Stigma davontrugen. Viele von ihnen wurden danach regelrecht kaltgestellt, auch wenn sie formal einen Sieg errungen hatten.

Marlow sah ihr ruhig ins Gesicht. »Ich nehme das zur Kenntnis, Officer.«

Also wurde es Zeit für die harten Bandagen.

Ihr Vater hatte ihr einst beschrieben, was es bedeutete, Polizist zu sein.

Amie, du musst eines begreifen: Manchmal ist es hektisch, manchmal bewirkst du etwas, manchmal ist es langweilig. Und gelegentlich – Gott sei Dank nicht allzu oft – musst du harte Bandagen anlegen. Dann geht's zur Sache. Du stehst dann ganz allein, und niemand wird dir helfen. Und ich meine hier nicht nur irgendwelche Straftäter. Nein, manchmal wirst du gegen deinen Vorgesetzten antreten. Manchmal gegen seine *Vorgesetzten. Oder auch gegen deine Kollegen.*

Wenn du Polizist sein willst, musst du bereit sein, dich allein durchzusetzen. Daran führt kein Weg vorbei.

»Nun, vorerst befinden Sie sich ganz normal im Dienst.«

»Ja, Sir. Wann erfahre ich Näheres?«

»In ein oder zwei Tagen.«

Sie ging zur Tür.

Blieb stehen und drehte sich um.

»Sir?«

Marlow hob den Kopf, als sei er überrascht, dass sie noch immer im Raum war.

»Ramos hat mitten in meinem Tatort herumgewühlt. Gesetzt den Fall, Sie wären an seiner Stelle dort gewesen oder der Bürgermeister oder der Präsident höchstpersönlich – ich hätte genau das Gleiche getan.«

»Deshalb sind Sie ja auch die Tochter Ihres Vaters, Officer, und er wäre bestimmt stolz auf Sie.« Marlow nahm den Telefonhörer von der Gabel. »Hoffen wir das Beste.«

... Fünfzig

Thom ließ Lon Sellitto ins Haus. Lincoln Rhyme saß am Fuß der Treppe in seinem leuchtend roten Rollstuhl und schimpfte mit den Handwerkern. Die Männer waren im Schlafzimmer mit der Ausbesserung der Brandschäden beschäftigt und brachten soeben Trümmer nach unten. Rhyme ermahnte sie mürrisch, gefälligst auf die Holzvertäfelung Acht zu geben.

»Lass sie in Ruhe, Lincoln«, wies Thom ihn zurecht und wollte in die Küche gehen, um das Mittagessen zuzubereiten. »Seit wann interessierst du dich für die Vertäfelung?«

»Es geht ums Prinzip«, entgegnete der Kriminalist angespannt. »Es ist *meine* Vertäfelung und *deren* Ungeschicklichkeit.«

»So ist er immer, wenn ein Fall abgeschlossen wurde«, sagte der Betreuer zu Sellitto. »Haben Sie nicht zufällig einen komplizierten Raubüberfall oder einen Mord für ihn, damit er Ruhe gibt?«

»Ich brauche keine Ruhe«, rief Rhyme dem Betreuer hinterher. »Ich brauche Leute, die sorgfältig mit den Wänden umgehen.«

»He, Linc«, sagte Sellitto. »Wir müssen reden.«

Der Kriminalist registrierte den Tonfall – und den Blick. Sie arbeiteten schon seit vielen Jahren zusammen, und er bemerkte sofort, was in dem Detective vorging, vor allem wenn Sellitto beunruhigt war. Was ist denn *nun* schon wieder los?, dachte Rhyme.

»Ich hab etwas aus der Chefetage der Patrol Services Division gehört. Es geht um Amelia.« Sellitto räusperte sich.

Rhymes Herz schlug eindeutig schneller. Er konnte es natürlich nicht direkt spüren, aber er merkte, wie ihm das Blut ins Gesicht schoss.

Eine Kugel, ein Autounfall, waren seine ersten Gedanken.

»Red weiter«, sagte er ruhig und leise.

»Sie ist durchgefallen. Bei der Sergeant-Prüfung.«

»Was?«

»Ja.«

Rhymes unwillkürliche Erleichterung verwandelte sich sofort in Mitleid.

»Es ist noch nicht offiziell«, fuhr der Detective fort. »Aber ich bin absolut sicher.«

»Wie hast du davon erfahren?«

»Durch meinen sechsten Sinn. Ein Vöglein hat's mir gezwitschert. Keine Ahnung. Sachs ist ein Star. Wenn so etwas passiert, spricht es sich schnell herum.«

»Was ist mit ihrer hohen Punktzahl?«

»*Trotz* ihrer hohen Punktzahl.«

Rhyme fuhr ins Arbeitszimmer. Der Detective, der heute ganz besonders zerknittert aussah, folgte ihm.

Wie sich herausstellte, war des Rätsels Lösung typisch für Sachs. Sie hatte jemanden aufgefordert, einen abgesperrten Tatort zu verlassen. Als der Mann sich weigerte, ließ sie ihm Handschellen anlegen.

»Leider war dieser Kerl Victor Ramos.«

»Der Kongressabgeordnete.« Lincoln Rhyme interessierte sich kaum für die Lokalpolitik, aber Ramos kannte er: Der Mann war ein opportunistischer Parteipolitiker, der sich erst kürzlich wieder auf seine Latino-Wählerschaft in Spanish Harlem besonnen hatte, weil das gut ins politisch korrekte Klima passte und der Wahlbezirk groß genug war, um ihm einen Posten in der Staatshauptstadt Albany oder gar in Washington zu verschaffen.

»Kann man sie denn so einfach durchfallen lassen?«

»O Mann, Linc, die können mit ihr machen, was sie wollen. Man munkelt sogar von einer Suspendierung.«

»Sie kann dagegen angehen. Sie *wird* dagegen angehen.«

»Und du weißt, was aus Streifenbeamten wird, die sich mit den hohen Tieren anlegen. Auch falls Amelia gewinnen sollte, wird man sie vermutlich nach East New York versetzen. Oder noch schlimmer – man versetzt sie an einen *Schreibtisch* in East New York.«

»Scheiße«, fluchte der Kriminalist.

Sellitto ging im Zimmer umher, stieg über Kabel hinweg und musterte die Wandtafeln mit den zahlreichen Einträgen. Dann ließ er sich auf einen Stuhl fallen, der unter dem hohen Gewicht ächzte. Geistesabwesend knetete der Detective die Speckrolle, die um seine Taille verlief. Dieser letzte Fall hatte seiner Diät ernsthaft geschadet. »Es gibt eine Möglichkeit«, sagte er leise und klang dabei ein wenig verschwörerisch.

»Ja?«

»Ich kenne da jemanden, und zwar den Kerl, der im Achtzehnten Revier aufgeräumt hat.«

»Wo vor ein paar Jahren immer wieder Crack und Heroin aus dem Asservatenschrank verschwunden ist?«

»Genau. Er hat überall im Big Building gute Beziehungen. Der Polizeichef hört ihm zu, und *er* wird *mir* zuhören. Er schuldet mir was.« Dann deutete er mit ausholender Geste auf die Tafeln. »Und außerdem – Scheiße, sieh dir doch an, was wir gerade geschafft haben! Wir haben einen verdammt cleveren Killer erwischt. Lass mich meinen Bekannten anrufen. Ziehen wir doch auch ein paar Fäden im Hintergrund.«

Auch Rhymes Blick wanderte über die Tafeln, die Geräte, die Tische und Bücher – alles hier diente dem Zweck, die Spuren zu analysieren, die Sachs in den wenigen Jahren ihrer

Zusammenarbeit geschickt und energisch den verschiedensten Tatorten abgetrotzt hatte. »Ich weiß nicht«, sagte er.

»Wo liegt das Problem?«

»Falls sie auf diese Weise zum Sergeant befördert würde… na ja, dann wäre nicht *sie* es, die dieses Ziel erreicht hätte.«

»Du weißt, was diese Beförderung ihr bedeutet, Linc«, erwiderte der Detective.

Ja, das wusste er.

»Hör mal, wir spielen doch lediglich nach Ramos' Regeln. Wenn er einen Gang zurückschaltet, werden wir das auch tun. Wir sorgen einfach für etwas mehr Ausgewogenheit.« Sellitto gefiel der Vergleich. »Amelia wird es nie erfahren«, fügte er hinzu. »Ich bitte meinen Verbindungsmann, die Sache streng vertraulich zu behandeln.«

Du weißt, was diese Beförderung ihr bedeutet…

»Also, was meinst du?«, fragte der Detective.

Rhyme reagierte nicht sofort, sondern suchte die Antwort bei den stummen forensischen Apparaten um ihn herum und dann bei den hellgrünen Frühlingstrieben der Baumwipfel im Central Park.

Die Kratzer auf der Vertäfelung waren wegpoliert und alle Spuren des Brandes aus dem Schlafzimmer »fortgezaubert« worden, wie Thom sich ausgedrückt hatte – eigentlich recht geistreich, dachte der Kriminalist. Es roch weiterhin durchdringend nach Rauch, aber das erinnerte Lincoln Rhyme an guten Scotch und stellte daher nicht das geringste Problem dar.

Nun war es Mitternacht, der Raum dunkel. Rhyme lag in seinem Flexicair Bett und starrte zum Fenster hinaus. Draußen landete einer der Falken, eines von Gottes elegantesten Geschöpfen, flatternd auf dem Sims. Je nach Lichteinfall und Wachsamkeit der Vögel schienen ihre Körper zu schrumpfen oder zu wachsen. Heute Abend wirkten sie größer als im Laufe des Tages. Ihre Silhouetten sahen prächtig aus – und bedrohlich. Der Lärm, der vom Cirque Fantastique aus dem Central Park herüberschallte, gefiel ihnen nicht.

Auch Rhyme war nicht allzu glücklich darüber. Er hatte versucht zu schlafen, war aber gleich wieder aufgeschreckt, weil das Publikum im Zelt plötzlich stürmisch applaudierte.

»Gilt für die denn keine Sperrstunde?«, murmelte er Sachs zu, die neben ihm im Bett lag.

»Ich könnte den Generator zerschießen«, antwortete sie mit klarer Stimme. Offenbar hatte sie bislang kein Auge zugetan. Ihr Kopf ruhte neben seinem auf dem Kissen, ihre Lippen berührten seinen Hals, und er spürte das leichte Kitzeln ihrer Haare und die Wärme ihrer weichen Haut. Er sah, dass ihre Brüste seine Brust und ihr Bauch seine Hüfte berührten. Ihr Bein lag über seinem. Fühlen konnte er es zwar nicht, aber er genoss die Nähe trotzdem.

Sachs hielt sich stets an Rhymes strenge Regel, dass ein Beamter der Spurensicherung kein Parfum benutzen sollte, weil ansonsten die Gefahr bestand, an einem Tatort andere Gerüche zu überdecken. Gegenwärtig jedoch war sie nicht im Dienst, und er nahm an ihrer Haut einen wohlriechenden, komplexen Duft wahr, zu dessen Bestandteilen Jasmin, Gardenien und synthetisches Motoröl zu gehören schienen.

Sie waren allein im Haus, hatten Thom mit seinem Freund Peter ins Kino geschickt und den Abend mit ein paar neuen CDs, fünfzig Gramm Kaviar, Ritz Crackern und reichlich Moët verbracht, obwohl es nicht einfach war, Champagner durch einen Strohhalm zu trinken. Nun im Dunkeln dachte Rhyme erneut über Musik nach. Wie konnte ein rein mechanisches System aus Tönen und Rhythmen eine dermaßen starke Wirkung haben? Es faszinierte ihn. Je länger er darüber nachgrübelte, desto mehr kam er zu dem Schluss, dass das Rätsel vielleicht gar nicht so groß war. Alles in allem passte Musik sogar sehr gut in seine Welt der Wissenschaft, Logik und Mathematik.

Wie mochte es wohl sein, eine Melodie zu komponieren? Falls die physiotherapeutischen Übungen, denen er sich unterzog, irgendwann einen Effekt zeitigten… würde er dann tatsächlich die Tasten einer Klaviatur betätigen können? Während er noch überlegte, merkte er, dass Sachs ihn ansah. »Hast du schon von der Prüfung gehört?«, fragte sie.

Er zögerte. »Ja«, sagte er dann. Er hatte das Thema den ganzen Abend lang sorgfältig vermieden; wenn Sachs mit ihm über etwas sprechen wollte, würde sie selbst den ersten Schritt tun. Bis dahin existierte das Problem nicht.

»Du weißt, was passiert ist?«

»Nicht in allen Einzelheiten. Ich vermute, es geht um einen quasi-korrupten, selbstsüchtigen Regierungsvertreter und eine überarbeitete, heldenhafte Beamtin der Spurensicherung. Etwas in dieser Art?«

Sie lachte. »Das trifft es ganz gut.«

»Ich kenne das aus eigener Erfahrung, Sachs.«

Die Musik aus dem Zirkus dröhnte weiter dumpf zu ihnen herüber und rief gemischte Gefühle hervor. *Eigentlich* hätten sie über die Störung verärgert sein müssen, aber die Melodie gefiel ihnen, ob sie wollten oder nicht.

»Hat Lon mit dir darüber geredet, seine Beziehungen spielen zu lassen?«, fragte Sachs. »Wollte er im Rathaus anrufen?«

Amelia wird es nie erfahren. Ich bitte meinen Verbindungsmann, die Sache streng vertraulich zu behandeln…

Rhyme kicherte. »Ja, hat er. Du kennst doch Lon.«

Die Musik verstummte. Lauter Beifall ertönte, gefolgt von der kaum wahrnehmbaren und doch fesselnden Stimme des Conférenciers.

»Ich hab gehört, er hätte Ramos übergehen und die Angelegenheit aus der Welt schaffen können«, sagte sie.

»Kann sein. Er hat viel Einfluss.«

»Und was hast du dazu gesagt?«, fragte Sachs.

»Na, was meinst du?«

»Ich frage dich.«

»Ich habe nein gesagt«, antwortete Rhyme. »Ich wollte es nicht zulassen.«

»Wirklich?«

»Ja. Ich habe ihm gesagt, du erreichst diese Beförderung entweder aus eigener Kraft oder gar nicht.«

»Verdammt noch mal«, murmelte sie.

Er sah sie überrascht an. Hatte er sie falsch eingeschätzt?

»Ich bin sauer auf Lon, weil er auch nur daran gedacht hat.«

»Er hat es gut gemeint.«

Ihm war so, als würde ihr Arm, der quer über seiner Brust lag, ihn ein wenig fester drücken. »Was du zu ihm gesagt hast, Rhyme, bedeutet mir mehr als alles andere.«

»Das weiß ich.«

»Es könnte schlimm werden. Ramos will mich suspendieren lassen. Zwölf Monate dienstfrei, ohne Bezahlung. Ich weiß nicht, was ich dann tun soll.«

»Du arbeitest als freie Beraterin. Mit mir zusammen.«

»Eine Zivilistin darf an keinem Tatort Spuren sichern, Rhyme. Falls ich die ganze Zeit stillhalten muss, werde ich verrückt.«

Wenn du in Schwung bist, kriegt dich keiner…

»Wir werden es schon irgendwie überstehen.«

»Ich liebe dich«, flüsterte sie. Er atmete ihren Blumenduft ein und sagte ihr, dass er sie auch liebte.

»Mann, es ist viel zu hell.« Sie schaute zum Fenster, in dem sich die Scheinwerfer des Cirque Fantastique spiegelten. »Wo sind die Jalousien?«

»Verbrannt, weißt du nicht mehr?«

»Ich dachte, Thom hätte neue besorgt.«

»Er hat vorhin umständlich angefangen, mit dem Zollstock zu hantieren, um sie aufzuhängen. Ich hab ihn rausgeworfen und gesagt, er solle das später erledigen.«

Sachs stand auf, holte ein Laken und hängte es vor das Fenster, um das Licht weitgehend auszusperren. Dann kehrte sie ins Bett zurück, schmiegte sich an ihn und schlief bald darauf ein.

Nicht so Lincoln Rhyme. Während er dalag und der Musik und der geheimnisvollen Stimme des Conférenciers lauschte, kam ihm so mancher Gedanke. Die Müdigkeit verflog. Wenig später war er hellwach und dachte angestrengt nach.

Es ging dabei – was keine Überraschung war – um den Zirkus.

Spät am nächsten Morgen betrat Thom das Schlafzimmer und stellte fest, dass Rhyme Besuch hatte.

»Hallo«, begrüßte er Jaynene Williams, die auf einem der neuen Sessel neben dem Bett saß.

»Thom.« Sie gab ihm die Hand.

Der Betreuer hatte einige Einkäufe erledigt und war sichtlich verwundert, jemanden hier anzutreffen. Aber dank des Computers, der Überwachungskameras und der verschiedenen Kontrollsysteme war Rhyme problemlos in der Lage, jemanden anzurufen, zu sich einzuladen und die Tür zu öffnen, sobald der Betreffende klingelte.

»Kein Grund, so *schockiert* zu sein«, sagte Rhyme sarkastisch. »Ich habe durchaus schon Leute in mein Haus gebeten, wie du weißt.«

»Höchstens alle Jubeljahre.«

»Vielleicht sollte ich Jaynene einstellen, damit sie dich ersetzt.«

»Warum stellst du sie nicht *zusätzlich* ein? Geteiltes Leid ist halbes Leid.« Er lächelte sie an. »Aber das möchte ich Ihnen nicht zumuten.«

»Ich bin Schlimmeres gewohnt.«

»Trinken Sie Kaffee oder Tee?«

»O Verzeihung«, sagte Rhyme. »Wo sind nur meine Manieren geblieben? Das Wasser müsste längst kochen.«

»Ein Kaffee wäre nett.«

»Für mich einen Scotch«, sagte Rhyme. Als Thom auf die Uhr sah, fügte der Kriminalist hinzu: »Nur einen kleinen Schluck zu medizinischen Zwecken.«

»Also Kaffee für alle«, stellte der Betreuer fest und verschwand.

Nachdem er gegangen war, plauderten Rhyme und Jaynene ein wenig über Patienten mit Rückenmarksverletzungen und die Übungen, die er mittlerweile fanatisch absolvierte. Dann beschloss der notorisch ungeduldige Rhyme, er habe nun lange genug den höflichen Gastgeber gespielt. »Es gibt da ein Problem, das mir keine Ruhe lässt«, sagte er leise. »Ich glaube, Sie können mir weiterhelfen. Zumindest hoffe ich das.«

Sie beäugte ihn misstrauisch. »Eventuell.«

»Würden Sie bitte die Tür schließen?«

Die korpulente Frau schaute zum Eingang, stand auf und machte die Tür zu. Dann kehrte sie zu ihrem Platz zurück.

»Wie lange kennen Sie Kara?«, fragte er.

»Kara? Etwas mehr als ein Jahr. Seit ihre Mutter ins Stuyvesant Manor eingezogen ist.«

»Das ist ein ziemlich teurer Laden, nicht wahr?«

»Und wie«, bestätigte Jaynene. »Die Preise sind mörderisch hoch. Aber das ist bei solchen Heimen generell üblich.«

»Ist ihre Mutter versichert?«

»Nur bei der Gesundheitsfürsorge. Das meiste bezahlt Kara aus eigener Tasche.« Sie hielt kurz inne. »So gut es eben geht. Im Augenblick ist sie flüssig, aber sie war schon oft genug im Rückstand.«

Rhyme nickte langsam. »Ich möchte Ihnen noch eine Frage stellen. Bitte denken Sie gut nach, bevor Sie antworten. Und Sie müssen unbedingt ehrlich sein.«

»Tja«, sagte die Krankenschwester verunsichert und senkte den Blick auf die frisch versiegelten Bodendielen. »Ich werde mich bemühen.«

An jenem Nachmittag kam Roland Bell zu Besuch. Sie saßen gemeinsam in Rhymes Arbeitszimmer und unterhielten sich über die Beweislage im Fall Andrew Constable, während im Hintergrund Dave Brubecks verführerisches Jazzklavier erklang.

Charles Grady und der Generalstaatsanwalt persönlich hatten beschlossen, den Beginn des Prozesses gegen Constable zu verlegen, um weitere Anklagepunkte hinzuzufügen – versuchter Mord an seinem eigenen Anwalt, Verschwörung zum Mord und Beteiligung an einem Verbrechen mit Todesfolge. Es würde nicht einfach werden, Constable mit Barnes und den anderen Verschwörern aus der Gesellschaft der Patrioten in Verbindung zu bringen, aber falls überhaupt jemand einen Schuldspruch erreichen konnte, dann Grady. Im Verfahren gegen Arthur Loesser würde er wegen des Mordes an Larry Burke auf die Todesstrafe plädieren. Die Leiche des Streifenbeamten war in einer Gasse an der Upper West Side gefunden worden, und Lon Sellitto nahm derzeit in voller Galauniform an der Beisetzung in Queens teil.

Amelia Sachs betrat den Raum. Sie wirkte erschöpft, denn sie hatte wegen der drohenden Suspendierung den ganzen Tag mit den durch die Patrolmen's Benevolent Association gestellten Anwälten zusammengesessen. Eigentlich hätte sie schon vor Stunden zurück sein müssen, und ein Blick auf ihr Gesicht verriet Rhyme, dass die Besprechung nicht sonderlich gut verlaufen war.

Nach dem Gespräch mit Jaynene und den anschließenden Ereignissen gab es auch bei ihm Neuigkeiten, und er hatte bereits vergeblich versucht, Sachs zu erreichen. Auch jetzt blieb keine Zeit für einen Austausch von Informationen, denn ein weiterer Besucher traf ein.

Thom führte Edward Kadesky ins Zimmer.

»Mr. Rhyme«, sagte er und nickte. Sachs' Namen hatte er vergessen, aber er nickte auch ihr zu. Roland Bell gab er die Hand. »Ich habe Ihre Nachricht erhalten. Es hieß, Sie wollten noch etwas wegen des Falls besprechen.«

Rhyme nickte. »Ich habe heute Vormittag ein paar Nachforschungen angestellt und mich um einige Unklarheiten gekümmert.«

»Was für Unklarheiten?«, fragte Sachs.

»Unklarheiten, von denen ich vorher nichts wusste. *Unbekannte* Unklarheiten.«

Sie runzelte die Stirn. Auch der Produzent wirkte beunruhigt. »Weirs Assistent – Loesser. Er ist doch nicht etwa entkommen, oder?«

»Nein, nein. Der sitzt weiterhin in Haft.«

Es klingelte an der Tür. Thom verschwand und kehrte gleich darauf mit Kara zurück. Sie sah sich um und fuhr sich mit der Hand durch das kurze Haar, das nicht mehr lila schimmerte, sondern nun rötlich wie eine Sommersprosse war. »Hallo«, begrüßte sie die Anwesenden und schien überrascht, Kadesky hier anzutreffen.

»Darf ich Ihnen allen etwas anbieten?«, fragte der Betreuer in die Runde.

»Lässt du uns bitte einen Augenblick allein, Thom?«

Rhyme klang entschlossen und angespannt. Der Betreuer sah ihn an, nickte und verließ den Raum.

»Danke, dass Sie gekommen sind«, wandte der Kriminalist sich an Kara. »Ich möchte lediglich noch ein paar Einzelheiten des Falls erörtern.«

»Na klar«, sagte sie.

Unklarheiten...

»Es geht mir um den Abend, an dem der Hexer den präparierten Krankenwagen in das Zirkuszelt gefahren hat«, erklärte Rhyme.

Die junge Frau nickte und schnippte die schwarzen Fingernägel aneinander. »Ich bin gern behilflich, wenn ich kann.«

»Die Vorstellung sollte um zwanzig Uhr beginnen, nicht wahr?«, fragte er Kadesky.

»Richtig.«

»Und als Loesser das Fahrzeug abgestellt hat, waren Sie noch nicht vom Abendessen und dem anschließenden Radiointerview zurück?«

»Nein, war ich nicht.«

Rhyme sah Kara an. »Aber Sie waren da?«

»Ja. Ich hab gesehen, wie der Rettungswagen ins Zelt fuhr, aber ich habe mir nichts dabei gedacht.«

»Wo genau hat Loesser geparkt?«

»Unter der Logentribüne«, sagte sie.

»Aber nicht vorn unter den teuren Sitzen, oder?«, fragte er Kadesky.

»Nein«, bestätigte der Mann.

»Demnach stand er in der Nähe des größten Notausgangs – den im Fall einer Evakuierung die meisten Leute benutzen würden.«

»Ja.«

»Lincoln, worauf wollen Sie hinaus?«, fragte Bell.

»Ich will darauf hinaus, dass Loesser die Bombe so abgestellt hat, dass sie den größtmöglichen Schaden anrichten würde, während gleichzeitig einige der Logengäste die Chance erhielten, mit heiler Haut zu fliehen. Woher wusste er, welche Stelle am besten geeignet war?«

»Keine Ahnung«, erwiderte der Produzent. »Vermutlich hat er die Örtlichkeiten vorher ausgekundschaftet und sich die beste Stelle ausgesucht – die beste aus seiner Sicht, meine ich. Aus unserer Sicht die schlimmste.«

»Es *kann sein*, dass er sich vorher umgesehen hat«, pflichtete Rhyme ihm bei. »Aber es wäre ziemlich riskant gewesen, beim Zirkus herumzuschnüffeln. Immerhin hatten wir Wachposten aufgestellt.«

»Stimmt.«

»Ist es denn nicht möglich, dass jemand mit Ortskenntnissen ihm bedeutet haben könnte, dort zu parken?«

»Mit Ortskenntnissen?«, fragte Kadesky stirnrunzelnd. »Wollen Sie behaupten, jemand habe ihm geholfen? Nein, keiner meiner Leute würde so etwas tun.«

»Rhyme, was soll das?«, fragte Sachs.

Er ignorierte sie und wandte sich erneut an Kara. »Wann ungefähr habe ich Sie gebeten, zum Zelt zu gehen und Mr. Kadesky zu suchen?«

»Ich schätze, es war etwa Viertel nach sieben.«

»Und Sie haben bei den Logenplätzen gewartet?« Sie nickte, und er fragte weiter: »In der Nähe der hinteren Reihen?«

Kara sah sich verlegen im Zimmer um. »Kann schon sein. Ja, ich glaube, es war so.« Ihr Blick richtete sich auf Sachs. »Warum fragt er mich all diese Dinge? Was geht denn hier vor?«

»Ich frage, weil mir etwas eingefallen ist, das *Sie* uns erzählt haben, Kara«, antwortete Rhyme. »Es ging um die Leute, die an einer Illusionistennummer beteiligt sind. Da gibt es zunächst den *Assistenten* – die Person, von der wir wissen, dass sie mit dem Illusionisten zusammenarbeitet. Dann gibt es den *Freiwilligen* aus dem Publikum. Und schließlich ist da noch jemand: der *Helfer*. Jemand, der in Wahrheit für den Zauberer arbeitet, vermeintlich aber nichts mit ihm zu tun hat. Er tarnt sich als Bühnenarbeiter oder Freiwilliger.«

»Das ist richtig«, sagte Kadesky. »Viele Zauberkünstler setzen Helfer ein.«

Rhyme sah Kara an. »Und genau das sind *Sie* die ganze Zeit gewesen, nicht wahr?«

»Wie bitte?«, fragte Bell verblüfft und vergaß für einen Moment, seinen Südstaatenakzent zu unterdrücken.

Die junge Frau keuchte auf und schüttelte den Kopf.

»Sie hat von Anfang an mit Loesser zusammengearbeitet«, sagte Rhyme zu Sachs.

»Nein!«, rief Kadesky. »Sie?«

»Sie braucht dringend Geld, und Loesser hat ihr für ihre Hilfe fünfzigtausend Dollar gezahlt«, fuhr Rhyme fort.

»Aber Loesser und ich haben uns am Sonntag zum ersten Mal gesehen!«, wandte Kara verzweifelt ein.

»Sie brauchten ihn gar nicht persönlich zu treffen. Balzac hat als Mittelsmann fungiert. Er hängt ebenfalls mit drin.«

»Kara?«, flüsterte Sachs. »Nein. Das glaube ich nicht. Sie würde so etwas nicht tun!«

»Ach ja? Was weißt du denn schon von ihr? Kennst du überhaupt ihren richtigen Namen?«

»Ich…« Sachs' verstörter Blick richtete sich auf die junge Frau. »Nein«, wisperte sie. »Sie hat ihn mir nie verraten.«

Kara schüttelte weinend den Kopf.

»Amelia, es tut mir so Leid…«, sagte sie dann. »Aber Sie verstehen es nicht… Mr. Balzac und Weir waren Freunde. Sie sind jahrelang zusammen aufgetreten, und als Weir durch das Feuer ums Leben kam, war Balzac am Boden zerstört. Loesser hat ihn in seine Pläne eingeweiht, und die beiden haben mich gezwungen, ihm zu helfen. Aber Sie müssen mir glauben, ich wusste nicht, dass jemand zu Schaden kommen würde. Mr. Balzac hat gesagt, es ginge lediglich um eine Erpressung – um es Mr. Kadesky heimzuzahlen. Als mir klar wurde, dass Loesser Morde beging, war es bereits zu spät. Sie drohten, mich an die Polizei zu verraten, falls ich nicht weiter mitspielen würde. Ich hätte eine lebenslange Haftstrafe bekommen. Und Mr. Balzac auch…« Sie wischte sich das Gesicht ab. »Das konnte ich ihm nicht antun.«

»Ihrem *verehrten* Mentor«, sagte Rhyme bitter.

Die leuchtend blauen Augen der jungen Frau irrten panisch hin und her. Dann rannte Kara plötzlich zwischen Sachs und Kadesky hindurch und hielt auf die Tür zu.

»Vorsicht, Roland!«, rief Rhyme.

Bell sprang vor und packte sie. Die beiden gerieten ins Stolpern und landeten in der Ecke des Raums. Kara war stark, aber der Detective schaffte es, ihr Handschellen anzulegen. Keuchend stand er auf, nahm sein Funkgerät vom Gürtel und rief einen Streifenwagen, um die Verhaftete ins Untersuchungsgefängnis bringen zu lassen.

Mit angewidertem Blick steckte er das Motorola wieder ein und las Kara ihre Rechte vor.

Rhyme seufzte. »Ich wollte dich vorher einweihen, Sachs, aber ich konnte dich nicht erreichen. Ich wünschte, es wäre nicht wahr. Aber da siehst du's. Kara und Balzac haben von vornherein mit Loesser unter einer Decke gesteckt. Sie haben uns übertölpelt, als wären wir ihr Publikum gewesen.«

... Einundfünfzig

»Ich hab... ich kann einfach nicht begreifen, wie sie das angestellt hat«, flüsterte Sachs.

»Sie hat die Beweise manipuliert, uns angelogen und falsche Spuren gelegt«, sagte Rhyme. »Roland, gehen Sie doch bitte zur Tafel. Ich werde es euch gleich aufzeigen.«

»*Kara* hat Beweise gefälscht?«, fragte Sachs erstaunt.

»Oh, allerdings. Und sie hat sich dabei verflucht geschickt angestellt. Schon beim ersten Mal, noch *bevor* du sie hergebracht hast. Du hast erzählt, *sie* habe dir signalisiert, sich mit ihr in diesem Café zu treffen. Das war von Anfang an geplant.«

Bell stand an der Tafel und deutete auf die von Rhyme bezeichneten Einträge, während der Kriminalist erläuterte, auf welche Weise Kara sie hereingelegt hatte.

»Da ist ein Streifenwagen gekommen«, rief Thom kurz darauf aus dem Flur.

»Bring die Beamten herein«, sagte Rhyme.

Eine Polizistin betrat das Zimmer und gesellte sich zu Sachs, Bell und Kadesky. Sie trug eine modische Brille und schaute sich neugierig um. Dann nickte sie Rhyme zu und wandte sich an Bell. »Sie wollen jemanden abtransportieren lassen, Detective?«, fragte sie mit spanischem Akzent.

Bell wies auf die Zimmerecke. »Die Frau da drüben. Ihre Rechte kennt sie bereits.«

Die Beamtin warf einen Blick auf Kara, die bäuchlings und reglos dalag. »Okay, ich nehme sie gleich mit.« Sie zögerte. »Aber vorher möchte ich eine Frage stellen.«

»Eine Frage?« Rhyme runzelte die Stirn.

»Was soll das, Officer?«, fragte Bell.

Sie ignorierte den Detective und musterte Kadesky von oben bis unten. »Können Sie sich ausweisen, Sir?«

»Ich?«, fragte der Produzent.

»Ja, Sir. Bitte zeigen Sie mir Ihren Führerschein.«

»Schon *wieder*? Das hatten wir doch erst neulich.«

»Sir, bitte.«

Verärgert griff der Mann nach hinten und zog seine Brieftasche aus der Hose.

Nur war es leider nicht seine Brieftasche.

Verdutzt starrte er eine abgenutzte schwarz-weiß gestreifte Geldbörse an. »Moment mal, ich... Ich weiß nicht, wie die in meine Tasche kommt.«

»Die gehört nicht Ihnen?«, fragte die Polizistin.

»Nein«, sagte er verwirrt und klopfte sämtliche Taschen ab. »Ich weiß wirklich nicht...«

»Sehen Sie, genau das habe ich befürchtet«, sagte die Beamtin. »Es tut mir Leid, Sir. Ich verhafte Sie wegen Diebstahls. Sie haben das Recht zu schweigen...«

»Das ist doch Blödsinn«, murmelte Kadesky. »Es muss ein Irrtum vorliegen.« Er klappte die Geldbörse auf und schaute hinein. Dann lachte er verblüfft und hielt den Führerschein hoch, so dass alle ihn sehen konnten. Es war der von Kara.

Ein Zettel mit einer Notiz fiel zu Boden. Kadesky hob ihn auf. »Da steht ›Erwischt‹«, sagte er, kniff die Augen zusammen und sah sich erst die Polizistin und dann den Führerschein genauer an. »He, sind *Sie* das etwa?«

Die »Beamtin« lachte und nahm die Brille, die Dienstmütze und die brünette Perücke ab. Darunter kam wieder das kurze rötliche Haar zum Vorschein. Mit einem Handtuch, das der nun heftig kichernde Roland Bell ihr reichte, wischte sie sich den dunklen Teint vom Gesicht, zog die dichten Augenbrauen ab und entfernte die falschen roten Fingernägel, die auf ihrem glänzenden schwarzen Nagellack klebten. Dann nahm sie dem erstaunten Edward Kadesky ihre Geldbörse ab und gab ihm seine Brieftasche zurück, die sie entwendet hatte, als sie bei dem angeblichen Fluchtversuch zwischen ihm und Sachs hindurchgeschlüpft war.

Sachs schüttelte fassungslos den Kopf und bekam kein Wort über die Lippen. Sie und Kadesky starrten beide auf die Person, die in der Ecke am Boden lag.

Die junge Illusionistin ging hin und hob die Vorrichtung auf, ein federleichtes Gestell in Form einer auf dem Bauch liegenden Person. Am Kopfende ragte kurzes rötlich lilafarbenes Haar hervor, und die Kleidung ähnelte der Jeans und der Windjacke, die Kara bei der Verhaftung getragen hatte. Die Arme des Gestells endeten in zwei Latexhänden, die mit Bells Handschellen gefesselt waren. Kara hatte sich daraus befreit und sie der Puppe angelegt.

»Es ist ein Falsum«, verkündete Rhyme nun mit Blick auf die Attrappe. »Eine falsche Kara.«

Als Sachs und die anderen sich umgedreht hatten – abgelenkt durch Rhymes Verweis auf die Wandtafel –, war Kara aus den Handschellen geschlüpft, hatte das Gestell entfaltet und war lautlos nach draußen geschlichen, um sich im Korridor umzuziehen.

Nun klappte sie die Vorrichtung wieder auf die Größe eines kleinen Kissens zusammen – das vorhin unter ihrer Jacke gesteckt hatte. Aus der Nähe würde die Attrappe niemanden täuschen, aber dort im Schatten hatte keiner der Zuschauer den Unterschied registriert.

Kadesky schüttelte den Kopf. »Sie haben die komplette Flucht *und* die Verwandlung in weniger als einer Minute geschafft?«

»In vierzig Sekunden.«

»Wie?«

»Den Effekt haben Sie gesehen«, sagte Kara. »Die Methode behalte ich lieber für mich.«

»Ich vermute, der Zweck dieser Aktion ist, dass Sie bei uns vorsprechen möchten, ja?«, fragte Kadesky zynisch.

Kara zögerte, und Rhyme warf ihr einen aufmunternden Blick zu.

»Nein, das hier *war* meine Bewerbung. Ich will einen Job.«

Kadesky sah sie prüfend an. »Das war eine einzelne Nummer. Beherrschen Sie noch andere?«

»Jede Menge.«

»Wie oft haben Sie im Rahmen einer einzigen Vorstellung das Kostüm gewechselt?«

»Zweiundvierzig Mal. Dreißig Charaktere. Im Verlauf eines halbstündigen Auftritts.«

»Zweiundvierzig Wechsel in einer halben Stunde?«, fragte der Produzent und zog die Augenbrauen hoch.

»Ja.«

Er überlegte nur wenige Sekunden. »Kommen Sie nächste Woche vorbei. Ich werde das aktuelle Programm nicht verändern, aber unsere Künstler könnten eine Assistentin und zweite Besetzung gebrauchen. Und vielleicht können Sie ein paar Auftritte in unserem Winterquartier in Florida absolvieren.«

Rhyme und Kara sahen sich an. Er nickte entschlossen.

»Okay«, sagte die junge Frau zu Kadesky und gab ihm die Hand.

Der Produzent warf einen Blick auf das mit Sprungfedern versehene Drahtgestell, das sie alle zum Narren gehalten hatte. »Haben Sie das selbst gebaut?«

»Ja.«

»Sie sollten es sich patentieren lassen.«

»Daran habe ich noch gar nicht gedacht. Danke. Ich kümmere mich darum.«

Er musterte sie erneut. »Zweiundvierzig in dreißig Minuten.« Dann nickte er allen zum Abschied zu und ging hinaus. Sowohl er als auch Kara sahen aus, als hätten sie soeben weit unter Preis einen wunderschönen Sportwagen erstanden.

Sachs lachte. »Verdammt, ihr habt mich hinters Licht geführt.« Ein Blick zu Rhyme. »Alle beide.«

»Moment mal«, sagte Bell und tat gekränkt. »Ich war auch dabei. Ich hab mich todesmutig auf sie gestürzt.«

Sachs schüttelte den Kopf. »Wann habt ihr euch das ausgedacht?«

Es habe letzte Nacht angefangen, erklärte Rhyme. Vom Bett aus sei die Musik aus dem Cirque Fantastique zu hören gewesen, die gedämpfte Stimme des Zirkusdirektors, der Applaus und das Gelächter des Publikums. Seine Gedanken hätten sich um Kara gedreht und darum, wie gut ihre Vorstellung im Smoke & Mirrors gewesen sei. Er habe an ihr mangelndes Selbstbewusstsein und an Balzacs erdrückenden Einfluss denken müssen.

Und ihm war eingefallen, was Sachs ihm über die fortschreitende Senilität ihrer Mutter erzählt hatte. Was wiederum dazu führte, dass er am nächsten Morgen Jaynene zu sich einlud.

»Ich möchte Ihnen noch eine Frage stellen«, hatte Rhyme zu der Frau gesagt. »Bitte denken Sie gut nach, bevor Sie antworten. Und Sie müssen unbedingt ehrlich sein.«

Die Frage lautete: »Wird ihre Mutter sich je wieder erholen?«

»Ob sie wieder bei klarem Verstand sein wird, meinen Sie?«

»Ja. Wird sie wieder gesund?«

»Nein.«

»Also fliegt Kara nicht mit ihr nach England?«

Jaynene lachte bekümmert auf. »Nein, nein, nein. Die Frau fliegt nirgendwo hin.«

»Kara hat gesagt, sie könne ihren Job nicht aufgeben, denn sie müsse ihrer Mutter auch weiterhin das Pflegeheim ermöglichen.«

»Sicher, die alte Dame muss betreut werden. Aber nicht unbedingt bei uns. Kara zahlt für Reha-Maßnahmen, ein Beschäftigungsprogramm und die medizinische Notfallversorgung. Für Kurzzeitpflege. Ihre Mutter weiß nicht einmal, welches Jahr wir haben. Sie könnte überall liegen. Tut mir Leid, es so direkt zu formulieren, aber gegenwärtig braucht sie bloß regelmäßig gewartet zu werden.«

»Was würde mit ihr in einem gewöhnlichen Altenheim passieren?«

»Ihr Zustand würde sich verschlimmern, und irgendwann wäre es vorbei. Das Gleiche wird mit ihr auch bei uns geschehen, nur dass Kara sich dabei finanziell ruiniert.«

Danach waren Jaynene und Thom losgegangen, um gemeinsam irgendwo Mittag zu essen – und um zweifellos Geschichten über ihre Schützlinge auszutauschen. Rhyme rief unterdessen Kara an, und sie kam vorbei.

Das Gespräch verlief etwas unbeholfen; bei persönlichen Dingen hatte Rhyme sich noch nie besonders geschickt angestellt. Die Konfrontation mit einem grausamen Killer war nichts im Vergleich zu dem Eindringen in die verletzliche Sphäre eines anderen Lebens.

»Was Ihren Beruf angeht, bin ich beileibe kein Fachmann«, sagte er. »Aber Ihr Auftritt letzten Sonntag hat mich beeindruckt. Und ich bin nicht leicht zu beeindrucken. Sie waren verdammt gut.«

»Für eine Schülerin«, schränkte sie ein.

»Nein, für eine *Künstlerin*«, versicherte er. »Sie sollten regelmäßig auf der Bühne stehen.«

»Ich bin noch nicht so weit. Irgendwann kommt der Tag.«

Rhyme schwieg lange, bevor er weitersprach. »Das Problem bei einer solchen Einstellung ist, dass der Tag manchmal eben *nicht* kommt.« Er schaute an seinem Körper hinunter. »Manchmal... kommt etwas dazwischen. Und dann stehen Sie da und haben diesen einen wichtigen Schritt nie gemacht. Und für den Rest Ihres Lebens bedauern Sie es.«

»Aber Mr. Balzac...«

»...lässt Sie nicht hochkommen. Das ist ganz offensichtlich.«

»Er will nur das Beste für mich.«

»Nein, will er nicht. Ich hab keine Ahnung, was er will, aber jedenfalls denkt er dabei nicht an *Sie*. Sehen Sie sich doch Weir und Loesser an. Und Keating. Mentoren können einen sehr starken Einfluss ausüben. Danken Sie Balzac für alles, was er getan hat, bleiben Sie ihm freundschaftlich verbunden, und schicken Sie ihm Logenkarten für Ihre erste Show in der Carnegie Hall. Aber lösen Sie sich von ihm – und zwar jetzt, solange Sie es noch können.«

»Ich stehe nicht unter fremdem Einfluss«, sagte sie lachend.

Rhyme erwiderte nichts darauf und spürte, dass sie darüber nachdachte, wie sehr Balzac sie in Wahrheit gängelte. Er wartete eine Weile ab und fuhr dann fort.

»Nach allem, was wir getan haben, steht Kadesky in unserer Schuld. Amelia hat mir erzählt, dass Sie ganz begeistert vom Cirque Fantastique sind. Ich glaube, Sie sollten dort vorsprechen.«

»Es gibt noch einen anderen Hinderungsgrund. Meine...«

»Mutter«, fiel Rhyme ihr ins Wort.

»Richtig.«

»Ich habe mich mit Jaynene unterhalten.«

Kara verstummte.

»Lassen Sie mich Ihnen eine Geschichte erzählen«, sagte Rhyme.

»Eine Geschichte?«

»Ich war hier in New York der Leiter der forensischen Abteilung. Damit war auch der typische Verwaltungskram verbunden, wie Sie sich vorstellen können. Aber am meisten gemocht – und am besten beherrscht – habe ich die Tatortarbeit, also bin ich auch nach meiner Beförderung so oft wie möglich zum Einsatz gefahren. Nun, vor ein paar Jahren trieb in der Bronx ein Serienvergewaltiger sein Unwesen. Ich werde Ihnen die Einzelheiten ersparen, aber es war eine schlimme Sache, und ich wollte diesen Kerl erwischen. Ich wollte es unbedingt. Ein Streifenwagen meldete, es habe einen erneuten Überfall gegeben, und zwar erst vor einer halben Stunde. Wie es aussah, hatte der Täter reichlich Spuren hinterlassen. Ich bin hingefahren, um den Tatort persönlich zu untersuchen.

Gerade als ich vor Ort eintraf, erreichte mich die Nachricht, dass mein Stellvertreter – und zudem mein guter Freund – einen Herzanfall erlitten hatte. Es stand schlecht um ihn. Was für ein Schock! Er war noch jung und eigentlich in guter Verfassung. Wie dem auch sei, er fragte nach mir.« Rhyme hielt kurz inne, weil Gefühle von damals wieder in ihm aufstiegen. »Doch ich bin geblieben, habe den Tatort untersucht und danach die Registrierkarten ausgefüllt. Erst dann bin ich ins Krankenhaus gefahren. Ich habe mich beeilt, aber es war zu spät. Er war eine halbe Stunde vorher gestorben. Ich war nicht stolz auf mich, und es tut nach all den Jahren immer noch weh, aber ich würde wieder das Gleiche tun.«

»Sie wollen also sagen, ich sollte meine Mutter in irgendeine Bruchbude stecken«, entgegnete Kara verbittert. »Damit es billiger wird und ich endlich glücklich sein kann.«

»Natürlich nicht. Suchen Sie ihr ein Heim, das ihr alles gibt, was sie braucht – Pflege und Zuwendung. Nicht was *Sie* brauchen. Nicht ein Reha-Zentrum, das Sie in den Ruin treiben wird… Was ich sagen will? Falls Sie erkannt haben, dass für Ihr Leben eine Bestimmung existiert, müssen Sie ihr unbedingt Priorität einräumen. Suchen Sie sich eine Anstellung beim Cirque Fantastique. Oder bei einer anderen Show. Aber Sie müssen weiterziehen.«

»Wissen Sie, wie es in manchen dieser Altenheime zugeht?«

»Tja, dann dürfte es Ihre Aufgabe sein, eines ausfindig zu machen, das Ihnen beiden gefällt. Verzeihen Sie meine unverblümte Art. Aber ich habe Ihnen ja von vornherein gesagt, dass ich nicht viel von falschem Taktgefühl halte.«

Sie schüttelte den Kopf. »Sehen Sie, Lincoln, selbst wenn ich mich dazu entscheiden sollte… Wissen Sie, wie viele Leute sich nach einem Job beim Cirque Fantastique sehnen? Die bekommen da hundert Bewerbungen pro Woche.«

Er lächelte. »Ich habe mir über diesen Punkt bereits ein paar Gedanken gemacht. Der Unbewegliche möchte Ihnen die Idee für eine Nummer unterbreiten, die wir gemeinsam aufführen sollten.«

Damit beendete Rhyme die Schilderung für Sachs.

»Wir haben beschlossen, den Trick *Der fliehende Verdächtige* zu nennen«, sagte Kara. »Ich werde ihn in mein Repertoire aufnehmen.«

Sachs wandte sich an Rhyme. »Und wie lautet doch gleich deine Ausrede dafür, dass du mich nicht rechtzeitig eingeweiht hast?«

»Es tut mir Leid. Du warst in der Besprechung. Ich konnte dich nicht erreichen.«

»Tja, es wäre womöglich noch überzeugender abgelaufen, wenn ich Bescheid gewusst hätte. Warum hast du mir keine Nachricht hinterlassen?«

»Es – tut – mir – Leid. So. Ich habe mich entschuldigt.

Wie du weißt, mache ich das nicht allzu häufig, und du solltest es eigentlich zu schätzen wissen. Aber da du es selbst angesprochen hast: Ich weiß wirklich nicht, was daran noch *überzeugender* hätte wirken sollen. Der Ausdruck auf deinem Gesicht war unbezahlbar. Er hat sehr zur Glaubwürdigkeit beigetragen.«

»Und Balzac?«, fragte Sachs. »Er hat Weir nicht gekannt? Er hatte in Wahrheit nichts mit der Sache zu tun?«

Rhyme nickte in Richtung Kara. »Reine Fiktion. Wir beide haben das Drehbuch gemeinsam verfasst.«

Sachs musterte die junge Frau. »Erst werden Sie erstochen, obwohl Sie unter meiner Obhut stehen. Dann verwandeln Sie sich in eine Mordverdächtige.« Sie seufzte genervt. »Das könnte eine schwierige Freundschaft werden.«

Kara bot an, aus dem kubanischen Restaurant etwas zu essen zu holen, da ihnen dieser Genuss doch neulich entgangen sei. Rhyme vermutete, dass sie nur nach einer Gelegenheit suchte, sich wieder diesen zähflüssigen Kaffee zu besorgen. Doch noch bevor sie eine Entscheidung treffen konnten, klingelte Rhymes Telefon. »Kommando, Telefon, abheben«, befahl er. Kurz darauf ertönte Sellittos Stimme aus dem Lautsprecher. »Linc, störe ich?«

»Kommt darauf an«, brummte er. »Was gibt's?«

»Uns ist leider keine Pause vergönnt… Wir brauchen mal wieder deine Hilfe. Es hat sich ein absonderlicher Mord ereignet.«

»Der letzte war ›bizarr‹, wenn ich mich recht entsinne. Ich glaube, du sagst so etwas nur, um meine Aufmerksamkeit zu erregen.«

»Nein, ehrlich, wir können uns keinen Reim darauf machen.«

»Also gut, also gut«, murrte der Kriminalist. »Nenn mir die Einzelheiten.«

In Wirklichkeit verbarg sich hinter Lincoln Rhymes barschem Tonfall vor allem eines: wie sehr er sich darüber freute, dass ihm auch in nächster Zeit nicht langweilig werden würde.

Kara stand vor dem Smoke & Mirrors und bemerkte Dinge, die ihr in den letzten anderthalb Jahren noch nie aufgefallen waren. Ein Loch in der oberen linken Ecke der Schaufensterscheibe, das von einer Kleinkaliber- oder Schrotkugel stammen musste. Eine kleine Graffiti-Schmiererei auf der Tür. Ein verstaubtes Buch über Houdini in der Auslage, auf dessen aufgeschlagener Seite geschildert wurde, welche Art von Seilen er bei seinen Nummern bevorzugt hatte.

Im Innern des Ladens sah sie etwas aufblitzen – Mr. Balzac, der sich eine Zigarette anzündete.

Sie atmete tief durch. Also los, dachte sie und ging hinein.

Er stand am Tresen und unterhielt sich mit einem Mann mittleren Alters – dem Freund, der letztes Wochenende in die Stadt gekommen war, ein Illusionist aus Kalifornien. Balzac stellte Kara als seine Schülerin vor, und der Besucher gab ihr die Hand. Dann plauderten sie eine Weile darüber, wie sein Auftritt am Vorabend gelaufen war und wer sich derzeit noch in New York aufhielt… der typische Klatsch, den Künstler überall auf der Welt austauschten. Schließlich nahm der Mann seinen Koffer. Er war unterwegs zum Kennedy Airport, um den Heimflug anzutreten, und hatte einen Zwischenstopp im Laden eingelegt, weil er die geborgten Utensilien zurückgeben wollte. Er umarmte Balzac, nickte Kara zu und machte sich auf den Weg.

»Du bist spät dran«, sagte der Zauberkünstler schroff zu ihr. Dann fiel ihm auf, dass sie nicht wie üblich ihre Tasche hinter dem Tresen abstellte. Er sah auf ihre Hände. Kein Kaffeebecher. Das war natürlich der deutlichste Hinweis darauf, dass irgendetwas nicht stimmte.

Er runzelte die Stirn. »Was ist los?«, fragte er und zog an seiner Zigarette. »Red schon.«

»Ich gehe.«

»Du…«

»Ich habe mit Ed Kadesky gesprochen. Er hat mir einen Job beim Cirque Fantastique gegeben.«

»Bei der Truppe? Kadesky? Nein, nein, nein – da bist du völlig falsch. Das ist keine Zauberkunst. Das ist…«

»Es ist das, was ich tun möchte.«

»Wir haben das doch schon ein Dutzend Mal diskutiert. Du bist noch nicht so weit. Du bist gut. Herausragend bist du nicht.«

»Das ist egal«, sagte sie entschlossen. »Was zählt, ist die Möglichkeit, auftreten zu können und Erfahrungen zu sammeln.«

»Falls du es übereilst…«

»Es übereilen, David? Übereilen? Wann wäre ich denn so weit? Nächstes Jahr? In fünf Jahren?« Normalerweise hielt sie seinem Blick nur schwer stand. Heute schaute sie ihm direkt ins Gesicht. »Würden Sie mich überhaupt jemals gehen lassen?«

Er antwortete nicht sofort, sondern schob einige Papiere zusammen und knallte sie auf den zerkratzten, rissigen Tresen. »Kadesky«, spottete er. »Und was sollst du bei ihm werden?«

»Zunächst Assistentin. Im Winterquartier darf ich dann erste eigene Auftritte in Florida absolvieren. Und danach – wer weiß?«

Er drückte die Zigarette aus. »Du machst einen Fehler. Du wirst dein Talent verschwenden. Bei ihm wird nicht die

Art von Zauberkunst aufgeführt, die ich dir beigebracht habe.«

»Ich habe die Anstellung bekommen, *weil* Sie mir so viel beigebracht haben.«

»Kadesky«, schnaubte er noch einmal verächtlich. »Neumodisches Zeug.«

»Ja, das ist es«, sagte sie. »Aber ich werde auch Ihre Nummern verwenden. Eine Metamorphose – wissen Sie noch? Aus Alt wird Neu.«

Er lächelte nicht, aber sie spürte, dass er sich durch den Verweis auf seine Arbeit geschmeichelt fühlte.

»David, ich möchte auch weiterhin bei Ihnen lernen. Wenn ich wieder in New York bin, möchte ich Unterricht nehmen. Ich werde die Stunden bezahlen.«

»Ich glaube, das würde nicht funktionieren. Du kannst nicht zwei Herren dienen«, murmelte der Mann. Als Kara nichts sagte, fügte er widerwillig hinzu: »Wir werden sehen. Vielleicht habe ich gar keine Zeit dafür. Wahrscheinlich klappt es sowieso nicht.«

Sie schob sich den Riemen der Handtasche höher auf die Schulter.

»Jetzt gleich?«, fragte er. »Du gehst *sofort*?«

»Ja. Ich glaube, so ist es am besten.«

Er nickte.

»Also dann«, sagte Kara.

»Auf Wiedersehen«, verabschiedete der Illusionist sich förmlich und ging ohne weiteren Kommentar hinter den Tresen.

Auf dem Weg zur Tür musste Kara gegen die Tränen ankämpfen.

»Warte«, rief er, als sie schon fast draußen war. Er verschwand im hinteren Teil des Ladens, kehrte gleich darauf zurück und gab ihr etwas. Es war die Zigarrenkiste, in der Tarbells drei bunte Seidentücher lagen.

»Hier. Nimm sie mit… Die Nummer hat mir gefallen. Es war ein wasserdichter Trick.«

Sie erinnerte sich an sein Lob. *Ah…*

Kara trat vor, umarmte ihn hastig und dachte, dass dies vermutlich die erste Berührung zwischen ihnen beiden war, seit sie ihm vor achtzehn Monaten die Hand geschüttelt hatte.

Er schloss sie ebenfalls unbeholfen in die Arme und wich dann zurück.

Kara ging hinaus, hielt inne und drehte sich um, weil sie ihm zuwinken wollte, aber Balzac war im Halbdunkel des Ladens verschwunden. Sie verstaute die Schachtel mit den Seidentüchern in ihrer Handtasche und wandte sich in Richtung Sechste Avenue, auf der sie nach Süden abbiegen würde. Von dort aus war es nicht mehr weit bis zu ihrer Wohnung.

…Zweiundfünfzig

Der Mordfall war in der Tat absonderlich.

Zwei Tote in einem abgelegenen Winkel von Roosevelt Island – dem schmalen Landstreifen voller Apartments, Krankenhäuser und gespenstischer Ruinen mitten im East River. Da die Hochbahn von hier unweit des Hauptgebäudes der Vereinten Nationen in Manhattan endete, wohnten auf der Insel viele Diplomaten und UN-Angestellte.

Auch die Opfer zählten zu dieser Personengruppe – sie waren Abgesandte vom Balkan mit niedrigem Dienstrang. Man hatte ihnen die Hände gefesselt und jeweils zwei Kugeln in den Hinterkopf gejagt.

Bei der Untersuchung des Tatorts war Amelia Sachs auf ein paar merkwürdige Dinge gestoßen. Sie hatte Asche einer Zigarettenmarke gefunden, die anhand der Tabakdatenbanken nicht identifiziert werden konnte, Partikel einer Pflanze, die nicht im Stadtgebiet heimisch war, und die Abdrücke eines schweren Koffers, den man neben den Männern abgestellt und offenbar erst nach der Hinrichtung geöffnet hatte.

Am seltsamsten aber war, dass jedem der beiden Toten der rechte Schuh fehlte und sich nirgendwo finden ließ. »Jeweils der *rechte* Schuh, Sachs«, sagte Rhyme und betrachtete die Wandtafel, vor der er saß, während Amelia im Hintergrund auf und ab ging. »Was sollen wir davon halten?«

Doch die Antwort auf diese Frage musste noch eine Weile warten, denn Sachs' Mobiltelefon klingelte. Es war Captain Marlows Sekretärin, die anfragte, ob Amelia zu einer Besprechung in sein Büro kommen könne. Der Fall des Hexers und somit auch Victor Ramos' Retourkutsche lagen mittlerweile einige Tage zurück, in denen sich noch nichts Neues wegen der Suspendierung ergeben hatte.

»Wann?«, fragte Sachs.

»Tja, jetzt gleich«, erwiderte die Frau.

Sachs unterbrach die Verbindung, sah Rhyme an und lächelte gequält. »Das war's. Ich muss los.«

Sie schauten einander tief in die Augen. Dann nickte Rhyme, und Amelia machte sich auf den Weg.

Eine halbe Stunde später saß Sachs in Gerald Marlows Büro. Der Captain las hinter dem Schreibtisch in einer seiner allgegenwärtigen Akten. »Eine Sekunde, Officer.« Er setzte die anscheinend überaus interessante Lektüre fort und machte sich vereinzelte Notizen.

Amelia war nervös, malträtierte ihre Nagelhaut und spielte an den Fingernägeln herum. Zwei unendlich langsame Minuten vergingen. OHerr im Himmel, dachte sie und fragte schließlich: »Okay, Sir. Was ist los? Hat er klein beigegeben?«

Marlow strich eine Textstelle an und hob den Kopf. »Wer?«

»Ramos. Wegen der Prüfung.«

Und dieser andere rachsüchtige Wichser – der notgeile Cop bei der praktischen Übung.

»Klein beigegeben?«, fragte Marlow. Ihre Naivität überraschte ihn. »Nun, Officer, ich glaube, diese Möglichkeit stand nie zur Debatte.«

Demnach konnte es nur einen Grund für dieses Gespräch geben – die Erkenntnis traf sie mit der Schärfe und Klarheit des ersten Pistolenschusses auf einer Freiluftbahn. Dieser erste Schuss… bevor Muskeln, Ohren und Haut vom wiederholten Feuern taub wurden. Es gab nur einen denkbaren Anlass, sie herzuzitieren. Marlow würde ihr die Waffe und Dienstmarke abnehmen. Sie war ab sofort suspendiert.

Scheißescheißescheiße...

Sie biss sich auf die Unterlippe.

Marlow klappte die Akte zu und sah Amelia dermaßen väterlich an, dass sie fast völlig die Nerven verlor. Würde die bevorstehende Strafe etwa so hart ausfallen, dass er sie schon im Voraus trösten wollte?

»Gegen Leute wie Ramos können Sie nicht gewinnen, Officer. Nicht auf deren ureigenstem Gebiet. Sie haben die erste Schlacht für sich entschieden, indem Sie ihm am Tatort Handschellen anlegen ließen. Aber den Krieg hat letztlich er gewonnen. Solche Leute sind am Ende immer siegreich.«

»Sie meinen, dumme Leute? Kleinliche Leute? Gierige Leute?«

Auch diesmal war der erfahrene Karrierepolizist schlau genug, die Frage nicht einmal zur Kenntnis zu nehmen.

»Sehen Sie sich diesen Tisch an«, sagte er und deutete auf die vielen Akten- und Papierberge. »Und ich weiß noch, wie ich mich schon damals als Streifenbeamter immer über den vielen Schreibkram beklagt habe.« Er wühlte in einem der Stapel und schien nach etwas zu suchen. Dann gab er es auf, wandte sich dem nächsten Haufen zu und zog einige Dokumente daraus hervor, die leider auch nicht das waren, was er zu finden versuchte. Also ordnete er sie in aller Seelenruhe und suchte weiter.

O Paps, ich hätte nie geglaubt, dass er tatsächlich mit der Suspendierung durchkommt.

Dann aber verwandelten sich ihr Schmerz und die Enttäuschung in eisenharte Entschlossenheit. Okay, dachte sie, diese Leute wollen es auf die schmutzige Tour? Ich bin am Ende vielleicht schwächer, aber es wird ihnen noch Leid tun. Ramos und all die anderen kleinen Wichser sollen mich kennen lernen.

Harte Bandagen...

»Ah ja«, sagte der Captain, der endlich fündig geworden war, und nahm einen großen Umschlag mit einem angehefteten Blatt Papier in die Hand. Er überflog den Text und warf einen Blick auf die Uhr auf seinem Tisch, die wie ein Schiffssteuerrad geformt war. »Herrje, sehen Sie nur, wie spät es ist. Beeilen wir uns ein wenig, Officer. Bitte geben Sie mir Ihre Marke.«

Sie war todunglücklich, fing aber dennoch pflichtgemäß an, in ihrer Tasche herumzusuchen. »Wie lange?«

»Ein Jahr, Officer«, sagte Marlow. »Tut mir Leid.«

Ein ganzes Jahr suspendiert, dachte sie verzweifelt. Sie hatte schlimmstenfalls mit drei Monaten gerechnet.

»Kürzer ging's leider nicht. Ein Jahr. Die Marke, bitte.« Marlow schüttelte den Kopf. »Verzeihen Sie die Eile. Ich hab gleich schon wieder eine Sitzung. Diese ewigen Besprechungen machen mich noch wahnsinnig. Diesmal geht's um Versicherungsfragen. Die Öffentlichkeit mag ja glauben, wir würden nichts anderes tun als Kriminelle zu fangen. Oder sie *nicht* zu fangen, was wahrscheinlich eher der allgemeinen Ansicht entspricht. Aber denkste – die Hälfte des Jobs besteht aus geschäftlichem Geschwafel. Für meinen Vater hatte ›geschäftlich‹ noch etwas mit Geschäftigkeit zu tun. Er hat neununddreißig Jahre lang als Handelsvertreter gearbeitet. Geschäftigkeit. Das sollte eigentlich auch für unseren Beruf gelten.« Er streckte die Hand aus.

Amelia war so elend zumute, dass ihr fast schlecht wurde. Sie reichte ihm das abgewetzte Lederetui, das ihr silbernes Abzeichen und den Dienstausweis enthielt.

Dienstnummer Fünf Acht Acht Fünf…

Was sollte sie nur tun? Bei irgendeinem jämmerlichen Sicherheitsdienst arbeiten?

Das Telefon des Captains klingelte, und er nahm den Hörer ab.

»Hier Marlow… Ja, Sir… Wir haben alle erforderlichen Maßnahmen getroffen.« Es ging offenbar um den Fall Andrew Constable. Während der Captain weiter mit dem Anrufer sprach, legte er den Umschlag auf seinem Schoß ab. Er klemmte sich den Hörer zwischen Schulter und Ohr, wandte sich wieder Sachs zu und wickelte beim Reden den roten Faden ab, der um zwei Metallklammern geschlungen war, um den Umschlag zu versiegeln.

Das Gespräch drehte sich um den Prozess, um Razzien oben in Canton Falls und um die neuen Anklagepunkte gegen Constable und andere aus der Gesellschaft der Patrioten. Sachs fiel auf, wie präzise Marlow seinen Tonfall im Griff hatte und wie respektvoll er klang. Er beherrschte das Machtspiel perfekt. Womöglich sprach er gerade mit dem Bürgermeister oder dem Gouverneur.

Oder mit dem Kongressabgeordneten Ramos.

Ein taktisches Spiel, politische Schachzüge… Ging es bei der Polizei in Wahrheit nur darum? Ein solches Verhalten lag Amelia dermaßen fern, dass sie sich zu fragen begann, ob sie überhaupt etwas in diesem Geschäft verloren hatte.

Wo es nur noch geschäftlich und nicht mehr geschäftig zuging.

Der Gedanke zerriss ihr fast das Herz. O Rhyme. Was sollen wir nur tun?

Wir werden es schon irgendwie überstehen, hatte er gesagt. Aber es kam im Leben nicht darauf an, eine Sache irgendwie zu überstehen. Irgendwie überstehen hieß verlieren.

Marlow hielt am Telefon einen endlosen Vortrag in Behördensprache. Er schaffte es endlich, den Umschlag zu öffnen, und ließ Amelias Marke hineinfallen.

Dann zog er einen Gegenstand in blauem Seidenpapier daraus hervor.

»…haben keine Zeit für eine Zeremonie. Das holen wir

später nach.« Diese letzten Worte waren geflüstert und anscheinend an Sachs gerichtet.

Zeremonie?

Er sah sie an, deckte die Sprechmuschel mit der Hand ab und flüsterte noch etwas. »Dieser Versicherungskram. Wer soll da je durchsteigen? Ich muss mich mit Sterbetabellen herumschlagen, mit Rentenpapieren, Ausschüttungssummen…«

Er wickelte den Gegenstand aus: ein goldenes NYPD-Dienstabzeichen.

Dann sprach er in normaler Lautstärke wieder in den Hörer. »Ja, Sir, wir bleiben am Ball… Wir haben auch Leute in Bedford Junction. Und im Nachbarort Harrisonburg. Die Lage ist vollständig unter Kontrolle.«

Er flüsterte erneut Sachs etwas zu. »Ihre Nummer haben Sie behalten, Officer.« Er hielt das leuchtend goldene Abzeichen hoch. Die Ziffern darauf entsprachen Amelias alter Dienstnummer: 5885. Er befestigte die Marke in dem Lederetui und holte noch etwas aus dem gelben Umschlag: einen vorläufigen Dienstausweis, den er ebenfalls in das Etui steckte. Dann gab er es ihr zurück.

Auf dem Ausweis stand: Amelia Sachs, Detective Third Grade.

»Ja, Sir, wir haben davon gehört. Nach unserer Einschätzung ist die Bedrohungslage handhabbar… Gut, Sir.« Marlow legte auf und schüttelte den Kopf. »Lieber jeden Tag einen Fanatikerprozess als diese Versicherungssitzungen. Okay, Officer, für den endgültigen Dienstausweis müssen Sie sich erst noch fotografieren lassen.« Er überlegte kurz und fügte dann vorsichtig etwas hinzu. »Das ist nicht chauvinistisch gemeint, also verstehen Sie mich bitte nicht falsch, aber es wird gern gesehen, wenn die Frauen dafür ihr Haar im Nacken zusammenbinden. Es sollte eher nicht offen getragen werden, damit es nicht, Sie wissen schon, na ja, *hängt*. Sieht wohl energischer aus, schätze ich. Ist das ein Problem für Sie?«

»Aber – bin ich denn nicht suspendiert?«

»Suspendiert? Nein, Sie wurden zum Detective befördert. Hat man Sie denn nicht angerufen? O'Connor sollte Ihnen doch Bescheid geben. Oder sein Assistent oder sonst wer.«

Dan O'Connor, der Leiter des Detective Bureau.

»Niemand hat mich angerufen. Nur Ihre Sekretärin.«

»Oh, nun gut. Eigentlich war das anders geplant.«

»Was ist passiert?«

»Ich sagte doch, ich würde tun, was ich kann. Ich meine, seien wir ehrlich – ich hätte einer Suspendierung niemals zugestimmt. Wir können es uns gar nicht leisten, Sie zu verlieren.« Er zögerte und warf einen Blick auf die Papierflut. »Ganz davon abgesehen, was für ein Alptraum es geworden wäre, einen PBA-Prozess oder ein Schiedsgerichtsverfahren gegen Sie durchzufechten. Das hätte mir gerade noch gefehlt.«

O ja, Sir, dachte sie, Sie hätten sich gewundert. Und wie.

»Aber das Jahr? Sie haben doch von einem Jahr gesprochen.«

»Ich habe die *Sergeant-Prüfung* gemeint. Sie dürfen sie erst im nächsten April zum zweiten Mal ablegen. So lauten die Vorschriften, und daran ließ sich leider nichts ändern. Aber ob wir Sie zum Detective Bureau versetzen, liegt in unserem eigenen Ermessen. Das konnte Ramos nicht verhindern. Sie werden Lon Sellitto unterstellt.«

Amelia starrte das goldene Abzeichen an. »Ich weiß gar nicht, was ich sagen soll.«

»Sie könnten sagen: Vielen Dank, Captain Marlow, ich habe all diese Jahre bei der Streifenpolizei gern mit Ihnen zusammengearbeitet. Und ich bedauere, dass unsere Wege sich nun trennen.«

»Ich…«

»Das war ein Scherz, Officer. Trotz aller gegenteiligen Behauptungen habe ich *durchaus* Sinn für Humor. Ach, wie Sie vielleicht schon bemerkt haben, sind Sie Detective Third Grade.«

»Ja, Sir.« Sie musste sich zwingen, vor lauter Erleichterung nicht zu grinsen. »Ich…«

»Falls Sie irgendwann mal zum First Grade und Sergeant aufsteigen wollen, würde ich an Ihrer Stelle zukünftig sehr genau darüber nachdenken, wen ich an einem Tatort verhafte – oder *festhalten lasse*. Und auch wie ich mit wem rede, wo wir gerade beim Thema sind. Nur ein gut gemeinter Ratschlag.«

»Ich werd's mir merken, Sir.«

»Und jetzt entschuldigen Sie mich bitte, Officer… ich meine, *Detective*. Mir bleiben nur noch ungefähr fünf Minuten, um alles Notwendige über Versicherungen zu lernen.«

Draußen auf der Centre Street umrundete Amelia Sachs ihren Camaro und untersuchte die Front- und Seitenschäden, die durch den Zusammenprall mit Loessers Mazda in Harlem entstanden waren.

Es würde einiges an Arbeit erfordern, das arme Gefährt wieder auf Vordermann zu bringen.

Autos waren Amelias Leidenschaft, und so kannte sie natürlich sowohl die Platzierung als auch Kopfform, Länge und Drehmoment sämtlicher Schrauben und Muttern des Fahrzeugs. Und vermutlich hatte sie in ihrer Brooklyner Garage alle Schraubenschlüssel, Hämmer, Schleifer und anderen Werkzeuge, die benötigt wurden, um den Großteil des Schadens eigenhändig zu beheben.

Doch Sachs hatte keinen Spaß an Karosseriearbeiten. Sie fand sie langweilig – genauso langweilig wie einst die Arbeit als Mannequin oder die Abende, an denen sie mit gut aussehenden, großspurigen Schwachköpfen ausgegangen war. Sie wollte nicht anfangen zu psychologisieren, aber vielleicht gab es da etwas in ihr, das dem rein Optischen und Oberflächlichen misstraute. Für Amelia Sachs war das Wesentliche eines Wagens sein Herzstück, seine Seele, sein Temperament: der wilde Trommelschlag der Pleuel und Kolben, das Heulen der Treibriemen, das perfekt abgestimmte Schaltgetriebe, das eine Tonne Metall, Leder und Kunststoff in reine Geschwindigkeit verwandelte.

Sie beschloss, den Camaro zu einer Werkstatt in Astoria, Queens, zu bringen, die sie bereits aus Erfahrung kannte. Die Mechaniker dort waren talentiert, mehr oder weniger aufrichtig und voller Verehrung für einen hochgezüchteten Sportwagen wie diesen.

Sie setzte sich ans Steuer und ließ den Motor an, dessen tiefes Blubbern dazu führte, dass ein halbes Dutzend Cops, Anwälte und Geschäftsleute sich fast die Hälse verrenkten. Als sie vom Polizeiparkplatz auf die Straße einbog, traf sie noch eine Entscheidung. Vor einigen Jahren war nach einer ausgedehnten Rostbehandlung eine Neulackierung des von Werk aus schwarzen Wagens fällig gewesen. Damals hatte sie aus einer Laune heraus ein leuchtendes Gelb gewählt. Wieso auch nicht? Sollte es nicht jedem freigestellt sein, bei der Farbe seiner Zehennägel, Haare oder Fahrzeuge individuelle Marotten auszuleben?

Da man nun ein Viertel der Bleche des Chevy austauschen musste, was ohnehin eine komplette Lackierung bedeutete, würde sie sich diesmal für einen anderen Farbton entscheiden. Ihre Wahl fiel sofort auf Feuerrot, was in zweierlei Hinsicht von Bedeutung war. Zum einen hatte ihr Vater stets gesagt, ein Sportflitzer solle nach Möglichkeit eine solche Lackierung haben, und zum anderen passte es genau zur Farbe von Rhymes schickem Fortbewegungsmittel, dem Rollstuhl Modell Storm Arrow. Amelia wusste, dass der Kriminalist natürlich völlig gleichgültig tun, sich insgeheim aber darüber freuen würde.

Ja, dachte sie, ich nehme Rot.

Sie zog kurz in Erwägung, den Chevy gleich in Queens abzuliefern, beschloss dann aber, noch damit zu warten. Es machte ihr nichts aus, den verbeulten Wagen noch ein paar Tage länger zu fahren; als Teenager war sie jahrelang nichts anderes gewohnt gewesen. Im Augenblick wollte sie vor allem zurück zu Lincoln Rhyme, um ihm mitzuteilen, welches Wunder der Alchemie ihre Dienstmarke von Silber in Gold verwandelt hatte – und um erneut an die Arbeit zu gehen. Es galt ein paar knifflige Geheimnisse zu enträtseln: zwei ermordete Diplomaten, unbekannte Pflanzenpartikel, merkwürdige Abdrücke in schlammigem Boden und zwei fehlende rechte Schuhe.

Danksagung

Ich bedanke mich bei Jane Davis, die ihre ganz eigene Art von beispielloser Zauberkunst ausübt, indem sie sich um meine Internetseite kümmert, bei meiner Schwester und Autorenkollegin Julie Reece Deaver, bei meinem lieben Freund und vorzüglichen Thrillerautor John Gilstrap und bei Robby Burroughs, der mich zu der Vorstellung des Big Apple Circus begleitet hat, in deren Verlauf die Idee für diese Geschichte das Licht der Welt erblickte.

Darüber hinaus waren bei der Entstehung dieses Romans die folgenden Quellen überaus hilfreich:

Marvin Kaye, *The Creative Magician's Handbook.*

Milbourne und Maurine Christopher, *The Illustrated History of Magic.*

Ross Bertram, *The Magic and Methods of Ross Bertram.*

Adam Woog, *Magicians and Illusionists.*

Slydini und Gene Matsuura, *The Annotated Magic of Slydini.*

Harlan Tarbell, *The Tarbell Course in Magic.*

Walter B. Gibbons und Morris N. Young (Hrsg.), *Houdini on Magic.*

Peter Lamont und Richard Wiseman, *Magic in Theory.*